KNAUR

Von Di Morrissey sind bereits folgende Titel erschienen:
Die Perlenzüchterin
Die Korallentaucherin
Im Tal der roten Zedern
Das Leuchten der Orchideen
Im Land der glühenden Sonne
Die Blüten der Wüste
Der Gesang des Wasserfalls
Im Land der goldenen Tempel
Im Licht der Korallenblüte

Über die Autorin:
Di Morrissey ist die erfolgreichste Autorin Australiens. Als Journalistin arbeitete sie für Frauenmagazine, Radio und Fernsehen, schrieb Drehbücher und Theaterstücke und wirkte an zahlreichen TV-Produktionen mit. Sie lebt heute auf einer Farm in Byron Bay, New South Wales.

Di
Morrissey

Im Schatten des Pfefferbaums

EIN AUSTRALIEN-ROMAN

Aus dem Englischen
von Gerlinde Schermer-Rauwolf, Sonja Schuhmacher
und Robert A. Weiß, Kollektiv Druck-Reif

KNAUR

Die australische Originalausgabe erschien 2016 unter dem Titel
»A Distant Journey« bei PanMacmillan Australia, Sydney.

Deutsche Erstausgabe Januar 2018
Knaur Taschenbuch

Redaktion: Boris Heczko, Kollektiv Druck-Reif
Covergestaltung: ZERO Werbeagentur, München
Coverabbildung: FinePic / shutterstock
Satz: Adobe InDesign im Verlag
Druck und Bindung: CPI books GmbH, Leck
ISBN 978-3-426-52175-5

2 4 5 3 1

In Liebe für meine Familie in Nevada und Kalifornien,
insbesondere in Palm Desert

Prolog

Sie konnte riechen, wie es näher kam. Konnte es schmecken. Fühlen.

Die kratzige Trockenheit in Nase und Kehle, die klebrig-stickige Luft, das Brennen hinter den Augen. Ihre Haut fühlte sich wie altes Papier an. Mit geröteten Augen blickte sie angestrengt zum Horizont, in banger Sorge, der Himmel könnte sich flackernd röten.

Ringsum herrschte Stille, durchbrochen nur vom nervösen Schnauben der Pferde. Die Vögel schwiegen, die Hunde hatten sich mit angelegten Ohren unter dem Haus verkrochen. Ängstlich kauerten sich die Schafe auf der Weide aneinander.

Sie wussten, dass es auf sie zukam. Ihr Schicksal hing davon ab, ob der Wind drehte. Einen Ausweg gab es nicht.

Das Warten war das Schlimmste. Männer und Frauen standen bereit, gerüstet mit dem, was sie zur Verfügung hatten, ganz gleich wie untauglich es sein mochte, um gegen ihren schlimmsten Albtraum zu kämpfen – ein australisches Buschfeuer.

Die schwangere Frau war allein, lag matt auf der Matratze. Die drückende Hitze und der Luftdruck machten ihr zu schaffen, raubten ihr die Kraft, die Hoffnung. Die Außenseite der Mauern und sogar die Veranda hatten sie mit kostbarem Wasser begossen. Behälter mit Wasser aus dem Staubecken standen bereit, dazu Decken, Handtücher und Leinensäcke, um sie mit Wasser getränkt als Waffe gegen die Flammen einzusetzen.

Vom schlammigen Staubecken her hörte sie die Sirene des Löschfahrzeugs, dessen Reifen auf dem heißen, trockenen Gras kaum Halt fanden, wenn es mit vollem Wassertank mühsam hügelan kroch. Zumindest für einen Augenblick fühlte sie sich nicht mehr ganz so allein. Sie erhob sich vom Bett und ging auf die Veranda.

Die Hitze des Tages hielt unvermindert an. In den glutheißen Himmel über den verdorrten braunen Weiden mischten sich nun unheilvolle Farben: ein öliges Rot, ein unheimliches Orange.

Der surreale Sonnenuntergang bestätigte ihre Befürchtungen. Während sie dastand und das Geländer umklammerte, senkte sich die Nacht herab. Es roch jetzt noch stärker nach Rauch, und Temperatur und Luftdruck veränderten sich, als würde ein riesiger Schlund die Luft einsaugen, ehe er sie wieder ausspie. Ascheflocken regneten vom pechschwarzen Himmel.

In der Ferne hörte sie das Rumpeln von Fahrzeugen, die zu den Stellen rasten, wo heimtückische orangerote Zungen an Wiesen, Büschen und Bäumen leckten.

Nun war es Wirklichkeit geworden.

Vor ihrem inneren Auge sah sie, wie ein kauerndes Scheusal sich aufbäumte und Heerscharen fliegender Funken versprühte. Die Feuersbrunst hatte eine mehrere Kilometer breite Front gebildet und wurde vom heulenden Wind in ihrem Rücken immer weiter vorwärtsgetrieben. Ein einziger ausbrechender Funke konnte Bäume, Wälder, Landstriche in Brand setzen. Nichts blieb vor dem gnadenlosen Ansturm verschont, weder Mensch noch Tier noch Pflanze. In ihrer berserkerhaften Unberechenbarkeit überwand die Feuersbrunst Straßen und Flüsse, wälzte sich rasend schnell über das Land, änderte von einem Moment auf den anderen die Richtung und schnitt alle Fluchtwege ab.

Sie wusste, dass sich die Männer auf den Weiden verteilt hatten. Mit feuchten, um den Kopf gewickelten Handtüchern und nassem Stoff um den Hals achteten sie auf jedes aufzüngelnde Flämmchen, jeden Funkenflug. Rasch löschten sie das Feuer mit ihren primitiven Mitteln, bis irgendwo anders ein neuer Brandherd entstand und außer Kontrolle zu geraten drohte. Manchmal waren sie machtlos: Wenn Funken Nahrung fanden und ein neues Feuer aufloderte, das sich in eine prasselnde, gierig verzehrende Flammenwand verwandelte, blieb den Männern nur der Rückzug, um nicht eingekesselt zu werden.

Mittlerweile verpestete der Rauch die Luft. Die Schwangere rang nach Luft und stolperte ins Haus zurück. Mit brennenden Augen wankte sie zu ihrem Bett und legte sich hin.

Wenig später hörte sie, wie das Fenster im Wind klapperte. Hieß das, dass sich die Windrichtung geändert hatte? Kam das Feuer auf sie zu oder bewegte es sich von ihr weg?

Sie fühlte sich so allein. Sie ging ins Badezimmer und blickte in die halb mit Wasser gefüllte Wanne. Geh nicht weg. Halte dich in Bodennähe auf, da ist die Luft noch am besten. Wenn das Feuer kommt, leg dich flach ins Wasser und zieh dir eine nasse Decke drüber, hatte man ihr gesagt. Sie wusste um die Gefahren und hatte die Vorsichtsmaßnahmen eingeübt. Doch jetzt war sie wie gelähmt vor Angst. Bestimmt würde sie doch jemand holen kommen?

Die Zeit verging. Die Lage spitzte sich zu. Sie wartete weiter. Draußen schwoll das Tosen des Sturms hörbar an, es klang wie das Knurren und Brüllen eines rasenden Tiers. Der Qualm brannte immer stärker in ihren Augen und ihrer Kehle und Verzweiflung legte sich wie ein Schatten auf sie.

Sie betete um ihr Leben. Um das ihres Kindes. Betete, dass irgendjemand kam und sie fand, bevor es zu spät war.

1

Als das Taxi vor der kleinen Wohnanlage Hacienda Hideaway hielt, strich sich Babs Mason die blonden Locken aus dem Gesicht und lugte hinaus. Das Gebäude im Pueblo-Stil mit den großzügigen Balkonen, den hell verputzten Mauern und dem Schindeldach gefiel ihr auf Anhieb. Sie wandte sich an den kleinen blonden Jungen neben sich und setzte trotz ihrer Erschöpfung ein Lächeln auf.

»He, Joey, wir haben's geschafft. Das ist Palm Desert«, verkündete sie.

Obwohl sie eine stundenlange Busfahrt hinter sich hatten, begann der Junge jetzt erwartungsvoll auf seinem Sitz zu hopsen. Im Bus war er anfangs noch ängstlich und schüchtern gewesen, doch die anderen Mitfahrer waren sehr nett gewesen und hatten Bonbons und Kekse mit ihm geteilt. Außerdem hatte ihn die abwechslungsreiche Landschaft gefesselt, zu der der Fahrer des Greyhound-Busses immer mal wieder einen Kommentar abgab. Nun fasste er nach Babs Hand.

»Ist das unser neues Zuhause, Mommy?«, fragte er, als sie aus dem Taxi stiegen.

»Aber klar doch. Komm, wir schauen's uns an.« Nachdem Babs ihre Handtasche geöffnet und dem Taxifahrer das Geld für die halbstündige Fahrt von der Bushaltestelle in Palm Springs bis hierher gegeben hatte, warf sie noch einen Blick auf die ordentlich gefalteten Banknoten in dem Portemonnaie. Das würde eine Weile reichen müssen. Eine Taxifahrt war Luxus, doch für das letzte Stück ihrer Reise war es ihr das Geld wert gewesen. Sie ließ das Portemonnaie zuschnappen. Der Fahrer hievte ihr Gepäck und eine tragbare Nähmaschine aus dem Kofferraum und stellte die Sachen neben die Eingangstür. »Alles Gute«, wünschte er ihr und ging flotten Schritts zu seinem Fahrzeug zurück.

»Können wir uns jetzt den Pool ansehen, Mommy?« Ungeduldig trat Joey von einem Bein aufs andere. Babs lächelte über seine Aufregung. Er hatte eine lange Reise durchgestanden, um diesen verheißungsvollen Pool zu sehen! Also ließ Babs das Gepäck am Eingang zurück und machte sich mit ihm auf die Suche.

Hand in Hand schlenderten sie über den sorgfältig gemähten grünen Rasen der Anlage mit den sechs Wohneinheiten. Mitten darin befand sich ein nierenförmiger Swimmingpool, daneben standen ein paar Sonnenliegen. Joey rannte zum Poolrand und steckte die Hand ins blaue Wasser.

»Na, was meinst du, Joey?«, fragte Babs.

Joey grinste. »Darf ich gleich rein?«

»Meinst du nicht, wir sollten uns erst ein bisschen einrichten?«

Joey runzelte die Stirn, doch nach einem Blick in Babs' Gesicht gab er zögernd nach und nickte. Auf dem Weg in ihre Wohnung sah Babs die mit modernen Waschmaschinen, Trocknern und Bügelbrettern ausgestattete Gemeinschaftswaschküche. »Du lieber Himmel, bei der vielen Sonne braucht man doch keinen Wäschetrockner«, sagte sie halblaut zu Joey.

»Oh, man darf draußen nichts aufhängen«, bemerkte eine ältere Frau, die ihnen mit einem Korb Schmutzwäsche entgegenkam. »Auch keine Handtücher übers Geländer hängen. Was das angeht, sind sie hier sehr streng. Aber dadurch sieht es immer gepflegt aus.« Sie blieb einen Augenblick stehen und lächelte Babs freundlich an. »Wohnen Sie jetzt auch hier?«

Sie bückte sich, um Joey zu begrüßen, doch er versteckte sich hinter Babs. »Hallo«, sagte die ältere Frau, »ich heiße Deidre Kramer. Mein Mann Sol und ich wohnen in Nummer zwei.«

Babs lächelte matt. »Ich bin Barbara Mason, aber alle nennen mich Babs. Und das ist mein Sohn Joey. Wir sind gerade eben aus Portland, Oregon, angekommen.«

»Na, dann willkommen in Palm Desert«, strahlte Deidre sie an. »Das ist aber eine weite Reise für einen kleinen Jungen. Da seid ihr beide bestimmt erschöpft nach der langen Fahrerei. Kommt doch mit zu mir, was Kaltes trinken! Und der kleine Mann mag doch bestimmt auch einen Keks?« Schüchtern nickte Joey. Deidre stellte den Korb in der Waschküche ab. »Das kann ich später auch noch erledigen. Kommen Sie.«

Babs zögerte etwas, Deidres Einladung anzunehmen. Lieber hätte sie in aller Ruhe ein bisschen ausgepackt und sich eingerichtet, aber die Frau war so nett und herzlich, dass eine Ablehnung unhöflich gewesen wäre. Außerdem würde Babs in Zukunft eine Freundin brauchen können, und vielleicht war Deidre genau die Richtige dafür.

»Vielen Dank. Wie reizend.«

Während Joey still dasaß, seinen Keks mümmelte und mit einem Strohhalm Limonade trank, schaute sich seine Mutter bewundernd in Deidres Wohnung um. Zwar war der Wohnbereich recht klein, aber Babs fand ihn sehr elegant. Das rote Plüschsofa mit den Holzbeinen passte wunderbar zu dem niedrigen Sideboard und dem Fernsehschrank aus glänzenden Holz am anderen Ende des Zimmers. Ein kleiner, aber sehr moderner Esstisch mit Stühlen stand direkt neben der Küchentür. In einer Ecke des Wohnzimmers befand sich eine kleine Bar, die mit rotem Vinyl bezogenen Hocker waren farblich auf das Sofa abgestimmt. Wie schick, dachte Babs. Mehrere gerahmte Gemälde an den Wänden zeigten die Wüstenlandschaft um Palm Desert.

»Sie haben wirklich ein hinreißendes Zuhause, Deidre. Das ist wunderschön eingerichtet. Und diese Bilder sind zauberhaft.«

»Danke, Babs. Die hat mein Mann gemalt«, erwiderte Deidre und platzierte ein Kissen neben sich auf der Couch. »Palm Desert ist vielleicht nicht so nobel wie Palm Springs, aber es ist ein angenehmer Ort – ruhig und nicht so teuer wie Palm Springs, wo die Preise durch die Decke gehen, seit sie all die neuen Häuser dort bauen. Haben Sie davon gehört?« Sie verdrehte die Augen. »Man nennt sie ›Alexanders‹, nach der Baufirma, die sie errichtet. Sehr elegant, kompakt, schlichtes Design. Jetzt haben sie noch ein neues Projekt namens Twin Palms Estates. Jeder Bungalow mit eigenem Swimmingpool, und ich sage Ihnen, wenn Sie zwanzigtausend auf den Tisch legen, um dort was zu kaufen, kriegen Sie nicht viel raus.«

Babs war fassungslos. »Du lieber Himmel, wer hat denn so viel Geld?«, rief sie. »Na ja, wie Sie schon sagten, hier scheint es ruhig und ordentlich zu sein. Ich bin sicher, wir haben es gut getroffen.«

»Sol und ich schätzen die Ruhe und den Komfort, und mit dem Bus sind es auch nur fünfundzwanzig Minuten bis Palm Springs. Aber verstehen Sie mich nicht falsch, auch Palm Desert boomt. Während des Krieges war in dieser Gegend die Reparaturwerkstatt für die Panzer von General Patton, doch danach haben sich Edgar Bergen und ein paar seiner Kumpel zusammengetan und das hier hingestellt. Na, und nun schauen Sie sich um«, sagte Deidre stolz.

»Der Bauchredner Edgar Bergen?« Babs' Gesicht glänzte vor Aufregung.

»Hat Sie das hierhergeführt?«, fragte Deidre lächelnd. »Die ganzen Filmstars?«

»In gewisser Weise«, antwortete Babs unbestimmt und blickte in die Ferne. »Ich habe eine Menge Zeitschriftenartikel über

Palm Springs gelesen und vermutet, dass es ein sehr glamouröser Ort ist.«

»Es ist allerdings ganz schön weit weg von Portland.« Deidre sah ihren Gast forschend an.

Babs blickte aus dem Fenster hinaus in den sonnigen Tag und zuckte die Achseln. »Im Winter ist es in Portland nass und kalt. Ich wollte, dass mein Sohn in einer angenehmen, sonnigen Umgebung aufwächst.«

»Joey scheint mir ein sehr netter Junge zu sein.« Deidre sah zu dem Knaben hinüber, der den blonden Schopf tief über das Glas gesenkt hatte. »Wie alt ist er?«

»Sechs.« Liebevoll betrachtete Babs ihren Sohn.

»Für sechs ist er ziemlich groß. Er kommt wohl nach dem Vater?« Neugierig sah Deidre sie an.

Doch Babs hatte nicht die Absicht, näher auf Joeys Vater einzugehen, zumal sie Deidre gerade erst kennengelernt hatte. Also räusperte sie sich nur und kam wieder auf Portland zu sprechen.

»Ich wollte an einem Ort wohnen, wo immer die Sonne scheint. Außerdem ist Portland keine besonders sichere Stadt, es gibt viel Kriminalität.«

Deidre nickte. »Ja, hier kriegen Sie in der Tat eine Menge Sonne ab. Im Sommer haben wir leicht mal über fünfunddreißig Grad. Aber keine Sorge, man gewöhnt sich dran. Es ist eine trockene Hitze. Allerdings kannst du mittags nicht draußen herumrennen, junger Mann«, wandte sich Deidre an Joey. »Aber es gefällt dir bestimmt, im Pool herumzuplanschen. Darf er noch einen Keks haben, Babs?«

Mit ernster Miene nahm Joey einen zweiten Keks an.

»Sag danke zu Mrs. Kramer, Joey«, ermahnte ihn Babs. Joey nickte, sagte aber nichts, sondern verkroch sich tiefer in den Sessel und nagte mit gesenktem Kopf an seinem Keks. Er sah müde aus. Babs nahm ihre Handtasche und stand auf. »Es war reizend, sich mit Ihnen zu unterhalten, Deidre. Aber jetzt bringe ich lieber mal unser Gepäck in die Wohnung. Kann man hier irgendwo einen Happen essen gehen? Heute Abend bin ich nicht mehr in der Lage zu kochen.« Sie nahm Joeys Hand und zog ihn hoch.

»Na klar. Nur ein Stück die Straße runter gibt es ein hübsches kleines Lokal, das Betsy's«, meinte Deidre, als sie die beiden zur Tür brachte. »Der Name lässt nichts Großartiges vermuten, aber sie kocht gut. Es ist ganz in Rot und Weiß gehalten, Sie können es nicht übersehen. Kann ich Ihnen beim Reintragen helfen?«

»Sehr nett von Ihnen, aber das schaffe ich schon. Ich hab nicht viel mitgebracht.«

»Und Sie ziehen nur zu zweit ein?«, fragte Deidre, nachdem Joey den letzten Rest von seinem Keks verdrückt hatte.

»Ja, nur Joey und ich«, erwiderte Babs und schob Joey zur Tür hinaus. »Wie sagst du zu Mrs. Kramer, Joey?«

Er murmelte brav: »Danke«, und Deidre streichelte ihm übers Haar, bevor sie ihnen zum Abschied zuwinkte. »Wir werden bestimmt Freunde werden, Joey.« Lächelnd wandte sie sich an Babs. »Melden Sie sich einfach, wenn Sie irgendwas brauchen. Hier wohnen lauter nette Leute, Sie werden sich schnell einleben.«

Kaum hatte Babs die Tür zu ihrer Wohnung geöffnet, musste sie lächeln. Sie hatte exakt denselben Grundriss wie die der Kramers und war wunderbar luftig und lichtdurchflutet, auch wenn die Möbel bei Weitem nicht so elegant waren wie die von Deidre. In einer Ecke stand ein braunes Sofa, und es gab weder Sideboard noch Fernsehschrank, dafür aber ein kleines Bücherregal und einen viel zu großen Esstisch mit vier altmodischen, aber stabilen Stühlen.

Perfekt für meine Nähmaschine, überlegte Babs.

Sie stellte das Gepäck und die Nähmaschine ab und erkundete mit Joey die Schlafzimmer. Es gab ein großes und seitlich daneben ein kleineres. Erfreut stellte sie fest, dass hier sowohl Klimaanlagen als auch Wandschränke eingebaut waren. Wie modern, dachte sie. Das Bad neben den Schlafzimmern war sehr geräumig.

Auch wenn die Wohnungseinrichtung ziemlich schlicht war, wirkte doch alles praktisch und sauber. Hoffentlich fühlen wir uns hier wohl, dachte Babs. Denn sie hatte alles auf diese eine Karte gesetzt. Einen Moment lang schloss sie die Augen und atmete tief durch, damit sich der Knoten der Angst in ihrem Magen löste. Sie musste einfach darauf vertrauen, dass sie die richtige Entscheidung getroffen hatte.

Nach dem Abendessen in Betsy's Diner gingen Babs und Joey im Licht des späten Nachmittags Hand in Hand die staubige Straße am Stadtrand entlang. Joey war ziemlich still. Da er oft ein bisschen ängstlich war, fragte sich Babs, ob er den Umzug gut verkraften würde. Hoffentlich war dieser Neuanfang das Richtige für ihn. Sie blieben stehen und blickten auf die kleine Siedlung Palm Desert hinter sich, auf die ordentlich in Reih und Glied stehenden Häuser und die akkurat angelegten Straßen neben den gut gewässerten smaragdfarbenen Grünstreifen. Vor ihnen erstreckte sich die Wüste bis zu den fernen Bergen.

»Schau nur diese Aussicht, Joey! So viel Weite.« Babs zeigte auf einen Berg mit weißer Schneehaube. »Der Berg dort sieht wie eine Eistüte aus.«

Auf Joeys erschöpftem Gesicht erschien ein Lächeln. »Können wir eine Schneeballschlacht machen, Mom?«

»Der Schnee ist zu weit weg, um hinzulaufen, Schatz. Aber eines Tages fahren wir bestimmt mal in die Berge.«

Dann wurde Joey wieder ernst. »Mom, wann werde ich Dad wiedersehen? Kommt er auch nach Palm Desert?«

Babs sog scharf Luft ein. Diese Frage hatte sie befürchtet. Sie kniete sich vor ihren Sohn. »Liebling, ich glaube, es ist besser, wenn wir Dad eine Zeit lang nicht sehen«, sagte sie sanft. »Aber es wird dir hier gefallen. Es ist so schön. Und wir werden ein herrliches Leben haben, viel besser als früher.« Joey nickte, und Babs nahm ihn kurz in die Arme. Dann schaute sie hinüber zu der Bergkette und dachte über ihre Zukunftspläne nach. War sie vielleicht zu optimistisch gewesen? Was, wenn sie scheiterte? Nach Portland konnte sie nicht zurück. Sie spürte, wie Angst in ihr aufstieg.

»Mom, schau mal!« Joey zog an ihrer Hand und zeigte die Straße hinunter, wo laut wiehernd ein Pferd auf sie zutrottete. Hinten an seinem Sattel hingen Getreidesäcke, und vor dem Reiter saß ein kleiner Junge, nicht einmal so alt wie Joey, mit glattem dunklen Haar bis über die Ohren. Der Mann trug lederne Fransenhosen und ein verblichenes blaues Hemd. Fasziniert starrte Joey sie an.

»Indianer«, erklärte Babs leise. »So etwas bekommst du in Portland nicht zu sehen.«

In diesem Augenblick fuhr langsam ein Auto an ihnen vorbei, dessen Insassen sie neugierig musterten, bevor sie ihnen mit einem Lächeln zunickten. Die zierliche Frau mit den traurigen blauen Augen erwiderte ihr Lächeln und nahm ihren Sohn bei der Hand. Mit schlenkernden Armen spazierten die beiden zurück zu ihrem neuen Heim. In der Ferne funkelte das glamouröse Palm Springs und wartete darauf, von ihnen entdeckt zu werden.

Als Babs am nächsten Tag alles ausgepackt hatte, wagten sie und Joey sich das erste Mal in den Swimmingpool. Joey war außer sich vor Begeisterung, und Babs verbrachte einige Zeit mit ihm im Wasser, wo sie spielten und sich anspritzten. Dann sah sie

Deidre Kramer zum Pool kommen und kletterte hinaus, behielt aber Joey im Auge, der strikte Anweisung hatte, im flachen Teil zu bleiben.

Deidre begrüßte sie herzlich. »Ihr habt also den Pool entdeckt?«

Schüchtern erwiderte Babs ihr Lächeln. »Es ist herrlich. Nie hätte ich gedacht, dass ich mal Zugang zu einem privaten Swimmingpool hätte. Und Joey ist im siebten Himmel. Ich hoffe, er lernt bald richtig schwimmen.«

»Bestimmt, wenn Sie jeden Tag mit ihm herkommen.« Die beiden Frauen ließen sich auf Plastikliegestühlen nieder, und Babs erwähnte die Indianer, die sie und Joey am Abend zuvor gesehen hatten.

»Das sind die hiesigen Agua-Caliente-Indianer«, erklärte Deidre. »Meist bleiben sie unter sich, auch wenn ihnen das Land mehr oder weniger gehört.«

»Wie meinen Sie das?«, wollte Babs wissen.

»Der ganze Grund und Boden hier gehört den Indianern. Sie haben ihn uns Bleichgesichtern nur verpachtet.« Deidre lachte und rückte ihre Sonnenbrille zurecht. »Haben Sie eigentlich schon gehört, dass das Rat Pack nach Palm Springs gezogen ist? Frank Sinatra hat sich dort ein wunderschönes Haus gekauft. Man hat mir erzählt, dass sein Pool die Form eines Konzertflügels hat!« Babs merkte, dass Deidre nichts lieber tat als über die Filmstars in Palm Springs zu tratschen. Was ihr ganz recht war, denn so brauchte sie nicht über ihre eigene Situation zu reden.

»Tatsächlich? Ich bin ja ein großer Fan von ihm, und auch von Dean Martin. Deano ist so lustig, wenn er mit Jerry Lewis auftritt«, plauderte Babs. »Ich kann es kaum erwarten, mir Palm Springs näher anzusehen. Heute richten wir uns noch fertig ein, aber morgen fahren wir vielleicht hin, bummeln herum und gehen mittags irgendwo nett essen.« Das sagte sie leichthin, dabei war es ganz und gar nicht alltäglich für sie, mittags essen zu gehen. Ihr kam wieder in den Sinn, wie begrenzt ihre finanziellen Mittel waren, doch dann entschied sie, dass Palm Springs die Ausgabe wert sei. Außerdem wusste sie, dass sie in den sauren Apfel beißen und sich nach Arbeit umsehen musste, was den Kauf eines Bustickets mehr als nur rechtfertigte.

»Tun Sie das, Babs. An der Plaza gibt's eine ganze Menge neuer Läden: das I. Magnin, das Bullock's und so viele andere hübsche Shoppingmöglichkeiten. Besser als in L.A. und San Francisco, wenn Sie mich fragen.«

Babs nickte. Sie würde sich dort nichts kaufen. Immerhin hatte sie für diesen Umzug nach Kalifornien ein Jahr lang eisern gespart. Jeden Cent hatte sie beiseitegelegt, bis sie genug für den Greyhound-Bus und die Dreimonatsmiete für die Wohnung in Palm Desert zusammenhatte, die sie sich mithilfe eines befreundeten Maklers in Portland unbemerkt hatte reservieren können. Sie hatte ihn gebeten, Stillschweigen darüber zu bewahren, und konnte nur hoffen, dass er Wort hielt. Nervös rutschte sie auf der Liege herum und verscheuchte den beängstigenden Gedanken, dass man sie und Joey in Palm Desert aufspüren könnte. Stattdessen versuchte sie sich auf das Hier und Jetzt zu konzentrieren. Sie brannte darauf, nach Palm Springs zu kommen, nicht nur weil es als Prominenten-Spielwiese berühmt war, sondern auch, weil sie endlich den Ort sehen wollte, von dem sie so lange geträumt hatte. Der Wunschtraum Palm Springs hatte ihr Kraft gegeben. Nun musste sie das Städtchen mit eigenen Augen sehen.

Als Babs am nächsten Tag mit Joey an der Hand den Palm Canyon Drive entlangbummelte, war sie richtig aufgeregt. Sie ging langsam, damit Joey Schritt halten konnte und sie genug Zeit hatte, alles in sich aufzunehmen: Geschäfte, verschiedene Sehenswürdigkeiten, Menschen, die im Sonnenschein flanierten. Ihr fiel auf, dass die meisten Mädchen im Teenageralter eine Art Uniform aus farbigem Oberteil und nach unten schmal zulaufenden Hosen trugen, manchmal nur in Capri-Länge. Manche liefen aber auch in Latzhosen herum, die am Saum sorgfältig hochgekrempelt waren. Die Jungen trugen Hemden mit hochgerollten Ärmeln, die Haare hatten sie mit glänzender Pomade in Form gebracht. Viele ältere Männer liebten offensichtlich bestickte Karohemden mit Schnürsenkel-Krawatten und schicke Cowboystiefel. Fast alles hier schien von der Wüste inspiriert zu sein.

»Mom, sieh mal die Autos!« Joey zeigte auf glänzende Straßenkreuzer in allen Farben mit verchromten Kühlergrills, kunstvollen Zierleisten und riesigen Heckflossen, die links und rechts am Straßenrand parkten. Dann blieb er stehen und starrte staunend einem Cabrio nach, das die Straße entlangfuhr.

»Das Autodach lässt sich zurückklappen, sodass man in der Sonne sitzt«, erklärte Babs. »Es muss ein großartiges Gefühl sein, den Wind im Gesicht zu spüren«, setzte sie hinzu und betrachtete die Beifahrerin mit ihrem unterm Kinn verknoteten Schal und einer Katzenaugen-Sonnenbrille.

Die eleganten Läden, an denen sie vorbeikamen, flößten Babs Respekt ein. Doch dann holte sie tief Luft, nahm Joey fest an der Hand und betrat mit ihm ein Bekleidungsgeschäft. Die stark geschminkten, teuer gekleideten und mit massenhaft klimperndem Goldschmuck behängten Verkäuferinnen wirkten ausgesprochen unfreundlich. Plötzlich war Babs gehemmt. In Sandalen und einem schlichten selbstgenähten Baumwoll-Sommerkleid fühlte sie sich völlig fehl am Platz. Na ja, vielleicht dürfen sie hier Kleider aus den Kollektionen tragen, die sie im Laden verkaufen, tröstete sich Babs.

Höflich fragte sie, ob eine Verkäuferin gesucht werde. Doch als sie zugab, dass sie keinerlei Erfahrung im Einzelhandel hatte, erntete sie nur einen vernichtenden Blick und eine Absage. Sie versuchte es noch in ein paar anderen Geschäften, doch überall mit demselben Ergebnis. Nachdem sie und Joey eine Weile die Hauptstraße entlanggelaufen waren, nahte die Mittagszeit. Joey war müde, verschwitzt und hungrig, und Babs sank der Mut.

»Diese Restaurants sehen teuer aus. Lass uns drüben in dem Drugstore etwas zu trinken kaufen«, schlug sie vor. Schweigend setzten sich die beiden und tranken ihre Brause ganz langsam, damit sie eine Weile reichte. Schließlich ergriff Babs wieder das Wort und bemühte sich, unbeschwert zu klingen.

»Na, was meinst du, wird dir das Leben in der Wüste gefallen, Joey?« Sie zwang sich zu einem Lächeln.

Ihr Sohn schob den Strohhalm im Glas hin und her und versuchte auch noch die letzten Tropfen herauszusaugen. »Ich glaube schon«, nickte er.

»Das ist gut, Schatz. Mir geht es auch so. Psst, schlürf nicht so, das gehört sich nicht.« Joey gehorchte und schnippte schweigend gegen den Strohhalm. Babs fuhr ihm übers Haar und zupfte ihm behutsam den Hemdkragen zurecht. Mehrere Abende hatte sie damit zugebracht, die rot-gelbe Eisenbahn nach einer Vorlage aus einem seiner Bilderbücher auf die Hemdtasche zu sticken und dann den Kragen, die Knopflöcher und den Saum der kurzen Ärmel mit demselben roten Garn einzufassen. Seine Shorts waren aus Stoff im gleichen Rot genäht. Babs nähte für ihr Leben gern und wusste, dass sie ein Talent dafür hatte. Ihre Großmutter, Grandma French, war eine wunderbare Schneiderin gewesen, die sämtliche Anzüge für Grandpa und auch die Mäntel und die Jacken für sie alle selbst angefertigt hatte. Sie hatte Babs und ihren Schwestern das Nähen beigebracht, die Mädchen hatten fast nie Konfektionsware zum Anziehen gekauft. Beim Gedanken an das Foto, das ihre Großeltern immer stolz hergezeigt hatten, musste sie lächeln. Es war ein Foto von ihr als Baby und ihren Schwestern Alice und Deborah im Teenageralter, alle in hübschen Kleidern, die ihre Großmutter mit viel Liebe genäht hatte. Auf dem Bild wirkte Deborah ernst, während ihre ältere Schwester Alice schön und selbstsicher aussah wie immer. Babs hingegen, das Nesthäkchen der Familie, trug eine riesige Schleife im Haar und Riemchen-Lackschuhe, wobei ihr ein Kniestrumpf die Wade hinuntergerutscht war. Babs' Schwestern waren viel eleganter und selbstbewusster als sie. Die Nähkunst jedoch schien ihr in die Wiege gelegt worden zu sein, und sie war ihrer verstorbenen Großmutter sehr dankbar, dass sie dieses Vermächtnis an sie weitergegeben hatte.

Als sie an die gut gekleideten jungen Menschen draußen auf der Straße dachte, erinnerte sich Babs daran, wie sehr junge Frauen es hassten, dasselbe Kleid öfter als zweimal zu tragen, wenn sie sich mit jungen Männern verabredeten oder auf Partys gingen. Babs war da keine Ausnahme gewesen. Doch für nur wenig Geld hatte sie sich hinreißende Stoffe kaufen und hübsche Outfits für alle Gelegenheiten schneidern können. Schon früh hatte sie ein Auge für Qualität entwickelt und mit eigenen Ideen und Entwürfen experimentiert.

Babs seufzte. All das schien so lange her zu sein. Sie nahm Geld aus dem Portemonnaie, um die Getränke zu bezahlen. Angesichts ihrer verbliebenen Barschaft runzelte sie die Stirn. Auch wenn sie sehr sparsam lebte, würde ihr Geld nicht ewig reichen. Sie musste dringend Arbeit finden. Mit Joey an der Hand ging sie zur Bushaltestelle.

Ein paar Tage danach schrieb Babs Joey bei der örtlichen Grundschule ein. Als sie ihn zum ersten Mal dorthin brachte, wirkte er zunächst verängstigt und klammerte sich an Babs. Doch die Lehrerin war sehr nett und lenkte ihn mit dem Versprechen ab, dass er das Klassen-Meerschweinchen streicheln dürfe, während sich

Babs hinausschlich. Sie beschloss, erneut nach Palm Springs zu fahren und sich um Arbeit zu bemühen, diesmal jedoch ohne einen kleinen Jungen im Schlepptau. Sobald sie aus dem Bus gestiegen war, machte sie am Palm Canyon Drive dort weiter, wo sie die Suche aufgegeben hatte, und fragte in verschiedenen Geschäften nach einer freien Verkäuferinnenstelle. Doch niemand wollte unerfahrenes Personal einstellen. Während sie ein Geschäft nach dem anderen abklapperte, wurde sie zusehends unruhiger. Sie war tatsächlich davon ausgegangen, ohne Probleme eine Anstellung zu bekommen, aber es schien aussichtslos zu sein. Aufgeben kam für sie allerdings nicht infrage. Und so fuhr sie die ganze Woche täglich mit dem Bus nach Palm Springs, sobald Joey in der Schule war. Doch wo sie auch nachfragte, die Antwort war stets die gleiche. Als sie schließlich in einem exklusiven Geschäft wieder einmal abschlägig beschieden wurde, fragte Babs verzweifelt: »Wie soll ich denn Erfahrung sammeln, wenn mir niemand eine Chance gibt?«

Die Frau zuckte die Achseln. »Ich verstehe Sie ja. Und es tut mir leid, dass ich Ihnen nicht helfen kann.«

»Mir auch«, sagte Babs, drehte sich um und ging zur Tür. An einem Ständer mit Kinderkleidung zog sie ein gesmoktes Kleidchen heraus und warf einen Blick auf den Preis. »Du lieber Himmel, dafür kriegt man ja fast ein Auto!«, rief sie aus.

»Die Leute hier haben eine Menge Geld und wollen nur das Beste. Dafür sind sie bereit, entsprechend viel auszugeben«, sagte die Verkäuferin.

Babs betrachtete das Kleidchen, dann fragte sie langsam: »Und wie kommt Ihr Geschäft an das Beste?«

Die Verkäuferin zog die Nase kraus. »Mrs. Bourke ist die Einkäuferin für unser Kindersortiment. Sie bezieht die Ware aus großen Kaufhäusern und Fabriken, aber manchmal kauft sie auch handgearbeitete Einzelstücke. Leute zeigen ihr Muster, und sie entscheidet, was sie haben will. Die Frau hat Haare auf den Zähnen, aber auch einen exzellenten Geschmack. Das Geschäft hier ist für seine exklusive Babykleidung bekannt, auch wenn das nur einen ganz kleinen Teil unseres Sortiments ausmacht.«

Babs unterzog die Kinderkleidung nun einer genaueren Prüfung, und langsam nahm eine Idee in ihr Gestalt an. »Ich bin sicher, dass ich Kleider dieser Qualität herstellen kann«, sagte sie mit so viel Selbstbewusstsein, wie sie nur aufbringen konnte. »Darf ich Ihnen einmal ein paar Muster zeigen?«

Die Verkäuferin zuckte die Achseln. »Warum nicht?«

»Prima«, erwiderte Babs und strahlte. Wie dumm sie doch gewesen war! Warum sich für eine Arbeit bewerben, von der sie keine Ahnung hatte, anstatt das zu tun, was sie konnte? Also sagte sie zu der Verkäuferin, sie würde in Kürze wiederkommen, um mit Mrs. Bourke zu sprechen. Den Kopf voller Ideen stieg sie in den Bus zurück nach Palm Desert. Und kaum hatte sie Joey abends ins Bett gebracht, schrieb sie eine Liste, was sie alles brauchte, um ihr Schneideratelier zu eröffnen.

Als Joey am nächsten Tag in der Schule war, lud sie Deidre auf einen Kaffee ein. Schüchtern erzählte sie der Nachbarin von ihrem Plan, Kinderkleidung zu nähen. »Das Problem ist, dass ich keine Ahnung habe, wo ich das nötige Material herbekomme, Deidre. Vielleicht können Sie mir helfen?«

»Ein wunderbarer Einfall«, sagte Deidre. »Mir ist nicht entgangen, wie hübsch Joey immer angezogen ist, aber mir war nicht klar, dass Sie die Sachen selbst gemacht haben. Und erst Ihre Kleider … jetzt verstehe ich, wie Sie zu der passenden Garderobe für unsere Gegend gekommen sind, nachdem Sie doch in Portland gelebt haben. Also, was brauchen Sie?«

»Die Nähmaschine meiner Großmutter habe ich zwar mitgebracht, aber fast alles, was dazugehört, in Portland gelassen. Ich müsste also wissen, wo ich Stoffe und Nähgarn bekomme«, erklärte Babs.

»Sol kann Sie morgen herumkutschieren. Er kennt hier alle Welt, da müssten Sie finden, was Sie brauchen.«

Sol war fast so breit wie hoch, immer fröhlich und völlig vernarrt in Palm Springs. Er fuhr sie nach Cathedral City, Bermuda Dunes, Indian Wells und Indio, wo Babs Stoffe, Bordüren und Litzen, Nadeln, Garn und modernes Zubehör für ihre alte Maschine kaufte. In einem Geschäft fand sie sogar eine kleine Plissier- und Fältelmaschine.

»Wow!«, rief Babs begeistert. »Damit spare ich mir viel Zeit. Auch wenn ich bei den Fältchen noch per Hand nacharbeiten muss, hilft das doch sehr beim Einkräuseln.«

Obwohl Sol vom Smoken keinen blassen Schimmer hatte, lächelte er nachsichtig angesichts ihrer Begeisterung.

Abends beim Kassensturz stellte sie erfreut und erleichtert fest, dass sie dank ihres netten Nachbarn einiges an Geld gespart hatte. Da er Babs beim Einkaufen begleitet hatte, hatte niemand den normalen Ladenpreis von ihr verlangt.

In den nächsten drei Wochen hievte Babs morgens ihre Nähmaschine auf den Esstisch. Sie zeichnete Entwürfe, die sie nähte, smokte und verzierte. Mit Margeriten-, Zweig-, Wickel- und auch Perlstich stickte sie kleine Tiere und zarte Blumen auf die niedliche Babykleidung. Ihr machte die Arbeit Spaß, und sie fand die von ihr entworfenen Sachen entzückend. Hoffentlich gefielen sie auch der Einkäuferin der Boutique. Sie wollte lieber nicht daran denken, was passierte, wenn keiner ihre Ware wollte.

Kurz bevor Joey dann wieder aus der Schule nach Hause kam, packte sie alles zusammen. Anschließend ging sie mit ihrem Sohn in dem nierenförmigen Pool schwimmen. Joey blühte in seiner neuen Umgebung förmlich auf, er war nicht mehr so ängstlich und verschlossen wie früher. Die Entscheidung, nach Kalifornien zu ziehen, war also richtig gewesen. Einige Male schreckte sie nachts aus dem Schlaf auf, voller Angst, mit ihm nach Hause zurückgeschleppt zu werden. Doch je mehr die Wochen verstrichen, desto mehr verblasste dieses Schreckgespenst, sodass auch sie ihr sonniges neues Zuhause genießen konnte.

An den meisten Nachmittagen sahen sie Deidre und Sol. Sol war Eigentümer einer Waschsalonkette in Sacramento und Santa Barbara gewesen, die er aber verkauft hatte, um sich zur Ruhe zu setzen. In seiner neu gewonnenen Freizeit hatte er das Malen als Hobby entdeckt und war, sehr zu Deidres Überraschung, sogar ziemlich begabt. Sol hatte Joey angeboten, ihm Malunterricht zu geben. Und so gingen Babs und Joey eines Nachmittags in Sols und Deidres Wohnung, wo er seine erste Stunde haben sollte. Sol hatte eine kleine Staffelei aufgetrieben, eine kleine Leinwand vorbereitet und verschiedene Dosen mit bunter Farbe samt Pinseln auf einen Hocker daneben gestellt. Geduldig zeigte er dem Jungen ein paar Techniken und ermunterte ihn, die Wüstenlandschaft zu malen. Deidre und Babs schauten den beiden zu.

»Was treibst du so, Sol, seit du Rentner bist?«, fragte Babs und trank von der Limonade, die Deidre für sie alle gemacht hatte.

»Oh, er ist der große Zampano der Historischen Gesellschaft«, sagte Deidre, noch bevor Sol antworten konnte. »Wenn er erst mal anfängt, über die Geschichte von Palm Springs zu reden, findet er kein Ende. Er hält Vorträge und macht auch Führungen.«

»Da müssen wir unbedingt mal mitkommen«, sagte Babs und warf einen Blick auf Joeys Leinwand. Er hatte einen strahlend blauen Himmel und eine große Sonne gemalt und versuchte sich jetzt an einem Klecks mit vier Beinen, der wohl ein Pferd werden sollte.

»Das machst du gut, Joey«, sagte sie. Der Junge strahlte.

»Weißt du, Joey, viele berühmte Künstler haben sich von der Wüste inspirieren lassen«, erklärte Sol. Er verließ kurz das Zimmer und kam mit einem Kunstdruck zurück. »Der stammt von einem meiner Lieblingskünstler, Carl Eytel.« Der Künstler hatte die karge, gestrüppreiche Ebene perfekt eingefangen.

Babs sah sich im Zimmer um, und ihr Blick blieb an mehreren Bildern hängen, die an einem Stuhl lehnten. Sie begutachtete sie nacheinander.

»Wirklich wunderschön«, meinte sie. »Hast du die gemalt, Sol?«

»Ja«, antwortete er, sichtlich erfreut. »Es handelt sich um eine Serie über die Gründung von Palm Springs.« Er wandte sich an Joey. »Sie erzählen eine Geschichte. Willst du sie hören?«

»O ja!« Joey legte den Pinsel weg.

Sol nahm das erste Gemälde und zeigte auf drei Figuren, zwei größere und eine kleinere, die mit Pferd und Esel über Geröll und Dünen durch eine steinige Wüste zogen. »Etwa vor siebzig Jahren reiste ein Indianeragent mit seinem Sohn und einem Führer durch die heiße, trockene Wüste. Indianeragenten waren von der Regierung beauftragt, sich um die Indianer und ihre Angelegenheiten zu kümmern. Der kleine Junge war krank und ihr indianischer Führer Pablo hatte versprochen, ihnen einige magische Quellen zu zeigen, die den Jungen wieder gesund machen würden.«

»Was hatte er denn?«, fragte Joey besorgt.

»Die Krankheit heißt Tuberkulose.« Sol zog das zweite Gemälde hervor. »Eines Abends schlugen sie ein Lager auf.« Auf dem Bild sah man das Pferd und den stämmigen kleine Esel, angebunden im Schatten eines alten Feigenbaums. Neben ihnen standen ein Karren und ein offener Pferdewagen, beide mit Sand und Wüstenstaub bedeckt. Die kerzengeraden Palmen, die sich majestätisch in den Himmel reckten, ließen alles andere winzig erscheinen.

Sol deutete auf einen Reiter in einer Ecke des Bilds. »Auf einer nahen Anhöhe hielt Pablo sein Pferd an und blickte auf das vor ihnen liegende Tal hinab.«

Interessiert betrachtete Joey das Bild. »Diese Berge habe ich schon gesehen.« Er deutete auf die schemenhafte, von Sanddünen gesäumte Bergkette im Hintergrund.

»Aber natürlich hast du das.« Sol lächelte den Jungen an und zeigte dann wieder auf das Bild. »Im Südosten lag ein alter See, und direkt im Süden erhoben sich die Santa Rosa Mountains. Die Canyons im Südwesten waren von Palmen gesäumt, darüber ragten die bis zu dreitausenddreihundert Meter hohen San Jacinto Mountains empor.« Babs entdeckte die gezackten Gebirgskämme am oberen Bildrand.

»Wow«, sagte Joey.

Sol zog ein weiteres Bild aus dem Stapel: Vor der Silhouette der lavendelfarbenen Berge und einem Himmel mit tief stehender Sonne hatten der Mann und der Junge Kleidung und Stiefel ausgezogen und standen in einem blubbernden Tümpel; ihr Führer hockte daneben und sah ihnen zu. Babs spürte beinahe die leise Brise, die durch die Palmenblätter strich, die trockene, frische Luft auf der Haut. Als sie genauer hinschaute, entdeckte sie viele Details. Der Mann war stämmig, der Junge hingegen lächelte zwar, wirkte aber zart und gebrechlich. Ihr Führer rauchte eine unbeholfen gerollte Zigarre.

Sol fuhr mit der Geschichte fort. »Endlich kamen sie nach einer langen Reise zu den magischen Quellen, und lachend stieg der Junge ins Wasser.

›Das ist ja wärmer als in der Badewanne, Papa!‹, rief er.

›Es ist Heilwasser, mein Sohn, das dich gesund und stark machen wird.‹«

Das nächste Bild, das Sol hervorzog, zeigte das Tal mit dem Heilwassertümpel. Von den Berggipfeln strömten Bächlein hinab. Nahe der heißen Quellen drängten sich strohgedeckte Hütten, im Vordergrund sah man ein paar Indianer.

»Der Mann und sein Sohn blieben bei Pablo im Dorf, und Pablos Frau tischte ihnen Bohnenbrei und gebackene Agavenherzen auf gerösteten Brotscheiben auf, alles auf dem kleinen Feuer vor den Hütten zubereitet. Täglich kehrten die drei kurz vor Sonnenuntergang zu den Quellen zurück, um ins heilende Wasser einzutauchen.

Der Mann hieß John Guthrie McCallum. Da er glaubte, sein Sohn könne nur gesund werden, wenn er mit seiner Familie aus dem feuchtkalten San Francisco hierherziehen und in dem trockeneren, wärmeren Klima ein neues Leben beginnen würde, erwarb er Land, um darauf ein Haus für sich und die Seinen zu bauen.« Sol hielt inne und nahm dann das letzte Bild zur Hand. Darauf sah man denselben Mann mit seiner Frau, etlichen Kindern und ein paar Indianern vor einem schlichten Lehmziegelhaus mit Obstbäumen ringsum. »Und er nannte den Ort Palm Springs«, schloss Sol.

»So also wurde die Stadt gegründet«, sagte Babs.

»Und ist der kleine Junge gesund geworden?«, fragte Joey.

Nach einer kurzen Pause antwortete Sol bedächtig: »Ja, dem kleinen Jungen ging es bald wieder gut.«

Babs und Sol wechselten einen Blick. Sie war ihm dankbar, dass er Joey eine Notlüge aufgetischt hatte. Wenn ihr Sohn erfahren hätte, dass der Junge gestorben war, hätten ihn wochenlang Albträume gequält.

»Der arme alte John McCallum«, sagte Sol. »Seine Zukunft sollte nicht allzu rosig aussehen. Er plante mit einem Freund eine Bewässerungsanlage für Palm Springs und investierte eine Menge Geld, um die Wüste zum Blühen zu bringen. Aber er gab das Land den falschen Leuten. Die meisten von ihnen waren krank, sodass sie kaum etwas zuwege brachten und zurück an die Küste zogen, ohne etwas für die Landnutzung zu zahlen. Der alte John ging beinahe pleite.«

»Wie kam es dann, dass Palm Springs trotzdem wuchs?«, fragte Babs.

Nun erzählte Deidre die Geschichte weiter. »McCallum hatte mehrere Kinder, aber es war seine Jüngste, Pearl, die sein Erbe weiterführte. Sie heiratete Austin McManus, einen Bauunternehmer, und nutzte das Land ihres Vaters wesentlich erfolgreicher.«

»In den Zwanzigerjahren baute sie das Oasis-Hotel«, nahm Sol den Faden wieder auf. »Du weißt schon, den Turm, den man vom Palm Canyon Drive aus sieht. Dort stiegen dann all die Filmstars ab.«

»Welche Filmstars?«, fragte Babs.

»Oh, Clark Gable, John Wayne, Loretta Young, sogar Shirley Temple.« Deidre war wieder bei ihrem Lieblingsthema angelangt. »Außerdem hat Pearl ein paar Wohnanlagen errichtet und den Tennisclub gegründet.«

»Ich würde zu gern mal ein paar Stars sehen.« Babs klang sehnsüchtig.

»Das kommt noch«, versicherte ihr Deidre.

»Mom, wie gefällt dir mein Bild?«, fragte Joey dazwischen, und Babs warf einen Blick auf die jetzt kunterbunte Leinwand.

»Großartig, Schatz, gut gemacht.« Babs nahm Joey in den Arm. »Und jetzt bedanke dich bei Sol, dass er dir so viel beigebracht hat.«

»Danke, Sol«, sagte Joey und strahlte.

»Komm bald wieder. Du kannst malen, wann immer du willst, kleiner Mann«, erwiderte Sol.

Nachdem Babs täglich viele Stunden ununterbrochen gearbeitet hatte, hatte sie schließlich ein Dutzend Ausstattungen für Babys und Kleinkinder beisammen. Eines Vormittags, nachdem Joey zur Schule gegangen war, packte sie all die Sachen sorgfältig in Seidenpapier, verstaute sie in ihrem kleinen Koffer und fuhr damit nach Palm Springs. Inzwischen hatte sie fast kein Geld mehr, was sie ziemlich nervös machte. Wenn nun niemand ihre Kinderkleidung kaufen wollte? Wie konnte sie sonst Geld verdienen? Wie sollte sie die Miete zahlen? Sie versuchte sich zu beruhigen, während sie den North Palm Canyon Drive entlang zu dem Geschäft ging, wo sie die teuren Babykleider gesehen hatte. Als sie eintrat, entdeckte sie dieselbe Verkäuferin wie beim letzten Mal und ging zu ihr.

»Ich weiß nicht, ob Sie sich noch an mich erinnern?«, begann sie etwas beklommen. »Aber ich habe vor ein paar Wochen mit Ihnen über Kinderkleidung gesprochen.«

Die Verkäuferin musterte sie. »Ja, genau. Wie kann ich Ihnen helfen?«

»Sie haben mir erzählt, Ihre Einkäuferin Mrs. Bourke wäre eventuell an handgearbeiteten Stücken interessiert. Ich habe in den letzten Wochen Babykleidung entworfen und genäht und würde mich freuen, wenn sie die Sachen vielleicht hier ins Sortiment nehmen möchte.«

Die Verkäuferin schürzte die Lippen. »Ich kann nicht garantieren, dass sie Sie ohne Termin empfängt.«

Babs' Mut sank. »Ach so. Ich habe da wohl was falsch verstanden. Wissen Sie, ich habe so etwas noch nie gemacht«, sagte sie niedergeschlagen. Sie fühlte sich in dieser ihr unbekannten Geschäftswelt wie ein Fisch auf dem Trockenen. Doch dann dachte sie an Joey, der sich in der neuen Umgebung so tapfer hielt, und fasste sich ein Herz. Schließlich hatte sie sich viel Mühe gemacht, und sie wusste, dass die Kleidung hübsch und von hoher Qualität war. Sie durfte jetzt nicht klein beigeben. Also holte sie tief Luft und nahm dann einen ihrer Entwürfe aus dem Koffer. »Es würde nicht lange dauern.«

Die Verkäuferin begutachtete das Kleidungsstück. »Warten Sie einen Moment. Ich werde mal mit ihr sprechen, schaden kann es ja nicht.«

Als die Frau verschwunden war, sah sich Babs im Laden um. Sie musste zugeben, dass die Ware hier hinreißend war: seidene Cocktailkleider, teils bestickt und mit Spitzeneinsätzen, modische Capri-Hosen, schicke rückenfreie Tops und die glitzerndsten Sandalen, die sie je gesehen hatte. Das ließ sich mit dem Angebot in Portland überhaupt nicht vergleichen. Und dann diese Preise! Sie konnte nicht glauben, dass irgendjemand auf der Welt bereit war, so viel Geld für ein einziges Paar Sandalen auszugeben.

»Sie wollten mich sprechen?«, fragte eine Stimme hinter ihr.

Babs drehte sich um und stand einer elegant gekleideten Mittfünfzigerin gegenüber.

»Ich bin Mrs. Bourke. Sie wollen mir ein paar Warenmuster zeigen? Kommen Sie doch bitte mit in mein Büro, dann werde ich sie mir ansehen. Offenbar sind Sie ja recht beharrlich.« Sie klang energisch, aber nicht unfreundlich.

In Mrs. Bourkes Büro öffnete Babs den Koffer und legte Kleinmädchenkleider, Hemden für kleine Jungen und Babykleidung auf den Schreibtisch.

Die Einkäuferin nahm jedes einzelne Stück in die Hand und begutachtete es. »Ich nehme an, Sie haben das alles selbst gemacht?«, fragte sie schließlich. »Einiges dürfte sich gut verkaufen lassen.«

Vor Erleichterung wurden Babs die Knie weich.

»Ich glaube, ich nehme das«, sagte Mrs. Bourke und legte ein reizend gesmoktes Babykleidchen zur Seite. »Und dieses Outfit mit den gelben Enten für einen kleinen Jungen ist recht charmant. Vielleicht noch dieses weiße Kleidchen. Ich brauche die Sachen allerdings in mehreren Größen. Können Sie die bis nächste Woche liefern? Wenn die Qualität so hoch bleibt, sind wir im Geschäft.«

Damit es keine Missverständnisse gab, notierte Mrs. Bourke die Größen, die Stückzahl und den Preis, den sie dafür zahlen würde. Babs' Hochgefühl wurde nur ein wenig dadurch gedämpft, dass nicht alle ihre Entwürfe Gnade vor den Augen der Einkäuferin gefunden hatten. Als sie jedoch sah, was Mrs. Bourke zahlen wollte, stieg ihr die Zornesröte ins Gesicht. Das waren ja nur Almosen im Vergleich zu dem, was die Sachen im Laden kosten würden! Allerdings blieb ihr wohl nichts anderes übrig, als einzuwilligen. Schließlich brauchte sie das Geld. Und irgendwo musste sie eben anfangen, ihren Lebensunterhalt zu verdienen. Also nickte sie, dankte Mrs. Bourke dafür, dass sie sich die Zeit genommen hatte, und versprach, die Bestellung Ende nächster Woche zu liefern, auch wenn sie sich fragte, wie um Himmels willen sie das schaffen sollte.

»Noch eine Frage«, sagte Mrs. Bourke. »An welche Altersgruppe denken Sie bei Ihren Entwürfen?«

»Von Neugeborenen bis etwa sechs oder sieben«, antwortete Babs. Sie wollte sich nicht auf Babykleidung festlegen lassen.

»Und wie heißt Ihre Marke? Oder soll ich den Namen unseres Geschäfts einnähen lassen?«

Babs wollte schon erwidern, dass sie kein Designerlabel habe, doch da schoss ihr eine Idee durch den Kopf.

»Tut mir leid, dass ich nicht mehr die Zeit hatte, die Schildchen einzunähen. Der Name ist ›Heaven to Seven‹, Mrs. Bourke. Wenn ich Ihnen nächste Woche die Kleidung bringe, steht der Name drin.«

Draußen auf der Straße setzte sie sich auf die nächste Bank und holte tief Luft. Sie hatte es geschafft. Sie hatte etwas verkauft.

Sie und Joey konnten in Palm Desert bleiben. Still in sich hinein lächelnd griff sie nach ihrem Koffer, und da wurde ihr klar, dass er ja noch voller unverkaufter Muster war. Vielleicht sollte sie die in anderen Läden präsentieren? Aber in welchen? Auf der gegenüberliegenden Straßenseite ragte das El Mirador Hotel empor. Da drin gibt es bestimmt ein Geschäft, überlegte sie, und schon eilte sie die breite Auffahrt hinauf. Vom luxuriösen Foyer aus blickte man auf Rasen und Umkleidehäuschen. Als sie schließlich das Geschäft entdeckte, war ihr auf den ersten Blick klar, dass man hier wohl keine Babykleidung verkaufte. Aber weil sie schon mal hier war, konnte sie ja trotzdem fragen. Glücklicherweise entpuppte sich der junge Mann an der Verkaufstheke als überaus auskunftsfreudig.

»Sie haben recht, wir verkaufen keine Babykleidung. Hier bekommt man eher Geschenke für die Dame«, erklärte er, »also Blumen, Pralinen und Schmuck. Aber Sie könnten es bei I. Magnin probieren. Und wenn Sie in dieser Richtung weitergehen«, er zeigte hinaus, »dann kommen Sie zu einem Geschäft, das ausschließlich Kinderkleidung verkauft. Dort haben Sie bestimmt gute Chancen.«

Babs dankte ihm für seine Tipps. »Es muss toll sein, hier zu arbeiten. Bestimmt kriegen Sie laufend Filmstars zu sehen«, meinte sie.

»Na klar.« Unvermittelt senkte der junge Mann die Stimme und flüsterte in verschwörerischem Ton: »Wenn Sie jetzt welche sehen wollen, gehen Sie einfach raus zum Pool. Niemand wird Sie aufhalten, und wenn doch, sagen Sie einfach, dass Sie eine Freundin von Mac sind. Das bin ich.«

Wieder dankte ihm Babs und ging dann unauffällig in Richtung Swimmingpool, wo Tony Curtis und seine Frau Janet Leigh auf Sonnenliegen saßen und sich mit Robert Wagner und Natalie Wood unterhielten. Sie versuchte, nicht hinüberzustarren, konnte es aber kaum fassen, dass sie ihren Lieblingsfilmstars so nahe gekommen war. Bevor ihr jemand unangenehme Fragen stellen konnte, ging sie wieder in die Lobby zurück und dann hinaus auf die sonnige Straße.

Dem Ratschlag des jungen Mannes folgend suchte sie das auf Kinderkleidung spezialisierte Geschäft auf, wo man freudig einige Sachen orderte; allerdings bot man ihr dafür nur geringfügig mehr als Mrs. Bourke. Die Verkäuferin bei I. Magnin war hingerissen von Babs' Entwürfen, erklärte dann aber, dass sie nur an Exklusiventwürfen interessiert seien und dass ihre Einkäuferin in Los Angeles sitze. Trotzdem war Babs im Großen und Ganzen zufrieden mit dem Ergebnis ihrer Bemühungen. Sie hatte jetzt einen Fuß in der Tür und war überzeugt, dass ihre Lage nur noch besser werden konnte, sofern es ihr gelang, diese Läden regelmäßig zu beliefern. Zumindest würde sie die Miete zahlen können. Und vielleicht konnte sie sogar genug beiseitelegen, um ein Fernsehgerät zu kaufen. Jetzt ging es endlich bergauf.

Nachdem Babs an diesem Abend Joey ins Bett gebracht hatte, schaute sie aus dem Schlafzimmerfenster. Zum ersten Mal seit langem blickte sie hoffnungsvoll in die Zukunft. Sie hatte einen dornigen Weg hinter sich. Ungebetene Erinnerungen an eine Vergangenheit, der sie hatte entfliehen wollen, suchten sie heim. Vor ihrem inneren Auge tauchte Howards Gesicht auf. Sie schauderte, ging zur Haustür und vergewisserte sich, dass sie abgeschlossen war. Beruhigt kehrte sie ins Schlafzimmer zurück, legte sich seufzend aufs Bett und schaute in den Nachthimmel. Sie hoffte, Howard nie wiedersehen zu müssen. Als sie ihn kennenlernte, war sie noch so jung und naiv gewesen. Er war älter als sie und wirkte sehr schneidig, wenn er sie mit Geschichten über den Krieg beeindruckte, wo er wegen seiner Verwundung mit einem Purple Heart ausgezeichnet worden war. Und im Vergleich zu ihren Highschool-Freunden schien er so weltgewandt. Er hatte ihr den Hof gemacht, und Babs war völlig verschossen in ihn gewesen. Eines Abends hatte er sie auf dem Rücksitz seines geräumigen alten Buick zum Sex überredet. Er war grob gewesen, es hatte wehgetan, und als es endlich vorbei war, war Babs enttäuscht, verwirrt und verängstigt. Wenig später hatte sie festgestellt, dass sie schwanger war. Howard hatte sich gegen eine Heirat gesträubt, aber ihr Vater hatte darauf bestanden. Bei der schlichten, überstürzten Hochzeit hatte alles gefehlt, wovon Babs immer geträumt hatte: eine Aussteuer, ein wunderschönes Hochzeitskleid, ein glückseliger Eintritt ins Eheleben. Ihr Vater hatte mit zusammengekniffenen Lippen der Zeremonie beigewohnt und Babs hatte sich geschämt, dass sie ihn enttäuscht hatte.

Anfangs verlief ihre Ehe einigermaßen befriedigend, doch allmählich verschlechterte sich ihre Beziehung und es kam ständig zu Streit. Eines Abends dann schlug Howard sie. Babs war fassungslos und entsetzt. Er entschuldigte sich und versprach, es würde nie wieder vorkommen, und Babs vergab ihm und versprach um ihrer Ehe und um Joeys willen, sich mehr Mühe zu geben. Doch es passierte immer wieder. All ihre Anstrengungen, ihm nicht in die Quere zu kommen und ihm alles recht zu machen, schienen seine Wut nur noch mehr zu schüren. Unablässig wiederholte sich der Kreislauf aus Schlägen, Tränen und Entschuldigungen. Babs war verzweifelt und fühlte sich wie in einer Falle. Als sie ihrem Vater ihr Herz ausschüttete, ermahnte er sie lediglich, Howard keinen Anlass zum Ärger zu geben und ihrem Kind zuliebe unbedingt bei ihrem Mann zu bleiben. Sein Mangel an Mitgefühl machte Babs wieder einmal schmerzlich bewusst, wie sehr sie ihre Mutter vermisste, die gestorben war, als sie noch ein Kind war. Sie hätte vielleicht eine Lösung gewusst. Ihre Schwestern waren ihr ebenfalls keine große Hilfe. Deborah, der sie am nächsten stand, war in die mehr als sechshundert Kilometer entfernte Stadt Spokane im Bundesstaat Washington gezogen. Und Alice war viel zu sehr mit ihrem eigenen Leben beschäftigt. Als Babs das Thema zur Sprache brachte, hatte keine von beiden wirklich verstanden, was vor sich ging, und sie hatte es nicht über sich gebracht, Einzelheiten zu nennen. Dafür schämte sie sich ihrer schrecklichen Ehe zu sehr. Als ihr Vater dann plötzlich an einem Herzinfarkt starb, war Babs vollends am Boden zerstört. Denn sie hatte immer geglaubt, notfalls bei ihrem Vater unterschlüpfen zu können, sollte sich die Lage zwischen ihr und Howard allzu sehr zuspitzen. Doch nun gab es nicht einmal mehr diesen sicheren Zufluchtsort.

Eines Tages hatte ihr Howard dann in Joeys Gegenwart ins Gesicht geschlagen. Der kleine Junge weinte und Howard war aus dem Haus gestürmt und hatte gebrüllt, dass er den Anblick von ihnen beiden nicht mehr ertrage. Babs hatte Joey in die Arme geschlossen und ihn getröstet. In diesen Minuten kam sie zu dem Schluss, dass Joey nur dann eine glückliche Zukunft vor sich hatte, wenn sie mit ihm fortging. Natürlich ängstigte sie der Gedanke, ihr Zuhause zu verlassen. Sie hatte bislang nie eine richtige Arbeit gehabt und war auch noch nie weit gereist. Dennoch stand nun fest, dass sie fortmusste. Und so hatte sie ein Jahr lang eisern jeden Cent gespart und Howard gegenüber nicht die leiseste Andeutung über ihren Plan gemacht. Sie hoffte, schon sehr weit weg zu sein, bis er merkte, was los war.

Über Alice hatte sie erfahren, dass Howard überall nach ihnen gefragt hatte, aber keine Spur von ihnen hatte entdecken können. Inbrünstig hoffte Babs, dass ihr das Glück weiterhin hold war und Howard blieb, wo er war. Sie hatte sich danach gesehnt, mit ihrem Sohn in Palm Springs zu leben und dort einen Neuanfang zu wagen. Und nun waren sie hier. Babs hob das Kinn und sah hinaus in die Nacht. Ein neues Heim. Ein neues Leben. Sie hatte es geschafft.

In der folgenden Woche arbeitete Babs wie ein Tier, um die Bestellungen zu bewältigen, die sie angenommen hatte. Wenn es nötig war, passten Deidre und Sol gern auf Joey auf, aber allmählich bekam Babs Routine. Nun schaffte sie es, die Näharbeiten zusammenzupacken, bevor Joey nach Hause kam. So konnten sie noch ein bisschen Zeit miteinander verbringen, bevor sie zu kochen begann.

Alle Geschäfte waren zufrieden mit Babs' Ware und orderten mehr von ihr. Babs und Joey genossen inzwischen auch die Annehmlichkeiten des Ortes, Babs wurde sogar Mitglied im Tennisclub, wo sie abends spielte, wenn es kühler war, und sich über die wunderbare Neuerung einer künstlichen Platzbeleuchtung freute. Und je mehr sich Joey an das Leben in Palm Desert gewöhnte, umso selbstsicherer wurde er. Ihm gefiel es in der Schule, er mochte seine neuen Freunde und schwamm liebend gern. Im Lauf der Wochen fragte er immer seltener nach seinem Vater und Babs hörte auch nichts von Howard. So fiel die Anspannung allmählich von ihr ab, die alten Ängste, die sie so lange geplagt hatten, schwanden. Und da Joey sichtlich aufblühte, wusste sie, dass es richtig gewesen war, aus Portland fortzuziehen.

Dank ihrer Arbeit, einem heranwachsenden Sohn und neuer Freunde führte Babs ein erfülltes Leben. Erstaunt stellte sie eines Tages fest, dass schon zwei Jahre vergangen waren, seit sie und Joey sich in Palm Desert niedergelassen hatten. Doch da zog eine kleine Wolke am Horizont herauf: Ihre ältere Schwester Alice schrieb, dass sie zu Besuch kommen würde. »Und wenn es mir gefällt, bleibe ich vielleicht.« Alice konnte so anmaßend und herrisch sein. Auch wenn Babs ihre Schwester mochte, schätzte sie doch auch ihre neu gewonnene Unabhängigkeit. Und sie fürchtete, dass Alice versuchen würde, ihren Kopf durchzusetzen.

An dem Vormittag, als Alice eintreffen sollte, war Babs nervös. Sie stand vor dem Spiegel und kämmte sich das Haar, das sie in einem Schönheitssalon hatte glätten lassen. Dann lackierte sie ihre Fingernägel korallenrot, wie es gerade Mode war. Dabei dachte sie über ihr Verhältnis zu den beiden Schwestern nach. Mit der sanftmütigen Deb war stets leicht auszukommen gewesen, doch sie hatte einen Möbelverkäufer geheiratet und war in den Staat Washington gezogen, als Babs noch sehr jung gewesen war. So hatte Babs sie nicht oft zu Gesicht bekommen, ebenso wenig wie ihre Nichte Cynthia, die Cindy genannt wurde und Debs einziges Kind war. Allerdings hatte Babs ihrer Nichte immer wieder hübsche Kleider geschickt. Und trotz der Entfernung hatte Babs ihre Schwester von Herzen geliebt und war schockiert gewesen, als sie erfuhr, dass Deb – wie schon ihre Mutter – an Krebs erkrankt war. Nach ihrem Tod hatte Babs' Schwager seine halbwüchsige Tochter allein aufziehen müssen. Sie hatte sich weiterhin bemüht, mit ihrer Nichte in Kontakt zu bleiben, sie hatte ihr geschrieben, sie regelmäßig angerufen und immer wieder etwas Besonderes für sie genäht.

Alice, ihre andere Schwester, hatte eine gute Partie gemacht, doch ihr Mann Mitchell, ein Anwalt und etliche Jahre älter als sie, war vor einem Jahr gestorben. Babs zweifelte nicht daran, dass er ihrer Schwester ein hübsches Vermögen hinterlassen hatte. Wobei Alice auch ganz gut selbst für sich sorgen konnte, denn sie verfügte über einen ausgeprägten Geschäftssinn. Nachdem sie ihr Kommen angekündigt hatte, hatte Babs zurückgeschrieben, Alice könne ihr Schlafzimmer haben und sie selbst würde auf dem Sofa schlafen, bis ihre Schwester sich entschieden habe, was sie tun wolle.

Als Deidre davon hörte, meinte sie ziemlich schroff: »Na, ich würde ja mein Bett für niemanden räumen! Aber es wird nett für euch sein, ein bisschen Familie um euch zu haben. Hat deine Schwester Kinder, die mit Joey spielen können?«

»Nein, da ihre Ehe kinderlos blieb, ist Alice Geschäftsfrau geworden. Sie hat ein Händchen in diesen Dingen. Wenn sie beschließt, in Palm Springs zu bleiben, findet sie bestimmt sofort etwas Passendes für sich.«

»Aber Babs, das gilt doch genauso für dich. Du hast dir mit deiner ›Heaven to Seven‹-Kollektion längst einen Namen gemacht.«

»Außerdem ist auch Alice ziemlich geschickt im Nähen. Unsere Großmutter hat es uns allen beigebracht, und manchmal näht sich meine Schwester ihre Garderobe selbst! Sie kopiert sie aus eleganten Zeitschriften, richtige Haute Couture. Glaub mir, sie wird hier bestimmt einiges auf die Beine stellen.«

»Babs, du klingst, als hättest du einen gewaltigen Minderwertigkeitskomplex gegenüber deiner Schwester«, meinte Deidre mit hochgezogener Augenbraue.

Babs schüttelte den Kopf. »Wenn du sie erst kennengelernt hast, wirst du mich verstehen, Deidre. Alice ist so blitzgescheit und hat immer alles unter Kontrolle. In der Schule war sie stets wie aus dem Ei gepellt. Ich dagegen sah immer unordentlich aus, mit verrutschtem Haarband und zerknittertem Kleid. Meine Mom hat Alice ›Miss Perfect‹ genannt. Was Deb egal war, mir aber nicht.«

»Jedenfalls solltest du dich von deiner Schwester nicht einschüchtern lassen. Ich habe doch gesehen, was du kannst, und deine Kinderkleidung würde ich auch als perfekt bezeichnen«, hatte Deidre beharrt.

Doch als Babs nun hörte, wie ein Wagen auf den Parkplatz fuhr, klopfte ihr Herz schneller.

»Es ist ein grauer Oldsmobile, Mom«, rief Joey, über das Balkongeländer gebeugt.

»Das wird deine Tante Alice sein. Komm, wir gehen runter und begrüßen sie.«

Als sie aus der Haustür traten, erhob sich Alice Collins gerade vom Fahrersitz, richtete sich auf und musterte die Wohnanlage. Sie war makellos gekleidet, ihre weit geschnittenen cremefarbenen Leinenhosen waren kaum zerknittert. Das cremefarben und rot gestreifte Strickoberteil steckte in der Hose, ein rot-silberner Ledergürtel betonte ihre schmale Taille. Dazu trug sie rot-schwarze High Heels. Die Haare waren zu einem kurzen, glatten Bob geschnitten, Arme und Hals schwer mit Silberschmuck behängt.

»Ich dachte schon, ich fahre ans Ende der Welt!«, rief sie und streckte sich. »Was hast du denn mit deinen Haaren gemacht?«, fuhr sie fort, als Babs auf sie zutrat, um sie zu begrüßen und ihr einen Kuss auf die Wange zu geben.

»Ach, ich hab's im Beautysalon glätten lassen, das kann man neuerdings machen«, erwiderte Babs und strich sich verlegen über den Kopf. »Joey, gib Tante Alice einen Kuss.«

»Na, wenn du mich fragst, war das reine Geldverschwendung. Es steht dir nicht, und deine Locken kommen sowieso in kürzester Zeit wieder. Nichts kann die je bändigen.« Alice beugte sich zu Joey hinunter, damit er ihr einen Kuss auf die Wange drücken konnte. »Du lieber Himmel, er ist kein Baby mehr, so viel steht fest.«

Babs seufzte innerlich. Das war Alice, wie sie leibte und lebte. »Komm rein und trink etwas. Wir bringen dein Gepäck später ins Haus«, schlug sie vor, während Alice nach ihrer eleganten Lederhandtasche griff.

»Die Anlage sieht ja aus, als ob Mexikaner hier wohnen würden.« Missbilligend kniff Alice die perfekt gemalten Lippen zusammen. »Dabei habe ich ein paar sehr schicke Viertel gesehen, als ich durch Palm Springs fuhr.«

»Momentan können wir uns nichts anderes leisten, aber mir gefällt's. Vielleicht ziehen wir später mal um«, erwiderte Babs etwas kleinlaut.

»Wenn du dir nichts anderes leisten kannst, wirst du wohl kaum umziehen«, lautete Alice' vernichtende Antwort.

Babs versuchte zu lächeln. »Für uns passt es wunderbar und wir haben reizende Nachbarn. Ich habe mein Schlafzimmer für dich vorbereitet und Joey hat dir ein Willkommensbild gemalt.«

Alice rümpfte die Nase. »Ich hoffe, es ist eine Klimaanlage drin. An dieses Wetter muss man sich erst gewöhnen, dabei ist noch nicht einmal Sommer.« Sie marschierte auf die Eingangstür zu.

Seufzend folgte Babs ihrer Schwester ins Haus und nach oben in die Wohnung. Alice nahm alles genauestens in Augenschein, achtete aber darauf, nichts anzufassen. »Was ist für heute Abend geplant?«

Babs war auf dem Weg in die Küche, um Getränke zu holen. »Ähm, eigentlich habe ich gar nichts geplant, Alice«, stammelte sie. »Ich dachte, vielleicht willst du dich nach der langen Fahrt erst einmal ausruhen und dann ein bisschen Zeit mit mir und Joey verbringen? Ich habe Chili con Carne vorbereitet und vor Kurzem habe ich einen kleinen Fernseher gekauft …«

»Ich bin noch nicht so alt, dass ich mich ausruhen müsste«, erwiderte Alice barsch. »Und ich esse nichts Scharfes. Da ich beschlossen habe, gesund zu leben, folge ich einem neuen Ernährungsplan. Das solltest du auch tun, dann würdest du dich besser fühlen. Fünfmal Gemüse und fünfmal Obst am Tag. Kein Brot, kein Zucker. Und höchstens ab und zu ein kleines bisschen Fleisch. Die Fleischesserei hat Mitchell umgebracht. Wirklich, du solltest das auch versuchen, dann würdest du vielleicht sogar ein paar dieser überflüssigen Pfunde loswerden.« Sie beäugte Babs' Kurven.

»Ich trage immer noch dieselbe Größe wie in Portland«, wandte Babs ein und legte die Hände auf die Hüften. Dann rief sie nach ihrem Sohn. »Joey, zeig deiner Tante bitte das Schlafzimmer, ich hole in der Zwischenzeit die Limonade. Sie ist selbst gemacht.« Bevor ihr etwas herausrutschte, was sie später bereuen würde, verschwand sie in der Küche.

»Danke, Joey. Obwohl man sich in dieser Wohnung ja nicht gerade verlaufen kann.« Klirrend und klimpernd folgte Alice ihrem Neffen ins Schlafzimmer.

Nachdem Alice ausgepackt und Babs' Limonade probiert hatte, die sie als zu süß befand, willigte sie ein, mit Joey zum Swimmingpool zu gehen, damit er ihr zeigen konnte, wie gut er schon schwamm. Allerdings bezweifelte Babs, dass Alice ihm wirklich zusah. Ihre Sonnenbrille hatte undurchdringlich schwarze Gläser und ein großer Schlapphut verdeckte weitgehend ihr Gesicht. Babs hatte das Gefühl, dass Alice' Augen darunter geschlossen waren. Und obwohl Alice zu ihren Shorts im Sarongstil einen Badeanzug trug, weigerte sie sich, ins Wasser zu gehen. »Man weiß nie, wer da schon drin war«, tat sie kund.

»Der Pool ist nur für die Bewohner und deren Gäste«, erwiderte Babs.

»Hast du nicht geschrieben, dass du im Pool des Desert Inn schwimmen warst?«

»Nicht sehr oft. Ohne Auto ist es zu weit.«

Alice schob sich die Sonnenbrille hoch. »Ich finde, du solltest dich mit Menschen anfreunden, die mit dir zu interessanten Orten fahren. Du liebe Güte, wenn ich an all die Freunde zu Hause denke, die sich ein Bein für mich ausreißen würden! Sie waren völlig am Boden zerstört, als sie von meinem Umzug hörten. Die Abschiedspartys für mich nahmen gar kein Ende.«

»Ist es denn nicht ein sehr großer Schritt für dich, von all deinen Freunden fortzuziehen? Ich hoffe, du hast nicht das Gefühl, mir hier beistehen zu müssen. Wir kommen sehr gut zurecht. Bitte ändere dein Leben nicht etwa uns zuliebe«, sagte Babs.

»Aber natürlich nicht! Wie käme ich denn dazu?« Energisch schüttelte Alice den Kopf. Wie Babs irritiert feststellte, fiel danach jedes Haar wieder akkurat an seinen Platz.

»Es ist so unfair, dass Mitchell zuerst gegangen ist und mich allein zurückgelassen hat«, klagte sie, als habe ihr Mann zu sterben beschlossen, nur um ihr Scherereien zu machen.

»Ja, das ist sehr traurig. Mitchell war immer sehr nett zu dir«, sagte Babs. »Bei der Wahl meines Ehemanns hatte ich nicht so viel Glück.«

»Den richtigen Mann auszusuchen hat nichts mit Glück zu tun, Babs«, belehrte Alice sie. »Man darf sich eben nicht von seinen Gefühlen übermannen lassen und die Sache überstürzen. Man kauft ja auch keine Schuhe oder Früchte, ohne sie sich genau anzusehen. Dasselbe gilt für einen Ehemann.«

Babs lachte schallend auf. »Alice, das ist albern. Man verliebt sich oder man verliebt sich nicht.«

»Unsinn. Außerdem hattest du ja nicht groß die Wahl, ob du heiraten wolltest oder nicht.«

Babs beschloss, diese Bemerkung keiner Antwort zu würdigen.

Aber Alice fuhr unbeirrt fort. »Nun, ich habe mich jedenfalls entschieden. Ich bin zu dem Schluss gelangt, dass ich ohne den lieben Mitchell nicht weiterhin in Portland leben kann, und nach dem, was du geschrieben hast, klingt Palm Springs recht interessant – obwohl natürlich Welten zwischen dem liegen können, was du und was ich interessant finden. Außerdem bin ich bestens organisiert und kann auf den hochkarätigen Rat lieber Freunde vertrauen – du weißt ja, Rechtsanwälte und Finanzberater. Sie werden sich um mich kümmern. Ach, alle halten mich ja für so wagemutig! Aber sie wissen natürlich, dass ich hier Erfolg haben werde.«

Eigentlich fand Babs, dass auch sie recht mutig gewesen war, als sie das Wagnis auf sich genommen hatte, ihren Mann zu verlassen und nach Kalifornien zu ziehen, aber das behielt sie für sich. Ihre Schwester würde das ohnehin nicht beeindrucken.

»Ich bin mir sicher, dass du dich nicht langweilen wirst«, sagte sie nur. »Palm Springs ist voller Touristen und Rentner, also findest du dort bestimmt etwas, das dich interessiert. Tut mir leid, dass ich dir dabei wenig behilflich sein kann, aber Joey und meine Näharbeit lassen mir nicht viel freie Zeit. Zum Glück kann ich zu Hause arbeiten.«

»Ich finde es einfach lächerlich, was du da machst! Fließbandarbeit am Esstisch, und das bis tief in die Nacht. Das Geräusch der alten Nähmaschine von Grandma geht deinen Nachbarn sicher schwer auf die Nerven!«

»Es würde mir nicht im Traum einfallen, sie zu stören. Abends benutze ich die Maschine nie. Da mache ich Zuschnitte oder nähe von Hand«, gab Babs zurück.

Alice hob ihre perfekt manikürte Hand. »Nein, nein, wir müssen deine Heimarbeit in eine ordentliche Produktion überführen, mit eigenem Verkauf. Ich wette, dass du nur einen Hungerlohn für deine Sachen kriegst. Mit den Gewinnspannen in diesen Edelboutiquen kenne ich mich aus, und du hast garantiert keinen anständigen Preis ausgehandelt. Stimmt doch, oder? Also, ich habe eine Million Ideen«, fuhr sie fort, »und da ich den nächsten Schritt finanziere, müssen wir unsere Geschäftsbeziehungen klären …«

Babs hatte das Gefühl, dass sie immer kleiner wurde. Wieder einmal hatte Alice sie plattgewalzt. Doch nun verstummte ihre Schwester und starrte sie an, während Babs sich Luft zufächelte und um die richtigen Worte rang.

»Gütiger Himmel, was ist mit dir? Macht dir die Hitze zu schaffen? Soll ich dir ein Glas Wasser holen?«, fragte Alice, ohne die geringsten Anstalten zu machen, sich vom Fleck zu bewegen.

Babs rang um Fassung. Am liebsten hätte sie losgebrüllt: »Verschwinde, Alice! Misch dich nicht in mein Leben ein!« Stattdessen murmelte sie nur: »Ich möchte dir keine Umstände bereiten … tu einfach, was du willst, Alice …«

»Natürlich mache ich das. Du hast die Sache zwar völlig verkehrt angepackt, aber immerhin hattest du einmal im Leben eine Idee, in der ein kleines bisschen Potenzial steckt. Auch wenn ich die Sache erst mal hinbiegen muss, damit sie wirklich funktioniert. Ich glaube, ich bin gerade noch rechtzeitig gekommen.«

»Aber mir hat es Spaß gemacht, die Sachen zu entwerfen und zu nähen«, sagte Babs matt, was Alice jedoch mit einer wegwerfenden Handbewegung abtat.

»Mag sein, aber vom Verkauf hast du keine Ahnung, und das ist der wirklich wichtige Teil in jeder Branche. Diesen Part musst du mir überlassen.«

»Was genau hast du vor?« Wie schaffte es Alice nur, hier aufzutauchen und sich innerhalb weniger Stunden ihres kleinen Unternehmens zu bemächtigen? Doch warum war sie eigentlich überrascht? Alice war eben Alice.

»Das erkläre ich dir gern alles später. Zuerst muss ich noch ein bisschen recherchieren. Die hiesige Atmosphäre schnuppern, mich mit den Verhältnissen vertraut machen, ein Gefühl für den Ort entwickeln. Verkehrst du in Palm Springs in irgendwelchen Clubs?«

»Was für Clubs?«

»Na, in den schicken. Nachtclubs, Tennisclubs, Golfclubs, private Clubs?«

»Ich bin hier im Tennisclub«, antwortete Babs mit gerunzelter Stirn. »Aber die Aufnahmegebühr für die privaten Clubs, den Thunderbird Club oder den Racquet Club, kostet ein Vermögen – ganz abgesehen davon, dass ich niemanden kenne, der mich dort für eine Mitgliedschaft vorschlagen würde.«

Alice lächelte süffisant. »Schätzchen, was hast du nur die ganze Zeit gemacht? Na, überlass das einfach mir.«

Sie lehnte sich zurück und hielt das Gesicht in die Sonne. Mit zusammengekniffenen Lippen ging Babs zu Joey hinüber, der gerade aus dem Pool kletterte, setzte sich an den Beckenrand, ließ die Beine im Wasser baumeln und beobachtete, wie ihr Sohn sich zu einem Sprung bereit machte. Dann sah sie hinüber zu ihrer Schwester, die sich offenbar völlig entspannt auf der Liege räkelte, bis Joeys Bauchplatscher kaltes Wasser auf ihren kostbaren Der-darf-nicht-nass-werden-Badeanzug spritzte. Als Alice zurück in die Wohnung stakste, musste sich Babs ein Lachen verkneifen. Alice hatte sich keinen Deut geändert. Immerhin war es vielleicht ganz nett für Joey, seine Tante um sich zu haben, auch wenn Alice schrecklich überheblich sein konnte. Außerdem kannte Babs ihre Schwester und wusste, dass sie binnen kürzester Zeit ihren eigenen Freundeskreis haben würde. Vielleicht würde Alice' Begeisterung für das Geschäft mit Babykleidung dann auch wieder nachlassen.

Kaum waren zwei Wochen vergangen, hatte Alice ein Haus in Twin Palms, der neuen Wohnanlage in Palm Springs, gemietet und bereits einige Bekannte aus Portland getroffen, die ihr versprochen hatten, sie für eine Mitgliedschaft im Thunderbird Club vorzuschlagen. Außerdem trat Alice in den Racquet Club ein, obwohl sie kaum je Tennis oder Golf spielte. Mit ihren neuen Freunden pflegte sie den Lunch in eleganten Clubs und vornehmen Hotelrestaurants einzunehmen und besuchte Nachtclubs oder Abendgesellschaften mit Tanz.

Babs wurde nie mitgenommen – nicht, dass sie das überhaupt gewollt hätte, sie war viel zu beschäftigt und musste sich auch um Joey kümmern. Aber Alice' Begründung lautete, dass es dabei vorrangig ums Geschäft gehe, also darum, die richtigen Kontakte zu den richtigen Leuten zu knüpfen, und in solcher Gesellschaft wäre Babs doch ziemlich fehl am Platz. Also nähte, smokte und bestickte Babs weiterhin zu Hause Kleidchen und Trägerröcke und räumte die Sachen rasch beiseite, wenn Alice vorbeikam, um sich nicht ihre »gutgemeinte« Kritik anhören zu müssen.

Doch eines Morgens übertönte Alice' Stimme das Surren ihrer Nähmaschine.

»Babs! Bar-ba-ra!«

»Was ist los? Ist etwas passiert? Alles in Ordnung?«

Alice rauschte herein. »Es ist alles unter Dach und Fach. Wir haben einen Laden!« Sie wedelte mit einem Blatt Papier. »Und du wirst nicht glauben, wo!«

»Was meinst du damit? Wir können uns doch gar keinen Laden leisten!«

»Zugegeben, er ist klein, aber ich weiß einfach, dass er laufen wird. Er ist im Desert Inn! Mach den Mund zu, du siehst aus wie ein Goldfisch. Freust du dich nicht?«

»Wie? Ich meine, ich weiß nicht. Es kommt alles ein bisschen plötzlich.« Babs war geplättet. Für sie war es keineswegs ausgemachte Sache gewesen, dass sie ihre Babykleidung in einem Hotel verkaufen würde. Und wollte sie sich wirklich mit Fragen des Einzelhandels befassen? »Wie hast du das geschafft, Alice?«

»Ich helfe gerade bei der innenarchitektonischen Umgestaltung des Hotels mit, in manchen Bereichen steht dringend eine Modernisierung an. Dafür muss ich noch die richtigen Leute finden und dann ein Auge darauf haben, dass alles ordentlich ausgeführt wird. Ich meine, man kann Baufirmen heutzutage ja nicht über den Weg trauen. Jedenfalls gibt es da in der Lobby eine Nische, bei der sich das Hotelmanagement nicht sicher war, wie man sie am besten nutzen könnte. Und da habe ich vorgeschlagen, eine Kinderboutique daraus zu machen. Ich stelle mir vor, das Straßenschaufenster kindgerecht mit einem Westernthema zu dekorieren. Gut für unser Geschäft und das Hotel profitiert auch davon.«

Obwohl es Babs ärgerte, dass Alice eine solche Entscheidung ohne Rücksprache mit ihr getroffen hatte, ließ sie sich von ihrer Begeisterung anstecken. »O mein Gott, ich kann es nicht fassen! Ein ›Heaven to Seven‹-Store, wie aufregend! Mit welcher Ware … Wie viel Zeit bleibt denn bis zur Eröffnung?«

»Nun, allein kannst du das nicht schaffen, Babs. Mit deinem kleinen Ausstoß werden wir die Nachfrage nicht befriedigen können. Aber wir können einiges zukaufen, und du kannst ein paar Outfits entwerfen, die wir von anderen nähen lassen. Und wir brauchen einen Namen für das Geschäft. Ich finde, ›Lucky Kid‹ klingt niedlich. Der Innenarchitekt kann uns beim Ladenschild behilflich sein …«

»Ja, das klingt tatsächlich hübsch. Aber ich bestehe darauf, dass die Kleidung, die ich entwerfe, weiterhin mein Label trägt«, verlangte Babs, die endlich etwas Mut gesammelt hatte.

»Ja, ja, natürlich«, winkte Alice ab. »Obwohl ich finde, dass wir ›Heaven to Seven‹ in ›Heaven to Eleven‹ umändern und damit das mögliche Angebot vergrößern sollten. Warum sollen wir uns auf Mode für Kinder bis sieben Jahre beschränken?«

Babs schluckte. Damit konnte sie vermutlich leben. »Wie du das nur alles hinbekommen hast«, sagte sie.

»Man muss an sich selbst glauben«, erwiderte Alice.

Bald darauf war die Eröffnung von Lucky Kid, und ein Reporter von *The Desert Sun* fotografierte die beiden Schwestern und Joey vor dem Ladeneingang. Im Schaufenster stand eine kindsgroße Puppe in Cowboy-Kleidung neben einem großen Patchwork-Esel, den Alice gefertigt hatte. Der Spielzeugesel war ein echter Hingucker. Doch der Verkauf lief so schleppend an, dass

Babs sich schon fragte, ob ihre Schwester mit der Eröffnung eines eigenen Ladens wirklich richtiggelegen hatte. Doch dann rief Alice sie eines Tages an.

»Babs, wir haben es geschafft. Du wirst nicht glauben, wer gerade da war und drei verschiedene Cowboy-Outfits gekauft hat – Gene Autry, der singende Cowboy! Mit so einem Gütesiegel kann es nur noch steil nach oben gehen.«

Alice hatte recht. Kaum hing im Fenster von Lucky Kid ein Foto, auf dem man den berühmten Cowboy im Laden einkaufen sah, nahm der Umsatz rasant zu. Nun kauften auch andere Filmstars dort Kinderkleidung, ob für den eigenen Nachwuchs oder den ihrer Freunde.

Mittlerweile machte Babs nicht nur zu Hause Überstunden, sondern war auch ständig unterwegs, um ein Auge auf die anderen Näherinnen zu haben, die sie mit Sols Hilfe eingestellt hatte. Da diese ebenfalls alle zu Hause arbeiteten, kurvte Babs in dem billigen Gebrauchtwagen, den sie auf Raten gekauft hatte, im ganzen Bezirk von Palm Springs herum.

»Ich weiß, dass wir mehr Ware für den Laden brauchen könnten, aber ehrlich gesagt sind manche der Kleidungsstücke nicht gerade beste Qualität. Schau hier«, Babs hielt ein Kleidchen hoch. »Das ist alles andere als perfekt. Und ich fühle mich unwohl bei dem Gedanken, dass wir minderwertige Sachen verkaufen.«

»Du musst den Näherinnen genauer auf die Finger sehen«, erwiderte Alice knapp. »Wenn sie schlampig gearbeitet haben, müssen sie eben nachbessern. Und du darfst sie erst bezahlen, wenn alles passt. Wirklich Babs, du musst dich mehr reinhängen, ich kann doch nicht alles machen.«

Der Laden lief immer besser und Babs arbeitete immer mehr. Sie kam kaum noch dazu, selbst im Laden zu stehen, und vermisste die ruhigen Fernsehabende mit Joey, an denen sie Zuschnitte gemacht und er Garn und Bänder aufgerollt und in die richtigen Schächtelchen einsortiert hatte.

Alice hingegen genoss es, ihre Nische in der Wüstenstadt gefunden zu haben. Wie nicht anders zu erwarten, hatte sie einiges auf die Beine gestellt. Schon schmiedete sie Pläne für ein weiteres Geschäft, um dort teure Damenmode der Spitzenklasse zu verkaufen. Inzwischen hatte sie sich ein Haus in Palm Springs gekauft, ihren Oldsmobile gegen ein Cadillac-Coupé getauscht und traf sich mit einem Anwalt namens Spencer.

Eines Abends, Joey war schon ins Bett gegangen, ließ Babs sich aufs Sofa fallen und legte die Füße hoch. Sie hatte den ganzen Tag hinter dem Lenkrad gesessen, war Bestellungen hinterhergehetzt und hatte sich dabei gefragt, wie sie genug Ware für den Laden beschaffen konnte, die ihren hohen Ansprüchen genügte. Doch wenn sie sich vergegenwärtigte, wie viel sie in diesen letzten Jahren erreicht hatte, konnte sie wirklich stolz auf sich sein. Schließlich hatte sie nicht nur eine immer populärer werdende Marke für Kinderkleidung geschaffen, sondern auch ein florierendes Geschäft eröffnet – wenngleich dieser Erfolg natürlich zu einem großen Teil ihrer Schwester zu verdanken war.

Gerade als sie aufstehen wollte, um sich ein Glas Eistee zu holen, klopfte es hektisch an der Tür. Vermutlich hatte Alice wieder mal eine Idee, die nicht eine Sekunde Aufschub duldete.

Doch als Babs öffnete, stand eine etwas zerzauste junge Frau vor ihr. Auch wenn Babs sie seit Jahren nicht gesehen hatte, erkannte sie ihre Nichte auf Anhieb.

»Cindy?«

»Darf ich reinkommen, Tante Babs? Ich bin von zu Hause weggelaufen.«

2

In der kühlen Abendluft von Palm Desert stand Cindy mit tränenüberströmtem Gesicht vor der Wohnungstür.

Panik stieg in ihr auf, als sie Babs' Miene zu deuten versuchte. Würde ihre Tante womöglich gleich ihren Vater anrufen?

»Lieber Himmel, du bist weggelaufen?«, rief Babs aus. Doch dann legte sie die Arme um Cindy und drückte sie an sich. »Komm rein und erzähl mir, was passiert ist.«

Cindy fiel ein Stein vom Herzen. Es war also die richtige Entscheidung gewesen, unangemeldet hier hereinzuschneien, obwohl sie ihre Tante seit Jahren nicht gesehen hatte.

Babs nahm ihrer Nichte die kleine Reisetasche ab, führte sie ins Wohnzimmer und ließ sie auf der Couch Platz nehmen. Cindys Blick schweifte durch den kleinen Raum, der spärlich, aber hübsch möbliert war.

An der einen Wand stand ein altes Sofa, an der anderen ein Regal voller Bücher, daneben ein recht neu aussehendes Fernsehgerät, das Prunkstück des Zimmers. Auf dem Esstisch stapelten sich Stoffe und neben einer Koffernähmaschine lagen Schnittmuster.

»Du siehst erschöpft aus. Willst du erst einmal etwas essen und trinken, bevor du erzählst? Wie wär's mit einem belegten Brot und Eistee?«

Schniefend nickte Cindy. Erleichtert stellte sie fest, dass ihre Lieblingstante noch genau so war, wie sie sie in Erinnerung gehabt hatte, ganz gelassen und fürsorglich.

»Danke, Tante Babs. Tut mir leid, dass ich dich so überfalle, aber ich musste einfach von zu Hause weg. Wo ist Joey?«

»Er schläft schon. Aber er wird ganz aus dem Häuschen sein, wenn er dich morgen sieht.« Babs ging in die Küche, während das verängstigte Mädchen ein Taschentuch in den Händen knüllte. »Komm mit, Cindy.«

Babs lächelte ihrer Nichte aufmunternd zu, als diese sich auf einen Hocker an der Frühstücksbar setzte. »Ich weiß nicht, was passiert ist, aber ich bin sehr froh, dass du mit deinen Sorgen zu mir gekommen bist. Möchtest du mir davon erzählen?«

Einen Moment saß Cindy schweigend da, während Babs ihr ein Pastrami-Sandwich machte. Dann atmete sie tief durch und die ganze Geschichte brach aus ihr heraus.

»Sicher klingt es albern, aber ich *hasse* Spokane. Es ist die langweiligste Stadt der Welt!« Cindy schauderte. »Dad und Lisa wollen mich auf die Sekretärinnenschule schicken! Ich will aber nicht Sekretärin werden! Ich möchte von dort weg und auf Reisen gehen und leben!« Sie warf die Arme in die Luft, als wollte sie die ganze Welt umarmen. »Dad und Lisa verlangen von mir, dass ich einen öden, spießigen Beruf ergreife. Dabei ist Lisa nicht mal meine richtige Mutter.« Beim Gedanken an die zweite Frau ihres Vaters runzelte sie die Stirn. »Die Vorstellung, es noch einen einzigen Tag in Spokane aushalten zu müssen, hat mich so fertiggemacht, dass ich einfach nicht mehr bleiben konnte. Dann habe ich an dich gedacht. Wir wissen ja alle, dass du den Sprung ins kalte Wasser gewagt und hier in Palm Springs neu angefangen hast und dass Tante Alice dir gefolgt ist. Da dachte ich mir, warum mache ich das nicht auch? Also habe ich es getan, und ich würde es nicht ertragen, wenn du mich zurückschicken würdest.« Wieder traten ihr Tränen in die Augen, und sie blickte ihre Tante flehentlich an.

Babs gab Cindy ein Taschentuch und tätschelte ihre Hand. »Na, na. Ist doch alles halb so schlimm. Ich schicke dich bestimmt nicht nach Hause.« Sie hielt einen Moment inne, während Cindy sich die Nase putzte. »Du hast gerade die Highschool abgeschlossen, oder?«

Cindy nickte. »Ja, und deshalb dachte ich, jetzt wäre der richtige Zeitpunkt, zu gehen. Zu Hause passiert nie irgendwas, und ich habe mir ausgemalt, wie viel Spaß man an so einem Ort haben muss, mit all den Filmstars und Prominenten.«

»Und wie viel Arbeit«, ergänzte Babs düster. »Wie bist du dann hierhergekommen?«

»Eine Freundin von mir wollte nach San Francisco, um ihre Großeltern zu besuchen, und ihre Eltern sagten, ich könnte mitfahren. Das habe ich dann auch zu Dad gesagt, aber als wir in San Francisco ankamen, war ich schon fest entschlossen, dich zu besuchen. Ich habe meine Freundin eingeweiht und dann einen Bus nach Los Angeles und weiter nach Palm Springs genommen.«

Babs schüttelte den Kopf. »Dein Vater glaubt also immer noch, du wärst in San Francisco? Cindy, das wird dir jetzt vielleicht nicht gefallen, aber ich muss ihm Bescheid sagen, dass du eine Weile bei mir bleibst. Was, wenn er die Eltern oder Großeltern deiner Freundin anruft und erfährt, dass du gar nicht dort bist? Wir wollen doch nicht, dass er die Polizei einschaltet, oder? Ich sage ihm einfach, dass du bei uns ein bisschen Urlaub machst.«

Cindy beugte sich vor und schlang die Arme um ihre Tante.

»Ich wusste, dass du mich nicht zurückschicken würdest, Tante Babs«, rief sie. »Ich kann dir gar nicht genug danken.«

In der kleinen Wohnung ließ es sich nicht vermeiden, dass Cindy Babs' Telefonat mit ihrem Vater mithörte. Ihre Tante ging sehr diplomatisch vor, und keine fünfzehn Minuten später hatte sie ihn überredet, dass Cindy die Sommerferien über bei ihr wohnen durfte. Cindy hörte, wie Babs ihm mit ruhiger Stimme versicherte: »Ja, Deborah war mir so eine liebe Schwester. Nein, Cindy hierzuhaben macht mir überhaupt keine Umstände.«

Nachdem Cindy ihr Sandwich gegessen hatte, half sie ihrer Tante, das zum Bett umfunktionierte Sofa zu beziehen.

»Versuch dich ordentlich auszuschlafen, Liebes«, meinte Babs. »Du hast einen langen und anstrengenden Tag hinter dir.« Dann gab sie ihrer Nichte einen Gutenachtkuss.

Ehe sie in tiefen Schlaf sank, lag Cindy noch im Dunkeln wach und dachte, wie glücklich sie sich schätzen konnte, so eine verständnisvolle Tante zu haben. Jetzt würde sie also doch das aufregende Leben kennenlernen, das ihr noch vor ein paar Tagen unerreichbar fern schien.

Als sie am nächsten Morgen aufwachte, erblickte sie einen blondhaarigen Jungen, der sie mit ernster Miene musterte.

»Ich bin Joey«, verkündete er, noch ehe sie die Augen richtig aufgeschlagen hatte.

Cindy lächelte ihn an. »Ich weiß, wer du bist. Obwohl du ganz schön gewachsen bist, seit ich dich zuletzt gesehen habe! Wie alt bist du jetzt, sieben?«

»Acht«, erwiderte Joey in einem Ton, als müsste Cindy das doch wissen. »Mom hat mir erzählt, dass du letzte Nacht angekommen bist. Das wird bestimmt klasse, wenn du bei uns wohnst! Ich habe jetzt Tennisstunde, aber wenn ich zurückkomme, zeige ich dir unseren Pool. Da kannst du auch gerne schwimmen, wenn du willst.«

»Danke, Joey, das klingt prima«, sagte Cindy.

»Bis später, ich muss los.« Mit diesen Worten schnappte er sich seinen Tennisschläger und stürmte zur Tür hinaus.

»Guten Morgen, Cindy.« Babs trat ins Zimmer. »Ich hoffe, du hast gut geschlafen. Es ist nicht das allerbequemste Bett, aber ich glaube, ich weiß schon eine Lösung. Möchtest du jetzt frühstücken? Ich habe Tante Alice angerufen. Sie konnte es kaum glauben, dass du hier bist, und will dich unbedingt sehen.«

Eine halbe Stunde später tauchte Alice auf, umtriebig, aufgeregt und hektisch. Sie musterte ihre Nichte von Kopf bis Fuß und meinte dann zu Babs, als wäre Cindy gar nicht anwesend: »Sie ist von zu Hause weggelaufen, sagst du? Warum denn das? Allerdings muss ich sagen, dass sie ein recht hübsches Mädchen geworden ist, findest du nicht, Babs? Die Ähnlichkeit mit Deb ist unverkennbar.« Cindy hatte die helle Haut und das schöne rotgoldene Haar ihrer Mutter. An Cindy gewandt fuhr Alice in schroffem Ton fort: »Ich hoffe, dass du dich hier nicht langweilst. Und dass du keinen Unfug treibst. Ich weiß doch, was Jugendliche so alles anstellen.«

Cindy merkte, das Babs eine Augenbraue hochzog, als habe sie ihre Zweifel, dass Alice sich mit Jugendlichen auskannte.

»Ich bin ganz gespannt auf deinen kleinen Laden, Tante Alice«, meinte das Mädchen höflich.

»So klein ist er nicht«, gab Alice schnippisch zurück. »Hast du einen Sinn für Mode? Ich überlege, eine eigene Boutique zu eröffnen.«

Cindy nickte. »Klar, Kleider finde ich klasse. Ich kann mir nur nicht oft welche leisten.«

»Was du da anhast, steht dir sehr gut«, meinte Babs und betrachtete eingehend Cindys Tellerrock mit dem steifen bauschigen Petticoat darunter. Ihre weiße kurzärmelige Bluse mit einem von Mäusezähnchen eingefassten Bubikragen steckte in dem schmalen Taillenbund. Dazu passend trug Cindy weiße Söckchen und flache rote Schuhe.

»Machst du deine Kleider selbst?«, fragte Alice.

Cindy schüttelte den Kopf. »Ich habe vom Nähen keine Ahnung.«

»Kannst du kochen?«, wollte Alice weiter wissen.

»Nein, das auch nicht. Lisa sagt immer, im Haushalt tauge ich zu gar nichts.«

»Wenn du so wenig praktisch veranlagt bist, kriegst du nie einen Mann!« Alice warf die Hände in die Luft. »Nicht zu fassen, dass du nicht nähen kannst! Was in Gottes Namen bringen sie euch eigentlich auf der Highschool bei?«

Cindy unterdrückte ein Stöhnen. »Nur weil ich nicht nähen kann, heißt das nicht, dass ich nichts über Mode lernen will, Tante Alice. Mich interessiert die Haute Couture und auch was Musiker und Filmstars wie Grace Kelly tragen.«

»Ja, Fürstin Gracia Patricia hat wirklich Stil«, pflichtete Alice ihr bei. »Leider kann man das von etlichen Rock-'n'-Roll-Sängern nicht behaupten, die einen wahrlich bedauernswerten Einfluss auf die heutige Jugend ausüben.«

»Aber Tante Alice, die heutige Jugend entwickelt eben ihren eigenen Stil. Hey, mach doch einen Kleiderladen für Jugendliche auf. Das wäre fantastisch!«, schlug Cindy vor.

»Das glaube ich kaum«, entgegnete Alice und verzog das Gesicht, als hätte sie in eine Zitrone gebissen. »Ich möchte nicht, dass mein Name mit solchen Geschmacklosigkeiten in Verbindung gebracht wird. Und wer sollte diese Kleider denn kaufen? Jugendliche haben doch kein Geld.«

»Manche schon«, warf Cindy ein. »Wenn sie reiche Eltern haben. Und viele meiner Freunde jobben nebenher, auch wenn sie mit dem Geld teilweise das College finanzieren müssen.«

»Auf welche weiterführende Schule willst *du* eigentlich gehen?«, fragte Alice.

»Dad möchte mich auf eine Sekretärinnenschule schicken«, erwiderte Cindy bedrückt. »Kann ich nicht hier irgendwo auf ein richtiges College gehen?«

»Na klar!«, meinte Alice energisch. »Auf einer Schule mit lauter Mädchen findest du bestimmt keinen passenden Mann!«

»Was würdest du denn gern studieren?«, wandte sich Babs an Cindy.

Das Mädchen zuckte mit den Schultern. »Ich weiß nicht recht. So einen richtigen Berufswunsch habe ich leider nicht. Vielleicht könnte ich Journalistin werden? Mathe macht mir Spaß, möglicherweise lässt sich damit irgendwas anfangen.« Sie legte den Kopf schräg. »Immerhin weiß ich, dass ich gern reise. Deshalb würde ich am liebsten etwas machen, wo man in der Welt herumkommt.«

»Dann solltest du dir vielleicht noch ein Jahr Zeit lassen, bevor du deine Entscheidung triffst«, meinte Babs. »Warte, bis du dir über deine Neigungen ein bisschen klarer geworden bist.«

»Meine Güte, Babs, Cindy kann doch nicht warten. Heutzutage gehen alle aufs College, und da muss sie auch schleunigst hin«, entgegnete Alice mit Nachdruck.

»Aber wir waren doch auch nicht auf dem College«, wandte Babs ein. »Und du hattest bisher auch nie sonderliches Interesse an höherer Bildung.«

»Das waren andere Zeiten«, entgegnete Alice barsch. »Für mich steht mittlerweile außer Frage, dass man seinen Zukünftigen am besten auf dem College kennenlernen kann. Es heißt, wer bis zum Collegeabschluss noch keinen Ring am Finger hat, hat Zeit und Geld verschwendet. Wenn Cindy zu lange herumtrödelt, wird sie die Älteste in ihrer Klasse sein, was ihre Chancen erheblich vermindert.« Als Babs widersprechen wollte, hob Alice die Hand. »Nein, sie muss auf ein richtiges College gehen. Sie kann den Sommer dafür nutzen, sich bei verschiedenen Colleges zu bewerben. Natürlich muss ihr Vater dafür aufkommen, aber ich werde mit ihm reden, und ich denke, wir können auch etwas beitragen, indem wir Cindy in den Ferien bei uns arbeiten lassen. Die College-Studenten sind ja alle scharf darauf, im Sommer einen Ferienjob zu kriegen.«

Cindy strahlte. Tante Alice hatte zweifellos Durchsetzungsvermögen. Ihr zu widersprechen war sinnlos. Stattdessen malte sich

Cindy aus, wie sie auf dem College neue Leute kennenlernen und ein anderes, aufregenderes Leben beginnen würde. Sie würde ihre Sommerferien in Palm Springs genießen und sich dann in dieses neue Abenteuer stürzen. Aber da fiel ihr etwas ein.

»Mein Vater wird davon nicht allzu begeistert sein«, bekannte sie leise.

»Kommt Zeit, kommt Rat. Man kriegt nicht immer das, was man will, und das gilt auch für deinen Vater. Wir müssen uns für das entscheiden, was auf lange Sicht das Beste für dich ist«, meinte Alice.

»Du hast doch immer gekriegt, was du wolltest, Alice«, brummte Babs.

Ohne auf diese Bemerkung einzugehen, fuhr Alice fort: »Aber du kannst nicht hier bei Babs bleiben, bis du aufs College gehst, Cindy. Hier ist einfach zu wenig Platz.«

»Es macht mir nichts aus, auf der Couch zu schlafen«, warf Cindy hastig ein.

»Nein, Alice hat recht«, räumte Babs mit Bedauern ein, »so gern ich dich auch hier bei mir und Joey hätte. Du hättest keine Privatsphäre, und ich fange morgens immer sehr früh mit der Arbeit an und würde dich stören. Alice' Wohnung ist geräumiger. Hier bist du stets willkommen. Ich gebe dir einen Schlüssel, damit du immer in die Wohnung kannst.«

Cindy bedankte sich und dachte dabei wieder einmal, wie lieb und fürsorglich Babs doch war. Joey konnte sich glücklich schätzen, so eine wunderbare Mutter zu haben. In Augenblicken wie diesen vermisste Cindy ihre eigene Mutter sehr.

Alice' Wohnung war klein, aber gut geschnitten und in Weiß und Gold gehalten, mit viel Glas und Spiegeln. Überall standen gerahmte Fotografien und sorgfältig platzierte Accessoires, und wie Cindy feststellte, durfte nichts davon verrückt werden. Im Badezimmer gab es jede Menge Kosmetika, darunter auch etliche Gratisproben. Auf einem Regal am Fenster prangte Alice' Sammlung von edlen Parfums, die sie jedoch nie benutzte. Sämtliche Wände der Küche waren mit einem Geschenkpapier mit Leopardenmuster beklebt, ja sogar der Boden, der mit mehreren Lagen Klarlack überstrichen war, um eine harte, feste Oberfläche zu erzeugen. Die Küche war klein und kompakt, was Alice sehr entgegenkam, weil sie selten kochte und lieber Rohkost wie Obst und Salat aß. Auf einer Arbeitsplatte reihten sich große Gläser, gefüllt mit Cashewnüssen, Erdnüssen, getrockneten Aprikosen und den frischen Datteln, von denen Alice ständig naschte. Im Gefrierfach befanden sich Bio-Eiscreme, Joghurt und gefrorene Beeren. Auf ihrer kleinen Terrasse standen ein Tisch mit Glasplatte und weiße Metallstühle, umringt von Töpfen mit dekorativen Kakteen.

»Ich hoffe, du fühlst dich hier wohl«, sagte Alice. »Aber stell mir keinen Unfug an.«

Cindy war begeistert von Palm Springs und arbeitete gern bei ihren Tanten in dem kleinen Laden der Hotellobby. Im Lauf der Zeit lernte sie, ihre Aufregung zu verbergen, wenn ein berühmter Filmstar das Geschäft betrat, und stattdessen stolz die hübsch gearbeiteten, selbstgeschneiderten Waren zu präsentieren. Unwillkürlich bewunderte sie aber auch das sagenhafte Geschick, mit dem Alice praktisch jedem ein Kleidungsstück andrehte. Ihre Verkaufsstrategie kam psychologischer Kriegsführung gleich. Dabei scheute sie auch nicht vor ein bisschen Hochstapelei zurück. Auf dem Tisch neben der Kasse, direkt im Blickfeld der Kunden, hatte sie ein hübsch verpacktes Päckchen platziert, dazu eine Notiz, die sie alle paar Tage änderte. Darauf stand dann beispielsweise *Reserviert für Dolores Hope,* womit sie den Eindruck erweckten wollte, dass Bob und Dolores Hope Stammkunden des Lucky Kid seien.

Alice hielt Wort, als es darum ging, ein geeignetes College für Cindy zu finden und Cindys Vater zur Übernahme der Kosten zu bewegen. Eines Tages verkündete sie: »Mein Freund Spencer rät, du solltest dich an der University of California in Santa Barbara immatrikulieren, und ich bin ebenfalls der Meinung, dass das eine ausgezeichnete Wahl wäre. Ich rede mit deinem Vater wegen der Studiengebühren und du kannst weiterhin im Sommer bei uns arbeiten, um dein Scherflein beizutragen. Allerdings fürchte ich, du wirst dir auch einen Nebenjob in Santa Barbara suchen müssen.« Dazu war Cindy nur allzu gern bereit.

Alice machte keinen Hehl daraus, dass sie jetzt mit ihrer Modeboutique ernst machen wollte und sich bereits nach geeigneter Ware umgesehen hatte.

»Ich habe genau die richtige Lokalität gefunden. Spencer war mir dabei eine große Hilfe. Als Rechtsanwalt kennt er hier alle Welt. Offenbar ist der frühere Pächter des Ladens in finanzielle Schwierigkeiten geraten, sodass ich den Pachtvertrag zu günstigen Konditionen übernehmen kann«, erzählte sie ihrer Nichte eines Abends. Als sie dann von ihrer Einkaufstour in Los Angeles zurückkam, bat sie das Mädchen, ihr die mitgebrachten Musterkleider vorzuführen. Mit einem vergnügten Lächeln verschwand Cindy in ihrem Zimmer, um sich umzuziehen.

»Pass aber beim Anziehen auf. Nicht dass du was kaputt machst.«

Es klopfte an der Tür und Babs betrat Alice' Wohnung, während Cindy in einem Etuikleid aus Shantungseide anmutig durchs Wohnzimmer tänzelte.

»Cindy, du siehst zauberhaft aus!«, rief Babs.

Alice musterte Cindy prüfend. »Ich denke, ich werde im Racquet Club einen Lunch mit einer kleinen Modenschau organisieren. Ich kenne dort so viele Leute, die immer meine Kleider bewundern, das müsste sich also machen lassen. Und Spencer weiß, wen man noch dazu einladen muss. Er hat ausgezeichnete Kontakte, nicht nur hier, sondern auch in L.A.«

»Spencer ist in der Tat stets eine große Hilfe. Und sehr um dein Wohlergehen bemüht«, bemerkte Babs mit einem leisen Lächeln, was Alice jedoch geflissentlich übersah.

»Wie willst du dein Geschäft nennen?«, fragte Cindy.

»›Sun Garden‹«, verkündete Alice. »Der Laden hat einen kleinen Vorgarten, deshalb dachte ich mir, ich sorge mit ein paar Tischen, schmiedeeisernen Stühlen und Schirmen für ein bisschen Garten-Ambiente, wo wir auch Snacks servieren können, Sandwiches, Kaffee und kalte Getränke. Natürlich alles selbst zubereitet.«

»Wie süß!«, schwärmte Cindy.

»Klingt aber nach einer Menge Arbeit«, meinte Babs. »Ist das denn bei einem Kleidergeschäft notwendig?«

Alice warf theatralisch die Hände in die Luft. »Selbstverständlich! Ist dir noch nie aufgefallen, wie oft sich Kunden Sachen angucken und anprobieren und dann gehen, um das Ganze bei einem Mittagsimbiss zu überdenken, und nie wieder auftauchen? Wenn sie direkt vor Ort essen können, kaufen sie auch gleich. Das ist doch klar.«

Cindy wechselte einen Blick mit Babs, die etwas gequält lächelte. Alice konnte wirklich ziemlich resolut sein. Auch wenn der Sun Garden ausschließlich Alice' Geschäft war, besprach sie nun viele Details mit ihrer Schwester, etwa welche Großhändler man kontaktieren sollte und wie man die besten Preise aushandelte. Während Cindy ihren Tanten zuhörte, schweiften ihre Gedanken ab. Sie hatte die beiden sehr gern und genoss es, bei ihnen zu sein, aber manchmal überkam sie trotzdem eine gewisse Unruhe. Davon würde sie ihren Tanten gegenüber nichts erwähnen, weil sie nicht undankbar erscheinen wollte, und sie fühlte sich ja auch recht wohl bei ihnen. Immerhin saß sie nicht mehr in Spokane fest. Doch um diese Jahreszeit gab es nur wenige Touristen in Palm Springs und Cindy fing an sich zu langweilen. Sie ertappte sich dabei, wie sie die Tage bis zum Beginn des Colleges zählte.

Mit Babs' Nachbarn Deidre und Sol zu plaudern war für Cindy eine willkommene Abwechslung. Über Deidre lernte Cindy auch Adsila kennen, eine Agua-Caliente-Indianerin, die einmal in der Woche bei den Kramers bügelte und putzte.

Adsila wohnte am Stadtrand in Section 14, zusammen mit ihrem stillen, freundlichen Ehemann Francis, der allwöchentlich auf dem Markt in der Stadt sein Alfalfa und seine Datteln und Feigen verkaufte.

Wann immer Adsila zum Bügeln kam und sich die Gelegenheit ergab, unterhielt sich Cindy mit ihr, obgleich die Indianerin eher wortkarg war. Einmal erwähnte sie, dass sie an diesem Abend den Bus nach Hause nehmen müsse, weil ihr Mann länger als sonst in der Stadt bleibe und sie nicht so lange warten wolle. Deidre, die die Frau offenbar ins Herz geschlossen hatte, bot an, sie nach Hause zu fahren, und nahm Cindy mit.

So kam Deidre nach Section 14, das nicht weit vom Zentrum von Palm Springs entfernt lag. Doch der Unterschied zwischen den beiden Vierteln hätte nicht größer sein können. Die Behausungen in Section 14 waren aus Baumrinde und Lehmziegeln errichtet und das Leben spielte sich hier offenbar vorwiegend im Freien an den offenen Feuerstellen ab. Die meisten Gebäude stammten aus einer Zeit, als es in Palm Springs noch keine Bauordnung gegeben hatte. Mit Entsetzen stellte Cindy fest, dass Section 14 kaum besser als ein Slum war.

Adsila stieg aus dem Wagen und bat die anderen, ihr zu ihrer Lehmbodenhütte zu folgen. Sie setzten sich draußen auf Hocker, während Adsila ein geflochtenes Tablett mit gebackenen Maischips und ein Schälchen Datteln brachte.

Als Cindy die schönen Flechtarbeiten und die bemalten Tontöpfe vor der Tür bewunderte, freute sich Adsila. »Die mache ich selbst«, sagte sie mit ihrer leisen Stimme.

Cindy fand, dass die eng und gleichmäßig geflochtenen Körbe mit ihren komplizierten Mustern eher Kunstwerken als Gebrauchsgegenständen glichen. Nachdem sie gegessen hatten, führte Adsila sie zu einem strohgedeckten Kornspeicher, in dem sie die Lebensmittel aufbewahrte, und zeigte ihnen die getrockneten Halme, die sie zum Flechten verwendete. Cindy staunte über die riesigen Vorratskörbe. Zudem arbeitete Adsila an weiteren Körben, die halbfertig in Wasser aufbewahrt wurden, damit die Halme weich und biegsam blieben und sich leichter verarbeiten ließen.

»Was bedeuten diese Muster, Adsila?«, fragte Cindy, als sie sich zu dritt auf dem gestampften Boden niederließen.

In ihrer ruhigen Art erläuterte Adsila, was sie symbolisierten: zackige Yuccapalmen, zarte Wüstenblumen, Blitze am Himmel, Vogelfedern und die Wirbel eines Sandsturms.

»Einige der Muster sind überliefert, andere habe ich selbst entworfen«, erklärte sie bescheiden. »Als vor vielen Jahren die Weißen hierherkamen, brachten sie auch Metallgefäße mit und unser Volk hörte mit dem Korbflechten auf. Aber ich glaube, es ist wichtig, damit unsere Kultur fortbesteht. Manchen Weißen gefallen unsere Produkte und sie sammeln sie auch.«

Fasziniert schaute Cindy zu, wie Adsila mit ihren ledrigen braunen Händen die Grasstängel geschickt und gleichmäßig verflocht. Lächelnd reichte Adsila dem Mädchen das Werkstück und führte langsam ihre Hände, um ihr die Technik zu zeigen, die bei der Indianerin so einfach und mühelos wirkte.

»Ganz schön schwer. Ich komme mir vor, als hätte ich zwei linke Hände«, lachte Cindy. »Wie viel Geduld man dafür braucht! Vielen Dank, dass du es mir gezeigt hast.«

Deidre und sie erhoben sich, klopften sich den Staub von den Kleidern und verabschiedeten sich von Adsila. Als sie zum Wagen gingen, rief Adsila: »Wartet bitte noch«, und lief in ihre Hütte. Einen Augenblick später reichte sie Cindy eine kleine Korbschale durchs Wagenfenster.

»Von mir, für dich«, sagte sie nur.

»Das ist aber lieb, herzlichen Dank!«, rief Cindy. Dankbar umfasste sie Adsilas Hände.

»Es ist eine Schande, dass ihr Kunsthandwerk so wenig geschätzt wird«, meinte Cindy auf der Rückfahrt zu Deidre. »Tante Alice sollte ihr ein paar Stücke abkaufen, die wären ein hübscher Schmuck für ihren neuen Laden. Sie könnte sie dort sogar verkaufen.«

Aber als sie Alice das Flechtkörbchen zeigte, war ihre Tante von der Idee wenig angetan.

»Du meine Güte, Cindy, was denkst du denn? Ich eröffne ein Geschäft für Damenmode, nicht für Indianerfolklore.«

Also nahm Cindy die Korbschale mit dem wundervollen Muster mit in ihr Zimmer und hütete sie wie einen Schatz.

Der Tag der Eröffnung des Sun Garden rückte näher. Obwohl noch keine Touristensaison war, hielt Alice an ihrem Termin fest.

»Es hat ja keinen Sinn, dass ich Miete zahle und der Laden geschlossen bleibt. Es gibt genug Einheimische, um ihn am Laufen zu halten, zumindest bis die Touristenscharen wieder strömen.«

Wie angekündigt, hatte Alice eine Modenschau im Racquet Club organisiert. Viele Mädchen, darunter Cindy, hatten sich als Mannequins angeboten. Obwohl es sehr heiß war und das Ereignis außerhalb der Saison stattfand, erschien eine beachtliche Anzahl von Frauen. Die Gäste saßen unter Schatten spendenden Schirmen um den Pool, während Alice mit einem Mikrofon detailliert jedes der vorgeführten Kleider beschrieb. Diese wurden mit viel Beifall bedacht, als die Models den Pool umrundeten und zwischen den aufmerksamen Zuschauerinnen entlangstolzierten. Am Ende der Modenschau schlenderten die Gäste noch mit kühlen Drinks in der Hand umher, und angesichts der eingegangenen Kundenbestellungen war klar, dass sich die Veranstaltung gelohnt hatte.

Obwohl Cindy lieber im Lucky Kid arbeitete, verlangte Alice, dass sie nach der Eröffnung des Sun Garden auch dort aushalf.

»Du musst deinen Horizont erweitern«, meinte sie. »Nur Babyklamotten zu verkaufen ist zu einseitig.«

Wie Cindy zugeben musste, verstand es ihre Tante Alice wirklich, Damenmode an den Mann oder die Frau zu bringen.

»Pass auf, Cindy«, erklärte sie ihrer Nichte an ihrem ersten Arbeitstag im Laden. »Wenn eine Kundin Interesse an etwas zeigt, setz sie nicht unter Druck. Schau erst nach, was wir auf Lager haben. Verschaff dir einen Überblick, welche Größen und Farben vorrätig sind, und wenn wir das Stück nicht eine Nummer größer haben, sag der Kundin, dass das der neue hüftbetonte Schnitt ist, der schlanker macht. Und wenn wir das Kleid nicht in Grün da haben, erwähne beiläufig, dass Orange die Farbe der Saison ist.«

Cindy hatte Alice auch in Aktion erlebt. Als sich einmal eine Kundin mit ihren Speckrollen in ein paillettenbesetztes Cocktailkleid gezwängt hatte und ernsthaft fragte: »Wie steht mir das?«, schlug Alice geradezu ehrfürchtig die Hände zusammen. »Wirklich … ich weiß nicht, was ich sagen soll. Mir fehlen die Worte.« Worauf sie sich auf die Fingerspitzen küsste wie ein Koch, der das Gericht des Tages anpreist. Natürlich kaufte die Kundin das Kleid. Cindy arbeitete gern in dem Laden, auch wenn sie den hohen Ansprüchen ihrer Tante nie ganz zu genügen schien.

Kurz nach der Geschäftseröffnung erhielten Cindy und die restliche Familie, einschließlich Alice und Spencer, von Deidre eine

Einladung zu einer großen Wohltätigkeitsgala im Thunderbird Club. Cindy war begeistert: Pearl McCallum-McManus würde dort einen Tisch haben und Bob Hope sollte den Abend moderieren. Babs sagte jedoch ab, denn sie wollte Joey nicht allein lassen. Dabei hätte sich Cindy wirklich gewünscht, dass ihre Tante öfter ausging. Es war doch jammerschade, wenn eine so hübsche Frau nicht öfter die Gelegenheit nutzte, unter Leute zu kommen.

In einem plissierten Chiffon-Cocktailkleid mit Tellerrock und den zu einer »Banane« hochgesteckten Haaren sah Cindy älter als achtzehn aus. Die jungen Kellnerinnen, die vom College nach Hause zurückgekehrt waren oder einen Ferienjob angenommen hatten, waren offensichtlich von ihr beeindruckt. Allerdings beachtete Cindy sie kaum, ihr Augenmerk galt all den Prominenten im Saal, die miteinander plauderten oder zur Musik der Kapelle tanzten.

Gestärktes Tuch lag auf den runden Tischen, die mit erlesenen Buketts aus frischen Blumen geschmückt waren. Das Gelächter, das Stimmengewirr und die Kapelle mit ihrem beliebten Sänger sorgten für eine geräuschvolle, aber aufregende Atmosphäre. Bei den Tombolas winkten prächtige Preise und bei der Stillen Auktion wurden Gebote in atemberaubender Höhe abgegeben. Die meisten Leute tanzten Quickstepp und langsamere Tänze, aber als die Band zu Rock 'n' Roll überging, war die Tanzfläche ebenfalls gut gefüllt. Cindy empfand die Stimmung so, wie sie sich Champagner vorstellte: prickelnd und schwindelerregend.

Als sie gerade allein am Tisch saß, weil Sol und Deidre tanzten und Alice sich auf der Toilette frisch machte, kam Spencer mit einem Freund zu ihr herüber.

»Wie, Alice ist nicht da? Ich wollte ihr einen meiner Lieblingsklienten vorstellen«, sagte er zu Cindy. An seinen Freund gewandt fügte er hinzu: »Kirk, das ist Cindy, Alice' Nichte.«

Cindy drehte sich um und sah sich einem der berühmtesten Hollywoodstars gegenüber: Kirk Douglas.

»Wie geht's, Cindy?«, begrüßte er sie. »Genießen Sie den Abend hier?«

Baff vor Staunen brachte Cindy nur ein schwaches »Ja, Mr. Douglas« heraus. Er hatte einen so wunderbar gebräunten Teint, so blaue Augen, so strahlend weiße Zähne.

»Sie haben wohl gerade Trimesterferien?«, vermutete Kirk.

»Ich bin noch gar nicht am College. Ich fange erst nächste Woche an, Mr. Douglas.«

»Wo haben Sie sich denn eingeschrieben?«

»An der University of California in Santa Barbara. Ich bin schon ganz aufgeregt. Aber auch nervös.«

»Na, so was! Mein Sohn Michael möchte sich nächstes Jahr auch dort einschreiben. Da muss ich ihm erzählen, dass ich ein sehr hübsches Mädchen kenne, das schon dort ist. Würden Sie mit einem Mann tanzen, der einen Sohn in Ihrem Alter hat?«

»O ja! Vielen Dank.« Cindy strahlte und konnte es kaum fassen, dass sie mit einem der größten Filmstars von Hollywood über die Tanzfläche schwebte. Anschließend geleitete Kirk Douglas sie wieder zu ihrem Tisch und wünschte ihr alles Gute. Als Alice zurückkam, erzählte ihr Cindy, was geschehen war.

»Da hast du aber Glück gehabt«, meinte ihre Tante. »Hätte ich mir nicht gerade die Nase gepudert, hätte er stattdessen mit mir getanzt.«

Noch in der Woche darauf schwärmte Cindy immerzu von diesem wundervollen Abend, von den Menschen, die sie gesehen hatte, von all dem Glamour und dem Spaß, den alle hatten. Genau deshalb war sie von Spokane weggegangen! Außerdem konnte sie es kaum erwarten, aufs College zu gehen. Als nur noch ein paar Tage bis zu ihrer Abreise nach Santa Barbara blieben, packte sie nervös und voller Vorfreude ein Dutzend Mal ihre Sachen ein und wieder aus.

Am Vorabend ihrer Abreise lud Babs Cindy und Alice zu einem Abschiedsessen ein. Nach dem Dessert verkündete Joey, dass er gerade einen hochspannenden Hardy-Boys-Krimi lese und unbedingt wissen müsse, wie es weiterging. Die drei Frauen blieben am Tisch sitzen und unterhielten sich.

»Cindy, hoffentlich gefällt es dir auf dem College«, meinte Babs. »Ich hätte auch gern so eine Chance gehabt. Wenn ich dir einen Rat geben darf: Sammle deine Erfahrungen, geh mit Jungs aus, damit du es merkst, wenn dir der Richtige über den Weg läuft.« Seufzend senkte Babs den Blick. »Ich habe nie die Gelegenheit gehabt, einfach sorglos draufloszuleben. Als ich Howard kennenlernte und heiratete, war ich noch so jung, und mit einem Mal hatte ich keine Wahl mehr. Joey ist das einzig Gute, was mir diese Ehe eingebracht hat.«

»Da muss ich widersprechen«, sagte Alice erwartungsgemäß, »auch wenn Babs zur Hälfte recht hat. Ich finde, du solltest zwar viele junge Männer kennenlernen, aber nicht zu lange warten, bis du dir einen passenden angelst. Wenn du dir zu viel Zeit lässt, kommt dir eine andere zuvor. Die Jungs aus den besseren Kreisen sind rasch vergeben.«

»Die Reichen interessieren sich wohl kaum für ein Mädchen wie mich. Die bleiben doch unter ihresgleichen«, meinte Cindy bedrückt.

»Du wirst bestimmt einen prima Jungen finden«, sagte Babs und tätschelte ihrer Nichte die Hand.

»Hoffentlich«, erwiderte Cindy. »Aber ich hoffe auch, dass ich Gelegenheit haben werde zu reisen. Die Welt ist so groß und bunt und es reizt mich einfach, mehr davon kennenzulernen.«

Zwei Tage später zuckelte Cindy mit dem gebrauchten Kleinwagen, den sie sich von einem Teil ihres in den Sommerferien verdienten Geldes gekauft hatte, zum College. Kaum auf dem Campus angekommen, war Cindy schon begeistert: Die dramatisch auf den Klippen über dem Pazifik thronende University of California in Santa Barbara verfügte über einen eigenen Strand und dank des kalifornischen Klimas wurden die Freiluftanlagen gern für Freizeit- oder Schulveranstaltungen genutzt. Studentenverbindungen waren sehr beliebt, die meisten hatten eigene Wohnheime oder Gemeinschaftswohnungen in den umliegenden Bezirken. Cindy war sich nicht sicher, welcher der sieben Verbindungen für Studentinnen sie sich anschließen sollte. Aber nachdem sie an den jeweiligen Teegesellschaften teilgenommen hatte, bot ihr eine Verbindung, die ihr besonders gut gefiel, die Aufnahme an.

Sie teilte sich ein großes Zimmer mit Chrissie Simmons, die aus La Jolla stammte und ein riesiges Poster von John F. Kennedy aufgehängt hatte.

»Hast du jemals einen so hinreißenden Mann gesehen? Dem kann der verschlagene Nixon nicht das Wasser reichen, oder?«, sagte sie zu Cindy. »Ich liebe JFK einfach. Du hast doch nichts dagegen, wenn er hier an der Wand hängt, oder?«

Cindy betrachtete das Bild des gutaussehenden jungen Präsidentschaftskandidaten. »Meinetwegen gerne«, antwortete sie. »Ich finde, mit so einem Mann kann sich Jackie wirklich glücklich schätzen.«

Als begeisterte Sportlerin verbrachte Chrissie ihre Freizeit meist mit Softball, Volleyball oder Tennis. Cindy hingegen hatte nicht so viel für Sport übrig, tummelte sich aber gern mit ihren »Schwestern« von der Verbindung am Strand. Dort trafen sie oft die »Brüder« aus den Häusern der Studentenverbindungen und gingen zusammen schwimmen oder grillten nach Sonnenuntergang Marshmallows über einem Lagerfeuer auf dem Sand. Einige der Jungs spielten Gitarre und alle sangen mit. Während andere oft Heimweh hatten, blühte Cindy an diesem neuen Ort unter den vielen neuem Bekannten regelrecht auf. Sie liebte die Veränderungen, die das College mit sich brachte, und genoss es, dass sie unabhängig war und eigene Entscheidungen treffen konnte. Vielen ihrer Kommilitonen fiel es hingegen schwer, sich zurechtzufinden. Das Studium nahm Cindy sehr ernst: Ihre Noten lagen stets über dem Durchschnitt und in Mathematik war sie eine der Besten.

Auch wenn ihr Vater für die Studiengebühren aufkam, musste sie immerhin noch Essen, Miete, Bücher und alles Übrige selbst bezahlen. Cindy war schnell klar, dass das Geld, das sie in Palm Springs verdient hatte, nicht für das ganze Schuljahr reichen würde. Nachdem sie sich eingelebt hatte, bewarb sie sich daher für einen Verkäuferinnenjob in einem Damenmodegeschäft im Zentrum von Santa Barbara. Nach einem zehnminütigen Vorstellungsgespräch hatte sie die Stelle. Cindy dankte im Stillen Alice dafür, dass sie ihr in einem Crashkurs das A und O des Modeverkaufs beigebracht hatte. Neben der Arbeit im Laden und dem Studium blieb Cindy aber noch genug Zeit für die Geselligkeit. Einige durchaus passable junge Männer verabredeten sich mit ihr, doch keiner von ihnen schien ihr so ganz der Richtige zu sein. Da beschloss eines Tages ihre Verbindung, einen Tag der offenen Tür samt einer Party zu veranstalten, zu der das Football-Team des College und seine Cheerleader eingeladen waren. Und bei dieser Party lernte Cindy den Star-Quarterback Robbie Wilson kennen.

Sie war sofort hingerissen von ihm. Er sah unglaublich gut aus. Mit seiner Größe von über eins achtzig, dem dichten blonden Haar und einem Lachen, das die Menschen innehalten und ihm zulächeln ließ, verdrehte er so manchem Mädchen den Kopf. Zur Party erschien er schick gekleidet in einem adretten gestreiften Brooks-Brothers-Hemd mit Button-down-Kragen, sandfarbener Chinohose und hellbraunen Halbschuhen. Cindy bemerkte ihn gleich, als er den Raum betrat. Sie ging auf ihn zu und hieß ihn im Namen ihrer Verbindung willkommen. Mühelos entspann sich ein Gespräch. Robbie erzählte ihr, dass er aus Sacramento stammte, wo seine Familie seit mehr als hundert Jahren lebte. Cindy wiederum schilderte, wie sie aus dem Bundesstaat Washington nach Palm Springs gekommen war.

»Die Wüste, was?« Robbie schenkte ihr ein filmstarreifes Lächeln. »Manche mögen's heiß!« Sie lachten beide. Als sie mit einer Schüssel Popcorn auf dem Sofa saßen, plauderten sie munter miteinander, lachten viel und flirteten sogar ein bisschen. Cindy hatte das Gefühl, dass er sie interessant und attraktiv fand. Obwohl auch alle anderen Mädchen im Raum ein Auge auf ihn geworfen hatten, war Robbie von entwaffnender Bescheidenheit. Als der Abend zu Ende ging, fragte er Cindy, ob er sie mal im Haus ihrer Verbindung besuchen dürfe. Sie war begeistert.

»Wow«, meinte Chrissie, als Cindy ihr davon erzählte. »Dieser Bursche ist eine richtige Sportskanone. Da werden alle neidisch sein, wenn er zu dir kommt. So ziemlich jede Frau auf dem Campus hat versucht, Robbie Wilson für sich zu interessieren, aber bisher hat er mit keiner was angefangen.«

Binnen kurzer Zeit »gingen« Cindy und Robbie miteinander. Er war zwei Jahre älter als sie und hatte sein College-Studium schon halb hinter sich. Danach wollte er Jura studieren, aber bis dahin sei ja noch lange Zeit, betonte er. Einstweilen trafen sie sich regelmäßig, auch wenn das Training und die Spiele viel von seiner Zeit in Anspruch nahmen. Cindy begleitete ihn zu seinen Spielen und genoss es, seine Freundin zu sein.

Trotz ihres vollen Kalenders fuhr Cindy gern zu ihren Tanten nach Palm Springs, wann immer sich eine Gelegenheit dazu ergab. Sie kam sogar an Thanksgiving und an Weihnachten, weil die Zeit nicht reichte, um ihren Vater in Spokane zu besuchen. Allerdings war sie sehr traurig, dass sie nicht bei der Hochzeit von Alice und Spencer dabei sein konnte. Babs berichtete ihr später, es sei eine erstaunlich dezente Feier gewesen, ganz stilvoll und nur im kleinen Kreis. Nun waren Alice und Spencer damit beschäftigt, sich ein Haus zu bauen, und befassten sich mit Bauplänen, Landschaftsgestaltung und Innenarchitektur. Da das Lucky Kid florierte, hatte Babs beschlossen, ein Haus für sich zu mieten, nicht weit von der Hacienda Hideaway und Deidre und Sol entfernt. Zwar war es kaum größer als ihre alte Wohnung, verfügte aber über drei Zimmer. So konnte Cindy in Babs' Nähraum, der zugleich als Gästezimmer fungierte, übernachten, wann immer sie zu Besuch kam.

Wenn sie in Palm Springs war, sprach Cindy immerzu von Robbie. »Ich kann es kaum erwarten, ihn euch vorzustellen. Er hat versprochen, mal mitzukommen. Ich habe ihm viel von euch und Joey erzählt.«

»Du scheinst von Robbie recht angetan zu sein«, meinte Babs. »Aber ich finde trotzdem, du sollest dich noch nicht auf einen festlegen. Sammle Erfahrungen.«

Alice schüttelte ungeduldig den Kopf. »Wenn er uns besuchen kommt, soll er sich mit Spencer über juristische Fakultäten unterhalten. Spencer kann ihm dazu gute Tipps geben. Du erlaubst ihm aber nicht, sich Freiheiten herauszunehmen, hörst du?«, fügte sie unverblümt hinzu. »Nicht dass du am Ende schwanger wirst.«

Cindy war schockiert.

»Aber Tante Alice!«, rief sie. »Nein, Robbie ist ein echter Gentleman.« In Cindys Verbindung klagten die Mädchen häufig darüber, dass sie die Avancen ihrer allzu aufdringlichen Verehrer abwehren mussten. Robbie hingegen respektierte Cindys Entscheidung, als Jungfrau in die Ehe gehen zu wollen. Nach einem finsteren Blick auf ihre Tante wechselte sie das Thema. »Ein paar von uns haben sich überlegt, in den Frühjahrsferien eine kleine Reise nach Mexiko zu machen. Wärt ihr sehr enttäuscht, wenn ich euch dann nicht besuche?«

»Natürlich nicht. Amüsier dich ruhig, Cindy, aber pass auf dich auf, ja?«, meinte Babs.

»Wenn ihr mich fragt, ist das ein ganz unsicheres Pflaster«, stellte Alice mit Nachdruck fest. »In Mexiko wimmelt es von Drogenhändlern und Banditen. Ein schreckliches Land. Was willst du bloß dort?«

»Uns wird schon nichts passieren, Tante Alice. Ich fahre ja nicht allein hin, wir sind eine ganze Gruppe. Macht euch bitte keine Sorgen.«

Ein paar Wochen später brachen Cindy, Chrissie und einige befreundete »Brüder« und »Schwestern« in Richtung Süden auf. Cindy und Robbie fuhren getrennt in ihren jeweiligen Autos. Zwei Tage waren sie unterwegs, bis sie den Küstenort erreichten, an dem sie ihren Urlaub verbringen wollten. Die langen Autoschlangen und die Grenzkontrollen in Tijuana hatten einschüchternd gewirkt, aber als sie sie hinter sich hatten, fühlten sich alle wie befreit, als hätten sie mehr als nur eine Landesgrenze passiert.

Sie wohnten in einem ziemlich einfachen Hotel: dünne Matratzen, kein warmes Wasser und erst recht keine Klimaanlage, aber eine umwerfende Lage. Cindy war begeistert von dem warmen, strahlend blauen Meer, den kilometerlangen Stränden und den urigen Cafés und Bars. Im Nu hatten sich die Jungs in die Wellen gestürzt, während die Mädchen die Zimmer mit Meerblick bezogen. Ein paar von den Jungs, die knapp bei Kasse waren, wollten am Strand übernachten. Schon bald hatten sich alle an die mexikanische Lebensart angepasst und bestellten einheimisches Bier in langhalsigen Flaschen mit hineingequetschten Zitronenstücken oder frische Shrimps, die in hohen Cocktailgläsern mit Tequila und Tomatensaft schwammen.

Die Tage waren heiß und träge und mit der Zeit wurden die Geschichten und Witze, die sie einander erzählten, immer absonderlicher. Alle sprachen dem billigen und reichlich fließenden Alkohol zu, und zwar mehr, als ihnen guttat. Tequila war ein ziemlich starkes Zeug, wie Cindy am eigenen Leib erfahren musste: Nach einer trinkseligen Nacht wachte sie morgens mit unsäglichen Kopfschmerzen auf. Danach hielt sie sich etwas mehr zurück. Doch die meisten Jungs tranken hemmungslos weiter und irgendwann empfand sie deren Benehmen einfach nur als flegelhaft, was sich noch verschlimmerte, als sich die Burschen mit einer Gruppe aus Fresno zusammentaten. Robbie, der etwas älter war als die anderen, zeigte glücklicherweise keinerlei Neigung, sich durch Saufen hervorzutun. Stattdessen spazierten er und Cindy lieber zu zweit los, besichtigten das Städtchen hinter dem Strand und probierten die mexikanische Küche.

Am Abend vor ihrer Rückfahrt schlenderten die beiden Hand in Hand am Strand entlang. Sie sprachen über die Zukunft und dass sie noch öfter ins Ausland reisen wollten.

»Hat dir der Urlaub gefallen, Cindy?«, fragte Robbie.

»Er war wundervoll«, antwortete sie. »Aber was mir immer wieder ins Auge springt, ist die Armut der Menschen hier. Ich fühle mich ein bisschen unwohl bei dem Gedanken, dass wir offensichtlich so viel haben und sie so wenig. Allerdings scheinen sie glücklich zu sein.«

»Vielleicht sind sie einfach mit ihrem Leben rundum zufrieden«, vermutete Robbie.

Cindy dachte darüber nach. »Oder sie kennen gar kein anderes Leben. Und glauben nicht, dass es Alternativen gibt.«

»Für manche Menschen gibt es vielleicht keine Alternativen«, meinte Robbie leise.

»Ich denke, es gibt immer eine Alternative«, entgegnete Cindy fröhlich. Doch noch während sie es sagte, fragte sie sich, ob sie das wirklich glaubte.

»Ich hoffe, du hast recht«, murmelte Robbie, dann beugte er sich zu ihr und küsste sie. Sie erwiderte seinen Kuss mit Leidenschaft, aber Robbie schien in Gedanken woanders zu sein.

»Alles in Ordnung, Robbie?«, fragte sie behutsam.

Robbie wandte den Blick ab. »Entschuldige. Ich verderbe uns unseren letzten Abend. Lass uns im Mondlicht schwimmen gehen, solange wir noch die Gelegenheit dazu haben.«

Als Cindy im warmen Wasser des Pazifiks schwamm, ging ihr das Herz über. Hoffentlich würde sie bald wieder die Möglichkeit haben zu verreisen! Neue Gegenden zu sehen, den unterschiedlichsten Menschen zu begegnen, andere Kulturen kennenzulernen – das war ihr ein so tiefes inneres Bedürfnis, als sei es ihre Bestimmung. Und als sie einen Blick auf Robbie warf, seufzte sie vor Glück. Es war ein perfekter Urlaub gewesen.

Als Cindy am Ende ihres ersten Studienjahrs nach Palm Springs zurückfuhr, dachte sie darüber nach, wie wunderbar sich alles am College für sie gefügt hatte. Auch wenn sie in keinem Fach die Beste war, hatte sie doch ordentliche Studienleistungen vorzuweisen. In ihrer Verbindung hatte sie einige gute Freundinnen gefunden, und dann war da natürlich Robbie. Er wirkte so viel reifer als die anderen Jungs, und ihr gefiel es auch, dass er so entschlossen auf eine Anwaltskarriere hinarbeitete. Robbie war so lieb und sie fühlte sich bei ihm so wohl. All ihre »Schwestern« beneideten sie um das große Los, das sie mit diesem wunderbaren Freund gezogen hatte. Tatsächlich hoffte Cindy, er würde bald mehr als nur ihr Freund sein. Sie wollte ihn nicht drängen, war sich jedoch sicher, dass er ihr bald einen Antrag machen würde. Wenn er den Arm um sie legte, durchflutete sie Wärme bis in die Zehenspitzen. Robbie hatte versprochen, sie während der Sommerferien zu besuchen, und sie hoffte sehnsüchtig, dass er Wort hielt.

»Du scheinst mir ja richtiggehend vernarrt in diesen Robbie«, meinte Alice einmal. »Aber überstürze nichts. Wirf dich nicht gleich dem erstbesten Jungen, der dir über den Weg läuft, an den Hals.«

»Aber du hast doch selbst gesagt, ich soll nicht zu lange warten, weil die guten Jungs immer blitzschnell vergeben sind!«, protestierte Cindy.

»Unsinn, Cindy, du kannst eine bessere Partie machen, das steht für mich völlig außer Frage. Außerdem musst du es im Berufsleben selbst zu etwas bringen. Du darfst dich nicht darauf verlassen, von einem Mann versorgt zu werden. Deine Mutter war in dieser Hinsicht viel zu lasch. Mach es lieber so wie ich. Werde unabhängig.«

So sehr Cindy ihre Tante mochte – bei ihr wusste man nie genau, woran man war. »Du kennst ihn doch noch gar nicht. Wenn er zu Besuch kommt, wirst du sehen, was für ein großartiger Mensch er ist.«

Zum Glück brauchte Cindy nicht allzu lange darauf zu warten. Schon in der zweiten Ferienwoche rief Robbie an und fragte, ob er für ein paar Tage vorbeikommen dürfe. Er habe einen Ferienjob in einer Anwaltskanzlei in Sacramento ergattert, erzählte er, und wolle Cindy sehen, bevor er dort anfing. »Ich bin dort zwar nur Bürogehilfe, aber es wird bestimmt unglaublich spannend, in so einer großen Kanzlei mitzuarbeiten. Noch ein Jahr, dann bin ich an einer juristischen Fakultät. Tut mir leid, dass ich nicht länger bei euch bleiben kann, aber diese Gelegenheit darf ich mir nicht entgehen lassen.« Seiner Stimme war die Begeisterung anzuhören und Cindy hoffte, dass es in der Zukunft, die er anstrebte, auch einen Platz für sie geben würde.

Als Robbies Ankunft näherrückte, wusste Cindy vor Aufregung kaum ein noch aus. Und als er schließlich vor Babs' Haus vorfuhr und aus dem Wagen stieg, so gutaussehend und ordentlich gekleidet und vorzeigbar! Nicht einmal Alice konnte etwas an ihm aussetzen.

Für den nächsten Abend lud Alice alle zum Essen in ihr neues Haus ein und sämtliche Männer erschienen in Anzug und Krawatte, sogar Joey. Da Robbie nicht mit so einer förmlichen Einladung gerechnet hatte, musste er sich eigens noch eine Krawatte kaufen gehen.

»Was für ein Jammer, dass Spencer heute Abend zu einem Klienten nach Beverly Hills musste«, meinte Alice. »Aber kommt, machen wir eine kleine Tour durchs Haus. Wir haben das Interieur nach dem neuesten Wüsten-Chic gestaltet. Demnächst will sogar jemand von einer Zeitschrift vorbeikommen und Fotos machen.«

In ihren neuen Perspex-Sandaletten mit eingegossenen Blumen in den hohen transparenten Absätzen klackerte Alice über die Veranda. Das Haus hatte einen großen offenen Wohnbereich mit einem gewaltigen Kamin, der in eine Mauer aus lokalem Naturstein eingelassen war. Die Möbel entsprachen dem hochmodernen minimalistischen dänischen Design. Und die Küche verfügte über alle neuesten technischen Errungenschaften, was Cindy amüsierte, da sie wusste, dass ihre Tante nichts fürs Kochen übrighatte. Vielleicht kocht ja Spencer gern, überlegte sie. Aber dann bekamen sie den Grill und die Bar gezeigt, was laut Alice Spencers Reich war. Da es ein Haus mit Flachdach war, hatte man von dem großen Swimmingpool aus freien Blick auf die Berge, die in der Ferne aufragten. Vom Wohnzimmer mit dem bodentiefen Fenster schaute man über den grünen Rasen mit den geometrisch angeordneten Topfpflanzen auf die Wüste und bis zu den schneebedeckten Berggipfeln.

»Cindy sagte, Sie arbeiten die Sommerferien über in einer Anwaltskanzlei? Mein erster Ehemann war Anwalt und Spencer ist es auch«, erzählte Alice. »Nun, junger Mann, Sie haben schon den richtigen Beruf gewählt. Geld und Ansehen, darauf kommt es an.«

»Mich interessiert durchaus das Rechtswesen an sich«, betonte Robbie.

»Sicher«, meinte Alice unbekümmert. »Das interessiert Spencer auch manchmal, glaube ich.«

»Auf welche juristische Fakultät wollen Sie denn gehen?«, fragte Babs.

»Beworben habe ich mich sowohl für Harvard als auch für Stanford, aber Harvard wäre mir am liebsten. Es ist die beste Uni in den Staaten, und dort könnte ich auch wichtige Kontakte knüpfen.«

Cindy schluckte. Ihr gegenüber hatte Robbie Harvard nie erwähnt. Was würde aus ihrer Beziehung werden, wenn er dort angenommen wurde? Stanford war schon schlimm genug, aber es war wenigstens in Kalifornien. Harvard lag am anderen Ende des Landes! Die Vorstellung war ihr unerträglich. Doch womöglich reichten ja seine Noten dafür nicht aus! Sogleich schämte sich Cindy für diesen Gedanken. Natürlich wollte sie, dass Robbie auf die bestmögliche Universität gehen konnte.

Das Dinner erwies sich als mittlere Katastrophe. Dabei begann es ganz vielversprechend, als Alice jedem ihren selbst zubereiteten Salat servierte. Er war hübsch dekoriert und hatte nur den kleinen Makel, dass das Ranch-Dressing zu lang im Kühlschrank gestanden und fest geworden war. Danach tischte sie eine Hähnchenpastete auf.

»Das ist ein Chicken Pot Pie«, erklärte sie. »Ich hoffe, ihr schafft alle noch eine große Portion. Ich selbst esse natürlich nichts davon, ich hatte ja eine Menge Salat. Wie alle in meiner Familie wissen, Robbie, halte ich gekochte Speisen nicht für sonderlich gesund. Ich versuche mich ausschließlich von Rohkost zu ernähren.«

Mit diesen Worten legte Alice allen riesige Stücke von dem Pie auf den Teller. Bedauerlicherweise hatte sie einen tiefgefrorenen

Pie aus dem Supermarkt gekauft, ohne sich die Mühe zu machen, ihn richtig aufzutauen, ehe sie ihn in den Backofen schob, und ihn dann auch nicht lange genug dringelassen. Cindy merkte sofort, dass der Pie nur am Rand gebacken und innen noch gefroren war. Alle bemühten sich pflichtschuldig, die genießbaren Teile zu essen, doch Alice entging nicht, wie viele Reste auf den Tellern blieben.

»Die Bemerkung über ungesundes gekochtes Essen hätte ich mir wohl besser verkneifen sollen, denn anscheinend ist euch allen der Appetit auf den Pie vergangen. Macht nichts, ich habe ja noch einen leckeren Limettenkuchen zum Dessert.«

Der Kuchen sah in der Tat großartig aus und war üppig mit Baisers und einem Schlagsahnehaufen darauf garniert; das enorme Gebilde hatte eine Höhe von fast dreißig Zentimetern.

»Wundervoll«, sagte Robbie höflich. »Haben Sie ihn selbst gemacht?«

»Oh, vielen Dank, Robbie. Eigentlich ist es ein Fertigkuchen, aber die ganze Sahne darauf ist von mir.«

Cindy vermied es, Robbie anzusehen, um nicht loszuprusten.

In vielerlei Hinsicht erging es Cindy im zweiten Studienjahr sogar noch besser als im ersten. Diesmal suchte sie sich keinen Nebenjob, weil sie überschlagen hatte, dass sie mit dem auskommen müsste, was sie in den Sommerferien bei ihren Tanten und beim Babysitten für einen reichen Klienten von Spencer verdient hatte, sofern sie sparsam haushaltete. Ihre Studienleistungen waren gut und in Mathematik tat sie sich wieder einmal ganz besonders hervor.

Der einzige Wermutstropfen war ihre Beziehung mit Robbie. Sie sah ihn jetzt viel seltener als noch im Jahr davor. Zwar schien er noch immer gern mit ihr zusammen zu sein und war liebevoll wie eh und je. Sie war sich auch sicher, dass er keine andere hatte. Aber er besuchte sie nicht mehr im Haus ihrer Verbindung, wie er es früher getan hatte, und wollte auch nicht mehr so oft etwas mit ihren gemeinsamen Freunden unternehmen. Als Cindy ihn darauf ansprach, dass sie ihn kaum noch zu Gesicht bekam, meinte er, es sei alles in Ordnung, er müsse einfach nur viel lernen, um sich für das Jurastudium zu qualifizieren.

Cindy erzählte Babs, dass sie sich seinetwegen Sorgen machte.

»Manchmal habe ich das Gefühl, dass er sich viel zu sehr unter Druck setzt, um auf eine dieser Elite-Unis zu kommen. Habe ich dir schon gesagt, dass er beschlossen hat, dieses Jahr nicht Football zu spielen, weil es zu viel Zeit kostet?«

»Das klingt mir nach einem vernünftigen jungen Mann, der seine Zukunft im Blick hat«, meinte Babs. »Hoffentlich ist Joey auch mal so zielstrebig.«

Aber das war für Cindy ein schwacher Trost. »Und wenn er es wirklich nach Harvard schafft? Das ist doch am anderen Ende des Landes. Dann sehe ich ihn gar nicht mehr.«

»Na ja, dann lass uns hoffen, dass er in Stanford angenommen wird«, erwiderte Babs.

Robbie beteuerte nach wie vor, aus seiner Sicht habe sich nichts an ihrer Beziehung geändert, auch wenn Cindy ihre Zweifel hatte. Zu Weihnachten schenkte er ihr anstelle des Verlobungsrings, den sie sich erhofft hatte, einen Schmuckanhänger mit einer einzelnen Perle. Trotz ihrer leisen Enttäuschung fand sie die Halskette so hübsch, dass sie sie als gutes Omen für ihre Zukunft deuten wollte. Sie schwor, sie niemals abzulegen.

»Die ist wunderschön«, sagte Babs, als sie das schimmernde Schmuckstück betrachtete.

»Sieht mir nach so einer japanischen Zuchtperle aus«, bemerkte Alice. »Aber ich denke, es ist die Geste, die zählt.«

Am Tag von Robbies Abschlussfeier war Cindy fast so aufgeregt wie er selbst. Stolz saß sie neben seinen Eltern und freute sich darüber, dass sich seine harte Arbeit ausgezahlt hatte. Denn er war nicht nur Drittbester seines Jahrgangs, sondern durfte auch die Abschiedsrede im Namen der Graduierten halten. Cindy wurde ganz warm ums Herz, als er sich zum Mikrofon vorbeugte und über die Verheißungen der Zukunft zu sprechen begann.

Danach posierte sie für zahlreiche Fotos mit Robbie und seinen Eltern. Als er mit ihnen nach Sacramento zurückfuhr, versicherte er Cindy, er werde sie regelmäßig anrufen. »Zwischen uns wird sich nichts ändern, das verspreche ich dir«, sagte er, als er sie zum Abschied küsste.

Cindy verbrachte den Sommer in Palm Springs, nachdem sie kurz ihren Vater in Spokane besucht hatte. Als sie ihre alte Heimatstadt wiedersah, dachte sie nur: Wie gut, dass ich nach Kalifornien gezogen bin!

Wie versprochen, rief Robbie sie in den ersten Wochen häufig an. Nein, berichtete er, er habe von den Unis, für die er sich beworben hatte, noch nichts gehört.

Dann wurden seine Anrufe unregelmäßiger. Oft klang er auch unkonzentriert, und längere Gespräche verliefen mitunter schleppend. Das beunruhigte Cindy, doch sie wusste, dass er wieder in der Kanzlei in Sacramento arbeitete und vermutlich sehr eingespannt war, wie ja auch sie, weil sie in den beiden Läden ihrer Tanten jobbte.

Da erhielt sie einen Brief von Robbie.

Großartige Neuigkeiten! Ich habe eine Zusage aus Harvard!,

hieß es in der ersten Zeile. Doch was danach folgte, musste sie immer und immer wieder lesen:

Ich denke deshalb, dass es am besten ist, wenn wir unsere Beziehung beenden. Du bist ganz wundervoll, aber wenn wir versuchen, die Beziehung aufrechtzuerhalten, werde ich mich nie ganz auf mein Studium konzentrieren können. Ich weiß, dass Du das vielleicht als ungerecht empfindest, weil Du mich in meinen Ambitionen ja, solange wir uns kennen, immerzu nur unterstützt hast. Aber letztendlich muss ich meiner beruflichen Karriere Vorrang einräumen. Diese Entscheidung ist mir nicht leichtgefallen, weil ich wirklich etwas für Dich empfunden habe, aber ich muss nach vorne schauen. Ich hoffe, Du findest eines Tages jemanden, der Deine Liebe wahrlich verdient. Ich wünsche Dir das Allerbeste für die Zukunft. Du wirst immer einen Platz in meinem Herzen haben, und ich würde mir wünschen, dass wir Freunde bleiben können. Herzliche Grüße, Robbie.

Freunde! Cindy brach in Tränen aus. Sie riss sich den Perlenanhänger vom Hals und schleuderte ihn quer durchs Zimmer, wo er gegen die Wand prallte und hinter ein Bücherregal rutschte. Wie konnte Robbie einfach mit ihr Schluss machen! All das Gerede, dass sich nichts geändert hatte, war nur eine Lüge gewesen. Was für ein gemeiner, egoistischer Kerl!

Ein ums andere Mal las sie den Brief und versuchte sich einen Reim darauf zu machen. »Was will er mir sagen? Dass er mich so sehr liebt, dass ich ihm die Karriere vermasseln würde?«, fragte sie in den leeren Raum hinein. Aber sie wollte sich nicht von ihm trennen. Sie liebte ihn und sie wusste, dass sie nie wieder jemanden so sehr würde lieben können. Für sie stand fest, dass er der Einzige war, der sie glücklich machen konnte. Von einem Moment auf den anderen hatten sich all ihre Hochzeitsträume in nichts aufgelöst.

Als Babs abends nach Hause kam, fand sie Cindy mit verheulten, rotgeschwollenen Augen auf dem Sofa vor.

»Ach, du armes Kind«, sagte sie, als Cindy mit erstickter Stimme erzählt hatte, was passiert war. »Was für ein unmöglicher, arroganter Brief! Du siehst das im Augenblick wahrscheinlich anders, Cindy, aber wenn Robbie so eine Sorte Mann ist, dann kannst du froh sein, ihn los zu sein. Ich weiß, du glaubst mir nicht, doch irgendwann wirst du feststellen, dass ich recht habe.«

»Aber ich liebe ihn«, schluchzte Cindy und vergrub das Gesicht im Schoß ihrer Tante. »Ich dachte, er macht mir einen Heiratsantrag!«

Babs strich ihr übers Haar. »Ich weiß, Liebes. Er ist deine erste große Liebe. Jeder leidet irgendwann mal unter schrecklichem Liebeskummer. Aber mir ist klar, dass das für dich kein Trost ist.«

»Ich habe dir ja gleich gesagt, dass er nicht gut genug für dich ist«, bemerkte Alice, als sie von dem Brief erfuhr. »Vergiss ihn. Du kannst eine viel bessere Partie machen. Ich persönlich finde ja, dass er so berechnende Schweinsäuglein hat. Die Augen eines Menschen verraten eine Menge über seinen Charakter. Ich hatte von Anfang an meine Zweifel.«

»Aber Tante Alice, er hat doch keine Schweinsäuglein«, wandte Cindy ein. »Sie sind wunderschön blau und so intensiv.« Und wieder strömten ihr Tränen übers Gesicht.

In den nächsten Wochen war Cindy am Boden zerstört. Mit ihren Freundinnen wollte sie nicht reden, nicht einmal mit Chrissie. Sie hatte das Gefühl, nie wieder einem Mann vertrauen zu können. Außerdem konnte ja sowieso keiner Robbie das Wasser reichen.

»Was soll ich meinen Freundinnen auf dem College erzählen? Alle denken, Robbie und ich wären das perfekte Paar. Was werden sie denken, wenn ich ihnen sage, dass er mich verlassen hat?«, fragte sie Babs.

»Sie werden denken, dass das ziemlich blöd von ihm war«, meinte ihre Tante.

»Sag ihnen, dass *du* Schluss gemacht hast«, riet Alice. »Auch andere Mütter haben attraktive Söhne, die man sich angeln kann, Cindy. Aber du musst bereit dazu sein. Und lieber früher als später! Außerdem ist so eine trübselige Miene nicht gut fürs Geschäft. Wer will denn bei jemandem, der wie ein Häufchen Elend aussieht, ein teures Kleid kaufen?«

Die Vorstellung, den Rest des Sommers immerzu lächeln, fröhlich plaudern und gute Miene zum bösen Spiel machen zu müssen, fand Cindy unerträglich. Während sie, die Arme um das Kopfkissen geschlungen, auf ihrem Bett lag, erhaschte sie einen Blick auf die Kette unter dem Bücherregal. Das Sonnenlicht ließ die matte Oberfläche der Perle aufblitzen. Bei diesem Anblick brach sie wieder in Tränen aus. Es war so sinnlos. Ihr Herz war gebrochen, ihre Zukunft ein Scherbenhaufen und sie fragte sich, ob sie sich je von all dem erholen würde.

3

Cindy kam leise ins Zimmer und musterte Babs, die vor dem bodenlangen Spiegel stand.

Der besorgte Blick ihrer Tante hellte sich auf, als sie sich mit den Händen über die Hüften strich und das seidene Cocktailkleid glatt zog. Schließlich gestattete sie sich sogar ein leises, zufriedenes Lächeln.

»Du siehst umwerfend aus«, sagte Cindy. Und sie hatte recht. Ihre Tante war braungebrannt, hatte eine tolle Figur und wirkte Jahre jünger, als sie war.

Babs fuhr sich über ihre neue modische Pagenfrisur. »Ich fühle mich auch wohl, besonders in diesem Kleid. Und die Tüllstola gibt ihm eine hübsche, weichere Kontur. Danke fürs Leihen. Und ist es nicht nett, dass mir Alice Modeschmuck aus ihrer Boutique geborgt hat? Die meisten ihrer Sachen sind ja zu auffällig für mich, aber dieses kleine Perlmuttarmband gefällt mir wirklich sehr.« Sie befingerte die passenden Ohrringe. »Natürlich wäre es schön, echte Perlen zu tragen, aber so etwas kann ich mir einfach nicht leisten. Na, vielleicht eines Tages. Trotzdem bin ich nervös. Ich glaube nicht, dass ich für Spencers Freund eine interessante Gesprächspartnerin bin.«

»Das ist doch Unsinn«, meinte Cindy. »Außerdem siehst du so reizend aus, dass du gar nichts sagen musst. Die Männer werden dich einfach nur bewundernd anstarren.«

Babs lachte. »Danke, obwohl ich da meine Zweifel habe. Es ist ja nur, weil ich schon so lange nicht mehr ausgegangen bin.«

Cindy wurde von einer Welle der Zuneigung erfasst. »Nachdem Joey jetzt alt genug ist, solltest du die Gelegenheit nutzen und Tante Alice' Einladungen annehmen. Immerhin verkehren sie und Spencer in den angesagtesten Kreisen, und es ist nicht einzusehen, dass du nicht ab und zu mit von der Partie bist. Du solltest mehr ausgehen, Leute kennenlernen.«

Auf Babs' hübscher Stirn bildete sich eine Falte. »Meinst du nicht, dass ich schon zu alt bin, um jetzt damit anzufangen?«

»Wie albern ist das denn?«, rief Cindy aus. »Du solltest endlich mal ein bisschen leben!«

Babs hob die Augenbraue. »Dasselbe könnte ich dir raten, Cindy. Es ist höchste Zeit, dass du über Robbie hinwegkommst und ein bisschen lebst«, mahnte sie liebevoll.

»Kann sein«, sagte Cindy leise. »Aber nicht sofort.«

Es war schon spät, als Babs an diesem Abend nach Hause kam. Sie steckte kurz den Kopf in Joeys Zimmer und vergewisserte sich, dass er schlief. Cindy lag in ihrem gepunkteten Schlafanzug wie ein Kätzchen zusammengerollt auf der Couch und döste, setzte sich aber auf, als sie Babs hereinkommen hörte.

»Na, hattest du einen schönen Abend?«, fragte sie ihre Tante schläfrig.

»Tut mir leid, dass ich dich geweckt habe. Ja, der Abend war wundervoll.« Babs lächelte. »Ich weiß gar nicht, wann ich zuletzt so viel Spaß hatte.« Sie ließ sich neben Cindy aufs Sofa plumpsen.

»Wie war Spencers Freund?«, fragte Cindy neugierig.

»Er heißt George, ist wohl im selben Alter wie Spencer und wirkt sehr nett. Und er hatte auch noch einen Freund dabei, Murray aus Australien! George war zusammen mit Murrays Vater im Krieg, und da Murray gerade in Kalifornien Urlaub macht, hat George ihn nach Palm Springs eingeladen, um ihm hier die Highlights der Wüste zu zeigen. Ich hatte noch nie mit einem Australier zu tun.«

»Ich habe auch noch nie einen getroffen«, sagte Cindy. »Wie war er?«

»Recht angenehm. Allerdings hat er einen sehr eigenartigen Akzent. Ich konnte ihn zwar verstehen, aber er klingt ganz anders als die Amerikaner. Seinem Vater gehört eine große Ranch. Tausende von Hektar, auf denen sie nicht etwa Rinder, sondern Schafe züchten. Sie haben Zehntausende davon.«

»Das ist eine ganze Menge«, meinte Cindy beeindruckt. »Aber bringen Rinderfarmen nicht mehr ein?«

Babs begann den Schmuck abzulegen. »Offenbar nicht in Australien. Laut George sind Schafzüchter wie Murrays Vater sehr reich. Mit Wolle kann man wohl eine Menge Geld verdienen. Und man nennt sie nicht Farmen, sondern Schafstationen.«

»Ach was, wie Eisenbahnstationen?«, lachte Cindy. »Schön, dass du jemand so Interessanten kennengelernt hast. Glaubst du, der Abend führt zu mehr?«

»Ja, vielleicht.« Babs lächelte.

Cindy fiel etwas ein. »Ich hätte fast vergessen, dir zu sagen, dass Deidre vorhin da war. Sie ist so nett! Sie weiß, wie unglücklich ich bin, seit Robbie mir diesen Brief geschickt hat.« Ein schmerzlicher Ausdruck huschte über Cindys Gesicht. »Und da hat sie mich gefragt, ob ich sie und Sol nicht ein paar Tage zum Lake Tahoe begleiten will. Sie haben dort eine Hütte gemietet, in der auch für mich noch genug Platz ist. Morgen Mittag fahren sie los.« Kurz verstummte sie, dann fuhr sie fort: »Joey möchte auch mitkommen. Was hältst du davon? Wir vier wären eine Woche lang weg. Ich will eigentlich gar nicht, aber Joey wäre wohl ziemlich enttäuscht«, schloss sie fast kleinlaut.

Babs zögerte. »Joey war noch nie von zu Hause fort …«, doch dann schüttelte sie den Kopf. »Aber er ist jetzt alt genug, und das ist die ideale Gelegenheit, mal eine Weile von seiner Mutter wegzukommen. Außerdem versteht ihr beide euch ja sehr gut.«

»Er ist mein Lieblings-Tennispartner«, lachte Cindy.

»Und ich glaube, ihr beide habt jedes Musical gesehen, das diesen Sommer ins Kino gekommen ist. Also gut, fahrt mit Deidre und Sol zum Lake Tahoe. Ein Tapetenwechsel wird dir guttun.«

Die Hütte stand in einer ruhigen Bucht mit Sandstrand und einer kleinen Marina in Meeks Bay am westlichen Ende des Sees. Sol nahm sie mit auf ein klassisches Holzboot und Cindy stellte überrascht fest, dass er ein begeisterter Segler war. In den nächsten Tagen brachte er Joey und ihr die Grundlagen bei und Joey lernte zudem noch Kajak paddeln. Es waren idyllische Stunden und manchmal verging fast ein ganzer Tag, ohne dass Cindy an Robbie gedacht hatte.

Nach ihrer Rückkehr schloss Babs ihren Sohn glücklich in die Arme und fragte ihn, wie es ihm gefallen habe. Joey erzählte begeistert von dem See und ihren Unternehmungen. »Wir sind auch angeln gewesen, und ich habe zwei kleine Fische gefangen. Die haben wir aber gleich gegessen, weil ich sie ja nicht mit zurücknehmen konnte. Und am besten war, dass wir zur Ponderosa Ranch gefahren sind, wo *Bonanza* gedreht worden ist. Das war toll!«

»Wie schön!«, meinte Babs und sah Joey liebevoll an.

Während sie sich weiter unterhielten, fiel Cindy auf, wie glücklich und unbeschwert ihre Tante wirkte.

Am nächsten Tag meldete sich Cindy in Alice' Boutique zur Arbeit zurück.

»Na, einen schönen Urlaub gehabt? Ich an deiner Stelle würde mich ja nicht so lange in die Sonne legen. Das lässt die Haut altern«, begrüßte Alice sie.

Und noch bevor Cindy von ihren Erlebnissen erzählen konnte, hatte Alice schon wieder eine Aufgabe für sie.

»Diese Kleider dort hängen nicht ordentlich, die Abstände zwischen den Bügeln sollten gleich sein. Kannst du das bitte richten?« Alice ging zum Verkaufstresen, wo sie das Einwickelpapier glättete, das neben den Einkaufstüten mit dem Aufdruck »Sun Garden« und dem Bild einer Dattelpalme und des schneebedeckten Mount Jacinto lag. Gerade wollte sie wieder nach hinten gehen, als Spencer mit zwei weiteren Männern den Laden betrat.

»Hallo Spencer, hallo George.« Alice lächelte und wandte sich dann dem großen, braungebrannten Mann zu, der hinter ihrem Gatten stand. »Wie nett, Sie wiederzusehen, Murray! Darf ich Ihnen meine Nichte vorstellen? Das ist Cindy.«

»Freut mich, Sie kennenzulernen.« Cindy nickte Spencer zu und streckte Murray die Hand entgegen, der sie mit festem Griff schüttelte. »Meine Tante Babs hat mir erzählt, dass sie Sie beim Abendessen kennengelernt hat. Sie leben in Australien?«

»Ja, so ist es«, lächelte Murray und die Fältchen um seine Augenwinkel vertieften sich. Er war über einen Meter achtzig groß und schlank, sein schmales, wettergegerbtes Gesicht ließ darauf schließen, dass er vor allem draußen arbeitete.

»Tante Babs sagt, Sie haben eine Schaffarm – nein, Farm ist falsch, stimmt's?«, lächelte Cindy entschuldigend.

»Man sagt Schafstation dazu«, erwiderte Murray und seine blauen Augen blitzten. Er sprach langsam und mit einem charmanten Akzent, wie ihn Cindy noch nie gehört hatte.

»Liebes«, wandte sich Spencer an Alice. »George und ich müssen kurz mal rüber nach L.A. Aber heute Abend sind wir wieder da, ich weiß nur noch nicht, wann.«

»Dann sollten wir vielleicht außer Haus essen«, überlegte Alice.

»Gute Idee«, meinte Spencer und wandte sich an seinen australischen Freund. »Was hast du heute vor, Murray? Ein bisschen Golf spielen? Ich habe den Eindruck, du verbringst deine Tage hier vor allem auf Golfplätzen.«

»Na ja, solche Parcours haben wir nicht in Australien.« Murray strich sich über das Stoppelkinn. »Aber ich wollte mich auch mal in Palm Springs umsehen. Ein bisschen Sightseeing machen.«

»Ich hätte da eine Idee«, sagte Spencer. »Falls Alice nichts dagegen hat, könnte dir ja Cindy ein paar Sehenswürdigkeiten zeigen. Wäre das okay für dich, Liebes?«

Cindy überlegte noch, wie sie höflich ablehnen konnte, doch Alice willigte bereits ein: »Warum nicht? In einer halben Stunde kommt Lucy. Sie ist eine meiner besten Verkäuferinnen, ich werde also zurechtkommen. Und dir macht es doch bestimmt Spaß, ein bisschen die Fremdenführerin zu spielen, Cindy.«

Zwar ärgerte sich Cindy, dass einfach über sie verfügt wurde, aber als Murray sie strahlend ansah, nickte sie.

»Fahrt doch zu den Tahquitz Falls. Das ist nicht so weit, und ihr könntet dort picknicken und baden«, schlug Alice vor. »Der Wasserfall ist bei den Einheimischen sehr beliebt«, erklärte sie Murray. »Ich war selbst schon dort.«

»Klingt prima«, meinte Murray. »Bei dieser Hitze habe ich gegen einen Badeausflug nichts einzuwenden. Einverstanden, Cindy?«

Sie nickte. »Ich besorge ein paar Sachen für das Picknick und hole Sie dann in etwa einer Stunde im Hotel ab.«

Mit Wasser und Verpflegung in einem Korb auf dem Rücksitz fuhr Cindy vor Murrays Hotel vor, wo sich der gutaussehende Australier mit dem Portier unterhielt. Er ist wirklich sehr nett, ging es Cindy durch den Kopf, als sie die Hupe betätigte. Mit einem Winken verabschiedete sich Murray vom Portier und sprang in den Wagen. Die Fahrt zum Tahquitz Canyon dauerte nur knapp eine Viertelstunde und Cindy plauderte mit Murray, der an allem interessiert war, was sie zu erzählen wusste. Als sie ihn hinter ihrer Sonnenbrille von der Seite ansah, stellte sie fest, dass sein dunkelblondes Haar rötlich schimmerte.

An seinem fragenden Blick erkannte Cindy, dass er ihr eine Frage gestellt hatte.

»Wie bitte?«, hakte sie nach und blickte nach vorn auf die Straße, um ihre Verlegenheit zu überspielen.

»Ist es weit zu laufen?«, wiederholte er.

»Nein, nur eine gute Viertelstunde – und am Ende erwartet uns ein toller Wasserfall. Trotzdem müssen wir gleich los, bevor es noch heißer wird.«

»Dein Wunsch ist mir Befehl«, grinste Murray. »Wobei mir die Hitze nichts ausmacht. Die Sommer bei uns sind genauso heiß wie hier.« Er erzählte von dem wechselhaften Wetter und dem Klima in seiner Heimat und amüsierte Cindy mit lustigen Anekdoten.

Sobald sie den Wagen geparkt hatte, ging Murray höflich außen herum, hielt ihr die Tür auf und bestand dann darauf, den Picknickkorb zu tragen. Sie schlugen einen gut markierten Wanderweg ein und stiegen über Findlinge, während ihnen Gestrüpp die Beine zerkratzte. Da Cindy schon öfter mit Sol und Deidre hier gewesen war, konnte sie Murray einiges über die Gegend erzählen.

»Das Gebiet wird vom Stamm der Agua-Caliente-Indianer verwaltet. Dieser Felsen«, sie wies im Vorbeigehen auf einen großen Findling, »ist eine heilige Stätte. Meine Freundin Adsila hat mir erzählt, dass hier Artefakte gefunden wurden, die sechzehnhundert Jahre alt sind.«

Auf ihrer Wanderung plauderten sie ungezwungen über die Umgebung und erzählten sich Geschichten aus ihrer Kindheit. Cindy stellte fest, dass sie mit ihm so offen redete wie sonst nur selten mit Fremden. Sein bedächtiges Lächeln wirkte entwaffnend. Er schien sich aufrichtig für sie zu interessieren und lachte über ihre Scherze. Als sie kurz stehen blieben, um zu verschnaufen, reichte ihr Murray eine Wasserflasche.

»Leben deine Eltern auch in Palm Springs?«, erkundigte er sich.

»Nein. Ich wohne bei meinen Tanten«, erwiderte Cindy und trank einen Schluck.

»Ich habe auch eine Tante, aber ich habe sie schon seit Jahren nicht mehr gesehen«, sagte Murray.

»Meine Mutter ist an Krebs gestorben, als ich noch ein Kind war. Sie fehlt mir. Wahrscheinlich vermisst man die eigene Mutter immer irgendwie«, sagte sie leise. »Hast du ein enges Verhältnis zu deiner Mutter?«

Murray wurde plötzlich still. »Nein«, sagte er dann und mied ihren Blick. »Meine Mutter …« Er verstummte, Trauer spiegelte sich in seinem Gesicht. Spontan griff Cindy nach seiner Hand. Murray drückte sie.

»Hast du auch deine Mutter verloren?«, fragte sie mitfühlend.

Murray nickte, ohne sie anzusehen.

»Das tut mir so leid«, sagte Cindy. »Wie alt warst du da?«

»Auch noch ein Kind.« Murrays Stimme war kaum mehr als ein Flüstern. »Den einen Tag war sie da, und am nächsten war sie … fort.«

Murray schaute auf, und ihre Blicke trafen sich. Cindy fühlte sich ihm in seinem Schmerz verbunden.

»Gehen wir weiter«, brach Murray den Bann.

Er packte die Wasserflasche ein und sie setzten ihre Wanderung fort. Als sie den Wasserfall erreichten, war die Hitze schon zu spüren, und sie tauchten gern in das kühle Nass ein. Sie schwammen ohne Hast und ließen sich in dem Becken unter dem Wasserfall treiben. Schließlich setzten sie sich an den Rand des Beckens und redeten weiter.

»Gefällt es dir auf dem College?«, fragte Murray, der auf einem Felsen am Wasser saß. »Ich habe ein paar Jahre lang Landwirtschaft studiert und danach wieder angefangen, auf unserem Hof zu arbeiten.«

»Wenn die Familie so einen Hof hat, ist das bestimmt eine vernünftige Entscheidung. Wo genau ist denn eure Schafstation?«, fragte Cindy. »Nicht dass ich den Ort kennen würde! Ich weiß nicht viel über Australien.«

Murray grinste. »Die Station heißt Kingsley Downs. Ganz in der Nähe ist das Dorf Yamboola, und das liegt zwischen den Orten Deniliquin und Hay im Westen von New South Wales, unweit der Grenze zu Victoria«, sagte er.

»All diese Namen habe ich noch nie gehört«, lachte Cindy.

Murrays Augen funkelten. »Das wundert mich nicht. Yamboola ist winzig und die anderen beiden Städtchen sind auch nicht viel größer. Aber die Salzbuschebenen in der Gegend sind ideal für die Schafzucht. Es ist dort heiß und trocken, ein bisschen wie hier, und ziemlich flach. Wo ich wohne, siehst du keine Berge«, fügte er hinzu.

»Ich mag die Berge hier«, sagte Cindy. »Im Sommer kann es noch so warm sein, doch wenn man den Schnee auf den Gipfeln sieht, kann man sich eine Abkühlung wenigstens vorstellen. Sobald es richtig heiß wird, verlassen viele Leute die Stadt. Machen sie das auch dort, wo du herkommst?«

Murray schüttelte den Kopf. »Nein, das geht nicht. Jemand muss sich um die Schafe kümmern. Aber man gewöhnt sich an die Hitze, weil sich daran nichts ändern lässt. Man muss in der Hitze arbeiten, also hat es keinen Sinn, sich zu beklagen.« Murray spritzte Cindy nass, sie lachte und spritzte zurück.

»Machen die Schafe viel Arbeit?«, fragte sie.

Murray ging wieder ins tiefere Wasser und ließ sich mit ausgebreiteten Armen auf dem Rücken treiben. »Du würdest dich wundern. Man muss sie scheren, mit Wasser versorgen und sie markieren und wir kontrollieren ständig die Zäune. Wir haben Tausende Meter Zaun, und der sollte intakt bleiben, um die Schafe drinnen und die Wildhunde draußen zu halten. Die Arbeit nimmt kein Ende.«

Cindy hatte das Gefühl, dass sie zwar eine Menge Antworten auf ihre Frage bekommen hatte, diese aber nicht so richtig verstand. Also wechselte sie das Thema.

»Klingt so, als hättest du nicht viel Freizeit«, stellte sie fest.

»Das Leben auf einer Station bedeutet harte Arbeit, aber wir haben trotzdem viel Spaß auf dem Land«, erwiderte Murray. »Eigentlich ist immer etwas los, mal eine Tanzveranstaltung, mal ein Grillfest. Es gibt auch jedes Jahr eine Landwirtschaftsausstellung. Im Sommer spiele ich Kricket und im Winter Football mit meinen Kumpels – die australische Variante.«

Cindy hörte ihm aufmerksam zu.

»Außerdem sind es mit dem Auto nur ein paar Stunden nach Melbourne«, fuhr er fort, »da bin ich also auch ab und zu. Melbourne ist großartig. Und zum Wolleverkaufen fahren wir nach Sydney.«

Cindy lächelte. »Wenigstens zwei Orte, von denen ich schon gehört habe. In Melbourne waren doch vor nicht allzu langer Zeit die Olympischen Spiele?«

Murray nickte. »Stimmt. Ich habe mit meinen Kumpels ein paar Wettkämpfe besucht. Ich mag Melbourne. Da ist immer etwas los und es gibt ein paar gute Pubs.«

»Pubs?«, fragte Cindy. »Klar, wir sprechen beide Englisch, aber manchmal sagst du Wörter, die ich einfach nicht verstehe!«

Murray lachte und drehte sich auf den Bauch, sodass er sie wieder ansah. »Ihr würdet das eine Bar nennen.«

»Verstehe.«

»Weil wir gerade drüber reden, darf ich dich auf einen Drink einladen, wenn wir wieder zurück sind?« Murray lächelte bedächtig.

»Gern.« Cindy spürte ein Kribbeln in der Magengrube. »Aber Alkohol darf ich im Lokal nicht trinken. Ich bin noch nicht volljährig.«

Murray sah sie neugierig an. »Wie alt bist du denn?«

»Ich bin zwanzig.«

Murray schüttelte den Kopf. »Was für ein verrücktes Land. Zu Hause durfte ich mir nach meinem achtzehnten Geburtstag bestellen, was ich wollte. Trinken die Jugendlichen hier viel?«

Cindy nickte und erzählte Murray von ihrer Reise nach Mexiko, ohne Robbie zu erwähnen. Aber dann bereute sie, dass sie sich diese Zeit mit ihm in Erinnerung gerufen hatte. Rasch tauchte sie ins Wasser, als wollte sie jeden Gedanken an Robbie fortspülen, kam wieder an die Oberfläche und schüttelte ihre rotgoldenen Locken. »Wie wär's, wenn wir uns von der Sonne trocknen lassen und zurück zum Auto laufen? Ich kenne einen hübschen Platz für ein Picknick.«

Cindy stieg aus dem Wasser und kletterte über die Felsen, um sich für ein paar Minuten in die Sonne zu legen. Sie hatte erst ein paar Schritte getan, als Murray sie ansprach.

»Cindy, rühr dich nicht. Bleib, wo du bist«, sagte er ruhig.

Sein Tonfall veranlasste sie, wie erstarrt stehen zu bleiben. »Warum? Wovon redest du?«

»Keine Panik, Cindy. Alles in Ordnung«, sagte er. »Da ist nur eine Klapperschlange, ungefähr einen Meter von dir entfernt. Rühr dich einfach nicht und sei still.«

Cindy stand stocksteif da. Ihre Angst war so groß, dass sie ohnehin keinen Ton herausgebracht hätte.

»Wenn man Schlangen in Ruhe lässt, dann tun sie einem auch nichts«, sagte Murray leise. »Ich möchte also, dass du einfach ganz langsam zu mir zurückgehst. Sieh die Schlange nicht an, schau nur auf mich. Braves Mädel, ganz ruhig einen Fuß vor den anderen.«

Cindy richtete den Blick auf Murray, der sie vom Rand des Beckens aufmunternd anlächelte. Vorsichtig bewegte sie sich auf ihn zu. Da hörte sie das Klappern der Schlange und erstarrte. »O mein Gott, jetzt wird sie nach mir schnappen«, wimmerte sie.

»Nein«, erwiderte Murray. »Sie sagt dir nur, dass du weggehen sollst, und genau das tust du ja. Nur noch ein paar Schritte, dann hab ich dich.«

Cindy hatte das Gefühl, als wären ihre Beine zentnerschwer, doch sie schaffte es, sich vorwärtszubewegen, bis Murray nach ihr greifen konnte. Er schloss die Hände um ihre Taille, hob sie von dem Felsen herunter und setzte sie wohlbehalten neben sich im Wasser ab. Cindy konnte ein angstvoll-erleichtertes Schluchzen nicht unterdrücken, als er ihren zitternden Körper an sich drückte.

Schließlich atmete sie auf. »Ich dachte, ich muss gleich sterben!«

Murray zog sie enger an sich, um sie zu beruhigen. »Du hast das gut gemacht. Zu Hause haben wir auch Schlangen. Man muss sie einfach in Ruhe lassen.«

»Du hast mir das Leben gerettet, Murray«, sagte sie mit bebender Stimme und sah dankbar zu ihm auf.

»Keine Ahnung.« Murray grinste. »Selbst wenn du gebissen worden wärst, sind wir so nah an der Stadt, dass du schnell ärztliche Hilfe bekommen hättest. Trotzdem ist es schön, von so einem hübschen Mädchen als Held gesehen zu werden.« Und dann küsste er sie.

Erschrocken riss sie die Augen auf. Erst wollte sie protestieren, merkte dann aber, dass es ihr gefiel, und erwiderte Murrays Kuss. Es war ein köstliches Gefühl. Ihr ganzer Körper prickelte, ihr wurde geradezu schwindlig, und ihr ging auf, dass Robbie sie nie so geküsst hatte.

»Hey, ihr beiden seht aus, als hättet ihr eine Menge Spaß«, rief ihnen plötzlich jemand von oberhalb des Wasserfalls zu. »Wie ist denn das Wasser?«

Cindy löste sich von Murray. Ihr war es peinlich, dass ein paar Wanderer sie in dieser verfänglichen Situation ertappt hatten, doch Murray schien es nicht zu stören. Ohne Cindy loszulassen, antwortete er: »Wunderbar! Sehr erfrischend. Ihr habt es gleich für euch, wir sind im Aufbruch. Übrigens haben wir eine Klapperschlange gesehen, also haltet die Augen offen.«

Die Wanderer winkten ihnen dankend zu, während Murray Cindy aus dem Becken half. »Ich denke, bei der Hitze trocknen wir auch so, bis wir wieder am Wagen sind.«

Cindy führte Murray zu einem schattigen Plätzchen in der Nähe des Parkplatzes, wo sie rasch die mitgebrachten Sachen aßen. Für ein ausgedehntes Picknick war es zu heiß.

»Alice hat ja erwähnt, dass sie heute Abend mit Freunden ausgehen will, aber mir wäre ein ruhiges Essen lieber – nur wir beide.« Murray nahm ihre Hand. »Was meinst du? Ich hole dich früh ab, wir sehen uns den Sonnenuntergang an und dann gehen wir irgendwo in ein Lokal ohne viele Menschen, Musik – oder Klapperschlangen.« Wieder verzog sich sein Gesicht zu seinem bedächtigen, sympathischen Lächeln.

Cindy war geschmeichelt. Murray war so verwegen, exotisch und interessant. Vielleicht hatten ihre Tanten ja recht und sie sollte wieder mehr unter Leute gehen. Dann würde Robbie merken, wie wenig es sie störte, dass er sie verlassen hatte.

»Ja, gerne«, erwiderte sie und sah ihm in die Augen. Er streichelte ihre Hand und sie bekam eine Gänsehaut.

»Fahren wir zurück«, sagte Cindy.

»Klar.« Murray ließ ihre Hand los, sie packten zusammen und gingen zum Auto.

Nachdem sie Murray bei seinem Hotel abgesetzt hatte, fuhr sie nach Palm Desert zurück. Sie konnte es gar nicht erwarten, Babs zu erzählen, was sie erlebt hatte.

»Und, Babs, auf die Klapperschlange hat er so ruhig reagiert«, berichtete sie atemlos. »Ich hatte solche Angst, aber er hatte die Sache im Griff. Die meisten Jungs, die ich kenne, hätten wahrscheinlich Steine nach ihr geworfen, und dann wäre ich gebissen worden. Und hast du gewusst, dass er auch seine Mutter verloren hat?«

»Nein, wusste ich nicht.« Babs widmete sich wieder dem Saum eines Kleidchens.

»Na ja, darüber redet man wohl eher nicht auf einer Dinnerparty«, meinte Cindy. »Jedenfalls gehen wir heute Abend aus.«

Babs sah sie neugierig an. »Du bist also über Robbie hinweg?«

Cindy seufzte. »Keine Ahnung, vielleicht. Wenn ich nicht an ihn denke, geht es mir gut, aber es gibt Tage, da denke ich nur an ihn, und das macht mich traurig.« Nach einer kurzen Pause fügte sie rasch hinzu: »Murray ist ganz anders!«

Babs überlegte. »Er ist um einiges älter als du, Cindy.«

»Murray ist ein richtiger Mann. Ich meine, die Jungs am College sind teilweise so kindisch. Robbie war eine Ausnahme, das war einer der Gründe, warum ich ihn so gemocht habe. Vielleicht habe ich eine Vorliebe für ältere Männer.«

»Ich sage nur, sei vorsichtig. Ich möchte nicht, dass dir noch einmal jemand das Herz bricht.« Babs runzelte die Stirn. »Murray macht hier Urlaub, also möchte er wohl seinen Spaß haben. Behalte das einfach im Auge.«

Murray führte sie auf die Terrasse seines Hotels, wo er ihr einen sahnigen Cocktail bestellte, der mit einem Schirmchen und einem Ananas-Spieß mit Kirsche dekoriert war.

»Da ist kein Alkohol drin, aber ich könnte mir vorstellen, dass du es magst.« Cindy mochte es, also bestellte Murray ihr noch einen, und sie betrachteten den Sonnenuntergang. Anschließend lud er sie in eine Pizzeria ein. Sie teilten sich eine Pizza, plauderten, und die Zeit verging wie im Flug. Cindy fand Murrays Geschichten über Kingsley Downs faszinierend – dergleichen hatte sie noch nie gehört. Er strahlte vor Vergnügen, wenn er mit ihr sprach. In seiner Gesellschaft fühlte sich Cindy wie eine Weltbürgerin.

Als sie nach Hause kam, war Babs noch auf und mit ihrer Näherei beschäftigt.

»Ich wollte nur mit der Smokarbeit fertig werden, bevor ich ins Bett gehe. Wie war deine Verabredung?«, fragte sie beiläufig.

Cindy grinste. »Fabelhaft. Wir waren in einer ganz süßen Pizzeria. Murray ist fantastisch. Die Farm Kingsley Downs, da kommt er her, ist mehrere Hundert Quadratkilometer groß. Kannst du dir das vorstellen? Es ist, als würde man über ein eigenes kleines Land regieren.«

»Hier bei uns gibt es auch Ranches, die so groß sind«, bemerkte Babs.

»Kann sein, aber mich hat es beeindruckt. Jedenfalls will Murray morgen wieder mit mir ausgehen«, erklärte Cindy.

Babs blickte von ihrer Arbeit auf. »Solltest du morgen nicht arbeiten?«

»Ja, aber nur am Vormittag. Murray sagt, da will er ohnehin Golf spielen.«

»Mhm.« Babs sah Cindy nachdenklich an. »Bitte denk dran, was ich dir gesagt habe, Cindy. Für ihn könnte es nur eine Urlaubsromanze sein.«

Cindy schüttelte den Kopf. »Mir geht's gut damit. Außerdem denke ich kaum noch an Robbie, wenn ich mit Murray zusammen bin, und das ist doch klasse!«

Während der nächsten Woche verbrachten Cindy und Murray viel Zeit miteinander. Cindy fand Murray und sein Leben bunt und aufregend, und dass Kingsley Downs so abgeschieden war, machte ihn in ihren Augen zum heldenhaften Pionier.

Murray lachte über ihre romantischen Vorstellungen von der Schafstation. »So primitiv geht's bei uns auch wieder nicht zu! Auf dem Hof haben wir Strom, und das Telefon funktioniert auch, obwohl wir uns den Anschluss teilen. Die Gegend hier finde ich viel interessanter. Ich fasse es nicht, wie viele Filmstars und Sänger mir schon über den Weg gelaufen sind.«

Murray war von allem, was Cindy ihm in Palm Springs zeigte, genauso fasziniert wie sie von seinen Geschichten über Australien. Sie schienen sich zu ergänzen wie zwei Puzzleteilchen. Cindy staunte, welche starken Gefühle sie bereits nach so kurzer Zeit für ihn hegte. Auf den ersten Blick wirkte er so entspannt und gelassen, aber nach dem Zwischenfall mit der Klapperschlange wusste sie, dass er, wenn nötig, entschlossen handelte. Er unterhielt sie mit lustigen Episoden, die sich auf seiner Schafstation ereignet hatten und die ihr Lachtränen in die Augen trieben. Dann wieder berichtete er von überstandenen Herausforderungen und berührenden Erlebnissen, die sie nachdenklich stimmten und ihre Bewunderung weckten. Doch ihr war klar, dass er in wenigen Tagen heimreisen würde. Sie machte sich also keine Illusionen, dass ihre Beziehung mehr sein könnte als eine Liebelei, und als Murray mehr von ihr wollte als nur Küsse und Zärtlichkeiten, weigerte sie sich standhaft. Sie würde ihre Zukunftsaussichten nicht für eine Urlaubsromanze aufs Spiel setzen.

Dennoch freute sie sich, als er ihr eines Abends, als sie wie gewohnt bei einem Cocktail am Pool des Hotels den Sonnenuntergang genossen, ein Päckchen überreichte.

»Das ist für dich, Cindy. Nenn es ein Andenken an einen sehr schönen Urlaub«, sagte er. »Du wirst mir fehlen.«

»Du wirst mir auch fehlen. Letzte Woche hatte ich solchen Spaß. Keine Ahnung, was ich mit mir anfangen soll, wenn du weg bist.« Vorsichtig löste sie die Schleife von der Schachtel und klappte sie auf. Darin lag ein indianischer Armreif aus Türkisen, die in glänzendes Silber gefasst waren.

Sie strahlte vor Freude. »Ach, Murray, danke!«

»Weißt du, Cindy«, er war plötzlich ernst geworden und nahm ihre Hand, »ich wünschte, ich könnte dich mit nach Hause nehmen. Ich glaube, wir würden ein gutes Team abgeben. Du bist so jung und hübsch, so voller Begeisterung und Energie. So jemand wie du ist mir noch nie begegnet.« Er streichelte ihre Hand.

Cindy fehlten die Worte. War das ein Heiratsantrag? Nein, wer würde schon einer jungen Frau, die er erst seit einer knappen Woche kannte, die Ehe antragen und ihr vorschlagen, in einem Tausende Kilometer entfernten Land ein neues Leben anzufangen? Murray meinte das bestimmt nicht ernst. Was er sagte, war schmeichelhaft, aber absurd.

Sie lächelte. »Murray, das ist das Netteste, was jemals ein Mensch zu mir gesagt hat, aber ich glaube, wir wissen beide, dass es ein Luftschloss ist. Außerdem muss ich erst einmal meine Ausbildung abschließen.«

»Ist klar.« Murray ließ ihre Hand los. »Warum solltest du so ein wunderbares Land verlassen und ans andere Ende der Welt ziehen? Das war nur Wunschdenken meinerseits.« Mit einem schiefen Lächeln wandte er sich ab.

Die beiden gingen in ihre Lieblingspizzeria und das Thema kam nicht wieder zur Sprache. Doch als Cindy nach Hause kam und Babs von Murrays Angebot erzählte, war ihre Tante entsetzt.

»Was denkt sich dieser Mann eigentlich? Murray ist bestimmt an die zehn Jahre älter als du, und Australien ist entsetzlich weit weg. Es ist absurd, auch nur daran zu denken, dass du deine Familie verlassen und auf einer Ranch im Nirgendwo leben solltest!«, rief sie empört.

»Es ist eine Schafstation«, murmelte Cindy. »Wer weiß, kann doch sein, dass es mir dort gefällt. Es klingt herrlich romantisch – all die Schafe und das weite Land und nur wir beide im Kampf gegen die Elemente!« Sie lächelte verträumt.

»So ein Unsinn!«, gab Babs zurück. »Du kennst ihn doch kaum. Ich bin jedenfalls froh, wenn er endlich abreist.«

Cindy staunte über die Heftigkeit ihrer Tante, aber wahrscheinlich hatte Babs recht. Ein Umzug nach Australien wäre das Abenteuer ihres Lebens, aber hier in Palm Springs ließ es sich im

Moment auch gut aushalten, und sie freute sich auf ihr drittes Studienjahr am College, auch ohne Robbie.

»Keine Sorge, Babs. Ich bin sicher, er rechnet nicht damit, dass ich seinen Vorschlag ernst nehme.« Cindy schenkte ihrer Tante ein, wie sie hoffte, beruhigendes Lächeln. Dann ging sie in ihr Zimmer und legte den Armreif in ihr Schmuckkästchen, als Andenken an die glückliche Woche mit Murray, die sie niemals vergessen würde.

Am nächsten Morgen kam ein überraschender Anruf von ihrer Zimmergenossin Chrissie.

»Ich hoffe, ich rufe nicht zu früh an«, sagte ihre Freundin. »Aber ich muss gleich los zu meinem öden Ferienjob. Ich wollte mich einfach mal melden. Ist ja eine Ewigkeit her, seit wir uns zuletzt gesehen haben. Wie läuft's?«

»Fantastisch! Es sind die schönsten Ferien, die ich je hatte«, antwortete Cindy.

»Gut«, erwiderte Chrissie. »Freut mich, dass du über Robbie hinweg bist, diesen Schuft.«

Cindy erstarrte. Sie hatte keiner ihrer Freundinnen erzählt, dass Robbie sie sitzen gelassen hatte, nicht einmal Chrissie. Eigentlich hatte sie so tun wollen, als wäre die Trennung ihre Idee gewesen.

»Wovon redest du, Chrissie?«, fragte sie vorsichtig.

»Schätzchen, wir alle wissen, wie er dich abserviert hat«, erwiderte Chrissie. »Und noch dazu per Brief! Einfach schrecklich! Alle Mädels von der Verbindung finden, dass er dir übel mitgespielt hat. Ich meine, er hat dich fast zwei Jahre lang an der Nase herumgeführt, und dann, wumms, ist es vorbei. Nicht einmal einen Verlobungsring hast du von ihm bekommen! Ein grässlicher Kerl! Das ist so demütigend, du Ärmste«, sagte Chrissie mitfühlend.

»Na ja, ich habe jemand anderen kennengelernt«, wehrte Cindy ab. »Er ist Australier, und wir verstehen uns blendend. Nur leider muss er bald nach Australien zurück.« Und sie erzählte Chrissie in aller Kürze von Murray.

»Das ist toll, Cindy. Was bin ich froh, dass er dir geholfen hat, über Robbie hinwegzukommen. Tja, ich hatte auch schöne Ferien«, erklärte Chrissie aufgeregt. »Das wollte ich dir nämlich erzählen. Ich bin verlobt!«

»Ach du meine Güte!«, rief Cindy, erstaunt über die unverhoffte Neuigkeit. Soweit Cindy wusste, hatte Chrissie noch nicht einmal einen Freund gehabt. »Mit wem denn?«

»Mit Darren, einem alten Freund von der Highschool! Wir kennen uns schon seit Jahren. In diesen Ferien haben wir uns wiedergesehen, und es war, als wären wir nie getrennt gewesen. Gestern hat er mir einen Antrag gemacht. Also werde ich bald Mrs. Darren Sinclair sein!«, verkündete Chrissie.

»Das ist ja wunderbar, Chrissie. Meinen Glückwunsch«, sagte Cindy herzlich.

»Danke! Die Hochzeit muss aber noch ein wenig warten. Wir wollen erst fertig studieren. Danach werden wir auf der Ranch von Darrens Familie feiern.«

Cindy freute sich aufrichtig für ihre Freundin, aber als Chrissie dann munter weiter über ihren Verlobten und die Hochzeitspläne plauderte, empfand sie heftiger denn je den Schmerz und die Enttäuschung wegen Robbie. Die ganze Zeit hatte sie davon geträumt, zu heiraten, und jetzt war diese Aussicht in weite Ferne gerückt.

»Schade, dass dein australischer Freund wieder nach Hause fährt«, wechselte Chrissie das Thema. »So ein Jammer. Mit wem willst du denn ausgehen, wenn doch inzwischen alle liiert sind? Aber wer weiß, womöglich lernst du am College ja noch jemanden kennen …« Chrissie hörte sich an, als würde sie nicht so recht daran glauben. »Allerdings kommen dieses Jahr auch eine Menge Studienanfängerinnen neu auf den Campus. Da wird der

Wettbewerb härter. Donnerwetter«, lachte Chrissie. »Bin ich froh, dass ich verlobt bin!«

Cindy holte tief Luft, und Chrissie schien zu bemerken, dass sie den Bogen überspannt hatte. »Tut mir leid, Cindy, was rede ich da für einen Quatsch? Du bist doch erst zwanzig. Also hast du noch jede Menge Zeit. Mann, wenn ich mich verloben kann, schaffst du das auch.«

Aber der Schaden war bereits angerichtet. Tränen stiegen in Cindy auf. Sie war ganz allein. Chrissie hatte völlig recht, die Zahl der infrage kommenden Partner schrumpfte immer mehr. Robbie war unter ihnen der Beste gewesen, und er wollte sie nicht! So einen wie ihn würde sie nicht mehr finden. Sie würde überhaupt niemanden mehr kennenlernen, noch dazu wenn Murray wieder nach Australien zurückkehrte. Tränen rannen ihr übers Gesicht.

Sie riss sich zusammen, damit ihre Freundin nicht merkte, wie verstört sie war. »Chrissie«, sagte sie, »danke für den Anruf und noch mal herzlichen Glückwunsch. Aber jetzt muss ich los, ich bin schon spät dran.« Als sie auflegte, zitterte ihre Hand. Sie malte sich aus, wie sie von der beneideten Studentin zur Außenseiterin wurde. Das Mädchen ohne Partner, das Mädchen, das keiner wollte, und jetzt war sogar Chrissie verlobt! Torschlusspanik stieg in ihr auf. Ihre strahlende Zukunft lag in Trümmern, ihre Hoffnungen und Träume waren zerstört. Sie ging in ihr Zimmer und setzte sich aufs Bett. Als sie nach einem Taschentuch griff, fiel ihr Blick auf den schönen Armreif, den Murray ihr geschenkt hatte. Vielleicht war es noch nicht zu spät.

Von der Arbeit aus rief Cindy als erstes Murray an und verabredete sich mit ihm zum Mittagessen im Foyer seines Hotels.

Er saß schon in einem der bequemen Sessel, trank Tee und las Zeitung, als sie eintraf. Sobald er sie sah, erhob er sich.

»Hallo, kleine Cindy«, begrüßte er sie lächelnd. »Darf ich dir etwas zu trinken bestellen?« Sie schüttelte den Kopf, setzte sich und zog Murray neben sich auf das Sofa. Dann holte sie tief Luft.

»Murray, du hast gesagt, du möchtest mich mit nach Australien nehmen, weil wir ein gutes Team sind«, begann sie. »Ich denke, du hast recht. Ich liebe dich und würde dich gern nach Kingsley Downs begleiten.«

Murray antwortete nicht gleich und Cindy erstarrte vor Schreck. Womöglich war sein Vorschlag nicht ernst gemeint gewesen und sie hatte sich lächerlich gemacht! Aber dann sah er sie mit seinem lustigen Lächeln an und um seine Augen bildeten sich Lachfältchen.

»Das ist wunderbar!« Er hauchte ihr einen Kuss auf die Lippen. »Ich liebe dich auch. Und du wirst dich in Australien wohlfühlen.« Er griff nach ihren Händen und hielt sie sanft fest. »Wie kommt es zu diesem plötzlichen Sinneswandel?«

Cindy schluckte. »Na ja, mir war schon immer klar, dass ich reisen will. Abenteuer erleben. Australien klingt wirklich aufregend. Und ich will dich einfach nicht gehen lassen.«

Er küsste ihre Hand. »Aber was ist mit deinem Studium?«

»Dort, wo ich mit dir hingehe, brauche ich so etwas nicht. Du wirst mir alles beibringen, was ich wissen muss«, erwiderte Cindy, wild entschlossen, jedes Hindernis aus dem Weg zu räumen. Murray küsste sie nun inniger. Cindy wurde heiß. Er war der Richtige.

Sie löste sich von ihm. »Murray, ich kann nicht mit dir nach Australien gehen, wenn wir nicht verheiratet sind«, erklärte sie mit Nachdruck. »Wir müssen sofort heiraten.«

Murray nickte. »Wird deine Familie einverstanden sein?«, fragte er. »Oder glaubst du, sie haben etwas dagegen?«

»Babs vielleicht schon«, gab Cindy zu. »Allerdings findet sie, dass du zu alt für mich bist und dass wir uns noch nicht lange genug kennen. Bei Dad weiß ich nicht recht. Ich meine, du müsstest nach Spokane fahren und mit ihm reden, und vielleicht möchtest du das nicht. Tante Alice? Keine Ahnung. Mir ist oft schleierhaft, was in ihr vorgeht. Meine Freundinnen werden staunen.«

Murray schüttelte den Kopf. »Cindy, sollen die Leute doch denken, was sie wollen. Es spielt keine Rolle.«

»Natürlich spielt es eine Rolle«, rief Cindy empört. »Ein Mädchen aus meiner Verbindung ist mit ihrem Freund nach Las Vegas durchgebrannt, um zu heiraten, damit sie im College gemeinsam ein Apartment beziehen konnten. Sonst hätte man sie für ein Flittchen gehalten.«

»Warum ausgerechnet Las Vegas?«, fragte Murray. »Wollten sie in den Flitterwochen durch die Casinos ziehen?«

»Nein, sie sind dort hingegangen, weil man in Nevada schon mit achtzehn heiraten darf und niemand Fragen stellt.« Bei diesen Worten begann Cindy zu lachen. »Warum machen wir das nicht auch? Wenn ich dann allen erzähle, dass wir verheiratet sind, ist es zu spät für irgendwelche Einwände!« Sie hatte zuvor nicht darüber nachgedacht, aber jetzt kam ihr diese Idee ganz logisch vor.

Murray feixte. »Warum nicht? Wann möchtest du fahren? Morgen?«

Plötzlich fühlte sich Cindy kühn und verwegen. Sie war erwachsen. Und sie hatte ihr Leben wieder im Griff.

»Warum warten? Nach Las Vegas sind es keine vierhundert Kilometer. Fahren wir heute. Dann können wir morgen wieder hier sein. Oder hast du es dir anders überlegt?« Cindy wollte diese Chance, glücklich zu werden, unbedingt beim Schopf packen.

Murray schüttelte den Kopf. »Ich? Nein. Ich liebe dich, Cindy. Ich kann es nicht abwarten, dich zu heiraten. Wo bitte geht's nach Las Vegas?«

»Ich hole nur rasch ein paar Sachen von zu Hause, dann können wir fahren«, rief sie aufgeregt. »Spätestens in einer Stunde bin ich wieder da, versprochen.« Hastig küsste sie Murray und sprang auf.

Als sie davoneilte, rief er ihr hinterher: »Was ist dein Lieblingsstein?«

Cindy wirbelte herum. »Was?«

»Dein Ring?«

»Ach so. Ein Diamant natürlich! Was sonst?« Sie kicherte. Sie war unterwegs in ein großes Abenteuer.

Auf der Fahrt nach Hause überschlugen sich ihre Gedanken. Zwar war sie ein wenig traurig, dass sie nun doch keinen College-Abschluss machen würde, aber dort, wo sie hinging, würde ihr ein Diplom wenig helfen. Die Trauer verflog beim Gedanken an ihre Freundinnen, und sie musste grinsen – wie würden sie alle beeindruckt sein, dass sie sich einen echten Kerl geangelt hatte, der noch dazu ein vermögender Mann war, gut aussehend und exotisch. Und sie zog mit ihm los ins ferne Australien!

Bei Babs war niemand zu Hause. Hastig warf Cindy ein paar Sachen in eine Reisetasche und machte sich kaum darüber Gedanken, dass sie gerade das Kleid auswählte, in dem sie heiraten würde. All die Träume von einem umwerfenden Hochzeitskleid, einer Aussteuer, dem Wirbel, den Alice und Babs veranstaltet hätten, warf sie über Bord. Natürlich fühlte sie sich schuldig, weil sie ihren Tanten verschwieg, was sie vorhatte, aber sie wollte nicht riskieren, dass die beiden sie aufhielten. Stattdessen schrieb sie Babs einen Zettel, sie sei mit Murray ausgegangen. Bestimmt würde sich ihre Tante Sorgen machen, wenn sie abends nicht zurückkam, aber sie würde ja nicht lange weg sein. Sie stellte sich vor, wie Murray und sie durch die kühle Wüstendämmerung als Mann und Frau zurückkehrten, und strahlte übers ganze Gesicht.

Tagsüber wirkte Las Vegas ziemlich ernüchternd. Da standen die Casinos, von denen sie gehört hatte – das Golden Nugget, der Pioneer Club mit dem riesigen Neon-Cowboy am Eingang und der Silver Slipper mit einem gigantischen silbernen Schuh auf dem Dach –, aber die Stadt wirkte schäbig, protzig, künstlich und ein wenig heruntergekommen.

»Ich habe mir das aufregender vorgestellt«, sagte sie zu Murray.

»Wahrscheinlich ist es nachts beeindruckender, wenn man die Schwachstellen nicht sieht.«

Sie fuhren die Hauptstraße entlang, und Murray entschied sich schließlich für das Sands Hotel. Das Gebäude mit den vier Flügeln im Hazienda-Stil sah gepflegt und modern aus.

»Das macht einen ganz anständigen Eindruck«, sagte er, als er den Wagen parkte. Händchenhaltend betraten sie das großzügige Foyer. In einer Ecke war die Rezeption, in einer anderen spielte ein Trio Latinoklänge, und an einer Wand reihten sich einarmige Banditen aneinander. In der Lobby verteilt standen Roulette-, Craps- und Blackjack-Tische. Etwas Derartiges hatte Cindy noch nie gesehen.

»So lebt die andere Hälfte«, bemerkte Murray, als er sich staunend umsah.

»Weißt du, dass sie *Oceans 11* hier gedreht haben?«, flüsterte Cindy. »Der Film war klasse. Unheimlich lustig.«

»Den habe ich leider nicht gesehen. Ich komme nicht oft ins Kino. Vielleicht sollte sich das ändern«, sagte Murray. Er ging auf den jungen Mann an der Rezeption zu und bestellte ein Zimmer, während Cindy schüchtern hinter ihm stand. Sie ärgerte sich über den anzüglichen Blick, den der Angestellte ihr zuwarf, aber Murray schien nichts zu bemerken. Dann wurden sie mit einem kleinen Elektrofahrzeug zu ihrem Zimmer gebracht. Das hübsche Mädchen, das sie begleitete, wies sie auf den Pool, das Restaurant und den berühmten Copa Room hin.

»Ich wünsche einen schönen Aufenthalt«, sagte sie mit ihrem schleppenden Akzent, als sie ihnen den Schlüssel gab.

Cindy sah sich in dem vornehmen Zimmer um, das mit großen Satinkissen, Brokatvorhängen und gedämpftem Licht Luxus suggerierte. Auf einem eleganten kleinen Tisch stand eine Kristallschale mit Obst. Ihr dämmerte, dass sie in dem Himmelbett ihre Hochzeitsnacht mit Murray verbringen würde.

»Was meinst du, sollen wir das mit der Hochzeit gleich regeln?«, fragte sie. »Wahrscheinlich ist damit doch ein Papierkrieg verbunden.«

»Wie wär's, wenn ich die Rezeption anrufe und frage, was sie empfehlen?«

Während Murray telefonierte, sah sich Cindy in der Suite um, hängte ihre Kleider auf und bügelte ihr Lieblingsseidenkleid.

Murray legte auf. »Es ist ziemlich unkompliziert. Zuerst müssen wir uns eine Heiratserlaubnis besorgen, was anscheinend reine Formsache ist. Anschließend gehen wir zu einer der vielen Hochzeitskapellen, wo jemand die Zeremonie durchführt. Damit ist alles unter Dach und Fach.«

»Wirklich? Das ist alles?« Cindy schluckte ängstlich, aber Murray lächelte und nahm ihre Hand.

»Komm«, sagte er. »Packen wir's an.«

Wenige Stunden später betraten sie eine kleine Kapelle, die üppig mit weißen Blumen geschmückt war. Außer dem Standesbeamten und seiner Frau, die als Trauzeugin fungierte, war niemand sonst anwesend. Nervös klammerte sich Cindy an Murrays Arm. Ihr schlichtes rosafarbenes Etuikleid war an der Schulter mit einem Orchideenansteckstraußchen geschmückt, das sie bei der Floristin im Hotel gekauft hatte. Das glitzernde Pillbox-Hütchen, das nicht größer war als ihr Handteller, hatte sie mit einem Schleier versehen. Die Zeremonie ging im Nu über die Bühne. Sobald sie gelobt hatte, Murray für den Rest ihres Lebens zu lieben, zu ehren und ihm zu gehorchen, hob er den kleinen Schleier und küsste sie sanft auf die Lippen.

»Guten Tag, Mrs. Parnell«, flüsterte er.

Cindy durchströmte ein Hochgefühl, aber auch andere Empfindungen stellten sich ein. Dass sie durchgebrannt war, schien ihr aufregend und dramatisch. Dennoch war sie traurig, dass sie ihren großen Augenblick nicht mit Freunden und Verwandten teilen konnte. Am liebsten hätte sie sofort Babs angerufen, aber Murray drückte ihre Hand und verkündete, im Hotel warte Champagner auf sie. »Und natürlich darfst du jetzt auch ein bisschen davon trinken«, meinte er augenzwinkernd.

»Ich fühle mich nicht wirklich wie Mrs. Parnell, aber ich gewöhne mich bestimmt daran.« Immer wieder blickte sie auf den hübschen Diamantring, den Murray ihr gekauft hatte. Sie schaute zu ihrem Mann auf, der so gut aussah und so selbstbewusst war, und eine Woge der Liebe durchströmte sie. Cindy war entschlossen zu beweisen, dass sie jeder Herausforderung gewachsen war, die das Leben auf Kingsley Downs bot.

Sobald sie wieder in ihrem Hotelzimmer waren, zog sie die Schuhe aus, nahm das Hütchen mit dem Schleier ab und ließ sich in einem Sessel nieder, während Murray ihr ein Glas Champagner einschenkte. Sie stießen an.

Cindy nippte bedächtig und genoss das kühle, herbe Prickeln am Gaumen. Noch bevor sie ihr Glas geleert hatte, stellte Murray seines ab, kam zu ihr, hob sie hoch und trug sie zum Bett. In aller Ruhe schickte er sich an, ihr Kleid am Rücken aufzuknöpfen.

»Murray, warte. Ich habe etwas mitgebracht, das ich jetzt anziehen möchte«, protestierte Cindy und dachte an das hübsche Nachthemd, das sie eingepackt hatte.

Murray lachte. »Liebling, ich möchte dich ganz ohne alles sehen.«

Er zog sie komplett aus, dann setzte er sich auf und betrachtete Cindy, die ausgestreckt dalag. »Glaub mir, Cindy, du bist einfach perfekt, so wie du bist.«

Plötzlich wurde sie ziemlich nervös, aber er erwies sich als einfühlsamer Liebhaber. Später lag sie in seinen Armen und sah ihn erstaunt an. »Das war unglaublich. Ist es immer so?«

Murray lächelte träge und streichelte ihren Arm. »Was hältst du davon, wenn wir sehen, ob wir noch irgendwo was zu essen kriegen?«

»Müssen wir gleich los?« Cindy warf ihm einen verführerischen Blick zu. »Vielleicht brauche ich noch ein bisschen Übung.«

Murray lachte, schien sich aber zu freuen. »Ich habe ein Luder geheiratet. Na ja, das Abendessen kann noch ein Weilchen warten.«

Das Restaurant bot einen Blick auf den beleuchteten Swimmingpool. Es war gut besucht, aber sie bekamen einen Tisch für zwei am Fenster. Als der Kellner mit der Getränkekarte kam, winkte Murray ab.

»Meine Frau und ich nehmen eine Flasche Champagner, französischen, keinen kalifornischen.«

Der Kellner zögerte, bemerkte aber, wie Cindy ihren Ring bewunderte, als Murray nach ihrer Hand griff.

»Frisch verheiratet? Der Champagner kommt sofort, Sir.«

Cindy entdeckte rasch, dass sie Champagner mochte. Er war spritzig und perlte angenehm im Mund.

»Ach, Murray. Das ist klasse. Ich trinke für den Rest meines Lebens nur noch Champagner.«

Leider wirkte der Alkohol auf leeren Magen einschläfernd. Cindy konnte ihren Hummer kaum verzehren, weil ihr fast die Augen zufielen.

»Kommen Sie, Mrs. Parnell. Ich glaube, es ist Zeit fürs Bett. Du hattest heute einen ereignisreichen Tag«, meinte Murray amüsiert. »Wie wär's, wenn wir den Nachtisch auf ein andermal verschieben?«

In dem weichen Hotelbett war es Cindy, als würde sie träumen. Mrs. Parnell, dachte sie und betastete ihren Hochzeitsring.

Als sie am nächsten Morgen neben Murray aufwachte, konnte sie kaum glauben, dass sie ihn wirklich geheiratet hatte. Bald würde er sie nach Australien mitnehmen. Sie stellte sich vor, wie sie mit Murray an einem Flussufer entlangritt. Im Galopp, nicht mühsam im Schritt wie bei ihren Ausflügen in die Canyons. Die Schafstation auf Kingsley Downs musste ziemlich stattlich sein, und Bilder von südlichen Plantagen tauchten vor ihrem inneren Auge auf. Vielleicht gibt es ja Dienstboten, dachte sie.

Murray neben ihr regte sich, dann schlug er die Augen auf und lächelte sie an.

»Guten Morgen, Mrs. Parnell. Gut geschlafen? Was würdest du heute gerne machen?«, fragte er.

»Liebling, wir müssen nach Palm Springs zurück. Babs wird sich arge Sorgen machen, wo ich bin.«

»Na ja, ich hatte mir gedacht, wo wir schon hier sind, könnten wir ruhig noch einen Tag bleiben.«

Cindy runzelte die Stirn. »Das geht nicht, Murray. Ich habe nicht genug zum Anziehen dabei. Ich würde wirklich lieber zurückfahren.«

»Für die Dinge, die ich mir vorstelle, braucht man nicht viel anzuziehen.« Er strich ihr eine lose Locke hinters Ohr. »Außerdem möchte ich mein Glück im Glücksspiel versuchen. Ich habe noch nie Roulette gespielt, das würde ich gern mal ausprobieren.«

Cindy drehte sich auf den Rücken und schaute zur Decke. »Ich halte Glücksspiel für Unfug. Im Mathestudium hatten wir

Wahrscheinlichkeitsrechnung, du hast einfach kaum eine Chance gegen die Bank. Du wirst Geld verlieren, das steht fest«, erklärte sie ihm.

Murray grinste sie an. »Wahrscheinlich hast du recht«, räumte er ein. »Aber ich riskiere es trotzdem. Womöglich komme ich in meinem Leben nie wieder nach Las Vegas. Wenn du hierbleiben willst, während ich mich an den Roulettetisch verziehe, ist mir das auch recht.« Er beugte sich über sie und liebkoste ihren Hals. Cindy gab ihm einen freundschaftlichen Klaps.

»Ein Tag mehr oder weniger macht wohl keinen großen Unterschied, aber ich muss Babs anrufen und Bescheid sagen, wo ich bin, damit sie sich keine Sorgen macht.«

»Wie wär's, wenn wir nach dem Mittagessen zurückfahren?«, schlug er vor. »Dann habe ich noch zwei, drei Stunden Zeit, mein Geld zu verlieren, und anschließend brechen wir auf.«

»Gute Idee«, stimmte Cindy zu. »Können wir zuerst frühstücken?«

Murray stand auf. »Wenn wir mittags fahren wollen, wird mir das mit dem Frühstück zu knapp. Aber du kannst ruhig etwas bestellen.«

Er duschte rasch, zog sich an und verabschiedete sich mit einem Kuss, ehe er in die Spielhalle entschwand. Cindy rief den Zimmerservice an – eine völlig neue Erfahrung –, dann griff sie widerstrebend noch einmal zum Hörer und wählte Babs' Nummer.

»Cindy! Alles in Ordnung? Ich habe mir solche Sorgen gemacht. Wo steckst du denn nur?«

Cindy hörte die Angst in Babs' Stimme und wurde von Schuldgefühlen überwältigt. »Alles bestens, Tante Babs. Ich bin mit Murray zusammen.«

Es folgte eine kurze Pause. »Du hast die Nacht mit Murray verbracht? War das klug?«

»Es war ganz und gar schicklich. Wir sind nämlich verheiratet!«, jubelte sie.

Das Schweigen am anderen Ende der Leitung schien ewig zu währen. Als Babs endlich antwortete, klang sie entsetzt.

»Was soll das heißen? Wo bist du? Was ist los?«

»Ich bin natürlich in Las Vegas!«

»Meine Güte, Cindy!«, rief Babs. »Ich fasse es nicht, dass du so eine Dummheit gemacht hast! Lieber Himmel, das ist ja schrecklich! Wahrscheinlich kann man die Ehe annullieren lassen ... Spencer muss dich da rausholen ...«

Cindy wurde schwer ums Herz. »Tante Babs, ich habe Murray freiwillig geheiratet. Er hat gefragt, und ich habe ja gesagt. Ich hatte gehofft, dass du dich für mich freust.« Dass ihre Tante besonders glücklich wäre, hatte Cindy zwar nicht vermutet, aber mit einer so heftigen Reaktion hatte sie nicht gerechnet.

Babs' Stimme klang schrill. »Cindy, du weißt doch rein gar nichts über ihn! Das ist kompletter Irrsinn! Was hast du dir nur dabei gedacht? Dass du mit ihm nach *Australien* gehst und dort lebst?« Sie war völlig außer sich. »Was willst du deinem Vater erzählen? Alice und ich sind verantwortlich für dich. Wie konntest du uns das nur antun? Mir fehlen die Worte.«

»Tante Babs, ich wollte euch beiden keinen Kummer machen. Aber das ist genau das, was ich will: Liebe und Abenteuer. Murray bietet mir so eine aufregende Chance, verstehst du das denn nicht?«

Eine Sekunde lang herrschte Schweigen, dann sagte Babs: »Cindy, ich hoffe, diese überstürzte Entscheidung hat nichts damit zu tun, dass du Robbie etwas beweisen willst.«

Cindy errötete, doch dann schüttelte sie den Kopf. Nein, Murray war der Richtige für sie. Er war ein anständiger Kerl, der sie liebte und ihr ein neues, aufregendes Leben zu bieten hatte. Sie hatte eine gute Entscheidung getroffen. »Wir fahren nach dem

Mittagessen heim«, sagte sie, ohne auf Babs' Bemerkung einzugehen. »Wir sehen uns also heute Abend. Ich muss jetzt auflegen. Ich habe noch nicht gefrühstückt.«

»Gib mir Murray, ich möchte mit ihm sprechen«, verlangte Babs.

»Er ist gerade unterwegs«, erwiderte Cindy. »Bis dann, Babs. Und bitte freu dich für mich.« Hastig legte sie auf. Das Gespräch war viel schlimmer gewesen, als sie es sich vorgestellt hatte. Das ist nur der Schock, sagte sie sich. Wenn wir erst zu Hause sind und sie den Ring sieht, der beweist, dass wir richtig verheiratet sind, wird sie sich beruhigen.

Nach dem Frühstück machte Cindy eine kleine Rundfahrt durch Las Vegas, aber ohne Murray langweilte sie sich bald und kehrte ins Hotel zurück. Sie wünschte, sie hätte einen Badeanzug eingepackt, dann hätte sie wenigstens in den Pool springen können.

Murray hielt Wort und nach einem späten Mittagessen fuhren sie nach Palm Springs zurück. Wie von Cindy vorhergesagt, hatte er am Spieltisch verloren, doch das kümmerte ihn nicht. Auf dem Rückweg plauderten sie vergnügt, lachten und waren so glücklich, wie es Jungverheiratete nur sein können.

Am Spätnachmittag trafen sie in Palm Springs ein. Cindy sah die Stadt mit neuen Augen. Denn wenn sie erst nach Australien aufgebrochen war, würde sie wohl nicht so bald hierher zurückkehren.

»Soll ich dich zu deinem Hotel bringen oder kommst du mit zu Babs?«, fragte Cindy.

»Wie wär's, wenn du mich in der Stadt absetzt und, nachdem du mit deiner Tante gesprochen hast, ein paar Sachen einpackst und bei mir übernachtest? Schließlich sind wir jetzt verheiratet.« Murray zwinkerte ihr zu.

»Gut«, erwiderte Cindy. Es wäre ihr zwar lieber gewesen, wenn Murray sich der Auseinandersetzung mit ihrer Tante gestellt hätte, aber andererseits war es ohne ihn vielleicht einfacher, mit Babs zu reden. Bestimmt würde Babs sie verstehen, wenn sie ihr erklärte, was sie für Murray empfand.

Aber als sie bei Babs eintraf, stellte sie verdutzt fest, dass Alice' Wagen in der Einfahrt stand. Mit beiden Tanten gleichzeitig wollte sie es eigentlich nicht aufnehmen.

»Ich bin wieder da«, rief sie, als sie in die Wohnung trat.

»Darf ich gratulieren?«, fragte Alice, die auf sie zukam. »Auch wenn es natürlich schade ist, dass du dir und uns die Freuden einer Hochzeit in Weiß verwehrt hast.«

Cindy verschränkte die Arme. »Wir hatten keine Zeit, Tante Alice. Wir lieben einander, und Murray muss zurück nach Australien.«

»Du willst doch nicht etwa gleich mit ihm fahren?«, stieß Babs hervor.

Alice richtete den Blick auf ihre Schwester. »Meine Güte, Babs, sie sind verheiratet. Warum sollte sie hierbleiben?« Dann wandte sie sich wieder Cindy zu. »Murray ist eine gute Partie, wenn du mich fragst. Verlässlich. Vermögend.«

Cindy atmete erleichtert auf. Wenigstens Alice war auf ihrer Seite.

»Aber, Alice, das ist so schnell gegangen! Cindy kennt ihn doch gar nicht richtig, und er ist so viel älter als sie!«, wandte Babs ein. Sie war weiß wie die Wand. Cindy war bestürzt, dass sie ihre Lieblingstante so aus der Fassung gebracht hatte.

»Unsinn. Der Altersunterschied ist nicht einmal zehn Jahre. Du vergisst, dass Mitchell sehr viel älter war als ich. Der Vorteil ist, dass ein älterer Mann seinen Platz im Leben bereits gefunden hat. Wer möchte denn schon bei null anfangen – das kostet nur Zeit.« Alice sah Cindy an. »Die Art und Weise, wie du geheiratet hast, verzeihe ich dir zwar nicht, aber wir müssen dafür sorgen, dass diese Verbindung als gelungener Coup gesehen wird. Ich habe bereits deinen Vater angerufen. Natürlich musst du noch selbst mit ihm sprechen und ihm klarmachen, dass Spencer Murray kennt und sich für ihn verbürgen kann.«

»Danke, Tante Alice.« Cindy fiel ein Stein vom Herzen angesichts der offenkundigen Begeisterung, die Alice an den Tag legte.

»Cindy, du bist noch so jung, und das ist ein gewaltiger Schritt. Nicht nur die Heirat, sondern auch, dass du all deine Angehörigen zurücklässt und so weit wegziehen wirst«, gab Babs zu bedenken.

»Es gibt Schiffs- und Flugverbindungen nach Australien«, entgegnete Alice munter. »Cindy ist jung, sie ist anpassungsfähig. Genau wie ich, als ich Mitchell geheiratet habe.«

»Bitte, Tante Babs, freu dich für mich«, flehte Cindy.

»Das ist so ein Schock«, klagte Babs. Sie sank auf das Sofa.

»Bitte beruhige dich. Ich bin jetzt fast einundzwanzig, und das war meine und nur meine Entscheidung.« Babs und Alice öffneten gleichzeitig den Mund, um zu antworten, und Cindy ergriff die Flucht. »Bitte entschuldigt mich jetzt, ich packe ein paar Sachen und ziehe zu Murray ins Hotel, bis ich ein Visum für Australien bekomme.«

Babs machte ein kummervolles Gesicht, schwieg aber. Sie stand auf und begann, Stoffproben zu sortieren. Cindy sah, dass sie sich die Augen rieb.

»Selbstverständlich«, erwiderte Alice. »Und ich werde Spencer bitten, seine Beziehungen in Washington spielen zu lassen, damit die Sache mit dem Visum schnell über die Bühne geht.«

»Du musst Joey und Deidre und Sol sagen, dass du nach Australien ziehst.« Babs sah sie mit tränennassen Augen an.

»Du meine Güte, Babs, es ist ja nicht so, als müssten wir den Leuten erzählen, dass Cindy *gestorben* wäre. Australien klingt vielleicht wie das Ende der Welt, aber sie hat einen reichen Mann geheiratet, also kann es so schlimm nicht sein«, erklärte Alice.

Das Gespräch mit Joey war dann fast so schlimm wie die Konfrontation mit ihren Tanten. Als er von der Schule heimkam, freute er sich, Cindy zu sehen, aber als er von ihren Plänen erfuhr, war er am Boden zerstört. »Womöglich sehe ich dich nie wieder«, klagte er.

»Unsinn«, entgegnete Cindy. »Ich komme im Urlaub, und wenn du ein bisschen älter bist, kannst du mich in Australien besuchen. Das wird ein großartiges Abenteuer für dich.«

Joey sah sie traurig an und Cindy gab es einen Stich. Ihre Familie zurückzulassen würde ihr schwerfallen.

Sie hielten den Abschied kurz. Cindy trug ein smaragdgrünes Reisekostüm, das wunderbar mit ihrem rotgoldenen Haar kontrastierte. Sol stellte ihr Gepäck in den Kofferraum des Wagens und schüttelte Murray die Hand, während Cindy Joey umarmte. Deidre legte tröstend den Arm um Babs' Schulter.

Alice küsste ihre Nichte. »Du wirst in Australien wunderbar zurechtkommen, wenn du meine Anweisungen und Ratschläge beherzigst.«

»Ich werde die Sachen, die du mitnehmen möchtest, einpacken und verschiffen, so schnell ich kann«, versprach Babs. Als sie ihre Nichte in die Arme schloss, flüsterte sie ihr zu: »Cindy, ich bete dafür, dass diese Ehe so gut läuft, wie du es dir wünschst. Aber vergiss nicht, im Notfall bin ich immer für dich da.«

Cindy wandte sich ab. Sie wollte nicht, dass Babs die Tränen sah, die ihr in die Augen stiegen, als ihr klar wurde, wie sehr sie ihre Tante vermissen würde. Stattdessen verkündete sie mit munterer Stimme: »Ich werde ganz oft schreiben und euch von meinem fantastischen neuen Leben erzählen. Versprochen. Hab euch lieb!«

Murray ließ den Motor an, Cindy warf Kusshändchen, und alle winkten eifrig. Als sie davonfuhren, blickte Cindy ein letztes

Mal zurück auf das Grüppchen ihrer liebsten Freunde und Angehörigen, und sie fragte sich, ob sie sie je wieder so versammelt sehen würde. Eine Gänsehaut überlief sie. Doch dann schüttelte sie den Kopf. Nein, dachte sie. Ich tue genau das, was ich tun will. Und das Beste kommt erst noch. Sie wandte sich Murray zu, lächelte ihn an, und sie ließen Palm Desert hinter sich.

4

Cindy spazierte Arm in Arm mit Murray am Hafen von Sydney entlang. Eine Brise vom Meer fuhr ihr durchs Haar. Sie war überwältigt von der Schönheit dieses Ortes und konnte kaum fassen, dass sie tatsächlich hier war. Für jeden Tag ihres Aufenthalts hatte Murray den Besuch von Sehenswürdigkeiten geplant, und sie schwebte wie auf Wolken, immer noch staunend, dass sie mit diesem umwerfenden, weltgewandten Mann verheiratet war und in diesem exotischen Land ein neues Kapitel ihres Lebens aufschlagen würde.

Als sie im Schein der Wintersonne durch ruhige Straßen zurück zu ihrem Hotel schlenderten, ließ sie sich die Ereignisse noch einmal durch den Kopf gehen. Sie hatte ihr früheres Leben hinter sich gelassen, das College, ihre Familie und ihre Freunde, und war auf einmal wie in einer anderen Dimension gelandet. Bei diesem Gedanken überlief sie ein erwartungsvolles Kribbeln.

Im Foyer des altmodischen, aber teuren Hotels, in dem sie abgestiegen waren, standen sie vor dem Fahrstuhl – oder »Lift«, wie Murray dazu sagte. Schließlich öffnete sich scheppernd die Metalltür und sie wurden von einem uniformierten Aufzugführer begrüßt, der die Tür hinter ihnen schloss. Ratternd fuhr der Lift an.

»Vierter Stock, Mr. Parnell?«, fragte der Aufzugführer.

»Danke, John«, nickte Murray.

Murray schloss ihre Suite auf, trat ein und warf seinen Hut auf das Sideboard. Er schenkte sich einen Whisky ein und leerte das

Glas, dann ging er ins Schlafzimmer, wo er Hemd und Krawatte wechselte.

»Ich gehe noch ein paar Minuten raus«, rief er Cindy zu. »Ich muss was erledigen, bin aber gleich wieder zurück, Schatz. Mach dich hübsch – ich will, dass die Leute im Restaurant sehen, was für eine wunderschöne Frau ich habe!«

Cindy beschloss, sich einstweilen ein heißes Bad zu gönnen. Sie ging in das geräumige Badezimmer und drehte den Hahn über der großen Emaillewanne auf. Aus der bereitstehenden Flasche gab sie Badesalz dazu, steckte sich das Haar auf und ließ sich in die Wanne gleiten, bis ihr das Wasser ans Kinn reichte. Leise trat Murray ein und küsste sie zärtlich.

»Ich komme so schnell wie möglich wieder.« Sein Blick verweilte auf ihrem schlanken, wohlgeformten Körper. »Ich halte es nicht lange ohne dich aus.«

Trotz des warmen Wassers schauderte Cindy. Sie hatte sich noch nicht daran gewöhnt, dass Murray sie nackt sah. Es machte sie bereits verlegen, in seiner Anwesenheit die Zähne zu putzen. Am College hatten ihre Mitbewohnerinnen im Badezimmer immer die Privatsphäre der anderen respektiert, doch bei Murray gab es so etwas nicht. Aber schließlich sind wir jetzt Mann und Frau, dachte Cindy, und ich sollte allmählich meine Befangenheit hinter mir lassen. Sie lehnte sich in der Wanne zurück und schloss die Augen, rief sich die Liebesfreuden in Erinnerung und lächelte zufrieden. Sie war heilfroh, dass Murray ihr versprochen hatte, sie würden unabhängig von seinem Vater in einem eigenen Haus wohnen. Und aus ihrem neuen Heim würde sie etwas ganz Besonderes machen.

Babs hatte ein Paket mit Cindys Kleidern, Büchern, Lieblingsschallplatten und Krimskrams nach Australien verschickt, aber für Einkäufe hatte Cindy noch keine Zeit gefunden. Sie dachte an die Innenausstattung, die sie in einigen großen Häusern in der Wüste gesehen hatte. Einmal hatte sie ein Kleid aus Alice' Laden an eine Kundin ausgeliefert, die ein Luxusanwesen gemietet hatte. Auf dem Weg ins Schlafzimmer, den ihr das Personal wies, durchquerte sie Räume mit hohen Panoramafenstern mit Blick auf die Berge, weißen Teppichen und einer türkisfarbenen Ledercouch. Cindy fand die Einrichtung atemberaubend. Auch das Dekor der Hotelsuite gefiel ihr: helles Kaffeebraun und Altrosa. Altmodisch, aber geschmackvoll. Cindy seufzte. Wahrscheinlich war Murray weder für Türkis noch für Altrosa zu begeistern. Außerdem hatte er gesagt, das Haus, das sie beziehen würden, sei bereits mit allem Notwendigen ausgestattet. Zum ersten Mal bereute Cindy, dass sie so Hals über Kopf geheiratet hatte. Wenn sie in aller Ruhe einen Junggesellinnenabschied hätte feiern können, dann hätte sie eine Menge Geschenke zur Ausstattung ihres neuen Heimes bekommen. Vielleicht, überlegte sie, kann ich ja persönliche Akzente setzen, wenn ich das Haus erst einmal in Augenschein genommen habe.

Murray hatte ihr schon einiges über ihr neues Heim auf Kingsley Downs erzählt. Es war nicht nur einige Kilometer vom Haupthaus entfernt, in dem sein Vater lebte, sondern auch von den nächsten Nachbarn. Läden gab es in einem kleinen Ort, der mit dem Auto in dreißig Minuten zu erreichen war. Wie Murray erklärte, durfte sie keine Zutaten vergessen, die sie zum Kochen brauchte, weil sie nicht noch rasch etwas besorgen konnte. Daher müsse sie immer auf Vorrat einkaufen. Cindy, die wenig Ahnung vom Kochen hatte, fand diese Aussicht beängstigend, obwohl Murray gemeint hatte, Mrs. Flowers, die Haushälterin seines Vaters, würde ihr bestimmt zur Seite stehen. Doch die Vorstellung, allein mit Murray auf dem Land zu leben, erschien ihr unsagbar romantisch. Sie stellte sich vor, wie sie ihn am Eingang ihres makellosen Heims begrüßte, wo ein köstliches Essen auf dem Tisch wartete. Zugegebenermaßen war ihr Bild vom Leben auf Kingsley Downs ein bisschen verschwommen, aber sie war sicher, einige hilfreiche Fertigkeiten mitzubringen. Dankbar erinnerte sie sich daran, wie Tante Alice ihr beigebracht hatte, einen Tisch korrekt zu decken; auch hatte Alice auf die Notwendigkeit frischer Blumen hingewiesen. Und so war Cindy fest entschlossen, ihrem Mann romantische Dinners bei Kerzenschein zu servieren, auch wenn das Essen selbst zunächst ein wenig schlicht ausfallen würde. Sie würde schon noch kochen lernen. So schwer konnte das ja nicht sein.

Cindy stieg aus der Wanne und begann, sich fürs Abendessen herzurichten. Sie liebte es, sich in Schale zu werfen, und heute Abend freute sie sich besonders darauf, die Perlenkette und die dazu passenden Ohrringe zu tragen, die Murray ihr am Tag zuvor beim Juwelier neben dem Hotel Australia gekauft hatte. Nachdem Murray zurückgekehrt war, gingen sie ins Romano's, eines der schickeren Restaurants von Sydney. Während Cindy die Speisekarte studierte, lauschte sie aufmerksam, was ihr Murray über das Leben auf Kingsley Downs erzählte.

»Es kommt immer darauf an, wo ich gerade arbeite«, sagte er. »Wenn ich in der Nähe zu tun habe, breche ich frühmorgens auf und komme dann zum Frühstück wieder. Zum Mittagessen bin ich meistens bei Dad, aber später werde ich wohl zu einem ›Smoko‹ heimkommen.« Cindy sah ihn verständnislos an, und er lächelte nachsichtig. »Eigentlich ist es eine Pause mit Tee und einem Imbiss, zur Schafscherzeit ist das aber etwas Größeres. Allerdings haben wir beim Scheren einen Campkoch, der von Mrs. Flowers unterstützt wird, da brauchst du also nicht viel zu tun.«

»Verstehe«, sagte Cindy, obwohl ihr das alles ein wenig mysteriös vorkam. Der Kellner erschien, um die Bestellung aufzunehmen. Cindy legte die Speisekarte beiseite und erklärte: »Ich nehme das Lamm mit Salat.«

Da blickte Murray von der Karte auf und lachte.

»Liebling, bitte bestell etwas anderes. Lamm kannst du jeden Tag haben, wenn wir erst zu Hause sind.«

Cindy warf noch einen Blick in die Speisekarte. »Dann nehme ich einen Salat und das Steak.«

»Eine gute Wahl«, lobte Murray. »Für mich dasselbe. Und eine Flasche Champagner.« Er zwinkerte Cindy zu und griff über den Tisch hinweg nach ihrer Hand. »Cindy, das Leben da draußen kann ziemlich hart werden, vor allem wenn der Regen ausbleibt. Aber ich glaube, du wirst gut zurechtkommen, wenn du dich erst eingelebt hast.« Er drückte ihr aufmunternd die Hand.

Cindy hoffte, dass er recht behielt. Es klang alles so faszinierend. Auch wenn es ihr in Sydney wirklich gefiel, sehnte sie sich doch danach, ihr neues Leben zu beginnen. Allerdings wunderte sie sich immer wieder, wie anders die Gepflogenheiten in Australien waren. Als ihr Steak und Salat auf einem Teller serviert wurden, sah sie Murray unglücklich an.

»So hatte ich mir das nicht vorgestellt«, meinte sie.

Murray lachte nur. »Tut mir leid, Cindy. Ein Salat wird in Australien nicht als Vorspeise aufgetischt wie in den Staaten! Du wirst dich dran gewöhnen.«

Cindy lächelte. »Ja, bestimmt«, erwiderte sie.

»Morgen Abend haben wir das alles weit hinter uns gelassen.« Er hob sein Glas und strahlte sie an. »Also genießen wir diesen Abend.«

Das kleine Flugzeug setzte zur Landung an. Cindy ließ den Blick über die flache Landschaft schweifen, eine Mischung aus staubigen Weiden, unbefestigten Straßen, einem gewundenen, sepiabraunen Fluss und hie und da ein paar kümmerlichen Bäumen. Eine riesige Weite. Das Coachella Valley, in dem Palm Springs lag, wurde von den Santa Rosa Mountains begrenzt. Hier hatte Cindy das Gefühl, dass die Landschaft an den Rändern in eine mysteriöse Grauzone überging.

Holpernd setzte die Maschine auf und rollte die kurze Landebahn des Deniliquin Airport entlang. Ein warmer Windstoß zauste Cindys Haar, als sie ins Freie trat. Beim Gang über den Asphalt zu dem kleinen kastenförmigen Terminal-Gebäude wurde ihr allmählich mulmig. Murrays Vater sollte sie abholen. Als sie die Augen gegen die grelle Sonne abschirmte, erkannte sie, dass die Ankommenden doch von einigen Leuten erwartet wurden. Manche Männer hatten die Ärmel ihrer Arbeitshemden lässig hochgekrempelt, die meisten aber trugen ein Tweedjackett zu einem blauen Hemd mit Wollkrawatte. Die Frauen kombinierten Röcke mit Pullovern oder unförmigen Strickjacken über der Bluse. Weibliche Passagiere, die auf ihren Abflug warteten, waren an den eleganten Kostümen und Handschuhen zu erkennen. Cindy fragte sich, ob sie diese Menschen alle kennenlernen und so ungezwungen mit ihnen plaudern würde, wie sie es jetzt miteinander taten.

Murray entdeckte seinen Vater in der Menge. »Da ist er«, sagte er, nahm Cindys Arm und eilte auf einen hochgewachsenen Mann zu. Murray schüttelte ihm die Hand und verkündete: »Das ist sie, Dad, meine Frau! Cindy, das ist mein Vater, Lawrence.«

Lawrence Parnell hatte dieselben Fältchen um die Augen wie sein Sohn, aber er schien Cindy gar nicht wahrzunehmen, und sein Gesicht wirkte hart und verschlossen. Zu seinem Jackett trug er Krawatte, Hut, auf Hochglanz polierte Stiefel und eine Hose mit exakter Bügelfalte. Er nahm den Hut ab, streckte Cindy die Hand entgegen und sagte in sachlichem Ton: »Willkommen. Ich hoffe, du wirst dich hier in Australien wohlfühlen.«

Cindy schüttelte ihm mit nervösem Lächeln die Hand. »Das werde ich ganz bestimmt, Mr. Parnell. Ich liebe Murray sehr.«

»Hast du viel Gepäck mitgebracht, Murray?«, fragte Lawrence und setzte seinen Hut wieder auf.

»Eigentlich nicht. Cindy lässt sich ein paar Kisten nachschicken.«

»Das kann eine Weile dauern. Schiffe sind langsam.« Er nickte einer Frau zu, die ihm im Vorübergehen zulächelte. »Das kommt ja alles ein bisschen plötzlich, mein Junge«, stellte er fest.

Murray zuckte die Schultern und schmunzelte. »Kann sein, Dad, aber wenn ich Cindy nicht vom Fleck weg geheiratet hätte, dann hätte sie es sich vielleicht anders überlegt.«

Lawrence fand das nicht lustig. »Wie heißt du gleich wieder?«, fragte Lawrence und sah Cindy zum ersten Mal an.

»Cindy«, antwortete sie unsicher.

»Das ist kein richtiger Name«, gab Lawrence bissig zurück, und Cindy wusste nicht recht, ob er scherzte. »Wie lautet dein richtiger Name? Wie hat dich deine Mutter genannt?«

»Ach so, jetzt verstehe ich, was Sie meinen, Mr. Parnell. Ich heiße Cynthia. Sie hat mir den Namen Cynthia Anne gegeben, aber ich wurde schon immer Cindy gerufen. Das klingt freundlicher, finden Sie nicht?« Sie mühte sich, mit ihm Schritt zu halten, bis sie den Gepäckwagen erreichten.

»Cynthia ist hübsch genug«, meinte Lawrence. »Hier, mein Junge. Gib mir den. Du bringst Cynthias Koffer zum Wagen.«

Der Wagen war ein solider alter Daimler, der nach Pfeifenrauch und Leder roch.

»Wie war die Reise, mein Junge?«, erkundigte sich Lawrence, als sie einstiegen. Murray und sein Vater nahmen vorne Platz, während Cindy sich mit Hutschachtel und Schminkkoffer auf die Rückbank setzte.

»Von Los Angeles ist es ein ziemlicher Schlauch, da hat die Pause in Sydney gutgetan«, erwiderte Murray. »Wie läuft's zu Hause, Dad?«

Während der Fahrt kreiste das Gespräch um Hammel, Mutterschafe und Grenzzäune, also Themen, von denen Cindy überhaupt keine Ahnung hatte. Die überstürzte Heirat wurde nicht mehr erwähnt. Müde und von dunklen Ahnungen geplagt, ließ sie den Kopf auf die Rückenlehne sinken. Lawrence ignorierte sie während der gesamten Fahrt, nur einmal fing sie über den Rückspiegel seinen Blick auf. Aber er sagte nichts. Offensichtlich lag ihm wenig daran, dass sie sich willkommen fühlte. Immer wieder döste sie ein, doch jedes Mal wenn sie die Augen aufschlug, schien sich die Landschaft draußen kaum verändert zu haben. Flaches Land, verkrüppelte Bäume und Sträucher, trockene, rissige Dämme, ein Bach, gesäumt von staubigen Weiden, Eukalyptushaine und – als Höhepunkt – Kängurus, die neben der Straße herhüpften.

Murray drehte sich um und stupste sie sanft an. »Liebling, wach auf, wir sind da.«

Cindy fuhr auf und beugte sich vor, konnte aber nichts sehen. Sie holperten über ein Viehgitter zwischen zwei Zaunpfosten. Neben einem der Pfosten stand ein großer überdachter Briefkasten mit der Aufschrift *Kingsley Downs.*

»Willkommen zu Hause, mein Schatz«, sagte Murray und grinste sie an.

»Wo ist das Haus?«, fragte Cindy, denn sie sah nur eine schmale unbefestigte Straße, gesäumt von Eukalyptusbäumen.

»Nur drei Kilometer weiter«, sagte er und schaute wieder geradeaus.

Es war Spätnachmittag. Goldenes Licht fiel durch die hohen Bäume und ließ ihre glatte weiße Rinde leuchten.

Nach kurzer Zeit passierten sie einen langen, auf Holzpfosten errichteten Schuppen, umgeben von Holzzäunen. Entlang des Wegs sah Cindy weitere Koppeln und Pferde. Es folgten Landmaschinen und ein niedriger Verschlag aus Wellblech mit mehreren Zwingern, in denen angekettete Hund herumsprangen und den vorbeifahrenden Wagen anbellten.

»Mit den Kelpies alles in Ordnung, Dad?«

»Die Hündin hatte wieder einen Wurf. Lizzie ist eine gute Mutter, die Welpen werden bestimmt tüchtige Arbeitshunde.«

Eine Weile herrschte Schweigen.

»Verdammt trocken«, murmelte Murray.

Schließlich waren einige Schornsteine zu erkennen, dann tauchte ein langes rostrotes Dach auf, während das übrige Gebäude noch durch eine Reihe dunkler Bäume abgeschirmt wurde. Als sie näher kamen, sah Cindy, wie groß das Haus war. Eine graue Steintreppe führte auf eine breite Veranda. Auf dem Rasen des Gartens, durch einen weiß gestrichenen Zaun vom kümmerlichen Gras der Umgebung abgegrenzt, grünten allerhand Sträucher, auch eine Rosenlaube gab es. Als sie vor dem Haus hielten, atmete Cindy erleichtert auf. Das Anwesen war genau so, wie Murray es geschildert hatte: ein Haus, das Geschmack, Vermögen und Lebensart spiegelte. Sie nahm an, Murrays Haus würde ähnlich aussehen.

In der Diele hängten die Männer ihre Hüte auf, während eine kleine Frau mit straffer Dauerwelle ihnen entgegeneilte. Sie wurde als Mrs. Flowers vorgestellt, und als sie Cindy die Hand schüttelte, musterte sie die neue Mrs. Parnell mit freundlichem Lächeln.

»Willkommen auf Kingsley Downs«, sagte sie. »Nach der langen Reise müssen Sie müde sein.«

»Ja«, gab Cindy lächelnd zu.

»Zeigen Sie ihr, wo sie sich frisch machen kann, Mrs. Flowers. Könnten Sie ihr eine Tasse Tee machen? Wir sind in Dads Büro. Dauert nicht lange«, versprach Murray, als er sich mit Lawrence entfernte.

Ein wenig verloren schaute Cindy Murray nach, ehe sie Mrs. Flowers durch den Flur mit den auf Hochglanz polierten Dielen und dem persischen Läufer folgte, wo historische Aufnahmen, aber auch Fotos von Pferden, Hunden und preisgekrönten Schafen die Wände zierten. Als sie sich im Gästebadezimmer die Hände gewaschen und sich Wasser ins Gesicht gespritzt hatte, sah sie sich nach Mrs. Flowers um. Da sie nicht wusste, wo sie suchen sollte, wanderte Cindy durch das Wohnzimmer und das Speisezimmer mit dem langen Palisandertisch, umgeben von zwölf Stühlen, bis sie schließlich durch eine Balkontür auf die großzügige, Schatten spendende Veranda gelangte, die mit abgewetzten Ledermöbeln ausgestattet war. Um die Säulen der Veranda rankte sich wilder Wein, und in der Ferne, jenseits des gepflegten Gartens, entdeckte sie eine Gruppe kahler Weiden und glitzerndes Wasser.

»Ah, da sind Sie ja.« Mrs. Flowers kam auf die Veranda heraus. »Der Tee ist fertig. Ich bringe ihn raus. Möchten Sie eine kleine Führung durchs Haus, während er zieht, meine Liebe?«

»Ja, gerne, Mrs. Flowers, wenn es keine Umstände macht.«

Mrs. Flowers zeigte ihr die Küche und die wohlgefüllte Speisekammer. Sie deutete auf einige Außengebäude und erklärte, dort wohnten die Arbeiter, während sie selbst und ihr Mann Tom, der Verwalter der Schafstation, ein Stück weiter ihr eigenes Häuschen hätten.

»Wie lange sind Sie schon hier, Mrs. Flowers?«, fragte Cindy höflich.

»Etliche Jahre. Seit Murray ein kleiner Junge war. Kommen Sie, ich zeige Ihnen den Rest des Hauses, wenn Sie wollen.«

Cindy folgte der Haushälterin durch einen langen Korridor in einen anderen Teil des großen Hauses.

»Das war das Schlafzimmer von Mr. und Mrs. Parnell«, sagte Mrs. Flowers, als sie an einer Flügeltür mit Holzintarsien vorbeikamen. »Es wird jetzt kaum noch genutzt, außer wenn wichtige Gäste zu Besuch kommen. Mr. Parnell schläft in einem kleineren Zimmer gegenüber von seinem Büro.« Cindy verweilte kurz und spähte in die düsteren Räume. Obwohl sie sauber und ordentlich waren, wirkten sie verwaist und kalt. Sie merkte, dass Mrs. Flowers auf sie wartete, und eilte zu ihr. »In diesem Zimmer, dem Ladys' Room, werden ebenfalls Gäste untergebracht. Im hinteren Teil des Hauses gibt es zwei weitere Schlafzimmer. Wenn mehr Gäste kommen, müssen sie mit der Veranda vorliebnehmen. Aber die Leute schlafen gern da draußen, auch wenn es nachts um diese Jahreszeit ganz schön kalt werden kann«, erklärte Mrs. Flowers fröhlich.

Dass die Gäste lieber auf der Veranda übernachteten, überraschte Cindy ganz und gar nicht. Die Zimmer wirkten dunkel und bedrückend, die Möbel waren altmodisch und die Vorhänge trist. Nach den Panoramafenstern und den lichtdurchfluteten Häusern von Palm Springs empfand sie solche Räume als beklemmend. Wenn Murrays Haus auch so eingerichtet ist, fliegen Möbel und Vorhänge als Erstes raus, überlegte sie.

»Kingsley Downs ist ja eher wie eine große Familie«, fuhr Mrs. Flowers fort, als sie um das Haus herum zum Vordereingang gingen. »Alle gehören dazu, auch die Arbeiter. Sicher gewöhnen Sie sich bald daran. Kommen Sie, trinken wir unser Tässchen.«

Beim Tee fragte Mrs. Flowers Cindy über ihr Leben in Amerika aus, und als Cindy erzählte, dass sie mit Kirk Douglas getanzt hatte, war die Haushälterin entzückt.

»Nein, wirklich? Ich kenne niemanden, der einen Hollywoodstar auch nur von Weitem gesehen, geschweige denn mit einem getanzt hat. Das Aufregendste, was hier je passiert ist, war, als Mr. Parnell 1954 mit der Queen getanzt hat. Das muss ich unbedingt Tom erzählen, dass Sie Filmstars kennen!«

Zum ersten Mal seit ihrer Landung auf dem Deniliquin Airport hatte Cindy den Eindruck, dass sich jemand über ihre Anwesenheit freute. Ansonsten war ihre Ankunft hier eine einzige Enttäuschung gewesen, auch wenn sie es nicht gern zugab. Sie blickte in ihre Teetasse und spürte einen Kloß im Hals. Das Haus war vornehm, aber kalt und öde. Ihr Schwiegervater behandelte sie mit einer Gleichgültigkeit, die an Grobheit grenzte, und Murray war verschwunden, kaum dass sie den Fuß in das Haus gesetzt hatten. Eigentlich hätte sie eine herzlichere Begrüßung erwartet. Stattdessen fühlte sie sich in ihrer neuen Umgebung völlig fehl am Platz, wie der sprichwörtliche Fisch auf dem Trockenen, und noch dazu allein, unerfahren und ratlos. So hatte sie sich das nicht vorgestellt.

Als Mrs. Flowers die Teetassen abräumte, warf sie Cindy einen besorgten Blick zu. »Alles in Ordnung, meine Liebe?«

»Ich bin nur müde«, erwiderte Cindy leise. Sie entschuldigte sich, ging in den Garten und wanderte ums Haus herum. Während sie tief durchatmete, um sich zu beruhigen, sah sie sich um. Hier gab es mehrere Bäume, die sie nicht kannte, und unter einem von ihnen stand eine verrostete schmiedeeiserne Bank. Sie überlegte, ob sie sich bis hinunter zum Bach vorwagen sollte, aber innerhalb des Zauns war kein Weg zu erkennen, der für ihre hochhackigen Schuhe geeignet gewesen wäre. Außerdem herrschte inzwischen fast völlige Dunkelheit. Als sie zum Haus zurückkehrte, erschien Murray auf der Veranda und rief nach ihr: »Cindy, das Essen ist fertig.«

Der Palisandertisch war stilvoll gedeckt, mit Kristallgläsern, einem Gewürzständer und einer Sauciere aus Silber. Mrs. Flowers trug eine abgedeckte Platte auf und stellte sie auf den Tisch. »Sie haben gesagt, ich soll für heute Abend nichts Besonderes machen, Mr. Parnell, also habe ich nur den Braten aufgeschnitten. Dazu gibt es Kartoffeln, Rosenkohl und Karotten.«

»Vielen Dank, Mrs. Flowers.«

»Cindy, greif zu«, sagte Murray und schob ihr die Platte mit dem Fleisch und dem Gemüse zu.

Lawrence saß am Kopfende, Cindy zu seiner Linken und Murray rechts von ihm. Das von sporadischen Pausen unterbrochene Gespräch drehte sich vor allem um Schafe und Arbeitshunde. Cindy versuchte Interesse zu zeigen, aber es war offensichtlich, dass sie von diesen Themen keine Ahnung hatte. Nach dem Hauptgang räumte Mrs. Flowers die Teller ab und servierte anschließend Wackelpudding und eingemachte Birnen im eigenen Saft.

Schließlich schob Lawrence seinen Stuhl zurück. »Möchtest du ein Glas Portwein, Murray?«

»Nein danke. Wir sollten dann fahren, Dad. Morgen früh komme ich wieder.«

»Schön. Dann gute Nacht.« In der Diele schüttelte Lawrence seinem Sohn die Hand, würdigte Cindy jedoch keines Blickes.

Vor dem Haus stand ein Kombi, in den ihr Gepäck bereits umgeladen worden war. Als Murray den Wagen durch die Dunkelheit lenkte, atmete Cindy erleichtert auf. Ein Glück, dass sie nicht mit Murrays Vater zusammenleben mussten. Lawrence mied offenbar jegliches Gespräch mit ihr. Anscheinend hatte er sie vom ersten Augenblick an nicht gemocht. Vielleicht ist er wütend wegen der Heirat?, dachte sie. Aber auf Murray scheint er nicht böse zu sein.

Sie waren fast zwanzig Minuten unterwegs, als Cindy die Umrisse eines Hauses erkannte. Es war lang und niedrig und hatte eine Veranda um den Eingangsbereich. Im Mondlicht konnte man die Umrisse eines Stalls und eines runden Wassertanks erkennen.

Murray hielt vor dem Gebäude. »Das ist unser Heim. Ich dachte, Tom schickt einen der Jungs her, um den Generator anzuwerfen, damit wir Licht haben. Aber keine Sorge, ich kann das auch erledigen.« Er sah Cindy an. »Möchtest du, dass ich dich über die Schwelle trage?«

Cindy schüttelte den Kopf. »Nein, ist schon in Ordnung.« Sie griff nach ihrer Handtasche und stieg aus. »Wir brauchen einen Generator?«, fragte sie stirnrunzelnd.

»Hier draußen gibt es keine Stromleitungen, nachts ist das also die einzige Energiequelle. Der Generator ist unser bester Freund. Bleib, wo du bist, ich werfe ihn schnell an. Er steht in einem Schuppen hinter dem Haus.« Murray verschwand in der Nacht.

Cindy stand in der lautlosen Finsternis und erkannte schaudernd, dass außer Mond und Sternen ringsum kein Licht zu sehen war. Hier, so mitten im Nirgendwo, fühlte sie sich wie auf einem anderen Planeten. Es war bedrückend. Worauf hatte sie sich da nur eingelassen? Sie hatte die Weite der Wüste und ihren Nachthimmel stets geliebt, aber in Palm Springs waren immer auch die funkelnden Lichter von Autos und Häusern gewesen. Hier gab es nichts als … Leere.

Dann erwachte mit einem Schlag ein brüllendes Tier zum Leben, das in seinem Metallgehäuse hämmerte und dröhnte. Cindy fuhr zusammen und schnappte nach Luft.

»Der Generator läuft jetzt. Ich mache das Licht an, sobald wir drinnen sind«, verkündete Murray, als er wieder bei ihr war. Er führte sie am Ellbogen die Stufen hinauf und über die Holzveranda zur Eingangstür, die er aufstieß. Dann betätigte er einen Schalter. Im matten Licht sah Cindy einen düsteren Flur mit dunklem Holz, fleckigen Tapeten und verschossenem Linoleum.

»Die Küche ist ganz hinten rechts. Schau mal nach, was da ist. Mrs. Flowers meinte, sie hätte Lebensmittel und Milch für unseren Tee gebracht. Ich hole das Gepäck«, sagte Murray und verschwand wieder nach draußen.

Zögernd trat Cindy ein. Von dem langen Flur gingen nach links und rechts Zimmer ab. Cindy tastete sich langsam voran, knipste in jedem Raum einen alten Lichtschalter an und inspizierte das spärliche und trostlose Inventar, das den Eindruck erweckte, als hätte hier seit zwanzig Jahren niemand mehr gewohnt. Ein muffiger Geruch hing in der Luft. Das Wohnzimmer war klein und mit einem Sammelsurium an Sesseln mit je einem Beistelltisch für Getränke vollgestellt. In einer Ecke stand ein staubiger Servierwagen mit umgedrehten Gläsern und Karaffen. Cindy zog die schweren Vorhänge an den Fenstern zurück, sank auf einen Sessel und starrte unglücklich in den dunklen Garten hinaus.

»In der Küche ist ein Kerosinkühlschrank, der auch funktioniert«, sagte Murray, als er den Raum betrat und sich auf den Sessel neben ihr setzte. »Morgen früh kannst du den Holzofen anschüren. Heute Abend brauchen wir den nicht mehr.« Als sie schwieg, sagte er etwas leiser: »Cindy, ich weiß, an dem Haus ist einiges zu machen. In den letzten Jahren haben hier nur Landarbeiter gewohnt, aber du schaffst das schon.«

Cindy schluckte schwer. »Hast du gerade was von einem Holzofen gesagt?«, fragte sie zaghaft. »Ich … ich weiß nicht, wie man mit einem Holzofen kocht. Eigentlich kenne ich nur Elektroherde. Du weißt schon, man dreht einen Knopf und das Ding geht an.«

»Klar, ein Holzofen kann anfangs schon eine Herausforderung sein«, räumte Murray ein und griff nach ihrer Hand. »Aber das wird schon, mein Schatz. Wenn du dich erst dran gewöhnt hast, wirst du ihn zu schätzen wissen. Bestimmt kann Mrs. Flowers dir ganz schnell beibringen, wie er funktioniert.«

Cindy traten Tränen in die Augen und sie schlug die Hand vor den Mund, um ein Schluchzen zu unterdrücken.

»Reg dich nicht auf.« Zärtlich nahm Murray ihre Hände in die seinen. »Wichtig ist, dass wir zusammen sind. Ich liebe dich, Cin.« Er wischte ihr eine Träne von der Wange und lächelte aufmunternd.

Cindy fühlte sich von Liebe überwältigt, sie drückte seine Hand und wischte sich über die feuchten Augen. »Wahrscheinlich bin ich einfach müde. Es ist so ein großer Schritt. Ich fühle mich einfach orientierungslos.«

Murray nickte mitfühlend. »Mach dir keine Sorgen. Alle werden dich mögen. Außerdem hast du Mumm bewiesen, Cindy. Schließlich bist du mit mir hierhergekommen. Nicht jeder ist für das Leben hier draußen geschaffen, aber ich wette, du bist der richtige Typ dafür.«

Cindy sah Murray an, und plötzlich erwachte in ihr wieder der alte Abenteuergeist, den sie so oft in seiner Gegenwart spürte.

»Das stimmt.« Sie lächelte unter Tränen. »Im Schlafzimmer habe ich frische Laken gesehen, die hat wohl Mrs. Flowers hiergelassen. Dann mache ich mal das Bett, wenn es dir recht ist.«

Murray grinste sie frech an. »Gute Idee. Ich schalte nachher den Generator aus und wir hauen uns in die Koje. Morgen wartet viel Arbeit auf mich.«

Cindy wachte im ersten Dämmerlicht auf, als sie Murrays Stiefel über die Veranda poltern hörte. Dann wurde der Motor eines Wagens angelassen. Sie lag noch ein paar Minuten im Halbdunkel des ungewohnten Raums und versuchte sich zu vergegenwärtigen, wo sie sich befand. Mit einem Mal stürmte alles auf sie ein: der Flug, die Begegnung mit Lawrence, das Haus … Sie hatte das Gefühl, in eine Katastrophe geschlittert zu sein, und kniff die Augen fest zusammen. Nein, dachte sie resolut. Ich liebe meinen Mann. Ich bin hier, um mich auf das Abenteuer einzulassen. Ich werde das Beste draus machen.

Sie setzte sich auf. Wie ruhig es hier war! Nichts schien sich zu rühren, nur ein paar Vögel sangen. Cindy sehnte sich nach einer Tasse Kaffee. Also schlüpfte sie aus dem Bett und zog die Vorhänge auf. Murray schlief gern in einem höhlenartigen Dunkel. Sie schaute hinaus. Ringsum erstreckte sich, so weit das Auge reichte, eine flache gelbbraune Graslandschaft, monoton und staubtrocken. Sie sah verblichene Holzzäune und ein blechernes Schuppendach, das in den ersten Sonnenstrahlen schimmerte. In der Ferne waren verstreut graue Tiergrüppchen auszumachen – Schafe, wie Cindy vermutete. Offenbar gab es für sie kaum Schutz und Wasser, abgesehen von einer Reihe robuster Bäume in der Ferne.

Sie duschte kurz, nicht nur weil Murray ihr gesagt hatte, dass sie mit dem Wasser sparsam umgehen mussten, sondern auch weil es eiskalt war. Dann zog sie sich an und ging in die Küche, wo sie ratlos den Holzofen und den Kühlschrank betrachtete. Fröstelnd sah sie nach, ob Murray zufällig daran gedacht hatte, Kaffee für sie bringen zu lassen. Da die Australier offenbar lieber Tee tranken, überraschte es sie wenig, keinen Kaffee zu finden. Resigniert hielt sie stattdessen nach Teebeuteln Ausschau, entdeckte aber nur lose Teeblätter in einer Büchse neben einer großen Porzellanteekanne unter einem gestrickten Kannenwärmer. Der Wollhut für die Kanne entlockte ihr ein Lächeln. Im Kerosinkühlschrank fand sie Milch, eine Flasche Limonade und drei große Flaschen Pils sowie Butter und verschiedene Behälter undefinierbaren Inhalts. Da Cindy nichts kochen, ja nicht einmal Wasser erhitzen konnte, solange sie mit den Tücken des Holzofens nicht vertraut war, beschloss sie, einen Rundgang zu machen. Sie zog ihre Strickjacke fester um die Schultern und trat ins Freie.

Die Luft war kühl und frisch, aber tagsüber würde es wohl noch wärmer werden. Sie stapfte um das Haus herum, um sich ein Bild von seinem Grundriss zu machen, und hoffte, dass sie irgendwo einen Stapel Holz für den Ofen fand. Was sie hingegen sah, deprimierte sie nur noch mehr. Offenbar hatte jemand irgendwann einmal einen Gemüsegarten anzulegen versucht, der aber jetzt nur noch mit verdorrtem Unkraut bedeckt war. Sie stieß auf eine Art Waschküche mit gespannter Wäscheleine davor. Hier gab es zwei große Bottiche und einen Wasserhahn und etwas, das sie zunächst für eine Waschmaschine hielt. Doch bei näherer Betrachtung entpuppte es sich als freistehender Metallzuber. Wie soll ich hier draußen Wäsche waschen?, dachte sie entsetzt.

Sie kehrte ins Haus zurück und wanderte mit wachsender Unruhe von einem Raum zum anderen. Die große Küche war mit einem Esstisch und Stühlen spärlich möbliert, moderne Küchengeräte fehlten jedoch. Neben dem kleinen Wohnzimmer, das sie gestern schon gesehen hatte, gab es drei Schlafräume und das wenig komfortable Badezimmer, das sie am Morgen benutzt hatte. Das Beste an dem Haus war die lange Veranda an der Vorderseite des Hauses, die mit einigen alten Rohrsesseln ausgestattet war. Dort ließ sie sich nieder, blickte auf die braunen Weideflächen hinaus und fragte sich, was sie jetzt anfangen sollte. Alles war ruhig und reglos. Sie war Lärm gewohnt, Bewegung, Menschen. Irgendwo im Haus schlug eine Uhr, dann senkte sich wieder Stille herab. Du meine Güte, dachte sie. Werde ich so den Rest meines Lebens verbringen?

Da bemerkte sie erleichtert eine Staubwolke in der Ferne und erkannte, dass sich ein Fahrzeug näherte.

»Hier bist du also«, rief Murray, als er aus einem alten Pick-up stieg.

»Wo soll ich sonst sein?«, entgegnete Cindy gereizt. »Wo warst du? Ich hatte keine Ahnung, wann du wiederkommst.«

»Ich war bei Dad. Mrs. Flowers hat mir Frühstück gemacht, du brauchst also nichts für mich herzurichten.«

»Murray! Ich hatte nur ein Glas Wasser zum Frühstück. Ich habe keine Ahnung, wie ich in dieser Küche irgendetwas zubereiten soll«, rief Cindy verärgert. »Ich hätte dir überhaupt kein

Frühstück machen können, nicht mal wenn du mich darum gebeten hättest!«

»Nur mit der Ruhe, Cin.« Er ging hinein und Cindy folgte ihm in die Küche. »Ich schüre den Ofen an, dann können wir ein Tässchen Tee trinken. Der Kühlschrank läuft übrigens mit Kerosin, achte also darauf, dass es nicht ausgeht.« Er öffnete die Schranktüren. »Nicht viel da«, stellte er fest. »Wir müssen in die Stadt fahren.«

»Heute?«, fragte Cindy.

»Ich dachte eher an morgen«, erwiderte Murray unbekümmert.

Cindy starrte ihn an. »Was ist mit den Mahlzeiten? Was soll ich kochen?«

»Keine Sorge, ich sage Mrs. Flowers Bescheid, dann können wir bei Dad essen.«

Ein weiteres Dinner mit Murrays bärbeißigem Vater war das Letzte, was Cindy wollte. »Wir können doch wohl kaum jeden Abend bei deinem Vater essen!«, entgegnete sie. »Ich möchte für dich sorgen. Schließlich bin ich deine Frau.«

Murray grinste spöttisch. »Du hast doch gesagt, dass du nicht kochen kannst. Da dachte ich, du wärst froh, wenn wir zu Dad fahren und uns von Mrs. F. bekochen lassen.«

Für Cindy kam das jedoch ganz und gar nicht infrage. Lieber würde sie versuchen, irgendetwas auf dem Holzofen zuzubereiten, als sich ein weiteres Essen unter Lawrence' abweisenden Blicken anzutun.

»Murray, ich möchte, dass wir unser gemeinsames Leben beginnen. Nur wir beide. Du weißt schon, wie in der Fernsehwerbung. Der Ehemann kommt nach Hause, wo ihn eine warme Mahlzeit und eine Frau in Rüschenschürze erwarten.«

Murray lachte. »In Ordnung. Mach dich hübsch und wir düsen gleich in die Stadt und stocken unsere Vorräte auf. Wenn wir schon dort sind, können wir gleich einen Happen essen. Dann brauchen wir uns auch nicht mehr ums Mittagessen zu kümmern. Den Holzofen schüren wir später an.«

Froh, aus dem Haus zu kommen, wählte Cindy eine graue Hose, eine Seidenbluse und eine perlenbestickte rosafarbene Strickjacke sowie flache graue Lederschuhe mit süßen Schleifchen. Dazu legte sie sich einen feinen Wollschal um die Schultern, schminkte sich dezent und griff nach der guten schwarzen Schultertasche aus Leder, die Alice ihr geschenkt hatte.

Murray musterte sie erstaunt. »Könnte ein bisschen zu schick sein für Yamboola. Macht aber nichts. Und wo ist deine Jacke? Auf dem Rückweg kann es frisch werden. Wir nehmen den Pick-up. Ich muss auch ein paar Teile für den Traktor abholen.« Murray trug eine abgewetzte Moleskinhose mit Kängurugürtel und eine Fliegerjacke aus Leder über einem blauen Hemd, dazu seine Lieblingsstiefel, mittlerweile staubbedeckt. Beim Verlassen des Hauses stülpte er sich den Hut auf den Kopf. Nachdem sie in den Wagen gestiegen waren, setzte Murray seine Sonnenbrille auf und legte den Gang ein. »Weißt du, wie man mit Schaltung fährt?«, fragte er.

»Nein«, erwiderte sie knapp. Murray sah sie an, und sie fügte rasch hinzu: »Aber ich kann es lernen.«

Als Murray hinter dem Haus am Maschinenschuppen vorbeifuhr, deutete Cindy auf eine Baumgruppe in der Ferne. »Was ist das dort drüben?«, fragte sie.

»Das ist der Boomerang Creek. Wenn er gut Wasser führt, kann man da, wo die Weiden stehen, prima schwimmen. Ein schönes Fleckchen. Gut für Picknicks. Das heißt, wenn wir mal Zeit dafür haben. Sonst stehen am Fluss vor allem Rote Eukalyptusbäume.«

Die Vorstellung, dass es in der Nähe einen hübschen Picknickplatz gab, gefiel Cindy. Eine nette Abwechslung gegenüber dem nicht gerade anregenden Bild der trockenen braunen Grasflächen. »Können wir schon mal ein Picknick ins Auge fassen?«, fragte sie.

»Na klar.«

Sie folgten einem schier endlosen schmalen Weg, der auf eine breitere, ebenfalls unbefestigte Straße mündete – die Hauptstraße nach Yamboola, wie Murray verkündete. Da Cindy überhaupt nichts wiedererkannte, erklärte Murray ihr, dass es zwei Straßen gab, die aus der Schafstation herausführten, eine nach Deniliquin, auf der sie gestern gekommen waren, und die andere nach Yamboola. Unterwegs kam ihnen nur ein Fahrzeug entgegen. Der Fahrer grüßte Murray, indem er einen Finger vom Lenkrad anhob.

»Du kennst ihn?«

»Ja, das ist Roger von der Butterworth Station, aber man grüßt die Leute auf der Straße immer, egal, ob man sie kennt oder nicht.«

Nach einer kleinen Ewigkeit passierten sie am Ortseingang von Yamboola eine hübsche weiße Holzkirche, die ein gepflegter Rasen säumte.

»Süße kleine Kirche. Gehst du zum Gottesdienst?«, fragte Cindy.

»Manchmal. Dad geht regelmäßig. Das ist die anglikanische Kirche, die katholische ist weiter vorn.«

Im Vorbeifahren sah Cindy die traditionellen Holzhäuser, in denen die Schule untergebracht war, und den dazugehörigen Spielplatz im Schatten hoher Eukalyptusbäume. Dann erreichten sie das Ortszentrum. Hier gab es ein paar Parkbänke, einen Zeitungsladen, ein Gemischtwarengeschäft und eine Werkstatt mit Tanksäule. Auf der anderen Straßenseite befand sich ein großes Gebäude mit einem Schild über dem Eingang, auf dem *Kunstschule* stand, sowie ein Textilgeschäft, das in seinem Schaufenster nur Herrenbekleidung ausstellte. An der Ecke erhob sich ein Hotel mit dem noblen Namen *Majestic*, dessen Veranda von einem verschnörkelten Metallgeländer umgeben war.

Cindy blieb kurz im Wagen sitzen. Ihr Blick wanderte die Straße entlang, bis dorthin, wo die Häuser aufhörten und das flache Land wieder begann. Der Ort ist winzig, dachte sie und seufzte.

»Kommst du, Schatz?«

»Oh. Ja.« Cindy stieg aus dem Pick-up, den Murray neben dem stattlichen Gebäude des Landmaschinenhändlers geparkt hatte.

»Geh doch schon mal rüber in den Kramladen und besorg alles, was wir brauchen könnten. Wir lassen dort anschreiben, mach dir also keine Sorgen wegen Geld.« Mit einem Winken verschwand Murray in der Halle des Landmaschinenhändlers.

Cindy betrachtete den Kramladen. In Palm Springs hätte er in eine Ecke ihres Lieblingssupermarkts gepasst.

Sie trat durch die Fliegengittertür und wurde von dem Mann hinter der Theke begrüßt, der gerade zwei Frauen in zweckmäßigen Tweedröcken und dicken Strickjacken bediente. Cindy kam sich übertrieben elegant gekleidet vor. Verlegen nestelte sie an ihrem Schal herum, während ihr Blick über vollgepackte Regale und die wenigen an der Theke ausgestellten Waren schweifte. Dann zog sie ihren hastig hingekritzelten Einkaufszettel zurate: *Brot, Milch, Speck, Eier, Obst, Pulverkaffee* …

Als die Kundinnen vor ihr fertig waren und am Eingang stehen blieben, um zu plaudern, wandte sich der Mann hinter der Theke Cindy zu. Kaum hatte sie guten Morgen gesagt, wollte er schon wissen, ob sie die neue Mrs. Parnell aus Amerika sei. Lieber Himmel, dachte Cindy, Neuigkeiten sprechen sich hier in der Gegend wirklich schnell herum.

»Ich bin Greg Wilson. Sie haben eine Liste?«

Cindy gab ihm ihren Zettel.

Er überflog ihn, dann musterte er Cindy freundlich. »Viel davon haben wir nicht da, und Sie brauchen auch nur wenig von dem, was Sie aufgeschrieben haben. Milch kriegen Sie wahrscheinlich von der Hauskuh auf Kingsley Downs. Die halten auch Hühner, also müssen Sie keine Eier kaufen. Speck bekommen Sie beim Metzger, und Pulverkaffee führen wir nicht, nur löslichen. Aber wir haben eine Menge Obst da. Pfirsiche, Birnen, Aprikosen. Suchen Sie sich etwas aus.« Er deutete auf ein Regal mit Konserven hinter der Theke.

Cindy war ratlos. »Ich nehme Kartoffeln«, sagte sie schließlich. Ihr wurde klar, dass sie sich von Mrs. Flowers beraten lassen musste, was sie an Vorräten benötigte.

Greg Wilson lächelte mitfühlend. »Wie wär's, wenn ich Ihnen ein paar Sachen wie Mehl, Zucker und Tee einpacke? Kommen Sie einfach später noch mal vorbei, wenn Sie sich ein wenig eingelebt haben und genauer wissen, was Sie brauchen.«

Cindy atmete erleichtert auf. »Ja, das wird wohl das Beste sein. Gibt es hier in der Nähe einen Metzger?«

»Selbstverständlich. O'Brien, unten neben dem Pub. Wie geht es denn Mr. Parnell senior?«

»Sehr gut, vielen Dank.«

Mit einer Kiste Lebensmittel beladen ging Cindy die Straße hinunter zur Metzgerei, war aber erleichtert, als Murray sie einholte.

»Hey, schöne Frau, gehen wir in die gleiche Richtung?« Er nahm ihr die Kiste mit dem Einkauf ab. »Ist das alles?«

Cindy wurde rot. »Ach, Murray, ich bin da drinnen so nervös geworden. Ich kann da nicht in Ruhe an den Regalen entlanggehen und mir etwas aussuchen wie in einem Supermarkt. Alles ist so anders. Ehrlich gesagt, ich habe keine Ahnung, was ich eigentlich kaufen soll. Ich muss mit Mrs. Flowers reden.«

Die Tabletts mit rohem Fleisch in der Metzgerei fand Cindy auch nicht gerade attraktiv. Die hygienisch verpackten, ofenfertigen Bratenstücke, die sie zu Hause im Supermarkt aus der Kühltheke holte, wirkten unpersönlich und sahen gar nicht nach Fleisch aus. Nun, konfrontiert mit blutigem Fleisch, fragte sie sich, wie in aller Welt sie es würzen, geschweige denn braten sollte.

Murray und der Metzger vertieften sich in ein Gespräch über Schafpreise und den erhofften Regen, während Murray auf die Waren zeigte, die er wollte. Lindsay O'Brien wickelte die Steaks, Würste, den Speck und einen Braten in große Bögen groben weißen Papiers.

»Freut mich, Sie kennenzulernen, Mrs. Parnell.« Der Metzger nickte ihr freundlich zu.

»Mich ebenfalls«, antwortete Cindy.

»Das Paket hole ich ab, wenn wir wieder fahren, Lindsay«, sagte Murray. »Im Wagen kann ich es nicht lassen.«

»Kein Problem«, erwiderte Lindsay.

Als Cindy und Murray wieder die Straße entlanggingen, hakte sich Murray bei ihr unter.

»Deine Schuhe sind nicht gerade robust«, stellte er fest. »Für die Gegend hier brauchst du etwas Solides. Wenn wir schon in der Stadt sind, könnten wir dir gleich anständige Stiefel besorgen. Komm, gehen wir zu Robinson's.«

Die Damenabteilung, ganz hinten in dem weitläufigen Kleidergeschäft, hätte in Alice' Augen keine Gnade gefunden, dachte Cindy. Trotz Namensgleichheit hatte sie auch wenig Ähnlichkeit mit dem eleganten Kaufhaus J.W. Robinson, das unlängst im Einkaufszentrum am North Canyon Drive eröffnet hatte. Hier war die gesamte Verkaufsfläche mit Ständern vollgestellt, an denen Flanellhemden und bestickte und karierte Blusen neben Strickjacken und Pullovern hingen. An anderen Ständern fanden die

Kundinnen Wollröcke und Hosen, die Cindy bestenfalls als »praktisch« bezeichnen konnte.

Murray inspizierte die Regale an den Wänden, wo solide Winterschuhe, leichtere Leinenschuhe und Stiefel aufgereiht waren.

»Hier, so etwas brauchst du.« Murray wählte eine genähte Stiefelette mit schwerer Sohle. »Die halten ein Leben lang.«

Cindy rümpfte die Nase, sagte aber nichts. Andere Länder, andere Sitten, dachte sie. Murray überredete sie auch zu einer Moleskinhose, zu der sich Cindy eine dunkelbraun karierte Hemdbluse aussuchte.

»Bitte sag mir nicht, dass ich so was je aufsetzen muss?«, seufzte sie, als Murray nach einem breitkrempigen Hut griff.

»Doch, doch. Die Sonne ist hier im Sommer mörderisch.«

Murray bezahlte die Sachen und sie traten wieder auf die Straße. »Wie wär's, wenn wir noch etwas trinken und einen Happen essen, bevor wir zurückfahren?«, schlug er vor.

Cindy nickte. Nach dem ausgefallenen Frühstück hatte sie einen Bärenhunger.

Das Hotel war altmodisch, düster und muffig. Cindy versuchte, nicht allzu kritisch zu sein, aber bei dem Geruch nach abgestandenem Bier wurde ihr schlecht.

»Zur Ladies Lounge geht es hier entlang, Liebling. Was möchtest du? Vielleicht einen Shandy?«

»Was ist das?«

»Bier mit Limonade.«

»Nein, lieber nicht. Einfach Limonade und etwas zu essen.« Sie blieb an der Tür stehen, über der in Goldbuchstaben *Ladies Lounge* stand.

Cindy war entsetzt. »Sag bloß nicht, dass dieser Bereich nur für Frauen ist, Murray!«

»Keine Sorge, ich komme gleich zu dir. Frauen dürfen nicht in die Bar«, erklärte Murray.

Sie öffnete die Milchglastür. Ob sie die wohl eingebaut hatten, damit die Männer nicht reinschauen oder damit die Frauen nicht in die Bar blicken konnten?

»Such dir einen Platz, ich bringe die Getränke«, rief ihr Murray nach.

An dem einzigen besetzten Tisch saßen zwei Männer und eine junge Frau. Sie musterten Cindy kurz, dann wandten sie sich wieder ihrem Gespräch zu. Cindy schaute sich in dem schlichten Raum um. An den Wänden hingen gerahmte Fotografien, auf einem Sideboard befanden sich eine Vase mit staubigen Plastikblumen und ein paar abgegriffene Zeitschriften und Broschüren. Nach einer Weile stand sie auf, um sich die Schwarz-Weiß-Bilder anzusehen, die wohl in der Umgebung entstanden waren. Sie betrachtete eine Panoramaaufnahme, offenbar von einem Flugzeug aus fotografiert, mit vereinzelten Schafen darauf und dem Titel *Die großen fetten Weidegründe der Riverina.* Unter einem anderem Bild, auf dem ein Bach mit hohen Bäumen zu sehen war, stand *Riverina Eukalyptushain,* während *»Sir Stanley«: preisgekrönter Bock 1949* einen Mann zeigte, der einem prachtvollen, mit einem Band geschmückten Schafbock das dicke, schwere Fell abschnitt.

Da kam Murray mit den Getränken und einer Speisekarte herein und begrüßte sogleich die anderen Gäste.

»Hallo, was macht ihr denn hier um die Mittagszeit? Habt ihr die Kinder nach Hause geschickt?« Zu Cindy sagte er: »Das sind unsere Lehrer, Vince Walsh, Drew Edwards und – tut mir leid, ich hab Ihren Namen vergessen«, meinte er zu der attraktiven jungen Frau.

»Macht nichts. Ich glaube, wir sind uns noch nicht begegnet. Ich bin Joanna Bright, kurz Jo. Ich habe hier erst zu Schuljahrsbeginn angefangen.« Jo trug ihr braunes Haar schulterlang, war dezent geschminkt und hatte ein markantes, sympathisches Gesicht mit großen blauen Augen und einem gewinnenden Lächeln.

»Wir feiern unseren freien Nachmittag wegen der Hay Show«, verkündete Vince Walsh und hob sein Glas.

Murray nickte. »Na klar, hatte ich vergessen.«

»Sie sind also Murrays bessere Hälfte.« Drew beäugte Cindy neugierig. »Glückwunsch. Hab gehört, dass es ihn in Amerika schwer erwischt hat. Nett, Sie kennenzulernen.« Dann sah er wieder Murray an. »Ich bin froh, dass ich dich treffe, Murray. Ich glaube, wir könnten Probleme mit dem Footballteam kriegen.« Daraufhin steckten die drei Männer die Köpfe zusammen und begannen über »Ruckmen« und »Full-forwards« und anderes fachzusimpeln, wovon Cindy keine Ahnung hatte. Ratlos blickte sie auf Jo, die lachte.

»Ich weiß auch nicht, wovon die reden. Hier in der Gegend spielt man im Winter Football, aber ich komme aus Sydney, wo es gar nicht gespielt wird, ich verstehe also auch nur Bahnhof.« Sie lächelte Cindy freundlich an. »Ist wahrscheinlich eine dumme Frage, wo du gerade erst angekommen bist, aber wie findest du es hier, Cindy?«

»Es ist deshalb alles noch ein bisschen ungewohnt.« Cindy freute sich, dass sie hier jemanden kennenlernte, der fast so neu in der Gegend war wie sie.

Jo lächelte mitfühlend. »Das kann ich mir vorstellen. Ich komme selbst aus der Stadt und muss sagen, dass das Leben hier völlig anders ist, als ich es kenne. Ich habe meine Ausbildung am Lehrerseminar erst letztes Jahr abgeschlossen und das ist meine erste Stelle. Aber allmählich gefällt es mir.«

»Wohnst du hier im Ort, Jo?«, fragte Cindy.

»Nein, ich habe mich bei den Musgraves in Balladgery eingemietet. Das ist auch eine Schafstation. Zur Schule sind es nur zwanzig Minuten mit dem Auto, und die Musgraves sind sehr nett.«

»Hast du dir schon etwas zu essen ausgesucht, Cindy?«, unterbrach Murray sein Footballgespräch.

Cindy warf einen Blick auf die Speisekarte. »Ich weiß nicht recht, ob ich ein großes Frühstück mit Eiern, Speck und allen Extras schaffe.«

»Die Portionen hier sind riesig«, warnte Jo.

»Vielleicht nehme ich dann einfach ein Sandwich.«

»Probier die Fleischpastete. Das ist eine australische Spezialität, und die ist hier gar nicht übel«, riet Murray.

»Okay, warum nicht?« Mit einem Lächeln gab ihm Cindy die Karte zurück und nahm ihr Gespräch mit Jo wieder auf.

Die junge Lehrerin interessierte sich sehr dafür, wo Cindy in den Staaten gelebt und was sie gemacht hatte.

»Wow«, meinte sie, als Cindy von Palm Springs und dem College erzählt hatte. »Da hast du ja ein aufregendes Leben gehabt. Viel interessanter als das von irgendeinem anderen hier in der Gegend, das kann ich dir versichern.«

»Ach, ich weiß nicht«, erwiderte Cindy bescheiden. »Was ich bisher von Australien kennengelernt habe, hat mich überrascht. Murray hat mir erzählt, dass man hier tagelang fahren kann, ohne eine Menschenseele oder sonst etwas zu sehen, und als wir in Deniliquin gelandet sind, habe ich all das Land gesehen, und diese Weite bis zum Horizont – wirklich kaum zu fassen.«

»Lass es dir schmecken«, sagte Murray, als ein Kellner Cindys Essen brachte. »Ich hole noch eine Runde Getränke.«

»Was für eine hübsche kleine Pastete.« Cindy betrachtete das dampfende Gericht in einer Tunke aus Ketchup. Tomatensauce, korrigierte sie sich in Gedanken. Vorsichtig nahm sie einen Bissen. »Meine Güte, ist das lecker. Eine Art Eintopf in Pastenteig.«

Jo kicherte. »Du bist also auf Kingsley Downs«, bemerkte sie. »Ich habe gehört, dass es ein wunderschönes altes Gehöft ist.«

»Das große Haus ist beeindruckend, würde ich sagen«, erwiderte Cindy vorsichtig. »Aber wir haben ein eigenes Haus, und da ist weiß Gott noch einiges dran zu machen. Ich werde alle Hände voll zu tun haben, wenn wir es herrichten. Allerdings habe ich keine Ahnung, wo ich die nötigen Sachen herbekomme.«

»In Deniliquin oder Hay. Oder du bestellst, was du brauchst, in den großen Geschäften in der Stadt«, empfahl Jo. »Ich kann dir dabei helfen, wenn du möchtest.«

Cindy bedankte sich bei Jo. Als sie ihre Fleischpastete aufgegessen hatte, plauderte sie noch eine Weile mit der Lehrerin. Sie war sehr erleichtert, dass sie an einem Ort mit so wenigen Einwohnern jemanden gefunden hatte, mit dem sie sich anfreunden konnte.

»Eine Frage noch, Jo, kann man in Yamboola Bücher ausleihen? Gibt es eine Bücherei? Ich lese für mein Leben gern.«

»Ich auch«, erwiderte Jo begeistert. »Ja, es gibt eine kleine Bücherei hinten im CWA-Gebäude. Die Zentrale ist in Deniliquin, und sie hat nur zwei Vormittage die Woche geöffnet, aber das Angebot wechselt regelmäßig, und du kannst dort auch Bücher bestellen.«

»Klingt gut«, meinte Cindy. »Was heißt denn CWA?«

»Das ist die Country Women's Association. Sozusagen der Landfrauenverein, eine sehr wichtige Organisation, da musst du beitreten. Ich bin auch dabei, obwohl ich es selten zu den Treffen schaffe.«

Cindy hatte das Gefühl, dass sie nach dieser Erklärung auch nicht schlauer war als vorher, und nahm sich vor, ihren Mann später danach zu fragen.

Schließlich stand Murray auf. »War nett mit euch zu reden, aber es wird Zeit, dass Cindy und ich wieder heimfahren. Fertig, Mrs. Parnell?«

Cindy schob den letzten Bissen ihrer Fleischpastete mit Sauce in den Mund und verabschiedete sich von den anderen.

»Wir müssen uns bald wieder treffen«, sagte sie zu Jo.

»Unbedingt«, lächelte Jo.

Als sie ihren Einkauf vom Metzger geholt hatten und die Rückfahrt antraten, erspähte Cindy ein grünes Oval, auf dem junge Männer hinter einem Ball herrannten.

»Spielen die Fußball?«

»Genau. Nach australischen Regeln. Ich nehme dich demnächst zu einem Spiel mit.«

»Ja, gern.« Nach dem netten Mittagessen fühlte sich Cindy beschwingt. »Ich möchte über alles hier Bescheid wissen.«

Murray trug die Lebensmittel und das Fleisch in die Küche. »Ich habe noch einiges zu tun. Wir sehen uns beim Abendessen.« Er küsste sie rasch und war verschwunden.

Wieder allein, verstaute Cindy die Lebensmittel und fragte sich erneut, wie sie das Essen zubereiten sollte. Unglücklich starrte sie den niedrigen Eisenherd an. Ihr fiel ein, dass sie Murray hätte fragen sollen, wie man ihn anschürte. Na ja, dachte sie, das muss ich dann eben selber rausfinden. Sie öffnete die Klappe der Brennkammer, deren Boden mit silbergrauer Asche bedeckt war. Dann ging sie in den Garten und suchte Holz. Sie fand ein paar Zweige, die sie mit Zeitungspapier, das sie in einem Küchenschrank gefunden hatte, in die Brennkammer legte, und zündete das Papier an. Dann griff sie mit angehaltenem Atem nach dem Fleischstück, das in Papier verpackt und verschnürt war, und starrte darauf.

Ich kann das, dachte sie. Murray sagt, er ist mit Fleisch und Kartoffeln zufrieden, also bekommt er das auch. Und Pfirsiche aus der Dose.

Cindy legte das Fleisch zusammen mit ein paar geschälten Kartoffeln in die Backröhre. Sie fand einige Haushaltskerzen, die sie in Ermangelung von Kerzenhaltern in Eierbecher steckte. Als sie einen prüfenden Blick in die Brennkammer warf, musste sie aber feststellen, dass das Feuer fast ausgegangen war. Also eilte sie abermals in den Garten, um Holz zu holen.

Sie legte weitere Zweige nach und ging dann auf der Suche nach Tischdekoration noch einmal in den Garten. Außer einer sehr gesund wirkenden Distel hatte der Garten wenig zu bieten. Vielleicht sieht ja Eukalyptuslaub ganz nett aus, dachte sie. Unter den Bäumen neben dem Haus sammelte sie noch mehr Holz und brach ein Büschel Zweige mit Blättern und prallen trockenen Früchten von einem Eukalyptusbaum ab.

Dann wusch sie die staubigen Teller aus dem Sideboard ab, deckte den Tisch mit dem Besteck, das sie finden konnte, und hoffte, dass Kerzenlicht und florale Tischdekoration von dem schlichten Mahl ablenken würden. Unterdessen ging sie immer wieder in den Garten, um Futter für die unersättliche Brennkammer zu holen.

Ich kann doch nicht für den Rest meines Lebens so kochen, dachte sie verzweifelt. Hoffentlich ist es wenigstens der Mühe wert.

Das war es nicht. Der Braten war praktisch roh, und die Kartoffeln waren steinhart. Die Mahlzeit war ungenießbar. Murray strich sich Butter aufs Brot und sagte nicht viel.

Cindy war außer sich. »Murray, es tut mir so leid, aber ich konnte das Feuer nicht in Gang halten, egal, wie viele Zweige ich in die Brennkammer gesteckt habe. Es ging einfach nicht.«

Murray stand auf. »Cindy, komm mit.«

Er nahm eine Taschenlampe und führte sie nach draußen. Mit dem Lichtkegel wies er auf einen großen Holzvorrat, der fein säuberlich unter dem Vordach des Hauses aufgestapelt war. »Liebling, dieses Holz wurde für dich gesägt und gespalten, um damit den Herd zu heizen. Zweige brauchst du nur zum Anschüren. Zum Kochen oder Backen liefern sie nicht genug Hitze.«

Cindy brach in Tränen aus. Sie fühlte sich wie eine Versagerin.

»Ist schon gut, mein Schatz. Du kriegst den Dreh schon noch raus.« Murray legte ihr den Arm um die Schulter. »Komm. Machen wir die Dose Pfirsiche auf. Und ich muss sagen, dass ich noch nie Eukalyptuslaub als Tischdekoration gesehen habe. Diese Mahlzeit wird uns jedenfalls noch lange in Erinnerung bleiben. Warte nur, bis ich das meinen Kumpels beim Fußball erzähle.« Er warf den Kopf zurück und brüllte vor Lachen.

Nur mit Mühe unterdrückte Cindy den Drang, ihn anzuschreien oder ihm etwas an den Kopf zu werfen. Sie trug die Pfirsiche auf und schwieg, während Murray aß und vor sich hin kicherte.

Trotz des missglückten Abendessens fühlte sich Cindy am folgenden Tag besser. Murray war schon gegangen, aber sie schaffte es, den Ofen wieder anzuschüren und sich eine Tasse Tee zu kochen. Vielleicht konnte sie ja Babs bitten, ihre eine große Dose mit ihrem Lieblingskaffee zu schicken.

Wahrscheinlich würde Murray eine ganze Weile unterwegs sein. Also beschloss sie, sich auf das Gebiet jenseits des Zauns, der Haus und Garten umgab, vorzuwagen. Es war noch früh und der Morgennebel hing über den Koppeln. Cindy zog ihre neuen Stiefel an und nahm sich eine der steifen Öljacken, die an den Haken neben der Küchentür hingen. Draußen war es kalt, aber sie war entschlossen, Kingsley Downs besser kennenzulernen.

Cindy folgte dem Weg, der am Zaun der Koppel entlangführte, bis er im Neunzig-Grad-Winkel zum Schuppen abbog. Wenn es doch irgendwo einen Hügel gegeben hätte, auf den sie steigen konnte, um sich zu orientieren! Alles war so flach. In einer Koppel war das Gras geschnitten worden, in der daneben stand es jedoch kniehoch. In keiner der Koppeln befanden sich Schafe.

Cindy beschloss, zu der Baumreihe am Boomerang Creek zu laufen, um sich dort umzusehen.

Die Strahlen der bleichen Sonne kämpften sich durch den Nebel, der wie Zuckerwatte an den Koppeln, Baumwipfeln und Zäunen haftete, manchmal um Cindys Füße waberte und jeden Laut erstickte. Sie konnte gerade noch die verwischten Konturen der Bäume am Bach ausmachen. Auf dem Weg dorthin achtete sie genau darauf, wo sie hintrat. Der unebene Boden und Klumpen aus verfilztem Gras machten schnelles Vorankommen unmöglich.

Zunächst dämpfte der Dunst das Geräusch, aber dann hörte sie das unverkennbare Seufzen der Trauerweiden, deren nackte Zweige in der sanften Brise aneinanderschlugen. Als Cindy den Bach erreichte, sah sie die Gruppe der Baumgerippe. Über die Weiden wachte eine Reihe Roter Eukalyptusbäume, die den Bach säumten. Sie tastete sich näher ans Ufer heran und entdeckte Pfützen mit schlammigem Wasser. Hier würde wohl ein Becken zum Schwimmvergnügen einladen, sobald der Bach mehr Wasser führte. Das Seil, das vom Ast eines Eukalyptusbaums herabbaumelte, ließ jedenfalls darauf schließen, dass man hier Abkühlung finden würde.

Am Ufer, wo sich immer noch Nebelschwaden durch die Bäume zogen, war es unheimlich. Ein jähes Kreischen ließ Cindy zusammenzucken. Erschrocken sah sie empor und erkannte einen Papagei mit smaragdgrünem Gefieder, das mit roten und gelben Tupfern durchsetzt war. Er flatterte auf einen Baum zu und verschwand im Nebel. Cindy hielt den Blick auf die Baumwipfel gerichtet und hoffte, der atemberaubende Papagei würde sich wieder zeigen. Offenbar unterhielt er sich kreischend mit anderen Vögeln, auch Laub raschelte, aber Cindy konnte nichts erkennen. Also gab sie auf und wanderte weiter am Ufer entlang.

Hier war es ein wenig gespenstisch, und Cindy schauderte, nicht nur weil der Morgen kühl war, sondern auch weil sie plötzlich das Gefühl hatte, nicht allein zu sein. Sie blieb stehen und lauschte, aber es war jetzt kein Laut mehr zu hören, nicht einmal das Seufzen der Weiden. Sie ging noch ein paar Schritte, legte den Kopf schräg, lauschte, fragte sich, ob ihr mulmiges Gefühl auf Einbildung beruhte. Aber der Eindruck, dass dies die Ruhe vor dem Sturm war, ließ sich nicht abschütteln.

Auf einmal nahm sie etwas wahr, eine Gestalt, die ihr ungewöhnlich erschien. Da bemerkte sie, wie sich am anderen Ufer im hohen, trockenen Gras etwas bewegte. Sie sah genauer hin, machte ein paar Schritte vorwärts und blieb stehen, als sie zwei große schwarze Schweine entdeckte, die unter den Wurzeln der Bäume am gegenüberliegenden Ufer schnüffelten und buddelten. Cindy traute ihnen nicht und wich instinktiv zurück. Da hörte sie ein Geräusch in ihrer Nähe und blieb abrupt stehen. Sie wirbelte herum und schnappte entsetzt nach Luft. Auf ihrer Seite des Bachs, nur etwa hundert Meter entfernt, teils von Gebüsch und Nebelschwaden verborgen, stand ein weiteres Schwein. Es war viel größer als die anderen beiden. Mit hochgerecktem Rüssel schnüffelte es, blickte aber nicht in Cindys Richtung. Der Anblick seiner gewaltigen gekrümmten Hauer machte ihr Angst. Was, wenn der Eber sie angriff?

Zitternd zog sie sich am Bach entlang Richtung Haus zurück. Aber plötzlich fuhr der riesenhafte Eber herum und Cindy sah, wie er sie aus glitzernden Äuglein böse anstarrte. Als er den Kopf senkte, rannte Cindy los. Sie erreichte den Eukalyptusbaum mit dem Seil, packte es, stieß sich vom Ufer ab und schwang sich schlingernd auf die andere Seite des Bachs hinüber. Als das Seil wieder zu dem Baum zurückschwang, gelang es ihr, mit einem Bein an einer Astgabel Halt zu finden. Mit einer gewaltigen Anstrengung zog sie sich an dem Ast hoch und klammerte sich fest.

Sie hörte, wie sich der Eber stampfend näherte, und hatte das Gefühl, dass der Baum erzitterte. Es folgte ein wütendes Grunzen und ein dumpfes Geräusch, und sie sah, dass der Eber immer wieder gegen den Baum anrannte und ihn rammte.

Cindy geriet in Panik. »Hau ab!«, schrie sie. »Hilfe!«

Sie befand sich nicht sehr weit oberhalb des wütenden Wildschweins, und ein rascher Blick nach oben zeigte, dass sie nicht höher klettern konnte. Schweiß lief ihr übers Gesicht, während sie betete. O mein Gott, wo ist Murray? Sie würde hier draußen sterben, aufgespießt und aufgefressen von Wildschweinen. In was für eine Hölle war sie hier geraten? Verzweifelt rief sie immer wieder um Hilfe, doch sie wusste, dass ihre Stimme von dem Nebel verschluckt wurde.

»Murray, Murray«, schluchzte sie. Hoffnungslos starrte sie durch das Laub auf das kräftige schwarze Tier hinab. Es verharrte vor dem Baum. Wartete. »MURRAY …«, brüllte sie. Tränen liefen ihr übers Gesicht.

Da hörte sie einen dumpfen Knall, und dann noch einen, diesmal aus größerer Nähe. Mit einem Schlag machte sich der Eber den Bach entlang aus dem Staub.

Mit heiserer Stimme rief sie noch einmal: »Murray, bist du das?«

»Cindy, wo bist du?«

Als sie Murrays Stimme hörte, war sie grenzenlos erleichtert. »Hier drüben. Auf dem Baum mit dem Seil.« Jetzt hörte sie, wie Murray näher kam. Schließlich sah sie ihn, wie er, ein Gewehr in der Hand, am Bachufer entlanglief.

Er fluchte.

»Mist, er ist riesig – getroffen hab ich ihn jedenfalls nicht. Bleib, wo du bist, Cin. Alles in Ordnung bei dir?«

Cindy hatte keineswegs vor, sich vom Fleck zu rühren. Wie versteinert harrte sie auf dem Baum aus. Sie hörte noch weitere Schüsse, und schließlich kehrte Murray zu ihr zurück.

»Es ist vorbei. Die Biester haben sich verzogen.« Er stand unter dem Baum und sie spähte durch das Laub besorgt zu ihm hinab. »Ich helfe dir runter.« Er griff nach ihr, als sie herunterkletterte. Sie sank in seine Arme und klammerte sich an ihn.

»Gott sei Dank bist du gekommen«, schluchzte sie. »Ich dachte, der bringt mich um.«

»Ist schon gut, jetzt ist alles gut.« Er rieb ihr den Rücken und drückte sie an sich.

»Das waren scheußliche, grauenhafte Tiere. Weiter unten waren noch mehr.«

»Stimmt. Ich verabscheue Schweine, vor allem verwilderte Hausschweine. Die können gefährlich werden. Vor allem wenn die Mutterschafe lammen. Verwilderte Schweine können einigen Schaden anrichten. Die müssen irgendwo durch den Zaun gebrochen sein. Wir sollten rausfinden, wo sie reingekommen sind. Was machst du eigentlich hier draußen?«

Cindy brachte kein Wort heraus. Plötzlich hatte sie das Gefühl, dass sie eine Dummheit begangen hatte. Schließlich sagte sie: »Ich wollte einfach einen Spaziergang machen. Das ist schon das zweite Mal, dass du mich gerettet hast, Murray. Es tut mir so leid, dass ich hierhergekommen bin. Wie hast du mich gefunden?«

»Ich bin zum Frühstück heimgekommen. Als du nicht im Haus warst, dachte ich mir, ich sollte besser nachsehen, wo du geblieben bist. Für alle Fälle habe ich das Gewehr mitgenommen. Tut mir leid, dass du so einen Schreck gekriegt hast. Sonst haben wir selten Schweine auf Kingsley Downs, und schon gar nicht so nah am Haus. Ich hatte also wirklich nicht damit gerechnet.«

Auf dem Weg zurück zum Haus im fahlen Licht der Sonne hielt er ihre Hand. »Ich habe gesehen, dass du den Ofen angeschürt hast. Mach dir eine Kanne Tee. Das beruhigt. Leider kann ich nicht bleiben. Ich schnappe mir Tom Flowers und sehe, ob wir noch mehr von den Biestern aufspüren können, bevor sie noch größeren Schaden anrichten. Und ich muss zusehen, dass die Zäune repariert werden.«

In der Küche schob Cindy den schwarzen Eisenkessel auf die Herdplatte. Wie gern hätte sie jetzt eine Tasse Kaffee getrunken! Als sie hörte, wie der Geländewagen anfuhr, sank sie auf einen Stuhl vor dem Küchentisch, bettete den Kopf auf die Arme und schluchzte. Was war nur aus ihr geworden? So hatte sie sich das alles nicht vorgestellt. Es war ein Albtraum.

Ihre Schultern bebten, Tränen liefen ihr übers Gesicht. Sie wollte nur noch nach Hause.

5

Cindy lehnte am Geländer und betrachtete ihre Malerarbeit an den Verandapfosten. Die dekorativ ausgesägten Muster zu lackieren war viel mehr Arbeit gewesen, als sie gedacht hatte. Doch so war sie in den Wochen seit ihrer Ankunft auf Kingsley Downs wenigstens sinnvoll beschäftigt gewesen. Denn »altes Haus«, wie jeder es nannte, war ihrem Empfinden nach ein durchaus passender Name für ihr bedrückendes neues Heim. Aber die gleichmäßige Bewegung mit dem Malerpinsel hatte sie abgelenkt, wenn sie anfing darüber nachzudenken, wo sie war und was sie hier tat.

Zumindest wusste sie genau, was sie hier *nicht* tat. Weder atmete sie die frische klare Luft der Wüste noch plauderte sie mit Freundinnen oder saß Kaffee trinkend in Babs' Küche. Auch war sie nicht in Alice' Laden, um die neuesten Einkäufe ihrer Tante zu bewundern. Und schon gar nicht schlenderte sie an sprudelnden Springbrunnen und eleganten Geschäften vorbei eine belebte Straße entlang. Wenn sie aufblickte, sah sie nicht etwa die Postkartenansicht der Santa Rosa Mountains in der Ferne. Stattdessen füllte trockene, staubige Luft von braunen Weiden ihre Lungen, und die graubraunen Schafe, die in ihren dicken wollenen Mänteln ziemlich lächerlich aussahen, verschmolzen mit der flachen Landschaft. Schatten spendeten nur ein paar vereinzelte Bäume, Überlebende des Massakers, das Murrays Vorfahren mit ihren Äxten angerichtet hatten. Angesichts dieser Trostlosigkeit schnürte es Cindy manchmal vor Heimweh die Kehle zu.

Als sie sah, wie die frisch geputzten Fenster das Sonnenlicht reflektierten – Murray hatte ihr gesagt, dass die Scheiben beim ersten Sandsturm sowieso wieder schmutzig würden – , durchströmte sie eine Welle der Traurigkeit. Um sich von den aufsteigenden Tränen abzulenken, nahm sie den Pinsel, trat einen Schritt zurück und bewunderte den Haupteingang. Sie hatte einige neben einem Schuppen dahinvegetierende Rosen ausgegraben und sie entlang der Veranda eingepflanzt. Hoffentlich würden sie sich irgendwann an den Verandapfosten emporranken.

Schließlich wusch sie den Pinsel aus, zwängte den Deckel auf die Farbdose und ging hinein. Im dämmrigen Inneren war es kühler, aber ihre Stimmung wurde noch düsterer. Denn auch wenn sie es geschafft hatte, den Garten zu verschönern, mit dem Haus war sie keinen Schritt vorangekommen. »Es bringt mehr, wenn wir das Geld in Schafe und Zäune investieren, statt den alten Kasten aufzumöbeln«, hatte Lawrence bei einem weiteren unangenehmen Abendessen im großen Haus kundgetan, wo allein er den Ton angab. Cindy hatte darauf gewartet, dass Murray sich für eine Renovierung seines Hauses starkmachte, nachdem sie nun beide darin wohnen mussten, doch er war stumm geblieben.

Trotz ihrer Enttäuschung, ihr Heim nicht von Grund auf neu gestalten zu können, war Cindy entschlossen, Licht und Farbe hineinzubringen. Sie hatte Tom gefragt, ob noch andere Farbe da sei, und sich auf einen Eimer weißen Lacks gestürzt, mit dem sie die alten Korbsessel auf der geschlossenen Veranda auffrischte. Bei ihrer ersten Fahrt mit Murray nach Deniliquin hatte sie Stoff gekauft und hübsche Kissen dafür genäht. Die Ledersessel im Wohnzimmer waren verschlissen, aber bequem, also nähte sie auch dafür farbige Kissen. Sie hatte auch schon massenhaft staubverklebtes, abblätterndes Linoleum und lagenweise alte Zeitungen aus den Räumen entfernt, um die Dielen zu erneuern, aber Murray hatte den Kopf geschüttelt und gemurmelt, dass sein Vater das nicht gutheißen würde. Als Cindy Mrs. Flowers erzählte, wie enttäuscht sie darüber war, verriet ihr die Haushälterin, dass in einem Hinterzimmer des großen Hauses ein paar alte Teppiche lagerten. Nachdem Tom sie ihr ins alte Haus gebracht hatte, hängte Cindy sie über einen Zaun und klopfte uralten Staub aus ihnen, bevor sie sie nach drinnen schleppte.

Als Murray an diesem Abend nach Hause kam, fragte ihn Cindy, was er von ihren Bemühungen hielt.

»Diese Teppiche lagen im großen Haus, als ich klein war – ich hatte sie völlig vergessen. Und ich finde, sie sehen hier großartig aus.« Er lächelte sie an. Also blieben sie liegen und Cindy wischte und bohnerte allwöchentlich um sie herum, weil sie die alten Dielen zum Glänzen bringen wollte.

Als Cindy jetzt in die Küche ging, konnte sie die in dem altmodischen Spülstein gestapelten Töpfe und Pfannen nicht länger übersehen, die seit dem gestrigen Abendessen herumstanden. Das Leben hier in Australien sieht doch ganz anders aus als die Zukunft, die ich mir erträumt habe, dachte sie, während sie den Wasserkessel aufsetzte, um das Geschirr zu spülen.

Wieder überrollte sie eine Woge von Heimweh und Selbstmitleid. Während sie das heiße Wasser ins Spülbecken goss, schaute sie aus dem Küchenfenster. Nichts regte sich draußen. Selbst die Blätter des Eukalyptusbaums hingen schlaff herunter, als hätte die Landschaft den Atem angehalten. Die Stille ging ihr auf die Nerven. Stets hatte sie Menschen um sich gehabt: ihren Vater und Lisa und ihre Freundinnen in der Schule, ihre Kommilitoninnen am College und dann Babs, Joey und Alice. Hier auf Kingsley Downs gab es nur endlose Leere. Manchmal verstrich ein ganzer Tag, ohne dass sie mit jemandem außer Murray gesprochen hätte. Mrs. Flowers hatte immer viel zu tun und kam nur selten zum alten Haus herüber. Und Tom tauchte zwar hin und wieder auf, war aber ziemlich wortkarg. Cindy vermisste es, dass sie einfach mit jemandem reden konnte, wenn sie Lust dazu hatte. Es gab nicht einmal ein Telefon in ihrem Haus. Das schien ihr unfassbar, und sie hatte vorgeschlagen, eine Leitung legen zu lassen. Doch Murray hatte ihr erklärt, die Kosten für einen vom großen Haus kilometerweit entfernten Anschluss seien unerschwinglich. Das sah Cindy ein, und sie hätte ja auch niemanden gehabt, den sie anrufen konnte, weil sie noch keine echten Freundschaften geschlossen hatte. Sie fühlte sich in jeder Hinsicht von der Außenwelt abgeschnitten.

Cindy ließ eine Bratpfanne ins Spülwasser plumpsen und begann sie zu schrubben. Das Wasser wurde allmählich kalt, und um heißes nachzufüllen, hätte sie noch einmal den Kessel aufsetzen müssen. Ohne Stromanschluss und moderne Geräte war Geschirrspülen nur eine von vielen Haushaltspflichten, die viel mühsamer und zeitraubender waren als gewohnt. Diesmal konnte sie die Tränen kaum mehr unterdrücken, also holte sie erst einmal tief Luft. Das neue Leben, das sie sich so unbekümmert – und ohne nachzudenken – gewünscht hatte, überforderte sie. Wie naiv sie doch gewesen war! Tagtäglich machte sie das Bett, kochte, wischte die Böden und staubte ab, schürte das Feuer im Ofen und bemühte sich um gleichbleibende Hitze im Herd. Abends, wenn der Generator lief, bügelte sie. Dann war es Zeit, ins Bett zu gehen, und am nächsten Morgen ging das Ganze wieder von vorne los, sofern kein Waschtag war. Dann nämlich musste sie den Kampf mit dem holzgefeuerten Kupferkessel in der Waschküche hinter dem Haus aufnehmen und die Wäsche durchmangeln, damit das überschüssige Wasser herausgepresst wurde, ehe sie alles auf die Leine hängte. Zwar fand Cindy noch die Zeit, sich die Haare zu waschen, aber sämtliche anderen Schönheitsrituale, die sie früher so genossen hatte, schienen jetzt einer unerreichbaren Traumwelt anzugehören.

Um die hartnäckigen Reste aus der Bratpfanne zu schrubben, hatte sie die Ringe abgelegt, die Murray ihr geschenkt hatte. Sie funkelten im Sonnenlicht, und Cindy lächelte. Trotz ihrer Anfälle von Heimweh und ihrem Entsetzen über ihren neuen Alltag bereute sie keineswegs, dass sie Murray geheiratet hatte. Er war netter und rücksichtsvoller, als sie geahnt hatte. Meist stand er im Morgengrauen auf und kehrte erst abends zurück, aber manchmal, wenn er in der Nähe des Hauses zu tun hatte, überraschte er sie.

»Ich wollte nur dein Lächeln sehen«, sagte er dann und küsste sie, bevor er weiterzog.

Zuerst hatte Murray nicht begriffen, wie schwer es für Cindy war, sich an das Leben auf Kingsley Downs anzupassen, doch bald wusste er ihre Anstrengungen zu würdigen und bemühte sich um praktische Lösungen. Liebevoll und geduldig erklärte er ihr die Besonderheiten ihres neuen Lebens. Auch war er ein guter Zuhörer und nachts, wenn ihre Zweifel sie am ärgsten plagten, nahm er Cindy in die Arme und küsste sie, bis ihre Ängste verflogen waren.

Er erzählte niemandem von dem Desaster mit Cindys erstem Braten, auch wenn er manchmal scherzhaft damit drohte. Stattdessen fuhr er sie zu Mrs. Flowers, die Cindy alles beibrachte, was man über das Kochen auf einem mit Holz befeuerten Herd wissen musste, und ihr außerdem ein paar Kochbücher lieh. Rasch verstand Cindy, worum es ging, und obwohl sie kaum behaupten konnte, Sterneküche zu servieren, schmeckte es Murray. Und sie tröstete sich damit, dass sie weit bessere Mahlzeiten auftischte als Alice. Als ihr schließlich ein großes Sonntagsessen mit Lammbraten glückte, war sie so stolz, dass sie überlegte, ein Foto davon zu machen und es Babs zu schicken, fand diese Idee dann aber doch ziemlich albern.

Cindy hielt sich gern in der Küche auf, denn sie hatte große Fenster und war nicht so düster wie das übrige Haus. Hin und wieder saß sie am Küchentisch und gönnte sich eine Tasse Kaffee aus der kostbaren Dose, die Babs ihr geschickt hatte. Dabei blätterte sie Mrs. Flowers' alte Kochbücher durch und überlegte, von wem die kurzen Anmerkungen neben manchen Rezepten stammen mochten und wer das eine oder andere Rezept aus einer Zeitschrift ausgeschnitten und zwischen die Seiten gelegt hatte.

Heute jedoch hatte sie dazu keine Lust. Nachdem Töpfe und Pfannen sauber waren, wischte Cindy den Küchenboden und säuberte Arbeitsplatte und Küchentisch. Das endlose Einerlei der Haushaltspflichten frustrierte sie.

»Es wird ja doch wieder schmutzig«, seufzte sie und fühlte plötzlich eine unwiderstehliche Sehnsucht nach den Segnungen der Zivilisation.

Ist es zu spät, noch nach Deniliquin zu fahren?, überlegte sie und warf einen Blick auf die Uhr. Wenn sie sofort losfuhr, blieb ihr eigentlich genug Zeit für den weiten Weg nach Deniliquin.

Also los, sagte sie sich. Dann kann ich mir dort ein spätes Mittagessen gönnen und ein bisschen herumbummeln.

Da Murray sie nicht nur einmal nach Yamboola hatte fahren müssen, weil sie beim Einkaufen etwas vergessen hatte, entschied er bald, dass Cindy lernen musste, wie man eine Gangschaltung bediente. Er war mit ihr so lange auf der unbefestigten Straße zwischen den beiden Häusern hin- und hergefahren, bis sie es heraushatte, die Kupplung zu treten und die Gänge zu wechseln.

»Nicht übel, Cindy«, hatte Murray gesagt und erfreut gelächelt, als sie ohne Holpern und Stottern die Straße entlangfuhr. »Wenn wir das nächste Mal nach Yamboola fahren, sitzt du am Steuer. Und wenn du das gepackt hast, kannst du in die Stadt fahren, wann immer du willst.«

Cindy genoss es, sich einfach ins Auto setzen zu können. Sie fühlte sich nicht mehr so eingesperrt, seit sie die Flucht ergreifen konnte, sobald ihr die Decke auf den Kopf fiel.

Voller Selbstvertrauen entschloss sie sich, erstmals allein nach Deniliquin zu fahren. Sie zog sich einen Bleistiftrock und eine Seidenbluse an und trug vor dem fleckigen Badezimmerspiegel rasch ein bisschen Make-up und ihren Lieblingslippenstift auf. Hastig schrieb sie eine Notiz für Murray, falls er zufällig einen Abstecher nach Hause machte, und legte den Zettel auf den Küchentisch unter die Worcestershire-Soßenflasche, die er bei jedem Essen in Reichweite haben wollte.

Dann stieg sie ins Auto, ließ den Motor an und fuhr vorsichtig die unbefestigte Straße zwischen den beiden Häusern und die fünf Kilometer lange Auffahrt des großen Hauses entlang, bis sie ans Tor kam und auf die Hauptstraße zur Stadt einbog.

Sie kurbelte das Fenster hinunter und spürte den Fahrtwind im Gesicht. Es war ein warmer Tag, der nach Eukalyptuslaub roch. Während sie die leere Straße entlangfuhr, fühlte sie sich frei, und ihre Laune wurde noch besser, als sie in Deniliquin eintraf. Das war zwar keine große Stadt, aber das regionale Zentrum, sodass in den Straßen und Geschäften reges Treiben herrschte. Cindy parkte den Wagen, stieg aus, strich sich den Rock glatt und war sehr zufrieden mit sich.

Nachdem sie sich in ein, zwei Geschäften umgeschaut hatte, ging sie in ein kleines Café, um dort einen Happen zu Mittag zu essen. Zwar fand sie die Läden hier langweiliger als in Palm Springs und Santa Barbara, aber es munterte sie doch auf, dass es hier überhaupt ein Warenangebot gab. Zweifellos war das jeder Hausarbeit vorzuziehen.

Vor der Rückfahrt blieb ihr gerade noch genug Zeit, um in einer nahen Modeboutique zu stöbern. Als sie die Kleidung auf der Stange durchsah, lächelte sie in sich hinein. Was um Himmels willen würde Alice davon halten?, fragte sie sich und begutachtete eine schwere olivgrüne Strickjacke, die praktisch, aber ganz und gar nicht elegant war. Allerdings war Cindy aufgefallen, dass jeder hier sich gut anzog, wenn er in die Stadt fuhr. Auch wenn der vorherrschende Stil konservativ war, lieferte ihr ein Ausflug nach Deniliquin ausreichend Grund, anstelle von Stiefeln und Karohemd dieselbe modische Kleidung zu tragen wie in Palm Springs. Zwar würden ihre spitzen Schuhe, besonders die rosafarbenen Pumps, und die Karottenhose nicht so recht in eine ländliche Kleinstadt passen und irritierte Blicke auf sich ziehen, aber zumindest bot sich überhaupt die Gelegenheit, ihre Sachen wieder einmal zu tragen.

Cindy hängte die Strickjacke zurück auf die Stange, bedankte sich bei der Ladenbesitzerin und ging hinaus, wo sie ihre nächste Nachbarin Shirley Jackson erblickte. Sie trug einen überquellenden Einkaufskorb mit ihrer Handtasche obendrauf. Kurz überlegte Cindy, sich in den Laden zurückzuziehen, aber Shirley hatte sie bereits erspäht und steuerte zielstrebig auf sie zu.

»Schönen Nachmittag, Cindy!«, zwitscherte sie. »Was machen Sie denn in Deniliquin? Ist Murray auch hier?« Ohne auf eine Antwort zu warten, stellte Shirley den Korb auf den Boden und erging sich in der Schilderung einer Folge schrecklicher Ereignisse, die mit einem Unfall von Mr. Jackson beim Einzäunen ihren Anfang genommen hatten. Anschließend war der Stier ausgebrochen, weil jemand das Tor nicht richtig geschlossen hatte, und man hatte die größte Mühe gehabt, das Tier wieder zurück auf die eingezäunte Weide zu bringen. »Und während wir hinter dem verdammten Stier her waren, hielt Perce seinen fast abgetrennten Finger fest. Doc Forde musste ihn wieder annähen. Jetzt tröstet sich Perce im Pub und erzählt seinen Kumpels, was passiert ist. So wie er es darstellt, könnte man allerdings meinen, er habe sich den Arm am Ellbogen abgesäbelt. Männer sind solche Memmen, nicht wahr?«

»Es tut mir leid, das zu hören. Der Arme! Meine Genesungswünsche«, sagte Cindy und sah erleichtert, wie Shirley ihren Korb wieder hochnahm.

»Danke, meine Liebe. Wir müssen uns unbedingt auf ein Scone und ein Tässchen treffen. Aber jetzt hole ich ihn wohl lieber und fahre ihn heim. Wobei er es nicht leiden kann, wenn jemand anderer am Steuer sitzt. Schön zu sehen, dass Sie unter die Leute gehen, Cindy. Bis bald.«

Das Anwesen der Jacksons war wesentlich kleiner als Kingsley Downs, und Murray vermutete, dass sie nur knapp über die Runden kamen. Aber es seien gute, verlässliche Nachbarn, die gerne mal mit anpackten, hatte er Cindy versichert. Shirley Jackson wollte stets über alle Ereignisse in der Gegend auf dem Laufenden sein, und so war sie schon wenige Tage nach Cindys Eintreffen erschienen, um sich Murrays amerikanische Ehefrau näher anzusehen.

Cindy hatte damals nicht weiter auf die Staubwolke geachtet, die sich ihrem Haus näherte – wahrscheinlich war es ja nur einer der Schäfer. Und so war sie überrascht, als ein Auto vorfuhr. Künftig sollte sie genauer auf solche Vorzeichen achten, damit sie noch Zeit fand, ins Haus zu laufen und sich ein bisschen herzurichten, bevor sie Besucher hereinbat.

Ein großer, wettergegerbter Mann und eine rundliche Frau in mittleren Jahren waren aus dem Wagen gestiegen und hatten Hallo gerufen, kaum dass Cindy die Gartenschere weggelegt hatte. Die Frau trug ein bequemes Flanellhemd und einen handgestrickten Pullover, in der Hand hielt sie einen Weidenkorb.

»Die Missis und ich dachten, wir schauen mal vorbei und sagen guten Tag und willkommen hier in der Gegend, Mrs. Parnell«, sagte der Mann, als er die Treppe zur Veranda hochstieg. »Ich bin Percy Jackson und das ist meine Missis, Shirley. Ist Murray drüben bei seinem Vater?«

»Nett, Sie kennenzulernen«, stammelte Cindy und hoffte verzweifelt, dass sie noch ein paar Kekse im Schrank hatte. Gleichzeitig ärgerte sie sich, weil sie sich nicht mehr hatte zurechtmachen können. »Nein, Murray ist im Schuppen und richtet einen Traktor. Kommen Sie doch rein.«

»Ich schau mal, was er treibt.« Mr. Jackson schien den Weg zu kennen und auch Mrs. Jackson zögerte nicht, einfach ins Haus zu treten.

»Ah, Sie renovieren?«, kommentierte sie und schaute sich ungeniert um, als Cindy sie in die Küche führte. »Hat Murray jemanden angeheuert oder lässt er Sie das machen?«

»Ich werkele einfach ein bisschen vor mich hin, um es etwas freundlicher zu gestalten«, antwortete Cindy und errötete, weil sie sich schämte, dass das Haus immer noch so schäbig wirkte. »Darf ich einen Tee für Sie aufsetzen?«

»Zu einem Tässchen sag niemals Nein«, trällerte Mrs. Jackson. »Ach, wir wollten Sie unbedingt kennenlernen! Ich hab einen Biskuitkuchen mitgebracht.«

»Oh, wie nett von Ihnen. Soll ich Murray und Mr. Jackson rufen?«

»Die kommen schon von selbst, wenn sie so weit sind«, meinte Shirley fröhlich, stellte den großen Korb auf den Küchentisch und entnahm ihm eine Blechdose mit Kuchen, ein Glas Marmelade und ein dickes Fotoalbum.

»Ein bisschen was von meiner Pfirsichmarmelade. Wir hatten dieses Jahr eine prima Ernte. Und ich dachte, vielleicht interessieren Sie ein paar Bilder von unserem Haus und den hiesigen Sehenswürdigkeiten? Als wir vor zwanzig Jahren hergezogen sind, hat mir Perce eine Kamera geschenkt und ich hab alles fotografiert, was wir umgestaltet haben. Es ist wirklich schön, darauf zurückzublicken, und Sie kriegen eine Vorstellung von der Gegend. Auch wie sie sich verändern kann.«

Zwei Stunden später starrte Cindy verzweifelt auf die Tür und sehnte sich danach, dass Murray endlich kam. Gegen Shirley Jackson war die Inquisition ein unverbindliches Plauderstündchen gewesen. Noch nie hatte jemand Cindy derart in die Mangel genommen. Und jedes Mal, wenn Cindy vorgeschlagen hatte, frischen Tee aufzusetzen und die Männer zu rufen, hatte Mrs. Jackson fröhlich abgewinkt. »Lassen Sie die beiden ruhig eine Weile unter sich, die haben sich eine Menge zu erzählen. Und wo die Küche ist, wissen sie ja.«

Sie nahm sich noch ein Stück Kuchen und fragte dann: »Nun, Cindy, wann denken Sie denn an ein Baby? Das dürfen Sie nicht zu lange hinausschieben, wissen Sie. Ich war kaum siebzehn, als ich Glenda bekam! Wie alt war denn Ihre Mutter bei Ihnen?«

Als Murray endlich mit Mr. Jackson in der Küche auftauchte, wechselte Cindy einen kurzen Blick mit ihm und nahm seinen amüsierten Ausdruck wahr.

»Ist noch Kuchen da?«, fragte Mr. Jackson. »Denke, wir haben das Problem mit dem Vergaser in den Griff gekriegt. Ah, gut, noch so viel übrig! Willst du auch ein Stück, Murray?«

»Habe ich jemals ein Stück von Shirleys selbst gebackenem Kuchen abgelehnt? Shirleys Backkunst ist legendär, Cindy, sie hat schon viele Preise gewonnen.«

Shirley strahlte bei seinen Worten.

»O ja«, sagte Cindy matt, »er war sehr lecker.«

»Freut mich, dass er Ihnen geschmeckt hat. Cindy und ich hatten ein ganz reizendes Gespräch, nicht wahr, meine Liebe?«, sagte Shirley mit leuchtenden Augen. »Wissen Sie, was? Ich backe demnächst wieder einen Kuchen und komme dann mit den Fotos vom Debütantinnenball meiner Mädchen rüber. Alle haben geschwärmt, wie hinreißend sie ausgesehen haben. Wenn Sie die Bilder gesehen haben, sind Sie bestimmt auch dieser Meinung. Aber wir können hier nicht den ganzen Tag verplaudern, Perce. Zeit, nach Hause zu gehen.« Mit diesen Worten stand Shirley auf, die beiden stiegen in den Wagen und verschwanden kurz darauf in einer Staubwolke.

Obwohl sich Cindy sehr nach Gesellschaft sehnte, waren es die längsten zwei Stunden ihres Lebens gewesen. Nachdem die Jacksons gefahren waren, erzählte sie Murray, dass Shirley bestimmt eine gutherzige Frau sei, ihr allerdings eine Menge sehr persönliche Fragen gestellt habe.

»Und jedes Foto in diesem Album hat genau gleich ausgesehen, Murray, ehrlich! Ich hoffe, sie quält mich mit den Fotos von diesem Debütantinnenball nicht genauso. Was ist das eigentlich? Und schneien alle Nachbarn einfach so herein?«

Murray lächelte nur und meinte, sie werde sich daran gewöhnen.

Nachdem Cindy in Deniliquin glücklich ihrer Nachbarin entwischt war, fuhr sie triumphierend zurück. An einer Weide hinter der Grenze ihres Grundstücks verlangsamte sie die Fahrt, weil sie hoffte, Murray zu erspähen. Wie gern hätte sie sich wieder einmal ausführlich mit ihm unterhalten! Zurzeit war er oft fast den ganzen Tag außer Haus, und wenn er zum Abendessen zurückkam, war er müde und döste entweder beim Radiohören ein oder schlief schon, bevor Cindy ins Bett kam. Es wäre schön gewesen, mehr Zeit miteinander zu verbringen, aber sie musste zugeben, dass ihr Mann nun einmal schwer schuftete. Inzwischen fiel ihr auch auf, wie sehr die Leute hier in der Gegend ihn schätzten. Er ging stets offen und fair mit seinen Mitmenschen um. Wenn die Scherer schwierig und die Jungschäfer faul waren, wies er sie zurecht, war aber niemals nachtragend. Cindy konnte nur bewundern, wie harmonisch er mit allen zusammenarbeitete.

Es war schon kurz vor Sonnenuntergang, als sie beim alten Haus ankam. Murray war noch nicht zu Hause, doch als sie sich gerade eine Tasse Tee kochen und mit den Vorbereitungen fürs Abendessen anfangen wollte, erblickte sie einen Staubwirbel am Horizont. Also huschte sie ins Schlafzimmer, brachte ihre Frisur in Form und legte etwas Lippenstift auf, bevor sie ihren Ehemann an der Haustür mit einem Kuss begrüßte. Murrays Lachfältchen um die Augen vertieften sich.

»Na, das nenne ich ein Willkommen«, lächelte er. »Wie war dein Tag, mein Schatz?«

»Großartig, ich …« Bevor sie mehr erzählen konnte, unterbrach Murray sie.

»Ich hoffe, du hast noch nicht angefangen zu kochen? Dad möchte, dass wir zum Abendessen ins große Haus kommen. Ich wasch mich mal lieber und zieh mich um. Du kannst mir im Auto von deinem Tag erzählen.«

Doch angesichts des bevorstehenden unerfreulichen Essens war Cindy auf der kurzen Fahrt zum großen Haus ziemlich einsilbig. Sie gab sich alle Mühe, nicht über die Schwierigkeiten zu klagen, die ihr neues Leben mit sich brachte. Die größten Probleme hatte sie allerdings mit ihrem Schwiegervater. Er hatte von Anfang an klargemacht, dass die Parnell-Familie etwas Besseres war: Viehzüchter mit viel Weideland standen nicht nur für einen bestimmten Lebensstil, sondern waren Teil eines bedeutsamen Wirtschaftszweigs, von dem das ganze Land abhing. Dabei war die Wolle nicht nur des Einkommens wegen von Bedeutung. Sie stand auch für den Kampf der Pioniere, die Anpassungsfähigkeit und den Einfallsreichtum der australischen Schafzüchter, deren Produkte weltweit führend waren. Im Vergleich zu manch größerem Anwesen in der Riverina und anderen Landesteilen war Kingsley Downs ein eher bescheidenes Anwesen, aber Cindy vermutete, dass die Schafzüchter woanders weniger erfolgreich waren als hier, denn die Parnells genossen einen glänzenden Ruf, was die Qualität ihrer Wolle anging. Leider hatte Lawrence unmissverständlich klargemacht, dass Cindy in dieser Welt nichts zu suchen und sich in seinem Reich aus allem herauszuhalten hatte. Warum er sie derart ablehnte, wusste sie nicht, und auch Murray konnte keine befriedigende Erklärung liefern.

»Warum ist dein Vater mir gegenüber so unterkühlt? Warum kann er mich nicht leiden?«, hatte sie Murray nach einem Besuch im großen Haus gefragt. Lawrence hatte den ganzen Abend kaum ein Wort mit ihr gewechselt. »Hättest du eine andere heiraten sollen? Die in seinen Augen eine bessere Partie gewesen wäre? Was ist verkehrt an mir?«

»Cin, sag so etwas nicht. Sei nicht albern. Selbstverständlich gab es keine andere. Hör mal, ich weiß auch nicht, warum sich Dad so verhält … er ist nun einmal so«, hatte Murray geantwortet. »Ja, mit ihm auszukommen ist nicht leicht, aber irgendwann wird er dich akzeptieren. Ganz bestimmt. Lass ihm einfach Zeit.«

Cindy gab sich alle Mühe, sich mit Lawrence anzufreunden. Da Murray und sein Vater so eng zusammenarbeiteten, wollte sie gern eine gute Beziehung zu ihrem Schwiegervater aufbauen, aber ganz gleich, was sie tat, Lawrence verhielt sich abweisend und sogar arrogant. Vielleicht hätte sie es endgültig aufgegeben, hätte Murray sich nicht eines Nachts völlig unerwartet zu ihr gedreht. Sie hatte gedacht, er schliefe schon, und zuckte zusammen, als er sie in die Arme nahm und leise in ihr Haar murmelte: »Bitte gib dir Mühe, Cin. Ich weiß, Dad ist ein harter Brocken, aber versuch bitte, nett zu ihm zu sein. Mir zuliebe.«

Er hatte kleinlaut geklungen wie ein Kind, sie aber dann auf den Mund geküsst, fest umklammert und so heftig geliebt, als wollte er die Schwäche, die er kurz gezeigt hatte, vergessen machen.

Also versuchte Cindy, ihren Ärger hinunterzuschlucken und nicht verletzt oder wütend zu reagieren, obwohl Lawrence weiterhin unhöflich und schroff zu ihr war. Murray zuliebe, nein, ihnen beiden zuliebe war sie ihrem Schwiegervater gegenüber so zuvorkommend wie möglich. Aber sie litt darunter.

Nach der schweigsamen Fahrt zu Lawrence' Haus lächelte Cindy ihren Schwiegervater strahlend an. »Guten Abend, Lawrence, wie war dein Tag?«

Wie immer nahm Lawrence ihre Gegenwart kaum zur Kenntnis, wandte sich stattdessen an Murray und winkte ihn zu sich ins Arbeitszimmer. Weiß er eigentlich, wie unhöflich er ist, wenn er mich wortlos in der Tür stehen lässt?, fragte sie sich. Seufzend machte sie sich auf die Suche nach Mrs. Flowers.

Beim Abendessen schwieg sie, während Murray und Lawrence über die Ereignisse des Tages und über Zukunftspläne sprachen. Sie befingerte die Spitzenumrandung der Tischdecke und stocherte in ihrem Essen herum. Mehrmals gähnte sie und hoffte, dass die geheuchelte Müdigkeit Murray zum Aufbruch veranlassen würde. Doch er warf ihr nur hin und wieder einen mitfühlenden Blick zu und unterhielt sich weiter mit seinem Vater. Cindy holte tief Luft und übte sich in Geduld. Murray saß mit seiner Frau und seinem Vater eben zwischen zwei Stühlen. Natürlich wäre es ihr lieber gewesen, er hätte stärker für sie Partei ergriffen, aber er tat ja bereits, was er konnte. Einmal hatte sie Babs in einem ihrer häufigen Briefe geschrieben, dass sie Murrays Vater kalt und reserviert bis an die Grenze der Unhöflichkeit fand und nicht wisse, wie sie damit umgehen solle.

Ihr Tante hatte geantwortet: »Nun, wenigstens hast du nur einen Schwiegervater und nicht eine ganze Sippe am Hals!«

Um Babs nicht zu beunruhigen, ging Cindy in ihren Briefen von da an nicht mehr auf das Verhalten ihres Schwiegervaters ein. Die liebe Babs, immer so warmherzig, großzügig und fürsorglich – sie wäre am Boden zerstört gewesen, hätte sie gewusst, wie Lawrence ihre Nichte behandelte.

Während Murray und sein Vater sich weiter unterhielten, schaute sie sich im Zimmer um. Wie nüchtern, altmodisch und abweisend hier alles wirkte! Es fehlte die Hand einer Frau. Tatsächlich fand sich im ganzen Haus nirgends eine persönliche Note und kein Hinweis darauf, dass hier je eine Frau gelebt und es zu ihrem Heim gemacht hatte. Einmal hatte sie Murray gefragt, warum es keine Fotos von seiner Mutter gebe, und er hatte mit verkniffener Miene erwidert: »Es wäre zu schmerzlich für meinen Vater, an sie erinnert zu werden. Bitte erwähne es nie, ja?« Dann hatte er rasch das Thema gewechselt, wie immer, wenn Cindy auf seine Mutter zu sprechen kam.

Während Cindy das Essen auf ihrem Teller hin und her schob, suchte sie nach einer möglichen Erklärung für Lawrence' Verhalten. War er eifersüchtig, weil sein enges Verhältnis zu seinem Sohn von einer Außenstehenden gestört wurde? Oder erinnerte Cindys zärtlicher Umgang mit Murray ihn daran, was er verloren hatte? Hatte Lawrence Angst, dass sie Murray mittels emotionaler Erpressung von ihm weg in die Staaten locken würde? Oder hielt Lawrence sie einfach für die falsche Frau an der Seite seines Sohnes, für eine Fremde, die nie hierherpassen würde? Wenn er doch wenigstens einmal sagen würde, was ihm missfiel, hätte sie vielleicht eine Chance, es zu ändern. Aber möglicherweise hatte Lawrence seine Frau Rose auch so abgöttisch geliebt, dass ihn der Verlust emotional verkrüppelt hatte. Je mehr Gründe ihr für sein Verhalten einfielen, umso hilfloser fühlte sie sich.

Endlich kam Mrs. Flowers, um abzuräumen. Sie lächelte Cindy an, als sie die Teller aufeinanderstapelte, und diese erkundigte sich nach Tom. Sie hatte die Flowers rasch ins Herz geschlossen und plauderte mit Tom, wenn er zu ihnen ins Haus kam. Allerdings war er ein schweigsamer Aussie, der nur redete, wenn er gefragt wurde. Etwas ergiebiger waren die Gespräche mit Mrs. Flowers. Dennoch gelang es Cindy nur selten, von ihr mehr über die Familie zu erfahren, etwa über Murray und wie er als Kind gewesen war. Denn die Haushälterin war zwar nicht ganz so wortkarg wie ihr Mann, aber auch keine Klatschbase. Deshalb freute sich Cindy über jede noch so kleine Information, die Mrs. Flowers preisgab.

Nachdem die Haushälterin das Geschirr abgeräumt hatte, wandte sich Murray endlich an Cindy und meinte, es sei Zeit zum Aufbruch, da er morgen wieder früh rausmüsse. Sie erhoben sich und gingen zur Tür, wo Lawrence seinem Sohn die Hand schüttelte und dann in seinem Arbeitszimmer verschwand, ohne Cindy auch nur eines Blickes zu würdigen. Sie unterdrückte den Impuls, ihm etwas hinterherzurufen, und folgte Murray zum Auto.

Als sie auf der Rückfahrt die Weideflächen zwischen den beiden Häusern passierten, konnte sie an seinem Gesicht sehen, dass er überlegte, was noch alles zu tun war. Mittlerweile wusste sie, dass Murrays Leben seit jeher untrennbar mit Kingsley Downs verbunden gewesen war, ganz gleich, welche Interessen er als Kind sonst noch gehabt haben mochte – weder würde er einmal zur Marine gehen noch Banker oder Geologe werden. Sie fragte sich unwillkürlich, wie es wohl war, wenn man sein Schicksal von Anfang an kannte. Soweit sie wusste, hatte Murray nie etwas anderes gewollt, als eines Tages Kingsley Downs zu leiten. Ganz anders war ihr Leben mit all seinen unerwarteten Wendungen verlaufen. Als Kind hätte sie nie gedacht, dass sie einmal an einem Ort wie Palm Springs leben würde, und das auch noch bei zwei Tanten, die sehr unterschiedliche Sichtweisen auf das Leben hatten. Oder dass sie einmal ein College in Santa Barbara besuchen würde, wo ihre Kommilitoninnen die verschiedensten Pläne verfolgten, wobei es für alle das wichtigste Ziel gewesen war, sich einen Mann zu angeln. Und schon gar nicht hätte sie je geglaubt, einmal als Ehefrau in Australien zu landen.

Welch ein Gegensatz zu Murray, dem lediglich Lawrence ein Elternteil und Berater war, nachdem er seine Mutter noch im Kindesalter verloren hatte. Abgesehen von seinen Jahren im Internat und einer einzigen Auslandsreise schien ihr Gatte nur wenig anderes zu kennen. Vielleicht hatte er sich ja in Cindy verliebt, weil sie diesen exotischen Touch hatte und sich von den Mädchen unterschied, die er und seine Freunde in diesen Breiten normalerweise heirateten. Hatte er Cindy in einer rebellischen Anwandlung geheiratet? War das der Grund, warum Lawrence ihr grollte?

Zu Hause angekommen, ging Murray sogleich zu Bett, und Cindy folgte ihm bald. Sie schlüpfte unter die dicken Flanelldecken und beugte sich über ihren Mann, um ihm das Haar aus dem sonnenverbrannten Gesicht zu streichen. Egal, aus welchem Grund, Murray hatte sich für sie entschieden. Er liebte sie. Und tat sein Bestes, sie zu unterstützen. Sie würde ihn nicht im Stich lassen, auch wenn sie Lawrence' Verhalten nur ungern stillschweigend ertrug. Sein Vater war eben ein tief verletzter, verbitterter Mann, es gab nichts, was sie dagegen tun konnte. Cindy streckte sich aus, und kurz bevor sie der Schlaf übermannte, lächelte sie. Zumindest konnte sie ihrem Ehemann alle Liebe und Zärtlichkeit schenken. Das sollte reichen.

Im Lauf der Wochen stellte Cindy zu ihrer Überraschung fest, dass sie sich langsam mit den unangenehmen Dingen abfand und sich über die schönen Seiten ihres neuen Lebens freute, etwa die wöchentliche Fahrt nach Yamboola. Inzwischen war sie eine gute Autofahrerin geworden, es knirschte nicht mehr, wenn sie den Gang wechselte, und die Känguru-Sprungstarts gehörten ebenfalls der Vergangenheit an. Meist waren die Straßen leer, was ihr das Gefühl gab, die Welt gehöre ihr. Manchmal sang sie beim Fahren und rief sich die Songs der Hollywoodstars ins Gedächtnis, die Babs so gern hörte. Allmählich fing sie auch an, ihre Umgebung zu mögen. Die unterschiedlichen Grün- und Brauntöne des Buschlands und der Himmel, der anders als die stille, karge Landschaft immer in Bewegung schien, waren von einer eigentümlichen Schönheit.

Außer ihrem Schwiegervater machte Cindy vor allem die Einsamkeit zu schaffen. Es gefiel ihr nicht, fast den ganzen Tag allein zu sein. Nach ein paar Wochen beschloss sie, etwas dagegen zu unternehmen, und fragte ihren Mann, ob er nicht seinen Tagesablauf ändern und mittags zum Essen heimkommen könne.

Er wolle es versuchen, versprach Murray. Zwar verließ er das Haus weiterhin bei Tagesanbruch, doch mittlerweile kam er nach ein paar Stunden zum Frühstück zurück, und wenn er es mittags schaffte, fuhr er ebenfalls nach Hause. Manchmal brachte ihm Cindy seinen Mittagsimbiss und eine Thermoskanne Tee auch dorthin, wo er gerade arbeitete, und sie saßen beisammen und teilten sich seine Lieblingssandwiches. Meistens war er dabei jedoch mit Hunden, Pferden und Schafen beschäftigt und wollte schnellstens zurück an die Arbeit, damit ein Jungschäfer nicht trödelte oder sich heimlich eine Zigarette gönnte, während Murray zusammen mit Cindy aß.

»Wirklich nett, dass du dir die Mühe machst herauszufahren und mir etwas zu essen zu bringen, Cin. Das könnte doch auch Mrs. Flowers übernehmen und Tom etwas mitgeben.«

»Ich bin deine Frau, nicht Mrs. Flowers. Es ist meine Aufgabe, für dich zu sorgen.«

»Was du großartig hinkriegst«, erwiderte Murray fröhlich.

Sosehr sie Murray liebte, sehnte sie sich doch nach mehr Gesellschaft. Und wie es das Glück wollte, hörte sie an einem Freitagnachmittag in Yamboola, als sie aus dem Gemischtwarenladen trat, wie jemand nach ihr rief.

»He, Cindy!«

Wer kannte sie denn hier? Sie drehte sich um und erblickte Jo, die Lehrerin, die sie an ihrem ersten Tag in der Stadt kennengelernt hatte, als sie in die Ladies Lounge des Hotels komplimentiert worden war.

»Hallo, wie schön, dich wiederzusehen«, antwortete sie und ging auf Joanna zu. »Hast du dich schon eingelebt? Machst du einen Einkaufsbummel?«

Cindy grinste. »Offenbar vergesse ich wirklich jedes Mal etwas, das auf der Einkaufsliste steht. Ich hab mich noch nicht daran gewöhnt, dass das Lebensmittelgeschäft nicht gleich um die Ecke ist. Aber ich fahre gern hierher. So komme ich mal aus dem Haus.«

»Hast du es eilig? Sonst könnten wir zusammen etwas trinken«, schlug Jo vor.

»Sehr gern«, nickte Cindy. Wie schön, ein wenig Zeit mit einer Frau zu verbringen, die in etwa so jung war wie sie!

Sie setzten sich an einen Tisch in der Ladies Lounge und bestellten Shandys. In kürzester Zeit hatten sie sich ihre Geschichten erzählt und festgestellt, dass sie eine Menge gemeinsame Interessen hatten, besonders was Bücher und Musik betraf.

»Mir fehlen die Fernsehshows, die ich in den USA immer gesehen habe«, sagte Cindy.

Jo nickte. »Wo ich wohne, gibt es auch keinen Fernseher. Aber ich höre gern Radio. Man fühlt sich nicht so allein und erfährt eine Menge von dem, was hier und im übrigen Land los ist. Gehst du gern ins Kino?«

»Aber ja!«, rief Cindy aus. »Aber seit ich hier bin, hatte ich noch keine Gelegenheit dazu.«

»Dann sollten wir vielleicht mal nach Deniliquin fahren, wenn dort ein guter Film läuft?«

»Eine prima Idee!«, strahlte Cindy. »Vielleicht kann Murray ja mitkommen, obwohl er bestimmt nur Actionfilme mag.«

Sie tranken aus und vereinbarten, sich künftig regelmäßig am Freitagnachmittag nach Jos Unterrichtsende zu treffen. Dass sie nun eine Freundin hatte, machte Cindys Leben gleich viel interessanter.

Mit der Zeit wurden die Momente seltener, in denen sich Cindy überfordert, traurig oder heimwehkrank fühlte. Das Alleinsein machte ihr allerdings immer noch zu schaffen, und Briefe von daheim waren ihre größte Freude. Babs schrieb regelmäßig, doch auch die seltenere Post von ihrem Vater und ihrer College-Freundin Chrissie munterte Cindy auf, genauso wie die lustigen Karten von Joey und die wenigen Briefe von Alice, die nur zu schreiben schien, wenn sie mit etwas angeben konnte. Oft weckten Babs' Schilderungen in Cindy eine bittersüße Sehnsucht nach Palm Springs, doch manchmal musste sie auch kichern. So hatte Alice kürzlich offenbar einem Bauunternehmer den Krieg erklärt, der nahe bei ihrem neuen Haus »noch einen weiteren scheußlichen Wohnkomplex« hochziehen wollte.

Babs fragte immer nach Fotos von Kingsley Downs und der Umgebung, damit sie und Joey sich besser vorstellen konnten, wo Cindy lebte. Also beschloss Cindy, die Kamera zu benutzen, die Alice und Spencer ihr zum Geburtstag geschenkt hatten. Sie hoffte, mit ihren Fotos veranschaulichen zu können, was sie meinte, wenn sie von überwältigenden Ausblicken und dem Flüsschen, ihrem lustigen alten Haus und seiner Umgebung oder über Yamboola und Deniliquin schrieb. Ob diese Szenarien auf ihre Verwandten wohl ebenso wirkten wie mittlerweile auf sie: schön und interessant, hinreißend und magisch?

In den ersten sechs Monaten ihrer Ehe verbrachte Cindy also eine Menge Zeit damit, durchs Objektiv ihrer Kamera zu schauen und Fotos für ihre Tante zu machen, die Babs zeigten, was sie alles im Garten anstellte, damit das Haus einladender wirkte. Und obwohl sie annahm, dass Babs und Joey beim genaueren Hinsehen vielleicht ein bisschen flau werden könnte, fotografierte sie auch die Fleischkammer, wo Tom hinter einem Fliegennetz die frisch geschlachteten Tiere auf einem Metzgerblock zerlegte, von dem einem immer der Geruch eines Schlachthauses in die Nase stieg.

Es hatte einige Zeit gedauert, bis Cindy sich an die Wanne mit Lammfleisch gewöhnt hatte, die ihr regelmäßig geliefert wurde. Zwar fand Murray nichts dabei, dreimal täglich Lamm zu essen, aber sie konnte sich nicht dafür erwärmen. Alice wäre entsetzt gewesen. Also beschloss sie, Hühner zu halten, und legte ein Gemüsebeet an, um ihre Ernährung abwechslungsreicher zu gestalten.

Cindy hasste es, zum großen Haus hinüberzufahren, wo sie jederzeit Lawrence über den Weg laufen konnte. Aber natürlich mussten Babs und Joey auch Fotos vom großen Haus sehen – es war ja nicht nur Murrays Elternhaus, sondern Dreh- und Angelpunkt von Kingsley Downs. Als Lawrence und Murray eines Tages zu einer Schafauktion gefahren waren, nutzte sie daher die Gelegenheit, drüben ein paar Fotos zu machen.

Bei den Weideflächen in der Nähe des Hauses hielt sie kurz an und fotografierte Stan und Simpson, die beiden alten australischen Stockhorses, die friedlich auf ihrer Koppel grasten. Anschließend machte sie einige Außenaufnahmen von dem alten Haus und dem wunderschönen Garten und ging dann zu dem großen Wollschuppen hinüber, der auf Stelzen zwischen Schafhürden stand. In den Pferchen malten die Blätter vereinzelter Pfefferbäume Schattenmuster auf die harte Erde.

Der Wollschuppen ragte mächtig auf, sein imposantes Eisendach war von Rost rot gefärbt. Jahrzehntelange Hitze, Regen und Frost hatten dem Gebäude zugesetzt. Cindy begutachtete den Laufgang, durch den die frisch geschorenen, entrüsteten Schafe vor ein paar Wochen geschoben worden waren, die rosa Haut lediglich von hauchdünnem weißem Flaum bedeckt, das wertvolle Vlies auf dem Wollklassierungstisch ausgebreitet.

In dem schummrigen Gebäude war es kühl, nur von den hohen Lamellenfenstern über den Scherständen fiel schräg Licht herein. Cindy betrachtete die Scherausrüstungen an jedem

Stand. Die Holzdielen waren solide und glänzten, Generationen fettiger Wolle hatten die Tische blank poliert. Hohe, mehr als armdicke Baumstämme stützten das Dach. Überall lag der beruhigende Geruch von Lanolin in der Luft, er dämpfte die Erinnerung an wildes Gerangel, Blöken, schwitzende Männer, blutende Tiere und summende Schermaschinen. Cindys hallende Schritte wirbelten Stäubchen auf, die in den Sonnenlichtstreifen flirrten. Einzelheiten fielen ihr ins Auge: Stolz verkündeten Zahlen, wie viele Tiere an einem Tag geschoren worden waren; hie und da waren Initialen und Daten in die alten Holzwände eingekratzt.

Vom Wollschuppen ging sie zu den Unterkünften der Scherer hinüber. Zehn schlichte Zimmer reihten sich aneinander. Durch ein verdrecktes Fenster erspähte sie ein Eisenbett, eine zusammengerollte Matratze, einen Schrank mit schmutziger Tür und einige an einem Draht hängende Bügel. An der Wand hingen ein kleiner, fliegenverdreckter Spiegel, ein Bild, von dem die Farbe blätterte, ein Plakat und ein alter Kalender. Eine nackte Glühbirne baumelte von der Decke.

Der Sanitärtrakt war ein schlecht beleuchteter Betonbau mit Duschen und Toiletten.

Ein kleiner Blechschuppen neben den Unterkünften der Scherer diente als Küche, die Kantine daneben war grob zusammengezimmert worden. Drinnen war ein verblichenes Wachstuch an einen langen Tisch getackert. Fliegengitter an den Schränken schützten Essen, Geschirr und Besteck vor Staub und Insekten. Ein alter Kühlschrank mit geöffneter Tür lehnte wie erschöpft an der Wand. Draußen ragte ein Vordach aus Blech über ein längs aufgeschnittenes Zwei-Hektoliter-Fass auf einem Backsteinsockel, das als Grill diente. Kreisförmig angeordnete geschwärzte Steine mit Asche in der Mitte erinnerten an manch fröhlichen Abend rund um ein Lagerfeuer.

Es war ein Reich der Männer, selbst Mrs. Flowers wagte sich nur selten hierher. Die Lagerköche, meist auch Männer, nahmen ihr Reich in der Regel resolut in Besitz, waren doch die besten von ihnen stark gefragt. Man hatte Cindy gegenüber mehr als einmal betont, wie wichtig gutes und reichliches Essen war, weil es die Männer bei Laune hielt.

Sie ging an dem alten Geräteschuppen vorbei, wo neben Heuballen ein Traktor stand und Ackergeräte, Ersatzteile und Dieselfässer untergestellt waren. Wenn Murray und Tom eine technische Panne behoben, brachte ihnen Mrs. Flowers frisch gebackene Kekse und Tee im Feldgeschirr hierher.

Nachdem Cindy die Fotos hatte entwickeln lassen, schob sie sie vorsichtig in ein Kuvert, um sie an Babs zu schicken. Währenddessen fragte sie sich, was Joey und ihre Tanten davon halten würden. Denn Cindy fand es unheimlich schwer, im Bild festzuhalten, was sie an Kingsley Downs lieben gelernt hatte: die Weite, die Schönheit des sich stets ändernden Himmels, das Flüsschen mit den hübschen Bäumen am Ufer. Nachdem sie die Episode mit den wilden Schweinen verkraftet hatte, wurde es zu einem ihrer Lieblingsplätze. Sie liebte das Vogelleben dort; die dahingaloppierenden Emus mit den vorgestreckten Köpfen, deren Beine bei hohem Tempo auf den Fotos verschwammen; die pfeilschnellen Finken; die herrlichen Papageien, die erste Vogelart, die sie kurz nach ihrer Ankunft erspäht hatte. Besonders faszinierte sie, wie leuchtend smaragdgrüne Wellensittiche sich in Schwärmen von den kahlen Bäumen lösten, als explodierten Blumen.

Gern erwachte sie vom Glucksen, Krächzen und Keckern der Würgerkrähen, Elstern, Jägerlieste und Schwarzrücken-Metzgervögel, die um ihr Haus herum lebten. Nachts hörte sie die Rufe der Eulen und manchmal andere Tierschreie, die sie nicht zuordnen konnte.

Zuerst hatten ihr die Laute der Nacht Angst eingeflößt, doch jetzt jagte ihr nicht einmal mehr das ferne Bellen wilder Hunde oder Füchse einen Schrecken ein. Wenn sie neben Murray im Bett lag und seinen gleichmäßigen Atem hörte, genoss sie auch die mittlerweile tröstlich vertrauten Geräusche des Hauses – das Knarzen der betagten Dielen, das Klappern eines losen Blechs auf dem Dach.

Sie überlegte, ob sie sich je für die Tierwelt von Palm Springs interessiert hatte. Außer dem fernen Heulen eines Kojoten hatte ihr dort nichts das Gefühl gegeben, die Welt mit anderen Kreaturen zu teilen, jedenfalls nicht in dem Maße wie auf Kingsley Downs. Als sie zum ersten Mal schwarze Schwäne gesehen hatte, war sie fasziniert gewesen; die wilden Enten, die Wallabys und ein tollpatschiger Wombat hatten sie entzückt. Obwohl sich Cindy mehr denn je bewusst war, das Land mit anderen Geschöpfen zu teilen, fühlte sie, dass sie eine Art Übereinkunft miteinander getroffen hatten: Jeder hatte seinen Platz und das Recht, da zu sein, sogar die tödlichen Schlangen. Sie nahm ihre Umgebung an, wie diese sie angenommen hatte.

Erfreut stellte sie fest, dass die Einheimischen sie ebenso vorbehaltlos akzeptierten. Ihre Nachbarn behandelten sie fast wie eine Freundin, und für alle anderen war sie ganz einfach Mrs. Parnell von Kingsley Downs. Und so bewegte sie sich auch in den Geschäften und Pubs immer ungezwungener, obwohl sie sich manchmal dabei ertappte, den gemeinsamen Shandy mit Jo in der Ladies Lounge des Majestic mit den schicken Cocktails in dem eleganten Ambiente des Thunderbird oder Racquet Club zu vergleichen.

Auch musste sie mehr als einen der Tagträume über ihr künftiges Leben aus jener Zeit begraben. Ihre romantischen Vorstellungen vom Leben auf einer Schafstation unterschieden sich doch sehr von der Wirklichkeit. Obwohl die finanzielle Lage der Station von der Wolle Tausender Schafe abhing, stellte Cindy fest, dass sie sich nicht besonders für diese Tiere interessierte und auch kaum je mit ihnen in Kontakt kam, wenn sie nicht gerade zur Schur zusammengetrieben wurden. Einmal hatte Murray ein kleines Lamm mit nach Hause gebracht, dessen Mutter von einem wilden Hund gerissen worden war. Nun sollte Cindy es mit der Flasche großziehen. Doch bald wich der Reiz des Neuen, das endlose Füttern war ihr ebenso lästig wie die Tatsache, dass das tapsige kleine Tier ihr ständig zwischen die Beine lief und dabei klagend blökte. Sie war heilfroh, als Murray ein Mutterschaf fand, das das Lämmchen willig annahm.

Auch hatte sie sich ausgemalt, wie sie zusammen mit Murray über die Weiden ritt, Zäune kontrollierte und Schafe zusammentrieb. Doch das kam nicht infrage, denn ihre auf den gut gepflegten Reitwegen um Palm Springs erworbenen Reitkünste reichten auf dem hiesigen Gelände bei Weitem nicht aus. Sie hatte auch gelernt, dass die Hunde auf der Station keine Haustiere, sondern zum Arbeiten da waren und auf Distanz gehalten wurden. Sogar die hochnäsige alte Katze aus dem großen Haus verdiente sich ihren Unterhalt mit Mäuse- und Rattenjagd und verschmähte Cindys Annäherungsversuche.

Dennoch liebte es Cindy, Murray gelegentlich bei der Arbeit zu beobachten. Er war hier nicht der gewandte, gut gekleidete Mann, den sie in Palm Springs kennengelernt hatte, sondern zeigte sich von einer ganz anderen Seite: ein starker und selbstbewusster Mann mit bronzefarbener Haut, dessen blaue Augen unter dem abgetragenen Filzhut wie Saphire funkelten. Wenn er ein Schaf auf die Ladefläche seines Pick-ups hob, traten die Muskeln seiner gebräunten Arme hervor. Doch er hatte auch eine weiche, zärtliche Seite, die sich zeigte, wenn er seinen Lieblingshund hinter den Ohren kraulte, ein verletztes Lamm auf den Arm nahm oder zärtlich den Hals seines Pferdes rieb. Was für ein Prachtkerl, dachte Cindy .

Am Morgen sah es nach Regen aus. Wolken rasten über den Himmel, die Luft schien elektrisch aufgeladen, die Pferde waren unruhig. Jeder blickte besorgt zum Himmel empor.

Am gestrigen Abend hatten Murray und Lawrence Kontenbücher gewälzt. Doch angesichts des drohenden Regens galt es einiges zu sichern, und Murray wollte sich mit seinem Vater an einem der Dämme treffen, um die Leitungen und Pumpen zu überprüfen. Also bat er Cindy, einen Umschlag mit Dokumenten für seinen Vater zum großen Haus zu bringen.

Als Cindy das Haupthaus betrat, buk Mrs. Flowers gerade Brot und hatte die Arme bis über die Ellbogen in Mehl getaucht.

»Ach, Cindy, macht es Ihnen etwas aus, den Umschlag in Mr. Parnells Arbeitszimmer auf den Schreibtisch zu legen? Ich bin völlig mit Teig verklebt. Bei diesem Wetter geht er schlecht auf«, brummte sie.

Cindy ließ den Umschlag auf Lawrence' ordentlichen Schreibtisch fallen und sah sich in dem nüchternen Raum um, dem jede persönliche Note fehlte. In den Regalen standen nur ledergebundene Bücher. Auf dem Kaminsims tickte eine Reiseuhr, ein goldenes Schreibset lag auf dem Schreibtisch. Ihre Neugier war geweckt.

»Mrs. Flowers«, erkundigte sie sich bei der Haushälterin in der Küche. »Gibt es denn in Mr. Lawrence' Schlafzimmer irgendwelche persönlichen Gegenstände?«

»Du liebe Güte, was für eine Frage!«, rief Mrs. Flowers und schaute auf.

Doch Cindy ließ nicht locker. Jetzt wollte sie es wissen. »Ich meine Fotografien oder andere Dinge aus der Vergangenheit. Ich habe im ganzen Haus nichts davon gesehen, auch jetzt im Arbeitszimmer nicht. Es scheint keine einzige Erinnerung an Murrays Mutter zu geben, und der Name Rose wird nie erwähnt. Als hätte es sie nie gegeben.«

»Vielleicht sollten Sie Ihren Mann danach fragen«, erwiderte Mrs. Flowers leise. »Es steht mir wirklich nicht zu, darüber zu reden.«

Cindy trat einen Schritt näher. »Mrs. Flowers, ich möchte Sie nicht in Verlegenheit bringen, aber Murray redet nie über seine Mutter, und wenn ich das Thema anspreche, weicht er aus.« Hilflos hob Cindy die Arme, doch dann atmete sie tief durch und senkte die Stimme. »Ich bin einfach neugierig, das ist alles. Ich verstehe nicht, warum das so ein Tabu ist. Waren Sie schon hier, als Rose gestorben ist? Wie war sie? Und war Lawrence damals schon wie heute oder ein glücklicherer Mann? Zweifellos war es ein tragisches Ereignis, doch ich verstehe nicht, warum es keine Spur von Rose in dem Haus gibt, das doch auch ihres war. Es ist, als wollte Lawrence den Eindruck erwecken, sie sei nie hier gewesen! Ich frage mich doch nur, warum das Thema für Murray so heikel ist, dass er nicht einmal mit mir, seiner Frau, darüber spricht.«

Eine Weile schlug Mrs. Flowers schweigend den Brotteig und verteilte ihn dann in die Backformen. Schließlich blickte sie Cindy durchdringend an.

»Es gibt einen Grund dafür, dass niemand über Rose sprechen will und Mr. Parnell keine Erinnerung an sie in diesem Haus duldet«, sagte sie leise. »Sie ist nicht gestorben. Sie ist durchgebrannt. Sie hat ihren elfjährigen Sohn und ihren Ehemann verlassen und sich aus dem Staub gemacht. Mr. Parnell war danach am Boden zerstört, und ich bin nicht sicher, ob Murray je über den Verrat seiner Mutter hinweggekommen ist.«

Cindy schnappte nach Luft. »Aber ich dachte …« Sie schüttelte den Kopf. »Wie kann das sein? Ich meine, eine Frau läuft doch nicht einfach weg und lässt ihr Kind zurück?« Sie war fassungslos. »Das ist ja entsetzlich.«

Mrs. Flowers bückte sich und öffnete die Ofentür. »Sie reden nicht darüber, also erwähnen Sie bitte nicht …« Auf der Veranda dröhnten schwere Schritte und sie verstummte.

»Mrs. Flowers«, bellte Lawrence, »können Sie mal kurz rauskommen?«

Mit einem Knall warf Mrs. Flowers die Ofentür zu. »Bin auf dem Weg!«, rief sie, dann flüsterte sie Cindy ins Ohr: »Verraten Sie Murray nicht, dass ich es Ihnen gesagt habe! Das würde ihm und Mr. Parnell gar nicht gefallen.« Sie drehte sich um, eilte aus der Küche und ließ Cindy sprachlos zurück.

Als sie durch den Korridor zur Eingangstür ging, sah sie das Haus in anderem Licht. Kein Wunder, dass Lawrence alles, was an Rose erinnerte, aus dem Haus verbannt hatte. Und dass Murray nie über sie sprechen wollte. Seine Mutter hatte ihn verlassen. Aber wie konnte eine Ehefrau und Mutter das tun? Das war also der Grund für Lawrence' aufgestaute Wut, seine Kälte. Und der arme Murray! Cindy konnte sich seinen Schmerz kaum vorstellen. Wie gern hätte sie mit ihm geredet, ihn umarmt und getröstet, aber das konnte sie ja nicht, ohne zu verraten, dass Mrs. Flowers das Schweigen gebrochen hatte. Die Haushälterin war immer so freundlich zu ihr, da durfte Cindy sie nicht in Schwierigkeiten bringen. Vielleicht sollte sie die Vergangenheit einfach ruhen lassen? Wem nützte es denn, alte Wunden wieder aufzureißen? Murray und sie waren glücklich, und endlich hatte sie auch eine Erklärung für Lawrence' Verhalten.

Auf der Heimfahrt beschloss Cindy, auf den richtigen Moment zu warten, um mit Murray zu sprechen. Doch die Gelegenheit dazu ergab sich einfach nie. Dennoch dachte sie noch oft über Rose nach, die scheinbar spurlos aus dem Leben ihres Mannes und ihres Sohnes verschwunden war und an die man sich, wenn überhaupt, nur mit Bitterkeit erinnerte.

6

Cindy strich das Blatt Papier glatt und legte den Kugelschreiber zur Seite. Seit ihrem letzten Brief an Babs hatte sie nicht viel Neues zu berichten. Bei all dem, was in Palm Springs los war, wussten Alice und Babs immer eine Menge zu erzählen, aber rund um Yamboola schien stets alles beim Alten zu bleiben.

Sie trank einen Schluck von dem Tee, der inzwischen kalt geworden war. Murray hatte ihr eine Kanne gekocht, bevor er aufgebrochen war, um ein paar neugeborene Lämmer in Augenschein zu nehmen. Er würde bald zurück sein, denn die Sonne zeigte sich schon über dem Horizont, und dann ein herzhaftes Frühstück zu sich nehmen. Cindy hätte den Brief gerne schon vorher beendet, damit er ihn mitnehmen und Tom ihn zusammen mit der übrigen Post in die Stadt bringen konnte. Seufzend faltete sie das Blatt zusammen und legte es beiseite.

Sie schaute hinaus, wo sich der helle, neue Tag wie ein Vorhang hob, die Sonne erstrahlte und den Dunst vertrieb. Im ersten Morgenlicht konnte sie eine kleine reglose Gruppe Kängurus ausmachen, deren winzige Pfoten putzig auf ihre Brust zeigten. Ihre zuckenden Ohren verrieten unablässige Alarmbereitschaft. Sie standen nahe beim Haus und würden hüpfend davoneilen, sobald sie Murrays Laster näherkommen hörten. Der heutige Tag würde verlaufen wie so viele davor.

Cindy liebte diese Ruhe. Sie genoss die friedliche Stille am frühen Morgen, bevor ihre Pflichten, unterbrochen von kleineren Überraschungen, die Stunden bis zum Abend füllten.

Sie war zufrieden. Ja, auch glücklich, wie sie Babs gegenüber in vielen Briefen beteuert hatte. In mancher Hinsicht hatte die Umstellung natürlich ihren Preis gefordert. Sie erinnerte sich an die Schlangenhaut, die sie neben einem Zaunpfosten gefunden hatte – ein Zeichen für ein vergangenes Lebensjahr, das abgestreift worden war, damit ein neues beginnen konnte. Wenn es doch nur so einfach wäre – sich häuten und von vorn anfangen! Die Zeit am College und in Palm Springs wirkten inzwischen wie die Erfahrungen eines anderen, sorgloseren Mädchens, das die Gefühle einer tiefen Liebe und die Widersprüche eines neuen, so ganz fremden Lebens noch nicht kannte. Man hätte sich das Mädchen, das sie einst gewesen war, nicht in dieser exotischen Umgebung vorstellen können, die am anderen Ende der Welt lag und von tief verwurzelten Traditionen geprägt war.

Doch so glücklich sie war, manchmal fühlte sich Cindy immer noch als Außenseiterin. Würde es sich denn nie ändern, dass sie sich als nicht ganz zugehörig empfand?

Mit einem Seufzer stand sie auf und trug das Teegeschirr zur Spüle. Sie wusste, dass eine Sache sie unauflöslich mit diesem Ort verbinden würde – wenn sie Kinder hätte.

Inzwischen war sie zwei Jahre mit Murray verheiratet, doch sie durfte immer noch nicht auf ein Baby hoffen. Dr. Forde, der Familienarzt in Deniliquin, hatte ihr versichert, dass mit ihr – jung und gesund, wie sie war – alles in Ordnung sei. Sie müsse Geduld haben, so etwas könne man nicht erzwingen. Das klang zwar wie ein guter Rat, tröstete sie aber nicht. Es ließ ihr einfach keine Ruhe. Als sie am Küchenfenster stand, stiegen ihr Tränen in die Augen. Würde sie denn nie eine Mutter sein? Draußen erklangen Schritte. Hastig wischte sie sich die Tränen aus dem Gesicht und drehte sich zu Murray um, der gerade die Küche betrat.

»Cindy, was ist denn, Schatz?«, fragte ihr Mann mit sorgenvoller Miene. Sein Mitgefühl brachte sie aus der Fassung, sie schluchzte.

»Was stimmt nicht mit mir? Ich werde nie Kinder haben!« Sie sank auf einen Stuhl und schlug sich die Hände vors Gesicht.

Murray setzte sich neben sie an den Tisch und nahm ihre Hand. »Was für ein Unsinn. Alles zu seiner Zeit.« Er wischte ihr eine Träne von der Wange und küsste sie, dann legte er den Arm um sie und Cindy ließ den Kopf auf seine Schulter sinken. »Sag mal, Cindy, was hältst du davon, wenn wir mal Urlaub machen?«

»Oh, Murray, das wäre wundervoll!«, rief sie begeistert und schlang die Arme um ihn. »Wo denn? In Übersee?«

Murray schüttelte den Kopf und grinste. »Nein, irgendwo in Australien, du hast ja bisher fast nichts davon gesehen. Wir könnten zur Mornington-Halbinsel fahren, das haben Dad und ich manchmal getan. Aber noch lieber würde ich mit dir nach Surfers Paradise in Queensland fliegen. Myles und Tanya erzählen immer, was für eine tolle Zeit sie dort hatten. Wir könnten auch fragen, ob Freunde von uns mitkommen wollen?«

Cindy zögerte. Zwar waren Murrays langjährige Freunde ausgesprochen nett und zuvorkommend ihr gegenüber, doch irgendwie passte sie ihrem Gefühl nach nicht in diesen Kreis. Alle hatten den gleichen familiären Hintergrund, kamen von wohlhabenden Schafstationen, hatten dieselben Schulen besucht und in ähnlichen Kirchen geheiratet, und die meisten hatten Kinder. Sie trafen sich bei Sportereignissen wie Kricket oder Fußball, bei Picknicks, Rennen und Bällen und fuhren zusammen zu den Wollauktionen in Sydney oder Melbourne. Ihre Gespräche drehten sich stets um Herdenauffrischung, Marktpreise, Verkäufe und Auktionen, Zucht, Futter, Regen oder Dürren. Die meisten besaßen große Anwesen und wohnten in imposanten Häusern aus spätviktorianischer Zeit oder in neueren, modernen Villen. Ihre Familien hatten schon vor Generationen vom Wollboom profitiert. Noch immer sprachen manche über die Zeiten, als für Wolle pro Pfund ein Pfund erlöst wurde, und sehnten sich nach diesen goldenen Tagen zurück. Cindy wurde nicht recht warm mit ihnen.

»Lass uns nur zu zweit verreisen«, schlug sie daher vor, »und eine richtige Hochzeitsreise machen. Nicht nur ein paar Tage lang.« Sie küsste ihn, um deutlich zu machen, was sie meinte.

Lawrence wirkte wenig begeistert, als sein Sohn ihm ein paar Tage später bei einem Abendessen von der Idee erzählte. Missbilligend presste er die Lippen aufeinander und brummte dann, dass Murray sich vor seinen Pflichten drücken würde.

Doch Murray gab nicht nach. »Um diese Jahreszeit ist wirklich nicht viel los, Dad, das weißt du doch. Du und Tom, ihr kriegt das gut allein hin.«

Da Cindy den Eindruck hatte, dass Lawrence ausschließlich ihr die Schuld an dieser Unannehmlichkeit gab, sagte sie strahlend: »Ich bin hellauf begeistert. Es war einfach reizend von Murray, mich mit seinen Urlaubsplänen zu überraschen.«

»Wahrscheinlich gefällt dir Surfers Paradise. Viel Trubel und fragwürdige Etablissements, wenn du mich fragst«, erwiderte Lawrence bissig. »Ich wäre ja zur Mornington-Halbinsel gefahren. Also, bleibt nicht so lange fort.« Nachdem er seinen Unmut kundgetan hatte, widmete er sich wieder Mrs. Flowers' gebackenem Pudding mit den eingelegten Birnen.

Und so brachen sie auf. Sie flogen nach Sydney und von dort in den Norden nach Queensland. Cindy blickte aus dem Fenster und war fasziniert von der endlosen Küste, dem blauen Meer, den endlosen Stränden und der üppig grünen Landschaft, die nur hin und wieder von einem Fluss durchschnitten wurde, der sich seinen Weg zum Ozean bahnte. Als das Flugzeug zur Landung ansetzte, drehte sie sich zu Murray um und küsste ihn.

»Danke«, sagte sie.

Sie genossen ihren Aufenthalt in Surfers Paradise im Chevron Hotel mit seinen zahlreichen Swimmingpools und tropischen Gärten in vollen Zügen. Das Frühstück nahmen sie auf ihrem Privatbalkon ein, sie schwammen in der Brandung und schlenderten Händchen haltend den Strand entlang. Dazu gönnten sie es sich, jeden Mittag und jeden Abend in einem anderen Restaurant zu essen.

Wenn Cindy an einem der Hotelpools saß, konnte sie die elegant gekleideten Frauen betrachten, wie sie in Glitzersandalen mit hohen Absätzen durch die Gärten und um die Pools stolzierten und ihre modische Strandkleidung zur Schau trugen: schicke Badeanzüge, die niemals nass wurden; darüber Tuniken und Hängerchen aus Seide und Chiffon, manchmal mit passendem Turban; dazu schwerer Goldschmuck.

»Sehr schick, mit Diamanten und perfekt geschminkt am Pool zu liegen«, meinte Murray. »Diese Frauen nehmen Mode wirklich ernst.«

»Sie würden sich auch in Palm Springs zu Hause fühlen«, lachte Cindy.

Für ein paar Tage fuhren sie nach North Stradbroke Island, wo sie faul in der Sonne lagen und im klaren türkisfarbenen Wasser badeten. Sie lasen Bücher, kosteten eine riesige Auswahl süßer tropischer Früchte, nahmen bei Sonnenuntergang einen Cocktail und liebten sich unter einem leise summenden Ventilator. Für Cindy waren es echte Flitterwochen, und sie stellte fest, dass sie den Mann, in den sie sich in Palm Springs verliebt hatte, mehr liebte denn je. Hier in der entspannten Atmosphäre von Queensland waren Kingsley Downs und der kühle, feindselige Lawrence weit weg. Ein paar Mal hatte sie vorsichtig versucht, über Rose zu sprechen, aber da sie Mrs. Flowers nicht bloßstellen wollte, kam sie damit nicht weit, denn Murray wechselte sofort das Thema. Und eigentlich wollte sie diese idyllische Zeit auch nicht mit schmerzlichen Erinnerungen belasten. Cindy war entschlossen, jede Sekunde ihres himmlischen Urlaubs zu genießen.

Sie kehrten zurück und nach wenigen Wochen erschien ihr der Urlaub nur mehr wie ein Traum, denn auf Kingsley Downs ging alles im alten Trott weiter. Bis sie feststellte, dass sie schwanger war. Sie behielt ihr Geheimnis erst einmal für sich, doch als sie sicher war, weihte sie Murray ein, der sie jubelnd durch die Luft schwenkte und lachte, ehe er sie so vorsichtig wieder absetzte, als sei sie aus hauchdünnem Porzellan.

»Dann wissen wir das nächste Mal, was wir tun müssen«, kicherte sie entzückt. »Einfach einen romantischen Urlaub machen!«

Murray küsste sie zärtlich. »Was für eine wunderbare Neuigkeit! Was sagt Dr. Forde?«

»Er meint, ich müsse mir gar keine Sorgen machen. Ich bin kerngesund.«

»Großartig«, sagte Murray.

Trotz ihrer Freude über die Familiengründung war Cindy nicht gerade begeistert von der Aussicht, sich neben ihren normalen, anstrengenden Haushaltspflichten auch noch um ein Baby kümmern zu müssen. Schon jetzt hatte sie mehr als genug zu tun.

Die Wochen verstrichen und sie fühlte sich schwerfällig, wurde immer langsamer und war ständig erschöpft. Abends fiel sie vor Müdigkeit fast in Ohnmacht. Plötzlich ertrug sie den Geruch von Fleisch nicht mehr, und beim Anblick von frisch geschlachtetem Lamm drehte sich ihr den Magen um. Dennoch war sie dankbar für das Leben, das in ihr heranwuchs, und streichelte sich über den Bauch, wenn sie nachts in Murrays Armen lag, bevor sie mit einem Lächeln auf den Lippen einschlief.

Nach den ersten drei Monaten rief sie vom großen Haus aus Babs an, um ihr die Neuigkeit mitzuteilen. Ihrem Vater hatte sie bereits geschrieben und versprochen, sich zu melden, sobald sein erstes Enkelkind auf der Welt war.

Babs war überglücklich. »Ich fange sofort zu nähen an. Du wirst das bestgekleidete Baby von ganz Australien haben«, sagte sie.

Gerade als sie ihren Mann darauf ansprechen wollte, wie sie es seinem Vater sagen sollten, kam Lawrence nach Hause. Strahlend teilte ihm Murray die Neuigkeit mit.

Zuerst zeigte Lawrence keine Reaktion, doch dann nahm er Murrays Hand und schüttelte sie heftig.

»Großartig, einfach großartig. Wieder ein Junge für Kingsley Downs, keine Frage. Warum kommst du nicht heute Abend rüber, mein Sohn, und wir trinken zur Feier des Tages einen Port?« Er lächelte Murray an, nickte Cindy knapp zu und ging.

»Na, er hätte durchaus auch einen Ton zu mir sagen können«, meinte Cindy. »Schließlich erledige ich ja die ganze Arbeit.«

»Aber man hat gesehen, dass er sich wirklich gefreut hat. So gelöst habe ich ihn seit Jahren nicht mehr erlebt. Es macht dir doch nichts aus, wenn ich heute Abend mit ihm zusammen anstoße?«, fragte Murray.

»Nein, mach nur. Ich gehe sowieso früh zu Bett. Inzwischen bin ich immer viel zu müde, um lange aufzubleiben.« Sie zögerte einen Augenblick, dann sagte sie: »Murray, ich habe überlegt, ob ich das Baby nicht besser in Melbourne bekommen sollte?«

»Manche Frauen machen das so«, erwiderte er zurückhaltend. »Wenn sie dort Angehörige haben, ist es natürlich günstiger. Aber die meisten Frauen hier kommen hervorragend mit dem Krankenhaus in Deniliquin zurecht. Und ich möchte gern in deiner Nähe sein, wenn es so weit ist.«

»Natürlich, ich will dich auch lieber bei mir haben«; erwiderte Cindy rasch. »Meinst du, dass es Mrs. Flowers etwas ausmacht, wenn ich die Wäsche künftig zu ihr rüberbringe, damit sie in der

Maschine gewaschen werden kann? Es wäre so viel einfacher, als die Windeln in dem alten Kupferkessel auszukochen.«

»Das klingt nach einer guten Idee. Und ich wette, Mrs. Flowers hilft gerne.«

Ein Problem gelöst, dachte Cindy, obwohl sie nur höchst ungern zum großen Haus fuhr, wo sie Lawrence über den Weg laufen konnte. Es war kaum zu fassen, dass der Mann sie immer noch so geringschätzig behandelte. Immerhin verdankte er ihr bald sein erstes Enkelkind!

»Murray, ich fahre gleich nach dem Mittagessen nach Yamboola zum Einzukaufen und treffe mich mit Jo im Majestic, natürlich nur auf eine Limonade. Soll ich dir irgendetwas mitbringen?«

Murray schüttelte den Kopf und küsste seine Frau auf die Wange. »Fahr vorsichtig. Wir bauen wohl lieber einen dieser neumodischen Anschnallgurte ein.«

»Ob so ein Ding in ein paar Wochen überhaupt noch um mich herumpasst?«, lachte Cindy und klopfte sich auf den Bauch.

Als sie an diesem Nachmittag ins Städtchen fuhr, war es glühend heiß. Cindy kurbelte das Seitenfenster herunter und ließ den Fahrtwind herein.

Auf der Hauptstraße in Yamboola sah sie Joannas Wagen schon vor dem Majestic stehen. Sie eilte in die relativ kühle Ladies Lounge.

Cindy war sehr dankbar für Jos Freundschaft in den vergangenen Jahren, nicht zuletzt weil sie beide, obwohl sie das Leben auf dem Land liebten, echte Stadtkinder waren. Aufgeregt erzählte Cindy ihr von dem Baby.

»Das ist ja großartig!« Jo umarmte sie. »Ich freue mich so für euch beide. Was sagt denn Murrays Dad? Er ist nicht gerade der Großvatertyp.«

»Stimmt! Er ist immer noch so schwierig, Jo, und das nach über drei Jahren«, vertraute Cindy ihr an.

»Vielleicht taut er auf, wenn das Baby da ist«, meinte Jo. »Habt ihr schon über das Kinderzimmer nachgedacht?«

»Ich möchte ein paar Sachen für das Baby, aber Murray findet das meiste davon ziemlich überflüssig«, antwortete Cindy.

»Oder schlägt da Lawrence durch?« Jo hob eine Augenbraue. »Das ist nicht untypisch für die Männer hier in der Gegend. Zuerst kommt der landwirtschaftliche Betrieb und erst dann die Familie, auch wenn sie ihre Frauen und Kinder noch so sehr lieben. Aber natürlich brauchst du Sachen für das Baby. Hast du schon angefangen, eine Ausstattung zu stricken?«

Cindy schüttelte den Kopf. »Meine Güte, ich kann gar nicht stricken. Aber Babs hat mir das Nähen beigebracht.«

»Ich würde liebend gern etwas für das Baby stricken«, bot Jo an.

Cindy strahlte. »Danke, das wäre furchtbar nett. Gut für die kalten Winternächte und ein besonderes Andenken.«

»Wir könnten doch einen Einkaufsbummel in Deniliquin machen und ein paar hübsche Babysachen besorgen«, schlug Joanna vor.

»Prima Idee! Dann kann ich alles, was ich kaufe, auf unsere Rechnung setzen lassen.«

»Gibt Murray dir kein Bargeld?«, fragte Joanna.

»Ich brauche keins. Wir haben überall Kredit. Auf der Wollauktion haben wir immer eine Menge Spaß. Ich kann in die großen Kaufhäuser gehen und mir aussuchen, was ich will. In Melbourne hab ich mir mal ein umwerfendes Kleid gekauft, das ich bei den Rennen getragen habe. Allerdings werde ich vermutlich bald in Umstandskleidern oder in Murrays alten Hemden herumlaufen. Ich sollte meinen Tanten schreiben, dass sie mal über Designs für elegante Umstandskleidung nachdenken sollten!«

Joanna musterte Cindy. »Würdest du das Baby lieber in Amerika bekommen?«

»O nein! Das Baby soll australischer Staatsbürger sein. Außerdem möchte ich, dass Murray bei mir ist, wenn das Kind kommt.« Sie trank einen Schluck. »Jo, ich weiß nicht, wie ich das alles schaffen soll, wenn das Baby da ist. Die anderen Frauen hier kommen so viel besser mit allem zurecht.«

»Unsinn! Die meisten von ihnen sind auf einer Station aufgewachsen und haben alles von ihren Müttern gelernt.« Jo klang sanft. »Du bist halt ein anderer Schlag. Für dich ist es schwieriger, weil alles so anders ist als das, was du gekannt hast. Ich finde es wirklich beachtlich, wie gut du inzwischen mit dem Leben auf einer Schafstation zurechtkommst. Das war bestimmt nicht leicht, alle Achtung. Hör auf, dir Sorgen zu machen.«

Eine Woge der Dankbarkeit wallte in Cindy auf. »Du bist so lieb. Und Murray sagt das auch.« Sie tupfte sich den Mund mit der Serviette ab. »Manchmal kann ich eben nicht anders, als mir den Kopf zu zerbrechen. Auch über die Zukunft. Wenn es ein Junge ist, möchte Murray, dass er seine alte Schule in Melbourne besucht, ein Internat. Ich aber will nicht, dass mein Kind die meiste Zeit woanders lebt.«

Jo nickte. »Eine Menge Schafzüchter schicken ihre Kinder auf Internate, Cin. Zerbrich dir jetzt noch nicht den Kopf darüber, das kannst du immer noch tun, wenn es so weit ist. Und ich glaube, Murray wird das Kind abgöttisch lieben, egal, ob es ein Junge oder ein Mädchen ist. Soll ich am Wochenende rüberkommen und dir helfen, das Kinderzimmer rosa zu streichen?«

Cindy lachte. »Es wird gelb gestrichen werden, egal, was die Parnells davon halten. Das finde ich die praktischste Lösung – obwohl ich für alle Fälle eine Wandbordüre mit rosafarbenen Röschen in petto habe«, gab sie zu und lächelte.

»Hast du dir schon Namen überlegt?«

»Eigentlich nicht. Denn man hat mir gesagt, dass er wie sein Urgroßvater heißt, wenn es ein Junge wird, und sein zweiter Vorname wird Lawrence sein.«

»Und ein Mädchen? Wie hieß Murrays Mutter mit Vornamen?«

»Rose«, sagte Cindy zögernd und setzte schnell hinzu: »Aber Murray hat schon vorgeschlagen, ein Mädchen nach meinen Tanten Barbara Alice zu nennen. Jedenfalls würde ich mich sehr freuen, wenn du am Samstag kommen würdest. Murray ist dann beim Football-Training, die Saison fängt bald an.«

»Gut. Ich bringe ein paar Strick- und Wollmuster mit, obwohl es ja netter wäre, irgendwann etwas aus Kingsley-Downs-Wolle zu stricken. Sitzt Mrs. Flowers manchmal am Spinnrad?«

»Ich habe keine Ahnung. Aber ich frage sie.«

Joanna griff nach Cindys Hand und strich zärtlich darüber.

Cindy lächelte. »Wie geht's denn eigentlich deiner Familie?«

»Alles in Ordnung. Ich hab dir doch erzählt, dass sich meine Schwester verlobt hat? Nun, jetzt hat sie mich gefragt, ob ich nicht Brautjungfer spielen möchte. Mum ist hellauf entzückt. Ich fahre also in ein paar Monaten zu dieser Hochzeit und bin danach wieder über alles auf dem Laufenden.«

Die beiden jungen Frauen tranken aus und gingen zurück zu ihren Autos, um heimzufahren.

Auf dem Rückweg nach Kingsley Downs konnte man nicht umhin zu sehen, wie drastisch sich der Zustand des Landes verschlechtert hatte. Zwar waren im letzten Winter manche Straßen nur noch Morast gewesen, weil es enorm viel geregnet hatte, aber die Wassertanks hatten sich randvoll füllen können, und überall spross wunderbar grünes Gras – eine willkommene Abwechslung nach den Dürremonaten zuvor. Inzwischen jedoch hatte der heiße Sommer die letzte Feuchtigkeit aus Stauseen und Wasserläufen gesogen. Das Gras auf den Weiden war braun, und die seit Wochen erbarmungslose Hitze setzte jedem zu. Murray war durch den Anblick der dürren Weiden und welken Bäume ständig gereizt. Cindys Gemüsebeet war verdorrt und nur noch eine Ansammlung dürrer Blätter. Im Flussbett gab es nichts als ein paar stinkende Schlammpfützen. Und die Männer mussten Wasserstellen und Staugewässer kontrollieren, um halbtote Schafe zu retten, die sich zu nah herangewagt hatten und im zähen Schlamm stecken geblieben waren. Lawrence murrte über die hohen Kosten, die entstehen würden, wenn sich die Lage nicht bald besserte und man die wertvollen Schafe von Hand füttern musste. Auch die Nächte brachten keine Erleichterung, denn dann brauste ein heißer Wind übers Land, der mit dem Rauch ferner Buschbrände geschwängert war.

In dieser Nacht warf sich Cindy schwitzend auf den Laken hin und her. Wie sehr sehnte sie sich nach der Klimaanlage, die sie in Palm Springs gehabt hatte, oder wenigstens nach einem elektrischen Ventilator. Doch ohne konstante Stromzufuhr war an solche Dinge nicht zu denken. Manchmal hörte sie in der Ferne Donnergrollen, doch nie fiel danach auch nur ein Tropfen Regen.

Ein paar Tage nachdem Joanna zu Besuch gekommen war und die beiden Frauen zusammen auf der Veranda Strickmuster durchgeschaut hatten, erfolgte der Wetterumschwung. Der Wind frischte auf und blies jetzt aus Norden. Am späten Abend konnte Cindy einen dunklen Fleck und ein schwaches rötliches Glimmen am Himmel ausmachen. Das sei nicht das letzte Verglühen des Sonnenuntergangs, erklärte ihr Murray, sondern der Widerschein entfernter Feuer.

»Es wird einen Wettlauf geben zwischen dem Wetterumschwung und einem Aufflammen der Brände«, sagte Murray beim Abendessen. »Darauf müssen wir vorbereitet sein.«

»Was heißt das genau?«, fragte Cindy und stellte einen gefüllten Teller vor ihn hin.

»Ich habe mit Wally in Yamboola gesprochen. Er ist verantwortlich für die hiesige Feuerwehr und unseren einzigen Tankwagen. Der steht zwar bereit, aber ein einziger Tankwagen bringt nicht viel, wenn sich die Brände wirklich ausbreiten.« Murray goss Worcester-Soße auf sein Gemüse. »Es gibt zwar genügend Schläuche und Pumpen, um Wasser aus den Speichern zu holen – aber nur, wenn in den Speichern noch Wasser ist. Tom wird die Schafe von den nördlichen Weiden näher zum großen Haus treiben, wo sie nicht direkt in Windrichtung der Brände stehen. Der Jungschäfer kann ihm dabei helfen.«

»Aber das Feuer ist doch so weit weg. Sind wir wirklich in Gefahr?«, fragte Cindy ängstlich.

»Wenn der Wind einen Buschbrand anfacht, kann er sich ungeheuer schnell ausbreiten. Doch die Häuser hier sind viel leichter zu schützen als die Weiden und die Schafe. Wenn du hierbleibst und nicht nach draußen gehst, passiert dir nichts.«

»Woher wissen wir denn, womit wir rechnen müssen? Ruft jemand im großen Haus an?«

»Ja, Dad wird benachrichtigt, falls Gefahr besteht, dass die Flammen nach Kingsley Downs übergreifen. Aber wir geben unser Bestes, damit es nicht so weit kommt. Wir alle haben Walkie-Talkies, sodass wir ständig in Verbindung miteinander stehen, wobei ich es ehrlich gesagt hasse, darauf angewiesen zu sein. Sie funktionieren einfach nicht zuverlässig«, sagte Murray und legte das Besteck hin. Plötzlich wirkte er sehr müde und nahm Cindys Hand. »Das haben wir alles schon öfter durchgemacht. Wir helfen den Nachbarn, und sie helfen uns. Wenn du willst, kannst du zum großen Haus fahren und bei Mrs. Flowers bleiben. Meiner Schätzung nach kommt das Feuer aber nicht hierher, sodass du hier sicher wärst. Und wenn doch, würde ich kommen und dich holen.«

»Natürlich bleibe ich. Sag mir einfach, was zu tun ist.«

Im Lauf des folgenden Tages wurden weitere Vorbereitungen getroffen. Inzwischen sah man den Rand der Feuerwalze und eine pechschwarze Rauchwolke hatte sich vor die Sonne geschoben und sie gespenstisch rot gefärbt. Ausrangierte Badewannen und Wassertröge auf den nahen Weiden wurden mit Wasser gefüllt, Bottiche, Eimer und andere Wasserbehälter rund ums Haus platziert. Neben den Wasserreservoirs gestapelte Säcke, Decken und Matten sollten helfen, falls eine Brandbekämpfung direkt vor Ort erforderlich sein sollte.

»Wir brauchen alles, was wir nass machen können, um Funkenflug zu vermeiden«, erklärte Murray nach dem Frühstück. »Ich kann nicht bleiben, aber dir wird nichts passieren. Das Feuer kommt nicht hierher. Wenn der Wind nicht die Richtung wechselt, bleibt das Haus verschont.«

Cindy betete, dass er recht hatte. Denn sie wollte ihr Heim nicht einfach sich selbst überlassen, auch wenn das Tageslicht gespenstisch wirkte und der Brandgeruch sich schwer auf ihre Lungen legte.

Später kam Mrs. Flowers herüber, um nach ihr zu sehen.

»Sind Sie ganz sicher, dass Sie allein zurechtkommen? Fahren Sie doch mit mir zum großen Haus. Es ist nicht gut, in so einer Lage allein zu sein.«

Im Grunde gab Cindy ihr recht, aber sie schreckte der Gedanke, ihr Heim verlassen zu müssen.

»Danke, aber ich bleibe. Murray sagt, dass das Feuer höchstwahrscheinlich nicht hierherkommt, und falls der Wind drehen sollte, holt er mich. Wenn ich Angst bekomme, steige ich in den Pick-up und fahr rüber, versprochen.«

Mrs. Flowers nickte. »Natürlich. Wie Sie wollen. Ich muss gleich wieder zurück, um für die Feuerwehr Essen herzurichten. Viele hungrige Männer brauchen jede Menge Sandwiches. Also, passen Sie auf sich auf.«

Als die nette Mrs. Flowers wegfuhr, bekam Cindy ein schlechtes Gewissen, weil sie nicht angeboten hatte zu helfen. Doch sie war entschlossen, in ihrem Haus auszuharren.

Der sengend heiße Nachmittag ging in den Abend über. Mit der Hand auf dem Bauch und einem nassen Handtuch auf dem Kopf lag Cindy in dem abgedunkelten Schlafzimmer. Ihr war schwindelig von der drückenden Hitze, und sie bekam nur schwer Luft. Vielleicht hätte sie wenigstens über Nacht zum großen Haus fahren sollen? Es wäre nett gewesen, diese beängstigenden Stunden in Mrs. Flowers Gesellschaft zu verbringen. Da hörte sie, wie ein Laster sich näherte. Sie ging hinaus und sah Murray und drei andere Männer in langärmeligen Hemden, Stiefeln und Hüten, die dicken Arbeitshandschuhe in die Manschetten gesteckt. Einer hatte sogar einen Schal um den Hals geschlungen.

»Die Karten von der Gegend sind einfach nicht genau genug«, hörte sie einen der Männer sagen, als die Gruppe zum Gartenschlauch ging, wo sie Wasser tranken und sich die Gesichter wuschen.

Cindy tippte Murray auf den Arm. »Kann ich kurz mit dir sprechen? Ich habe mich entschieden, doch nicht allein hierzubleiben. Ich möchte zum großen Haus fahren.«

Murray schüttelte den Kopf. »Tut mir leid, Schatz, aber dafür ist es jetzt zu spät. Wir brauchen alle Fahrzeuge, die wir kriegen können. Deshalb sind wir hier, wir wollen den Pick-up mitnehmen. Laut Vorhersage frischt der Wind noch mehr auf. Das kann die Lage enorm verschlimmern. Alles hängt vom Wind ab.«

»Was heißt das … zu spät? Sind wir in Gefahr?« Plötzlich bekam Cindy wirklich Angst. Warum um Himmels willen war sie so stur gewesen und hatte darauf bestanden, allein hierzubleiben?

»Nein, zurzeit nicht«, versicherte ihr Murray. »Wie geht's dir? Schaffst du es reinzugehen und diese Säcke mit Wasser zu tränken? Damit kann man kleinere Feuer ersticken.« Erschrocken riss Cindy die Augen auf. »Wenn es geht, komme ich wieder und sehe nach dir, Cin. Alles wird gut gehen.«

Benommen tat Cindy wie geheißen und versuchte ihre Angst zu bezwingen. Das waren ja alles nur Vorsichtsmaßnahmen. Sie fühlte sich wie eine Komparsin in Wartestellung bei einem Film, dessen Handlung irgendwo anders spielte. Nachdem sie die Säcke nass gemacht hatte, fragte sie sich, ob und wie sie eingesetzt werden mussten.

Murray kam kurz ins Haus und schaltete das Radio ein, um den neuesten Wetterbericht zu hören. Dann sprach er ein paar Minuten in sein Walkie-Talkie.

»Ich fahre wieder rüber zu den Jacksons. Die sollen nicht ihr Haus verlieren«, sagte Murray, legte das Walkie-Talkie hin und griff nach seinem Hut.

Wie schrecklich für Shirley, dachte Cindy. Sie liebte ihr Haus über alles. Ob sie ihre Fotoalben wohl an einen sicheren Ort gebracht hatte?

»Wissen wir jetzt mehr?«, fragte sie ängstlich.

»Nein, die Wettervorhersage hat nicht viel gebracht, also beten wir einfach, dass der Wind nicht auffrischt. Mach dir keine Sorgen, wenn ich nicht so bald zurückkomme. Ich lass dir das Walkie-Talkie hier.« Ein hastiger Kuss, und Murray war fort.

Der Abend verstrich und Cindy saß allein in dem stillen Haus. Wegen des Rauchs konnte sie weder den Mond, geschweige denn die Sterne sehen. Ob sie wohl zu Bett gehen sollte? Lieber wollte sie warten, bis Murray wieder zu Hause war.

Zuerst lief sie eine Weile hin und her, dann setzte sie sich und lenkte sich mit dem Babyhemdchen ab, das sie gerade bestickte. Dabei verlor sie ihr Zeitgefühl, doch als ihre Augen vom Rauch zu brennen anfingen, legte sie das Hemdchen beiseite und ging auf die seitliche Veranda hinaus. Was sie dort sah, ließ sie nach Luft schnappen. Der Horizont loderte in furchterregendem Rot, darüber lag eine riesige schwarze Wolke. Kurz verblüffte sie der Geruch, doch dann erkannte sie ihn: Eukalyptus. Murray hatte ihr einmal erzählt, dass Eukalyptusbäume wegen des austretenden ätherischen Öls wie Böller explodierten. Beim Anblick des brennenden Himmels überlief sie Gänsehaut und sie zog sich rasch wieder ins Haus zurück. Ganz ruhig, redete sie sich ein und griff nach dem Walkie-Talkie. Sie warf einen Blick auf die Zahlenkombinationen, die Murray auf ein Blatt Papier geschrieben hatte, und ging auf Senden. Zu ihrer Enttäuschung antwortete Lawrence.

»Was ist bei euch drüben los? Over«, fragte er barsch.

»Ich bin's, Cindy«, sagte sie. »Lawrence, ich kann das Feuer sehen. Es ist im Norden. Aber welchen Weg nimmt es? Over.«

Sie konnte Lawrence' Entrüstung fast hören. »Wir alle können es sehen, Cynthia. Der verdammte Himmel steht in Flammen. Bleib, wo du bist. Der Wind wird stärker. Over.«

»Wo ist Murray? Und wo sind die anderen? Ich bin hier allein!«, rief sie und setzte dann schnell hinzu: »Over.«

»Draußen, das Feuer bekämpfen. Denkst du, dass dein Mann eine Party feiert? Over.« Lawrence hatte sarkastisch geklungen.

»Natürlich nicht. Over«, erwiderte Cindy leise. Sie schämte sich und kam sich ziemlich dumm vor.

Knackendes Rauschen, sonst nichts mehr. Sie legte das Walkie-Talkie auf den Küchentisch und ging in den Vorgarten, der in ein merkwürdig rauchiges Licht getaucht war.

Plötzlich erstarrte sie und hielt den Atem an, denn aus der Dunkelheit lösten sich die Silhouetten einiger Menschen, die auf sie zukamen. »Hallo? Wer sind Sie? Was tun Sie hier?«, rief sie.

Dunkelhäutige Aborigines, eine Gruppe von sieben oder acht Erwachsenen und ein paar Kinder, scharten sich vor dem Gartentor und blieben dort reglos stehen. Magere, fast knochige Gestalten, die seltsame Kleider trugen. Eine Frau stillte ihr Baby, ein kleiner Junge führte einen Hund an einem Seil. Alle waren barfuß. Selbst im Dunkeln konnte Cindy sehen, dass sie völlig verängstigt waren.

Ein Mann in offenem, losem Hemd und löchrigen kurzen Hosen trat vor. »Hallo, Missis. Unser Laster ist kaputt. Steht jetzt auf dem Weg, wir sind gelaufen. Feuer kommt schnell.« Er deutete nach hinten.

»Ist es denn schon so nahe? Kommt es hierher?«, fragte Cindy besorgt.

»Vielleicht«, antwortete der Mann. »Vielleicht alles in Ordnung.«

Das war nicht gerade eine hilfreiche Antwort, aber Cindy konnte wohl kaum von den Menschen erwarten, dass sie weiterzogen. Was sollte sie tun?

»Ein Stück hinter dem Haus steht ein leerer Schuppen. Na ja, in einer Ecke liegt noch etwas Viehfutter. Aber dort könnt ihr schlafen, wenn ihr wollt.«

»Ihr Mann nicht da, Missis?«, fragte der Mann.

»Nein, aber er kommt bald zurück«, antwortete Cindy, die sich jetzt fragte, ob es wirklich klug war, die Eingeborenen hier aufzunehmen. Immerhin war sie ganz allein.

»Okay, Missis, danke, Missis«, murmelten alle und nickten ihr zu.

Cindy betrachtete die kleinen Kinder und die Frau mit dem Baby. »Brauchen Sie … zu essen?«

»Okay, Missis, die Kleinen haben Hunger. Vielleicht kommen großer Wind. Danke, Missis.«

Sie drehten sich um und schlurften zu dem Wassertrog, wo sie ein paar Wasserbeutel aus Segeltuch füllten, bevor sie zu dem Schuppen weitergingen.

Erleichtert, nicht mehr ganz allein zu sein, ging Cindy ins Haus. Allerdings hatte sie ein komisches Gefühl dabei, diese Fremden einquartiert zu haben. Was würde Murray dazu sagen? Nun, vielleicht waren sie ja schon fort, bevor er es mitbekam.

Ach, was soll's, dachte sie. Ich kann die Kinder doch nicht hungern lassen. Also suchte sie ein paar Nahrungsmittel zusammen und brachte sie zu dem Schuppen hinüber. Die Aborigines dankten ihr für ihre Freundlichkeit und verteilten das Essen an die Kleinen.

Auf dem Rückweg zum Haus starrte Cindy zu dem Feuer, das sich in der Ferne durch die Landschaft fraß. Es war viel zu weit weg, als dass sie hätte einschätzen können, wie gefährlich es war. Da fegten ein paar Böen heran, rissen an Fenstern und Regenrinnen, und Cindy eilte hinein und schloss die klappernden Fenster und Türen, um die eigenartigen heißen Windstöße draußen zu halten. Todmüde warf sie sich aufs Bett. Dann legte sie ein feuchtes Handtuch auf das Gesicht, schloss die Augen und betete, dass Murray nichts passiert war.

War sie eingeschlafen? Was hatte sie geweckt? Sie setzte sich auf und merkte, dass das Haus schwankte. Das war doch nicht möglich! Es kann kein Erdbeben sein, dachte sie. Davon hatte sie einige in Kalifornien erlebt. Doch rasch wurde ihr klar, dass sie sich nicht täuschte: Heftiger Wind toste ums Haus.

Mit der Taschenlampe in der Hand tappte sie den Flur entlang. Es war noch stockdunkel. Als sie zur Haustür kam, erschrak sie, weil die Fenster so laut klapperten, dass sie fürchtete, sie würden bersten. Draußen hörte sie ein dröhnendes Krachen, weil Äste von den Bäumen brachen und auf den Boden knallten. Der heulende Wind machte ihr Angst. Das war mehr als nur ein Sturm. Jetzt flogen draußen Gegenstände durch die Luft, sie hörte, wie Blumentöpfe zerbrachen und Möbel gegen die Mauer und die Verandapfosten geschleudert wurden. Plötzlich ein splitterndes Geräusch, der geschlossene Teil der Veranda begann auseinanderzubrechen.

Zutiefst verängstigt überlegte Cindy, wo sie in Sicherheit wäre. Hastig eilte sie von Zimmer zu Zimmer. Bei einem Erdbeben krochen die Menschen unter stabile Tische. Oder war es besser, in einem Türrahmen zu stehen? Sie hatte das Gefühl, der Himmel krache auf sie herab. Und dann dieser Lärm! Wildes Kreischen und Heulen, der Sturm fauchte wie eine rasende Bestie.

Da, auf einmal der Klang von auseinanderreißendem Metall. Sie schaute hinauf in die Dunkelheit. War das der Himmel? Eine gewaltige Windböe fuhr in die Ecke des vorderen Wohnzimmers, wo sie stand.

Schreiend lief Cindy aus der Eingangstür, die sofort aus den Angeln gerissen wurde und über die Veranda wirbelte, bis sie gegen die Pfosten knallte, die sie so liebevoll gestrichen hatte und die nun wie Streichhölzer brachen.

Blindlings rannte sie zum Gartentor, wobei der Wind sie immer wieder zur Seite drückte. Da sie sich ohne Hilfe nicht auf den Beinen halten konnte, klammerte sie sich an die stabilen Torpfosten. Das Tor war bereits weg. Während sie mit letzter Kraft die Pfosten umarmte, hörte sie das Scheppern von Blech und das Splittern von Holz. Dann warf sie der Wind zu Boden und zerrte sie weg. Verzweifelt versuchte sie sich irgendwo festzuhalten, ihre Hilferufe verschluckte der furchtbare Wind.

Als ein herumfliegendes Teil sie traf, wurde sie ohnmächtig. Als Letztes hörte sie, wie der Sturm das Dach anhob und mit anderen Trümmern auf die östliche Weide knallte. Dass das alte Haus mit schrecklichem Lärm in sich zusammenfiel, bekam sie nicht mehr mit.

Die Aborigines hätten sie gefunden, erzählte man ihr, und sie zu dem Futterschuppen hinübergetragen, der von dem Mini-Tornado verschont geblieben war. Sie hatten sich um sie gekümmert, als sie Bauchkrämpfe bekam und ihr das winzige Leben entglitt.

Murray war gleich herbeigeeilt, als er von dem Unglück hörte, und hatte sie ins Krankenhaus gefahren, aber es war zu spät.

Nun lag sie mit bandagiertem Kopf, versorgten Schnittwunden und Schrammen hinter einem steifen weißen Vorhang in der kryptagleichen Stille eines kleinen Zimmers im Krankenhaus von Deniliquin. Sie brach in Tränen aus, nicht wegen des Hauses und allem darin, nicht wegen der toten Schafe und der verbrannten Weiden, sondern aus Trauer um ihr verlorenes Kind.

Sie weinte und weinte. Ihr kostbares Baby war nicht mehr da.

Man gab ihr ein Schlafmittel, doch sie wachte in den nächsten Stunden immer wieder auf, und jedes Mal wenn sie die Augen öffnete, erinnerte sie sich von Neuem an ihren schrecklichen Verlust. Es brach ihr das Herz, das bestimmt nie mehr heilen würde.

Schweigend saß Jo im Krankenhaus an Cindys Bett und hielt ihre Hand.

»Soll ich deine Tanten oder deinen Vater anrufen?«, fragte sie besorgt.

»Nein, ich will ihnen keine Sorgen bereiten. Sie können ja doch nichts tun«, erwiderte Cindy traurig. Sie fühlte sich erschöpft und leer. »Ich werde es ihnen später erzählen.«

»Wenn du wieder bei Kräften bist, kannst du sie ja vielleicht besuchen?«

»Das würde ich gern, aber da sind die Kosten für den Wiederaufbau des Hauses. Das ist wichtiger als alles andere. Ich will mein Heim wiederhaben.«

»Ich hab dir ein paar Bücher mitgebracht, falls dir nach Lesen ist. Aber du solltest so viel wie möglich ruhen.«

Cindy nickte, schwieg aber. Schließlich sagte Jo: »Im Norden ist der Schaden durch das Feuer immens, aber jetzt ist alles gelöscht. Der Wind hat gedreht, und als das Feuer in die entgegengesetzte Richtung gedrängt wurde, hat es keine Nahrung mehr gefunden. Die Einheimischen haben mir erzählt, es sei der schlimmste Buschbrand seit vielen Jahren gewesen. Gott sei Dank ist es nicht bis zu euch vorgedrungen. Dieser Mini-Tornado war ein ganz singuläres Ereignis – du bist die einzige Verletzte. So etwas Bizarres. Es tut mir schrecklich leid.«

Cindy barg das Gesicht in ihrem Kissen, Tränen strömten ihr über die Wangen. »Das Ganze wäre nicht passiert, wenn ich zum großen Haus gefahren wäre. Es ist alles meine Schuld. Werde ich denn für irgendetwas bestraft?« Cindys Körper bebte vor Kummer.

Jo strich ihr übers Haar. »Auf keinen Fall ist es deine Schuld. Wie hättest du denn ahnen können, dass ein Tornado über dich hinwegfegen wird?«

»Es ist, als ob ein Fluch auf mir liegt«, schluchzte Cindy.

»Wenn du wirklich verflucht wärst, wären keine Aborigines da gewesen, um dich zu retten«, sagte Jo leise. »Du hast verdammtes Glück gehabt, dass sie aufgetaucht sind. Und da du nett zu ihnen warst, waren sie dir dankbar.«

»Ich hab nichts Besonderes getan.« Allmählich versiegte Cindys Tränenstrom. Jo reichte ihr ein Papiertaschentuch und sie wischte sich das Gesicht ab.

»Mag sein, aber es gibt einige Leute hier, die hätten sie nicht aufgenommen«, erwiderte Jo. Dann nahm sie Cindys Hand. »Hör mal, ich habe Neuigkeiten. Vielleicht ist es nicht der richtige Zeitpunkt, aber na ja, du solltest es wissen.«

Cindy sah ihr in das ernste Gesicht. »Was ist los, Jo, was stimmt nicht?«

»Meine Mum ist krank. Man hat ein Herzleiden bei ihr diagnostiziert, und ich mache mir große Sorgen um sie. Deshalb habe ich beschlossen, mich aus familiären Gründen nach Sydney versetzen zu lassen. Ich gehe aus Yamboola fort.«

Cindy starrte die lieb gewordene Freundin an. »O nein! Du Ärmste. Das sind schlimme Nachrichten. Gut, dass du bald in ihrer Nähe bist.« Ihr stieg ein Kloß in den Hals und wieder flossen Tränen. »Aber was mache ich nur ohne dich? Du hast mir so sehr geholfen, Jo. Ich sollte nicht so selbstsüchtig sein, immerhin geht es um deine Mutter. Aber du wirst mir entsetzlich fehlen.«

Jo lächelte traurig. »Ich werde dich auch vermissen, Cindy. Nie hätte ich gedacht, dass ich hier draußen eine verwandte Seele finden würde. Aber wir bleiben in Kontakt. Du musst mich besuchen kommen. Eine gute Ausrede, um nach Sydney zu fahren. Wir werden dort eine Menge Spaß haben. Du musst unbedingt meine ganze Familie kennenlernen.«

»Es tut mir so leid wegen deiner Mutter«, brachte Cindy mühsam heraus. Die Nachricht war niederschmetternd für ihre Freundin, aber auch für sie. Sie schwiegen eine Weile, bis Jo gehen musste.

»Ich komme morgen wieder vorbei, okay?«

»Sei nicht albern, Jo, es ist ewig weit hierher.«

»Unsinn. Wofür gibt es beste Freundinnen?«

Cindy sah Jo nach, die sich an der Tür noch einmal umdrehte und ihr kurz zuwinkte. Dann schloss sie die Augen. Nun musste sie außer dem Verlust ihres Babys und ihres Heims auch noch den Weggang ihrer besten Freundin verkraften. Was hatte sie verbrochen, dass ihr so viel Herzeleid zugemutet wurde?

Zwei Tage später holte Murray sie aus dem Krankenhaus ab. Er war traurig und verschlossen. Die Aussicht, endlich Vater zu werden, hatte ihn beflügelt. Cindy betrachtete sein Profil und seine angespannte Miene und ahnte, dass er seinen Schmerz tief in sich vergrub, um sie nicht damit zu belasten. Er hatte ihr erzählt, wie er vor Sorge um sie fast wahnsinnig geworden war, als er nach Hause zurückkehrte und dort nur noch Trümmer und einen Haufen Schutt vorfand. Nun blieb er einsilbig, denn er fand keine Worte, die seine Frau aufmuntern oder irgendetwas ändern konnten.

Im Krankenhaus hatte Cindy viel Zeit zum Nachdenken gehabt, und ihr war aufgegangen, dass sie unbedingt etwas zum Gedenken an das Leben tun wollte, das sie drei Monate lang in sich getragen hatte. Murray weigerte sich darüber zu sprechen und hatte dazu nur bemerkt, sie müssten die tragischen Ereignisse hinter sich lassen. Doch Cindy wollte nicht vergessen, dass es einmal ein Baby gegeben hatte. Sie wollte trauern, sich des kleinen verlorenen Lebens erinnern. Sie brauchte einen Ort für ihren Kummer, wo sie ihr verlorenes Kind beweinen und es wissen lassen konnte, wie sehr sie die kurze Freude genossen hatte, es bei sich zu haben.

Und es gab noch etwas, was sie klären musste.

»Murray, ich möchte die Familie finden, die mich gerettet hat. Um ihnen zu danken.«

»Sei nicht albern. Man hat ihnen schon genug gedankt. Außerdem hast du ihnen Obdach gegeben, sie hätten sonst vielleicht nicht überlebt. Du hast genug für sie getan.« Damit war das Thema für Murray erledigt und er wandte sich einem anderen zu. »Nun zum alten Haus: Einiges konnte geborgen werden, aber ich muss dich warnen, es ist nicht sehr viel. Dieser Tornado hat unser Hab und Gut in alle Winde zerstreut. Aber wir werden es im großen Haus sehr bequem haben. Wir haben dort unseren eigenen Bereich und Mrs. Flowers freut sich schon auf weibliche Gesellschaft. Offenbar fühlt sie sich doch ein bisschen einsam dort. Und sie hat gesagt, sie wird sich liebend gern um dich kümmern.«

»Danke, das ist nett von ihr. Aber ich brauche niemanden, der sich um mich kümmert.« Cindy hielt inne. »Wie lange wird es dauern, bis unser Haus wieder aufgebaut ist?«, fragte sie dann. »Wann werden wir wieder dort einziehen können?«

Murray warf ihr kurz einen Blick zu, dann schüttelte er den Kopf.

»Dort ist alles kaputt, es steht nicht mal mehr eine Ruine. Dad hat noch nicht genau geschätzt, wie hoch der Schaden ist. Aber egal, was die Versicherung zahlt, es wird nicht genug sein, um es wieder aufzubauen.«

Cindy merkte, dass ihr übel wurde. »Aber wir … wir müssen doch unser eigenes Haus haben, Murray ….« Sie schluckte, Panik stieg in ihr auf.

»Im großen Haus ist genug Platz für uns alle. Es ist ein sehr gediegenes Heim mit vielen Zimmern«, argumentierte Murray vernünftig.

»Aber dein Vater … was hält er denn davon? Er will mir doch keinesfalls ständig begegnen!« Ganz abgesehen davon, dass sie es kaum aushalten würde, mit einem dermaßen arroganten Mann unter einem Dach zu leben, der sie unentwegt brüskierte.

»An seinem Leben wird sich nicht viel ändern, wenn wir dort wohnen«, erwiderte Murray sachlich. »Und außerdem hast du dort Mrs. Flowers als Hilfe. Immer hast du geklagt, wie schwierig vieles im alten Haus war, ohne konstante Stromversorgung und Waschmaschine. Dein Leben wird viel einfacher werden. Und du musst zugeben, dass das Haus ziemlich heruntergekommen war.«

»Aber es war unser Heim«, sagte Cindy kleinlaut und dachte daran, wie viel Arbeit sie hineingesteckt hatte, um es ein wenig anheimelnd zu machen.

»Cindy, ich hätte auch gern ein eigenes Heim für uns, aber das ist im Augenblick einfach nicht möglich. Mit Dad zusammen im großen Haus zu wohnen ist die einzig praktikable Lösung.« Murray klang sehr entschieden und Cindy wusste, dass sie nicht dagegen ankommen konnte. Seine Meinung stand fest. Lawrence hatte gesprochen. Es würde kein neues Haus geben und sie würden sich damit abfinden müssen.

Sie biss sich auf die Unterlippe und schwieg, während sie durch das Haupttor die unbefestigte Straße entlangfuhren, wo die Eukalyptusbäume wie Zunder gebrannt hatten und das Unterholz schwarz verkohlt war, als sei jemand mit einem riesigen Schneidbrenner durchs Land gefahren.

Cindy schnappte nach Luft. »Hier ist ja alles verbrannt! Ist das Feuer nah ans große Haus herangekommen?«

»Nein, wir hatten Glück. Viel mehr Schaden, als du hier siehst, ist nicht entstanden. Ein paar der hinteren Weiden sind ebenfalls in Flammen aufgegangen, aber die Weideflächen rund ums Haus wurden verschont, und Tom hat es geschafft, die Schafe in Sicherheit zu bringen. Die alte Windmühle sieht allerdings auch so aus wie die Bäume hier. Offenbar hat es Funkenflug gegeben. Aber sonst steht alles noch. Es hätte sehr viel schlimmer kommen können.«

Aber das ist es, dachte Cindy. Ich habe mein Baby verloren und mein Haus. Wie viel schlimmer hätte es denn noch kommen können? Plötzlich erschöpft schloss sie die Augen. Es war zu viel für sie.

Murray fuhr hinüber zu den Trümmern des alten Hauses und Cindy streifte durch den Schutt, der ihr Zuhause gewesen war. Beim Anblick des zerstörten Gartens stiegen ihr Tränen in die Augen. Sie war schockiert, wie wenig aus ihrem ehemaligen Heim zu retten gewesen war. Immerhin hatte die kleine indianische Schale, die Adsila ihr geschenkt hatte, das Inferno überstanden. Sie liebte dieses Gefäß, denn es war eine Erinnerung an Palm Springs.

Als sie wegfuhren, schwor sie sich, nie wieder an den Ort zurückzukehren, wo sie ihre ersten Ehejahre verbracht hatte.

In den nächsten Tagen schlich Cindy auf Zehenspitzen durch das große Haus und bemühte sich, Lawrence aus dem Weg zu gehen und sich nützlich zu machen. Aber sie belastete das Gefühl, nirgends ein Plätzchen für sich zu haben. Doch etliche Tage später entdeckte sie einen Ort, der ihr Rückzug gewähren und Sicherheit bieten konnte und der ihr ganz allein gehören würde.

Am Rand einer engen Schlucht, wo ein paar Brombeerbüsche wuchsen, stand in einem nur wenige Meter tiefen, grasbewachsenen Hohlweg ein Baum. Sie hatte ihn bei ihren früheren Besuchen vom Haus aus erspäht und wurde jetzt magisch von ihm angezogen.

Es war ein alter, ausladender Pfefferbaum mit knorrigen Ästen. Die große Hitze hatte seine fedrigen Blätter verschrumpelt, aber Cindy wusste, dass er tief wurzelte und schon seit Jahrzehnten Stürmen und Bränden trotzte. Der Baum beeindruckte sie durch seine Schönheit, seine Kraft und seiner Unverwüstlichkeit.

Dies sollte der Ort sein, wo sie in aller Stille ein paar Kleinigkeiten vergraben wollte, die vom Verlust eines Lebens erzählten, das so freudig erwartet worden war: eine kleine Rassel; ein Paar Babystiefelchen, die Jo gemacht hatte; ein wunderschön besticktes Jäckchen. Sie legte die Sachen in das Einzige von Wert, was ihr geblieben war, in Adsilas Schale. Dann hob sie in dem trockenen Boden eine flache Grube aus und stellte die Schale vorsichtig hinein. Als sie alles mit Erde zugedeckt und die Stelle für andere unkenntlich gemacht hatte, klammerte sie sich an den Baum, barg ihr Gesicht an seiner kratzigen Rinde und schluchzte auf. Es war ein wilder, verzweifelter Ton, als würde ihr Innerstes aus ihr herausgerissen.

Als sie keine Tränen mehr hatte, sank sie zu Boden und lehnte sich an den Baum, aus dessen mächtiger Gegenwart sie Stärke und Trost zog. Im Frühling würde hier wispernd frisches Grün sprießen und neue Blätter würden sich entfalten. Dieser Gedanke gab ihr ein bisschen Hoffnung und Kraft.

Langsam erhob sich Cindy und ging zu Lawrence' Haus zurück.

7

Cindy konnte es kaum glauben, dass sie nun schon zum zehnten Mal Weihnachten in Australien feiern würde. Aber nun war es beinahe wieder so weit. Anfang Dezember versammelten sie sich bei Sonnenuntergang vor der Rosenlaube neben dem Eingang des großen Hauses von Kingsley Downs, um sich für das jährliche Weihnachtsfoto ablichten zu lassen.

Cindy und Murray saßen auf Korbsesseln mitten auf dem Rasen. Ihr jüngerer Sohn Russell kauerte zu Füßen seines Vaters, während Gordon, der ältere, daneben stand und Gordons Zwillingsschwester Sally auf der Armlehne von Cindys Sessel hockte. Die Jungs trugen frische weiße Hemden und marineblaue kurze Hosen, dazu Kniestrümpfe und Schuhe. Sally hatte sich von ihrer Mutter widerstrebend die Shorts ausziehen lassen und steckte nun in einem gepunkteten Voile-Kleid. Dass sie dazu auch noch eine Schleife im Haar tragen sollte, ging ihr aber eindeutig zu weit. Also hatten sich Mutter und Tochter darauf geeinigt, ihre üppige rotgoldene Lockenpracht mit einer Klammer zu bändigen.

Der Fotograf forderte sie auf zu lächeln und knipste los.

Voller Mutterstolz betrachtete Cindy ihre kleine Familie und dachte daran, wie glücklich sie in den letzten Jahren gewesen war. Nach dem Mini-Tornado und dem Verlust ihres Babys war ihr Leben lange Zeit von einer dunklen Wolke überschattet gewesen. Dann hatte sie zu ihrer Freude erfahren, dass sie nicht nur erneut schwanger war, sondern sogar Zwillinge erwartete. Es war eine wundervolle Überraschung, die Cindy aber auch mit banger Sorge erfüllte, bis zwei völlig gesunde, wenngleich ziemlich winzige Babys das Licht der Welt erblickten: ein Junge und ein Mädchen.

»Ein gemischtes Doppel … das hast du prima hingekriegt.« Entzückt hatte Murray sie geküsst.

Cindy hatte kaum zu glauben gewagt, dass ihr so ein großes Glück zuteilwurde.

Zwei Babys zu haben bedeutete allerdings auch Sorgen und Erschöpfung, und darauf war Cindy überhaupt nicht vorbereitet. Es kam ihr vor, als müssten die Kleinen immerzu gestillt, zum Bäuerchenmachen herumgetragen, gewickelt und in den Schlaf gewiegt werden. Ständig waren sie hungrig, und kaum hatte sie das eine Kind versorgt und zur Ruhe gelegt, begann das andere zu schreien und weckte sein Geschwisterchen auf. Ihr schien es, als verbringe sie die meisten Tage halb schlafwandelnd, und was sie auf den Beinen hielt, war nur das tiefe Bedürfnis, ihre Kinder zu umsorgen. Sie wusch Windeln und Babysachen, bis ihre Hände rau und rissig wurden. Dass zwei so kleine Babys so viel Arbeit machen konnten! Cindy hatte keine Ahnung, wie sie es ohne die erfahrene Mrs. Flowers geschafft hätte, die stets bereitwillig beim Wäschewaschen half oder auf die Zwillinge aufpasste, damit Cindy ein bisschen Schlaf nachholen konnte. Mrs. Flowers war geradezu vernarrt in die Babys, fast als wären es ihre eigenen. Ab und zu schob sie sie im Kinderwagen durch den Garten, und wenn Tom Flowers in der Nähe war, beugte er sich über sie und bewunderte »die Kleinen«, wie er sie nannte. Murray liebte seine Kinder abgöttisch und herzte sie, wann immer er es einrichten konnte. Denn das Landleben ging weiter seinen Gang, die Schafe erforderten nach wie vor seine ganze Aufmerksamkeit.

Gelegentlich – auch wenn es fast an ein Wunder grenzte – schliefen Sally und Gordon die ganze Nacht durch, was zwar durchaus willkommen war, aber bei Cindy neuerliche Ängste heraufbeschwor, dass mit ihnen vielleicht etwas nicht stimmte. Mochte Murray ihr auch zureden, sie solle doch schlafen, wenn sie schon einmal die Gelegenheit hatte, schlich Cindy trotzdem auf Zehenspitzen ins Kinderzimmer und beugte sich über sie, um auf ihren leisen Atem zu lauschen.

Lawrence hingegen hatte sich damals kaum für die Zwillinge interessiert. Eigentlich wäre Cindy gern wieder mit den Kindern in ein eigenes Heim gezogen, aber Lawrence war nicht bereit, das Haus wieder aufzubauen. Im Lauf der Zeit hatte sich Cindy von dem Gedanken verabschiedet, je wieder auszuziehen. Dabei schien Lawrence verärgert über das Durcheinander, das die Kinder anrichteten, und Cindy fühlte sich ständig genötigt, die beiden zur Ruhe zu ermahnen, sobald er in der Nähe war.

»Wie kann er denn seine eigenen Enkelkinder nicht mögen?«, hatte Cindy Murray gefragt. »Er beachtet sie überhaupt nicht.«

»Aber natürlich mag er sie«, versicherte Murray ihr. »Er kann mit Babys nur nicht viel anfangen. Wart's ab. Wenn sie älter werden, wird er eine Menge mit ihnen unternehmen wollen.« Als die Zwillinge größer wurden, begann sich ihr schwieriger Großvater tatsächlich mehr für sie zu interessieren. Doch wie Cindy feststellte, brachte er ihnen nicht jene liebevolle Zuneigung entgegen, die sie von ihren eigenen Großeltern erfahren hatte.

Obwohl sie das Haus mit Lawrence teilen mussten, führte Cindy ein glückliches, erfülltes und aktives Leben. Sie ertappte sich immer wieder dabei, wie sie ihren Zwillingen zuschaute, wenn sie fröhlich vor sich hin plapperten oder aneinandergeschmiegt wie pummelige Hündchen schliefen.

Keine drei Jahre später hatte Cindy zu ihrem großen Glück neuerlichen Mutterfreuden entgegengesehen. Nach einer problemlosen Schwangerschaft und einer eiligen Fahrt ins Krankenhaus von Deniliquin war bei einer schnellen, aber unkomplizierten Geburt Russell auf die Welt gekommen.

Jo hatte sie im Krankenhaus besucht und das Neugeborene bewundert. Zu Cindys großer Freude war ihre Freundin nämlich nach Yamboola zurückgekommen. Als Jo damals weggezogen war, war Cindy untröstlich gewesen. Ohne eine Freundin, der sie sich anvertrauen konnte, war es noch schwerer gewesen, nach den beiden Schicksalsschlägen wieder auf die Beine zu kommen. Zwar hatte sie sich mit einigen Ehefrauen von Murrays Freunden ein wenig angefreundet, aber mit keiner fühlte sie sich so eng verbunden wie mit Jo.

Doch jetzt war Jo zurück. Donald Fraser, ein Viehzüchter aus der Nachbarschaft, den sie von ihrer ersten Zeit in Yamboola her kannte, hatte einen dreimonatigen Lehrgang in Sydney absolviert und Jo in dieser Zeit besucht. Sie waren öfter zusammen ausgegangen, und nachdem ihre Mutter ihre Herzoperation gut überstanden hatte, nahm Jo Donalds Heiratsantrag mit Freuden an und zog zurück in die Riverina. Cindy und Murray waren zu ihrer Hochzeit nach Sydney geflogen, und da Jo nun auf dem Fraser-Hof lebte, knüpften die beiden Frauen nahtlos an ihre alte Freundschaft an, die sich sogar noch vertiefte, als Jo wenige Monate nach Russells Geburt eine Tochter bekam.

»Murray freut sich so, dass es ein Junge geworden ist«, hatte Cindy Jo verraten. »Jetzt hat er sozusagen einen Ersatzstammhalter. Wenn man noch einen Jungen hat, meint er, könnte weniger schiefgehen.«

»Hättest du lieber ein Mädchen gehabt?«, fragte Jo.

»Vielleicht beim nächsten Mal«, lächelte Cindy. »Vielleicht sind drei aber auch genau richtig.«

Obwohl Gordon und Sally Zwillinge waren, unterschieden sie sich sehr, und zwar nicht nur in ihrem Aussehen, sondern auch von ihrer Persönlichkeit her. Gordon war ernst und besonnen, Sally hingegen fröhlich und ungestüm. Gordon mochte es nicht, geneckt zu werden, und nahm sich alles zu Herzen. Wenn Sally sich ärgerte, stampfte sie mit dem Fuß auf und begann zu brüllen, aber kaum hatte sie ihren Willen bekommen, herrschte wieder eitel Sonnenschein. Ihr Bruder blieb in einem solchen Fall ewig lang gekränkt und schmollte, selbst wenn er im Unrecht war.

Der mittlerweile vierjährige Russell wiederum war so ausgeglichen und ruhig wie der Tag, an dem er geboren wurde. Er ignorierte Sallys Neckereien, wackelte hinter Gordon her, um zu sehen, was sein großer Bruder trieb, und nahm die Dinge einfach so, wie sie kamen.

Cindy berichtete Babs gern in langen Briefen von den Kindern. Häufig legte sie Fotos bei und manchmal auch die unbeholfenen bunten Kinderzeichnungen aus dem Kunstunterricht in der Schule. Lawrence erwähnte sie in diesen Briefen weiterhin mit keinem Wort. Wie üblich versuchte sie seine Anwesenheit, die ihr Leben wie eine dunkle Wolke überschattete, aus ihren Gedanken zu verbannen. Das Glück, das ihr ihre Familie bescherte, wog schwerer als Lawrence' beständige Feindseligkeit ihr gegenüber.

Und nun erfüllte sie ein Gefühl der Zufriedenheit, als sie ihre Kinder betrachtete, wie sie herumzappelten, während der Fotograf die letzten Bilder schoss.

Schließlich ließ er die Kamera sinken.

»Fertig! Ich glaube, es sind ein paar recht gute Aufnahmen dabei. In etwa einer Woche können Sie die Abzüge haben.«

»Können wir nächstes Jahr nicht ein Bild mit Pferden oder so was aufnehmen?«, seufzte Gordon. »Ich kann diese blöden Klamotten nicht ausstehen.«

»Daddy und Großvater wollen eben, dass ihr so ausseht«, erklärte Cindy. »Wie zwei Gentlemen und eine kleine Dame, nicht wie eine Bande Rotzbengel, die auf Bäume klettern.«

»Kann dann Großvater nicht auch auf das Foto mit drauf?«, fragte Gordon.

»Nein«, kreischte die eigensinnige Sally, die lieber selbst im Mittelpunkt der Aufmerksamkeit stand.

»Mit Großvater machen wir an Weihnachten ein Foto. Die Bilder hier möchte ich zu den Weihnachtskarten stecken, die wir Tante Alice und Tante Babs schicken. Ich will allen zeigen, was für reizende Kinder ich habe«, antwortete Cindy.

»Alle Jahre wieder hält Mummy alle zum Narren«, gluckste Murray, als er Russell hochhob und auf seine Schultern setzte.

»Tut sie gar nicht«, empörte sich Sally. »Wir sind doch reizend!«

»Aber natürlich seid ihr das«, sagte Cindy und legte den Arm um ihre Tochter.

»Können wir jetzt dieses Zeug ausziehen?«, fragte Gordon und zupfte an seinem Hemd, nachdem sich Cindy und Murray von dem Fotografen verabschiedet hatten und ins Haus gingen.

»Nein, mein Schatz. Heute kommen noch wichtige Leute zum Abendessen, deshalb will Daddy, dass ihr eure guten Sachen noch ein Weilchen tragt.«

»Oooch, muss ich wirklich dieses Kleid anbehalten?«, heulte Sally auf.

»Ja, mein Schatz. Aber nur kurz. Du siehst bezaubernd darin aus. Jetzt kommt, gehen wir.«

Die Kinder trotteten ins große Haus zurück, während Cindy mit schrecklichen Konsequenzen drohte, falls ihre Kleidung nicht sauber und ordentlich blieb. Zwar würden sie nicht mit der Familie und den Erwachsenen zusammen speisen, aber Lawrence gefiel es, wenn die Kinder den Gästen vorgestellt wurden und ein paar Worte mit ihnen wechselten. Sally sollte eine Platte mit von Mrs. Flowers zubereiteten Horsd'œuvres herumreichen und Gordon Fragen zur Schule, zu seiner Zukunft und Kingsley Downs beantworten, wobei er die Hände hinter dem Rücken verschränken musste und nicht in die Hosentaschen stecken durfte. Russell wiederum würde Cindys Hand halten, bis er einen Keks und Käse bekam und man ihm sagte, dass er sich setzen und still sein solle. Am Ende durften sich die Kinder dann zurückziehen.

Cindy eilte den Flur entlang, um sich noch etwas frisch zu machen, ehe die Gäste eintrafen. Sie war gerne Gastgeberin, vor allem für Menschen, die sie kannte und mochte. Allerdings hatte Murray ihr mitgeteilt, dass an diesem Abend auch die Gregsons kommen würden, denen Cindy bisher noch nicht begegnet war. Sie waren alte Freunde von Lawrence und seit Jahren nicht mehr hier gewesen, da sie ein Gut im westlichen Queensland besaßen. Anscheinend brachten sie noch jemanden mit, der in der Wollindustrie eine wichtige Rolle spielte.

»Kommen Storry und Maisie auch?«, hatte Cindy Murray gefragt. Der hiesige Landwirtschaftsberater und seine Frau waren oft zu Besuch auf Kingsley Downs.

»Sie sind geschäftlich in Sydney, hast du das vergessen?«

»Immer noch? Ich dachte, sie wären inzwischen zurück. Wie schade«, sagte Cindy.

»Aber Alistair kommt, und er wird dir bestimmt wieder den Hof machen«, meinte Murray neckisch.

Cindy war erleichtert, dass der liebe alte Anwalt der Familie da sein würde. Alistair Campbell hatte untadelige Manieren und war ihr gegenüber stets sehr freundlich und aufmerksam. Zwar hatte er sich schon halb aufs Altenteil zurückgezogen, verfolgte aber weiterhin neben der Lokalpolitik das weltpolitische Geschehen und hielt Cindy über Neuigkeiten aus den Vereinigten Staaten auf dem Laufenden. Auch seine Sekretärin Ngaire Seymour war eine gute Freundin der Familie.

Gerade hatte sich Cindy noch mit Parfum besprüht und das Haar gebürstet, da verkündete ein schriller Schrei von Russell, dass die Gäste im Anmarsch waren. Lächelnd ging Cindy zur Tür, um sie in ihrem Heim willkommen zu heißen.

Am späteren Abend drehte sich das Gespräch ausschließlich um Reformen in der Wollindustrie. Cindy hatte den Eindruck, dass Lawrence, Murray und sogar Alistair von dem Gast beeindruckt waren, den die Gregsons mitgebracht hatten. Sie teilten auch seine Ansichten, wonach es in ihrer Branche einiger dringender Veränderungen bedürfe.

Cindy musterte ihn. Bill Gunn hatte eine kräftige, bärenhafte Statur und ein stets gerötetes Gesicht. Das Haar trug er in der Mitte gescheitelt, sodass auf jeder Seite zwei Büschel mit silbernen Strähnen abstanden. Er war ganz unverkennbar ein Mann vom Land mit ungeschliffenen Manieren, der es gewohnt war, sich durchzusetzen.

»Um die Wollindustrie ist es noch schlechter bestellt als Ende der Fünfzigerjahre. Es ist eine Katastrophe. Wir müssen dafür sorgen, dass der Premierminister begreift, welche Krise uns bevorsteht«, verkündete er mit dröhnender Stimme.

»Ist den Politikern denn nicht klar, dass es mit der Industrie bergabgehen wird, wenn sie nicht schnellstens etwas unternehmen, damit die Schafzüchter einen gleichbleibenden Preis für ihre Wolle erzielen?«, polterte Lawrence. »Sonst geben die Leute ihre Höfe auf. Die Regierung ist verpflichtet, uns zu schützen. Durch die Wollindustrie ist dieses Land groß geworden. Sie können die Wollproduzenten nicht einfach im Regen stehen lassen.«

Gunn nickte und schlug mit der flachen Hand auf den Tisch. »Ich habe mich im ganzen Bundesstaat mit einer Menge Leute getroffen. Fast alle unterstützen meine Forderung, dass wir eine Behörde brauchen, die nicht nur den gesamten jährlichen Wollertrag des Landes aufkauft, sondern auch einen Mindestpreis festsetzt. Wenn die Käufer aus Übersee unsere Wolle haben wollen, müssen sie eben den Preis bezahlen, den wir bestimmen.«

»Aber wenn sie diesen Preis nicht zahlen wollen?«, fragte Alistair leise.

Gunn funkelte den betagten Anwalt an. »Dann halten wir unsere Wolle so lange zurück, bis sie es sich anders überlegen. Wenn die Käufer unsere Wolle haben wollen, müssen sie unsere Preisforderung erfüllen. Es ist ganz einfach, Mr. Campbell: Eine Behörde kauft die ganze Wolle auf und legt den Preis dafür fest. Der Aufkauf wird von den Banken finanziert und vom Staat mit einer Bürgschaft abgesichert.«

Mit sichtlich begeisterter Miene beugte sich Mr. Gregson vor. »Diese Politik wird unsere Industrie profitabler machen«, meinte er. »Keine Preisschwankungen mehr. Kein ökonomisches Auf und Ab. Der Wollproduzent weiß Jahr für Jahr genau, welchen Preis er bekommt. Damit hat er Planungssicherheit.«

»Und Sie bekommen wirklich so viel Unterstützung für diese Idee?«, fragte Alistair Campbell.

»Manchen Wollproduzenten gefällt nicht, dass alles von einer einzigen Behörde kontrolliert werden soll. Aber ein Monopol zu haben bedeutet Macht, deshalb wird ihnen nichts anderes übrigbleiben, als mitzumachen«, antwortete Gunn.

Alistair schien seine Zweifel zu haben, aber noch ehe er etwas erwidern konnte, hob Lawrence sein Glas.

»Es ist uns eine Ehre, an dieser … wie sollen wir es nennen … kleinen Revolution teilzuhaben.«

»Klein? Von wegen!« Der massige Gunn warf den Kopf in den Nacken und lachte schallend.

Nachdem Mrs. Flowers in frisch gebügelter Schürze die Dessertteller abgeräumt hatte, sagte Lawrence: »Meine Damen, wollen Sie uns entschuldigen? Murray, mein Junge, den Portwein, bitte.«

Cindy erhob sich vom Tisch und sagte, an Mrs. Gregson gewandt: »Möchten Sie vielleicht einen kleinen Verdauungslikör? Oder Tee oder Kaffee?«

»Einen Sherry würde ich gern noch nehmen. Das Gläschen vor dem Essen hat mir recht gutgetan«, erwiderte die ältere Frau.

Nachdem sie sich ins Wohnzimmer gesetzt hatten, meinte Cindy: »Ich nehme an, Sie haben viel Ahnung von der Wollindustrie, da Sie ja vom Land kommen. Es ist eine ganz andere Welt als die, aus der ich stamme.«

»Ich kann mir gut vorstellen, wie Sie sich fühlen«, sagte Mrs. Gregson teilnahmsvoll. »Tatsächlich war ich selbst ein Stadtkind, bis ich geheiratet habe. Ich habe in einer Steuerberaterkanzlei in Brisbane gearbeitet und dort Mr. Gregson kennengelernt, er war einer unserer Klienten. Nach der Hochzeit zog ich aufs Land und musste schnell feststellen, dass Schafe hier fast schon als höhere Wesen angesehen werden. Meine Güte, sogar auf dem neuen Zweidollarschein preisen sie die Wollindustrie.« Ein Lächeln zuckte um ihre Lippen.

Cindy kicherte. »Ich fand immer, dass Merino-Schafböcke ziemlich albern aussehen. Ein großer Haufen filziger Wolle, der auf absurd dünnen Beinchen durch die Gegend stakst. Als würde eine dicke Dame in einem riesigen Mantel in Stöckelschuhen herumstelzen.«

Mrs. Gregson lachte. »Wir sollten keine Witze darüber machen. In guten Zeiten bringt die Schur eine Menge Geld ein, es geht um zig Tausende von Dollar.«

Cindy wurde nachdenklich. Beim Essen war ihr Mrs. Gregson ziemlich bieder und ein bisschen langweilig vorgekommen, zumal sie kaum etwas gesagt hatte. Aber jetzt merkte Cindy, dass sie offensichtlich nicht auf den Kopf gefallen war.

»Was halten Sie von dieser Idee mit dem Mindestpreis?«, wollte Cindy wissen.

Die ältere Frau fasste Cindy ins Auge. »Offenbar hat sich einiges getan, seit Bill Gunn auf der Bildfläche erschienen ist. Es musste aber auch etwas geschehen – der Preis für Wolle ging lange Zeit ständig rauf und runter. Mit der Mindestpreisgarantie kann diese neue Behörde anstelle der Aufkäufer den Preis für Wolle bestimmen, sodass die Arbeit und die Investitionen der Produzenten fair honoriert werden können. Klingt ganz gut, finde ich.«

»Aber was ist, wenn die Interessenten den Mindestpreis nicht zahlen wollen? Meine Tante hat ein Modegeschäft in Palm Springs in Amerika und sie sagt, die Frauen lieben Kunstfaserstoffe. Kunstseide hat einen sehr schönen Faltenwurf und ist außerordentlich beliebt. Was, wenn sich dieser Trend überall auf der Welt durchsetzt?«, fragte Cindy.

Mrs. Gregson zog eine Augenbraue hoch. »Meine Liebe, Kunstfasern sind nur eine vorübergehende Modeerscheinung. Nichts wird Wolle je ersetzen.« Bei diesen Worten stellte sie ihr Glas ab und blickte auf ihre mit Markasiten besetzte Armbanduhr. »Jetzt sollten wir aber wirklich aufbrechen.« Sie lächelte Cindy an. »Sie sind eine großartige Gastgeberin. Schön zu sehen, dass auf Kingsley Downs wieder eine Frau am Ruder ist.«

»Ich würde nicht sagen, dass ich auch nur in die Nähe des Ruders kommen darf«, entgegnete Cindy mit einem dünnen Lächeln. »Der Kapitän des Schiffs ist immer noch Lawrence.« Sie hielt inne, denn hier schien sich eine Möglichkeit aufzutun. »Haben Sie eigentlich Murrays Mutter gekannt?«

»Ja«, nickte Mrs. Gregson. »Kurz nach unserer Hochzeit besuchten wir Kingsley Downs. Rose Parnell war liebenswert und sehr herzlich zu mir. Sie gehörte eher zu den ruhigeren Menschen und ging wohl nicht viel unter Leute, aber ich erinnere mich gut, dass sie eine überaus liebevolle Mutter war. Der kleine Murray war damals ihr Ein und Alles. Es ist ein Jammer, was danach passiert ist. Ich habe keine Ahnung, was in sie gefahren ist. Für Lawrence und Murray war es sehr schwer. Aber auch in einer Ehe weiß man ja nie so genau, was im anderen vorgeht, nicht wahr?«

»Tja, vermutlich«, erwiderte Cindy unverbindlich und wusste nicht so recht, ob sie noch weiter bohren sollte.

Schritte und Stimmen im Flur verrieten, dass die Männer das Esszimmer verlassen hatten. Also stand Mrs. Gregson auf, nahm ihre Handtasche und ließ sich von Cindy zu ihrem Mann hinausgeleiten.

»Danke für diesen schönen Abend«, sagte sie und schüttelte Cindy die Hand. »Ich hoffe, unsere Wege kreuzen sich bald wieder.«

Später bürstete sich Cindy vor dem Schlafzimmerspiegel noch das Haar. Als Murray das Laken zurückschlug und sich aufs Bett plumpsen ließ, drehte sie sich zu ihm um.

»Wie fandest du den Abend?«

»Ganz nett, mein Schatz. Die Kinder waren klasse, das Essen war köstlich und du hast dich um Mrs. Gregson gekümmert. Ich denke, es war ein gelungener Abend.« Er gähnte.

»Dieser Freund der Gregsons, Bill, ist offenbar sehr überzeugt von dem, was er sagt.«

»O ja. Dad unterstützt sein Vorhaben auf jeden Fall. Hoffentlich bringt es uns mehr finanzielle Absicherung. Dann könnten wir in den nächsten Jahren vielleicht sogar unseren Betrieb ausbauen, wer weiß?«

Cindy legte ihre Bürste auf den Toilettentisch. Mittlerweile lag ihr Gatte mit geschlossenen Augen auf dem Bett, der Oberkörper nackt, die Pyjamahose in der Taille zusammengebunden. Neben ihm auf dem Boden standen griffbereit seine Stiefel.

»Ich fand Mrs. Gregson beim Dinner ein bisschen steif, aber danach im Wohnzimmer haben wir uns recht angeregt unterhalten.« Cindy schwieg einen Moment. »Sie sagt, sie hat deine Mutter kennengelernt, kurz nachdem sie geheiratet hatte.«

Murray rührte sich nicht. »Tatsächlich? Davon weiß ich nichts. Ich schätze, meine Eltern haben damals öfter mal eine Dinnerparty gegeben. Komm jetzt ins Bett, es ist schon spät.«

Cindy setzte sich neben ihm auf die Bettkante. »Ich weiß einfach nur so wenig über deine Mom.«

»Cindy, als sie fortging, war ich in der Schule. Sie hat nur eine Tasche gepackt und ist verschwunden. Mehr weiß ich nicht.« Er schloss die Augen.

Sie legte sich neben ihren Mann und schlang den Arm um ihn. Mit unverständlichem Gemurmel drehte er sich auf seine Seite und war rasch weggedämmert. Cindy spürte das tröstliche Heben und Senken seines Brustkorbs beim Atmen. Und binnen Kurzem schlief auch sie.

Als die Kinder Cindy und Murray am Weihnachtstag in aller Frühe weckten, hatten die Vögel gerade erst zu zwitschern begonnen. Der Tag versprach heiß zu werden.

Am Morgen des Weihnachtstags bereitete Mrs. Flowers nie ein Frühstück zu, weil sie schon mit dem Mittagessen alle Hände voll zu tun hatte. Und weil Cindy wusste, wie üppig es ausfallen würde, tischte Cindy ihrer Familie nur Obst und Frühstücksflocken auf.

Die leichte Kost war schnell verzehrt, und danach versammelten sich alle um den Weihnachtsbaum im Wohnzimmer, um die Geschenke auszupacken.

»Warum lächelst du, Mummy?«, fragte Gordon.

»Ich freue mich nur, dass dir das Kricket-Set gefällt, das Daddy und ich für dich ausgesucht haben.« Cindy wandte sich Sally zu und half ihr, eine große Puppe und ein Armkettchen mit goldenem Teddybär-Anhänger auszupacken. Danach befreite sie zusammen mit Russell einen riesigen Lego-Bausatz aus dem Geschenkpapier, und sogleich machte er sich daran, ihn zusammenzusetzen. Außerdem hatte Cindy den Kindern Spiele, Puzzles und Bücher geschenkt. Es freute sie, dass all ihre Kinder gerne lasen – oder sich vorlesen ließen –, und sie ermunterte sie auch dazu. Murray schien mit seinem Krokodilledergürtel und den neuen Hemden ganz zufrieden zu sein, und Cindy war sehr angetan von dem hübschen, mit einem kleinen Diamanten besetzten Goldmedaillon, das Murray ihr geschenkt hatte.

»Das werde ich zum Essen tragen«, erklärte sie und gab ihm einen Kuss.

Nachdem die Kinder Gelegenheit gehabt hatten, zu spielen und sich auszutoben, folgte das traditionelle Umkleideritual vor dem Weihnachtslunch. Sally wurde in ein Kleid gesteckt und die Jungs mussten sich in Jacketts zwängen.

»Ist doch halb so schlimm«, versuchte Cindy Gordon aufzuheitern. »Es geht nur um ein paar Stunden. Euer Großvater möchte eben, dass ihr zu besonderen Anlässen gut angezogen seid. Außerdem wirst du ja fotografiert.«

Bevor Mrs. Flowers das Weihnachtsessen servierte, nahm sie das alljährliche Weihnachtsfoto der Familie auf. Alle standen in steifer Pose vor dem Kamin im Salon. Cindy hatte ihn mit Eukalyptuszweigen geschmückt und die Kinder hatten selbst gebastelte Girlanden und Schneeflocken aus Papier hinzugefügt.

Anschließend nahm die ganze Familie am Esstisch Platz. Mrs. Flowers' traditionelles Weihnachtsmittagessen bestand, ungeachtet der Hitze des Tages, aus gebackenem Schinken und Brathähnchen. Cindy hatte Knallbonbons auf der Tafel verteilt, die die Kinder mit viel Krachen und Gelächter auseinanderzogen. Dann setzten alle die papiernen Weihnachtshütchen auf und lasen einander die albernen Sprüchezettel aus den Knallbonbons vor. Cindy hatte ihre Zweifel, ob Lawrence so ein lärmendes Treiben guthieß, doch er schwieg. Allerdings fiel ihr auf, dass er sein Papierhütchen rasch wieder absetzte.

Auf den Hauptgang folgte Mrs. Flowers' Weihnachtspudding, der ofenheiß mit Vanillesauce gegessen wurde. Mit dieser Tradition hatte sich Cindy noch nicht anfreunden können, aber sie genehmigte sich gern am nächsten Tag ein Stück kalten Pudding zum Tee.

Nach dem Mahl begaben sich alle wieder ins Wohnzimmer, wo Lawrence mit den Kindern die Geschenke austauschen wollte. Gewöhnlich überreichte er jedem von ihnen einen Umschlag mit einem Scheck, den sie ihren Bankkonten gutschreiben lassen konnten. Wobei ihm anscheinend nicht bewusst war, dass ihnen ein Bankkonto, auf das sie keinen Zugriff hatten, wenig bedeutete. Sie murmelten ihren Dank und überreichten Lawrence ein Geschenk, das Cindy auf Murrays Rat hin gekauft hatte.

Diesmal verkündete Lawrence jedoch, dass die Geschenke für die Kinder draußen seien. Also folgten sie ihrem Großvater auf die Veranda, wo Sally sofort ein großes Puppenhaus erspähte, pinkfarben bemalt und voller Miniaturmöbel. Daneben stand ein riesiger roter Spielzeuglaster. Cindy war verblüfft. So viel Großzügigkeit war völlig untypisch für Lawrence, aber vielleicht hatte er inzwischen erkannt, dass sich seine Enkel über Geschenke mehr freuten als über Schecks.

»Das ist ja lieb von dir«, murmelte sie.

Russells Augen leuchteten auf, als er den Spielzeuglaster sah. »Für mich?«, fragte er. Als sein Großvater nickte, rannte Russell sogleich hin und umarmte sein Geschenk. Nur Gordon stand da wie ein begossener Pudel.

»Geh rüber zur Koppel, Gordon«, sagte sein Großvater. »Dort findest du dein Geschenk.«

Die Zwillinge rannten los, und Russell stolperte ihnen nach, weil er seinen Laster hinter sich herziehen wollte. Und dort, hinter dem Gatter, stand ein kleines Shetlandpony.

Murray und Cindy wechselten erstaunte Blicke. Kaum hatte Gordon das Pony erblickt, war er außer sich vor Begeisterung.

»Großvater, das ist das schönste Geschenk auf der Welt!«, jubelte er.

Doch als Sally das Tier sah, packte sie der Neid, sie verlangte zu wissen, wo *ihr* Pony sei. Das Puppenhaus war schnell in Vergessenheit geraten.

»Sei still, Sally! Du hast dein Geschenk bekommen«, entgegnete Lawrence barsch. Sally wurde rot, aber Cindy ermahnte sie, ruhig zu sein.

»Mein Sohn, hol das Sattel- und Zaumzeug aus dem Stall, falls du das Pony satteln willst«, wandte sich Lawrence an Murray.

Im Nu war das Pony bereit für Gordons ersten Ritt. Murray half ihm in den Sattel und führte das Pony in der Koppel herum, bis Gordon so weit war, selbst die Zügel zu nehmen und allein zu reiten.

Murray und Cindy standen am Zaun und schauten Gordon zu, der jeden Augenblick mit seinem wunderbaren Geschenk voll auskostete, während Sally schmollend zuschaute und das alles schrecklich ungerecht fand.

»Du hast ein sehr teures Puppenhaus zum Spielen bekommen«, erwiderte Lawrence, als Sally wieder zu quengeln begann. »Sei gefälligst dankbar dafür, sonst schenke ich dir nächstes Jahr gar nichts zu Weihnachten.«

»Wie wär's, wenn du deine Schwester auch mal reiten lässt?«, schlug Murray vor, um seine Tochter zu besänftigen.

Gordon schüttelte den Kopf. »Großvater hat gesagt, das ist mein Geschenk. Sally kann mit ihrem Puppenhaus spielen.« Und so ritt er weiter im Kreis herum und schien rundum zufrieden mit sich und der Welt.

Das brachte für Sally das Fass zum Überlaufen. Erbost stürmte sie davon, um kurz darauf mit einer Karotte aus der Küche zurückzukehren. Sie kletterte zwischen den Zaunstangen durch und wollte das Pony mit der Möhre füttern, aber das Pferdchen erschrak und schnappte plötzlich nach Sally. Unversehens schlug ihm Sally mit der Hand auf die Nüstern.

Ehe die Lage außer Kontrolle geriet, packte Cindy Sally und Murray hievte Gordon aus dem Sattel.

»Ich glaube, ihr müsst alle mal baden gehen und euch abkühlen«, meinte Murray gelassen, lud die Kinder auf den Traktor und fuhr mit ihnen zum Bach hinunter. Cindy winkte ihnen nach, erleichtert, dass die Konfrontation entschärft war. Aber als sie sich zur Koppel umdrehte, sah sie, wie Lawrence mit wutverzerrtem Gesicht auf das Pony zustapfte. In der Hand hielt er eine Peitsche. Entsetzt erkannte sie, dass er im Begriff war, seinen Zorn an dem Tier auszulassen. Ohne lange zu überlegen kletterte sie zwischen den Zaunstangen hindurch, rannte auf ihn zu und rief: »Halt, bitte. Das Pony kann doch nichts dafür, tu ihm nichts …« Da er überhaupt nicht auf sie reagierte, kreischte sie: »Lawrence!«

Als sie dem zornentbrannten Mann näher kam, verlangsamte sie ihren Schritt. Da hielt er endlich inne, funkelte sie an und ließ die Peitsche auf den Zaunpfosten niedersausen. Dann warf er die Peitsche zu Boden und marschierte ohne ein Wort davon.

Cindy sah ihm nach, und als er verschwunden war, sank sie auf die Knie. Was war das denn eben gewesen? Lawrence hatte die Beherrschung verloren. So hatte sie ihn noch nie erlebt. Sie erhob sich, klopfte sich den Staub aus dem Kleid und trottete langsam zum Haus zurück. Bald würden Murray und die Kinder zurück sein und etwas zur Stärkung haben wollen. Cindy entschied, dass sie sich von diesem Zwischenfall Weihnachten nicht verderben lassen wollte, und begann, Tee und einen Imbiss vorzubereiten. Doch insgeheim war sie zutiefst beunruhigt.

Kurz nach Weihnachten trat Cindy zu Murray auf die verglaste Veranda, wo er seinen Frühstückstee trank und die Post durchsah.

»Ein Brief für dich«, sagte er und reichte ihr ein Kuvert.

»Ah, schön.« Cindy öffnete es und überflog den Brief. »Alice und Spencer kommen uns besuchen! Ich kann's gar nicht glauben!«

Murray schaute auf. »Kommt Babs auch mit?«

»Nein, nur Alice und Spencer. Ich kann es nicht fassen, dass Alice so eine weite Reise unternimmt. Sie reist nämlich nicht gern, weil sie findet, dass es in Palm Springs sowieso am schönsten ist. Aber hier schreibt sie, dass sie bei einer großen Wohltätigkeitsauktion im Country Club eine Kreuzfahrt gewonnen hat, die sie nicht verfallen lassen will, und ein Routenabschnitt führt nach Australien.« Cindy seufzte. »Alice würde es natürlich nicht im Traum einfallen, Babs mitzunehmen oder ihr die Reise zu schenken. Jedenfalls legen sie einen Zwischenstopp in Melbourne ein, damit sie nach Kingsley Downs kommen können. Ist das nicht großartig? Wir müssen hinfahren und sie abholen.«

»Meinst du denn, dass es ihnen auf Kingsley Downs gefallen wird?«, fragte Murray zweifelnd. »Warum treffen wir uns nicht mit ihnen in Melbourne und zeigen ihnen dort die Sehenswürdigkeiten?«

»Murray! Sie wollen doch sehen, wo ich wohne. Und das echte Australien kennenlernen!«

Murray hob eine Augenbraue. »Alice? Hmm. Ich bin mir nicht so sicher, ob sie von dem echten Australien so begeistert ist. Ich nehme an, sie bleiben nur kurz?«

»Ja, ich glaube schon. Sie schreibt, nach dem Besuch bei uns fahren sie zurück nach Melbourne und fliegen heim in die Staaten. Klingt nach einer wundervollen Reise – sie machen halt in Vancouver, auf Hawaii und den Fidschis, in Auckland, Sydney und Melbourne. Babs sieht unterdessen zu Hause nach dem

Rechten.« Mit einem strahlenden Lachen drückte Cindy den Brief an ihre Brust. »Ich kann es gar nicht glauben, dass sie schon Ende nächsten Monats hier sind. Es ist so lange her, dass ich jemanden aus meiner Familie gesehen habe, ich kann's kaum erwarten.«

Cindy fragte sich, wie Lawrence auf den Besuch ihrer Tante reagieren würde, und hoffte, er würde an diesen Tagen nicht da sein. Denn in letzter Zeit war er sehr beschäftigt mit der Gründung eines neuen Unternehmens im Wollgeschäft und deshalb häufig unterwegs oder bei Besprechungen. In seiner Gegenwart fühlte sie sich immer so angespannt, und sie wollte nicht, dass Alice etwas von ihrer schwierigen Beziehung zu ihrem Schwiegervater mitbekam. Diesen Aspekt ihres Lebens hatte sie, wie sie sich eingestehen musste, eher unter den Tisch fallen lassen.

Cindy war fast schwindlig vor Aufregung, als sie und ihre Familie am Hafen von Melbourne ankamen, um Alice und Spencer in Empfang zu nehmen. Vor ihnen ragte der strahlend weiße Ozeandampfer auf. Die Kinder starrten mit großen Augen auf das geschäftige Treiben und das riesige Schiff.

»Da ist sie!«, schrie Cindy lachend und hüpfte in ihren Pumps auf und ab.

Gemächlich tänzelte Alice den Landungssteg entlang, den Blick auf die Menge am Hafen gerichtet, aber nicht so, als würde sie jemanden suchen, sondern als erwarte sie, dass alle Augen auf sie gerichtet waren. Obwohl Cindy ihre Tante zuletzt vor zehn Jahren gesehen hatte, schien Alice nicht einen Tag gealtert zu sein. Mit einer Hand hielt sie ihren ausladenden Strohhut fest, der mit flatternden roten Bändern geschmückt war. Sie trug ein rot-weiß gestreiftes Matrosenoberteil und eine hellrote ausgestellte Hose. Ihr Goldschmuck glitzerte in der Sonne. Eine riesige Sonnenbrille mit viereckigen, rot gerahmten Gläsern verdeckte die Hälfte ihres Gesichts. Ihr folgte Spencer in einem blauen Poloshirt und mit Schirmmütze. Dann verschwanden die beiden in der Zollabfertigungshalle.

Als sie herauskamen, stürmte Cindy auf Alice zu und umarmte sie unter Tränen.

»Du hast mir so gefehlt!«, sagte sie, als sie sich von ihrer Tante löste. »Hallo, Spencer. Wie war die Seereise?«

Spencer verdrehte die Augen, doch bevor er etwas sagen konnte, verlangte Alice: »Stell mir doch mal deine Kinder vor! Oh, hallo, Murray.«

Sie hielt ihnen eine Wange zu einem Küsschen hin, während Cindy die Kinder nach vorn schob, die alle drei diese todschick gekleidete Frau anstarrten.

Russell trat vor und schlang die Arme um Alice' Knie.

Sie tätschelte seinen Kopf. »Reizendes Kerlchen. Russell, nicht wahr? So, und du musst Gordon sein, und du Sally«, sagte sie zu den Zwillingen.

Bei den Umarmungen stellten sich alle ein bisschen ungeschickt an, weil sie vermeiden wollten, Alice den Hut vom Kopf zu stoßen. Ringsum wuselten Leute aufgeregt hin und her, suchten Taschen, Freunde, Taxis. Alice strahlte Cindy und die Kinder an, machte sich von Russell los, strich ihr Top und die Hose glatt und rückte ihre Sonnenbrille zurecht.

»Gehen wir, Murray«, rief Spencer. »Nichts wie raus aus diesem Gewühl.«

Kurz darauf hatten sie den Hafen hinter sich gelassen. Murray saß am Steuer des alten Daimler, neben ihm Cindy mit Russell auf dem Schoß. Die Zwillinge hatten sich mit Alice und Spencer auf die Rückbank gezwängt. Alice hatte darauf bestanden, ihre Reisetasche und ihre Handtasche bei sich zu haben, sodass es im Fond ziemlich eng wurde. Die Koffer waren im Kofferraum verstaut, doch wie Spencer Murray erzählte, hatten sie an Bord noch etliche mehr gehabt. Es war vereinbart worden, dass diese Gepäckstücke direkt zum Flughafen transportiert wurden, wo die beiden sie vor ihrem Rückflug nach Amerika abholen würden.

»Zum Glück hatten wir eine Suite mit extra großem Schrank, aber wir hätten eine zusätzliche Kabine allein für Alice' Klamotten gebraucht«, sagte Spencer.

»Hätte ich etwa zweimal in derselben Garderobe am Tisch des Kapitäns speisen sollen?«, konterte Alice.

»Um Himmels willen, nein!«, rief Spencer aus und hob in gespieltem Entsetzen die Arme.

»Er versteht das nicht. Ich bin die lebende Werbung für mein Geschäft«, meinte Alice naserümpfend.

»Aber dein Geschäft ist doch in Palm Springs«, wandte Murray ein.

»Menschen, die stilvoll reisen, kommen irgendwann auch nach Palm Springs«, erwiderte Alice gelassen.

»Da hast du auch wieder recht«, pflichtete Murray ihr grinsend bei. »Nun, wir haben uns gedacht, wir zeigen euch ein paar Sehenswürdigkeiten, lassen die Kinder ein bisschen im Botanischen Garten herumrennen und gehen dann fein essen. Dann fahren wir nach Kingsley Downs, was etwa vier Stunden dauert.« Er warf einen Blick in den Rückspiegel zu Alice. »Bist du wirklich sicher, dass du aufs Land willst, Alice? Da gibt es nicht viel zu sehen, nur eine Menge Schafe.«

»Ich habe Anweisung von Babs, mir alles genauestens einzuprägen, mein Lieber«, versicherte Alice ihm. »Ich glaube, Cindys Fotos werden der Realität nicht gerecht. Obwohl wir uns immer sehr über die Fotos freuen«, fügte sie hinzu.

Es war ein herrlicher Tag und auch Alice konnte nicht umhin, die makellosen Gartenanlagen am Ufer des Yarra zu bewundern.

Als sie zum Restaurant gelangten, hatten die Kinder einen Bärenhunger, saßen aber ganz still und ehrfürchtig vor den Gedecken mit dem Tafelsilber. Ihre Mutter hatte ihnen eingeschärft, auf ihre Tischmanieren zu achten und sich in Tante Alice' Gegenwart nur von ihrer besten Seite zu zeigen. Die Ermahnung wäre allerdings gar nicht nötig gewesen. Denn für die Kleinen schien Tante Alice einem Märchen entsprungen zu sein, in dem Königinnen gegen Hexen kämpften. Sie wussten nur noch nicht so recht, wie sie Tante Alice einordnen sollten.

Nach dem Essen stiegen sie wieder in den ächzenden Wagen und fuhren los. Bald waren die städtischen Straßenzüge verschwunden, und weit und breit sah man nur noch Weideland.

»Lieber Himmel, dauert es noch lange, Cindy?«, seufzte Alice auf der Rückbank. »Spencer ist schon eingeschlafen.«

»Es ist nicht mehr weit, Tante Alice. Wir sind rechtzeitig zu einem Sundowner zu Hause.«

»Was in Gottes Namen ist ein Sundowner?«

»Ein Cocktail bei Sonnenuntergang.«

»Habe ich gerade Cocktail gehört?«, gähnte Spencer. »Ist ja eine ganz schön lange Fahrt. Das tut ihr euch bestimmt nicht allzu oft an, was? Du solltest dir ein kleines Flugzeug anschaffen, Murray.«

Da die Kinder seit dem frühen Morgen auf den Beinen gewesen waren, schliefen sie alle, als Murray die Einfahrt von Kingsley Downs passierte. Doch das Holpern über das Viehgitter weckte sie.

Als sie die Zufahrtsstraße entlangfuhren, erwartete Cindy, dass Alice oder Spencer eine Bemerkung über das wunderbare Abendlicht machen würde, das zwischen den Eukalyptusbäumen am Straßenrand hereinfiel. Stattdessen fragte Alice jedoch in nörgelndem Ton: »Hast du nicht gesagt, das da hinten war die Einfahrt zum Gut? Wo ist denn jetzt das Haus?«

»Kommt gleich«, antwortete Murray fröhlich. »Wie sagte einer eurer Landsleute: ›Go West!‹ Wir sind fast da. Übrigens ist Kingsley Downs ein verhältnismäßig bescheidenes Anwesen. Ihr solltet mal die Schafstationen weiter im Landesinneren sehen, die haben richtig lange Zufahrtswege.«

»Klingt nach einer Menge Arbeit«, meinte Spencer.

»Was gibt's da schon zu tun?«, bemerkte Alice mit einer wegwerfenden Handbewegung. »Hier ist doch nichts.«

»Wir haben hier mehrere Tausend Schafe«, verkündete Gordon stolz.

»Meine Güte. Die geben eine Menge Wolle«, meinte Alice. »Die bei uns zu Hause allerdings etwas aus der Mode gekommen ist. Ich liebe Kunstfaserstoffe, sie sind so pflegeleicht. Heutzutage wollen alle nur Polyester haben.«

»Herrje, erzähl das bloß nicht Murrays Vater«, sagte Cindy hastig.

»Und stell dich nicht vor das Kaminfeuer, wenn du Synthetik trägst«, ergänzte Murray finster.

»Da ist das Haus!«, sagte Spencer, als das vornehme alte Gebäude in Sicht kam. »Wow, was für ein Mordskasten.«

»Ich hoffe, du musst das Haus nicht selbst putzen«, meinte Alice.

Die Kinder waren froh, endlich angekommen zu sein und nicht mehr im Auto sitzen zu müssen. Tom und Mrs. Flowers kamen mit strahlenden Gesichtern heraus, um sie zu begrüßen.

»Tom kümmert sich um euer Gepäck, Spencer«, sagte Murray, als er ausstieg. »Kommt rein, ich stelle euch meinen Vater vor.«

»Tante Alice, möchtest du dich nach der Fahrt frisch machen? Murrays Vater wird uns mit kühlen Drinks auf der Veranda erwarten, aber ich zeige euch erst euer Zimmer. So, Kinder, ab in die Küche mit euch. Dort wird euch Mrs. Flowers was zum Abendessen machen«, rief Cindy den Kindern nach, als sie ins Haus stürmten.

»Ich könnte einen kräftigen Schluck vertragen, wenn jetzt Cocktailstunde ist«, erklärte Spencer. »Ihr habt ein ziemlich großes Anwesen, Murray. Gibt es auch Pferde?«

»Nur Arbeitstiere. Mein Großvater hatte vor vielen Jahren Rennpferde, aber Dad und ich haben keinen Sinn dafür. Wir sind der Meinung, dass sie nur viel Arbeit machen. Komm hier lang.«

Alice hatte sich das Haar gekämmt und frischen zinnoberroten Lippenstift sowie einen Hauch Arpège, ihr Lieblingsparfum, aufgetragen. Gleich darauf streckte Cindy den Kopf zur Tür herein, um zu sehen, wie weit sie war.

»Ich bin fertig. Zeigst du mir jetzt das Haus? Es ist ziemlich alt, nicht wahr?«

Cindy nickte und führte Alice durch den langen dunklen Gang. »Murrays Urgroßvater hat es um die Jahrhundertwende gebaut. Weißt du was, ich bringe dich erst mal zur Veranda, wo wir einen Drink nehmen. Auf dem Weg dorthin kannst du dir schon mal ein erstes Bild machen.«

Alice sagte nicht viel, während sie hinter Cindy durch Wohnzimmer, Salon und Esszimmer schlenderte und sich auch die Zeit nahm, ein Gemälde zu studieren oder eine Vase oder eine Schale auf der Anrichte zu begutachten.

»Das ist alles so *alt*. Und ich meine nicht antik, so wie in einem englischen Schloss, sondern schlicht altbacken«, stellte Alice fest und zog die Nase kraus. »Und so düster! Dieses Haus braucht viel mehr Licht. Das Licht bewirkt ganz viel in Palm Springs. Darum solltest du dich auch hier kümmern«, fuhr Alice fort, während sie sich in dem dämmerigen Esszimmer mit den schweren, unzeitgemäßen Möbeln umsah. »Es wäre eine Menge Arbeit, dieses Haus auf Vordermann zu bringen. Das sieht alles so nach letztem Jahrhundert aus.« Bedächtig schüttelte sie den Kopf, dann wandte sie sich an Cindy. »Gut, nun mach mich mit deinem Schwiegervater bekannt.«

Vor diesem Zusammentreffen hatte Cindy gegraut, aber Alice schwebte bereits in all ihrer Eleganz auf die Veranda, wo Spencer, Lawrence und Murray es sich auf Sesseln bequem gemacht hatten und mit einem Drink in der Hand angeregt plauderten. Als sich die Frauen näherten, erhoben sie sich rasch.

»Ah, die berühmte Alice«, begrüßte Lawrence sie leutselig und schüttelte ihr die Hand, dass ihre Goldarmreife klirrten. »Es ist mir eine Ehre, Sie kennenzulernen. Wie schön, Sie und Ihren Mann als Gäste hier zu haben. Cynthia hat sich ja so auf Sie gefreut.«

Cindy entschuldigte sich und murmelte, dass sie Mrs. Flowers helfen wolle. Was nicht ganz der Wahrheit entsprach. Aber sie ertrug es einfach nicht, wie sich Lawrence hier als Charmeur gerierte.

Sie ging durchs Haus und trat in den hinteren Garten hinaus, wo sie mehrmals tief durchatmete. Das Wiedersehen mit Alice ging ihr nahe, denn ihre Tante rief ihr ein Leben in Erinnerung, das ihr einst so vertraut gewesen war und jetzt ganz lange zurückzuliegen schien. Schlagartig wurde ihr klar, wie sehr sie ihre Tanten vermisst hatte, vor allem Babs, und auch ihren Cousin Joey. Und sie sehnte sich danach, ihre Kinder den Menschen vorzustellen, die sie so sehr liebte.

Gleich würde die Sonne untergehen. Cindy atmete tief durch und ging zu den anderen zurück, die gerade den besonders prächtigen Sonnenuntergang bewunderten.

»Den haben wir eigens für Sie bestellt, Alice«, sagte Lawrence.

»Na, man hat hier jedenfalls einen freien Blick, so viel steht fest«, meinte Alice.

»Eine Weite wie in der Wüste bei uns. Das ist also gutes Weideland für Schafe, Lawrence?«, erkundigte sich Spencer.

»Ja, es ist ein karges Land, nicht so üppig wie die Küstenregion. Aber Schafen bekommt das trockene, harte Gras gut. Merkwürdige Viecher. Wenn man sie verhätschelt, macht sie das kaputt.«

»Schafzüchter sind auch ein bisschen so«, ergänzte Murray. »Jede Saison beginnt wieder das Vabanquespiel, ob man reich wird oder pleitegeht, je nach dem Wetter. An einem Tag will keiner die Wolle geschenkt, am nächsten haben wir fünfzig Millimeter Niederschlag und schon stehen die Käufer am Tor Schlange.«

»Klingt nach einem ziemlich unberechenbaren Geschäft«, meinte Spencer.

»Wie sieht denn der Plan für morgen aus?«, fragte Alice, offensichtlich gelangweilt vom Thema Schafe.

»Vielleicht kann Cynthia mit Ihnen eine kleine Rundfahrt in der Umgebung machen. Und morgen Abend kommen einige unserer hiesigen Honoratioren zum Essen«, antwortete Lawrence.

»Das sind nur Freunde«, warf Cindy ein. »Es wird kein Staatsempfang oder so was.«

»Und für übermorgen haben wir uns überlegt, zu den Picnic Races zu gehen«, sagte Murray. »Es ist vielleicht nicht die Art von Pferderennen wie bei euch in den Staaten, aber es macht Spaß, und ihr hättet Gelegenheit zu sehen, wie wir uns hier im Outback amüsieren. Darf ich Ihnen nachschenken, Alice?«

»Das klingt gut, finde ich«, meinte Spencer fröhlich.

»Ich sehe mal, wie weit Mrs. Flowers mit unserem Dinner ist«, entschuldigte sich Cindy erneut. Lawrence bedachte sie mit einem finsteren Blick, was die anderen jedoch nicht zu bemerken schienen.

»Danke, Murray, aber ich glaube, ich gehe mich lieber vor dem Dinner umziehen, wenn's recht ist.« Alice stand auf und folgte Cindy ins Haus.

In der Küche aßen die Kinder gerade ihr Abendbrot und Cindy sah ihnen an, wie müde sie nach dem langen Tag waren. Zärtlich zauste sie Russell die Haare. Wenn sie die Kinder sah, fühlte sie sich immer gleich besser.

»Macht euch bettfertig, ihr drei, ich komme dann noch zu euch.«

»Die können Sie heute Abend ruhig mir überlassen«, bot Mrs. Flowers an. »Sie wollen doch Zeit für Ihre Tante haben.«

Cindy dankte ihr und ging zurück in den Flur, wo ihr Alice entgegenkam.

»Ah, gut, ich wollte dich mal kurz unter vier Augen sprechen«, sagte Alice im Verschwörerton. »Ich möchte dir etwas erzählen, was dein Mann nicht unbedingt hören muss. Erinnerst du dich noch an den Jungen, in den du so verknallt warst, Robbie Wilson? Nun, Spencer hat erfahren, dass er jetzt Partner bei einer großen Anwaltskanzlei in San Francisco ist. Hättest du ihn genommen, hättest du garantiert dein eigenes Haus. Zu schade!«

Cindy fühlte Ärger in sich aufsteigen. »Tante Alice, Murray ist ein guter Ehemann und ich liebe ihn sehr. Ich kann mir nicht vorstellen, mit einem anderen verheiratet zu sein. Außerdem haben wir drei Kinder, sie sind mein Ein und Alles!«

Die Erwähnung von Robbie hatte sie aus der Fassung gebracht. Damals hatte sie geglaubt, sie sei unsterblich in ihn verliebt, doch nun hatte sie seit Jahren kaum mehr einen Gedanken an ihn verschwendet. Auch wenn sie sich manchmal beiläufig gefragt hatte, was wohl aus ihm geworden war.

»Als ich hierherkam, Tante Alice, hätte ich nicht geglaubt, dass es mir hier draußen gefallen würde. Aber dieses Land entfaltet seinen eigenen Reiz. Ich könnte mir nicht vorstellen, heute irgendwo anders zu leben, nicht einmal in San Francisco. Als ich Murray geheiratet habe, habe ich mir schon den Richtigen ausgesucht, glaub mir.«

Alice zuckte mit den Schultern. »Wenn du meinst. Trotzdem solltest du mal mit den Kindern zu uns in die Wüste kommen. Es würde ihnen gefallen und ihnen eine andere Lebensweise mit Geschmack und Glanz und Stil nahebringen. Das fänden sie bestimmt aufregend, und Babs würde dich auch sehr gern wiedersehen.«

»Ich hoffe, wir werden euch eines Tages besuchen kommen«, meinte Cindy vage und fragte sich, wie sie sich je fünf Flugtickets leisten können sollten.

Da spazierte Spencer herein, der seine Frau gesucht hatte.

»Ich habe mich schon gewundert, wo du bleibst, Schatz. Habt ihr Frauen was zu besprechen? Ich dachte, ich lege mal zehn Minuten die Füße hoch. Willst du dich noch schick machen, Liebes?«

»Was denkst du denn? Ich habe diese Klamotten schon den ganzen Tag an«, erwiderte Alice.

»Sag ihr, dass sie heute Abend kein Diadem braucht, Cindy.«

Cindy lächelte die beiden an. »Ruht euch ein bisschen aus. Das Essen ist in etwa einer Stunde fertig. Wenn ihr euch umgezogen habt, könnt ihr ja wieder auf die Veranda gehen und euch noch einen Drink genehmigen. An Sommerabenden ist es schön da draußen.«

Bei den Aperitifs präsentierte sich Alice in einem mit kühnen geometrischen Mustern bedruckten Jumpsuit mit Hosen im Marlene-Stil und einem tiefen V-Ausschnitt. Lawrence konnte den Blick nicht von Cindys exotischer Tante abwenden. Sie musste ihm wie ein Paradiesvogel vorkommen. Spencer war mit seinem blassgrünen Poloshirt und einer langen karierten Hose etwas dezenter gekleidet.

Murray trug ein kariertes Hemd und eine Moleskinhose, Lawrence ein blaues Hemd mit roter Wollkrawatte zu einer grauen Hose. Cindy hatte sich in aller Eile umgezogen, und als Alice ihr schlichtes baumwollenes Hemdblusenkleid kritisch musterte, bedauerte sie, nicht mehr Mühe auf ihre Garderobe verwendet zu haben. Immerhin hatte sie Murrays Perlenkette angelegt, die wundersamerweise aus den Trümmern des alten Hauses hatte geborgen werden können.

Lawrence wirkte erfreut, als Spencer ihn und Murray nach ihren preisgekrönten Schafböcken fragte.

»Ich habe mir die Fotos im Flur angesehen und war erstaunt,

wie groß diese Tiere sind. Man könnte meinen, sie können sich unter all der Wolle kaum aufrecht halten.«

»Die Merinoschafe in dieser Gegend«, erklärte Lawrence, »sind Peppins, benannt nach der Familie, die hier erstmals eine zähere Rasse gezüchtet hat. Salzbuschebenen eignen sich gut für Rinder, aber die Schafe mussten bei der Nahrungssuche etliche Kilometer zurücklegen. Also begann die Familie Peppin größere und kräftigere Tiere zu züchten. Sie sind für diese Gegend bestens geeignet.«

»Ihre Wolle ist auch besser«, fügte Murray hinzu. »Die Fasern sind länger und dicker, sie lassen sich gut auskämmen und mit den neuen Spinnmaschinen verarbeiten, dank derer die Wolle gegenüber der Baumwolle konkurrenzfähig bleibt. Außerdem tragen unsere Schafe viel mehr Wolle als andere Rassen. Peppin-Merinos sind inzwischen weltweit gefragt.«

»Also laufen die Geschäfte noch gut in der Wollbranche?«, fragte Spencer.

»Die Zeiten ändern sich«, meinte Lawrence. »Die Wollindustrie braucht mehr Sicherheiten, und die werden wir jetzt bekommen. Dafür sorgt die neue Australian Wool Corporation, die den Weltmarktpreis für Wolle bestimmen wird.« Mit einem selbstgefälligen Lächeln lehnte sich Lawrence zurück.

Alice schlug die Beine übereinander, das Gespräch langweilte sie. »Also, ich trage Seide, obwohl ich, ehrlich gesagt, nur noch Synthetiksachen verkaufe. Was anderes will die modebewusste Kundschaft nicht.«

Die unverblümte Art ihrer Tante ließ Cindy zusammenzucken, doch Lawrence ging darüber hinweg.

»Jetzt müsste das Essen fertig sein«, sagte er nur. »Ich meine, Mrs. Flowers schon im Esszimmer zu hören. Willst du nicht nachsehen gehen, Cynthia?« Sein Ton war barsch, als wollte er Cindy zu verstehen geben, dass sie eine schlechte Gastgeberin war. Ihre Wangen glühten, als sie den Raum verließ, wenngleich niemand diese Spitze bemerkt zu haben schien.

Beim Dinner beäugte Alice unbehaglich den großen Lammbraten. »Ist das eines von euren? Eigentlich mache ich mir nicht viel aus Fleisch. Vielleicht bleibe ich einfach beim Gemüse.«

Lawrence fasste sie scharf ins Auge, wandte seine Aufmerksamkeit dann aber wieder Spencer zu.

Ansonsten verlief das Dinner ohne Zwischenfälle. Kurz darauf erklärten Alice und Spencer, sie seien müde von der weiten Fahrt, und zogen sich zurück. Der erste Tag war schon mal gelungen. Und trotz Alice' kritischer Bemerkungen über Kingsley Downs war Cindy noch nie so stolz auf ihr Heim gewesen.

Am nächsten Tag machte Cindy mit ihren Gästen eine Rundfahrt in der näheren Umgebung. Sie sahen sich Yamboola an, wo Alice und Spencer ausstiegen, um ein paar Fotos vor dem Majestic Hotel zu machen, das sie malerisch fanden. Einen Drink in der Hotelbar lehnten sie allerdings ab. Zum Mittagessen fuhren sie nach Kingsley Downs zurück, und anschließend zeigte ihnen Cindy Deniliquin. Alice war davon offensichtlich wenig beeindruckt, weshalb es bei einem kurzen Aufenthalt blieb. Immerhin bestand sie darauf, sich zusammen mit den Schwarzschwänen, die am Ufer des Edward River hockten, ablichten zu lassen.

Das Abendessen verlief in einer harmonischen Atmosphäre. Alistair fiel es nicht schwer, Alice zu bezirzen, die seine noblen Manieren augenscheinlich als schmeichelhaft empfand. Jo unterhielt sich angeregt mit Spencer. Lawrence, der Cindy wie immer kühl und abweisend behandelte, war weiterhin so ungewohnt freundlich gegenüber Alice, dass Jo mit ihrer Freundin mehrmals verwunderte Blicke wechselte.

Am nächsten Tag wollten sie zu den Picnic Races. Da sich Mrs. Flowers freundlicherweise bereit erklärt hatte, die Kinder zu hüten, konnte sich Cindy ganz ihren beiden Gästen widmen.

Alice konnte sich nicht entscheiden, welchen Hut sie zu ihrem fließenden Chiffonkleid mit dem Blumendruck tragen sollte.

»Nimm den Sonnenhut, den du bei der Ankunft aufhattest«, schlug Cindy vor. »Wenn du die roten Bänder abmachst, passt er perfekt.«

Alice überlegte kurz und bat dann Sally, sie in den Garten zu führen, wo sie eine Menge Rosen pflückte, die sie an der breiten Krempe feststeckte.

Die ländliche Umgebung und der eher schlichte Komfort bei dem Rennen überraschte die Gäste zunächst, doch sie genossen die Atmosphäre und die vielen Picknicks – auf Wolldecken im Gras oder unter Bäumen auf gedeckten Tischen mit Kristallgläsern, aber auch mit Papptellern und bunt zusammengewürfeltem Besteck. An einigen Stellen wurde zudem gegrillt, der Geruch von gebratenem Fleisch lag in der Luft.

»Es ist wie ein ländliches Volksfest«, meinte Alice, während ihr Blick über die Zelte mit den Erfrischungen, das Glücksrad und die Buchmacher schweifte, die ihre Angebote ausriefen und mit Kreide hastig Pferdenamen und Wettquoten auf ihren Tafeln notierten. »Aber ich verstehe kein Wort von dem, was die da sagen. Gibt es hier keine Zuschauertribüne? Und ist das die Rennstrecke? Mit nur so niedrigen Absperrungen?«

»Wir haben einen prima Platz unter einem Baum gefunden. Folgt mir. Es gibt dort Bänke und auch ein bisschen Schatten«, sagte Murray grinsend. Auf dem Weg dorthin nickten Cindy, Murray und Lawrence anderen Rennbahnbesuchern zu und verweilten immer wieder zu einem kleinen Plausch mit Bekannten. Unterdessen musterte Alice mit fachmännischem Blick die Garderobe der Frauen.

»Schön zu sehen, dass diese Frauen immerhin einen gewissen Aufwand betreiben«, konstatierte sie. »Hüte und sogar Handschuhe trotz dieser Hitze und dem Staub. Grundgütiger!« Hüstelnd fächelte sie sich Luft zu, weil gerade die Pferde beim zweiten Rennen auf der Zielgeraden an ihnen vorbeidonnerten und sie in eine Staubwolke einhüllten.

Sie ließen sich auf den Stühlen nieder, die Murray zusammen mit einer dicken wollenen Reisedecke aus dem Kofferraum geholt hatte. Im Handumdrehen hatte Lawrence auch schon eine Flasche Sekt entkorkt.

Murray winkte ab, als sein Vater ihm ein Glas anbot. »Danke, Dad, ich glaube, bei dieser Hitze trinke ich lieber ein Bier.«

Mit ihren Getränken in der Hand studierten sie das Rennprogramm, und anschließend begaben sich die Männer zu den Buchmachern, um für sich und Cindys Tante Wetten zu platzieren.

Alice landete einen Glückstreffer, als ihr erster Tipp als Zweiter ins Ziel ging, und danach gab es für sie kein Halten mehr. Bei allen folgenden Rennen gab sie Kombiwetten ab und konnte manchmal sogar Gewinne einstreichen.

Später nahm Alice huldvoll den Preis für die bestgekleidete Dame des Tages entgegen, als würde er ihr ganz selbstverständlich zustehen. Dennoch freute sie sich darüber und posierte vor dem Fotografen der Lokalzeitung.

»Cindy, sieh zu, dass du die Fotos von der Zeitung und auch ein paar Exemplare dieser Ausgabe bekommst. Niemand in Palm Springs wird merken, was für eine provinzielle Veranstaltung dieses Rennen ist, wenn man die Fotos in entsprechendem Rahmen präsentiert.«

Auch Spencer hatte bei jedem Rennen eine Wette platziert. Mit gelöster Krawatte und leicht gerötetem Gesicht feierte er seine gelegentlichen Gewinne, als würde jedes der Pferde ihm gehören. »Mann, das ist besser als das Kentucky Derby!«

Als er Cindy einen heißen Tipp für das nächste Rennen geben wollte, lachte sie und schüttelte den Kopf. »Ich lasse das lieber bleiben.«

»Aber du hast nicht ein einziges Mal gewettet!«, wandte Alice ein. »Hast du kein Geld? Spencer, gib ihr was, du hast doch genug gewonnen.«

»Das würde ich nicht, Spencer«, schnaubte Lawrence, das Gesicht eine spöttische Fratze. »Cynthia weiß nicht mal, wo bei einem Pferd vorn und hinten ist. Da könntest du dein Geld genauso gut zum Fenster hinausschmeißen.«

Lawrence' bissige Bemerkung ließ Cindy zusammenzucken, aber sie wollte vor ihrer Tante keine Szene machen.

»Ist schon gut, danke. Beim Wetten bin ich ein hoffnungsloser Fall. Wenn ich auf ein Pferd setze, wird es garantiert Letzter. Aber ich hoffe, dir und Spencer hat es Spaß gemacht. Ich weiß, es ist ein bisschen anders als bei euch«, erwiderte Cindy.

Beide versicherten ihr, es sei ein unvergleichliches Erlebnis gewesen.

Als sie auf Kingsley Downs ankamen, war die Sonne schon untergegangen, die Kinder lagen längst im Bett und schliefen tief und fest.

»Eigentlich wollten sie aufbleiben, bis Sie zurück sind«, berichtete Mrs. Flowers Alice, »aber ich wusste ja nicht, wann das sein würde.«

»Das habe ich mir schon gedacht. Aber ich sehe sie ja morgen früh noch, bevor wir losfahren«, erwiderte Alice. Dann wandte sie sich an Cindy: »Wie wär's, wenn wir uns ein bisschen unter vier Augen unterhalten, während die Männer auf der Veranda einen Drink nehmen?«

Als sie sich auf den mit Chintz bezogenen Sesseln vor Alice' Zimmer niedergelassen hatten, wollte Cindy gerade sagen, wie schön sie es fand, dass ihre Tante sie besucht hatte.

Aber da ergriff Alice bereits das Wort. »Ich verstehe das alles nicht«, erklärte ihre Tante in entschiedenem Ton.

Cindy war verdutzt. »Entschuldige, Tante Alice, wovon sprichst du?«

»Von deinem Schwiegervater. Warum lässt du dich von diesem Mann so behandeln? Wie kann Murray zulassen, dass er so mit dir redet? Ich hätte nie gedacht, dass dein Mann so ein Waschlappen ist.«

Verblüfft starrte Cindy sie an. Sie hatte geglaubt, ihre Tante sei von Lawrence beeindruckt, weil er ihr gegenüber immer so höflich, ja geradezu charmant war.

Als hätte sie Cindys Gedanken erraten, fuhr Alice naserümpfend fort: »Ich rieche es schon aus einer Meile Entfernung, wenn jemand ein Blender und Heuchler ist. Im Gegensatz zu Babs, die immer alle nett findet, habe ich eine gute Menschenkenntnis. Und dieser Mann ist ein Heuchler. Meint, er kann mir gegenüber Süßholz raspeln, und behandelt dich wie den letzten Dreck! Also, was steckt dahinter?«

Cindy schwirrte immer noch der Kopf. Sie hatte stets angenommen, Alice sei so egozentrisch, dass sie nichts wahrnahm, was sich nicht um ihre Person drehte.

»Also? Was ist das für eine Geschichte?«, wollte Alice wissen.

»Mit Lawrence? Na ja, es ist kompliziert. Ich bin mir nicht sicher, ob ich das wirklich weiß …«

»Kompliziert? Ich würde sagen, es ist die Hölle, mit diesem Mann das Haus teilen zu müssen. Dass du überhaupt in diesem Haus wohnen musst und er dich wie eine Dienstbotin behandelt!«

»Alice, du bist erst seit Kurzem hier …«

»Und er nennt dich Cynthia. So hat dich seit dem Tag deiner Geburt niemand mehr gerufen. Herrgott, was für ein widerwärtiger Kerl! Ich habe dich aufwachsen sehen, Cindy, und aus dir ist eine sehr passable Frau geworden. Du hast es nicht verdient, so behandelt zu werden. Warum macht sich dein Mann nicht stark für dich?«

»Da tust du ihm unrecht. Murray steht sehr wohl hinter mir, aber um des lieben Friedens willen halten wir eben den Mund. Außerdem ist es schwierig, weil Lawrence alles gehört und er alles bestimmt.«

»Wenn du mich fragst, steht Murray unter Lawrence' Fuchtel.«

»Das mag so aussehen, aber wir sind nun mal in einer Zwickmühle.«

Cindy erklärte, dass Murray zwar eines Tages alles erben würde, doch bis dahin hatte Lawrence in finanziellen Dingen das Sagen.

»Murray fühlt sich natürlich seinem Vater verpflichtet. Wie ich dir und Babs ja schon in meinen Briefen erzählt habe, hat Lawrence ihn allein großgezogen, nachdem seine Mutter verschwunden war.«

»Mir scheint, da hat sie das einzig Richtige getan«, entgegnete Alice energisch. »Ich wäre auch nicht bei ihm geblieben. Und Babs auch nicht.«

»Na, ich gehe jedenfalls nicht fort. Das ist mein Zuhause, Alice. Ich würde nie meine Familie verlassen, so wie Rose.«

»Dann sitzt du in der Falle.«

»Ach was. Ich will nicht mehr darüber reden.« Zu Cindys Erleichterung kam Spencer den Gang entlang und Alice drehte sich zu ihm um.

»Spencer, ich bin der Meinung, dass Cindy und die Kinder uns besuchen kommen sollten. Wir werden sie in die Staaten zurückfliegen lassen, wann immer Cindy es will, ja?«

Spencer sah bestürzt drein. »Wie? Habe ich da was verpasst? Aber klar, das machen wir. Gibt es ein Problem?«

»Du hast gar nichts verpasst«, sagte Cindy hastig.

»Cindy, hör zu. Du lebst unter einem Dach mit einem Mann, der nur Verachtung für dich übrig hat. Wenn er so weitermacht, werden auch deine Kinder jeden Respekt vor dir verlieren. Murray sitzt zwischen allen Stühlen, aber er wird zu seinem Vater halten«, sagte Alice resolut. »In derlei Dingen kenne ich mich aus.«

»Alice, du bringst Cindy ja ganz aus der Fassung«, warf Spencer ein.

»Unsinn, es muss ihr einfach mal jemand die ungeschminkte Wahrheit sagen. Kurz, dein Schwiegervater ist ein Arschloch. Entschuldige meine Ausdrucksweise«, befand Alice sarkastisch.

»Alice, beruhige dich. Cindy ist mittlerweile eine erwachsene Frau.« Spencer tätschelte Cindys Schulter. »Trotzdem, wenn Not am Mann ist, brauchst du uns nur anzurufen.«

»Danke.« Cindy war den Tränen nahe. »Bitte sagt Babs nichts davon. Ich will nicht, dass sie sich meinetwegen Sorgen macht. Und ich werde nach Palm Springs kommen, wenn die Kinder alt genug sind, damit sie auch was davon haben. Das verspreche ich euch.«

»Cindy, noch ein letztes Wort in dieser Sache«, sagte Alice. »Nimm dein Leben in die eigenen Hände und lass niemanden auf dir herumtrampeln. Lawrence ist ein Mensch, der die Schwächen anderer ausnutzt. Und das wird immer schlimmer werden. Wenn du ihm jetzt nicht Paroli bietest, wirst du es bereuen. Tu es auch Murray zuliebe. Wenn er es nicht schafft, musst du es eben selbst tun.«

Zitternd sog Cindy Luft ein. Sie wusste, dass ihre Tante recht hatte.

Da Alice' und Spencers Besuch sich dem Ende zuneigte, wollte Cindy noch so viel Zeit wie möglich mit ihnen verbringen. In Alice' Gegenwart wurde ihr bewusst, wie sehr sie sich auch nach einem Wiedersehen mit Babs sehnte.

»Ich begleite euch zum Flughafen«, verkündete sie, »weil ich bis zur letzten Sekunde mit euch zusammen sein will. Ich werde euch sehr vermissen.«

»Wir werden Babs über alles ausführlich berichten und ihr unsere Fotos zeigen«, meinte Spencer.

Murray lächelte, als Cindy ihm sagte, dass sie zum Flughafen mitfahren wollte. »Na klar. Ich denke, die Kinder lassen wir diesmal da, wenn es Mrs. Flowers recht ist. Hättest du vielleicht Lust, über Nacht zu bleiben? Wir könnten in Melbourne abends essen gehen und am nächsten Tag zurückfahren.«

Das klang zwar verlockend, doch Cindy wollte die Kinder nicht so lange allein lassen und die Haushälterin auch nicht über Gebühr beanspruchen. »Das ist sehr lieb und aufmerksam von dir, Schatz. Aber wir fahren besser gleich wieder zurück. Vielleicht ein andermal.«

Unter Tränen nahm Cindy am Flughafen Abschied. Als sie zurückfuhren, schwelgte sie in Erinnerungen an ihre Tanten und ihr Leben in Palm Springs und Murray unterbrach ihren Redefluss nicht. Die meisten der Geschichten kannte er zwar schon, doch er ließ sie weiterplappern, denn es schien ihre Methode zu sein, den Abschied von Alice und Spencer zu verarbeiten.

Nach einer Weile meinte Cindy seufzend: »Es ist einfach so schön, Besuch von der Familie zu bekommen. Ich hoffe wirklich, dass wir eines Tages mit den Kindern nach Kalifornien reisen können.«

»Mal sehen, wie sich die Wolle in der nächsten Saison verkauft. Da die Australian Wool Corporation jetzt ihre Arbeit aufgenommen hat, können wir unsere Einkünfte viel besser abschätzen«, sagte Murray.

Cindy ließ den Kopf auf die Sitzlehne sinken und schloss die Augen, froh, sich nach den vier Besuchstagen entspannen zu können. Sie merkte jetzt, wie erschöpft sie war.

Abrupt fuhr sie aus ihrem Halbschlaf hoch, als Murray laut vor sich hin brummte.

»Was ist los?« Cindy stellte fest, dass die Sonne bereits untergegangen war und sie schon fast das Tor erreicht hatten.

»Licht auf den Weiden am Haus.«

»Vielleicht ist Tom hinter Kängurus her? Oder Kaninchen? Ich sehe jedenfalls nichts«, meinte Cindy.

»Kann sein.« Murray klang angespannt. Der Wagen rumpelte über die Viehgitter und Murray fuhr ungewöhnlich schnell die Zufahrt hinauf.

»Was denkst du, was los ist?«, fragte Cindy.

»Es wird schon dunkel, also hat jemand die Lichter eingeschaltet, weil er etwas sucht. Vielleicht ist ein Tier abhandengekommen.«

Erschrocken schlug Cindy die Hand vor den Mund. »O nein – die Kinder! Ob ihnen was passiert ist?«

»Das werden wir gleich wissen«, antwortete Murray grimmig und drückte das Gaspedal noch weiter durch, was den Wagen auf dem Feldweg ins Schlingern brachte.

Schlitternd kam das Auto vor dem Haus zum Stehen und Murray drückte auf die Hupe.

Sofort erschien Mrs. Flowers in der Tür und ihr Gesicht verriet Cindy, dass hier etwas ganz und gar nicht in Ordnung war.

»Was ist los? Was ist passiert? Wo sind die Kinder?«, rief Cindy und stolperte auf sie zu.

Ehe Mrs. Flowers antworten konnte, stürmte hinter ihr Sally hervor und warf sich unter hysterischem Schluchzen ihrer Mutter in die Arme.

»Wo sind die Jungen?«

»Gordon ist bei Großvater.«

»Mrs. Parnell …«, begann Mrs. Flowers, dann versagte ihre

Stimme. Sie schlug die Hände vors Gesicht und brach ebenfalls in Tränen aus.

Murray legte ihr den Arm um die Schultern. »Was ist passiert?«

»Russell … er ist verschwunden. Alle suchen nach ihm«, stieß Mrs. Flowers hervor.

Cindy schnappte nach Luft und Murray rannte ins Haus.

»O mein Gott! Wie konnte das geschehen? Wann ist er verschwunden?« Cindy ergriff Mrs. Flowers' Hand.

Stockend und mit tränenüberströmtem Gesicht begann Mrs. Flowers zu erzählen. »Die Kinder waren auf der Veranda, wir aßen draußen zu Mittag. Nach dem Essen trugen Gordon und Sally die Teller hinein und ich ging zum Abspülen in die Küche. Und vielleicht … ich weiß nicht … gerade mal fünfzehn oder zwanzig Minuten später fiel uns auf, dass Russell nicht da war.«

»Seit dem Mittagessen!«, schrie Cindy. »Er ist schon den ganzen Nachmittag weg! Ach, mein armer Junge! Der Bach! O Gott, er wird doch nicht dort unten …«

Mrs. Flowers fasste sie am Arm. »Nein, nein. Wir haben gleich am Bach und an den Wehren nachgesehen, dort war keine Spur von ihm. Wir nehmen an, dass er einfach drauflosgelaufen ist und sich verirrt hat. Kommen Sie rein und überlassen Sie das den Männern. Es sind ganz viele, die bei der Suche helfen: Perce Jackson, die Feuerwehr, ein paar Leute aus der Stadt, die Football-Mannschaft … mein Tom und der Jungschäfer.«

Cindy versuchte ihre wachsende Panik in den Griff zu bekommen. »Wo ist Mr. Parnell?«

»Irgendwo da draußen …«, begann Mrs. Flowers.

»Er ist irgendwo da draußen *mit Gordon?* Was bildet er sich eigentlich ein? Soll sein anderer Enkel auch noch verloren gehen?« Cindy brachte vor Zorn kaum die Worte heraus.

Da kam Murray aus dem Haus gerannt. »Ich schicke jemanden mit Gordon zurück«, rief er und rannte zu einem der Laster. »Es wird alles gut, das verspreche ich dir.«

Sekunden später raste der Laster in die zunehmende Finsternis davon.

Mit Sally fest an der Hand folgte Cindy Mrs. Flowers ins Haus und warf dabei ängstliche Blicke zurück in die Dämmerung. Während Mrs. Flowers Tee kochte, kauerte Cindy zusammengesunken am Tisch, das Gesicht zwischen den aufgestützten Armen verborgen, den Kopf voller Schreckensbilder, was Russell zugestoßen sein könnte.

Als Mrs. Flowers ihr eine Tasse hinstellte und sie sachte an der Schulter berührte, sah Cindy auf.

»So etwas macht er doch sonst nicht. Er war auf der Veranda, Sie sind reingegangen, und dann war er plötzlich weg?«, fragte sie ungläubig.

»Der Junge ist manchmal ein bisschen verträumt, dann taucht er in seine eigene Welt ab. Aber sie werden ihn finden.« Mrs. Flowers versuchte zuversichtlich zu klingen, aber ihre bedrückte Miene sprach Bände. »Es tut mir so leid, dass ich nicht gut genug auf ihn aufgepasst habe.« Wieder rollten ihr Tränen über die Wangen.

»Ich mache Ihnen keinen Vorwurf, Mrs. Flowers, ich weiß, wie gern Sie meine Kinder haben. Aber jetzt kann ich hier nicht länger herumsitzen, ich gehe ihn suchen.« Sie sprang auf.

»Wo willst du hin, Mummy?«, fragte Sally bange. »Lass mich nicht allein.« Die Kleine begann zu weinen.

Cindy zögerte. »Na gut, du kannst mitkommen. Ich hole uns Taschenlampen. Sally, geh doch mal Russells roten Laster holen, ja? Der hat so eine schön laute Sirene. Und dann suchen wir noch mal den Bach ab, da ist Russell immer so gern. Vielleicht haben ihn die Männer übersehen.«

Langsam fuhr Cindy los, die Scheinwerfer auf Fernlicht gestellt. Am Wollschuppen hielt sie an, um nach Russell zu rufen, während Sally die schrille Einsatzsirene des Spielzeugautos einschaltete.

Cindy fuhr um die Koppel herum und an dem großen, teilweise von den Brombeersträuchern umwucherten Pfefferbaum vorbei. Neben den Trauerweiden, die über den Bach hingen, stellte sie den Wagen ab.

»Sally, bleib bei mir. Leuchte mit der Taschenlampe aufs Ufer. Gott bewahre, dass er dort ist.« Anders als sonst erschien ihr das Wasser des Baches nun gefährlich, trüb und heimtückisch. Die Wurzeln und die verrottenden Baumstämme in dem schlammigen Grund sahen wie Fallen für einen kleinen Jungen aus. Cindy suchte das Gewässer gründlich im Schein der Taschenlampen ab, konnte aber nichts Ungewöhnliches entdecken.

»Sieht nicht so aus, als ob er hier gewesen wäre«, stellte sie fest, nachdem sie mit Sally das Ufer abgesucht hatte. »Also zurück zum Wagen.«

»Wohin jetzt, Mummy?«

»Ich fahre langsam den Weg zum alten Tor, vorbei an der Stelle, wo das alte Haus war, und weiter zur Straße nach Yamboola.«

Cindy hatte es immer vermieden, sich in der Nähe des alten Hauses aufzuhalten, von dem nur ein Haufen rostiges Blech, Schutt, Ziegel und die Zaunreste eines verwilderten Gartens übrig geblieben waren.

»Aber Mummy, das ist doch so weit weg.«

»Wer weiß, wie weit er in fünf oder sechs Stunden gelaufen sein mag?« Cindy hielt an, die Scheinwerfer auf die trostlosen Überreste des alten Hauses gerichtet. Dann steuerte sie den Wagen auf den Zufahrtsweg, der ihr einst so vertraut gewesen war.

Mittlerweile herrschte völlige Dunkelheit. Der Mond war noch nicht aufgegangen. Und ihr kleiner Junge war immer noch da draußen, irgendwo, ganz allein. Sie fröstelte.

»Mummy, was ist das?« Sally deutete ins Dunkel.

»Was? Wo?« Cindy bremste und spähte in die Nacht, die nur von den beiden Scheinwerferkegeln durchschnitten wurde.

Sally beugte sich vor. »Ich dachte, ich hätte etwas gesehen, was sich bewegt … neben der Straße. War vielleicht nur ein Känguru. Aber da vorn ist was, Mummy.« Das Mädchen kurbelte das Fenster herunter und lehnte sich hinaus. »Ich höre was … eine Art Singen.«

Cindy stellte den Wagen schräg, sodass die Lichter über den Fahrweg auf die Bäume und das Gras auf der gegenüberliegenden Seite fielen.

»Da drüben sind Leute!«, rief sie.

»Leute? Was für Leute?«, fragte Sally.

»Schwarze, glaube ich, Aborigines«, antwortete Cindy.

Sie machte den Motor aus, riss die Tür auf und rannte los.

»Mummy, Mummy!« Auch Sally stieg aus. Als sie sah, wie ihre Mutter auf die schemenhaften Gestalten zulief, ergriff sie ihre Taschenlampe und folgte ihr über die Weide.

Augenblicklich hatte Cindy begriffen, was da vorging. Die kleine Gruppe Aborigines hatte sich, noch immer singend, vom Feld in Richtung Fahrweg und ins Licht der Scheinwerfer bewegt.

An der Spitze ging ein alter Mann in Khaki-Shorts und ausgeblichenem Hemd, gefolgt von einem Hund und einem jüngeren Mann mit Buschmesser. Cindy konnte auch eine ältere Frau mit einer Strickmütze ausmachen, dahinter einige Jugendliche. Eins der Mädchen trug ein Kind huckepack. Als Cindy näher kam, bückte sich das Mädchen, worauf das Kind heruntersprang und ihr auf seinen kurzen kräftigen Beinchen entgegenrannte.

»Mummy!«

»Russell!«, rief Cindy. Mutter und Sohn fielen sich in die Arme, sie hob ihn hoch und drückte ihn so fest an ihre Brust, als wollte sie ihn nie wieder loslassen. Vor Erleichterung begann sie zu schluchzen.

Der alte Mann hatte aufgehört zu singen, und alle schauten schweigend auf Cindy und ihre beiden Kinder.

»Wo hast du denn gesteckt? Du hast uns allen einen Mordsschrecken eingejagt«, sagte Cindy.

Sie stellte Russell auf den Boden, hielt ihn aber fest an der Hand.

»Vielen Dank«, wandte sie sich an den Ältesten der Aborigines und streckte ihm ihre andere Hand entgegen. »Ich erinnere mich an Sie. Sie haben mir das Leben gerettet, als der Sturm mein Haus weggerissen hat.«

Der Alte schenkte ihr ein breites Lächeln. »Junger Mann hat Wanderung gemacht, Missis. Wir finden ihn, er unter großem Baum schläft. Beine müde, deshalb wir ihn tragen. Wir wissen, er gehört zu Ihnen.«

»Wie weit war er weg?«

»Sehr weit, Missis. Viel zu weit für kleinen Mann.«

Cindy blickte auf ihren Sohn hinunter. »Ist alles in Ordnung mit dir, Russell? Hast du dir wehgetan?«

Der Kleine schüttelte den Kopf. »Ich habe Hunger.«

»Wo bist du bloß gewesen?«, fuhr Sally ihn an.

»Sally, wir haben deinen Bruder gesund und wohlbehalten zurück, das ist erst mal das Wichtigste. Himmel, wir müssen Daddy Bescheid sagen! Russell, bedank dich bei allen, dass sie dich gefunden und zurückgebracht haben«, sagte Cindy. »Gib ihnen die Hand.«

Russell ging zu dem alten Mann und schlang die Arme um seine Hüften. »Danke. Danke für das Lied.«

Cindy musterte die Menschen, die still lächelnd danebenstanden. »Was für ein Lied? Das, das ihr gerade gesungen habt?«

Der Alte nickte. »Wir ihm singen sein Land. Damit er weiß seinen Weg und geht nicht mehr verloren.«

Plötzlich zerriss ein ohrenbetäubendes Heulen die Stille.

»Mein Laster!« Russell rannte zu seiner Schwester, die die Sirene des Spielzeugautos eingeschaltet hatte.

Cindy drückte die Hand des Alten mit beiden Händen. »Wir sehen uns wieder.«

Er nickte und lächelte. »Er ist guter kleiner Mann.« Daraufhin machte die Gruppe kehrt und ging den Weg zurück, den sie gekommen war.

»Können wir euch im Auto mitnehmen?«, rief Cindy den Aborigines nach, die schweigend barfuß davonmarschierten. Aber keiner von ihnen reagierte, sie entschwanden lautlos in der Nacht.

Überall waren Leute – Freunde und Nachbarn, Polizisten und sogar ein Reporter des Lokalblatts. Kaum hatten sie Cindy mit Sally und Russell erblickt, herrschte helle Aufregung. Alle stürmten auf den Wagen zu, als Cindy mit ihrem kleinen Sohn auf dem Arm herauskletterte. Murray bahnte sich einen Weg durch die kleine Menge und nahm Cindy den Jungen ab. Er umarmte ihn und küsste seine Frau. Auf dem Hof herrschte Jubelstimmung.

Mrs. Flowers kochte schnell eine große Kanne Tee und stellte belegte Brote und Kekse bereit, die die Zwillinge herumreichten, während Murray Bierflaschen öffnete. Lawrence dankte allen leise und zog sich dann in sein Arbeitszimmer zurück.

Kurz stand Russell im Mittelpunkt der Aufmerksamkeit, bis ihn Cindy auf den Arm nahm, um ihn zu baden, ihm ein Abendbrot zu geben und dann im Bett eine Gutenachtgeschichte vorzulesen. Seinen Teddybär im Arm, schlief Russell schnell ein. Während Murray die Helfer verabschiedete, ging Cindy zu den Zwillingen und umarmte die beiden kurz.

»Schön, dass ihr mitgeholfen habt. Daddy und ich sind euch dankbar. Jetzt esst etwas und macht euch bettfertig.«

»Kriegt Russell Ärger?«, fragte Sally.

»Ich glaube, der Schreck war schon groß genug, das wird ihm eine Lehre sein«, antwortete Cindy. »Also reden wir nicht mehr darüber, okay?«

»Großvater hat ihn schon ausgeschimpft, als du draußen warst und dich bei den Leuten bedankt hast«, meinte Sally auf dem Weg in ihr Zimmer.

»Wart mal, Sally. Was hat Großvater gesagt?«, wollte Cindy wissen. Da merkte sie, dass Gordon seine Schwester stupste, damit sie nichts ausplauderte. Doch Sally beachtete ihn nicht.

»Er hat ihn angebrüllt, weil er weggelaufen ist und allen einen Schrecken eingejagt hat. Und dann hat er ihn geschüttelt. Russell hatte richtig Angst vor Großvater, er wird also bestimmt nicht wieder weglaufen, Mummy.«

»Aha«, meinte Cindy mit gespieltem Gleichmut. »Und hat er sonst noch etwas gesagt?«

»Na ja, er meinte, dass du dich nicht richtig um uns kümmerst«, antwortete Gordon.

»So, so«, erwiderte Cindy. »Schaut mal, ob Mrs. Flowers euer Abendessen fertig hat. Und morgen ist ein neuer Tag und all das liegt hinter uns.« Sie wandte sich ab und presste die Lippen aufeinander.

In der Küche begegnete sie Mrs. Flowers. »Wissen Sie, wo Mr. Parnell ist?«, fragte sie.

»In seinem Arbeitszimmer. Ich wollte gerade noch einen Happen für die Zwillinge machen und danach auch noch für uns. Sie sind bestimmt alle schrecklich hungrig.«

Cindy nickte, doch mit so grimmigem Gesicht, dass die Haushälterin ihr verwundert nachblickte, als sie hinausging und den Flur entlangstapfte. Mit jedem Schritt wuchs ihr Zorn. Wie konnte Lawrence behaupten, sie sei eine schlechte Mutter – noch dazu vor ihren Kindern! Dass sie eine gute Mutter war, stand für sie außer Frage. Wie konnte er dermaßen ihre Autorität untergraben! Alice hatte recht – sie musste ihm Paroli bieten, und zwar jetzt.

Sie klopfte an die Tür des Arbeitszimmers und öffnete sie, ohne eine Antwort abzuwarten. Lawrence schaute von seinem Schreibtisch auf, und als er Cindy sah, verdüsterte sich seine Miene.

»Gibt es irgendwas Dringendes, Cynthia?«

Sie starrte ihn an. »Wieso nennst du mich eigentlich dauernd so? Du weißt, dass mir Cindy lieber ist – so haben mich alle immer genannt.«

»Cynthia ist dein Taufname.«

»Ich habe gehört, wie du meine Tochter Sal genannt hast.«

»Entschuldige«, erwiderte Lawrence kalt, »bist du nur gekommen, um über solchen Unsinn zu diskutieren?«

»Nein, ich bin gekommen, um dir zu sagen, dass du meinen Sohn nicht zu maßregeln hast. Wage es nie wieder, Hand an ihn zu legen!«, fauchte Cindy.

Lawrence blieb ungerührt. »Du verziehst die Kinder. Du bist als Mutter zu nachlässig. Meine Enkelsöhne müssen stark sein, nicht so verwöhnte Blagen, wie du sie gern hättest.«

Das brachte Cindy in Rage. Sie funkelte Lawrence an. »Wie kannst du es wagen! Das sind meine Söhne, und ich erziehe sie so, wie ich es für richtig halte. Was maßt du dir an, mich zu kritisieren?«

»Das ist mein gutes Recht. Jetzt entschuldige mich, ich habe zu tun.« Er wandte sich wieder den Unterlagen auf seinem Schreibtisch zu.

Cindy stemmte beide Hände auf Lawrence' Schreibtisch und beugte sich zu ihm vor. »Lawrence, du bist ein grober und arroganter Mensch, und ich werde nicht zulassen, dass du meine Kinder schikanierst.«

»Sie müssen in diesem Haus nach meinen Regeln leben«, blaffte er zurück. »Sie werden Kingsley Downs erben, aber nur wenn sie tun, was ich sage.«

»Sagst du das Murray auch immer? Wie kannst du nur deinem eigenen Sohn drohen!«, schrie Cindy. »Ich dulde nicht, dass du meine Kinder einschüchterst.«

»Du hast hier *gar* nichts zu sagen!«, brüllte Lawrence und baute sich vor Cindy auf. »Wofür hältst du dich denn? Erschleichst dir durch deine Verführungskünste die Zuneigung meines Sohns, drängst ihn zu einer überstürzten Heirat und bildest dir in deiner Dreistigkeit dann auch noch ein, du könntest eine von uns sein? Das wird niemals geschehen. Diese Kinder tun das, was ich für das Beste halte, und da hast du nichts mitzureden. Hörst du? Du hast nichts mitzureden, überhaupt nichts!«

Cindy war so außer sich vor Wut, dass es ihr für einen Moment die Sprache verschlug, doch dann wusste sie genau, was sie sagen wollte. »Ich bin ihre Mutter. Ich verbiete dir, dich in ihre Erziehung einzumischen. Du bist ein böser alter Mann!«, schrie sie, außerstande, sich noch länger zu beherrschen.

Dann hörten sie Schritte im Flur und Murray stürmte ins Arbeitszimmer.

»Was zum Teufel ist hier los? Ich konnte euch im ganzen Haus hören. Was soll das?«

»Ich habe deinem Vater gerade gesagt, dass ich ihm nicht gestatte, ich wiederhole: *nicht gestatte,* sich in die Erziehung unserer Kinder einzumischen.« Cindys Stimme bebte vor Wut.

»Wie kommt ihr denn jetzt darauf?«

»Frag doch deinen Vater, wie ich darauf komme, Murray«, entgegnete Cindy. »Dein Vater hat Russell geschüttelt und ihn dafür ausgeschimpft, dass er ›weggelaufen‹ ist. Er ist aber nicht weggelaufen, sondern einfach nur herumgebummelt und hat sich dabei verirrt. Deinem Vater steht es nicht zu, mit unserem Sohn derart umzuspringen, zumal er nur ein kleiner und ein bisschen verträumter Junge von gerade mal vier Jahren ist!«

Murray stand stumm da, wie zur Salzsäule erstarrt.

»Sag was, Murray!« schrie Cindy ihn an. »Dein Vater hat unser Kind *geschüttelt!*«

Schließlich griff Murray nach Cindys Hand. »Beruhige dich, Cindy. Ich will hören, was Dad dazu zu sagen hat.« Er richtete seinen Blick auf seinen Vater.

Lawrence starrte Murray durchdringend an. »Mein Junge, diese Kinder müssen lernen, sich an Regeln zu halten. Cynthia geht zu nachlässig mit ihnen um. Sie müssen abgehärtet werden und mir Gehorsam leisten.«

»Murray, das sind unsere Kinder, nicht die deines Vaters.« Nun war Cindy den Tränen nahe.

Murray legte den Arm um sie. »Dad, du musst Cindy verstehen. Überlass die Kindererziehung bitte uns. Es sind gute Kinder. Das heute war ein Ausnahmefall.« Er hielt den Blick unverwandt auf seinen Vater gerichtet, der ihm standhielt. »Cindy ist eine wunderbare Mutter. Ich bin stolz auf sie.«

»Wenn diese Kinder einmal Kingsley Downs erben und übernehmen wollen, dann zu meinen Bedingungen«, beharrte Lawrence mit Eiseskälte in der Stimme.

Murray und sein Vater starrten sich noch immer an und Cindy spürte, dass etwas zwischen ihnen geschah. Zu ihrem Erstaunen war es Lawrence, der als Erster den Blick senkte.

»Es wird dir leidtun, wenn du ihr nachgibst«, murmelte Lawrence. »Du solltest die Hosen anhaben, mein Junge. Aber bitte, tu, was du für richtig hältst. Cynthia, du hast deinen Standpunkt klargemacht.« Damit schlug er einen Ordner auf, das Gespräch war für ihn beendet.

Murray drückte Cindys Hand und schob sie zur Tür.

»Ich komme gleich ins Schlafzimmer nach«, sagte sie draußen zu ihrem Mann, dem seine Erleichterung anzusehen war. Er ging den Flur hinunter in Richtung Schlafzimmer.

Unterdessen schlüpfte Cindy in die Küche und goss sich ein Glas Wein ein. Was für ein denkwürdiger Tag! Sie hob das Glas und flüsterte: »Auf dich, Alice. Danke für deinen unverblümten Rat. Ich habe ihn beherzigt, und nun wird alles anders werden.«

8

Der Wechsel der Jahreszeiten kam des Nachts, sodass Cindy beim Aufwachen einen neuen Geruch in der Nase hatte. Sie beobachtete das hereinströmende Licht und staunte erneut über die wunderbaren Farben. Obwohl sie jetzt schon viele Jahre auf Kingsley Downs wohnte, entzückte sie dieses Schauspiel immer wieder.

Mit einer Tasse Kaffee trat sie nach draußen und genoss einen Moment der Ruhe, bevor die Kinder riefen und der Alltag begann. Beim Anblick der inzwischen vertrauten, aber nie langweilig werdenden Aussicht verstand sie, was Leute meinten, wenn sie sich eins mit einem Ort fühlten. Hatte dieses Gefühl die ersten Siedler dazu bewogen, an diesem Ort Wurzeln zu schlagen, auch in schweren Zeiten zu bleiben und sinnvolle Arbeit zu leisten?

Sie hatte das stille Behagen und die zufriedene Erschöpfung in den Gesichtern von Murray und den anderen Landbesitzern gesehen, wenn eine Dürre vorbei war oder sich das Hochwasser zurückzog, wenn die Weiden üppig grünten und die Schur reichlich feinste Wolle brachte. Sie gingen keiner Arbeit nach, bei der sie um fünf Uhr Feierabend hatten; sie führten ein Leben, das sie selbst gewählt oder ererbt hatten, von einem Augenblick zum nächsten, und das Tag für Tag, Jahr für Jahr. Meine Kinder werden eines Tages diese Verpflichtung erben und ein ebensolches Leben führen, dachte Cindy. Diese Gewissheit schenkte ihr ein Gefühl der Zugehörigkeit, wie sie es nie zuvor gekannt hatte.

Dennoch gab es unter der Oberfläche ihres Alltags ein störendes Element, das ihr zu schaffen machte, fast als lebte sie am Fuß eines schlummernden Vulkans: Lawrence.

Nach dem heftigen Streit wegen Russells Verschwinden vor mehr als acht Monaten behandelte er sie meist, als wäre sie Luft. Konnte er einem Gespräch nicht aus dem Weg gehen, machte er keinen Hehl aus der Geringschätzung, die er für sie empfand. Cindy begriff, dass die Mauer zwischen ihnen nun noch höher geworden war. Obwohl ihr Alice die Kraft gegeben hatte, ihrem Schwiegervater Paroli zu bieten, hielt sie es für das Beste, seine gelegentlichen kränkenden Bemerkungen einfach zu ignorieren. Ob der Burgfrieden noch lange währen würde, schien ihr zweifelhaft.

Murray unterstützte sie liebevoll. Er hatte seinem Vater klargemacht, dass er zwar mit ihm zusammen die Station bewirtschaftete, sich aber in erster Linie seiner Frau und der Mutter seiner Kinder verpflichtet fühlte. Es rührte Cindy, wie entschieden er seinem Vater gegenübertrat. Manchmal erhaschte sie kurz einen traurigen Ausdruck in seinen Augen, doch er wollte nie darüber reden und riss sich sofort zusammen, wenn er merkte, dass sie ihn ansah. Hin und wieder dachte sie, es wäre besser, woanders hinzuziehen und ganz von vorn anzufangen, aber ihr war klar, wie schwer Murray dies fallen würde.

Cindy trank ihren Kaffee aus und seufzte. Mit einem tiefen Atemzug genoss sie die Morgenluft, grüßte mit erhobener Tasse die aufgehende Sonne und ging zurück ins Haus.

Als Cindy später am Tag die Post in Deniliquin verließ, wo sie einen ihrer regelmäßigen Briefe an Babs abgeschickt hatte, hörte sie eine Frauenstimme.

»Schön, dich zu sehen, Cindy.«

»Ngaire!«, rief Cindy und begrüßte Alistair Campbells Sekretärin, die wie immer ein Schneiderkostüm mit Brosche am Revers trug und makellos frisiert war. »Ja, ich freue mich auch. Wie geht's Alistair? Bitte grüße ihn von mir.«

Ngaire nickte, wobei ihre perfekt gelegten Haare keinen Millimeter außer Fasson gerieten. »Mache ich gerne. Es ist schon eine ganze Weile her, seit wir beide uns zuletzt gesehen haben. Du musst bald wieder einmal nach Stonycroft kommen. Der Garten ist gerade eine Augenweide! Wie wär's denn mit einem Mittagsimbiss nächste Woche? Am Mittwoch hab ich immer frei.«

Bereitwillig nahm Cindy die Einladung an. »Aber gern. Ich liebe deinen Garten, vor allem die Rosen. Ich gebe mir ja alle Mühe, dass die Rosen auf Kingsley Downs gedeihen, aber bei Wassermangel ist das nicht ganz einfach.«

»Ich weiß.« Ngaire nickte verständnisvoll. »Zuerst das Vieh und das Land. Also dann Mittwochmittag?«

»Ja, gern.«

»Ich freue mich.«

Am nächsten Mittwoch fuhr Cindy die Allee-Auffahrt zu Stonycroft entlang, Ngaires Haus im Federation Stil, das von Rasen und Beeten umgeben war. In Cindys Augen verströmte das Anwesen den eleganten Charme der Alten Welt, was perfekt zu Ngaire Seymour passte. Als sie ihr vorgestellt worden war, hatte ihr die Frau mit dem festen Händedruck und den scharfsichtigen blauen Augen auf Anhieb gefallen. Später hatte sie von Murray erfahren, dass Alistair Campbell ihr in der Kanzlei die heikelsten Unterlagen anvertraute.

»Sie weiß von jedem im Bezirk, ob er Dreck am Stecken hat«, lachte Murray. »Aber sie ist sehr diskret.«

Nachdem Cindy das Auto geparkt hatte, schlenderte sie über den Rasen und kam an mehreren ausgewachsenen Bäumen vorbei, die den sichtlich von der Witterung mitgenommenen Gartenmöbeln Schatten spendeten. Ngaire trat in einem bedruckten

Baumwollkleid und mit großem Strohhut auf die Veranda und lächelte ihrer Besucherin erfreut zu.

»Willkommen, willkommen. Möchtest du etwas Kaltes, bevor ich dir den Garten zeige? Dann können wir essen. Ich habe ein paar Sandwiches vorbereitet, hoffentlich schmecken sie dir.«

Cindy folgte Ngaire ins Haus und war wieder einmal über den Unterschied zwischen Stonycroft und Kingsley Downs verblüfft. Dies war das Heim einer Frau, die sich mit Erinnerungen an ihr erfülltes Leben umgab: Andenken an Partys und besondere Ereignisse, Fotografien und Kissen mit persönlicher Gobelinstickerei, Zierdeckchen und gehäkelte Vorleger. In den Regalen standen Bücher und Spiele. Souvenirs aller Art wie Muscheln, die liebevoll an Urlaubsstränden gesammelt worden waren und nun auslagen, gaben Zeugnis von glücklichen Tagen. Während Cindy durchs Haus schlenderte und dabei an dem Eiswasser nippte, das Ngaire ihr eingeschenkt hatte, hörte sie förmlich Gelächter und Gespräche nachklingen, als sei ihre Familie gerade eben erst aus dem Zimmer gegangen. Ngaire zeigte auf einige der Fotos, erzählte von ihren Eltern und ihren Erinnerungen an ihre Kindheit mit ihrem Bruder, der in einem japanischen Kriegsgefangenenlager gestorben war.

»Ich halte immer noch engen Kontakt zu meinen Neffen und Nichten, aber sie stehen inzwischen alle im Berufsleben und haben ihre eigenen Vorstellungen. Das Leben auf dem Land ist wohl nichts für sie, aber wer weiß? Vielleicht ändern sie ihre Meinung noch. Wie wäre es, wenn wir jetzt durch den Wintergarten hinausgehen und einen Blick auf den Küchengarten werfen?«

Im Küchengarten wuchsen sowohl Kräuter als auch Gemüse. Und jedes Mal, wenn Cindy sich von einer Pflanze begeistert zeigte, zückte Ngaire die Gartenschere und schnitt einen Ableger ab.

»Wir stellen sie ins Wasser und du kannst sie nachher mit nach Hause nehmen und selbst ziehen«, sagte sie.

Ngaires bezaubernder Blumengarten entzückte Cindy auch diesmal wieder. Er war von der Farbenpracht englischer Bauerngärten inspiriert, wobei die Blumen die winterharten einheimischen Gewächse so wunderbar ergänzten, dass alles natürlich und dennoch überlegt gestaltet wirkte.

»Und jetzt den Imbiss?«, fragte Ngaire, als sie vor den Rosenstöcken standen, die gerade voll erblühten. »Die Rosen sind meine Freude und mein ganzer Stolz. Manche sind schon ziemlich alt, sodass man sich gut um sie kümmern muss. Aber wenn man genug Zeit und Liebe investiert, gedeihen sie prächtig.«

»Du überschüttest sie damit«, sagte Cindy. »Meine werden ziemlich vernachlässigt.«

»Du hast eben Kinder«, meinte Ngaire verständnisvoll. »Das ist wichtiger. Die Rosen können warten, bis du einmal mehr Zeit für sie erübrigen kannst.«

Das Teegeschirr aus Minton-Porzellan stand auf einer weißen Leinentischdecke mit Lochstickerei, die – wie Ngaire gestand – aus einem Handarbeitskurs ihrer Schultage stammte.

Nachdem sie Cindy Tee eingeschenkt hatte, sagte Ngaire: »Nun erzähl mal, wie geht's deiner Tante Alice?«

»Es geht ihr bestens und sie spricht liebend gern über ihren Besuch hier. Meine Tante Babs findet, dass sie dann wie eine der letzten großen Entdeckerinnen klingt, die es sogar gewagt hat, bis ins entlegene Down Under vorzudringen!«

Ngaire lachte. »Bestimmt hatte sie sich Kingsley Downs ganz anders vorgestellt. Und sie scheint eine sehr direkte Frau zu sein.« Dabei nippte sie an ihrem Tee und ihre Augen funkelten.

»O ja, das ist sie«, lachte Cindy. »Und ihr entgeht nichts.«

»Ich bewundere starke Frauen. Bist du eine Feministin?«

Cindy lächelte die ältere Frau an, die offensichtlich auf der Höhe der Zeit war. »Meine Freundin Jo hält mich gern über den aktuellen Stand der Frauenbewegung auf dem Laufenden. Kürzlich hat sie mir *Der weibliche Eunuch* geliehen. Eine Menge Stoff zum Nachdenken.«

»O ja«, nickte Ngaire. »Ich fand es auch sehr anregend. Manchmal braucht man jemanden wie Germaine Greer, damit man die Dinge mit anderen Augen sieht. Besonders wichtig ist das an einem Ort, wo die Menschen sehr traditionsbewusst sind und sich Veränderungen widersetzen. Da hört man leicht auf, Dinge zu hinterfragen. Dabei ist das wirklich notwendig. Ich finde es grundfalsch, eine Frau nur als Anhängsel ihres Mannes zu betrachten. Allerdings hatte ich nie einen Ehemann.«

»Wie schaffst du es, so auf der Höhe der Zeit zu bleiben?«, fragte Cindy erstaunt.

Ngaire schob ihr die Platte mit den Sandwiches hin. »Ich lese viel und lasse die große Welt mit ABC Radio ins Haus. Mit dem Fernsehen kann ich nicht so viel anfangen, ich finde, da geht es mehr um Unterhaltung als um Information. Und ich höre mir gern die Ansichten anderer Leute an. Sogar in Deniliquin habe ich im Lauf der Jahre ein paar Menschen mit ziemlich bemerkenswerten Vorstellungen kennengelernt.«

Cindy schluckte den letzten Bissen ihres Gurken-Sandwiches hinunter. »Ja, ich nehme an, dass selbst in einem so kleinen Ort ein paar Leute über den Tellerrand schauen. Hast du denn schon immer hier gelebt?«

»Ich hab's dir wohl noch nie erzählt, aber ich bin einmal kurze Zeit weg gewesen, habe jedoch schnell gemerkt, dass die Stadt nichts für mich ist. Nach meiner Rückkehr hat mir Alistair Campbell die Stelle in seiner Kanzlei angeboten und seitdem hatte ich nie wieder das Bedürfnis, woanders zu leben.«

»Ich kann verstehen, warum du zurückkommen wolltest«, sagte Cindy und blickte hinaus in den Garten. »Es heißt ja immer, zu Hause sei es am schönsten. Und bestimmt hast du deine

Freunde und Verwandten vermisst. Du kennst doch sicher jeden hier im Bezirk?«

»Nicht jeden. Aber die Parnells kenne ich natürlich schon seit Jahren«, sagte Ngaire und schenkte Cindy Tee nach. »Die Familie zählt seit Jahrzehnten zu den Mandanten der Kanzlei, und ich kann mich sogar noch an den alten Mr. Parnell erinnern, Lawrence' Vater. Und natürlich an Rose.«

Cindy schaute Ngaire an. Außer Mrs. Flowers und Mrs. Gregson hatte noch nie jemand ihr gegenüber Rose Parnell erwähnt. Diese Gelegenheit durfte sie sich nicht entgehen lassen.

»Es war nicht leicht für Murray, ohne Mutter aufzuwachsen«, setzte Cindy vorsichtig an. »Im Lauf der Zeit habe ich mich immer wieder gefragt, was eigentlich passiert ist. Aber Mr. Parnell spricht nie darüber, und Murray auch nicht.« Mit verschränkten Händen beugte sich Cindy vor. »Ngaire, kannst du mir sagen, was genau es mit Mrs. Parnells Verschwinden auf sich hat? Ich will nicht aufdringlich sein, aber immerhin ist sie die Großmutter meiner Kinder.«

Nach einem kurzen Zögern antwortete Ngaire: »Ja, ich kann verstehen, warum es dich interessiert. Allerdings kann ich dir nur sagen, dass niemand genau weiß, was mit Rose passiert ist. Obwohl es zum Zeitpunkt ihres Verschwindens natürlich unendlich viele Spekulationen gab.«

»Das überrascht mich nicht. Aber sag: Wie war Rose denn so?«

Ngaire lehnte sich zurück. »Rose Parnell war eine reizende, sehr stille Frau. Auf mich wirkte sie immer nachdenklich und rücksichtsvoll, manche Leute fanden allerdings, sie sei verschlossen und ziemlich unnahbar gewesen. Als Rose verschwand, hat es die Gemeinschaft in den Grundfesten erschüttert. Damals hat Lawrence viel Mitgefühl erfahren, und ich nehme an, es ist verständlich, dass er nicht darüber spricht. Für ihn war es wohl ein großer Gesichtsverlust. Man muss bedenken, dass die Parnells eine alteingesessene, angesehene Familie sind. Das Verschwinden von Rose hat also nicht nur einen Schock und Verzweiflung ausgelöst, es war auch ungeheuer peinlich. Ein so stolzer Mann wie Lawrence kommt mit einer solchen Zurückweisung nicht gut zurecht.«

Ngaire hielt kurz inne, um Cindy ein Stück Madeira-Kuchen anzubieten, bevor sie fortfuhr.

»Die Flowers waren bei einer Hochzeit und Murray war im Internat. Lawrence hatte irgendwo etwas Wichtiges zu erledigen gehabt und befand sich auf dem Heimweg. Obwohl es schon spät war, kehrte er unterwegs noch im Pub in Yamboola ein. Als er mitten in der Nacht nach Hause kam, waren Rose und ihr Auto verschwunden. Er wandte sich sofort an die Polizei, weil er einen Verkehrsunfall vermutete. Doch die Beamten konnten bis Tagesanbruch nichts unternehmen, und dann entdeckten sie ihren Wagen, nur wenige Kilometer vom Tor zu Kingsley Downs entfernt. Er war auf der Straße nach Deniliquin hinter Büschen abgestellt worden. Da Lawrence aus der entgegengesetzten Richtung aus Yamboola gekommen war, hatte er ihn nicht sehen können. Im Lauf der Nacht hatte er auch bemerkt, dass einige Sachen von Rose fehlten. Da es im Auto keinerlei Anzeichen eines Kampfes gab und der Schlüssel steckte, schlussfolgerte die Polizei, dass Rose sich mit jemandem an der Überlandstraße verabredet hatte und mit ihm durchgebrannt war. Ein Einheimischer kam nach allgemeiner Ansicht nicht infrage, das hätte sich sofort herumgesprochen. Viele Leute glaubten, es müsse sich um einen amerikanischen Soldaten gehandelt haben.«

Cindy atmete tief aus. »Wie hätte sie ihn kennenlernen können?«

»Rose hat sich stark beim Roten Kreuz engagiert. Da gab es während des Kriegs Wohltätigkeitsveranstaltungen und Konzerte und Ähnliches, außerdem das übliche Stricken und Kochen für die durchziehenden Truppen. Hin und wieder fuhr sie im Rahmen ihrer Rot-Kreuz-Tätigkeit nach Melbourne. Ich weiß nicht, was sie dort sonst noch getan hat, aber es gab Gerüchte, dass sie in der Stadt auch Zeit mit einem Soldaten verbrachte.«

Verblüfft schüttelte Cindy den Kopf. »Dass sie sich das getraut hat!«, meinte sie und dachte daran, wie Lawrence reagiert hätte, wenn er davon erfahren hätte.

»Ich muss betonen, dass ich nicht weiß, ob es stimmt. Im Übrigen ging es in diesen Zeiten ziemlich chaotisch zu. Lawrence war damals viel unterwegs, um die Kriegsanstrengungen zu unterstützen, und es waren mehr als eine Million Yankees im Land. Viele Männer hier mochten die Amerikaner ganz und gar nicht. Ihrer Meinung nach hatten sie zu viel Geld, das sie dafür nutzten, den Einheimischen die Frauen wegzunehmen. ›Überbezahlt, sexbesessen und ausgerechnet hier bei uns stationiert‹, hieß es. Da war viel Bitterkeit im Spiel und jeder hatte von der Frau aus Wagga Wagga gehört, die ihren Ehemann verlassen hatte, um mit einem amerikanischen Soldaten fortzugehen.«

Ngaire biss in ihr Stück Kuchen und kaute gedankenvoll. »Wie auch immer, ich habe keine Ahnung, warum Rose ihre Familie verlassen hat. Vielleicht hatte sie das Leben auf dem Land satt und wollte einfach woanders hin? Manchmal hatte ich den Eindruck, dass es ihr hier nicht gefällt, aber ich kann mich irren. Wie gesagt, viel geredet hat sie nicht. Aber wo sie auch hingegangen sein mag, sie hat ihre Spuren jedenfalls gründlich verwischt. Offenbar hat sie nicht einmal ihre Schwester in Sydney verständigt. Die Polizei hat sie gesucht, aber es war Krieg und sie waren unterbesetzt – sie konnten keinen Hinweis darauf finden, wohin sie verschwunden war. Der Fall wurde nie abgeschlossen, und soweit ich weiß, gilt sie immer noch als vermisst. Der arme Lawrence! Ich erinnere mich noch, wie niedergeschlagen, wütend und gedemütigt er war. Er verlangte, dass ihr gemeinsames Konto aufgelöst wurde, und bat Alistair, dafür zu sorgen, dass nichts mehr darüber in der Lokalpresse erschien.«

Cindy lehnte sich zurück, um das Gehörte zu verarbeiten. »Rose ist also wirklich verschwunden.« Ihr fiel ein Gespräch wieder ein, das sie mit Murray in Palm Springs geführt hatte. »Ich hatte ganz vergessen, dass mein Mann eine Tante in Sydney hat. Er hat sie einmal erwähnt, als wir uns kennenlernten, aber seither nie wieder.«

Ngaire nickte, hob den Deckel der Teekanne und spähte hinein.

»Ich glaube, der ist inzwischen bitter geworden. Möchtest du noch eine Tasse?«

Cindy warf einen Blick auf ihre Uhr. »Nein danke, Ngaire. Ich fahre jetzt wohl besser heim. Die Zwillinge dürften inzwischen aus der Schule zurück sein und ich überlasse sie lieber nicht zu lange sich selbst. Wer weiß, was für einen Unsinn sie treiben.« Die beiden Frauen erhoben sich und gingen durch die Diele zur Eingangstür. Cindy lächelte. »Es war ein wunderbarer Mittagsimbiss, und vielen Dank auch für die Ableger und dass du mir von Rose erzählt hast. Wie sonderbar, wenn sie wirklich mit einem Amerikaner durchgebrannt wäre! Klingt fast, als hätte man in dieser Familie eine Schwäche für uns.« Was auch, dachte Cindy insgeheim, Lawrence' Abneigung gegen mich erklären könnte.

Ngaire lachte, als sie ihre Besucherin zu ihrem Auto begleitete. »Wer weiß? Hoffentlich kommst du bald mal wieder zu Besuch. Es ist schön, sich mit einer Frau zu unterhalten, die fortschrittlich denkt.«

Cindy hatte gerade erst in der Auffahrt vom großen Haus geparkt, als auch schon Russell auf sie zustürmte. Sie drückte ihn an sich, während er ihr aufgeregt erzählte, was er alles gemacht hatte, als sie fort gewesen war. Dann schaute sie kurz bei Mrs. Flowers vorbei, die das Gemüse fürs Abendessen schnippelte.

Sally und Gordon stellten lauter neugierige Fragen, außerdem hatten sie noch Hausaufgaben zu erledigen. Cindy war also gut beschäftigt, bis sie die drei Kinder im Bett hatte. Nach dem Abendessen rief Jo an und die beiden Freundinnen tauschten eine Weile Neuigkeiten aus. Anschließend suchte Cindy nach Murray und fand ihn zusammen mit seinem Vater im Wohnzimmer. Lawrence hatte sich hinter seiner Zeitung ***The Land*** verschanzt, während Murray sich eine Fernsehshow ansah. Sie ließ sich auf der Sessellehne ihres Mannes nieder und wartete auf eine Werbepause.

»Wie sehen deine Pläne für den Rest des Monats aus?«, fragte sie ihn ein paar Minuten später.

Murray streckte sich. »Wir wollen die Nordweide düngen, um Futter für die nächste Saison zu haben. Was heißt, dass die Schafe woanders hingetrieben werden müssen. Während die Tiere fort sind, kann ich mich dort auch um die Zäune kümmern, da gibt es wohl einiges zu reparieren. Und Dad überlegt, die Herde aufzustocken, solange der Wollpreis so hoch ist, also müssen wir zu den Viehauktionen. Warum fragst du?«

»Jo fährt mit Sheree zum sechzigsten Geburtstag ihrer Großmutter nach Sydney. Sie fragt, ob wir nicht alle mitkommen wollen, auch weil Sheree und Russell sich doch so gut vertragen.«

»Ich glaube kaum, dass ich das bei dem Pensum schaffe, das wir uns vorgenommen haben. Aber warum fährst du nicht allein mit den Kindern? Ihr habt sowieso mehr Spaß, wenn ich euch nicht im Weg rumstehe.« Er grinste.

Cindy tätschelte ihm die Schulter. »Das stimmt zwar nicht, aber es klingt so, als hättest du eine Menge um die Ohren.« Auch wenn Murray nicht mit von der Partie sein konnte, freute sich Cindy auf diesen unverhofften Urlaub. »Möchtest du eine Tasse

Tee?«, fragte sie fröhlich und wandte sich dann an Lawrence: »Und wie steht es mit dir?«

Lawrence blickte hinter seiner Zeitung auf und legte sie dann sorgfältig zusammen.

»Danke, nein«, erwiderte er und stand auf. »Ich gehe früh zu Bett. Manche von uns müssen schließlich bei Tagesanbruch aufstehen, um den Lebensunterhalt zu verdienen, anstatt bei Urlauben das Geld auf den Kopf zu hauen.« Mit diesen Worten stapfte er hinaus.

»Wenn das Angebot noch gilt, hätte ich gern eine Tasse.« Murray lächelte Cindy an und zuckte leicht mit den Schultern. »Ich helfe dir.«

Sie gingen in die Küche und setzten den Wasserkessel auf.

»Ehrlich, Murray, ich gebe mir bei deinem Vater alle Mühe, aber ich kann ihm einfach nichts recht machen«, sagte Cindy verärgert. »Und es ist ja nicht so, als würde ich ständig auf der faulen Haut liegen, ich schufte hier auch den lieben langen Tag.«

Besänftigend hob Murray die Hand. »Ich rede morgen früh mit ihm und werde ihm sagen, dass du alles Recht der Welt hast, mit den Kindern nach Sydney zu fahren. Für mich ist es natürlich leicht, dir zu raten, einfach keine Notiz von Dads Bemerkungen zu nehmen. Aber mir ist klar, dass er schwierig sein kann.« Der Kessel pfiff und Cindy goss das kochende Wasser in eine Teekanne. Murray nahm ihre Hand und drückte sie. »Vergiss nie, Cindy, dass ich auf deiner Seite bin. Übrigens ist es nicht so, als ob Dad hier immer alles erledigen würde, was er sollte. Er redet davon, hart zu arbeiten, aber manchmal kann man ihn kaum bewegen, Dinge zu tun, die dringend erledigt werden müssen.«

»Zum Beispiel?«, fragte Cindy verblüfft. Es war untypisch für Murray, die Arbeitsmoral seines Vaters zu kritisieren.

»Na ja, ich möchte die Brombeerbüsche weghaben, die auf dem Anwesen wuchern. Aber Dad hat noch immer nichts unternommen.«

»Stimmt, ich kann gar nicht mehr zu dem alten Pfefferbaum unten am Bach, weil die Brombeeren sich so ausgebreitet haben«, sagte Cindy und dachte an die von ihr angelegte kleine Gedenkstätte für das Kind, das sie vor all den Jahren verloren hatte. Nach dem ersten Schluck Tee fragte sie: »Du hast also nichts dagegen, wenn ich mit den Kindern nach Sydney fahre?«

»Natürlich nicht«, antwortete Murray und pustete in seine Tasse.

»Murray, ich habe über etwas nachgedacht«, sagte Cindy nach einer Weile. »Als ich mich heute mit Ngaire unterhalten habe, hat sie deine Tante in Sydney erwähnt. Du hast mir auch von ihr erzählt, als ich dich kennenlernte, aber seitdem hatte ich sie völlig vergessen. Vielleicht sollte ich mal bei ihr vorbeischauen, wenn ich schon dort bin?«, schlug sie zaghaft vor.

»Wieso denn das?« Er sah sie durchdringend an. »Ich habe seit Ewigkeiten nicht an Tante Marie gedacht.«

»Wegen der Kinder. Wenn sie schon eine Tante in Sydney haben, wäre es doch nett für sie, sie kennenzulernen. Sie haben so wenig Familie.« Cindy stellte die Teetasse hin und streichelte seine Hand.

»Hm, das stimmt wahrscheinlich«, sagte Murray bedächtig und erwog den Vorschlag. »Wie willst du sie ausfindig machen?«

»Erinnerst du dich an ihren Familiennamen?«

»Williams. Aber ich habe keine Ahnung, wo sie wohnt. Irgendwo in Sydney, mehr weiß ich nicht. Ich könnte allerdings Dad fragen, ob er sich daran erinnert?«

Cindy kniff die Lippen zusammen. »Lass das besser sein. Vielleicht weiß es Ngaire.«

Als sie in Sydney eintrafen, war Cindy nicht weniger aufgeregt als ihre drei Kinder. Sie hatten eine lange, anstrengende Fahrt hinter sich. In dem netten Vorort Chatswood stiegen sie in einem neuen Motel ab, nicht weit von Jos Mutter Suzanne entfernt.

Suzanne Bright war so sonnig wie ihr Name. Sie lud sie alle zu den Mahlzeiten ein und erbot sich, auf die Kinder aufzupassen und mit ihnen ins Kino zu gehen, wenn Jo und Cindy etwas allein unternehmen wollten.

Die beiden Freundinnen und die Kinder besuchten den Taronga-Zoo mit seinen exotischen Tieren und der spektakulären Aussicht auf den Hafen, den sie ein paar Tage später auf der Fähre nach Manly durchkreuzten. Da Gordon darauf bestand, gingen sie auch in den Luna-Park. Sheree und Russell waren zu jung für viele der Fahrgeschäfte, doch auch sie kamen auf ihre Kosten, durften sie doch Karussell fahren und Tischtennisbälle in die aufgerissenen Münder von aufgemalten Clownsgesichtern werfen. Sally war hellauf entzückt, als sie ein kleines Plüschtier gewann. Anschließend verzehrten sie große Portionen Zuckerwatte und Hotdogs. Cindy fuhr mit den Zwillingen Achterbahn und alle drei kreischten vor Angst und Begeisterung.

Außerdem besichtigten sie das gerade neu eröffnete Opernhaus von Sydney. Die beiden Freundinnen waren sehr beeindruckt von dem Dach, die prächtigen, weiß gefliesten Segel funkelten im Sonnenlicht und schienen sich über dem Wasser zu blähen. Währenddessen rannten die Kinder pausenlos die große Haupttreppe rauf und runter. Von der Oper aus gingen sie zum Botanischen Garten und picknickten dort, bevor sie sich im Gras ausstreckten und sonnten.

Am besten gefiel Cindy der Tag, an dem sie mit den Kindern auf der Fähre nach Manly übersetzten und sich dort am Freshwater Beach vergnügten. Sobald die Kinder die Herausforderungen der Brandung gemeistert hatten, konnten sie nicht genug davon bekommen, über die Wellen zu hüpfen und nach den schaumigen Brechern zu grapschen.

»Das ist schon etwas anderes als unser Fluss, oder?«, lachte Cindy entzückt. »Ich habe das zuletzt in Santa Barbara gemacht. Und ich hatte schon fast vergessen, wie viel Spaß man am Strand haben kann.«

»Ich mag Strände auch. Wenn man in Sydney aufgewachsen ist, liebt man das Meer«, stimmte Jo zu. »Das fehlt mir bei uns auf dem Land.«

An ihrem Geburtstag veranstaltete Mrs. Bright ein Grillfest in ihrem Garten. »Ich bin so dankbar, dass ich noch da sein darf und dieses Fest zusammen mit guten Freunden und der Familie genießen kann. Mehr will ich gar nicht«, sagte sie glücklich, und Cindy erinnerte sich an ihre gesundheitlichen Probleme, die Jo vor etlichen Jahren bewogen hatten, zurück zu ihrer Mutter zu ziehen.

Während die beiden Freundinnen zusahen, wie ihre Kinder mit dem Nachwuchs von Jos Freunden und Verwandten durch den Garten tollten, sagte Cindy leise zu Jo: »Ich bin so froh, dass ich mitgekommen bin. Meine Kinder sind ganz begeistert, dass sie hier sein dürfen. Sie vergöttern deine Mutter. Wie schade, dass sie keine Großmutter haben, die sie besuchen können.«

»Hast du eine Idee, wie du Murrays Tante finden kannst?«, fragte Jo.

Cindy holte tief Luft. »Ich weiß ihren Namen und habe eine alte Adresse, die Ngaire herausgefunden hat. Es ist eine Straße in Randwick. Doch als ich die Telefonnummer nachgeschlagen und dort ein paarmal angerufen habe, hat sich niemand gemeldet. Und übermorgen sind unsere Ferien vorbei.«

»Na ja, wir haben morgen noch nichts vor. Wie wär's, wenn wir einfach unangemeldet vorbeischauen?«

Cindy verzog das Gesicht. »Das ist ziemlich unhöflich, oder?«

Jo zuckte die Achseln.

»Ich versuche noch einmal, sie telefonisch zu erreichen«, sagte Cindy, stand auf und ging zum Telefon in der Diele. Wieder hob niemand ab. Cindy ging zu Jo zurück und schüttelte den Kopf.

»Da wir für morgen keine Pläne haben, sollten wir einfach nach Randwick fahren«, erklärte Jo mit Nachdruck.

Cindy nickte. »Das ist wohl die einzige Chance, sie doch noch zu sehen.«

»Willst du deine Kinder mitnehmen?«, fragte Jo.

»Russell würde ich lieber hier lassen, wenn es deine Mutter nicht stört. Aber die Zwillinge sollten mitkommen und ihre Großtante kennenlernen, die noch keine Ahnung hat, dass es Sally und Gordon gibt.« Cindy lachte. »Das ist ganz schön aufregend, oder? Hoffen wir mal, dass Marie morgen zu Hause ist.«

Das Haus in Randwick, ein solides rotes Backsteingebäude, stand hinter einer gepflegten Hecke. Allerdings waren die Fenster geschlossen und die Vorhänge zugezogen.

»Da ist niemand da, können wir wieder gehen?«, seufzte Gordon, als sie zu viert auf der Straße vor dem Gartentor standen.

»Traust du dich, an die Tür zu klopfen?«, fragte Sally.

»Also gut.« Gordon stapfte den Weg entlang.

»Warte mal kurz«, rief Cindy und sah sich um. Die ruhige Straße mit ähnlichen Backsteinhäusern auf beiden Seiten war von alten Bäumen gesäumt. Neben dem Gartentor hing ein alter Briefkasten am Zaun. Nach kurzem Zögern öffnete Cindy ihn.

»Mummy, was tust du da?«, fragte Sally entsetzt. Ihre Mutter würde doch nicht etwa fremde Post lesen?

»Alles in Ordnung, Schatz. Ich schau nur was nach«, beschwichtigte Cindy und holte zwei Briefe heraus. Einer sah nach Wurfsendung aus, aber der andere war klar und deutlich adressiert.

»Was steht drauf?«, flüsterte Jo.

»Mrs. M. Williams«, sagte Cindy triumphierend. »Also sind wir hier richtig. Bleibt mal alle einen Augenblick hier stehen.«

Sie legte die Post wieder in den Briefkasten und eilte mit Gordon im Schlepptau die Eingangstreppe hinauf. Jo und Sally blieben unten auf der Straße stehen. Oben ergriff sie den Messingklopfer und schlug zweimal gegen die Tür.

Gordon trat von einem Fuß auf den anderen. »Siehst du, Mum? Es ist niemand da.«

»Das ist ein großes Haus und vielleicht ist sie schwerhörig«, erwiderte Cindy. »Also gut, aber einmal probiere ich es noch, nur für alle Fälle.«

Wieder schlug der Messingklopfer gegen die Tür. Gordon wollte sich schon enttäuscht umdrehen, als sie hörten, wie ein Riegel weggeschoben wurde. Überrascht sah er, dass sich die Tür öffnete.

Eine attraktive, gut angezogene Dame mit hellen Augen lächelte sie fragend an.

»Bitte entschuldigen Sie die Störung, aber ich suche eine Mrs. Marie Williams«, sagte Cindy.

Zu ihrem Erstaunen breitete die Frau strahlend die Arme aus und machte einen kleinen Knicks. »Ich bin Marie Williams. Und wer bist du, junger Mann?«, fragte sie Gordon.

Der Junge war etwas verdattert, erinnerte sich dann aber an seine guten Manieren und streckte ihr die Hand hin. »Guten Tag. Ich bin Gordon Parnell.«

Augenblicklich schwand das Lächeln aus Marie Williams Gesicht und sie schlug die Hand vor den Mund. »Parnell? Aus Yamboola?« Sie starrte Cindy an, und Schock, Ungeduld und Hoffnung spiegelten sich in rascher Folge auf ihrem Gesicht. »Die Familie von Rose?«

Cindy nickte. »Es tut mir leid, dass wir einfach unangekündigt auftauchen, aber ich habe vergeblich versucht, dich anzurufen. Ich wollte dich unbedingt treffen, bevor wir zurückfahren müssen. Ich bin Cindy, Murray Parnells Frau. Und das ist mein Sohn Gordon. Dein Großneffe.«

Marie starrte sie an. »Murray ist verheiratet und hat Kinder? Ja, nun, damit war zu rechnen. Und du … bitte kommt doch herein, bleibt nicht auf der Treppe stehen. Was für eine wunderbare Überraschung! Hier entlang.«

»Unten stehen noch eine Freundin und meine Tochter, darf ich sie auch hereinbitten?«, fragte Cindy.

»Natürlich. Geh, junger Mann, und hol sie. Wir setzen schon mal das Teewasser auf.«

Während Gordon zurückrannte, sahen sich Cindy und Marie einen Augenblick lang an.

»Herein, herein«, sagte Marie noch einmal und Cindy folgte ihr in die Diele.

»Ich dachte, es wäre wichtig für die Kinder, ihre Großtante kennenzulernen«, erklärte sie. »Hoffentlich nimmst du uns diesen Überfall nicht übel.«

Marie machte eine wegwerfende Handbewegung. »Aber sag mir, wie du mich gefunden hast. Es ist lange her, seit ich zuletzt Kontakt zu den Parnells hatte.«

»Das war ziemlich leicht. Man hat mir eine jahrzehntealte Adresse von dir gegeben. Doch ehrlich gesagt habe ich nicht damit gerechnet, dass du noch hier wohnst.«

»Wie geht es Murray?«, fragte Marie aufgeregt.

»Ich habe ein Foto von ihm mitgebracht.« Cindy kramte in ihrer Handtasche und reichte Marie das Bild.

»Du lieber Himmel«, Marie betrachtete es erstaunt. »Murray ist meinem Sohn James wie aus dem Gesicht geschnitten. Man könnte sie für Brüder halten.«

In Cindys Rücken ertönte Sallys Stimme. »Mum?«

Cindy drehte sich um und sah, wie Jo mit den zaudernden Kindern in der Tür erschien.

»Marie, das ist meine Freundin Joanna und das sind meine Zwillinge Sally und Gordon. Ihr kleiner Bruder Russell ist bei Jos Mutter geblieben. Kinder, das ist Mrs. Williams, eure Großtante.«

Marie lächelte die Zwillinge an, ihre Augen funkelten. »Ach, was seid ihr für ein hübsches Paar! Es freut mich so, euch kennenzulernen. Ich bin eure Tante Marie.« Sie bückte sich und umarmte sie. Gordon ließ es sich widerstandslos gefallen, Sally hingegen erwiderte die Umarmung stürmisch.

Marie lachte. »Kommt alle mit in die Küche.« Sie führte sie einen langen Korridor entlang zu einem unordentlichen, aber einladenden und hellen Raum, wo sie ihnen Stühle an einem kleinen Esstisch in der Ecke anbot.

»Was für ein schönes Heim«, meinte Jo.

»Danke, meine Liebe«, erwiderte Marie. »Mein Mann und ich haben dieses Haus gleich nach unserer Hochzeit gekauft und ich wollte nie woanders wohnen. Und obwohl mein Mann vor einigen Jahren gestorben ist und das Haus wirklich viel zu groß für nur eine Person ist, möchte ich nicht umziehen. Meine Tochter lebt mit ihrer Familie ganz in der Nähe, und mein Sohn, der zurzeit in Singapur ist, kommt in einigen Monaten zurück, um zu heiraten. Wir freuen uns wahnsinnig darüber. Und auch er will ein Haus hier im Viertel kaufen.« Sie ging zum Küchentresen und goss kochend heißes Wasser aus dem Kessel in eine Teekanne. Dann drehte sie sich strahlend zu den Kindern um. »Wir Erwachsenen trinken Tee. Wer von euch will Saft und wer will Milch?«

»Gibt es Kekse?«, fragte Gordon.

»Gordon, sei nicht so vorlaut«, wies ihn Cindy zurecht. »Man wartet, bis man etwas angeboten bekommt.«

»Wahrscheinlich hat er Hunger«, meinte Marie freundlich. »Natürlich sind welche da, dort in der Dose auf der Anrichte.

Sally, ich gebe dir einen Teller und du legst sie raus. Jeder bekommt zwei.«

Die Kinder nahmen den Teller und liefen zu der Anrichte. »Wir lassen den Tee erst mal ziehen«, fuhr Marie fort. »Kommt und setzt euch in den Wintergarten. Ich will alles von euch wissen.«

»Ich bleibe mit den Kindern hier, solange sie essen und trinken. Dann kann ich auch den Tee fertig machen«, bot Jo an.

»Danke, meine Liebe, sehr nett von dir. Tassen findest du im Schrank. Komm, Cindy. Du klingst gar nicht wie eine Australierin, wenn ich das sagen darf?« Marie führte sie in einen sonnigen Wintergarten.

»Ich bin Amerikanerin. Murray habe ich in Kalifornien kennengelernt«, antwortete Cindy.

»Ich bin ganz begeistert, dass du mich aufgestöbert hast! Murray war nicht viel älter als deine Zwillinge, als ich ihn zuletzt gesehen habe. Weißt du, ich hatte mich damit abgefunden, keinen Kontakt mehr zu meinem Neffen zu haben. Jahrelang habe ich ihm Briefe und Päckchen zu Weihnachten und zum Geburtstag geschickt, aber sie kamen immer ungeöffnet zurück. Was ich entsetzlich schade fand.« Marie hielt inne und Cindy sah eine Spur von Traurigkeit in ihrem Blick. Doch dann fasste sie sich wieder. »Aber jetzt seid ihr hier. Was für eine schöne Überraschung!«

Cindy musterte die elegante, quirlige Frau, die jetzt wieder glücklich lächelte. Ihrer Schätzung nach war Marie in den Sechzigern. Ihre Augen waren von einem ähnlich durchdringenden Blau wie die Murrays, ihre grazilen Finger überraschend lang. Mit erhobenem Kopf saß sie kerzengerade auf dem Stuhl neben Cindy. Dass ihr elegantes Kleid aus reiner Seide und die flachen Schuhe aus weichem italienischem Leder waren, sah man auf Anhieb. In ihren antiken Ohrringen funkelten vermutlich Altschliff-Diamanten. Das Haar trug sie glatt aus dem Gesicht zurückgekämmt in einem Knoten, sodass ihr schlanker Hals freilag. Cindy bedauerte, dass sie ihre ungebärdigen Locken nicht so modisch frisieren konnte.

»Und ihr wohnt alle auf Kingsley Downs?«, fragte Marie.

»Ja. Lawrence und Murray bewirtschaften die Station gemeinsam. Kennst du das Anwesen gut?«

Marie schüttelte den Kopf. »Mein Mann und ich waren nur ein einziges Mal dort, kurz nachdem Rose und Lawrence geheiratet hatten. Wir fanden es … ziemlich abgelegen. Ich fürchte, ich bin nicht fürs Landleben geschaffen und konnte nie verstehen, dass Rose ihr Leben hier aufgab, um nach Yamboola zu ziehen. Aber Lawrence war einfach umwerfend – er sah unglaublich gut aus, wirkte manchmal etwas reserviert, konnte aber auch sehr charmant sein. Und die Familie war ja finanziell außerordentlich gut gestellt. Wenn meine Schwester glücklich war, warum nicht? Ich freute mich für sie.«

»Du musst sehr traurig gewesen sein, als Rose verschwand«, sagte Cindy leise.

Marie räusperte sich. »Ja, das war ich. Wir standen uns sehr nahe, und so litt ich lange unter dem Verlust. Doch um die Wahrheit zu sagen: Im Rückblick betrachtet hatte Rose bei unseren letzten Gesprächen ziemlich traurig gewirkt. Ich dachte, es liege daran, dass Murray aufs Internat gegangen war und sie ihn vermisste. Aber mein Mann Jim war einfühlsamer, er glaubte, dass sie etwas auf dem Herzen hatte. Doch damals war es schwierig, miteinander zu telefonieren, ohne dass bei ihrem alten Gemeinschaftsanschluss die ganze Nachbarschaft mit in der Leitung hing. Wir fanden einfach keine Gelegenheit, vertraulich miteinander zu sprechen. Und dann war es zu spät.« Sie atmete tief durch. »Nie werde ich den Vormittag vergessen, als die Polizei uns die Nachricht brachte, sie sei verschwunden. Ich konnte ihnen nicht helfen. Ich hätte erwartet, dass sie sich meldet, aber wohin sie auch gegangen sein mag, sie wollte es nicht einmal mir anvertrauen.«

»Das muss schwer für dich gewesen sein«, sagte Cindy mitfühlend.

»Ja, das war es. Und ist es in gewisser Weise immer noch. Die Zeit heilt nicht immer alle Wunden, allerdings schmerzen sie irgendwann weniger. Was mir aber bis heute zu schaffen macht, ist, dass Rose mir etwas Wichtiges sagen wollte und nie Gelegenheit dazu hatte. Vielleicht hätten sich die Dinge sonst anders entwickelt.«

Wieder lag Traurigkeit in Maries Blick.

»Ich weiß, dass es dir komisch vorkommen muss, aber ich hatte von Anfang an das Gefühl, dass Rose und ich verwandte Seelen sind«, wagte Cindy sich vor. »Beide haben wir als junge Frauen aus der Stadt einen Mann vom Land geheiratet und uns aus unserem vertrauten Umfeld ins Unbekannte aufgemacht. Ich habe Murray kennengelernt, als er im Urlaub war. Wie war das bei Rose und Lawrence?«

»Sie sind sich in Sydney begegnet, ich weiß nicht mehr, wo. Sie hat damals zu den unmöglichsten Zeiten gearbeitet. Tagsüber Unterricht, Auftritte am Abend …«

Cindy hob die Hand. »Halt, was heißt das? Was hat deine Schwester gemacht …?«

Marie schaute Cindy einen Augenblick lang an. »Hast du noch nie von den Pearson-Schwestern gehört? Liebes, wir waren *berühmt!*«

»Du bist eine der Pearson-Schwestern?«, rief Jo aus, die gerade mit den Kindern und dem Tee hereinkam.

Marie führte ihre Gäste in ein großes Arbeitszimmer, in dem ein Schreibtisch, zwei Stühle, eine Lampe und ein großer Bücherschrank standen. Doch das Auffälligste war ein aufgeklappter Flügel, auf dem Noten lagen. Der ganze Raum schien mit Fotografien tapeziert zu sein. Viele zeigten spielende Kinder, aber man sah auch, wie eine dramatisch geschminkte klassische Ballerina mit einem riesigen Blumenstrauß in Richtung Publikum knickste. Es gab noch andere Schwarz-Weiß-Aufnahmen derselben Tänzerin, Einzelporträts vor riesigen Spiegeln und an der Stange in einem Ballettstudio und auch Fotos mit anderen Tänzern und Tänzerinnen. Auf einigen Bildern sah man ein zierliches Mädchen an einem Flügel, dem das umstehende Orchester applaudierte. Ein anderes Foto zeigte, wie dasselbe Mädchen einer offenbar wichtigen Persönlichkeit die Hand gab.

Marie nahm das Bild von der Balletttänzerin mit dem Blumenstrauß in die Hand und zeigte es den Kindern.

»Das war meine Schwester, eure Großmutter, mit gerade einmal siebzehn. Sie war eine so wundervolle Tänzerin«, sagte Marie stolz.

»Du liebe Güte!«, rief Cindy, während sie die Bilder an der Wand betrachtete. »Was für ein großes Talent!«

»Das fanden unsere Eltern auch.« Marie lächelte. »Rose fing schon in jungen Jahren als professionelle Tänzerin beim Borovansky Ballet an. Sie trat mit dieser Kompanie auf, bevor sie Lawrence kennenlernte und heiratete.«

»Und du warst Pianistin?«, fragte Cindy.

»Ja, genau. Doch nach meiner Heirat und als dann die Kinder kamen, habe ich keine Konzerte mehr gegeben. Ich hatte zu wenig Zeit zum Üben, aber mein Leben war sehr erfüllt und glücklich.«

»Ich kann es kaum erwarten, Mum zu erzählen, dass ich eine der berühmten Pearson-Schwestern kennengelernt habe«, sagte Jo. »Sie hat mir so oft von euch vorgeschwärmt.«

»Oh, das ist lange her«, Marie lächelte. »Es war damals eine ganz andere Zeit. Aber hat Murray denn nie erwähnt, Cindy, dass seine Mutter eine der Pearson-Schwestern war?«

»Er spricht wenig über seine Mutter«, wich Cindy einer klaren Antwort aus. Sie bückte sich zu den Zwillingen hinab und zeigte ihnen ein Foto. »Wie findet ihr sie?«

»Sie ist wirklich schön«, sagte Sally. »Ich wusste nicht einmal, dass wir eine Großmutter haben.«

»Ich auch nicht. Ist sie immer noch Tänzerin? Wo ist sie jetzt?«, fragte Gordon.

Einen Moment herrschte verlegenes Schweigen.

»Wir wissen es nicht genau. Aber was ist mit euch beiden, Sally und Gordon, mögt ihr Musik und Tanz?«, wechselte Marie abrupt das Thema.

Sally dachte nach. »Ja. Ich würde gern Klavier spielen lernen.«

»Was du nicht sagst!«, rief Cindy überrascht. »Davon hatte ich ja keine Ahnung.«

»Spielst du noch?«, fragte Sally ihre Tante.

»Ja. Nicht mehr so gut wie früher, aber ich liebe es noch immer.«

»Kannst du uns etwas vorspielen, bitte, Tante Marie«, bat Gordon.

»Oh, ich glaube, dazu hat Tante Marie jetzt keine Zeit …«, setzte Cindy an.

Doch Marie sprang auf und klatschte in die Hände. »Aber natürlich. Was ist dein Lieblingslied, Gordon?«

»Old MacDonald had a Farm«, antwortete er wie aus der Pistole geschossen.

»Das ist ja für Babys«, sagte Sally verächtlich.

Marie ging zum Flügel. »Es ist auch eines meiner Lieblingslieder.«

Sie setzte sich und begann schwungvoll, die alte Melodie zu spielen, dann fing sie zu singen an. Sally und Gordon fielen ein und lachten, als sie versuchten, all die verschiedenen Tiere nachzuahmen.

Anschließend spielte Marie eine ganze Reihe anderer bekannter Lieder. Sally setzte sich neben ihre Großtante und beobachtete, wie Maries Hände über die Tasten flitzten. Alle sangen nun mit. Als Marie schließlich mit einem langen trällernden Crescendo endete, ertönte von der Tür her Applaus. Cindy und Jo drehten sich um. Eine Frau etwa in Cindys Alter trat ins Zimmer, gefolgt von einem Jungen in Gordons Alter und einem etwa zehnjährigen Mädchen.

»Warum waren wir zu der Party nicht eingeladen?«, lachte sie und küsste Marie. »Hallo, Mum.«

Marie klatschte in die Hände. »Mon, dieses hübsche Mädchen hier ist Sally, das ist ihr Zwillingsbruder Gordon, und dies ist ihre Mutter Cindy mit ihrer Freundin Joanna. Cindy, das ist meine Tochter Monica mit meinen Enkeln Toby und Holly.«

»Freut mich, euch kennenzulernen«, strahlte Monica. Sie schien von der spontanen Zusammenkunft nicht sonderlich überrascht. »Ist etwas zu essen da? Die Kinder haben Hunger.«

»Das ist noch nicht alles, Mon«, ging Marie über ihre Frage hinweg. »Cindy und die Zwillinge heißen mit Nachnamen Parnell. Sie sind Cousin und Cousinen von euch!«, rief sie. »Macht euch mal miteinander bekannt, wir gehen derweil rüber und bereiten Käsetoasts vor.« Marie und die Kinder verschwanden in Richtung Küche.

Monica breitete amüsiert die Arme aus. »Cousin, Cousinen? Wo kommt ihr her? Hat Mum euch im Park aufgelesen?«

Jo und Cindy lachten. »Die Zwillinge sind die Enkel von deiner Tante Rose, und ich bin mit deinem Cousin Murray Parnell verheiratet«, erklärte Cindy. »Wir wohnen auf Kingsley Downs.«

»Das ist ja fantastisch«, sagte Monica. »Ich glaube, Mum hat seit Jahren keinen Kontakt mehr zu den Parnells gehabt. Wie habt ihr uns gefunden?«

Cindy befriedigte ihre Neugierde.

Das Lächeln schwand aus Monicas Gesicht. »Ich fürchte, ich kann mich an Tante Rose nicht erinnern. Und eigentlich auch nicht an Murray. Ach, die arme Tante Rose! Du musst mir alles über dich und über meinen lang verschollenen Cousin Murray erzählen. Wie schade, dass wir uns erst jetzt kennenlernen.«

Wieder verging eine Stunde im Flug, während die Kinder Toast futterten und Holly Sally zeigte, was sie schon alles auf dem Flügel ihrer Großmutter spielen konnte.

»Wir müssen jetzt wirklich gehen«, sagte Cindy schließlich. »Ich muss endlich Russell bei Jos Mutter abholen. Sie kann ihn ja nicht den ganzen Tag beaufsichtigen.«

»Du meine Güte, bring ihn das nächste Mal mit«, bat Marie. »Wann bist du wieder in Sydney?«

»Ich weiß es nicht. Aber ich melde mich von zu Hause aus. Und ich bin sicher, dass auch Murray sich liebend gern mit dir unterhalten möchte.«

»O ja, den würde ich auch zu gern wiedersehen. Nachdem wir uns jetzt gefunden haben, müssen wir unbedingt in Kontakt bleiben. Ihr könnt gern hier wohnen, wann immer ihr nach Sydney kommt.«

Widerstrebend gingen Cindy, Jo und die Zwillinge zur Eingangstür.

»Los, Kinder, verabschiedet euch von Tante Marie und bedankt euch für den schönen Nachmittag«, forderte Cindy sie auf.

»Auf Wiedersehen, und vielen Dank, dass wir da sein durften«, sagte Gordon, bevor er wie ein freigelassenes Kaninchen durch die Tür flitzte.

Sally hingegen rannte auf Marie zu und schlang ihr die Arme um die Taille. »Kommst du uns auf Kingsley Downs besuchen?«

»Was bist du doch für ein reizendes Mädchen! Aber ich glaube, ein netter Besuch bei mir in Sydney wird dir mehr Spaß machen.« Sie lächelte Cindy an. »Vielleicht verbunden mit einem Konzertbesuch oder einer Ballettaufführung?«

Mit glänzenden Augen wandte sich Sally an Cindy. »Geht das, Mum? O bitte, ja.«

Cindy war von der offenkundigen Begeisterung ihrer Tochter ganz gerührt. »Wir reden darüber. Jetzt sag Auf Wiedersehen und geh raus zu den anderen.«

Marie bückte sich und Sally gab ihr einen Kuss auf die Wange. »Bis zum nächsten Mal. Aber warte noch kurz, Cindy, ich möchte dir etwas geben.« Sie eilte ins Arbeitszimmer und kam bald darauf mit einem großen braunen Umschlag zurück.

»Das hatte ich weggepackt. Ach, was war das für eine schöne Überraschung, nicht wahr, Mon?« Sie umarmte Cindy und Monica gab ihr einen Kuss.

»Herzlich willkommen in unserer Familie. Und bitte lass uns in Verbindung bleiben!«

Auf der Rückfahrt zu Jos Mutter ließen Cindy und Jo ihren Besuch bei Marie Williams in allen Einzelheiten Revue passieren.

»Ich war ein bisschen verblüfft, dass Murray nie die Vergangenheit seiner Mutter als Ballerina erwähnt hat und dass Marie eine gefeierte Konzertpianistin war«, gab Cindy zu. »Vielleicht hat Lawrence ihm ja gar nicht viel von seiner Mutter erzählt? Wir haben jedenfalls eine Menge Neuigkeiten zu berichten. Mal sehen, was Marie mir mitgegeben hat.«

Cindy öffnete das Kuvert und zog einige Fotografien heraus, dazu Ausschnitte aus Zeitungen und Magazinen. Es gab einen weiteren Abzug des gerahmten Fotos von Rose auf der Bühne mit dem Blumenstrauß im Arm, dazu einige Aufnahmen von den beiden als jungen Mädchen, von Maria am Flügel und einer Preisverleihung an der Schule, bei der Rose eine Auszeichnung in der Hand hielt. Etliche inzwischen vergilbte Ausschnitte aus Stadtteilzeitungen sowie ein Zeitschriftenartikel widmeten sich den beiden begabten Schwestern. In Zeitungsberichten der folgenden Jahre wurden sie immer wieder erwähnt, Marie um einiges häufiger als Rose. Dass sich Rose von der Bühne zurückgezogen hatte, wurde nirgends thematisiert, aber die Gesellschaftsseiten des *Sydney Morning Herald* hatten ein Hochzeitsfoto von Rose und Lawrence am Eingang der Kirche St. Mark's am Darling Point gebracht.

Cindy musterte die Fotografie.

»Wie schön sie aussieht«, sagte Jo.

Das Bild zeigte Rose, schlank und mit dunklen Haaren, der lange Schleier war von einer kleinen Perlentiara gekrönt. Ihr langärmeliges Satinkleid schmiegte sich eng an ihren schmalen, beinahe knochigen Körper. Einen Arm hatte Rose bei Lawrence untergehakt, in der anderen Hand trug sie einen Rosenstrauß. Sie lächelte sanft. Auffallend waren vor allem ihre großen Augen. Lawrence wirkte in seinem Smoking sehr attraktiv, auf seinem Gesicht lag ein triumphierendes Lächeln.

»Lawrence wirkt wie ein Filmstar. Da weiß man, woher Murray das gute Aussehen hat«, kommentierte Jo.

Cindy nickte. Zweifellos waren Rose und Lawrence ein hinreißendes Paar gewesen.

Die Überschrift nannte ihre Namen: *Lawrence Parnell von Kingsley Downs bei Yamboola mit seiner Braut, der ehemaligen Miss Rose Pearson, Tochter von Mr. und Mrs. Henry Pearson aus Turramurra.* Außerdem wurde erwähnt, dass die Braut bis vor Kurzem Mitglied des Borovansky Ballet gewesen war.

»Ich kann verstehen, warum Rose sich entschieden hat, Lawrence zu heiraten. Aber nach ihrem aufregenden Leben hier muss ihr Kingsley Downs entsetzlich abgeschieden und eintönig erschienen sein, meinst du nicht?«, fragte Jo.

»Ja, das könnte ich mir vorstellen. Obwohl ich es dort nicht eintönig finde«, erwiderte Cindy. »Nein, wirklich nicht. Da gibt es die Landschaft, die Tier- und Pflanzenwelt, die Leute, die immer wieder vorbeikommen. Sogar die Einsamkeit ist irgendwie tröstlich. Das ist natürlich nur meine Meinung, ich kann nicht für Rose sprechen. Vielleicht hat sie nie eine gute Freundin dort gefunden, so wie ich.« Sie lächelte Jo an.

»Vielleicht hast du aber auch einen viel netteren Ehemann«, meinte Jo grimmig.

»Ganz bestimmt. Obwohl ich nicht weiß, wie ich ihm Sallys plötzliche Begeisterung fürs Klavierspielen erklären soll. Wir werden sie zum Unterricht nach Yamboola zu Mrs. Henderson schicken müssen.«

Cindy wollte Murray so schnell wie möglich berichten, dass sie Marie gefunden hatte. Also rief sie ihn abends aus dem Motel an. Mit mühsam unterdrückter Begeisterung, damit die Kinder nicht wieder wach wurden, schilderte sie ihm ihren Besuch in Randwick. Am anderen Ende der Leitung herrschte einen Moment lang verblüfftes Schweigen.

»Ihr seid also einfach bei ihr hereinspaziert und Tante Marie hat euch mit offenen Armen empfangen? Erstaunlich.«

»Sie war sehr herzlich«, erklärte Cindy, »und sie will, dass auch du und Russell sie so bald wie möglich besuchen. Sally war ganz begeistert von ihr. Wusstest du eigentlich, wie begabt deine Mutter und Marie waren? Die Schwestern waren richtig berühmt. Suzanne war begeistert, als Jo ihr erzählt hat, wen wir heute kennengelernt haben. Oh, und die Bilder von deiner Mutter! Sie war so schön. Und weißt du was, Sally will Klavier spielen lernen! Sie behauptet, den Wunsch hätte sie schon lange, aber mit mir hat sie noch nie darüber gesprochen. Seltsam, nicht wahr?«

»Ich erinnere mich vage, dass meine Mutter etwas vom Tanzen erzählt hat«, erwiderte Murray ziemlich kühl. »Doch nachdem sie fort war, wurden Musik und Tanz in unserem Männerhaushalt nicht allzu hoch geschätzt. Was hat Marie sonst noch über meine Mutter gesagt?«

Sein verhaltener Tonfall ließ Cindy zögern. »Sie hat mir erzählt, dass sie sich kaum noch gesehen haben, nachdem Rose deinen Vater geheiratet hat. Außerdem hat sie erwähnt, dass sie dir jahrelang geschrieben und Geschenke geschickt hat, aber dass alles ungeöffnet zurückkam.«

Murray schwieg eine Weile. »Verstehe. Jedenfalls bin ich froh, dass die Kinder sie kennengelernt haben. Ich vermisse dich. Hattest du viel Spaß in Sydney?«

Cindy merkte, dass ihm das Gespräch über seine Mutter unangenehm war und er das Thema wechseln wollte. Ob Lawrence in Hörweite war? »Wir hatten eine wunderbare Zeit. Aber jetzt freue ich mich auf zu Hause. Ist alles in Ordnung bei euch?«

»Ja. Es ist allerdings immer noch zu trocken. Hoffentlich regnet es bald.«

Cindy lächelte. Inzwischen war sie es gewöhnt, dass die Männer auf dem Land entweder über zu viel oder zu wenig Regen klagten. »Natürlich. Bis morgen dann. Ich liebe dich, Murray.«

»Ich liebe dich auch.«

Cindy seufzte, als sie den Hörer auf die Gabel legte. Ob ihr Mann sich mit Rose' Schwester in Verbindung setzen würde? Immerhin hatte sie die von Marie gesammelten Fotografien und Zeitungsausschnitte, die sie Murray zeigen konnte. Vielleicht würden ihn ja diese Erinnerungsstücke bewegen, das Gespräch mit seiner Tante zu suchen.

Nach der langen Rückfahrt waren die Kinder so müde, dass sie nach einem raschen Abendessen in die Betten fielen und sofort einschliefen.

Murray saß allein auf der Veranda und trank ein Bier, die Beine hatte er auf einem Kalbsfellhocker hochgelegt. Als Cindy herauskam, wollte er aufstehen.

»Bleib sitzen, Schatz, ich will dir etwas zeigen«, sagte sie und setzte sich auf den Stuhl neben ihn. Dann öffnete sie den großen Umschlag, den sie mitgebracht hatte, zog die Fotografien und Zeitungsausschnitte heraus und reichte sie Murray. Sie wartete ab, während er sie wortlos durchblätterte.

»Sind die nicht zauberhaft? Hast du die schon einmal gesehen?«, versuchte sie ihn zum Reden zu bringen. »Rose war so eine schöne Frau. Und mit Marie kann man viel Spaß haben. Schau, hier sind noch andere Artikel. Wie fabelhaft deine Eltern an ihrem Hochzeitstag ausgesehen haben!«

Schweigend ging Murray den Inhalt des Umschlags durch.

Plötzlich stand Lawrence vor ihnen. »Gibt es etwas, das ich wissen sollte?«, donnerte er.

Murray erschrak so, dass er zitterte, als er hastig versuchte, alles wieder in den Umschlag zu schieben. Ein Zeitschriftenartikel flatterte zu Boden und Lawrence erhaschte einen Blick auf ein Bild von Rose. Seine Augen traten hervor.

Entschlossen, den Stier bei den Hörnern zu packen, sprang Cindy auf. Mit ruhiger Stimme sagte sie: »Lawrence, als ich in Sydney war, habe ich Murrays Tante, Marie Williams, ausfindig gemacht. Sie hat uns etliche Fotografien von Rose mitgegeben, weil sie dachte, die Kinder und Murray würden sich dafür interessieren.«

Lawrence lief zornesrot an. Er versuchte, seinem Sohn den Umschlag zu entreißen, aber Murray hielt ihn außer Reichweite.

»Dieses Weib hat nicht das Recht, sich in unsere Familienangelegenheiten einzumischen. Wenn ich gewusst hätte, was du in Sydney vorhast, Cynthia, hätte ich es dir verboten!«

»Dad, bitte …«, begann Murray.

Wütend funkelte Lawrence seine Schwiegertochter an. »Warum musst du immer Unfrieden stiften? Warum bist du so scharf darauf, die alten Geschichten wieder auszugraben?«

»Ich wollte, dass unsere Kinder etwas über ihre Familie erfahren«, fuhr Cindy ihn an.

»Es gibt keine Familie. Vor allem nicht diese Pearsons!«

Mit diesen Worten hob er den Ausschnitt auf, den Murray hatte fallen lassen, zerriss ihn und ließ die Fetzen zu Boden rieseln.

»Hör auf, so egoistisch zu sein«, zischte Cindy. »Ich finde, die Kinder sollten zumindest Fotos von ihrer Großmutter sehen können.«

»Nun, das finde ich nicht«, erwiderte Lawrence kalt. »Dieses Recht hat sie vor vielen Jahren verwirkt.« Zornig starrte er Cindy an und wollte offenbar noch mehr sagen, presste dann aber die Lippen zusammen und entfernte sich.

»Cin ... bitte belass es dabei«, sagte Murray. »Ich weiß, dass du es für richtig gehalten hast, Tante Marie aufzusuchen, aber offensichtlich will Dad nichts mit ihr zu tun haben.«

»Marie ist nicht Rose! Murray, warum ist er so? Was ist sein Problem? Egal, was vor all diesen Jahren zwischen deiner Mutter und ihm vorgefallen ist, er muss es auch mal gut sein lassen. Und aufhören, uns alle dafür zu bestrafen«, erwiderte Cindy aufgebracht.

»Vielleicht kann er das nicht.«

»Wie meinst du das?«

»Ach, nichts.« Murray trank sein Bier aus. »Ich geh ins Bett«, sagte er, stand auf und strebte zur Tür.

»Ihr rennt beide immer weg, unfähig, euch damit auseinanderzusetzen, was geklärt werden muss. Wie der Vater, so der Sohn!«, rief Cindy hitzig. Sie hatte sich so gefreut, dass sie Marie gefunden hatte und Murray diese wunderbaren Fotos zeigen konnte. Doch jetzt hatte Lawrence alles verdorben, wie er fast immer alles verdarb.

Murray machte auf dem Absatz kehrt und sah Cindy ins Gesicht.

Er war purpurrot angelaufen, seine Augen funkelten zornig und er atmete schwer, als habe er Mühe, sich im Zaum zu halten. Mit zwei Schritten stand er vor ihr und sie wich zurück, wobei sie gegen die Wand stieß. Sie sah sein verzerrtes Gesicht, seine verkrampfte Haltung und wie er zitterte. Einen Augenblick hatte sie beinahe Angst vor ihrem Mann. Mit geballten Fäusten machte er noch einen Schritt auf sie zu und sie schloss die Augen und drehte das Gesicht zur Wand. Doch der Moment verstrich und nichts passierte. Als sie die Augen öffnete, sah sie, dass seine Wut verraucht war, schlaff und mit hängendem Kopf stand er da.

»Ich bin … ich bin ganz anders als mein Vater«, flüsterte er.

»Murray …«

»Lass mich einfach«, sagte er und hob die Hände. Wortlos ging er hinunter in den Garten und Cindy hörte, wie seine Schritte in der Dunkelheit verhallten.

Es dauerte eine ganze Weile, bis er zurückkam. Doch als er ins Bett schlüpfte, nahm er sie in die Arme und küsste sie zärtlich. Eng umschlungen schliefen sie friedlich ein.

Am folgenden Morgen fuhr Lawrence nach Melbourne, ohne Murray in seine Pläne einzuweihen. Cindy war erleichtert, dass er zumindest eine Zeit lang nicht wiederkommen würde. Rasch entspannte sich die Atmosphäre im Haus, die Kinder rannten quietschend herum und spielten Verstecken. Cindy teilte Mrs. Flowers mit, dass sie heute Abend selbst kochen würde und sie alle gemeinsam auf der überdachten Veranda essen würden.

Nach dem Essen holten sie Brettspiele hervor, und weil Murray so etwas aus seiner Kindheit nicht kannte, verlor er zum Entzücken seiner Kinder jedes Mal. Der angenehme Familienabend endete damit, dass die Kinder zu Bett gebracht wurden und Cindy ihrem Mann vorschlug, noch einen Schlummertrunk zu sich zu nehmen.

Eng aneinandergeschmiegt saßen sie auf dem Sofa.

»Es tut mir leid, was ich gestern Abend gesagt habe«, meinte sie. »Du bist nicht wie dein Vater. Und es tut mir leid, dass das mit Marie und den Fotos ihn so aus der Fassung gebracht hat.«

»Mir tut es auch leid«, sagte Murray, »aber lass uns nicht weiter darüber reden.«

»Warum denn nicht, Schatz?«

Murray stellte sein Glas hin. »Warum müsst ihr Yankees immer alles durchkauen und bis ins Kleinste analysieren?« Er versuchte, witzig und unbeschwert zu klingen, aber seine Stimme war rau.

Doch Cindy ließ nicht locker. »Sag nicht immer ›Yankee‹ zu mir. Es ist ungesund, Dinge unter den Teppich zu kehren. Außerdem interessieren sich die Kinder für ihre Großmutter, vor allem Sally. Ich glaube, ihr werden diese Fotos sehr viel bedeuten.« Sie wartete auf Murrays Antwort, doch er schwieg. »Glaubst du, dass dein Vater Fotos oder Briefe von deiner Mutter hier irgendwo im Haus aufbewahrt?«

»Nein.«

Cindy sah die Anspannung in Murrays Gesicht. »Wie kannst du dir da so sicher sein?«

»Weil ich gesehen habe, wie er vor vielen Jahren einen Haufen ihrer Sachen verbrannt hat.« Seine Stimme klang bitter. »Ich hatte dich gebeten, diese Dinge ruhen zu lassen. Ich will nicht darüber reden.«

»Murray, warum bist du so? Warum willst du nicht wenigstens mit mir über deine Mutter reden? Ich bin deine Frau. Bist du verletzt, weil sie dich verlassen hat? Ich kann das verstehen …«

»Nein! Das kannst du eben nicht!«, brach es unvermittelt aus ihm heraus.

Cindy zuckte erschrocken zurück. »Murray, ich bin sicher, du irrst dich. Wenn du mit mir darüber redest, werde ich es verstehen, versprochen. Bitte sag mir, was du empfindest. Du kannst doch nicht all diesen Schmerz … dein Leid in dich hineinfressen …«

Murray sprang auf. Die Knöchel seiner zu Fäusten geballten Hände traten weiß hervor, sein Gesicht war schmerzverzerrt. »Bitte, Cindy, ich kann nicht darüber reden! Es tut zu weh.«

Sie stand auf, fasste ihn am Arm und drehte ihn zu sich, um ihn anzusehen. Doch er ließ den Kopf sinken und sie sah erschrocken Tränen aus seinen zugekniffenen Augen rinnen.

»Murray, du weißt, dass du mir vertrauen kannst. Sag mir, was du schon von Anfang an vor mir verbirgst. Es ist mir egal, wie schlimm es ist, du musst es einmal herauslassen. Um Himmels willen, sprich mit mir, oder einer von uns wird verrückt.« Mit leiser Stimme redete sie auf ihn ein und führte ihn dabei zurück zum Sofa. Zuerst war sie unendlich erleichtert, dass er sich nicht widersetzte. Doch auf dem Sofa sackte er in sich zusammen und schlug die Hände vors Gesicht.

Er weinte. Cindy legte ihm den Arm um die Schulter. »Fang einfach von vorne an«, sagte sie sanft. Sie hörte das Zittern in ihrer Stimme. »Egal, wie schlimm es ist, Murray. Ich bin deine Frau und ich liebe dich.«

Seine Schultern bebten, als er mit kieksender Stimme abgehackt hervorbrachte: »Ich war doch noch ein Kind. Ein kleines Kind. Ich wusste nicht, was ich tun sollte …«

»Weswegen, Liebling?«, ermunterte sie ihn zum Weitersprechen.

Murray holte tief Luft und klemmte die Hände zwischen die Knie.

»Ich weiß nicht, wie lange es ging und wie oft es passierte. Ich hätte es merken sollen, aber sie hat nie etwas gesagt. Manchmal blieb sie den ganzen Tag im Bett, mit vorgezogenen Vorhängen, sodass es im Zimmer dunkel war. Dad sagte, sie sei krank, aber heute glaube ich, dass sie nur sehr unglücklich war.« Er hielt inne, und Cindy wartete, sie traute sich kaum zu atmen. »Sie war immer so still. Manchmal hielt sie mich auf Abstand und ich dachte, sie liebt mich nicht, doch dann wieder umarmte sie mich so fest, dass es wehtat.«

»Und dein Vater? Was hat er gesagt?« Cindy zwang sich, mit ruhiger Stimme zu sprechen.

»Er hat gesagt, ich solle mir keine Sorgen um sie machen. Doch eines Abends hörte ich, wie sie sich stritten und sie ihn anschrie. Nie zuvor hatte ich gehört, dass sie die Stimme erhoben hätte, also stieg ich aus dem Bett und schlich mich auf Zehenspitzen näher. Ich hörte, wie sie sagte: ›Lawrence, so kann ich nicht leben!‹ Und Dad antwortete: ›Du bist jetzt hier, also gewöhn dich dran. Es wird höchste Zeit.‹« Murray wischte sich mit der Hand über die Augen. »Ich hatte Angst und rannte zurück ins Bett und versteckte mich unter der Decke. So hatte ich sie noch nie streiten hören. Dann merkte ich, dass Mum ins Zimmer gekommen war, sie stand neben meinem Bett und legte ihre Hand auf mich. Ich tat, als ob ich schlafen würde. Hätte ich doch nur etwas gesagt, aber ich wusste nicht, was.«

Er rang mit sich und Cindy wusste, dass noch mehr folgen würde. »Armer kleiner Junge«, flüsterte sie.

»Ein andermal war ich in den Ferien zu Hause, und eines Morgens ganz früh, es dämmerte gerade erst, hörte ich sie wieder streiten. Es war ein Sonntag, deshalb waren die Flowers nicht da, und ich dachte, Dad würde sich für die Kirche fertig machen, da begleitete ich ihn immer. Da hörte ich, wie Mum aufschrie, und ich rannte hin, um nachzuschauen, was los war.« Er schwieg, hob den Kopf und starrte in die Ferne. Als er schließlich ganz ruhig weitersprach, wurde Cindy angst und bange. Was würde nun folgen?

»Sie kauerte auf dem Badezimmerboden und lehnte sich, die Hand am Gesicht, gegen die Wanne. Ich erinnere mich vor allem an Blut, sie blutete aus Nase und Mund. Mein Vater stand über ihr, er hatte sie am Arm gepackt und versuchte sie hochzuziehen. Ich rannte zu ihm, zerrte an seinem Arm und rief, dass er aufhören solle. Er schubste mich einfach weg und stellte meine Mutter aufrecht hin. Sie hielt sich die eine Hand vor den Mund und klammerte sich mit der anderen an der Tür fest. Mein Vater packte mich an der Schulter und sagte: ›Deine Mutter ist hingefallen und hat sich den Kopf an der Badewanne gestoßen. Hilf ihr beim Saubermachen. Ich muss in die Kirche.‹ Damit ging er. Mit tonloser Stimme wiederholte meine Mutter, was mein Vater gesagt hatte. Also gab ich ihr ein Handtuch, und sie begann sich das Gesicht abzuwischen. Anschließend ging sie wieder ins Bett.« Murray holte tief Luft. »Und ich blieb im Bad und schrubbte und schrubbte und versuchte, das ganze Blut wegzukriegen. Weißt du, wie viel da aus Nase und Mund herausspritzt? Ich dachte, ich scheuere den Boden durch. Mum blieb im Bett, und als ich fertig war, sagte sie, ich sei ein braver Junge und eine große Hilfe. Sie müsse sich ausruhen, ich solle bitte niemandem davon erzählen, keiner solle sich Sorgen machen. Alles würde wieder heilen, es sei einfach nur ein blöder Unfall gewesen. Aber ich wusste, dass das nicht stimmte, denn durch die halb offene Badezimmertür hatte ich vorher gesehen, wie mein Vater sie schlug.«

Murray schwieg.

Cindy atmete schwer. Sie war fassungslos. Das also war das Geheimnis, das Murray all die Jahre mit sich herumgetragen hatte!

»Cindy, Mum war so unglücklich, und ich wusste, dass Dad sie schlug, und konnte ihr nicht helfen. Ich konnte nichts für sie tun, deshalb ist sie fortgegangen. Wenn ich sie hätte glücklich machen können, wäre sie geblieben. Aber ich habe versagt. Deshalb wollte ich nicht darüber reden. Wenn ich stärker gewesen wäre, wenn ich mich ihm in den Weg gestellt hätte, wäre sie geblieben, das weiß ich.« Seine Stimme brach.

Cindy umarmte ihn fest. »Murray, Murray, Liebling, du warst ein kleiner Junge. Natürlich konntest du nichts tun. Es ist nicht deine Schuld, dass deine Mutter gegangen ist. Wenn dein Vater sie geschlagen hat, warst du doch das Einzige, was sie überhaupt hier hielt. Ich bin sicher, dass sie dir keine Schuld an irgendetwas gegeben hat. Wie denn auch? Dein Vater hat sie vertrieben, nicht du.«

Cindy war entsetzt, dass ihr Mann all diese Jahre von diesen grundlosen Schuldgefühlen gequält worden war.

Murray schüttelte energisch den Kopf, als wollte er auf diese Weise die Erinnerungen loswerden. »Ich weiß es einfach nicht. Da war so viel Blut. Es war schrecklich, meine schöne Mutter so zu sehen. Ich fühlte mich so hilflos, so … unzulänglich.« Sein Atem ging stoßweise. »Sobald die Ferien vorbei waren, fuhr ich wieder ins Internat, aber es quälte mich, nicht zu wissen, wie es ihr zu Hause erging.«

Murray stand auf und ging hin und her. »Hat sie dich im Internat besucht?«, fragte Cindy.

»Ja. Einmal. Mit Dad. Es war das letzte Mal, dass ich sie gesehen habe. Sie hat uns verlassen, bevor ich das nächste Mal nach Hause fuhr.«

»Ich nehme an, du hast mit deinem Vater nie darüber gesprochen?«

Mit entsetzter Miene sah Murray sie an.

»Nein! Natürlich nicht! Mein Vater war so außer sich, so am Boden zerstört, nachdem sie gegangen war, dass er mir ehrlich leidtat. Er nahm mich das erste und einzige Mal in die Arme und wiederholte immer wieder: ›Du bist alles, was ich habe. Verlass mich nie, mein Sohn. Deine Mutter hat uns beide nicht genug geliebt, aber ich werde dich nie im Stich lassen so wie sie.‹ Also gab es jahrelang nur uns beide, bis ich dich gefunden habe.«

»Mein armer Liebling. Das alles hast du so lange mit dir herumgeschleppt …« Cindy umarmte ihren Mann, der an ihrer Schulter rückhaltlos weinte.

Plötzlich öffnete sich die Tür und Gordon erschien mit besorgtem Gesicht.

»Mum, was ist los?«

»Es ist alles in Ordnung, Schatz. Dad ist traurig. Ich habe ihm die Fotos von seiner Mutter, deiner Großmutter, gezeigt. Das hat ihn traurig gemacht.«

Gordon wirkte bestürzt. Bisher hatte er seinen Vater nur groß und stark erlebt. »Wird Großvater auch traurig sein, wenn er sie sieht?«

Cindy breitete einen Arm aus. »Ich weiß es nicht. Aber willst du nicht herkommen und Dad lieb drücken?«

Gordon rannte zu ihnen und umschlang sie beide. Als er Murrays Gesicht sah, warf er Cindy einen beunruhigten Blick zu. »Daddy weint.«

»Ja«, sagte sie leise. »Und das ist in Ordnung. Es ist gut so und zeigt, wie sehr er seine Mutter geliebt hat.«

Murray setzte sich gerade hin und drückte Gordon an sich. »Ich hab dich lieb, mein großer Junge.«

Gordon nickte und hielt seinen Vater weiter fest, bis Cindy ihrem Sohn einen Kuss gab und ihn zurück ins Bett brachte.

Als sie wiederkam, hatte sich Murray gefangen. Nachdenklich trank er ein Glas Wasser.

»Danke fürs Zuhören«, sagte er mit schiefem Lächeln. »Ich hätte nie gedacht, dass ich mit irgendwem über meine Mutter sprechen kann. Schon seit Jahren will ich es dir erzählen, aber ich dachte, du denkst dann auch, dass ich sie im Stich gelassen habe.«

»Um Himmels willen, Murray, siehst du denn nicht, dass es dein Vater war, der sie verzweifeln ließ? Und nicht du? Dein Vater hat dich viele Jahre deines Lebens emotional missbraucht. Hier muss sich einiges ändern.«

»Vielleicht«, erwiderte Murray zweifelnd. »Ist mit Gordon alles okay?«

Cindy küsste ihn. »Er hat sich Sorgen um dich gemacht. Aber, Murray, das ändert alles. Wir müssen weg von deinem Vater. Ich kann mit meinen Kindern nicht länger hier im Haus bleiben, nachdem ich weiß, wie gewalttätig er gegenüber deiner Mutter war.«

»Er würde den Kindern nichts tun, da bin ich mir sicher«, erwiderte Murray hastig.

»Er hat Russell einmal geschüttelt, damals, als er sich verlaufen hatte. Er hat ein schwieriges Temperament, das er häufig kaum zügeln kann. Murray, unsere Kinder müssen an erster Stelle stehen. Wir brauchen ein eigenes Heim. Vielleicht auf Kingsley Downs. Aber ich muss die Gewissheit haben, dass dein Vater nicht an unsere Kinder herankommt.«

»Aber …«, setzte Murray an, doch dann schwieg er.

»Liebling, wir müssen damit aufhören, auf Zehenspitzen um deinen verkorksten Vater herumzuschleichen. Er muss mit seinen Dämonen auf seine Weise fertigwerden. Ich will ein eigenes Haus und unsere Kinder so aufziehen, wie wir es für richtig halten. An einem Ort, wo wir uns alle sicher und gut aufgehoben und geliebt fühlen. Wir müssen für dich das Wichtigste sein. Wir müssen für uns das Wichtigste sein.«

Einen langen Augenblick herrschte Schweigen. Cindy hämmerte das Herz in der Brust, während sie ihren Mann beobachtete. Doch dann richtete sich Murray kerzengerade auf und nickte. »Du hast recht. Es müssen Veränderungen her.« Liebevoll streichelte er ihr über die Wange, bevor er aus dem Zimmer ging.

Cindy fing heftig an zu zittern. Es war herzzerreißend zu sehen, wie tief verletzt ihr Ehemann war. Wortlos verfluchte sie Lawrence, und sie schloss ihre unbekannte Schwiegermutter ins Herz. Diese misshandelte und verängstigte, aber stolze Frau hatte es einfach nicht mehr ausgehalten, die schockierende Gewalt ihres Mannes zu ertragen. Was für eine grausame Entscheidung sie doch zu treffen hatte! Cindy versuchte sich in ihre Lage zu versetzen. Wer hätte Rose denn geglaubt, wenn sie den Leuten die Wahrheit gesagt hätte? Lawrence war viel zu angesehen, viel zu reich, viel zu mächtig. Er hätte sie vernichtet. Und wenn sie mit Murray zusammen geflohen wäre, hätte das nachhaltige Konsequenzen gehabt. Lawrence hätte seinen Sohn nicht ungehindert ziehen lassen. Er hätte Frau und Kind aufgespürt und mitgenommen, was er für sein rechtmäßiges Eigentum hielt.

Nein, Rose hatte keine andere Wahl gehabt.

9

Cindy atmete tief durch und betrachtete vergnügt die wunderbaren Rosen, die gerade so üppig blühten. Perfektes Timing, dachte sie. In den Schatten spendenden Bäumen hingen Lampions, auf dem Rasen standen Tische und Stühle, und neben einer imposanten Beschallungsanlage wartete ein mobiler Tanzboden auf die Ankunft der Band. Auf der Veranda waren die Bar und lange Tafeln fürs Büfett aufgebaut. Hier führte Sally, eine der beiden Hauptpersonen des heutigen Fests, die Aufsicht.

Cindy beobachtete, wie ihre Tochter, die zu einer schönen jungen Frau herangewachsen war, mit Mrs. Flowers konferierte. Das inzwischen ergraute Haar der Haushälterin war im Nacken zu einem strengen kleinen Knoten zusammengefasst, und sie bewegte sich nicht mehr so hurtig wie früher, war aber entschlossen, auch an diesem Abend ihren Beitrag zu leisten. Sally wandte sich an Jo und dankte ihr für die Vasen, die sie ihr für die prachtvollen Blumenarrangements geliehen hatte. Dann warf Sally wieder einen Blick auf die Liste der Dinge, die noch zu erledigen waren. Sie hat wirklich Organisationstalent, dachte Cindy. Dabei hatte Sally ihren Hang zur Rebellion nie abgelegt. Und wenn sie mit ihrem jüngeren Bruder loszog, verwandelte sie sich wieder in den fröhlichen Wildfang von einst.

Jo trat zu Cindy, die am Geländer der Veranda stand. »Dieser Garten ist ein Traum. In den letzten Jahren hast du hier wahre Wunder gewirkt. Darauf kannst du stolz sein. Das wird bestimmt ein wunderbarer Abend.«

»Hoffentlich«, sagte Cindy. »Meine Güte, kaum zu glauben, dass wir Sallys Verlobung feiern. Wo sind nur die Jahre geblieben? Aber immerhin ist sie älter, als ich es war, als ich mit Murray durchgebrannt bin.« Sie schüttelte nachdenklich den Kopf. »Ich war so naiv. Als ich nach Australien kam, war ich auf das Leben auf Kingsley Downs überhaupt nicht vorbereitet.«

Jo umarmte sie. »Wenn hier nichts mehr zu tun ist, fahre ich heim und komm nachher mit Donald wieder. Ich freue mich schon so auf die Party.«

Cindy winkte ihrer Freundin nach, aber statt wieder ins Haus zu gehen, schlenderte sie durch den Garten und hing ihren Gedanken über die Vergangenheit nach.

Wie rasch die Jahre entschwunden waren! Im Rückblick sah sie manches klarer. Am schönsten war, wie sehr sich Murray verändert hatte. Nachdem er Cindy seine Schuldgefühle wegen Rose anvertraut hatte, stellte Murray endlich seinen Vater zur Rede. Später erzählte er Cindy, sein Vater habe geleugnet, Rose geschlagen zu haben, und behauptet, Murray hätte sich das nur eingebildet. Aber Murray hatte sich nicht beirren lassen und erklärt, er wisse, was er gesehen habe. Nach diesem Gespräch hatte Murray weiter mit seinem Vater zusammengearbeitet, und die beiden waren stets respektvoll miteinander umgegangen. Aber ihre Beziehung wurde nie wieder so eng wie früher.

Ob Murray die Schatten der Vergangenheit endgültig vertrieben hatte, konnte Cindy nicht sagen. Sie selbst ging mit Konflikten anders um – ihr war es lieber, offen über alles zu reden. Murray hingegen zog es vor, schlafende Hunde nicht zu wecken. Allerdings war er in den letzten fünfzehn Jahren sehr viel offener geworden.

Als Cindy damals erfuhr, wie gewalttätig ihr Schwiegervater Rose gegenüber geworden war, hätte sie am liebsten sofort ihre Sachen gepackt und Kingsley Downs den Rücken gekehrt. Lawrence widerte sie an. Aber ihr war klar, dass dieser Schritt ihrem Mann das Herz gebrochen hätte. Sie wusste, dass die Schafstation Murrays Lebenswerk war und das Erbe für seine Kinder. Er wäre nie darüber hinweggekommen. Eine so schmerzliche Entscheidung wollte sie ihm nicht abverlangen.

Schließlich einigten sie sich auf einen Kompromiss und beschlossen, einige Kilometer vom Haupthaus entfernt ein Haus für ihre Familie zu bauen. Cindy würde ihrem Schwiegervater nur noch selten begegnen, während Murray weiterhin unter Lawrence' Oberaufsicht an der Entwicklung von Kingsley Downs arbeiten konnte.

Die sechs Monate, die sie während des Hausbaus noch unter Lawrence' Dach verbringen musste, waren schlimm gewesen. Aber glücklicherweise war ihr Schwiegervater häufig unterwegs, weil er als Regionalvertreter in den Vorstand der Wool Corporation gewählt worden war und seine Rolle in der aufblühenden Wollindustrie sehr ernst nahm.

Als schließlich der Tag des Umzugs kam, war Cindys Freude grenzenlos. Ihr neues Heim stand unweit der inzwischen überwucherten Überreste des alten Hauses. Hier hatte Cindy endlich das Zuhause schaffen können, das sie sich immer gewünscht hatte – luftige, lichtdurchflutete Räume und überall Familienfotos und Dinge, die ihr am Herzen lagen. Zu ihren Schätzen gehörten Bastelarbeiten der Kinder wie die windschiefe Tasse mit Unterteller, die Sally getöpfert hatte, oder der schon etwas praktischere Kaffeebecherbaum, den Russell aus dem Werkunterricht mitbrachte. Sie liebte das Gemälde über dem offenen Kamin, das ihr in einer Galerie in Melbourne gefallen hatte und das dann ein halbes Jahr später unverhofft unter dem Weihnachtsbaum lag. Und auf dem Kaminsims erinnerte ein Häuflein Muscheln an den wunderbaren Familienurlaub in Queensland. Cindy hatte aus dem neuen Haus ein einladendes, freundliches Heim gemacht, das erfüllt war von Lachen und Liebe, und dort eine vorher nicht gekannte Zufriedenheit gefunden.

Sally hatte Klavierunterricht genommen, aber nach ein paar Jahren das Interesse verloren, vor allem nachdem sie auf die weiterführende Schule in Melbourne wechselte, wo sich ihr eine ganze Welt neuer Freunde und neuer Hobbys auftat. Russell hingegen spielte nicht nur Klavier, sondern auch Gitarre. Cindy freute sich, wenn musiziert wurde, denn es brachte Leben ins Haus.

Lawrence, inzwischen ergraut und immer noch eine imposante, Achtung gebietende Erscheinung, besuchte Cindy und Murray nur selten. Inzwischen behandelte er Cindy höflicher, führte aber im großen Haus nach wie vor ein selbstherrliches Regime. Wenn die Kinder in den Schulferien heimkamen, mussten sie mindestens ein steifes, unbehagliches Dinner im Haus ihres Großvaters über sich ergehen lassen, bei dem Lawrence am Kopfende präsidierte. Mrs. Flowers kümmerte sich nach wie vor um ihn und den Haushalt, während Tom in seiner stillen Art wie eh und je unentbehrlich war, obwohl seine Gesundheit nicht mehr so robust war wie früher.

Cindy lächelte in sich hinein, als sie voller Stolz an ihre Kinder dachte. Aus ihnen waren großartige junge Leute geworden. Gordon, der Landwirtschaft studiert hatte, arbeitete als Jungschäfer auf einem Anwesen in South Australia, war aber zur Verlobung seiner Schwester nach Hause gekommen. Er begeisterte sich für die Arbeit auf dem eigenen Grund und Boden genauso wie sein Vater und Großvater.

Russell, mittlerweile im letzten Schuljahr, legte sich beim Lernen ins Zeug, denn er war entschlossen, Veterinärmedizin zu studieren. Er hatte immer gern mit Tieren gearbeitet und wollte aus dieser Neigung einen Beruf machen.

Sally hätte gern eine journalistische Laufbahn eingeschlagen. Aber dann lernte sie Ashley Broad kennen, der gerade sein Pharmaziestudium abgeschlossen hatte und in einer Apotheke bei

Melbourne arbeitete. Die beiden hatten die Anzahlung für ein Haus in einem neuen Vorort der Stadt zusammengekratzt und wollten eines Tages eine eigene Apotheke eröffnen.

Über die Jahre war die Beziehung zwischen Cindy und Murray noch enger geworden. Sie waren mehr als nur Freunde und Liebende, sie waren ein Team, bereit, sich gemeinsam allen Widrigkeiten des Lebens zu stellen. Cindy freute sich, wenn Murray nun gelegentlich von seiner Mutter sprach, sodass Rose im Leben der Familie einen Platz erhielt. Cindy ließ die Bilder rahmen, die sie von Marie bekommen hatten und die nun neben den Familienfotos standen und oft die Blicke auf sich zogen.

Kurz nach dem Urlaub in Sydney hatte Murray Marie geschrieben und diese hatte mit einem langen, freundlichen Brief geantwortet. Nach und nach waren sich die Angehörigen wieder nähergekommen. Im Lauf der Jahre hatten Marie und Mon mit ihren Kindern hin und wieder Cindy und Murray besucht, und vor allem der Nachwuchs hatte die Ferien auf dem Land genossen. Umgekehrt hatten Gordon, Sally und Russell in Maries Haus übernachtet, wenn sie in Sydney waren. Leider war Marie vor einem Jahr unerwartet gestorben, sie fehlte allen.

Das Leben auf Kingsley Downs wurde nicht nur durch die persönlichen Beziehungen oder durch die Arbeit auf der Station bestimmt, sondern auch – und das war das Wichtigste – durch das Wetter. Als Cindy über ihr Leben nachdachte, fiel ihr natürlich auch die Dürrekatastrophe ein, die zu ihren schlimmsten Erlebnissen auf Kingsley Downs zählte.

Voll schmerzlicher Erinnerungen sah sie sich in ihrem nun blühenden Garten um, der vor gar nicht allzu langer Zeit im vierten Jahr fast ohne einen Tropfen Regen zur Wüste geworden war.

Tag für Tag brannte die Sonne von einem ewig blauen Himmel herab, während die Weiden vertrockneten. Lawrence und Murray hatten einen Großteil ihrer Tiere zu schmerzhaft niedrigen

Preisen verkauft und nur die besten Widder und Mutterschafe für die Zucht behalten. Teilweise kostete der Transport der Schafe zur Auktion mehr, als der Verkauf einbrachte. Doch selbst die geschrumpfte Herde fand nicht genug Nahrung auf ihren Weiden, und die Parnells mussten die Lämmer zufüttern. Und da das Geld knapp war, waren sie gezwungen, statt teurem Getreide die robuste einheimische Melde zu füttern. Doch trotz aller Mühe waren die mageren Lämmer oft zu schwach, um im verdorrten Gestrüpp selbst nach Futter zu suchen.

Lawrence schickte einen Teil der verbliebenen Herde auf Weidewanderung. Er wollte die besten Zuchttiere behalten, damit sie, wenn die höllische Dürre endete, noch genügend Mutterschafe und Böcke hätten, um von vorn anzufangen. Sie beauftragten einen Viehtreiber aus der Nähe von Hay, der die Herde gegen Weidegeld zu einem Anwesen bei Wilcannia bringen sollte. »Wir haben zu viele Jahre in die Zucht investiert, um jetzt aufzugeben«, meinte Lawrence. Ein paar Wochen später trat ein berittener Viehtreiber mit einigen Hunden den langen Weg nach Wilcannia an und führte mehrere Tausend Schafe der Parnells über die alten Viehpfade, wo die Weideflächen in solchen Notlagen genutzt werden durften.

»Ich weiß nicht, Cindy«, hatte Murray leise gesagt. »Manchmal denke ich, dass es nie wieder regnet. Weiß der Himmel, wann wir diese Schafe wiedersehen werden, aber die einzige Hoffnung auf Rettung ist das Gras, das an diesen Wegen wächst. Wir müssen uns glücklich schätzen, dass Dad einen Platz gefunden hat, wo wir sie weiden lassen dürfen. Manche Herden sind monatelang unterwegs – nur auf der Suche nach Futter. Wer will da noch auf dem Land leben? Das ist doch alles Irrsinn.«

Bedrückt hatte er sich abgewandt und abrupt seinen Hut aufgesetzt. Cindy war froh, dass die Kinder im Internat waren und nicht miterleben mussten, wie ihr Vater allmählich die Hoffnung verlor.

In der Nachbarschaft unterstützte man sich gegenseitig, so gut es ging. Auch Jo und Donald hatten unter der Dürre zu leiden. Es war eine gnadenlose Zeit.

Cindy hatte Murray geholfen, die Schafe zu füttern, und gesehen, wie sich die abgemagerten Tiere zu den Futtertrögen mit dem Getreide schleppten, während andere, die nicht mehr aufstehen konnten, im Staub liegen blieben und über ihnen schon die Geier kreisten.

Die Dürre wollte kein Ende nehmen. Schließlich stellten sich Lawrence und Murray der schrecklichen Aufgabe, die Tiere zu erschießen, die zu schwach waren, um mit dem wenigen Futter auf den Weiden und den Wasserresten in den Staubecken zu überleben.

Cindy erinnerte sich an den Tag, als sie auf der Suche nach Mrs. Flowers durch das große Haus gelaufen war. Sie hatte angenommen, Lawrence sei unterwegs, aber als sie an seinem Arbeitszimmer vorbeikam, sah sie, dass er mit dem Gewehr in der Hand neben seinem Schreibtisch stand.

»Was willst du?«, hatte er sie angefahren, als er bemerkte, dass sie ihn anstarrte. Er sah ungepflegt aus und seine Moleskinhose war blut- und staubverkrustet.

»Ich wusste nicht, dass du hier bist«, stammelte Cindy. »Ich suche Mrs. Flowers.«

Lawrence lud sein Gewehr durch und beachtete Cindy nicht weiter.

»Ist alles in Ordnung?«, fragte sie.

»Nein. Ich erschieße meine verdammten Schafe. Was meinst du denn?« Seine Augen funkelten, sein Gesicht war zu einer Grimasse verzerrt.

»Das tut mir leid, Lawrence.« Sie wich zurück, als Lawrence nach einer Munitionsschachtel griff und sich grob an ihr vorbeidrängte.

Immer noch aufgewühlt nach dieser Begegnung fand Cindy die Haushälterin in der Vorratskammer.

»Eine schlimme Sache«, hatte Mrs. Flowers gesagt, während sie die Regale auffüllte. »Mr. Parnell hat Jahre investiert, um diese Schafe zu züchten. Heute sind sie die besten im Bezirk und er muss sie erschießen. Kein Wunder, dass er so verbittert ist.«

»Es ist einfach schrecklich. Wenn ich doch nur helfen könnte, aber ich halte es einfach nicht aus, mit anzusehen, wie die armen Geschöpfe leiden«, erwiderte Cindy.

»Das verstehe ich. Aber wir haben so etwas schon einmal durchgemacht, und wenn die anderen Schafe von der Weidewanderung zurückkommen, werden sie den Bestand wieder aufstocken. Zumindest ist der Wollpreis stabil, sagt Tom«, versuchte Mrs. Flowers ihr Mut zu machen.

»Das ist gut für die Züchter, die nicht von der Dürre betroffen sind. Hoffen wir also, dass die Preise nicht abstürzen, wenn wir endlich Regen bekommen. Ich weiß nicht, wie sie den Produzenten weiter Höchstpreise bezahlen wollen, während noch so viel Schurwolle auf Lager gehalten wird. Das ist doch ein riskantes Spiel«, meinte Cindy zu Mrs. Flowers. Lawrence gegenüber hätte sie das nie zu äußern gewagt und Murray schob ihre Bedenken immer beiseite.

»Mr. Parnell glaubt fest daran, dass es kein Problem sein wird, alles zu verkaufen. Und er muss es wissen, schließlich ist er im Vorstand der Wool Corporation«, erklärte die Haushälterin nicht ohne Stolz.

Cindy konnte Mrs. Flowers' Zuversicht nicht teilen. Die Lage schien völlig verzweifelt und die Dürre griff immer noch weiter um sich. Es ging ihr nahe, die Gesichter der Kinder zu sehen, wenn sie in den Ferien nach Hause zurückkehrten und mitbekamen, in welchem Zustand sich die Schafstation befand.

Viele Züchter hatten schwer zu kämpfen, sie mussten dem Füttern der Tiere beinah Vorrang vor der Versorgung ihrer Familie einräumen. Und die Zahl der Selbstmorde war tragisch. Manche Männer hatten einfach keinen anderen Ausweg mehr gesehen. Für Cindy waren die Banken daran ebenso schuld wie das Wetter: Sobald jemand in Not geriet, nutzten sie die Lage aus und versuchten, ihm Grund und Boden wegzunehmen. Die Landbesitzer wurden vor eine unmögliche Wahl gestellt: bezahlen oder verschwinden.

Nicht nur Lawrence hatte Schafe erschossen. Murray hatte sich die schreckliche Aufgabe mit ihm geteilt. Am Abend dieses grauenhaften Tages war er spät nach Hause gekommen. Zu müde, um etwas zu essen, schenkte er sich nur einen Whisky ein. Dann zog er seine schmutzigen Sachen aus und duschte.

Als er endlich ins Bett kam, schmiegte sich Cindy an ihn, legte ihren Arm auf seine Brust und ihren Kopf auf seine Schulter. Er lag auf dem Rücken, einen Arm unter den Kopf geschoben.

»Es tut mir so leid, dass du das heute tun musstest«, flüsterte sie.

»Es war entsetzlich. Das ist wie im Krieg! Man tötet die Schwachen und die Verletzten. Ihre Augen, Cin! Sie sehen dich an, wollen Hilfe oder flehen nur noch darum, dass man sie erlöst. Diese Tiere haben uns vertraut und wir lassen sie im Stich …« Er verstummte und rieb sich die Augen, als könnte er so die schlimmen Erinnerungen an den heutigen Tag vertreiben.

Cindy streichelte sein Haar, das an den Schläfen grau wurde. »Schlaf, Liebling«, sagte sie. »Alles wird gut. Wenigstens, wenn es endlich regnet.«

Und schließlich kam der Regen. Diesen Tag würde sie nie vergessen. Schwere Wolken hatten sich zusammengeballt, und was als sanfter Nieselregen über den Weiden begann, entwickelte sich zu einem Wolkenbruch. Es schüttete wie aus Kübeln, als wollte es nie wieder aufhören. So regnete es den ganzen Tag und den nächsten und den übernächsten. Innerhalb weniger Tage füllten sich die Wasserspeicher und bald spross das Grün aus dem aufgeweichten Boden.

Nach wenigen Wochen war von den Schrecken der Dürre nichts mehr zu sehen, die Weiden ergrünten und die verbliebenen Schafe kehrten aus ihrem Exil zurück. Die Wollpreise stiegen weiter und auf der Schafstation zog wieder Wohlstand ein.

Aber Cindy hatte sich die Dürre ins Gedächtnis eingebrannt. Sie hatte Einblick bekommen in die Wechselfälle des Landlebens, und ihre Bewunderung für die Leute, die sich ihnen stellten, war gewachsen: die kleinen Landwirte; die Großgrundbesitzer; die alten Familien; Menschen, die trotz der herzzerreißenden Erfahrungen während der Dürre leidenschaftlich an diesem Leben hingen. Cindy war stolz darauf, Teil einer Kultur, einer Lebensweise zu sein, von der Stadtbewohner wenig Ahnung hatten, und sie erkannte, dass auch sie dieses Leben nicht missen wollte.

In den folgenden Jahren hatte es regelmäßig und ausreichend geregnet, und auch dank der hervorragenden Mutterschafe und Böcke, die Lawrence hatte auftreiben können, war die Herde weiter gediehen.

Lawrence engagierte sich weiter in der Wool Corporation. Er berichtete von den pompösen Werbeveranstaltungen, die er besuchte. Gesellschaftlich verkehrte er nun mit den anderen hohen Tieren aus dem Vorstand und auch mit Kunden aus Übersee, über die er später wenig respektvoll und voller Dünkel sprach.

Zu Cindys Erstaunen gab Lawrence mehr Geld aus denn je. Nicht ohne Verärgerung sah sie, wie er eine neue Satellitenschüssel für besseren Fernseh-, Rundfunk- und Telefonempfang installieren ließ. Seinen alten Daimler überließ er Murray und kaufte sich stattdessen einen Jaguar der Luxusklasse. Auch schaffte er sich ein Kleinflugzeug an, ließ auf einer Weide im Westen eine Landebahn mit Hangar bauen, und er und Murray lernten fliegen. Lawrence liebte seine einmotorige Maschine, mit der er oft andere Anwesen und Veranstaltungen im ganzen Land besuchte. Er flog auch zu den Vorstandssitzungen in Melbourne. Seit Cindy nach Kingsley Downs gekommen war, hatten sich die Zeiten zweifellos geändert.

Cindy fuhr auf, als Sally sie aus ihren Gedanken riss.

»Mum, die Gäste sind gleich da und du hast dich noch nicht einmal umgezogen! Was hast du denn die ganze Zeit gemacht?«

»Nur über uns nachgedacht und mich gefragt, wo die Jahre geblieben sind«, erwiderte Cindy und umarmte ihre Tochter. Sally drückte sie kurz und scheuchte sie dann ins Haus. Mit einem Lächeln ging Cindy hinein. So vieles hatte sich verändert, aber manches war auch gleich geblieben.

Bei Sonnenuntergang waren alle Gäste von Sallys Verlobungsparty eingetroffen. Die Band stimmte ihre Instrumente, und Freunde von Ashley, Sallys Verlobtem, versammelten sich um das Bierfass, während Sally und ihre Freundinnen sie von der Veranda aus beobachteten. Cindy und Jo gingen mit Häppchen herum und unterhielten sich mit den jungen Leuten. Murray, dessen graues Haar sich allmählich lichtete, der ansonsten aber trotz seines von Wind und Wetter tief zerfurchten Gesichts nicht gealtert wirkte, hatte sich zu den anderen Schafzüchtern gesellt, um bei einem Drink über Wollpreise und Zuchtbock-Auktionen zu reden.

Wie schön, dass so viele ihrer Freunde gekommen sind, um die Verlobung von Sally und Ashley zu feiern, dachte Cindy. Sie freute sich, dass auch Maries Enkel Toby und Holly hier waren, doch sie vermisste Marie und ihre quirlige Art.

Lawrence traf rechtzeitig zu den Tischreden ein. Er sagte ein paar Worte, küsste Sally und überreichte ihr einen Umschlag mit einem Scheck, der die Kosten für ihre Flitterwochen decken würde. Eine Weile blieb er noch, unterhielt sich mit einigen Gästen und gab sich charmant. Doch als die Musik einsetzte und der Tanz begann, verließ er unauffällig das Fest.

Cindy tanzte einige Male mit Murray und dann mit Donald, bevor sie schließlich erschöpft auf einen Stuhl neben Jo sank.

»Ich weiß nicht, wann ich das letzte Mal wie eine Verrückte das Tanzbein geschwungen habe«, gestand sie außer Atem und lachte.

Jo grinste ihre Freundin an. »Eine klasse Party, Cin. Alle amüsieren sich prächtig. Sieht aus, als hätte Lawrence für Sally und Ashley ganz schön was springen lassen.«

Cindy verdrehte die Augen. »Ja, er ist jetzt äußerst spendabel. Als Murray und ich jung verheiratet waren, sah das ganz anders aus. Da konnten wir ihm keinen Penny abluchsen. Aber zu den Kindern war er immer großzügig. Manchmal glaube ich, er will sich ihre Zuneigung erkaufen.«

Jo schüttelte den Kopf. »Deine Kinder sind viel zu vernünftig, um sich davon beeindrucken zu lassen. Aber mir ist aufgefallen, dass er inzwischen immer höflich zu dir ist.«

Cindy nickte. »Ich denke, dass er mich immer noch nicht mag, aber er respektiert mich.« Bevor sie noch mehr sagen konnte, tauchten Murray und Donald auf und setzten sich zu ihnen.

»Ein wunderbarer Abend, Cin«, meinte Donald. »Ich kann nicht fassen, dass Sally schon heiratet. Schau sie dir an, wie sie tanzen und ihren Spaß haben! Und dabei ist es doch gar nicht so lange her, dass sie klein waren und zusammen gespielt haben.«

Cindy lächelte. »Genau dasselbe habe ich mir heute Abend auch schon gedacht. Fahrt ihr beiden nach Hause oder übernachtet ihr in einem unserer Gästezimmer? Die meisten jungen Leute schlafen drüben im Schererquartier. Für morgen ist ein großes Katerfrühstück mit Grillparty geplant.«

»Ich finde, wir sollten bleiben. Um sicher nach Hause zu kommen, haben wir schon zu viel gefeiert«, nahm Jo die Einladung an. »Aber viel Schlaf werden wir bei diesem Lärm wohl nicht abbekommen.«

Die vier Freunde lehnten sich zufrieden zurück und beobachteten amüsiert, wie Sallys Freundinnen zu »Girls Just Wanna Have Fun« wild abtanzten. Das Leben kann gar nicht mehr viel besser werden, dachte Cindy.

Aber ein paar Tage später kam ein Anruf von Alice, der alles veränderte. Sobald Cindy die Stimme ihrer Tante hörte, wusste sie, dass etwas nicht stimmte, denn Alice rief nie an.

»Es ist wegen Babs«, erklärte Alice ohne Einleitung. »Sie ist krank. Brustkrebs. Sie ist eine Kämpfernatur, aber ich dachte mir, dass du Bescheid wissen möchtest. Natürlich hat sie mich gebeten, dir nichts zu sagen.«

»O nein, das ist ja schrecklich!« Cindy spürte einen Stich im Herzen und Tränen traten ihr in die Augen. »Ich komme sofort.«

»Du musst nicht an ihr Krankenbett eilen, sie steht nicht an der Schwelle des Todes – noch nicht. Allerdings sieht die langfristige Prognose nicht gut aus«, sagte Alice.

»Was ist mit Joey? Hat sie es ihm gesagt?«

»Ja. Ich habe sie dazu überredet. Er ist schließlich ein erwachsener Mann mit Familie, mein Güte.« Alice schnaubte. »Babs verhätschelt ihn immer noch, aber er musste die Wahrheit wissen. Bestimmt freut sie sich, wenn du sie anrufst, nachdem du es nun weißt. Sie erwartet nicht, dass du kommst, denn sie weiß ja, dass du viel um die Ohren hast und Sallys Hochzeit bevorsteht.«

»Ich werde gleich mit Murray darüber sprechen. Alles Gute und grüße Spencer von mir.« Cindy legte auf. Sie hätte in Tränen ausbrechen können.

Murray schloss sie in die Arme. Das Tröstlichste, was er ihr sagen konnte, war, dass sie so rasch wie möglich nach Palm Springs fliegen sollte. »Natürlich musst du hin. Es tut mir nur leid, dass wir sie nicht früher besucht haben, sodass Babs die Kinder nicht kennenlernen konnte.«

Cindy nickte. »Das bedauere ich auch, aber im Moment sind sie vollauf mit ihrem eigenen Leben beschäftigt. Murray, ich bereue es so, dass ich bisher nie die Zeit gefunden habe, Babs zu besuchen. Es war einfach immer irgendwas los, für das wir gerade Geld gebraucht haben. Dabei habe ich Babs so viel zu verdanken. Und der arme Joey! Mit Kelly hat er ja eine wunderbare Frau, aber seine Mutter zu verlieren wird schlimm.« Sie verstummte.

Murray erriet, was ihr durch den Kopf ging. »Du hast recht«, sagte er leise. »Wir haben beide unsere Mutter verloren, also verstehen wir, wie es ihm geht.«

Als Cindy auf ihrem Flugzeugsitz kauerte, fühlte sie sich hilflos und zerbrechlich.

Rundum plauderten und lachten die anderen Passagiere, verstauten Gepäck, machten es sich mit Zeitschriften, Büchern und Decken bequem. Cindy sah zum Fenster hinaus und hoffte, dass sich niemand neben sie setzte, der sie mit Fragen löcherte: »Fahren Sie in den Urlaub? Familienbesuch? Wohin geht die Reise?« Sie wünschte sich nichts sehnlicher, als in Ruhe ihren Gedanken nachzuhängen.

Murray hatte sie nach Melbourne gefahren, und auch die Kinder waren zum Flughafen gekommen, um sich von ihr zu verabschieden. Wie schön wäre es gewesen, wenn Babs hätte sehen können, wie gut sich die Kinder entwickelt hatten! Cindy war so stolz auf sie und froh, dass sie alle beruflich ihren Weg machten.

Hin und wieder überlegte sie, welchen Beruf sie wohl ergriffen hätte, wäre sie Murray nicht begegnet. Aber inzwischen konnte sie sich kaum noch an ihre Träume erinnern. Das College-Leben hatte Spaß gemacht und ihr so viele Möglichkeiten eröffnet. Aber nach ihrer Heirat hatte sie bald den Kontakt zu den Kommilitoninnen verloren, und hin und wieder überlegte sie, was wohl aus ihnen geworden war. Hatten sich ihre Hoffnungen und Träume erfüllt? Wie würden sie Cindys Leben beurteilen, das sich weitgehend auf die kleine Welt von Kingsley Downs beschränkte?

Aber ihr Leben war, ungeachtet aller Höhen und Tiefen, ein Erfolg gewesen. Um dessen sicher zu sein, musste Cindy nur ihre Kinder ansehen. Und jetzt verspürte sie den heftigen Wunsch, Babs noch einmal zu versichern, dass ihre überstürzte Heirat vor all den Jahren die richtige Entscheidung gewesen war.

Als sie endlich in Los Angeles landete, war Cindy todmüde. Dennoch mietete sie einen Wagen, um die zweistündige Fahrt auf der Interstate 10 nach Palm Springs schnell hinter sich zu bringen. Sie konnte es kaum erwarten, ihre amerikanische Familie wiederzusehen. Von Babs wusste sie, dass Joey sich Hals über Kopf verliebt hatte und mit einem jungen Mädchen namens Kelly zusammengezogen war, dann war Nachwuchs gekommen, und plötzlich war Joey Familienvater, obwohl er und Kelly sich nicht die Mühe machten zu heiraten. Babs war begeistert, dass ihr Sohn in einer glücklichen Beziehung lebte, aber sie hatte Cindy verraten, dass Alice über die Situation empört war. Sie hatte Joey unverblümt erklärt, er müsse »um der Kinder willen zum Standesamt gehen«.

Cindy lächelte, als sie vom Highway abbog. Die Gegend, durch die sie fuhr, hatte sich zwar sehr verändert, aber bald befand sie sich auf vertrautem Gelände. Und obwohl in der Wüste noch mehr Luxusdomizile, bewachte Wohnanlagen und Golfplätze entstanden waren, hatte sie, als sie vor Babs' Haus hielt, den Eindruck, dass es hier – mit den üppig wuchernden Wüstenpflanzen im Vorgarten und dem weißen Mäuerchen – noch genauso aussah wie damals. Jetzt war es zwar dunkel, aber drinnen brannte Licht, und die helle Lampe über dem Eingang wirkte einladend. Auf der Schwelle blieb Cindy zögernd stehen und läutete.

Mit einem Lächeln öffnete Babs. »Warum klingelst du? Du bist doch hier zu Hause!«

»Ach, Babs.« Cindy breitete die Arme aus und drückte ihre Tante an sich. Die Jahre der Trennung schienen plötzlich bedeutungslos zu sein, Cindy hatte das Gefühl, sie sei nie fort gewesen. Entsetzt stellte sie fest, wie schlecht Babs aussah. Bei ihrer Umarmung spürte sie auch, wie dünn ihre Tante geworden war. Aber ihre Stimme hatte sich nicht verändert, sie klang immer noch fröhlich, tröstlich und fürsorglich.

»Liebes, du hättest nicht kommen müssen, aber ich freue mich so, dass du da bist«, murmelte Babs, während Cindy Tränen über die Wangen liefen. »Na, na, jetzt lass dich mal ansehen.« Babs trat einen Schritt zurück und hielt Cindy bei den Händen. »Was für eine schöne Frau du bist! Komm rein, komm rein.«

Cindy schaute sich um – alles war noch mehr oder weniger so wie bei ihrem Abschied. Ihr Zimmer war hergerichtet und Babs hatte ein paar Fotos aus der College-Zeit und einen alten Teddy herausgelegt. Auf dem Bett prangten ihre Lieblingskissen.

»Babs, ich fasse es nicht, dass du diese Sachen aufgehoben hast«, rief Cindy entzückt. Der Anblick der vertrauten Gegenstände war beruhigend und tröstlich.

»Du wolltest nicht, dass ich sie dir schicke, aber ich habe es nicht übers Herz gebracht, sie wegzuwerfen. Also habe ich sie aufgehoben und auf den Tag gewartet, an dem ich sie wieder auspacken kann. Jetzt ist der Tag gekommen und du bist hier«, sagte Babs.

Als sie beim Essen am Tisch saßen, holte Cindy tief Luft.

»Babs, jetzt mal ehrlich. Wie geht es dir, wie läuft die Therapie?«

Die Miene ihrer Tante verdüsterte sich kurzzeitig, aber dann zwang sie sich zu einem Lächeln. »So gut, wie man es erwarten kann, sagen sie. Der Knoten ist weg, aber der Krebs kann wiederkommen. Nun, ich bin optimistisch.«

»Wir leben in den Achtzigerjahren, Babs, Die Medizin schafft so viele Durchbrüche, die Fortschritte sind riesig … Du wirst wieder gesund«, entgegnete Cindy mit Nachdruck.

»Wir werden sehen. Was geschehen muss, geschieht.« Babs griff nach Cindys Hand. »Ich habe dich vermisst, Cindy. Es ist so schön, dich zu sehen.«

»Babs, es tut mir so leid, dass ich dich nicht schon früher besucht habe, aber wenn du wieder zu Kräften kommst, schicken wir dir ein Flugticket nach Kingsley Downs. Wie wär's im nächsten Sommer? Dein Sommer, nicht unserer. Oder im Frühling? Wenn die Lämmer zur Welt kommen?«

Babs machte eine abwehrende Handbewegung. »Jetzt genießen wir erst einmal, dass du hier bist. Alice und Spencer freuen sich auf dich. Und Joey kann es kaum erwarten, dich zu sehen. Wie ich dir geschrieben habe, wohnt er nur eine Stunde entfernt in San Bernardino, er wird also kommen, so schnell er kann.« Sie begann den Tisch abzuräumen und Cindy sprang auf, um zu helfen. »Du bist bestimmt müde. Jetlag. Geh doch einfach ins Bett und schau, ob du bis morgen früh durchschlafen kannst.« Babs seufzte zufrieden, als sie sich in der Küche zu schaffen machte. »Ich kann gar nicht glauben, dass du wieder hier bist, in deinem alten Zimmer. Es ist, als hättest du erst gestern mit Joey im Pool vor der alten Wohnung gespielt, wo der gute alte Sol und Deidre unsere Nachbarn waren.« Babs hielt beim Tellerstapeln inne. »Die beiden fehlen mir immer noch, obwohl sie schon so viele Jahre tot sind. Sie waren zwei der nettesten Menschen, die mir je begegnet sind. Ach, Cindy! Bist du glücklich? Bereust du nichts?«

Cindy schüttelte den Kopf. »Nein, ich bereue nichts. Als ich Murray heiratete, habe ich natürlich völlig impulsiv gehandelt, und ich war sehr jung. Aber es war das Beste, was ich je getan habe.«

Babs nickte. »Das freut mich. Alice hat immer gesagt, dass du stark bist und aus jeder Situation das Beste machen würdest. Die liebe Alice, sie und Spencer waren so freundlich und hilfsbereit. Alice ist übrigens immer noch wie früher. Sie wird nicht älter, ständig probiert sie etwas Neues aus, und sie strotzt vor Energie. Jetzt hat sie natürlich noch diese zweite Boutique in Palm Desert am El Paseo. Wobei ich finde, dass sie in den letzten Jahren auch ein paar fragwürdige Entscheidungen getroffen hat. Aber du weißt ja, Alice lässt sich nichts einreden. Ich bin so froh, dass sie Spencer hat. Er ist sehr vernünftig.«

»Und wie geht es Spencer?«, fragte Cindy, während sie Babs half, die Spülmaschine einzuräumen.

Babs rieb sich den Rücken. »Er wird älter, wie wir alle. Laut Alice tut ihm jeden Morgen etwas anderes weh. Manchmal ist er wie ein nörgeliges Kind, aber er spielt immer noch Golf und geht in den Club, also fehlt ihm offenbar nichts Ernsthaftes. Er hat mich so oft zum Arzt und ins Krankenhaus gefahren. Da hätte er etwas Sinnvolles zu tun, nachdem er nun pensioniert ist, meint er.«

Babs wischte sich die Hände an einem Geschirrtuch ab. »Für morgen haben die beiden uns zum Lunch eingeladen. Sie denken da an etwas ganz Besonderes.«

Cindy gähnte. »Wunderbar. Und ich bin sicher, dass Spencer dich vor allem deshalb fährt, weil er dich mag, so wie wir alle.« Cindy küsste ihre Tante und drückte sie. Dann ließ sie Babs in der Küche zurück, ging ins Bad und duschte. Das warme Wasser schien alle Sorgen fortzuspülen. Müde fiel sie in ihrem alten Zimmer ins Bett, als wäre sie nie fort gewesen.

Am nächsten Vormittag erschien Alice in Babs' Wohnung wie ein Technicolor-Wirbelwind in Stöckelschuhen, gewandet in Pink und Lindgrün, mit neuer Haarfarbe und glitzernd lackierten Fingernägeln.

»Ach, Alice!«, lachte Cindy und streckte ihr die Arme entgegen. »Du siehst umwerfend aus.«

Hinter seiner Frau trat Spencer ein. Tatsächlich sah man ihm sein Alter an, aber er war mit seiner tadellos gebügelten cremefarbenen Leinenhose, seinem zitronengelben Hemd und einem orangeroten Kaschmirpullover über den Schultern sehr modisch gekleidet. Sein Haar war schütter geworden, und obwohl er ein wenig blass und verhärmt aussah, strahlte er die Besucherin an und präsentierte dabei makellose Zähne.

»Cindy, reizend wie eh und je.« Er umarmte sie, während Alice sich mit einem vorsichtigen Wangenküsschen begnügte, um ihre sorgsam toupierte Frisur nicht zu gefährden.

Alice musterte ihre Nichte. »Cindy, du siehst erschöpft aus. Wie viele Stunden hat dieser grauenhafte Flug gedauert?«

»Mir geht's gut, Alice«, erwiderte Cindy mit einem Lächeln. »Babs kümmert sich um mich.«

»Wie geht es dir?«, wandte sich Alice im Ton einer Lehrerin gegenüber einer säumigen Schülerin an ihre Schwester.

»Ich bin überglücklich, weil Cindy da ist. Jetzt lasst uns essen gehen.« Babs hakte sich bei ihrer Nichte unter.

Der Lunch war köstlich und Cindy fand es rührend, wie viele Leute an ihren Tisch kamen, um sie zu begrüßen.

»Ihr beiden habt wohl allen Bescheid gesagt.« Cindy grinste ihre Tanten an.

»Schließlich hast du hier gelebt«, erwiderte Alice. »Und du bist meine Nichte.«

»Einige der besten Jahre meines Lebens habe ich hier verbracht«, sagte Cindy. »Du vollbringst wahre Wunder, Alice. Du hast so viele Projekte am Laufen.«

»Sie kann einfach nicht ausspannen. Weißt du, was sie mit dem zweiten Laden, dem in Palm Desert, gemacht hat?«, fragte Spencer voller Stolz.

Cindy schüttelte den Kopf. Normalerweise interessierte sich Spencer nicht sonderlich für Alice' Modeboutique, aber offensichtlich brannte er darauf, ihr etwas zu erzählen.

»Sie hat auf dem Dach einen Hydrokulturgarten angelegt. Das ist der letzte Schrei«, verkündete Spencer.

»Es war meine Idee. Ich verkaufe das Gemüse an Restaurants«, erklärte Alice. »Die Pflanzen wachsen in langen Kästen in einer Nährflüssigkeit. Im Sommer brauche ich Schattiermatten, aber den Rest der Saison wächst alles wie von selbst. Salat, Tomaten, Blattgemüse, was du möchtest. Die Formel für die Nährstoffe habe ich mit einer Freundin ausgearbeitet, die Pharmazeutin ist.«

Cindy staunte. Seit wann interessierte sich Alice für Gärtnerei? »Das klingt ja wunderbar«, sagte sie. »Wie bist du darauf gekommen?«

»Mein Ernährungsberater ist ein Schüler von Gayelord Hauser. Er predigt gesunde Ernährung.«

Spencer und Babs ergänzten im Chor: »Fünf Stück Obst und fünf Portionen Gemüse täglich!«

»So halte ich es, und es funktioniert zweifellos. Dafür bin ich die beste Werbung«, bemerkte Alice selbstzufrieden.

Nach dem Essen machten sie in Spencers neuem Chevy eine Rundfahrt durch Palm Springs, damit Cindy sehen konnte, was sich in den letzten zwanzig Jahren alles getan hatte. Es gab jede Menge neue Geschäfte, Restaurants und Hotels, umgeben von

Wohnanlagen und Golfplätzen, die von Luxusanwesen gesäumt wurden. Die smaragdgrünen Rasenflächen ließen deutlich erkennen, wo die Bewässerung aufhörte, denn von der gegenüberliegenden Straßenseite an erstreckte sich die Wüste bis in die Ferne.

Cindy fiel auf, dass die Bewohner dieser beliebten Wüstenstadt – abgesehen von den Touristen und einigen extravagant gekleideten Einheimischen – ziemlich alt zu sein schienen. Sie verschwanden fast hinter ihrem Lenkrad, das sie fest umklammert hielten, um ihr Gefährt ganz langsam durch die Straßen zu steuern.

Alice schien ihre Gedanken erraten zu haben. »Hier setzt man sich inzwischen gern zur Ruhe. Und das ist erfreulich, weil jetzt das ganze Jahr über Leute hier sind und nicht nur im Winter.«

Spencer kicherte. »Die meisten Leute in Palm Springs kaufen keine grünen Bananen, weißt du, warum, Cindy?«

»Warum nicht?«, fragte Cindy ratlos.

»Sie könnten vielleicht nicht mehr so lange leben, bis sie reif sind.« Spencer warf den Kopf zurück und lachte schallend. Cindy vermutete, dass er den Witz schon oft zum Besten gegeben hatte.

»Man braucht aber Geld, um sich hier niederzulassen«, bemerkte Cindy.

»Nicht jeder, der herkommt, hat Geld. Weiter draußen gibt es billigere Wohnungen. Hässliche Siedlungen sind da entstanden.« Alice verzog verächtlich den Mund. »Und in Palm Springs wimmelt es von geschiedenen Frauen in mittleren Jahren – auf der Suche nach einem reichen Ehemann. Die kommen in meine Läden. Fürchterlich aufgedonnert. Alte Schachteln, die auf jung machen. Kein Geschmack. Falscher Schmuck. Das erkenne ich sofort.«

»Wie war das eigentlich mit der Frau, die angeboten hat, dir geschäftlich zu helfen? Der hast du doch eine Stilberatung angedeihen lassen«, bemerkte Babs spitz.

»Wovon sprichst du?«, fragte Cindy.

Alice machte ein finsteres Gesicht. »Die hat sich bei mir eingeschmeichelt«, schnaubte sie. »Ich habe ihr Rabatt auf Kleider gegeben, ihr gezeigt, wie man Accessoires richtig einsetzt. Und ich habe versucht, sie in die besten Kreise einzuführen.«

»Immerhin hat sie dich oft zum Lunch eingeladen«, warf Spencer ein.

»Aber das hat sie nichts gekostet. Das Restaurant gehört ihrem Bruder!«, stellte Alice indigniert fest.

»Mir hast du gesagt, sie kümmert sich für dich ums Marketing. Und hat sie dir nicht auch so einen neumodischen Computer aufgeschwatzt?«, fragte Babs.

»Was ist aus ihr geworden?«, wollte Cindy wissen.

»Sie hat sich mit einem uralten Millionär aus dem Staub gemacht«, kicherte Spencer.

»Und mit einigen meiner teuersten Stücke!«, blaffte Alice.

»Sie hätte weit größeren Schaden anrichten können«, meinte Spencer.

»Und dieser blöde Computer, den ich nicht gebrauchen kann, steht immer noch auf meinem Schreibtisch! Ich habe keine Ahnung, warum sie gedacht hat, er könnte zu irgendetwas nütze sein. Reine Geldverschwendung.« Missmutig schickte sich Alice an, das Thema zu wechseln. Doch bevor sie die nächste Geschichte zum Besten geben konnte, merkte Cindy, wie müde Babs aussah.

»Offenbar spüre ich immer noch den Jetlag. Ein kleiner Mittagsschlaf wäre jetzt nett«, erklärte Cindy taktvoll. »Macht es euch etwas aus, wenn wir es für heute gut sein lassen?«

Die meiste Zeit verbrachte Cindy mit Babs. Sie saßen morgens in der Sonne, bevor es zu heiß wurde, machten kleine Spaziergänge oder hin und wieder Ausflüge mit dem Auto. Gute Freunde kamen vorbei, blieben aber nicht zu lange, weil Babs rasch ermüdete.

An einem Morgen, als Spencer Babs zu einem Arzttermin begleitete, fuhr Cindy mit dem Leihwagen nach Palm Springs, um Alice in ihrem Laden zu besuchen. Sie schaute auch im alten Geschäft ihrer Tante vorbei. Es befand sich immer noch im Foyer des Hotels und hatte in der Wüste mittlerweile Kultstatus erlangt. Die Kinderkleider waren schön, aber sie sahen nach Massenproduktion mit limitierter Stückzahl aus. Die feine Handstickerei, auf die sich Babs versteht, ist eine seltene Kunst geworden, dachte sie.

Um die Mittagszeit saß Cindy auf der Terrasse und wartete auf Babs. Ihre Tante machte in der Küche belegte Brote, und die vertrauten Geräusche entlockten Cindy ein Lächeln. Manche Dinge veränderten sich einfach nie. Langsam kam Babs heraus und stellte zwei Teller auf den Tisch. »Wie gefällt dir Palm Springs? In letzter Zeit hat sich viel getan.«

Cindy nickte. »Alice hat kürzlich Gangster erwähnt! Ich war mir nicht sicher, was sie meint?«

Babs winkte ab. »Gangster hat es hier schon immer gegeben – sie haben Wohnungen gemietet, gespielt –, aber in den letzten Jahren sind immer mehr Mafiabosse hierhergezogen. Einer von ihnen hat der Cabazon Band of Mission Indians fünfzigtausend Dollar gegeben, damit die Agua-Caliente-Indianer mit dem Geld ein Casino auf ihrem Land bei Indio eröffnen.«

Cindy schnappte nach Luft. »Du meine Güte! Das hast du in deinen Briefen nie erwähnt.«

»Die Indianer hier in der Gegend haben erklärt, dass die kalifornischen Glücksspielgesetze auf ihrem Land nicht gelten. Also haben sie in ihren Reservaten Bingohallen und Spielcasinos eröffnet, um ihre Gemeindeprojekte zu finanzieren.« Babs nahm einen Schluck Eistee und hustete, wobei sie sich mit ihrer blassen Hand ein Stofftaschentuch vor den Mund hielt.

Cindy runzelte besorgt die Stirn, aber da Babs abwinkte, meinte sie: »Weil wir von Indianern reden: Weißt du, was aus Adsila geworden ist, der Indianerin, die für Sol und Deidre gearbeitet hat?«

»Ich sehe sie noch manchmal. Sie und ihr Mann engagieren sich in der Amerikanischen Indianerbewegung. Sie haben ein Haus in La Quinta, bei Indio, wo sie eine Galerie mit Laden führen. Ein malerisches Dorf, wirklich sehenswert. Mit dem Auto bist du in dreißig Minuten dort«, schlug Babs vor.

»Wirklich? Das mache ich! Eine wunderbare Idee. Vielleicht fahre ich gleich heute Nachmittag, wenn du dich hinlegst.«

Cindy fand La Quinta idyllisch. Die Hauptstraße war mit interessanten, originellen Läden gesäumt. Rasch entdeckte sie die kleine Galerie, die indianisches Kunsthandwerk anbot.

Drinnen war eine junge Frau damit beschäftigt, Objekte aus einem Karton auszupacken, sodass sich Cindy erst einmal umschaute und Webteppiche, Wandbehänge, Körbe, kunstvolle Schnitzereien und andere indigene Artefakte bewunderte. Sie sah auch schöne Kopien alter Fotografien der Ureinwohner und Gemälde, die die Landschaft so zeigten, wie sie sie seit über zwanzig Jahren in Erinnerung hatte.

Das hübsche Mädchen blickte auf. »Kann ich Ihnen helfen? Ich erkläre Ihnen gerne, welche Sachen wir dahaben und welche Familie oder welcher Stamm sie angefertigt hat. Alles stammt aus dieser Gegend.«

»Ja, das sehe ich. Eigentlich suche ich die Inhaberin der Galerie. Adsila …«

»Das ist meine Mutter. Sie ist hinten. Soll ich sie holen?«, fragte das Mädchen.

Cindy machte große Augen. »Sie sind Adsilas Tochter? Meine Güte«, rief sie. Offenbar hatte sie das einst so schüchterne Mädchen vor sich, dem man nur durch gutes Zureden ein Lächeln entlocken konnte. »Bitte sagen Sie ihr, dass Cindy, Babs' Nichte, hier ist. Ich hoffe, sie erinnert sich noch an mich.«

Die junge Frau eilte davon, um ihre Mutter zu rufen.

Wenige Sekunden später trat Adsila, ein wenig kräftiger und mit etwas mehr Falten, in die Galerie. Sie trug ein traditionelles Gewand, das aufwendig mit Perlen bestickt war, und dazu weiche Mokassins aus Filz. In ihrem geflochtenen Haar steckte ein mit Türkisen besetzter Silberkamm. Mit ausgestreckten Armen kam sie auf Cindy zu.

»Cindy! Meine alte Freundin. Ich freue mich so, dich zu sehen. Es ist sehr lange her.«

Lachend umarmten sie sich.

»Wie schön, dich zu sehen, Adsila. Du hast wunderschöne Stücke hier im Laden. Die Schale, die du selbst gemacht und mir geschenkt hast, habe ich sehr gemocht.«

»Du hast sie noch?«, fragte Adsila.

»Das kann man so nicht sagen, aber ich weiß, wo sie ist«, erwiderte Cindy und erklärte, wie sie die Schale vor Jahren unter dem Pfefferbaum vergraben hatte.

»Wie traurig! Du musst etwas als Ersatz dafür mitnehmen. Bitte, Cindy, such dir etwas aus als Geschenk vom Stamm der Agua Caliente.«

»Danke, Adsila! Aber ich möchte auch ein paar Sachen kaufen und als Geschenke mit nach Hause nehmen. Wer stellt all die wunderbaren Dinge her? Wie hat das alles angefangen?«

»Seit Jahren sind Francis und ich aktiv für unser Volk, wir kämpfen für unsere Rechte. Dieser Laden mit dem indigenen Kunsthandwerk bringt uns das nötige Geld dafür ein.«

»Eine großartige Idee. Bitte richte deinem Mann liebe Grüße von mir aus.«

Sie sprachen über ihre Kinder und Adsila berichtete stolz, sie sei schon Großmutter und ihre Enkel seien tüchtig und erhielten eine gute Ausbildung.

»Viel besser als in der Schule, die Francis und ich besucht haben«, meinte Adsila.

Nach einer Stunde verließ Cindy die Galerie mit einer kleinen Tüte voller Geschenke, die sie gekauft hatte: eine Halskette für Sally, Ohrringe für Jo und Gürtel mit kunstvollen, mit Türkisen besetzten Silberschnallen für Murray und die Jungs.

Aufgeregt kehrte sie ins Haus ihrer Tante zurück, um ihr die Sachen zu zeigen, die sie bei Adsila für ihre Familie erstanden hatte. Babs hatte sich auf der Terrasse hingelegt. Cindy setzte sich zu ihr.

»Adsila hat sich verändert. Sie erinnert kaum noch an die stille junge Frau, die für Deidre gebügelt hat. Sie ist jetzt voller Selbstbewusstsein.« Cindy schenkte sich etwas von Babs' selbstgemachtem Eistee ein, der in einem Krug auf dem Tisch stand.

»Ich weiß noch, wie wir miteinander geplaudert haben, als sie bei Deidre gearbeitet hat«, sagte Babs.

»Das ist lange her«, seufzte Cindy.

Babs stützte sich auf ihre blasse Hand. »Ja, das kann man wohl sagen.«

Cindy zögerte. »Es war sehr mutig von dir, dass du Howard verlassen hast«, begann sie nachdenklich. »Ich glaube nicht, dass ich es dir je erzählt habe, Babs«, fuhr sie nach einer Weile fort, »aber Murrays Mutter wurde auch geschlagen.«

Babs sah Cindy schockiert an. »Geschlagen? Von Lawrence?«

Cindy nickte. »Ja. Murray hat mir erzählt, dass er gesehen hat, wie sein Vater seine Mutter niedergeschlagen hat und sie blutend auf dem Boden im Badezimmer lag. Kurz nach diesem Vorfall hat Rose ihren Mann verlassen. Viele Jahre lang hat der arme Murray geglaubt, seine Mutter sei gegangen, weil er sie nicht beschützen konnte.«

»Das ist ja schrecklich! Er war doch damals noch ein kleiner Junge!«, rief Babs empört.

Cindy nickte und nahm noch einen Schluck Eistee. »Du verstehst bestimmt sehr gut, warum Rose gegangen ist«, sagte Cindy. »Aber ich könnte mir trotzdem nicht vorstellen, mein Kind zurückzulassen.«

Babs spitzte die Lippen. »Cindy, für mich war das damals keine leichte Entscheidung. Howard war gewalttätig, und obwohl mir klar war, dass ich keine andere Wahl hatte, habe ich mich oft schuldig gefühlt, weil Joey ohne Vater aufwachsen musste.«

»Weiß Joey, dass Howard dich geschlagen hat?«

Babs nickte. »Wir haben darüber gesprochen. Er macht mir keine Vorwürfe. Es gibt auch Frauen, die können nicht gehen. Viele bleiben trotz häuslicher Gewalt in einer unglücklichen Ehe, weil sie glauben, es sei das Beste für die Familie. Manche glauben sogar, es sei ihre Schuld. Und viele haben zu große Angst und wissen auch nicht wohin.«

»Aber du hast es geschafft zu gehen«, stellte Cindy fest.

Babs schüttelte den Kopf. »Stimmt, aber es ist oft schwer, der Falle zu entkommen. Geld ist immer ein Thema. Du weißt, dass ich diesen Schritt fast ein Jahr lang vorbereitet habe.« Babs bekam feuchte Augen. »Ich denke, Rose war sehr tapfer. Was hätte sie sonst tun sollen?«

Es dauerte eine Weile, bis Cindy antwortete. »Da hast du recht«, sagte sie schließlich.

Babs musterte ihre Nichte. »Wie erträgst du es, mit Lawrence zu verkehren? Wie kannst du deine Kinder in seine Nähe lassen, wenn du doch weißt, dass er gewalttätig werden kann?«

»Es geht mir viel besser, seit wir aus dem großen Haus ausgezogen sind. Und Lawrence verhält sich seit ein paar Jahren anders. Nicht gerade nett und freundlich, aber er ist auch nicht mehr so grob wie früher. Es ist, als sei ihm klar, dass ich über ihn Bescheid weiß und seine Fassade durchschaue. Für Murray hat er getan, was er konnte, und ich glaube, dass er seine Enkel im tiefsten Innern liebt.«

Babs nickte nachdenklich. »Trotzdem, hüte dich vor ihm, Cindy. Männer wie er …« In diesem Augenblick bekam Babs einen schweren Hustenanfall und hielt ihre fast durchscheinende Hand vors Gesicht.

»Alles in Ordnung, Babs?«, fragte Cindy beunruhigt.

»Ich fühle mich nur ein bisschen erschöpft. Da kann ein Nickerchen nicht schaden.«

Cindy beobachtete, wie sich Babs in ihr Schlafzimmer zurückzog. Ihre Tante war kränker, als sie zugab.

Joey und seine Familie reisten am folgenden Tag aus San Bernardino an, wo er als Immobilienmakler arbeitete. Cousin und Cousine freuten sich sehr über ihr Wiedersehen. Staunend stand Cindy dem großen, gutaussehenden jungen Mann gegenüber, zu dem der süße kleine Junge herangewachsen war, mit dem sie vor Jahren in Babs' Wohnung zusammengelebt hatte. Kelly war eine hübsche und anmutige junge Frau mit langem blondem Haar, das ihr offen über den Rücken fiel. Sie trug eine auffällig gemusterte Schlaghose, dazu einen farblich abgestimmten Bolero, Gold- und Silberketten und große Kreolen. Während es gerade modern wurde, im Alltag Sportkleidung zu tragen – was Alice ganz besonders verabscheute –, pflegte Kelly einen angenehmen, lässigen Späthippie-Stil.

»Kinder, sagt Hallo zu Cindy«, forderte Joey seine beiden Kleinen auf. Die Kinder blickten scheu zu ihrer Cousine auf, die sie rasch umarmte. Dann überreichte sie ihnen zwei Koala-Teddys, die sie aus Australien mitgebracht hatte.

Kelly packte einen Korb mit Essen aus, den sie mitgebracht hatte, und Joey schenkte Getränke ein, während die Kinder sich an ihre Großmutter kuschelten und ihr von ihren jüngsten Erlebnissen im Kindergarten berichteten.

Wenig später standen Joey und Cindy in der Küche beisammen.

»Wie geht es dir so?«, fragte Cindy.

»Gut. Nur um Mom mache ich mir Sorgen. Sie freut sich unheimlich, dass du gekommen bist. Und ich auch.« Er lächelte. »Ich versuche sie jede Woche zu besuchen. Aber das ist nicht einfach, denn ich muss arbeiten, und Kelly macht ihren Master in Umweltwissenschaften. Manchmal müssen wir ganz schön jonglieren.«

»Das kann ich mir vorstellen«, sagte Cindy. »Meine Güte, ich glaube, von einem Abschluss in Umweltwissenschaften habe ich noch nie gehört. Was fängt Kelly damit an? Gibt es Arbeitsplätze in diesem Bereich?«

»Und ob. Leider, muss man sagen, gibt es da einen wachsenden Arbeitsmarkt. Erinnerst du dich noch an die riesige Ölpest vor der Küste von Santa Barbara?«

»Ja, klar. Darüber habe ich gelesen. Der Strand war Ewigkeiten nicht mehr zu nutzen. Mit dem Strand verbinde ich so viele glückliche Erinnerungen. Eine schreckliche Katastrophe«, erwiderte Cindy.

»Kelly erinnerte sich auch noch daran, und der Tag der Erde hat sie bewogen, für den Umweltschutz zu arbeiten, statt die Umwelt nur auszubeuten. Sie ist da sehr engagiert.«

»Und was ist mit dir, Joey? Ich hätte nie vermutet, dass du in die Immobilienbranche gehst.«

»Ich auch nicht. Damit finanziere ich unseren Lebensunterhalt. Eigentlich interessieren mich andere Dinge. Zum Beispiel habe ich an einem Dokumentarfilm mitgearbeitet, der sogar auf Festivals gezeigt wurde. Weißt du noch, wie oft wir beide ins Kino gegangen sind? Jetzt absolviere ich einen Filmkurs und arbeite an einem Drehbuch. Außerdem machen Kelly und ich bei einer Theatergruppe mit.«

Cindy knuffte ihren Cousin spielerisch in den Arm. »Schön für dich, Joey! Hört sich an, als hättest du viel um die Ohren. Ich hoffe, ich bin eines Tages zu deiner großen Filmpremiere eingeladen.« Plötzlich hatte Cindy das Gefühl, auf der Stelle zu treten. Während Joey sich bei interessanten Projekten engagierte, erschien ihr ihr eigenes Leben eintönig und ereignislos.

»Wenn ich wieder zu Hause bin, muss ich mir ein aufregenderes Hobby suchen als Tennisspielen«, erklärte sie Joey.

»Sprich mit Kelly. Auch in Australien gibt es Umweltprobleme. Damit solltest du dich mal näher beschäftigen.«

Cindy nickte. »Okay, das mache ich. Für mich ist das völliges Neuland. Ich habe das Gefühl, dass ich in den Sechzigern die Bürgerrechtsbewegung verpasst habe und in den Siebzigern die Vietnamproteste. Da wäre es doch gut, wenn ich mich zumindest jetzt für eine Sache engagiere, die es wert ist.«

»Cindy, du urteilst zu hart über dich selbst. Nach dem, was Mom erzählt hat, hast du tolle Kinder großgezogen und Murray nach besten Kräften auf eurer Station unterstützt.«

Daran gab es keinen Zweifel, aber trotzdem hatte Joey sie nachdenklich gemacht. Es war an der Zeit, dass sie etwas Neues anfing.

Cindy hatte beschlossen, ihren Vater in Spokane zu besuchen und danach noch einmal in Palm Springs Station zu machen, ehe sie nach Australien zurückkehrte. Das Wiedersehen mit ihrem betagten Vater und ihrer Stiefmutter fiel zwar nur kurz aus, aber Cindy war froh, dass sie die Reise auf sich genommen hatte. Es wärmte ihr das Herz, dass ihr Vater offenbar stolz darauf war, was sie geleistet hatte. Als sie aber die beiden zu sich nach Hause einlud, reagierte ihre Stiefmutter entsetzt bei der Vorstellung, sich so weit von Spokane zu entfernen. Die Begeisterung ihres Vaters war ebenfalls sehr gedämpft.

Cindy bat ihn, ihr ein oder zwei Erinnerungsstücke an ihre Mutter zu überlassen, die sie Sally schenken wollte. Ihr Vater gab ihr eine kleine Brosche für seine Enkelin mit.

Als Cindy nach Palm Springs zurückkehrte, hatte sie den Eindruck, dass Babs noch schwächer geworden war.

»Unsinn«, sagte Babs. »Mir geht's gut. Du weißt doch, wie gesundheitsfördernd dieses Klima ist.«

Am letzten Tag ihrer Ferien traf sich Cindy mit Alice und Spencer zum Lunch. Babs schlug die Einladung aus und meinte, ihre Schwester könne sie ja jederzeit sehen.

Spencer führte sie in eines der angesagten neuen Restaurants von Palm Springs aus. Als Cindy die moderne, durchgestylte Innenausstattung betrachtete, überkam sie kurz der Wunsch, auch bei ihr zu Hause gäbe es in erreichbarer Nähe solche Lokale.

»Es wäre schön, wenn man solche Restaurants besuchen könnte, wann immer man Lust dazu hat«, meinte sie wehmütig.

»In dieser Hinsicht hast du wirklich Pech«, stellte Spencer fest. »Wenn man so abgelegen wohnt wie auf Kingsley Downs, hat das durchaus Nachteile. Nur Bier, Steak, Eier und Pommes – Alice ist fast durchgedreht.« Er lachte bei der Erinnerung.

»Trotzdem hast du die richtige Entscheidung getroffen. Es hätte alles ganz anders kommen können. Ich finde sogar, du hast Riesenglück gehabt.« Alice warf Spencer einen Seitenblick zu. Er schüttelte den Kopf.

»Das stimmt natürlich. Aber warum betonst du das so?« Cindy schaute fragend erst Alice, dann Spencer an.

Die beiden wechselten noch einmal einen Blick, dann zuckte Spencer resigniert die Achseln.

»Erinnerst du dich noch an Robbie Wilson?«, fragte Alice. »Ein Spitzenanwalt. Er hatte sich bei San Francisco niedergelassen.

Nun ja, kürzlich ist er gestorben.« Sie legte eine dramatische Pause ein. »Und nach allem, was Spencer gehört hat, war es diese Krankheit, die *Homosexuelle* kriegen. Aids heißt sie, glaube ich.«

Cindy rang nach Luft und sah abwechselnd Alice und Spencer an, während sie sich klarmachte, was sie gerade gehört hatte. Spencer nickte, wich aber ihrem Blick aus. Sie wusste nicht, was sie sagen sollte. Der arme Robbie! Er, den sie für den wunderbarsten Mann der Welt gehalten und der ihr, für kurze Zeit, das Herz gebrochen hatte. Sie verstand das alles nicht. Wenn Robbie Wilson schwul gewesen war, wie man heutzutage sagte, warum hatte er dann etwas mit ihr angefangen?

Als wolle sie diese Frage beantworten, erklärte Alice empört: »Ich habe ja gleich gefunden, dass der Junge irgendwie seltsam wirkt. Ein Glück, dass du mit ihm Schluss gemacht hast. Mir ist unbegreiflich, was mit solchen Leuten los ist.«

»Alice, aber du hast ihn gemocht! Er war ein guter Kerl. Es spielt doch keine Rolle, wen man liebt – Mann oder Frau«, erwiderte Cindy streng. »Außerdem hat er mich verlassen und nicht ich ihn.«

»Tja, ich finde das einfach nicht *normal*«, entgegnete Alice mit Nachdruck.

Plötzlich ging Cindy ein Licht auf. Robbie war mit ihr zusammen gewesen, weil er den Anschein erwecken wollte, zu den »normalen« Leuten zu gehören. Vielleicht hatte er sich das sogar selbst einreden wollen. Aber letztlich musste er wohl akzeptiert haben, wer er wirklich war, und deshalb hatte er Cindy den Laufpass gegeben. Das erforderte Mut. Und hätte Robbie nicht so brutal mit ihr Schluss gemacht, hätte sie sich wohl niemals in Murray verliebt.

Spencer griff nach seiner Speisekarte. »Wir sollten jetzt bestellen«, schlug er vor, um mit dem unangenehmen Thema abzuschließen.

Als Cindy nach Hause fuhr, musste sie wieder an Robbie denken. Vielleicht, dachte sie, hat er jemanden gefunden, mit dem er gemeinsam den mutigen Schritt tun konnte, sich einzugestehen, wer er war und wen er liebte. Sie hoffte, er war glücklich gewesen.

Babs und Cindy verbrachten gemeinsam einen letzten ruhigen Abend. Cindy machte einen einfachen Salat mit pochierter Hühnchenbrust. Beim Essen erzählte Cindy ihrer Tante, was sie über Robbie gehört hatte.

»Wie traurig«, bemerkte Babs. »Du warst am Boden zerstört, als er dich verlassen hat, aber wenigstens weißt du jetzt, warum.«

»Und dann kam Murray.« Cindy lächelte.

»Ja, tatsächlich«, sagte Babs leise. »Er war gutaussehend und charmant. Mich hat es gewundert, dass er noch zu haben war. Und nachdem ihr euch kennengelernt hattet, war mir klar, dass es ihn erwischt hatte. Jemand wie ich hätte da keine Chance gehabt!« Babs kicherte in sich hinein.

»Babs! Wovon redest du?«

»Ach, nichts. Aber ich erinnere mich, dass er damals ziemlichen Eindruck auf mich gemacht hat. Allerdings hätte ich keine Lust gehabt, mit ihm nach Australien durchzubrennen.« Sie lächelte matt. »Ich freue mich so, dass du den Mut hattest, ihn zu heiraten und mit ihm ans andere Ende der Welt zu gehen! Den hätte ich wohl nicht aufgebracht.«

»Es war eine ziemlich leichtsinnige Entscheidung.«

»Aber sie hat sich als richtig erwiesen.« Babs tätschelte ihr die Hand.

Am folgenden Tag fiel es Cindy schwer, von ihrer Tante Abschied zu nehmen.

Babs legte die Hände auf ihre Schultern und sah ihr in die Augen. »Denk dran, du hast eine Familie und bist glücklich. Es gibt viele Menschen, die es nicht so gut getroffen haben. Ich hoffe, du kommst mich bald wieder besuchen. Jetzt möchte ich, dass du einfach wegfährst, so wie früher zum College, immer fröhlich, ohne einen Blick zurück.«

»Babs … ich …« Cindy war den Tränen nahe, während sie Babs' magere Hände in den ihren hielt.

»Nichts da, mein Kind. Ich freue mich auf deinen nächsten Besuch.« Und mit erstaunlicher Kraft schob sie Cindy in Richtung Tür. Cindy griff nach ihrem Gepäck und ging nach draußen. Leise schloss Babs die Tür hinter ihr.

Rasch fuhr Cindy weg, denn sie wusste, dass Babs ihr nachschaute. Aber hinter der nächsten Ecke blieb sie stehen, legte den Kopf aufs Lenkrad und weinte.

Als Murray sie vom Flugplatz nach Hause fuhr, griff er immer wieder nach ihrer Hand.

»Ich habe dich vermisst. Bist du froh, dass du dort warst?«

Auch Cindy freute sich, ihren Mann wiederzusehen. »Ja, das bin ich wirklich. Babs hat mir versichert, dass die Krebsbehandlung angeschlagen hat, aber ich weiß nicht, wie lange die Besserung anhält. Sie tut so, als wäre sie stark, aber allem Anschein nach wird sie von Tag zu Tag schwächer.«

Bald kehrte für Cindy der Alltag wieder ein, mit den üblichen Gesprächen über den Verkauf von Lämmern, den Wollpreis und die Wool Corporation. Lawrence war – anscheinend geschäftlich – ständig mit seinem Flugzeug unterwegs. Auf Kingsley Downs herrschte eine betriebsame Atmosphäre, als hätte sich der Rhythmus des Lebens plötzlich beschleunigt.

Der Sommer zog ins Land. Eines Tages saß Cindy mit ihrem Vormittagskaffee draußen, genoss die Wärme der Sonne und bewunderte ihre Rosen, die nun voll erblüht waren. In ruhigen

Augenblicken wie diesem dachte sie oft an Babs. Ihr Krebs war zurückgekehrt, und obwohl sich ihre Tante optimistisch gab, machte Cindy sich große Sorgen.

Als das Telefon klingelte, stellte Cindy ihre Tasse ab und eilte ins Haus. In der Leitung war ein Echo, als sie sich meldete, und mit einem Schlag fröstelte sie. Es war ein Ferngespräch.

»Cindy, hier ist Joey …« Die Stimme ihres Cousins versagte.

»Ach, Joey. Nein. Nein … es ist Babs … oder?«

»Ja, sie ist vor einer Stunde gestorben. Friedlich entschlafen. Kelly und ich waren bei ihr.«

Cindy fühlte einen Kloß im Hals und sie konnte kaum sprechen. »Ach, Joey … es tut mir so leid. Wie geht es dir?«

»Ich bin …« Seine Stimme brach. »Sie hat dich sehr gern gehabt.«

Cindy spürte, wie ihr die Tränen übers Gesicht liefen. »Ich weiß. Ich sie auch. Was ist mit Alice? Ich sollte zur Beerdigung kommen …«

»Nein, Alice hat mich beauftragt, dir zu sagen, du musst nicht kommen. Mom hat Anweisungen hinterlassen, dass alles ganz schlicht und einfach ablaufen soll. Sie mochte es gern unkompliziert, das weißt du ja.«

»Ich fühle mich so leer«, sagte Cindy. »Joey, wir müssen uns öfter sehen. Kommt mit den Kindern zu Besuch. Wir würden uns so freuen.«

»Darüber reden wir noch, Cindy. Kelly und die Kinder lassen dich lieb grüßen.«

Viel mehr gab es nicht zu sagen. Cindy legte auf und ging wieder nach draußen.

Aber ihr schien, als wären die Rosen verblüht und die Sonne hätte ihre Wärme verloren.

10

Der kleine weiße Punkt wurde langsam größer und nahm schließlich die kantige Gestalt von Lawrence' Flugzeug an. Das Brummen des Motors wurde immer lauter.

»Da kommen sie«, seufzte Mrs. Flowers, die aus dem Küchenfenster auf die kleine Landebahn blickte. »Ich hoffe nur, dass er zufrieden sein wird. Noch nie hat Mr. Parnell so viel Wert darauf gelegt, was ich zum Morgentee serviere.«

Cindy nickte und spähte dann durch das Fenster auf die Zufahrt, wo die zwei oder drei Besucher mit dem Auto eintreffen würden. Sie hatten nur bis Deniliquin fliegen können, weil die holprige Piste von Kingsley Downs für ihre Maschine nicht geeignet war.

Murray lag viel daran, dass das heutige Treffen reibungslos ablief. Deshalb war Cindy mit ins große Haus gekommen, um ihn zu unterstützen.

Obwohl sie weder vergessen noch vergeben konnte, was Lawrence seiner Frau angetan hatte, musste sie zugeben, dass er im Lauf der Zeit milder geworden war. Echte Herzlichkeit würde sich zwischen ihr und ihrem Schwiegervater wohl nie einstellen, aber offensichtlich liebte er seine Enkel.

In der Ferne konnte Cindy eine Staubwolke ausmachen. »Sieht so aus, als kämen unsere Gäste pünktlich.«

Murray hatte ihr erzählt, dass der Vorsitzende der Wool Corporation einige Investoren mitbrachte, die er als »Neulinge in der Branche« bezeichnete.

»Wobei die Entscheidung letztlich von ihren Finanzberatern getroffen wird«, hatte Murray hinzugefügt.

In den vergangenen Jahren hatte das Geschäft mit der Wolle geboomt. Die Handelspreise erreichten Rekordhöhen, wozu auch die Bank- und Regierungsbürgschaften beitrugen. Anscheinend wollte jeder auf den Zug aufspringen. Die Preise für die besten Zuchtlinien waren geradezu explodiert. In South Australia hatte ein preisgekrönter Zuchtbock fast eine Million Dollar gebracht, was Murray und Cindy ziemlich verrückt fanden.

Jetzt kam Murray in die Küche gestürmt. Er trug sein bestes Wolljackett mit Krawatte und die Hose mit perfekter Bügelfalte, seine Stiefel waren auf Hochglanz poliert. »Alles bereit? Dad ist im Anmarsch und der Wagen aus Deniliquin kommt gerade die Zufahrt herunter.«

»Gibt es den Tee und die Scones vor oder nach der Scherervorführung?«, fragte Mrs. Flowers. »Diese Besucher müssen für Mr. Parnell sehr wichtig sein, wenn er eigens teure Scherer und einen Wollklassierer engagiert – und das nur für ein paar Stunden.«

»Ich denke, der Morgentee wird nach der Vorführung serviert. Halten Sie die Scones warm. Mein Vater möchte bei diesen Geschäftsleuten unbedingt einen guten Eindruck machen«, sagte Murray, ehe er wieder hinauseilte.

»Ich werde ihn wohl im Begrüßungskomitee unterstützen«, meinte Cindy mit einem Lächeln. Sie glättete ihren Rock und ihr Haar, rückte die Perlenkette zurecht und folgte ihrem Mann nach draußen, wo gerade ein Wagen vorfuhr.

Ein Fahrer in dunklem Anzug öffnete die Autotüren und es stiegen drei Männer aus. Murray ging auf sie zu, schüttelte ihnen die Hand und stellte erst sich, dann Cindy vor.

Mit einem Lächeln schlüpfte Cindy in die Rolle der Gastgeberin. »Möchten Sie drinnen eine Erfrischung zu sich nehmen, meine Herren? Es gibt Tee, Kaffee oder Kaltgetränke«, sagte sie.

»Die Maschine meines Vaters ist gerade gelandet, er fährt gleich unsere anderen Gäste her«, fügte Murray hinzu.

»Bringen Sie uns zum Wollschuppen. Wir können uns dort treffen und es dann zügig hinter uns bringen«, meinte ein dicker Mann mit dunkler Sonnenbrille, Moleskinhose und teurem Pullover.

Die beiden anderen Besucher trugen Viehzüchterkleidung, aber ihre Hüte waren ebenso neu wie ihre Stiefel und ihr Benehmen wirkte ähnlich schroff und geschäftsmäßig.

»Selbstverständlich«, sagte Murray. »Steigen Sie in den Pickup und wir fahren rüber.«

Als sie fort waren, wandte sich Cindy an den Chauffeur, der neben dem Wagen stand. »Möchten Sie vielleicht eine Tasse Tee? Die werden beim Schuppen eine ganze Weile brauchen.«

Der Chauffeur nickte dankbar.

»Ja, sehr gern«, sagte er und folgte Cindy auf die Veranda, wo mit großer Sorgfalt der Tisch für den Morgentee gedeckt war.

Wenigstens der Fahrer hat Manieren, dachte Cindy, als sie Tee einschenkte.

Keine zwei Stunden später zogen die Besucher wieder ab, ohne Mrs. Flowers' Kuchen und die Scones auch nur angerührt zu haben.

Drei der Männer kehrten zum Flugplatz von Deniliquin zurück, während Lawrence mit den anderen beiden weiter nach Bathurst fliegen wollte.

»Wie ist es gelaufen?«, fragte Cindy, als sie und Murray danach zu ihrem Haus fuhren.

»Ganz gut, würde ich sagen. Das waren eben Geschäftsleute. Das Leben auf dem Land interessiert sie nicht. Sie wollen bloß schnellstmöglich mit Wolle Geld verdienen und investieren ausschließlich in Projekte, die sich in kürzester Zeit rentieren.« Er seufzte. »Man kann natürlich sagen, dass auch wir hier auf dem Land Geld verdienen wollen, aber irgendwie waren die so unverhohlen geldgierig, dass mir ganz anders wurde. Und es ist jammerschade um den Morgentee, den Mrs. Flowers vorbereitet hat! Wahrscheinlich sehen wir die Leute nie wieder, außer sie laufen uns über den Weg, wenn wir im Januar zur Zweihundertjahrfeier nach Sydney fahren.«

Am Nachmittag erschien Shirley Jackson, die offensichtlich Näheres über den hohen Besuch wissen wollte.

In ihrem Tweedrock und dem handgestrickten Pullover wirkte sie ein wenig rundlicher als früher, aber sie war in all den Jahren eine freundliche und hilfsbereite Nachbarin geblieben. An die Stelle der Fotos von ihren Kindern, ihrem Haus und ihrem Betrieb, die sie Cindy früher so gern gezeigt hatte, war nun ein Album mit Bildern ihrer Enkelkinder getreten.

»Inzwischen habe ich acht Enkel, einer goldiger als der andere. Habe ich dir schon die neuesten Fotos von der kleinen Karen gezeigt?«, fragte sie, schlug das Album auf und blätterte bis zum Ende durch. »Hier ist sie in der Badewanne. Wie süß sie lächelt! Ich finde, sie kommt nach ihrer Mutter.«

Cindy servierte ihr ein Stück Kuchen und einen Scone. »Mrs. Flowers hat es mit der Gastfreundschaft zu gut gemeint. Ich packe dir noch Kuchen ein, den kannst du für Percy mit nach Hause nehmen.«

Shirley wischte sich den Mund mit einer Serviette ab. »Vielen Dank. Perce liebt den Kuchen von Mrs. Flowers. Waren das normale Besucher oder ging es ums Geschäft?«, fragte sie dann unverblümt. »Wir haben gehört, dass ihr Scherer und einen Wollklassierer hergeholt habt. Perce wäre gerne gekommen, um zu helfen.«

»Das hat gut geklappt, danke«, sagte Cindy. »Diese Männer wollten wissen, wie es auf einer Schafstation zugeht. Sie hatten überhaupt keine Ahnung, was alles notwendig ist, damit aus Schafwolle irgendwann ein Anzug wird.«

Shirley wirkte erleichtert. »Ehrlich gesagt hatten wir Angst, dass Mr. Parnell seine Station verkauft!«

»Meine Güte, nein! Ich kann mir nicht vorstellen, dass Lawrence jemals Kingsley Downs verkauft. Da würde er sich lieber den rechten Arm abhacken«, erklärte Cindy mit Nachdruck.

Shirley spitzte die Lippen und nahm sich noch einen Scone. »Na ja, die Bodenpreise steigen. Hier in der Gegend sind einige Anwesen für viel Geld verkauft worden, das weißt du ja selbst. Perce sagt immer, jetzt wäre ein guter Zeitpunkt, zu verkaufen, wenn man sich zur Ruhe setzen will. Er kann sich jedenfalls nicht vorstellen, dass die Preise ewig so weitersteigen.«

Cindy legte den Kopf schief. »Das sehen aber viele Leute anders. Die Besucher, die heute hier waren, sind wirklich wichtige Leute. Die haben in alles Mögliche investiert – Zeitungen, Vieh, Bodenschätze. Und jetzt stecken sie ihr Geld eben auch in Wolle. Das würden sie wohl kaum tun, wenn es ihnen keinen Gewinn brächte.«

Shirley schien das nicht zu beeindrucken. »Schön für sie, aber Perce findet, dass wir ein gutes Auskommen haben, seit wir neben den Schafen auch Rinder halten. Unser Betrieb ist nicht so groß und modern wie Kingsley Downs, aber wir sind zufrieden. Allerdings wird sich Perce freuen, wenn ich ihm erzähle, dass Lawrence nicht verkauft. Er mag es nicht, wenn sich hier allzu viel verändert.«

Es verging fast eine Woche, ehe Lawrence aus Bathurst zurückkehrte. Murray meinte, sein Vater sei sehr mit sich zufrieden und der Umgang mit den hohen Tieren aus der Geschäftswelt habe ihm offenbar gefallen. Allerdings überraschte es Cindy, als sie tags darauf von Murray erfuhr, dass der Filialleiter der Bank Kingsley Downs einen Besuch abgestattet hatte.

»Weißt du, warum er gekommen ist?«, fragte sie.

»Phil Watson und Dad verstehen sich gut. Wahrscheinlich hat es nichts zu bedeuten«, erwiderte Murray knapp.

Mehr sagte er dazu nicht, aber Cindy entging nicht, dass er sich Sorgen machte. Später am Abend traf sie ihn in seinem Arbeitszimmer an, wo er Unterlagen durchsah.

»Büroarbeit? So spät noch?«, rief sie.

»Es ist viel liegen geblieben in letzter Zeit.«

Cindy setzte sich auf den Schreibtisch. »Was, glaubst du, plant er als Nächstes?«

»Wer? Ach, du meinst Dad … Tja, ich bin nicht in alles eingeweiht, was er so treibt, Cin. Mir sagt er immer nur, dass wir gut dastehen. Und das stimmt ja auch. In der letzten Saison hatten wir unser bestes Jahr.«

Cindy sah ihren Mann an. »Aber …?«

Er lehnte sich zurück und lächelte matt. »Vor dir kann ich wohl nichts verbergen, wie?« Und wieder machte er ein besorgtes Gesicht. »Das Problem sind die Kosten. Dad hat sich in den Kopf gesetzt, hier noch mehr zu investieren. Wenn gutes Land zu haben ist, will er es kaufen und unseren Herdenbestand vergrößern.«

Cindy runzelte die Stirn. »Donnerwetter! Hat Kingsley Downs denn die Kapazitäten für noch mehr Schafe?«

»Wahrscheinlich schon, vorausgesetzt das Wetter bleibt gut und wir kriegen nicht noch eine Dürre. Das Problem ist, dass wir langfristig arbeiten und planen, während diese eingebildeten Geschäftsleute, mit denen er sich so gern abgibt, aufs schnelle Geld aus sind. Von Wolle haben die keinen blassen Schimmer. Vermutlich erzählen ihnen die Berater, Wolle würde momentan heiß gehandelt, aber ich glaube, Dad fühlt sich von ihrem Interesse einfach geschmeichelt«, sagte Murray bedrückt.

»Und wann steigen sie dann wieder aus?«

»Idealerweise wohl bevor ihnen die ganze Wolle, die auf Halde liegt, um die Ohren fliegt. Es dürften mehrere Millionen Ballen Schurwolle an verschiedenen Orten im Land eingelagert sein.«

Cindy staunte. »Millionen Ballen! Wie wollen sie die denn jemals verkaufen?«

»Sie halten die Ware zurück, um den Preis künstlich in die Höhe zu treiben. Diese Leute können den Hals nicht voll genug bekommen. Dad sagt, sie spekulieren darauf, dass sie bis zu tausend Cent pro Kilo kriegen. Weißt du, dass australische Wollerzeuger über achtzig Prozent der Wolle für die weltweite Bekleidungsindustrie liefern? Von wem sonst soll die Branche die geeignete Wolle kaufen, wenn nicht von uns? Letztlich werden sie nachgeben und den Preis bezahlen, den die Wool Corporation verlangt. Sie haben fast keine andere Wahl.«

Cindy stand auf. »Das ist doch Irrsinn! Die reine Gier! Na ja, ich hoffe nur, dass dein Vater keinen Unsinn macht. Sprich mit ihm, Murray.«

Er schaute auf seine Hände. »Ich kann ihm Fragen stellen, aber das ist alles. Er hat immer noch die Zügel in der Hand.«

»Ja, und du machst die ganze Arbeit!«, stellte Cindy verärgert fest. »Er düst mit diesem Flugzeug durch die Gegend und spielt sich auf. Das ist sonst so gar nicht seine Art. Früher hat er sich auf Kingsley Downs immer selbst um jede Kleinigkeit gekümmert.«

»Er ist fast achtzig Jahre alt. Ich nehme es ihm nicht übel, wenn er sich auch mal ein bisschen amüsiert, Cin.«

»Hm. Ich glaube, da steckt mehr dahinter. Wahrscheinlich hat er mit diesen Geschäftsleuten etwas vor – er ist ja nicht gerade der Playboytyp«, meinte Cindy argwöhnisch.

Murray lehnte sich auf seinem Stuhl zurück und rieb sich die Augen. »Wie dem auch sein mag, reden wir nicht mehr über

Dad. Was hast du für unseren Urlaub im Januar zur Zweihundertjahrfeier geplant? Ich freue mich schon darauf.« Murray zog sie auf seinen Schoß.

Cindy lächelte. »Ich habe eine Ferienwohnung in Neutral Bay gefunden, die groß genug für uns alle ist und wo man einen wunderschönen Blick auf den Hafen von Sydney hat. Da können wir mit der ganzen Familie die Feierlichkeiten beobachten. So etwas gibt es ja nur einmal im Leben.«

Murray küsste sie zärtlich auf den Hals. »Genau. Australien feiert schließlich nur einmal seinen zweihundertsten Geburtstag«, sagte er und ließ Cindy los.

Sie stand auf und strich ihr Haar glatt. »Ich habe gelesen, dass die Aborigines da anderer Meinung sind, und ich kann ihre Empörung verstehen. Die Ankunft der ersten Flotte war immerhin der Anfang vom Ende ihrer Zivilisation«, bemerkte sie. »Meine indianischen Freunde aus Palm Springs sehen die Ankunft der Europäer ganz ähnlich.«

»Nun, es soll ja keine offizielle Nachstellung der Landung geben. Aber dass die rekonstruierte erste Flotte die Küste entlanggesegelt und dann in den Hafen einläuft, finde ich eine grandiose Idee.« Dann runzelte Murray die Stirn. »Ich sehe ja ein, dass viele Schwarze miserabel behandelt wurden und ihre Lebensbedingungen mancherorts schrecklich sind. Aber ich bin nicht so sicher, ob ich ihnen irgendwelches Land zurückgeben möchte, jedenfalls nicht meines. Niemand hat ein Recht auf dieses Land außer uns Parnells. Wir haben jahrelang hart gearbeitet, um diesen Betrieb zu dem zu machen, was er jetzt ist, und ich möchte nicht, dass jemand ihn uns wegnimmt.« Murray hatte sich förmlich in Rage geredet.

Cindy nahm die Hand ihres Mannes.

»Liebling, beruhige dich, das wird nie geschehen.«

Zwei Wochen später frühstückten Cindy und Murray in der Küche, als das Telefon läutete. Cindy hörte, wie Murray mit seinem Vater sprach.

»Wo bist du? Aha. Verstehe. … Okay, wir treffen uns am Heuschober. Was hast du gekauft? Geht klar … okay. Bis dann.«

»Worum ging's?« Cindy brach einen warmen Scone auf.

Mit entgeisterter Miene kam Murray wieder herein. »Dad war am Telefon.«

»Das habe ich mir schon gedacht.«

»Er hat jetzt ein Autotelefon im Jaguar! Außerdem hat er auf dem Markt einen Bock gekauft.«

»Hast du das nicht gewusst?«, fragte Cindy. Lawrence wird immer unberechenbarer, dachte sie.

Murray schüttelte den Kopf. »Nein. Der Bock soll sich im Heuschober akklimatisieren. Anscheinend hat er jemanden dabei, der ihm das Tier transportiert.«

»Ach ja, du hattest gesagt, er will die Zucht verbessern, und der Bock ist wohl Teil des Plans.«

»Normalerweise entscheiden wir so etwas aber gemeinsam«, brummte Murray und sah auf die Uhr. »Er ist in zwanzig Minuten da. Ein Autotelefon! Was lässt er sich als Nächstes einfallen?«

Als Murray in den alten Pick-up stieg, folgte ihm Cindy.

»Ich fahre mit. Ich möchte mir dieses neue Tier ansehen. Und das Autotelefon. Bestimmt hat beides ein Vermögen gekostet.«

Sie fuhren am Wollschuppen vorbei zu einem großen Heuschober aus Wellblech. Lawrence' Jaguar parkte am Eingang, und er stand mit ungeduldiger Miene neben seinem Wagen. Der Jungschäfer kam gerade mit seinem Motorrad angefahren.

Als Murray hielt, winkte ihn Lawrence zu sich.

»Pack mit an«, rief er.

»Was ist los? Wo ist der Laster?«

»Ich wollte den Bock nicht irgendeinem Viehspediteur überlassen.«

»Was zum Teufel …?« Murray blieb wie angewurzelt stehen.

»Du meine Güte!«, stieß Cindy hervor.

Lawrence hatte den Rücksitz des Jaguars teilweise umgeklappt, und auf dem durch eine Decke geschützten Leder hockte ein riesiger, missmutiger Schafbock.

»Der ist ja gigantisch!« Cindy hatte noch nie so ein großes Schaf gesehen.

»Seid vorsichtig mit den Bändern, mit denen ich ihn fixiert habe. Ich wollte nicht, dass er zu viel Bewegungsfreiheit hat«, erklärte Lawrence. »Geht behutsam mit ihm um, wenn ihr ihn rausholt. Wäre einfacher gewesen, wenn ich mit dem Pick-up zum Markt gefahren wäre, aber ich wusste ja nicht, dass ich diesen Prachtkerl kaufe. Er ist viel zu wertvoll, um ihn von irgendjemandem transportieren zu lassen, also habe ich ihn selbst heimgebracht.«

»Bist du etwa die ganze Strecke durchgefahren? Ich dachte, du wolltest in Wagga übernachten«, wunderte sich Murray, während er gemeinsam mit dem Jungschäfer den Bock aus dem eleganten Wagen herausmanövrierte.

»Habe ich auch«, erwiderte Lawrence mit einem Grinsen – ein seltener Anblick. »Ich habe das Mädel im Motel gefragt, wo ich mein Auto unterstellen kann. Sie hat sich den Jaguar angesehen und gemeint: ›Jetzt verstehe ich, warum Sie den Wagen nicht draußen lassen wollen.‹ Und ich habe geantwortet: ›Es ist nicht der Wagen, um den ich mir Sorgen mache, sondern der Passagier auf dem Rücksitz.‹« Zu Cindys Erstaunen brach Lawrence in Gelächter aus.

Als der prachtvolle Bock auf eigenen Beinen stand und sich empört schüttelte, strich ihm Murray über den Kopf und scheitelte die Wolle am Rücken. Dann richtete er sich auf und sah seinen Vater an.

»Der taugt etwas, nicht wahr?« Lawrence war offensichtlich hochzufrieden mit sich.

»Wie viel hast du für den Bock bezahlt?«, wollte Murray wissen.

Lawrence sah dem Jungschäfer nach, der das Tier in den Heuschober führte. »Stell ihn in die Box für kranke Schafe«, rief er ihm nach. »Sichere sie gut und binde ihn an. Gib ihm Heu und Wasser, dann kann er sich erst mal beruhigen.« Sein Blick wanderte erst zu Cindy, dann zu Murray.

Als Cindy dem Jungschäfer in den Schober folgte, um sich den Bock näher anzusehen, hörte sie Lawrence sagen: »Wahrscheinlich wirst du es ohnehin in *The Land* lesen, also kann ich's dir auch gleich sagen. Ich habe 160 000 Dollar für den Bock bezahlt. Er heißt Herkules II und stammt aus einer guten alten Zucht. Sehr gutmütig. Seine Nachkommen bringen uns das Geld in kürzester Zeit wieder rein.«

»Das war wohl eher ein Spontankauf?«, bemerkte Murray trocken.

»Mag sein, mein Junge, aber ich weiß, was ich tue.«

An diesem Abend schenkte sich Murray einen steifen Scotch ein und setzte sich zu seiner Frau.

»Ich hoffe, der Bock hat es nett und gemütlich«, bemerkte Cindy.

»Ja. Wobei es heute Nacht ein bisschen kalt werden dürfte.« Murray sah sie an und beide prusteten los.

»Trotzdem ist es schrecklich viel Geld«, stellte Cindy fest. »Ist er das wert?«

»Die Zucht ist ziemlich berühmt. Sie geht zurück auf die Peppins. Aber damit er sich lohnt, muss er schon einiges leisten … sozusagen.« Murray nippte an seinem Whisky. »Ich weiß nicht recht, ob Dad einen Plan hat. Sieht so aus, als hätte er aus einer momentanen Laune heraus gehandelt, und das sieht ihm eigentlich gar nicht ähnlich. Bisher hat er sich seine Entscheidungen immer gründlich überlegt.« Murray runzelte die Stirn. »Ich muss schon sagen, dieser Wollboom hat ihn ganz schön verändert. Aber ich glaube nicht, dass Dad irgendetwas tun würde, was Kingsley Downs gefährdet.«

»Soweit ich weiß, setzen andere große Landbesitzer in der Gegend nicht mehr nur auf Schafe, sondern halten sich zusätzlich Rinder, übrigens auch die Jacksons. Glaubst du, Lawrence wäre dafür zu haben?«, fragte Cindy.

»Dad hat sich ganz und gar der Wolle verschrieben. Daran wird sich wohl nichts ändern. Aber morgen will er schon wieder los. Und ich spiele Babysitter für Herkules. Glück auf vier Beinen, könnte man sagen. Ich hoffe, die Mutterschafe begeistern sich genauso für ihn wie Dad.«

»Und was ist, wenn sie ihm die kalte Schulter zeigen?«, kicherte Cindy, aber Murray fand das nicht komisch.

In diesem Jahr kam Russell als einziges ihrer Kinder über Weihnachten nach Hause. Sally und Ashley verbrachten die Feiertage bei Ashleys Eltern, und Gordon konnte sich auf der Viehstation, auf der er arbeitete, nicht freinehmen.

Allerdings erhielt Cindy von Lawrence ein Geschenk, mit dem sie nie gerechnet hätte. Als sie zum Weihnachtsessen ins große Haus kamen, wartete unter dem traditionellen Weihnachtsbaum ein Umschlag mit der Aufschrift »Cynthia« auf sie, und er enthielt zwei Eintrittskarten für die große Fashion-Show anlässlich der Zweihundertjahrfeier im Opernhaus von Sydney. Gastgeber war der Vorsitzende der Wool Corporation, und die Ehrengäste waren Prinz Charles und Prinzessin Diana.

»Gütiger Himmel!«, rief Cindy, und sie las Murray vor, was auf der Einladung stand. »*Präsentiert von der Wool Corporation und dem International Wool Secretariat, um Australiens allerfeinste Merinowolle in einer Haute-Couture-Modenschau vorzustellen, die Kollektionen der neun weltbesten Modeschöpfer auf einem Laufsteg zusammenführt.* Murray! Prinzessin Diana! Stell dir vor! Was soll ich nur anziehen? Hast du das gewusst?«

Murray schüttelte den Kopf. »Na ja, dass die Modenschau stattfindet, wusste ich schon. Und da Dad im Vorstand ist, habe ich ihn gefragt, ob man an Eintrittskarten rankommt. Er meinte, es gebe nicht viele und die seien teuer, aber offensichtlich hat er es geschafft, uns welche zu besorgen.«

»Also, das ist auf alle Fälle eine großartige Überraschung! Wirklich nett von deinem Vater. Meine Güte, wenn ich das Alice erzähle! Die wird grün vor Neid.«

Tatsächlich sollten der Ausflug nach Sydney und die Zweihundertjahrfeier für Cindy ein unvergessliches Erlebnis werden. Der Galaabend war der absolute Höhepunkt. Entgegen aller Vernunft erstand Cindy in einer der besten Boutiquen Sydneys ein sündteures Kleid. Es war ihr völlig gleich, ob sie je wieder Gelegenheit haben würde, es zu tragen, und sie freute sich, als Murray einen anerkennenden Pfiff ausstieß, als sie es ihm vorführte.

»Du siehst auch umwerfend aus«, sagte sie zu ihrem Mann, der seinen Smoking trug. »Auch wenn wir schon über fünfundzwanzig Jahre verheiratet sind, machst du immer noch eine ziemlich gute Figur, wenn du dich in Schale wirfst.«

Die Oper war zu diesem Anlass prächtig dekoriert und es wimmelte von Reportern. Cindy war begeistert von den Kreationen der größten Modeschöpfer der Welt – Versace, Donna Karan, Jean Muir, Oscar de la Renta. Aber Prinzessin Diana stahl ihnen allen die Show. In Cindys Augen war sie in Wirklichkeit noch schöner als auf den Fotos, und sie schien sich großartig zu amüsieren. Cindy bewunderte ihr mitternachtsblaues knöchellanges Kleid und die zweifarbigen Schuhe mit den pinkfarbenen Pünktchen. »Absolut perfekt«, flüsterte sie Murray zu.

Als sie am späteren Abend beobachtete, wie Prinzessin Diana mit der Designerin Jean Muir plauderte, musste Cindy unwillkürlich an Alice' Modenschauen am Pool in Palm Springs denken. Wie gern hätte sie den Kommentar ihrer Tante zu dieser Darbietung gehört!

Der Sommer neigte sich seinem Ende zu. Cindy genoss jeden Augenblick der kürzer werdenden Tage, an denen die Hitze erst bei Sonnenuntergang nachließ und das weiche Licht am Horizont noch lange strahlte.

Die Jahreszeiten waren so anders als während ihrer Kindheit in Spokane, wo Herbst und Frühling klimatisch und zeitlich klarer abgegrenzt waren. Dort wurden die Tage länger oder kürzer, das Laub in den Gärten färbte sich golden und rostrot und dann spross aus kahlen Zweigen wieder zartes Grün. Frühling und Herbst bereiteten als kurzes Zwischenspiel auf die kommende Hitze oder Kälte vor. Hier in New South Wales konnte der eine Morgen noch drückend heiß sein, während der nächste schon Frost brachte.

Cindy hatte einen Teil der Veranda ihres Hauses in ein sogenanntes »Sundowner-Zimmer« verwandelt. Hier versammelten sie und Murray ihre Angehörigen und Freunde, um den Sonnenuntergang zu beobachten. In der Hitze des Sommers konnten sie die Bambusrollos herunterlassen, die Ventilatoren anschalten und sich fühlen, als wären sie in Asien.

An einem Abend im Spätsommer, als die letzten Sonnenstrahlen verblassten, legte Cindy ihre Gobelinstickerei beiseite, griff nach ihrem Gin Tonic und genoss die beruhigende Wirkung des Abendlichts.

»Hey, Mum, darf ich mich zu dir setzen?«, rief eine vertraute Stimme.

Cindy blickte auf und sah ihren Sohn hereinkommen. »Gordon! Was für eine nette Überraschung, natürlich darfst du. Hast du früher Schluss gemacht?«

»Dad und ich sind schneller fertig geworden, als wir dachten. Ich störe doch nicht?«

»Überhaupt nicht«, erwiderte Cindy fröhlich. Sie freute sich, dass Gordon nun wieder Vollzeit auf dem Gut arbeitete, von seinem Vater und Großvater alles Wissenswerte lernte und auf Kingsley Downs nun auch eigene Akzente setzte. »Wie wär's mit einem Sundowner? Wie läuft die Arbeit an dem Zuchtprogramm? Ich muss sagen, es sieht zwar ein bisschen kompliziert aus, aber deine Tabellen und Diagramme sind viel ausführlicher als die Karte mit den farbigen Pinnnadeln hinter der Bürotür deines Vaters«, sagte Cindy mit einem Lächeln.

»Computerprogramme sind die Zukunft«, stellte Gordon fest und schenkte sich ein Bier ein. »Wann die Mutterschafe lammen, kann man recht zuverlässig vorhersagen. Doch es schadet nicht, wenn man die Variablen eingeben kann, wie unberechenbares Wetter, Futterangebot, Fruchtbarkeit und so weiter. Mit einem Computer kann man da leichter den Überblick behalten. Ich achte auch darauf, dass die jüngeren Muttertiere mit einigen älteren zusammenbleiben, damit sie alles Wichtige von ihnen lernen. Außerdem wollen wir spezielle Unterstände für die Mutterschafe bauen, falls der nächste Winter hart wird.«

Sie plauderten eine Weile, bis Murray sich zu ihnen gesellte. Während sie zuhörte, wie Vater und Sohn Pläne, Wahrscheinlichkeiten und Möglichkeiten erörterten, empfand Cindy eine tiefe Zufriedenheit.

Als ihr Sohn gegangen war, um noch am Computer zu arbeiten, fragte sie Murray: »Als du in Gordons Alter warst, hattest du da auch so viele neue Ideen und Pläne im Kopf wie er?«

Murray schüttelte den Kopf. »Nicht wirklich. Ich hielt Dads Methode für erprobt und zuverlässig, so wie die seines Vaters. Aber sobald jemand etwas anders machte und es funktionierte, haben es alle nachgemacht.«

»Das Scheren wird sich wohl nie ändern, oder? Unvorstellbar, dass man mit einer Maschine oder mit Chemikalien ein Vlies besser von einem Schaf abtrennt, als es diese bulligen Männer in den blauen Unterhemden mit sicherer Hand hinkriegen«, bemerkte Cindy. »Das fasziniert mich immer noch. Das Tier wird aus dem Pferch geholt und auf das Podest gesetzt, und zwei Minuten später ist das ganze Vlies in einem Stück ab und das Tier steht nackt und staunend unten am Ende der Rutsche, während das Vlies auf dem Tisch des Klassierers landet.«

Murray lächelte. »Ich hätte nie gedacht, dass dich das mal so interessiert. Gordon stellt sich beim Klassieren der Wolle ziemlich geschickt an. Jack Turner, der fast jedes Jahr mit den Vertragsarbeitern und den Scherern zu uns kommt, ist recht zufrieden mit ihm. Da gehört schon etwas dazu, so einen Fachmann zu beeindrucken.«

»Trotzdem hat Gordon auch ein paar eigene Ideen. Ich hoffe, du und Lawrence hört ihm zu. Dein Vater ist in seinen Ansichten ziemlich festgefahren.«

»Stimmt, aber leider bringt es gar nichts, wenn Gordon immerfort davon redet, Rinder auf Kingsley Downs zu halten«, meinte Murray. »Ich bin nicht dagegen, denn es könnte durchaus nicht schaden, den Betrieb auf eine breitere Basis zu stellen. Aber du kennst ja Dad.«

Cindy stand in ihrem Gemüsegarten und überlegte, was sie für die kommende Saison anpflanzen sollte. Ihr fiel auf, dass sich der Maschendraht um das Hühnergehege vom Pfosten gelöst hatte. Sie musste Gordon oder Murray bitten, das zu reparieren.

Da hörte sie, wie Murray nach ihr rief. Wie seltsam, dass er so früh nach Hause kam, denn bis zum Mittagessen war es noch eine Weile hin.

»Was ist los?«, fragte sie, als sie ihm entgegeneilte.

»Ich habe Neuigkeiten.« Murray war rot angelaufen. »Komm mit rein. Ich brauche einen starken Kaffee. Es geht um Dad. Du wirst nicht glauben, was er getan hat. Es ist nicht zu fassen!«

»Mich wundert bald gar nichts mehr«, meinte Cindy, während sie Murray in die Küche folgte und Kaffeepulver in die Kanne löffelte.

»Er hat eine Schafstation bei Bathurst gekauft!«, erzählte Murray erregt. »Er hat sie sich angesehen, als er vor drei Monaten mit diesen Geschäftsleuten hingeflogen ist. Anscheinend hat sich einer von ihnen dafür interessiert, aber aus dem Verkauf wurde nichts und das Anwesen kam wieder auf den Markt. Jetzt hat Dad zugeschlagen und es gekauft. Totaler Irrsinn.«

Cindy war verblüfft. »Warum macht er denn so etwas? Wer soll die Station leiten?«

»Offenbar gibt es dort schon einen Verwalter. Jedenfalls meint Dad, dass er vom Wollpreis profitieren will. Und da hier in der Gegend kein geeignetes Land angeboten wird, hat er eben in Bathurst zugeschlagen.«

»Ob das klug ist?«, fragte Cindy besorgt.

Murray blieb stehen und fasste sich an die Stirn. »Ich weiß es nicht. Dad ist nicht dumm, und Bathurst ist berühmt für seine feine Merinowolle. Aber Dad hat sich sonst immer selbst um alles gekümmert. Es gefällt mir nicht, dass jemand anderer eine Station verwalten soll, die uns gehört«, meinte er nervös. »Ich wette, sie war nicht billig, und das Einzige, was mir Dad verraten hat, war, dass er sich das Geld für den Kauf in Schweizer Franken geliehen hat.«

Cindy blinzelte. »Soll das ein Witz sein? Warum tut er das?«

»Weil der Zinssatz für Schweizer Franken viel niedriger ist als für australische Dollar. Anscheinend hat ihn Phil Watson von der Bank beschwatzt, dass man das heutzutage so macht. Du kannst dir mehr Geld leihen, weil die Rückzahlungen niedriger sind als für unsere Währung«, erklärte Murray.

Cindy schüttelte den Kopf. »Davon verstehe ich nichts, aber du hast doch gesagt, der Filialleiter wäre ein alter Freund von Lawrence. Dann wird er deinen Vater doch wohl nicht schlecht beraten.«

Murray verschränkte die Arme. »Cindy, ich habe kein gutes Gefühl bei der Sache. Ich weiß nicht, wie hoch sich Dad verschuldet hat und wie die Station tatsächlich aussieht. Mich wundert nur, dass er den geplanten Kauf mir gegenüber mit keinem Wort erwähnt hat. Vielleicht dachte er, ich hätte etwas dagegen, dass er sich ausländische Währung borgt. Aber weißt du was? Ich fahre nach Bathurst und mache mir selber ein Bild.« Murray stemmte die Hände in die Hüften.

»Nimm Gordon mit, dann könnt ihr euch am Steuer abwechseln. Das spart Zeit«, schlug Cindy vor. »Und ich würde auch gern mitkommen.«

»Gute Idee. Vielleicht sind wir ja beruhigt, wenn wir den Betrieb erst einmal gesehen haben.«

Ein windschiefes Schild mit der verblassten Aufschrift *Mirooball Station* hing unter einem ausgebleichten Schafschädel an einem Pfosten. Offenbar war es für Schießübungen benutzt worden, denn es wies mehrere Einschusslöcher auf. Murray bog auf das Gelände der Station und folgte einem unbefestigten Weg, der sich zwischen vernachlässigten Koppeln hindurchschlängelte.

»Die Zäune sind Schrott«, bemerkte Gordon.

Sie sahen zwei Männer zu Pferde, die auf sie zukamen. Murray hielt an und stieg aus.

Ein älterer Mann und ein Teenager brachten ihre Pferde zum Stehen.

»Was machen Sie hier?«, fragte der Mann mürrisch. »Das ist Privatbesitz.«

»Mein Vater hat die Station gekauft, deshalb wollten wir uns hier mal umschauen. Sind Sie Roger Fenton?«, fragte Murray.

»Der ist droben am Schuppen. Ich bin nur zu Besuch hier. Wollen Sie übernachten?«, fragte der Mann.

»Kommt drauf an«, erwiderte Murray.

Der Mann nickte Cindy zu. »Der Dame könnte die Unterkunft zu primitiv sein. Nigel hat alles ziemlich verkommen lassen. Schon seit Jahren keine Frau mehr im Haus. Jedenfalls keine, die geblieben wäre.« Er hob grüßend die Hand an den Hut. »Wir reiten heim.« Er nickte, spornte sein Pferd an und die beiden zogen weiter.

Murray fuhr wieder los und folgte dem Weg, der nun bergauf führte.

»Ein schöner weiter Blick, aber ziemlich exponiert«, stellte Cindy fest.

»Ja, völlig dem Wetter ausgesetzt. Orkanartige Stürme und Schnee im Winter und eine Bullenhitze im Sommer«, meinte Murray.

Als sie einen Kamm überquerten, kamen die Weidegründe des Anwesens in Sicht.

»Aha, die Zivilisation«, bemerkte Murray sarkastisch. Sein Blick schweifte über rostende Autowracks, alte Maschinen und kahle Gräben, in denen man Schafe zum Desinfektionsbad in Chemikalien getaucht hatte. Hier stand auch eine baufällige Scheune aus Wellblech, deren blaugraue Farbe großflächig abblätterte. Die windige Holztür hing nur noch an einer Angel.

»Primitiv ist noch milde ausgedrückt«, sagte Cindy bedrückt. »Ich kann nur hoffen, dass Lawrence das Anwesen günstig bekommen hat, denn hier gibt's ja eine Menge zu tun.«

Schweigend fuhren sie weiter. An dem grob gezimmerten Wollschuppen, der ebenfalls schon bessere Tage gesehen hatte, stiegen sie aus und folgten dem Geräusch des Hämmerns, bis sie auf einen bärtigen Mann mit Öljacke und ergrautem Pferdeschwanz trafen.

»Sie sind Roger Fenton, nehme ich an?«, fragte Murray. Der andere nickte, legte den Hammer weg und streckte ihnen die Hand entgegen. »Sie wollen sich wohl den Hof ansehen? Gute Sache, dass ihn jetzt jemand übernimmt. Ist viel Arbeit liegen geblieben.«

»Wie viele Schafe haben Sie hier?«, wollte Murray wissen.

»Nur ein paar Tausend, nicht annähernd so viele, wie es sein könnten.«

»Ein Jammer«, meinte Gordon.

»In dieser Saison hab ich etliche Lämmer verloren«, erwiderte Fenton.

»Die Zäune müssten repariert werden«, stellte Murray fest.

»Ist alles machbar. Aber die letzten Jahre waren für Nigel, den ehemaligen Besitzer, eine einzige Quälerei. Wollen Sie mit mir eine Rundfahrt im Pick-up machen? Wie lange bleiben Sie? Das Haupthaus liegt in der Senke, ein bisschen geschützter.«

Murray schaute auf die Uhr und wechselte einen Blick mit Cindy. »Willst du hier übernachten?«

Cindy war klar, dass Murray mehr Zeit brauchte, um die Station zu inspizieren. »Wenn wir irgendwo ein Bett kriegen und eine Kleinigkeit essen können, habe ich nichts dagegen.«

»Das können Sie, aber komfortabel ist das hier nicht«, warnte Fenton. »Ich habe Nigel versprochen zu bleiben, bis die neuen Leute einziehen. Er ist sofort nach dem Verkauf abgezogen. Ziemlich hart für ihn, nach all den Jahren mit anzusehen, wie die Station in andere Hände geht. Auch wenn er in letzter Zeit nicht gerade viel Arbeit reingesteckt hat.«

»Wie kam das?«, fragte Murray.

Fenton holte eine Blechdose aus der Jackentasche und drehte geschickt eine Zigarette, während er erzählte. »Nigel hatte zwei Söhne. Der eine hielt nichts vom Arbeiten. Ist hier mit seinen Kumpels rumgehangen, sie haben gesoffen und Drogen genommen. Der andere ist in die Stadt gegangen. Ich würde sagen, die beiden haben den Boss um sein Geld gebracht.« Er zündete sich die Zigarette an. »Nigel ist hier aufgewachsen, aber als seine Söhne auf die schiefe Bahn gekommen sind, hat er das Interesse an der Station verloren. Hat selber angefangen zu trinken. Da hat ihn dann auch seine Frau verlassen.«

»Was für eine traurige Geschichte«, bemerkte Cindy.

»Verstehen Sie mich nicht falsch. Nigel Kelly hat früher mal verdammt hart gearbeitet. Aber am Ende war das wohl alles nicht mehr wichtig für ihn.«

»Verstehe«, sagte Murray. »Das erklärt wahrscheinlich einiges. Vielleicht gehen wir erst mal ins Haupthaus, bevor wir uns das restliche Anwesen ansehen. Eine Tasse Tee könnte auch nicht schaden.«

»In Ordnung. Folgen Sie mir.«

Das Haus bot einen traurigen Anblick. Es war aus Lehmziegeln und hiesigem Stein erbaut, aber das Holz der Haustür und der Fensterrahmen war gesplittert und das verrostete Wellblechdach über der Veranda klapperte im Wind. In den mit fadenscheiniger Baumwolle bezogenen Sesseln auf der Veranda hausten vermutlich Mäuse oder Ratten. Ein mit Kletten übersätes Vlies lag in einer Ecke.

»Die Küche ist dort«, sagte Fenton und wies Cindy den Weg. »Da finden Sie alles, was Sie brauchen. Frische Milch gibt's nicht, aber Dosen- oder H-Milch. Da entlang ist das Büro. Mit Zuchtbüchern und so weiter.«

»Brauchst du Hilfe, Mum?«, flüsterte Gordon.

Sie winkte ab. »Geht schon. Aber sag Dad, dass ich mir gerade eins der Schlafzimmer angesehen habe und auf keinen Fall die Nacht hier verbringe. Hier ist alles schmutzig und in den Laken, falls vorhanden, dürfte sich reges Leben tummeln!«

Als die Sonne allmählich unterging, verkündete Murray, sie würden jetzt zum Übernachten in die Stadt fahren. Er hatte zwei Stunden lang die Zuchtbücher studiert und sich Aufzeichnungen gemacht. Nun steckte er sein Notizbuch in die Jackentasche und ging zum Auto. Eine einsame Grille zirpte halbherzig in der Dämmerung.

»Ich kann Ihnen keinen Vorwurf daraus machen, dass Sie lieber in der Stadt schlafen«, meinte Fenton. »Ich bleibe, solange Sie wollen. Der Ausverkauf ist nächsten Samstag. Ich glaube, den hat Ihr Vater organisiert. Wollen Sie irgendwas behalten?«

Sie schüttelten den Kopf. Die Maschinen waren alt und nicht mehr zu gebrauchen und im Haus befand sich nichts, was von Wert gewesen wäre.

»Ich denke, die Herde ist der wichtigste Aktivposten«, sagte Murray. »Gibt es hier Wildhunde?«

»Einige. Und die vermaledeiten Wildkatzen. Manche sind so groß wie Hunde. Nachts sieht man ihre gelben Augen, da wird einem ganz mulmig.«

»Erschießen Sie sie. Oder legen Sie Köder aus. Halten Sie sie jedenfalls von den Schafen fern.«

Cindy erkundigte sich nach der Toilette.

»O je, die im Haus ist nicht empfehlenswert. Benutzen Sie lieber das Plumpsklo hinter dem Haus«, riet Fenton.

Cindy umrundete das Gebäude und stellte fest, dass die Außentoilette einen wunderbaren Blick auf die weitläufigen Weidegründe bot, da ihre Tür auf dem welken Gras lag. Auf Zehenspitzen schlich sie daran vorbei, weil sie sich gut vorstellen konnte, dass sich darunter eine größere Schlange verbarg. Dann erspähte sie einen Pfefferbaum und daneben einen alten, auf die Seite gekippten Kühlschrank. Überall lagen Kartons und Kisten mit Müll herum, der nie weggebracht worden war. Traurig schüttelte sie den Kopf.

»Dad, das ist ja das reinste Chaos! Was hat Großvater dafür bezahlt?«, fragte Gordon, als sie die Mirooball Station hinter sich ließen.

»Das wüsste ich auch gerne, aber mit viel harter Arbeit könnte man etwas draus machen. Ich denke, das Potenzial für gute Erträge ist da … grundsätzlich«, erwiderte Murray müde. »Ich könnte jetzt ein Bier und eine Fleischpastete vertragen.«

»Ich auch«, antworteten Cindy und Gordon wie aus einem Munde.

In den folgenden Wochen musste Murray der Tatsache ins Auge sehen, dass sogar *sehr* viel harte Arbeit nötig war, um Mirooball wieder auf Vordermann zu bringen. Er und Lawrence beschlossen, Fenton zu entlassen, und schickten Gordon hin, der auf der Station für Ordnung sorgen sollte. Zunächst scheute Murray noch vor größeren Investitionen in das Anwesen zurück, doch immerhin sollte sein Sohn die Zäune reparieren und das alte Haus so weit in Schuss bringen, dass es bewohnbar war.

Gordon meldete sich regelmäßig bei seinen Eltern und gab zu, dass er sich ein wenig einsam fühlte.

»Hier schneit es im Winter, deshalb würde ich gern einen Windschutz um die Koppeln am Haus pflanzen. Aber es wird Jahre dauern, bis die Hecke wächst. Ein anständiges Pferd könnte ich auch gebrauchen. Auf dem unebenen Gelände kommt man damit besser voran als mit dem Motorrad.«

»Warum nimmst du nicht eine Auszeit und verbringst ein paar Tage bei uns zu Hause?«, fragte Cindy. »Russell, Sally und Ashley besuchen uns auch übers lange Wochenende.«

»Das klingt verlockend, aber ehrlich gesagt, würde ich die Station ungern ihrem Schicksal überlassen. Mirooball ist dank seinem früheren Besitzer ein beliebter Ort für Camper und für Partys mit Musik und Drogen.«

»Tja, wir werden dich jedenfalls vermissen. Komm einfach, wenn du kannst.«

Inzwischen hatte sich Cindy daran gewöhnt, dass ihre Kinder aus dem Haus waren, und seit einiger Zeit engagierte sie sich bei verschiedenen Projekten. Unlängst hatte sie von einer Gruppe in Victoria gehört, die sich Landcare nannte und die Bodenverschlechterung in ihrer Region stoppen wollte. Nachdem sie sich mit Kelly in Palm Springs über Umweltschutz unterhalten hatte, war Cindy mit den Leuten in Victoria in Verbindung getreten und beeindruckt von ihrer Arbeit – da wurden Wasserläufe renaturiert, die Bodenerosion und die Versalzung des Bodens gebremst. Cindy beschloss, in ihrer Gegend eine ähnliche Gruppe zu gründen. Also organisierte sie Treffen und investierte viel Überredungskunst und Zeit.

Eines Vormittags saß sie in ihrem kleinen Büro neben der Küche und plante die Termine der kommenden Woche, als das Telefon läutete und ihre Tochter sich meldete.

»Mum, ich muss dir etwas erzählen … ich bin schwanger!«

»Das ist ja wundervoll, Sal! Wie lange weißt du es schon?«

Sally lachte. »Eigentlich wollte ich es dir schon lange sagen, doch ich dachte mir, ich warte ab, bis ich weiß, dass alles okay ist. Aber du solltest es als Erste erfahren. Du wirst Oma!«

»Sally, Schatz … Mir schwirrt der Kopf. Wann wird das Baby kommen? Ach, Sally, meine Güte, ein Baby, ein Enkelkind.« Cindy wischte sich die Tränen von den Wangen. »Ich wünschte, Babs würde das noch erleben. Jetzt muss ich gleich Tante Alice anrufen.«

»Was willst du Alice erzählen? Heckst du wieder irgendwas aus?«, fragte Murray, der gerade in die Küche kam.

»Sal, ich gebe dir deinen Vater, sag es ihm, Schatz …«

Mit verdutzter Miene nahm Murray den Hörer von Cindy entgegen und sie legte den Arm um ihn, während er mit seiner Tochter redete.

Dann veränderte sich Murrays Ausdruck. Er strahlte. »Mein kleines Mädchen … das sind ja großartige Neuigkeiten! Wann kommt es? Geht es dir gut? Ich kann es gar nicht abwarten, dich zu sehen.«

Während Sally mit ihrem Vater sprach, schenkte Cindy ihnen beiden Tee ein. Als Murray aufgelegt hatte, hoben sie ihre Tassen und stießen an.

Murray zog seine Frau an sich und küsste sie. »Du bist die schönste Großmutter, die ich je gesehen habe.«

»Ich kann es kaum erwarten, das Baby im Arm zu halten. Ich bin so aufgeregt. Aber seltsam ist es schon. Ich fühle mich noch immer wie mit zwanzig, wenn auch ein bisschen klüger, und trotzdem soll ich Großmutter werden. Wo ist nur die Zeit geblieben, Murray?«, fragte sie wehmütig.

Murray schüttelte den Kopf. »Keine Ahnung. Aber es waren besondere Jahre. Gute und schlimme.« Er sah seine Frau an. Sie war immer noch schlank, in ihren rotbraunen Locken zeigten sich ein paar Silbersträhnen und die Falten in ihrem Gesicht kündeten von ihrem Lachen und den lustigen Grimassen, die sie manchmal zog. »Du hast es mit mir ausgehalten, Cin. Durch dick und dünn. Ohne dich hätte ich es nicht geschafft«, fügte er mit belegter Stimme hinzu. »Manchmal hätte ich es dir nicht verdenken können, wenn du nach Hause zurückgegangen wärst.«

Sie strich ihm über die Wange. »Murray, ich bin *hier* zu Hause. Das ist unser Heim, das Heim unserer Kinder.«

Murray nippte an seinem Tee. »Dad wird also Urgroßvater. Ich bin gespannt, was er dazu sagt!«

»Fahren wir heute Abend rüber und nehmen eine Flasche von dem guten Portwein mit, den er so gern trinkt. Dann kannst du ihm die Nachricht überbringen«, meinte Cindy, erfüllt von plötzlicher Milde.

Im Wagen griff Murray nach Cindys Hand.

»Dad ist ja nicht gerade der überschwängliche Typ, erwarte dir also keinen großen Jubel.«

»Das musst du mir nicht sagen. Aber auf seine Enkelkinder ist er auf seine Weise ziemlich stolz«, erwiderte Cindy.

Lawrence begrüßte sie höflich, schüttelte Murray die Hand und nickte Cindy mit einem beinahe schon liebenswürdigen »Guten Abend, Cynthia« zu. Mit seinem Kaschmirpullover über dem R.M.-Williams-Hemd und der Bügelfaltenhose war er makellos gekleidet. Er führte die beiden in das kleine Wohnzimmer, wo Kristallgläser und eine Karaffe bereitstanden. Murray reichte ihm die Flasche mit dem guten Port.

»Ich habe dir die Sonderedition mitgebracht.«

Lawrence zog eine Braue hoch. »Das ist die Weihnachtsflasche. Gibt es etwas zu feiern?«

»Ja, das kann man sagen.« Murray legte seinem Vater die Hand auf die Schulter. »Dad, du wirst Urgroßvater«, verkündete er.

»Sally ist schwanger«, ergänzte Cindy.

Lawrence schloss kurz die Augen und um seinen Mund zuckte ein Lächeln. Sein flüchtiges Mienenspiel erstaunte Cindy. Offenbar freut er sich wirklich darüber, dachte sie. Dann klopfte Lawrence seinem Sohn auf den Rücken und schüttelte ihm energisch die Hand.

»Das sind ja wunderbare Neuigkeiten, mein Junge. Wirklich eine sehr erfreuliche Überraschung. Dass ich das noch erleben darf, hätte ich nicht gedacht. Natürlich heißt das auch, du wirst Großvater – wie findest du das?«

Murray grinste breit. »Einfach fantastisch. Cindy und ich haben gerade darüber geredet, wie jung wir uns fühlen. Du aber auch, Dad. Du bist verdammt gut in Form für dein Alter.«

Lawrence schenkte den Portwein ein. »Das Alter spielt keine Rolle. Es geht darum, was man mit seiner Zeit anfängt. Bekommen wir denn Sally demnächst mal zu sehen?«

»Sie und Ashley kommen übers lange Wochenende nach Hause. Russel besucht uns auch für ein paar Tage.«

»Und Gordon?«

»Nein«, entgegnete Cindy mit Nachdruck, bevor Lawrence sich beschweren konnte, dass er die neue Station im Stich ließ. »Er kümmert sich sehr verantwortungsbewusst um Mirooball.«

»Ziemlich kalt da unten in Bathurst. Dort schneit es im Winter. Kann sein, dass man Mäntel für die Schafe braucht«, sagte Lawrence. »Und Stiefel.«

»Mäntel und Stiefel?«, fragte Cindy ungläubig.

Murray lachte. »In manchen Gegenden ist es neuerdings Mode, die Schafe in blauen Kunststoff zu packen, damit das Vlies sauber bleibt.«

Die Männer plauderten noch ein bisschen übers Geschäft und den Wollhandel. Cindy hörte höflich zu und nippte an ihrem Portwein. So teuer er sein mochte, sie fand ihn unangenehm süß. Sie sah sich in dem Raum um, der sich seit ihrer Ankunft auf Kingsley Downs überhaupt nicht verändert hatte. Flüchtig musste sie an Rose denken.

Murray leerte sein Glas. »Bis morgen, Dad. Wir wollten dir nur gleich die gute Nachricht überbringen.«

Sie erhoben sich und Lawrence schüttelte Murray die Hand.

»Nett von dir, mein Junge. Herzlichen Glückwunsch an alle. Ich hoffe, alles geht gut. Wenn es so weit ist, muss ich mir ein passendes Geschenk ausdenken. Gute Nacht, Cynthia.«

Während die Wochen verstrichen, kehrte der Alltag wieder ein.

Cindy rief regelmäßig ihre Tochter an. Sie erkundigte sich nach jeder Vorsorgeuntersuchung über den Stand der Dinge, erteilte Ratschläge zum Thema Morgenübelkeit, obwohl Sally gar nicht darunter litt, und machte Vorschläge zur Einrichtung des Kinderzimmers.

Schließlich meinte Murray, Cindy solle nach Melbourne fahren und einige Zeit mit ihrer Tochter verbringen.

Niemals würde Cindy vergessen, wie Sally nach ihrer Hand gegriffen und sie auf ihren Bauch gelegt hatte. Sie spürte die flatternden Bewegungen ihres ersten Enkelkinds.

»Wünschst du dir einen Jungen oder ein Mädchen?«, fragte sie.

»Das ist mir gleich, Mum«, erwiderte Sally. »Ich wünsche mir einfach ein gesundes, glückliches Baby. Ashley wird bei der Geburt dabei sein. Ich mache es nach der Lamaze-Technik, er kann mir also mit der Atmung helfen, wenn ich Wehen habe, und dafür sorgen, dass es mir gut geht. Die Geburt soll möglichst natürlich ablaufen. Und hoffentlich kann ich dann ein Jahr lang stillen.«

Verwundert schüttelte Cindy den Kopf. »Das war zu unserer Zeit alles ganz anders. Dein Vater durfte nicht einmal mit in den Kreißsaal. Und halten durfte er dich erst, als ich aus dem Krankenhaus entlassen wurde.«

»Das ist ja barbarisch«, empörte sich Sally. »Noch dazu nachdem du während des Buschfeuers eine Fehlgeburt hattest.«

Cindy biss sich auf die Lippe. »Manchmal denke ich immer noch an die kleine Seele, und ich finde den Gedanken tröstlich, dass ihr Geist auf Kingsley Downs in Adsilas Schale unter dem Pfefferbaum ruht.« Cindy gab ihrer Tochter einen Kuss. »Aber du bekommst ein glückliches, gesundes Baby, das weiß ich.«

Mutter und Tochter brachten Tage damit zu, Babysachen zu kaufen. Auch als Cindy wieder zu Hause war, beratschlagten sie am Telefon, welcher Buggy und welcher Tragekorb, welches Bettchen und welche Badewanne angeschafft werden sollten.

Murray amüsierte sich darüber.

»Cin, ich denke, wenn du weiterhin so von diesem Baby schwärmst, dann endest du noch wie Shirley Jackson. Wirst du dann auch immer ein Fotoalbum dabeihaben?«, fragte er eines Abends beim Essen.

Cindy lachte. »Wahrscheinlich, obwohl ich verspreche, dass ich es nicht jedem zeige, der mir auf der Straße über den Weg läuft«, sagte sie. »Aber Sally ist noch viel aufgeregter als ich. Heute Morgen hat sie angerufen und gefragt, ob ich nicht den Glücksbringer suchen kann, den sie als kleines Mädchen getragen hat.«

»Diesen goldenen Teddy, den du ihr mal zu Weihnachten geschenkt hast?«

»Genau. Sie hat einen Teddy fürs Kinderzimmer gekauft, und da ist er ihr wieder eingefallen. Sie wünscht sich ihren Glücksbringer für ihr Baby.«

»Du hast ihr doch schon ihre Stofftiere und Puppen geschickt«, grinste Murray.

»Das Problem ist, dass ich den Glücksbringer einfach nicht finde. Ich habe im ganzen Haus gesucht. Weißt du was, ich glaube, ich habe ihn wirklich schon seit Jahren nicht mehr gesehen. Wahrscheinlich ist er im Haus deines Vaters geblieben, als wir umgezogen sind. Ich sollte dort mal die Schubladen in Sallys altem Zimmer durchforsten. Am besten warne ich Lawrence vor, bevor ich komme und rumstöbere.«

»Dad ist wieder mal ausgeflogen. Buchstäblich. Mrs. Flowers wird dir helfen. Aber mir kommt es so vor, als wolltest du eine Nadel im Heuhaufen finden.«

Am nächsten Tag fuhr Murray seine Frau zum großen Haus. »Ich muss kurz etwas erledigen und kann dich auf dem Rückweg wieder abholen«, erklärte er. »Grüße Mrs. Flowers von mir.«

Cindy durchquerte den Vorgarten, wo sich nichts verändert hatte, nur die Rosen sollten beschnitten werden. Dann trat sie ein und rief nach Mrs. Flowers.

»Ach ja, ich erinnere mich an den kleinen Bären«, sagte die Haushälterin. »Tom wollte eigentlich mit mir nach Yamboola fahren. Ich muss ein paar Sachen besorgen. Aber ich kann gerne noch eine Weile bleiben und suchen helfen.«

»Nicht nötig. Ich komme auch allein zurecht. Wahrscheinlich finde ich das Ding ohnehin nicht.«

Die Hintertür fiel hinter der Haushälterin ins Schloss und Cindy wanderte den dämmerigen Flur entlang. Wie dunkel dieses Haus war! Sie öffnete die Tür zu Sallys altem Zimmer. Seltsam, dass es alle nach wie vor Sallys Zimmer nannten, obwohl ihre Tochter beim Umzug ins neue Haus noch nicht mal acht Jahre alt gewesen war. Laut Mrs. Flowers hatte Rose es früher als Nähzimmer genutzt, in das sie sich auch tagsüber zurückzog, um sich auszuruhen.

Cindy öffnete den leeren Schrank, in dem früher all die hübschen Kleider hingen, die Babs für Sally genäht hatte. Ihr Blick wanderte über die leeren Regale, in denen Sally früher ihre Schulbücher und Hefte verstaut hatte.

Sie schloss den Schrank und ging in das kleine, altmodische Bad, das zu dem Zimmer gehörte. Zu beiden Seiten des Waschbeckens gab es Schubladen. Cindy zog eine nach der anderen auf. In einer entdeckte sie zu ihrem Erstaunen einen alten Plastikkamm, einen kleinen Spiegel und Plastikschmuck für Sallys Puppen. In einer weiteren befanden sich eine Mason-Pearson-Kinderhaarbürste und ein paar kleine Ziergegenstände.

Lieber Himmel, dachte Cindy. Anscheinend haben wir das alles hiergelassen. Sally hatte sich nicht viel aus Puppen gemacht und die Sachen offenbar nicht vermisst.

Cindy öffnete weitere Schubladen, fand aber nichts, bis sie bei einer der untersten angelangt war. Darin lagen verschiedene

Schächtelchen, deren Inhalt Sally einmal etwas bedeutet hatte: Muscheln, Steine, getrocknete Blumen. Cindy kramte ein wenig herum, bis sie ein rundes Pillendöschen bemerkte, das ihr bekannt vorkam. Sie öffnete es, und darin eingebettet lag ein kleiner dicker Teddyanhänger aus Gold mit einer Öse, durch die man das Kettchen führen konnte.

»Hallo, Glücksteddy! Du wirst wieder benötigt.« Erfreut steckte Cindy das Pillendöschen in die Tasche und versuchte die Schublade mit dem Fuß zuzuschieben, doch es ging nicht. Sie drückte sachte dagegen.

Warum klemmt denn die Schublade?, wunderte sie sich. Sie ruckelte daran und schob noch einmal, doch dann wurde ihr klar, dass wohl etwas dahintergerutscht war, was blockierte. Also zog sie die Schublade ganz heraus und griff nach hinten, wo sie etwas ertastete. Sie holte es heraus.

Es war eine kleine Brieftasche. Wo in aller Welt hat Sally die gefunden?, fragte sie sich. Cindy hatte sie noch nie gesehen. Neugierig öffnete sie sie.

Das Erste, was sie sah, war eine Karte, bedruckt mit dem Namen *Mrs. Rose Parnell.* Sie fand auch eine Benzinrationierungskarte sowie einen Führerschein, einige Pfundnoten und ein Scheckbuch auf Rose' Namen. Außerdem steckte ein winziges Adressbuch darin.

Cindy begann vor Aufregung zu zittern. Rose' Brieftasche war offensichtlich hinter die Schubladen gerutscht und dort all die Jahre unentdeckt geblieben.

»Meine Güte«, hauchte sie. Ihre Finger flatterten, als sie in dem Adressbuch blätterte und die Namen überflog, die Rose mit präziser Handschrift eingetragen hatte.

Bevor sie die Adressen näher in Augenschein nehmen konnte, hörte sie, wie Murray draußen vor dem Haus hupte. Cindy eilte hinaus und winkte mit der Brieftasche. »Du kommst nie darauf, was ich gerade gefunden habe!« Sie rannte zum Wagen und stieg hastig ein.

»Du hast ihn also gefunden!«

»Den Teddy? Ja. Aber schau … die Brieftasche deiner Mutter!«

Murray wurde blass und biss sich auf die Lippe, als er die Brieftasche von Cindy entgegennahm. »Die hast du gefunden? Das ist erstaunlich, nach so vielen Jahren. Ich glaube, ich erinnere mich daran.« Er öffnete die Brieftasche, zog das Scheckbuch heraus und betrachtete es eindringlich, als könnte es ihm Antworten liefern.

»Und, Murray, da war auch ihr Adressbuch dabei.« Aufgeregt hielt Cindy das Büchlein in die Höhe. »Vielleicht steht jemand drin, der noch lebt und weiß, wohin deine Mutter gegangen ist.«

Sie schlug es auf und begann, die Namen vorzulesen. »Sagt dir einer davon was?«

Murray schüttelte den Kopf.

»Sieh mal, hier ist Marie mit Namen und Adresse. Ist das nicht aufregend?«

»Ja, schon. Aber die anderen Namen kenne ich nicht. Natürlich könnte ich meinen Vater fragen. Aber ich weiß nicht, ob ich noch einmal wegen meiner Mutter Streit mit ihm haben will«, erwiderte Murray bitter. »Cindy, Tatsache ist, dass meine Mutter vor über vierzig Jahren verschwunden ist. Wie sollen wir die Leute in diesem Adressbuch nach so langer Zeit aufspüren? Das ist wohl kaum möglich, denke ich.«

»Nein, wahrscheinlich nicht«, seufzte Cindy. Sie dachte kurz nach. »Aber die Polizei ist heute doch viel besser ausgerüstet, Murray. Ich meine, die haben Computer und so. Wir sollten mit der Brieftasche und dem Adressbuch zur Polizei gehen, damit sie versuchen können, die Leute aufzuspüren, die darin aufgelistet sind. So viele sind das nicht, es wäre also keine große Sache. Murray, das ist der erste Hinweis, den wir gefunden haben, der uns zu deiner Mutter führen könnte. Wir sollten uns unbedingt an die Polizei wenden.«

Murray überlegte eine Weile und trommelte mit den Fingern aufs Lenkrad. »Nach der Vermisstenmeldung wurde die Fahndung nie eingestellt, soweit ich weiß«, meinte er. »Ja, du hast recht, bringen wir die Brieftasche zur Polizei. Wie wär's, wenn wir jetzt gleich nach Deniliquin fahren? Mal sehen, was die Beamten dazu sagen?«

Cindy nickte zustimmend. Murray wendete und schlug den Weg nach Deniliquin ein.

Auf der Polizeiwache wurden sie höflich empfangen, aber der Kriminalbeamte, mit dem sie sprachen, machte ihnen wenig Hoffnung und wies auf die Schwierigkeiten hin, die ein vierzig Jahre zurückliegender Fall mit sich brachte. Aber er nahm die Sachen in Empfang und versprach, sein Bestes zu tun, um die in Rose' Büchlein aufgelisteten Leute ausfindig zu machen. Er wollte auch die Datenbank für vermisste Personen konsultieren.

Zu Hause angekommen, rief Cindy als Erstes Sally an, um zu berichten, dass sie den Bärenanhänger gefunden hatte. Auch die rote Brieftasche erwähnte sie, was Sally aber nicht sonderlich zu interessieren schien. Also rief Cindy Jo an und hoffte, dass ihre Freundin die Entdeckung genauso spannend finden würde wie sie.

»Kannst du dir das vorstellen! Dass ich die Brieftasche einfach so gefunden habe. Und noch dazu mit dem Adressbüchlein!«

»Das ist wirklich erstaunlich. Was sagt Murray dazu?«

»Wir sind beide ganz aus dem Häuschen … Das ist eine handfeste Spur, die uns zu Rose führen könnte.«

Joanna schwieg einen Moment. »Das Erstaunlichste ist aber doch, dass du die Brieftasche überhaupt gefunden hast«, sagte sie schließlich.

»Stimmt. Hätte ich nicht nach Sallys Glücksbringer gesucht, wäre die Brieftasche dort bis in alle Ewigkeit liegen geblieben. Das war pures Glück.«

»Cin!«, rief Jo ungeduldig. »Das habe ich nicht gemeint. Überleg doch mal … Warum sollte eine Frau, die von zu Hause durchbrennt, ihre persönlichen Dinge dalassen? Ausgerechnet ihre *Brieftasche!* Mit Geld, ihrem Führerschein, ihrem Scheckbuch, ihrer Benzinrationierungskarte. Das ist doch sehr merkwürdig.«

Cindy schwieg verdutzt. Da hörte sie ein Piepsen am anderen Ende der Leitung. »Cin, ich muss jetzt auflegen. Mein Kuchen ist fertig und Donalds Familie wird jeden Moment hier eintrudeln«, sagte Joanna hastig. »Wir sprechen uns bald wieder, okay?«

Nachdenklich legte Cindy den Hörer auf die Gabel.

Jo hatte recht: Es war tatsächlich merkwürdig.

11

Cindy legte ihr Buch zur Seite und blickte nach draußen. Bis zum Weihnachtsfest, zu dem die ganze Familie zusammenkommen wollte, waren es nur noch ein paar Wochen. Sie freute sich auf die Feiertage, vor allem da sie sie nun mit ihrer inzwischen achtzehn Monate alten Enkelin Emily verbringen konnte. Lächelnd dachte Cindy daran, wie die Kleine quietschend vor Entzücken Murray durchs Haus nachgelaufen war.

Nach dem Regen in den letzten Tagen grasten nun dicke Mutterschafe auf den grünen Weiden von Kingsley Downs. Der Bach führte reichlich Wasser und kein Lüftchen kräuselte seine Oberfläche. Das Einzige, was sich regte, waren zwei Gestalten in der Ferne, die am Zaun entlanggingen und in ein lebhaftes Gespräch vertieft schienen.

Lawrence gestikulierte, während Murray die Hände auf dem Rücken verschränkt hatte. Für Cindy sah es so aus, als würde ein König sein Reich inspizieren, während sein Kronprinz ihm gehorsam zuhörte.

Es war eine gute Saison gewesen. Herkules II hatte sich bezahlt gemacht und Kingsley Downs verzeichnete einen so hohen Wollertrag wie noch nie. Allerdings fürchtete Murray, die Hochphase könnte nicht von Dauer sein und sie würden die Kredite, die sie für die Betriebsvergrößerung aufgenommen hatten, nicht zurückzahlen können. Doch Lawrence hatte die Befürchtungen seines Sohns als unbegründet abgetan.

Am selben Abend nach dem Essen erzählte Murray seiner Frau von seinen Bedenken.

»Ich habe mich stets auf Dads Urteil verlassen, aber ich bin mir nicht sicher, ob Mirooball wirklich eine gute Investition war. Vielleicht auf lange Sicht. Gordon hat großartige Arbeit geleistet, aber momentan sind die dortigen Einkünfte ziemlich dürftig«, erklärte Murray.

»Und Besserung ist nicht in Sicht?«, fragte Cindy.

»Ich weiß nicht, ob wir die Zeit haben, so lange abzuwarten. Mir leuchtet die Taktik der Wool Corporation nicht ein. Sie hebt ständig die Wollpreise an, angeblich um damit Zuversicht zu demonstrieren, aber niemand kauft zu diesen Preisen. Gleichzeitig erhöhen sie den Anteil an Wolle, den wir Produzenten an sie abgeben müssen, um ihre Kosten zu decken. Damit steigen für uns wiederum die laufenden Betriebskosten. Und die Darlehen, die Dad aufgenommen hat, könnten uns das Genick brechen, weil der australische Dollar gefallen ist. Diese Anleihen auf Schweizer Franken kommen uns teuer zu stehen, denn sie bedeuten für uns höhere Zinsen bei niedrigeren Einnahmen«, grummelte Murray. »Ich weiß nicht, wie das enden wird.«

Cindy nickte bedrückt. »Jo hat gesagt, dass Donald das Vorgehen der Wool Corporation auch fragwürdig findet, und etliche andere sehen das ebenso. Vielleicht solltest du mit Donald eine Versammlung der hiesigen Wollproduzenten organisieren, damit ihr euch mal darüber austauschen könnt.«

»Das würde Dad nicht gefallen.« Murray strich sich nachdenklich über den Nasenrücken.

»Das glaube ich auch, aber wenn man der Corporation Druck macht, überdenkt sie vielleicht ihre Taktik. Man muss etwas unternehmen.«

Murray schaute seine Frau an und seufzte. »Vielleicht hast du recht. Die Betroffenen müssen eine Möglichkeit bekommen, sich dazu zu äußern. Allerdings bezweifle ich, dass die Leute von der Wool Corporation sich davon beeindrucken lassen. Ich rufe Donald an, mal sehen, was er dazu meint.«

In den nächsten Tagen telefonierten Cindy, Murray, Jo und Donald mit vielen Schafzüchtern in der Umgebung – die meisten teilten ihre Bedenken. Außerdem wandten sie sich an die Lokalzeitung und den Radiosender vor Ort, die beide zusicherten, Reporter zu schicken, falls eine solche Versammlung stattfinden würde.

Ein junger Journalist versprach Cindy, Fakten und Zahlen über den Wollhandel zusammenzutragen und über seine Ergebnisse zu berichten.

Schließlich wurde in der Aula der Kunstschule von Yamboola eine Versammlung anberaumt. Cindy und Joanna halfen beim Aufbauen in der Halle. Donald sollte die Veranstaltung leiten. Murray wollte diese Aufgabe aus Rücksicht auf seinen Vater nicht übernehmen.

»Es könnte ein bisschen unangenehm für dich werden, Dad, da du ja im Vorstand der Wool Corporation sitzt«, hatte er ihm erklärt.

»Wieso soll ich plötzlich der Bösewicht sein?«, ereiferte sich Lawrence. »Alle haben doch dank der Mindestpreisgarantie der Corporation ordentlich Gewinn gemacht.«

»Stimmt. Aber das kann auf Dauer nicht funktionieren. Außerdem bemüht sich der Vorstand überhaupt nicht, den Laden ordentlich zu führen. Da gibt es zu viel Habgier, Überheblichkeit, Ignoranz und Intrigen.«

»Cynthia hätte sich da nie einmischen sollen. Das ist Männersache«, brauste Lawrence auf. »Ich gehe besser hin und stelle die Dinge richtig.«

Lawrence hielt Wort und ging tatsächlich zu der Veranstaltung in der brechend vollen Aula. Er traf als Letzter ein und stapfte zur vordersten Reihe, wo man ihm hastig einen Stuhl bereitstellte.

Brett Jones, der junge Reporter von der Lokalzeitung, bat Donald, die Ergebnisse seiner Recherche über die Wollindustrie vortragen zu dürfen, da diese für die Zuhörer sicherlich von Interesse seien.

Unter dem Brummen der Verstärkeranlage trat Donald vor, begrüßte alle und dankte ihnen für ihr Kommen.

»Diese Versammlung ist einberufen worden, weil viele von uns das Gefühl haben, bei der Wool Corporation kein Gehör zu finden. Wir halten ihre Taktik für zweifelhaft und glauben, dass sie in die falsche Richtung geht. Wenn sie ihren Kurs nicht korrigiert, könnte die Wollindustrie unseres Landes schweren Schaden nehmen.«

Ein Gebrummel zustimmender wie ablehnender Stimmen erhob sich.

»Die Angelegenheit betrifft uns alle«, fuhr Donald fort. »Deshalb möchten wir eure Meinungen und Ideen dazu hören. Zunächst aber sollen unsere Gastredner zu Wort kommen. Der erste ist Brett Jones. Wie viele von euch wohl wissen, ist er Journalist bei der *Regional Times*.«

Brett stieg aufs Podium, klappte seinen Notizblock auf und begann zu sprechen.

»Guten Abend allerseits. Seit fünf Jahren arbeite ich als Lokalberichterstatter für diese Region, außerdem bin ich aber auch Sohn eines Schafzüchters. Ich habe zu Mrs. Parnell Kontakt aufgenommen und ihr mitgeteilt, dass ich die Wool Corporation und ihre Vorschläge für die künftige Entwicklung unserer Wollindustrie genauer prüfen und meine Ergebnisse heute Abend vorstellen möchte. Was ich Ihnen an Fakten dazu vorlegen kann, mag für einige von Ihnen überraschend sein.«

Brett berichtete nüchtern über die wachsenden Lagerbestände an Wolle, das Desinteresse der Käufer und die steigenden Kosten, die auf die Wollproduzenten abgewälzt wurden. »Schätzungen zufolge hat die Wool Corporation dafür Kredite in Höhe von über zwei Milliarden Dollar aufgenommen.«

Man hörte, wie einige angesichts dieser horrenden Summe nach Luft schnappten. Brett fuhr fort: »Anscheinend geht die Wool Corporation davon aus, dass die Welt letzten Endes unsere Wolle kaufen muss, woraufhin die Lagerbestände sinken und alles wieder im Lot ist.«

Er machte eine kurze Pause und trank einen Schluck Wasser. Cindy schaute sich in der vollbesetzten Aula um. Die Zuhörer blickten gespannt auf den Journalisten.

»Meiner Ansicht nach gräbt sich die Wool Corporation dabei selbst eine immer tiefere Grube. Sie setzt darauf, dass die Regierung und der australische Steuerzahler weiterhin für die aberwitzige Entscheidung der Corporation bezahlt, am hohen Wollpreis festzuhalten. Aber was ist, wenn sich die Regierung gezwungen sieht, ihr den Geldhahn zuzudrehen?«

Brett hob die Stimme, um zu einem dramatischen Fazit zu kommen. »Wenn die Regierung die Wool Corporation nicht mehr unterstützt, geht die ganze Wollindustrie den Bach runter, davon bin ich überzeugt.«

Aus dem Publikum kamen laute Zwischenrufe.

»Wie ich hinter vorgehaltener Hand erfahren habe«, fuhr Brett fort, »ist geplant, die Wollproduktion um bis zu dreihundertfünfzig Millionen Kilo zurückzufahren. Farmer sollen eine Ausgleichszahlung erhalten, wenn sie alte oder überzählige Schafe erschießen, und dafür muss wieder der Steuerzahler aufkommen.«

Während die Empörung im Saal wuchs, hob Brett ein letztes Mal die Stimme.

»Ich habe viele Gespräche mit hiesigen Schafzüchtern geführt, die die Politiker dafür verantwortlich machen. Aber durch meine Recherchen bin ich zu der Erkenntnis gelangt, dass man vielmehr die führenden Köpfe der Wollindustrie zur Rechenschaft ziehen sollte. Und die Frage bleibt: Was kommt auf die Schafzüchter noch alles zu? Vielen Dank.«

Cindy war entsetzt von dem, was sie gerade gehört hatte, und blickte zu Lawrence. Sein Ärger war ihm deutlich anzumerken.

Ein bekannter Viehzüchter erhob sich, offenbar aufgewühlt von Bretts Vortrag, und ergriff das Wort. »Wenn nur die Hälfte von dem stimmt, was dieser junge Bursche gesagt hat, dann stehen wir vor einer Katastrophe. Ich denke, wir müssen unsere Branche aus den gierigen Klauen dieser Trottel von der Corporation befreien. Die Wollindustrie darf nicht durch Verschuldung und eine maßlose Politik behindert werden, sondern soll auf dem freien Markt bestehen können. Aber als Erstes fordere ich einen vom Generalgouverneur eingesetzten Untersuchungsausschuss, der prüfen soll, wie wir überhaupt in diesen Schlamassel geraten konnten!« Er hieb mit der Faust in die Luft, während die Zuhörer Beifall klatschten.

Donald bat die anderen offiziellen Redner um weitere Stellungnahmen, und schon bald zeichnete sich ab, dass sie ebenfalls den von der Wool Corporation eingeschlagenen Kurs missbilligten. Anschließend fragte Donald nach weiteren Wortmeldungen.

Da erhob sich Lawrence. Der Saal verstummte und wartete, was der angesehene Schafzüchter, der auch Vorstandsmitglied der Wool Corporation war, zu sagen hatte. Lawrence sprach zunächst in seiner gewohnt ruhigen und höflichen Weise und suchte die Sorgen des Publikums zu zerstreuen.

»Die Leute, die unsere Wollindustrie und ihre weitere Entwicklung infrage stellen, sind nur Schwarzmaler, die keine Ahnung haben, wie die Branche wirklich funktioniert. Fallen Sie nicht auf die Panikmache herein, die dieser junge Mann von der Presse betreibt. Die Wolle war schon immer das Goldene Vlies

Australiens. Die Welt verlangt danach. Zur Erinnerung: Im Ersten Weltkrieg haben wir unsere ganze Schur an die Briten verkauft, im Zweiten Weltkrieg war es genauso. Auch die Fünfzigerjahre waren eine Zeit des Booms, während des Koreakriegs bekamen wir für ein Pfund Wolle ein australisches Pfund. Die Wolle hat uns reich gemacht. Seit zweihundert Jahren ist Wolle die tragende Säule der australischen Wirtschaft. Nichts wird Wolle je ersetzen können, keine Baumwolle, keine Kunstfaser, nichts.«

Er machte eine Pause und ließ den Blick über die Zuhörer schweifen. Auf manche schienen seine Worte beruhigend zu wirken, andere jedoch blickten feindselig drein, und einige taten ihren Unmut mit verhaltenem Murren kund. Lawrence funkelte sie an, und zu Cindys Bestürzung verlor er plötzlich die Beherrschung.

»Einige hier im Raum zeigen sich undankbar und zweifeln an den Maßnahmen des Vorstands der Corporation«, brüllte er. »Wir wissen sehr wohl, was wir tun. Es gibt nichts, wovor ihr Angst zu haben braucht, darauf gebe ich euch mein Wort.« Wieder wanderte sein Blick durch den Raum, als sollte es bloß keiner wagen, ihm zu widersprechen. »Die Wolle wird immer die Nummer eins sein«, wetterte er, machte auf den Hacken kehrt und marschierte aus dem Saal.

Nach Lawrence' Auftritt gelang es Donald nicht mehr, für Ruhe zu sorgen, weil alle mit ihren Nachbarn zu diskutieren anfingen. Daher schloss er die Versammlung.

Während sich um Brett eine kleine Menschentraube bildete und der Fotograf alles eifrig mit seiner Kamera festhielt, umarmte Jo Cindy.

»Schau, was wir da für eine Lawine losgetreten haben«, flüsterte Jo. »Der arme Lawrence, er war ja völlig außer sich.«

»Glaubst du, es kommt wirklich dazu, dass wir unsere Schafe erschießen müssen? In Western Australia machen sie das schon, sagt Brett.«

»Hoffentlich nicht«, seufzte Jo. »Aber ich denke, es stehen uns schwere Zeiten bevor.«

Cindy verfluchte Lawrence' Überheblichkeit und fragte sich, was aus Kingsley Downs werden sollte, falls sich Bretts dramatische Prophezeiungen erfüllten.

Am Tag nach der turbulenten Versammlung flog Lawrence mit seiner Maschine nach Melbourne. Cindy und Murray fanden, dass er langsam zu alt für das Fliegen wurde. Sie hatten es ihm auszureden versucht, aber er war nicht darauf eingegangen.

Kurz nach dem Mittagessen klingelte das Telefon.

»Mrs. Parnell, hier ist Senior Constable Fielding. Wir müssen Ihnen leider mitteilen, dass unsere Nachforschungen anhand der Informationen, die Sie uns über die vermisste Person gegeben haben, keinerlei Ergebnisse erbracht haben. Wir sind Mrs. Parnells Adressbuch durchgegangen, konnten aber keine der darin aufgeführten Personen ausfindig machen. In ein oder zwei Fällen haben wir mit deren Kindern Kontakt aufnehmen können, die uns aber auch nicht weiterhelfen konnten. Ich fürchte, von Mrs. Rose Parnell hatten sie noch nie gehört. Wir haben auch verschiedene Datenbanken durchforstet, aber ihr Name taucht nirgends auf.«

Cindy seufzte. »Verstehe. Das ist natürlich sehr schade. Aber es ist ja auch lange her, da brauchte man sich keine allzu großen Hoffnungen zu machen. Jedenfalls vielen Dank für Ihre Hilfe. Ich komme dann in ein oder zwei Tagen vorbei und hole die Brieftasche ab, wenn es recht ist.«

Als Lawrence wohlbehalten aus Melbourne zurückkehrte, wo der Vorstand der Wool Corporation getagt hatte, war er noch immer verstimmt, weil Murray und Cindy die Schafzüchterversammlung organisiert hatten.

»Wie hat der Vorstand auf die Bedenken der Viehzüchter hier in der Gegend reagiert?«, fragte Cindy, nachdem Murray mit seinem Vater gesprochen hatte.

Ihr Mann zuckte die Achseln. »Der Vorstand gibt sich völlig uneinsichtig. Die schalten auf stur.«

»Aha«, erwiderte Cindy ärgerlich. »Dann kann ich nur hoffen, dass sie es sich bald anders überlegen, bevor es zu spät ist, und damit meine ich auch deinen Vater. Sonst gehen wir alle zusammen unter.«

Um auf andere Gedanken zu kommen, blickte sie auf die Küchenuhr und rechnete aus, wie spät es jetzt in Palm Springs war. Früher Abend, Alice würde also noch wach sein und fernsehen. Cindy hatte ein schlechtes Gewissen, weil sie schon länger nicht mehr mit ihr telefoniert hatte. Nachdem Spencer vor einem Jahr an einem Herzinfarkt gestorben war, hatte sie sich häufiger als sonst bei ihrer Tante gemeldet, aber irgendwie war sie in den letzten Wochen nicht dazu gekommen.

Nach Spencers Tod hatte Alice ihr Geschäft in Palm Springs verkauft und eine Geschäftsführerin für ihre Boutique in Palm Desert eingestellt. Cindy hoffte, dass Alice die Geschäftsbücher nach wie vor so gründlich prüfte, wie es Spencer all die Jahre getan hatte.

Das Telefon klingelte lange, ehe Alice endlich abhob. »Es ist verdammt spät. Wer ist denn da?«, knurrte sie.

»Entschuldige, Alice. Ich bin's, Cindy. Ich dachte, du würdest noch fernsehen. Wie geht es dir?«

»Ach, du bist es, Cindy. Ich gucke gerade Andy Rooney. Ich sage dir, abgesehen von ihm und *Jeopardy!* läuft nur noch Müll im Fernsehen.«

»Warum liest du dann nicht mal ein gutes Buch?«, fragte Cindy.

»Ich lese nur Biografien von Menschen, die ich bewundere oder von denen ich etwas lernen kann. Von denen gibt es jetzt nicht mehr viele.«

Cindy unterdrückte einen Seufzer. Mit zunehmendem Alter wurde Alice immer griesgrämiger. »Und wie läuft es sonst? Ich hoffe, du hast jetzt keine Probleme mehr mit dieser Sandra, die den Laden führt?«

»Liebe Güte, komm mir bloß nicht mit dieser fürchterlichen Frau! Die hat mir solche Scherereien gemacht. Mein Anwalt kümmert sich darum.«

»Warum in aller Welt brauchst du denn einen Anwalt? Was hat sie denn angestellt?«, fragte Cindy erschrocken.

»Das Mädchen hat sich angemaßt, mehr zu sein als nur die Geschäftsführerin. Am Anfang war sie ganz hilfsbereit und höflich. Hat behauptet, sie sei sehr versiert in Geschäftsdingen, und da sie früher als Buchhalterin gearbeitet habe, wisse sie, wie man Steuern und Abgaben vermeiden und Geld sparen kann. Also habe ich ihr die Buchhaltung überlassen und sie die Rechnungen zahlen lassen.«

»Alice! Ich fasse es nicht, wie du so was tun konntest. Was ist mit dem Buchhalter, den Spencer immer für euer Geschäft engagiert hat?«

»Der wird langsam tatterig. Sandra meinte, man könnte das besser machen. Und es schien ja auch alles zu funktionieren. Sie ist ja so bezaubernd, weißt du. Das Geschäft lief gut. Bis ich plötzlich einen Steuerbescheid von der Bundessteuerbehörde bekommen habe. Das war mir so was von peinlich.«

»Du hast der Bundessteuerbehörde Geld geschuldet?«

»Anscheinend. Und ich glaube, Sandra hat gesagt, das Geschäft wird in ein Insolvenzverfahren überführt, was immer das genau heißt.«

»Alice! Wie das denn? Das Geschäft gehört doch ganz allein dir, es wirft Gewinne ab … Was hat Sandra getan?«

»Es sieht so aus, als würde ich mehreren Modehäusern Geld schulden. Sandra hat viel Ware eingekauft und die Boutique als

Kreditsicherheit für eine Geschäftsidee ihrer Freundin benutzt, mit der der Absatz gesteigert werden sollte. Die Idee hat sie mir kurz vorgestellt, und sie schien mir nicht übel. Also habe ich ein paar Papiere unterschrieben, damit wir den Kredit bekamen. Aber die Rechnung ging nicht auf. Cindy, ich glaube, Sandra und ihre Freundin Clarice haben sich zu Teilhaberinnen gemacht«, berichtete Alice entrüstet. »Spencers wertvolle Münzsammlung ist auch von seinem Schreibtisch verschwunden. Meinen Schmuck sperre ich jetzt immer weg. Aber ehrlich, Cindy, das geht alles über meinen Verstand.«

»Jetzt verstehe ich, wozu du einen Anwalt brauchst«, sagte Cindy, fassungslos über das, was Alice ihr da erzählte. Babs hatte immer gesagt, Alice würde leicht auf Leute hereinfallen, die ihr das schnelle Geld versprachen, aber mit dem soliden Spencer an ihrer Seite war sie vor geldgierigen Pseudo-Freunden geschützt gewesen. Nun, ohne ihren Mann, sah das anders aus.

»Unternimmst du sonst noch etwas, um dieser Sache auf den Grund zu gehen?«, fragte Cindy.

»Natürlich, ich suche mir gerade jemanden, der das alles aufklärt«, antwortete Alice unwirsch. »Ich habe da zwei Männer bei der Hand, ein schwules Pärchen, die mir ihre Hilfe angeboten haben. Sie sagen, sie wollen die Geschäftsführung des Ladens übernehmen. Sandra, meinten sie, hat mich gnadenlos ausgenommen.«

»Lieber Himmel, Alice, wie gut kennst du denn dieses Pärchen? Woher willst du wissen, dass sie dich nicht auch übers Ohr hauen? Du brauchst jemanden, auf dessen Rat du dich verlassen kannst. Warum wendest du dich nicht an Spencers alte Kanzlei? Ich denke, du solltest Sandra anzeigen.«

»Mein Verstand funktioniert noch bestens, Cindy, ich bin nur zu vertrauensselig«, entgegnete Alice gereizt. »Außerdem breche ich jetzt beruflich zu neuen Ufern auf.«

»Was soll das denn heißen, bitte schön?«, fragte Cindy beunruhigt.

Vor ihrem geistigen Auge sah sie Alice, wie sie sich zurücklehnte, um ihr von ihrer neuesten Unternehmung zu erzählen, die langen Beine übereinandergeschlagen, die makellos pedikürten Füße in hochhackigen Sandaletten.

»Du weißt doch, dass diese Gegend ein gefragter Altersruhesitz bei Filmschauspielern und Größen des Showgeschäfts ist. Solche Stars gibt es heute ja nicht mehr. Hollywood, das Showbusiness, der Broadway – da fehlt es heutzutage an Glamour, Rummel, Persönlichkeiten. Aber all diese Leute von damals sind hier vor Ort.«

»Klar, aber sie sind eben *alt*«, meinte Cindy bedauernd.

»Mag sein, doch wahres Talent kennt kein Alter. Ich rede vom *echten* Showbusiness … von Ginger Rogers, Fred Astaire, den großen Musicals. Das kommt alles wieder. Weißt du noch, wie das Plaza Theatre vor Jahren geschlossen wurde?«

»Ja, Joey und ich haben uns dort gern Filme angesehen.«

»Ein sehr cleverer Bursche hatte vor einer Weile eine Idee für eine Show. Allerdings hat es ewig gedauert, den Bürgermeister davon zu überzeugen, dass er das Plaza jedes Jahr für eine Spielzeit öffnet. Aber am Ende hat er zugestimmt, und jetzt werden wir dort eine Show aufziehen«, verkündete Alice stolz.

»Was denn für eine Show?«

»Ein echtes Spektakel! Es wird ›The Fabulous Palm Springs Follies‹ heißen! Ich lese dir vor, was wir in unserer Werbebroschüre geschrieben haben.« Sie hüstelte theatralisch, dann las sie: »Als legendäres Aufgebot langbeiniger Schönheiten präsentieren unsere international gefeierten Gaststars Musik und Tanz der 40er-, 50er-, 60er- und 70er-Jahre, dargeboten von Künstler des klassischen Varietés, die dank ihres Alters diese Zeiten selbst erleben durften!«

»Aha, und welche Rolle spielst du dabei?«, fragte Cindy argwöhnisch.

»Ich gehe der wunderbaren Kostümbildnerin zur Hand. Wir hatten schon die ersten Castings, und mehr als vierhundert sind gekommen ... all die ehemaligen Showgirls aus Vegas, die Rockettes von der Radio City Music Hall, Tänzerinnen der Folies Bergère aus Paris und Broadway-Veteranen. Ich konnte es kaum glauben. Die einzige Vorgabe ist, dass sie über fünfundfünfzig sein müssen!«

»Jetzt bin ich aber platt«, gestand Cindy. »Ich hätte nicht gedacht, dass Federn und Pailletten dein Stil sind.«

»Oh, die Entwürfe sind prächtiger und besser als in jeder anderen Show, die du kennst. Ich sage dir, wenn das erst einmal angelaufen ist, wird Palm Springs dafür genauso berühmt sein wie für die Canyons und die Luftseilbahn!«

»Klingt großartig. Aber sag jetzt bloß nicht, dass du Geld in die Show investiert hast«, bat Cindy beklommen.

»Keinen Cent. Ich kann momentan sowieso nichts erübrigen. Aber diese Show hat wirklich Klasse, Cindy. Sie hat Stil, sie hat Stars und atmet den Geist des Showbiz. Achtzigjährige Glamourgirls, die die Beine hochwerfen!«

»Schick mir doch mal Fotos von ihnen«, sagte Cindy lachend.

Am Weihnachtstag kündigten die Flowers an, dass sie zum nächsten Jahr in den Ruhestand gehen wollten.

Für Cindy war das ein schwerer Schlag. Beinahe dreißig Jahre lang war Mrs. Flowers ihre Gefährtin und Verbündete gewesen und sie fragte sich, wie sie ohne die gütige, freundliche Haushälterin auskommen sollte.

»Es wird nie mehr so sein wie früher«, meinte Cindy traurig, als sie zu zweit in der Küche standen.

»Tut mir leid, Mrs. Parnell, aber Tom und ich finden, dass jetzt der richtige Zeitpunkt ist, um sich ein Häuschen an der Küste zu kaufen und sich zur Ruhe zu setzen.«

»Wir werden Sie beide schrecklich vermissen. Aber die Entscheidung liegt natürlich bei Ihnen.«

»Machen Sie sich keine Sorgen wegen Mr. Parnell. Ich habe mit ihm vereinbart, dass jemand dreimal die Woche vorbeikommt, eine sehr zuverlässige Frau, die putzt und die Wäsche macht. Ab und zu wird sie auch für Mr. Parnell kochen.«

»Sie werden mir sehr fehlen«, sagte Cindy. »Schließlich haben wir ja einiges zusammen durchgemacht, nicht wahr?«

»Auch ich werde Sie alle vermissen. Aber wir bleiben in Kontakt«, versprach Mrs. Flowers, in deren Augen Tränen glitzerten.

Im Februar 1991 beschloss die australische Regierung, nicht mehr für die finanziellen Verpflichtungen der Wool Corporation zu bürgen. Die Entscheidung führte zur größten Unternehmenspleite in der Geschichte des Landes, die Wool Corporation geriet in eine immer rasantere Abwärtsspirale und landete schließlich in einem Schuldenloch, das der Wollindustrie Verluste von zwölf Milliarden Dollar bescherte.

Obwohl Cindy und Murray befürchtet hatten, dass ein Desaster bevorstand, waren sie dennoch am Boden zerstört, als es tatsächlich eintrat.

»Was heißt das für uns?«, fragte Cindy. »Werden die Wollpreise jetzt einbrechen? Können wir unseren Betrieb noch weiterführen? Ach, Murray, ich würde es nicht ertragen, Kingsley Downs zu verlieren. Oder unser Haus.«

»Ich weiß es wirklich nicht, Cindy. Das ist alles noch in der Schwebe. Ich muss mit Dad reden, damit wir uns was überlegen können. Das geht nicht ohne ihn, weil er unsere Finanzen kontrolliert. Aber eins kann ich dir jetzt schon sagen: Wir werden uns keinen Nachfolger für Tom einstellen. Einen Verwalter können wir uns für Kingsley Downs nicht mehr leisten«, meinte Murray finster.

Doch Lawrence hatte sich in sein Arbeitszimmer zurückgezogen und weigerte sich, mit ihnen zu sprechen.

»Er verschließt die Augen vor der Wahrheit«, sagte Cindy zu ihrem Mann. »Wir müssen etwas unternehmen. Und zwar schleunigst.«

»Stimmt. Aber momentan ist er wirklich völlig unzugänglich. Anscheinend will er nicht wahrhaben, was ihm passiert ist.«

»Und uns auch! Murray, wir müssen ein ernstes Wort mit ihm reden. Alle versuchen auszusteigen und zu retten, was zu retten ist, und wir wissen nicht einmal, mit welcher Hypothek unsere Station und Mirooball belastet sind. Wie sollen wir vernünftige Entscheidungen für die Zukunft treffen, wenn wir die Faktenlage nicht kennen?«

»Du hast recht, aber er wird auf stur schalten, wenn er das Gefühl hat, dass wir ihn in die Enge treiben wollen«, gab Murray zu bedenken.

»Darum geht es nicht, sondern darum, dass wir am Rand des Abgrunds stehen. Dein Vater kann nicht so tun, als ginge ihn das nichts an. Warum fahren wir heute Abend nicht zu ihm rüber, trinken ein Gläschen zusammen und stellen ihm ein paar heikle Fragen?«

Murray biss sich auf die Lippe. »Wir können es versuchen.«

»Du musst das Heft selbst in die Hand nehmen, basta!«, sagte Cindy erregt. »Zum Glück hat Russell diese Stelle bekommen, auch wenn die Tierarztpraxis in Inverell ist und es noch eine ganze Weile dauert, bis er sie antritt. Aber es ist nett von ihm, dass er in der Zwischenzeit bei uns aushelfen will. Momentan wirst du seine Hilfe sicherlich gut gebrauchen können.«

Wie Cindy mit Murray verabredet hatte, erschienen die beiden am frühen Abend unangekündigt im Wohnzimmer ihres Schwiegervaters. Lawrence blickte auf seine Schwiegertochter und runzelte die Stirn.

»Brauchst du etwas, Cynthia?«

Sie setzte sich. »Ja, wir brauchen beide was. Könnte ich bitte ein Glas Wein haben?«

Unter Lawrence' missbilligendem Blick reichte Murray Cindy das Glas.

»Dad, ich habe Cindy mitgebracht, weil wir drei etwas Dringendes zu besprechen haben. Cindy und ich sind außerordentlich besorgt über unsere derzeitige Lage, nachdem die Wollindustrie zusammengebrochen ist. Ich weiß, dass du dich um die Finanzen unseres Betriebs kümmerst, aber angesichts dieser völlig neuen Umstände sind Cindy und ich der Meinung, dass wir das Recht haben zu erfahren, wo wir finanziell stehen. Welche Maßnahmen müssen wir ergreifen, um die Zukunft von Kingsley Downs zu sichern?« Erwartungsvoll blickte Murray seinen Vater an.

»Uns geht's gut«, erwiderte Lawrence leichthin. »Kein Grund zur Sorge.«

»Doch, Dad, wir haben allen Grund zur Sorge. Und solange du Cindy und mich nicht ins Vertrauen ziehst und uns Einblick in die Finanzen gibst, habe ich keine Gewissheit, dass wir einen soliden Finanzierungsplan haben, der uns über Wasser hält«, entgegnete Murray verzweifelt.

»Es ist den Kindern gegenüber nur fair, dass wir jetzt konstruktiv handeln«, sagte Cindy. »Kingsley Downs bedeutet auch ihnen viel. Ich finde, es ist nur recht und billig, wenn du uns darüber informierst, wo genau wir stehen.«

Lawrence funkelte sie an. »Wie kannst du es wagen, mir Vorschriften zu machen?«, fuhr er sie an. »Ich habe hier das Sagen. Was weißt du schon darüber, wie man so einen Betrieb führt? Du bist nur eine Frau, die sich in alles einmischt und nicht weiß, wo ihr Platz ist.«

»Wenn du überzeugt bist, dass alles in Ordnung ist, dann zeig deinem Sohn die Geschäftsbücher. Wie hoch sind unsere Schulden?« Cindy ließ sich nicht von Lawrence' beleidigenden Worten beirren. »Ich weiß, dass viele Höfe in der Gegend in Schwierigkeiten stecken. Wie ich gehört habe, zweifeln die Banken sogar an der Überlebensfähigkeit von Betrieben, die wir immer für recht erfolgreich gehalten haben. Uns geht es nur darum, uns zu vergewissern, dass Kingsley Downs nicht ebenfalls betroffen ist.«

»Die verdammten Banken!«, schimpfte Lawrence. »Wenn sie glauben, dass es was zu verdienen gibt, werden einem Kredite geradezu aufgedrängt, aber beim ersten Anzeichen von Problemen fallen sie über einen her, diese Geier.«

»Was haben die Banken gesagt?«, fragte Murray beunruhigt.

»Sie haben Briefe geschickt und ich habe gelegentlich mit ihnen telefoniert. Dabei habe ich darauf hingewiesen, dass ich seit mehr als fünfzig Jahren bei ihnen Kunde bin und daher ein bisschen Loyalität und Respekt erwarten kann«, erwiderte Lawrence hochmütig. »Wenn sie etwas von mir wollen, können sie vorbeikommen.«

»Dad«, sagte Murray, zutiefst irritiert über die Antwort seines Vaters, »die Banken drängen Grundbesitzer zum Landverkauf, wenn sie glauben, dass sie ihre Verbindlichkeiten nicht mehr erfüllen können. Wenn das die Grundbesitzer nicht wollen oder können, leiten sie die Zwangsversteigerung ein. Wir müssen die Geschäftsbücher einsehen, damit wir rasch eine Lösung finden und sichergehen können, dass uns nicht auch eine Zwangsversteigerung droht.«

»Blödsinn«, protestierte Lawrence.

»Dann lass uns sehen, was wir haben und wie wir mit den Schulden klarkommen können.« Cindy riss nun endgültig der

Geduldsfaden. »Wenn du noch länger die Hände in den Schoß legst, wird es nur noch schlimmer. Wir müssen uns eine Strategie ausdenken, wie wir aus diesem Albtraum herauskommen.«

»*Wir!* Hör sich das mal einer an!«, rief Lawrence. »Du gehörst nicht zu Kingsley Downs! Ich wüsste nicht, welches Recht du hast, die Nase in meine Angelegenheiten zu stecken. Das steht dir überhaupt nicht zu!«

»Dad …«

»Ist schon gut, Murray«, fauchte Cindy, die jetzt alle Höflichkeit fahren ließ, weil Lawrence' Sturheit sie zur Weißglut trieb. Sie wies mit dem Finger auf ihren Schwiegervater. »Du bist so ein Egoist! Dein Sohn rackert sich sein Leben lang für dich und Kingsley Downs ab …«

»So wie ich es auch getan habe«, fiel ihr Lawrence ins Wort. »Er muss eben auch abwarten, bis er an der Reihe ist! Du bist hier diejenige, die Druck macht und habgierig ist.«

»Wenn wir noch lange warten, gibt es für deinen Sohn und deine Enkel nichts mehr zu erben! Sei nicht so verbohrt und unvernünftig. Ich werde nicht tatenlos mit ansehen, wie du die Zukunft meiner Kinder ruinierst, bloß weil du immerzu nur an dich selbst denkst! Rück einfach die Bücher raus, bevor es zu spät ist, verdammt noch mal!« Cindys Stimme bebte vor Zorn, dann stellte sie klirrend das Glas ab und sprang auf. »Murray, ich warte im Wagen. Du gehst mit deinem Vater in sein Büro und holst die Geschäftsbücher. Tu es jetzt oder nie. Denn wenn wir keinen Weg finden, die Station zu retten, stehen wir alle vor dem Nichts und dein Vater kann den Rest seiner Tage allein im Altersheim verbringen.«

Mit aschfahlem Gesicht stapfte Cindy an Murray vorbei, der ihr halb erstaunt, halb bewundernd nachschaute. Draußen in der warmen Luft der Abenddämmerung atmete sie tief durch und stieg zittrig ins Auto. Sie hatte Lawrence auch früher schon die Stirn geboten, aber noch nie so heftig. Womöglich hatte sich ihre ohnehin schon heikle Beziehung nun endgültig in einen Scherbenhaufen verwandelt.

Zu Cindys Überraschung und Erleichterung tauchte Murray schon wenig später mit einem Stapel Geschäftsbücher und Aktenmappen auf.

Er legte die Unterlagen auf den Rücksitz des Wagens. »Nicht zu glauben – Dad hat die Bücher tatsächlich rausgerückt!«

»Was hat er gesagt?«

»Kein einziges Wort. Vielleicht hat der Streit mit dir den Ausschlag gegeben, vielleicht war er auch erleichtert, diese Bürde nicht mehr allein tragen zu müssen. Oder er denkt, wir würden bei den Geschäftsbüchern sowieso nicht durchblicken.«

»Vergiss nicht, dass ich in Mathe immer ziemlich gut war. Ich bin mir sicher, wir schaffen das«, meinte Cindy entschlossen.

Es kostete sie zwei Tage harte Arbeit, in denen sie rechnete und gegenrechnete, bis sie mit grimmiger Miene Murray die Ergebnisse vorlegte. »Es ist unglaublich, Murray! Viel schlimmer, als ich es mir hätte träumen lassen. Dein Vater hat Kredite in einer Höhe aufgenommen, die wir nie zurückzahlen können. Ich fürchte, wir müssen einen drastischen Schnitt machen, wenn wir die Station behalten wollen. Aber sieh selbst.«

Cindy zeigte Murray eine Übersicht über den Stand ihrer Finanzen.

Murray stieß einen kurzen Pfiff aus. »Dass unsere Situation so brenzlig ist, hätte ich nie gedacht«, sagte er sichtlich geschockt. »Wir müssen uns rasch überlegen, wie wir die Tilgung der Darlehen sicherstellen können. Und dann brauchen wir eine längerfristige Lösung, wenn wir irgendwas aus diesem Schlamassel retten wollen.«

Letztlich entschieden sie, Mirooball nicht zu verkaufen, sondern vorläufig nur zu verpachten, bis sich die Grundstückspreise stabilisiert hatten.

»Gutes, fettes Weideland. Dort könnte bestimmt jemand erfolgreich Lammzucht betreiben«, meinte Murray. »Und eine Pacht würde uns feste, regelmäßige Einnahmen bescheren.«

»Vielleicht würde der potenzielle Pächter sogar Gordon dort anstellen. Natürlich könnte er auch wieder bei uns anfangen, da Tom ja nicht mehr hier ist, aber wir könnten ihm nicht viel zahlen«, überlegte Cindy.

»Ich nehme an, dass wir Kingsley Downs möglicherweise aufteilen und einen Teil davon verkaufen müssen«, sagte Murray leise.

Einen Moment lang saßen sie schweigend da und ließen die schreckliche Tragweite dieser Worte nachwirken. Cindy sah, wie Murrays Augen feucht wurden. Sie nahm seine Hand.

»Ich habe immer gehofft, das würde sich irgendwie vermeiden lassen«, sagte sie bedrückt.

Murray schüttelte den Kopf. »Schatz, ich bin im Rechnen vielleicht nicht so schnell wie du, aber ich kann lesen, was unterm Strich steht. Wenn wir nicht einen Teil der Station verkaufen können, bleibt uns gar nichts mehr.«

»Das ist ein sehr mutiger Schritt, aber es ist der einzig richtige«, räumte Cindy ein. »Er bedeutet auch, dass du dich über deinen Vater hinwegsetzen musst.«

»Sicher, aber das kann ich nicht, weil alles auf Dads Namen läuft. Also werde ich ihn eben zur Vernunft bringen müssen. Ich weiß nicht, ob er sich wirklich darüber im Klaren ist, in was für eine furchtbare Lage er uns gebracht hat. Aber fürs Erste übernehme ich das Kommando. Ich führe den Betrieb so, dass Kingsley Downs im bestmöglichen Licht erscheint, wenn wir einen Teil davon zum Verkauf anbieten müssen. Wir müssen den Höchstpreis erzielen.«

»Ich glaube nicht, dass die Station noch groß herausgeputzt werden muss«, meinte Cindy. »Du und Tom habt ja immer alles gut in Schuss gehalten. Aber vielleicht könntet ihr dieses schreckliche Unkraut und die Brombeersträucher rausreißen, die sich so ausgebreitet haben. Weißt du noch, wie wir am Bach immer gepicknickt haben, als die Kinder noch klein waren? Mittlerweile kommt man überhaupt nicht mehr dorthin, weil alles überwuchert ist. Und der Weg zu dem wunderbaren Pfefferbaum ist schon seit Jahren nicht mehr begehbar.«

»Ja, du hast recht. Es macht keinen guten Eindruck, wenn das Gestrüpp den Tieren den Zugang zum Wasser versperrt«, pflichtete Murray ihr bei. »Ich lasse jemanden mit geeignetem Gerät kommen, damit wir das Problem schnell lösen. In der Zwischenzeit können Russell und ich ein paar Wartungsarbeiten in den Schuppen erledigen und die Zäune und Windräder überprüfen. Aber unser wertvollster Besitz ist der Name Kingsley Downs.« Murray seufzte. »Ich kann es nicht fassen, dass es so weit gekommen ist. Was würde mein Großvater dazu sagen?«

Cindy schlang die Arme um ihn. »Du hast dein Bestes getan. Was uns passiert ist, hat dein Vater zu verantworten. Wir können nur versuchen, möglichst viel zu retten. Wenn wir einen Teil verkaufen und durchhalten, können wir ihn später vielleicht zurückkaufen«, tröstete sie ihn.

Murray und Cindy hielten einander lange umschlungen. Nach allem, was sie durchgemacht hatten, fiel es ihnen schwer, sich vorzustellen, dass womöglich das Ende von Kingsley Downs bevorstand. Ein Albtraum war Wirklichkeit geworden.

Nachdem sie sich entschlossen hatten zu handeln, nahmen die Dinge rasch ihren Lauf.

Murray hatte einen Termin mit dem Filialleiter der Bank vereinbart. Zwar wusste Cindy nicht, wie ihr Mann es zuwege gebracht hatte, aber es gelang ihm, seinen Vater zu der Besprechung mitzunehmen.

Noch immer erschüttert vom Ausmaß ihrer Verschuldung erzählte Murray Cindy später, wie Lawrence mit versteinerter Miene im Büro des Filialleiters gesessen hatte, als dieser ihnen ihre ganze finanzielle Misere offenlegte. Der Banker gab sich mitfühlend, machte aber deutlich, dass die Direktion sofortige Maßnahmen zur Verringerung der Schulden erwartete. Dass sie einen Teil der Ländereien von Kingsley Downs verkaufen, Mirooball nach Möglichkeit verpachten und ihren Viehbestand diversifizieren wollten, hielt auch er für die beste Strategie. Auf Extravaganzen wie Lawrence' geliebtes Flugzeug würden sie verzichten müssen.

Danach bekamen Cindy und Murray Lawrence kaum noch zu Gesicht, weil er seine Tage zurückgezogen im großen Haus verbrachte. Russell wollte ihn besuchen, doch Lawrence gab ihm zu verstehen, dass er keinen Wert auf Gesellschaft lege. Manchmal entdeckten sie den alten Mann beim Wollschuppen oder wie er langsam an den Zäunen entlangritt.

»Habt ihr auch vor, das große Haus zu verkaufen?«, fragte Russell.

»Derzeit nicht«, antwortete Murray. »Ein unerschlossenes Stück Land könnte attraktiver sein, doch letztlich hängt es davon ab, was die Interessenten zu zahlen bereit sind. Ich rede später mit deinem Großvater darüber. Es stehen noch einige Unterschriften von ihm aus. Dad und ich hätten das alles schon vor Jahren regeln sollen«, räumte Murray ein.

»Wenn wir die Station nicht halten können, werden wir dir und deinen Geschwistern nicht viel hinterlassen können«, sagte Cindy mit düsterer Miene zu ihrem Sohn.

»Macht euch um mich keine Gedanken«, erwiderte Russell. »Und wegen Sally braucht ihr euch auch nicht zu sorgen, denke ich. Keiner von uns beiden sieht seine Zukunft auf Kingsley Downs. Bei Gordon liegt die Sache anders, deshalb wäre es schon gut, wenn etwas für ihn übrig bliebe.«

»Also gehen wir's an, deinem Vater und Gordon zuliebe«, sagte Cindy und klang dabei zuversichtlicher, als sie war.

»Willst du mitkommen, wenn ich diese Unterlagen hier Dad vorlege?«, fragte Murray seine Frau. »Du kannst ihm Paroli bieten und verstehst mehr von der Materie.«

Lawrence bot den beiden weder etwas zu trinken an noch schlug er vor, sich an den Tisch im Esszimmer zu setzen, der für eine Besprechung besser geeignet gewesen wäre. Stattdessen hockte er scheinbar sehr beschäftigt hinter seinem Schreibtisch im Arbeitszimmer, während Murray sich auf den Stuhl gegenüber setzte und Cindy an der Tür stehen blieb. Lawrence machte sich nicht einmal die Mühe, seine Schwiegertochter zu begrüßen, sondern sprach nur seinen Sohn an. Die Grobheit seines Vaters nahm Murray zwar wortlos zur Kenntnis, erhob sich dann aber, um Cindy seinen Stuhl zu überlassen und sich selbst einen anderen zu holen.

Murray gab sich sachlich, zog seinen Notizblock aus der Hemdtasche und ging einige Zahlen und Prognosen durch.

»Also, Dad, wir könnten versuchen, die nordöstlichen Weiden in der Nähe des Baches zu verkaufen. Dazu musst du diese Papiere hier unterschreiben, dann haben wir freie Hand und können einen Makler beauftragen. Wahrscheinlich müssen wir aber auch noch andere Teile von Kingsley Downs veräußern. Und ich denke, wenn wir in ein paar Hundert gute Mastrinder investieren, würde uns das konstante Einnahmen garantieren. Doch das können wir ausführlicher besprechen, wenn ich zurück bin.«

»Zurück von wo?«, fragte Lawrence.

»Ich habe einen Käufer für das Flugzeug, Dad. Natürlich brauche ich von dir noch die Besitzurkunde, damit ich die Transaktion abschließen kann …«

Lawrence fuhr auf. »Ist es wirklich notwendig, mein Flugzeug zu verkaufen? Hast du auch meinen Kleiderschrank durchgesehen, um meine Stiefel, Hüte und Mäntel zu verscherbeln?«

»Dad, bitte …«

Da ergriff Cindy das Wort. »Wir brauchen Bargeld, um die Arbeiter zu bezahlen, die das Unkraut und Gestrüpp entfernen sollen. Niemand kauft ein total verwildertes Grundstück. Außerdem können wir uns schlecht so etwas Protziges wie dieses Flugzeug leisten, wenn wir darum kämpfen müssen, die Station zu halten. Falls wir es nicht verkaufen können, müssen wir uns stattdessen von dem Jaguar trennen«, betonte sie.

Um einen neuerlichen Streit zu vermeiden, setzte Murray schnell hinzu: »Der Käufer hat einen guten Preis geboten. Er wohnt im nördlichen Queensland, also fliege ich mit dem Flugzeug hin. Wenn es ihm gefällt, lasse ich es ihm gleich da und nehme einen Linienflug zurück.«

Lawrence erwiderte nichts, ging aber zu seinem Safe und nahm die Flugzeugpapiere heraus. Dann unterschrieb er die anderen Unterlagen, die Murray ihm auf den Tisch gelegt hatte, und schob sie seinem Sohn wieder zu.

Er stand auf. »Wenn ihr mich entschuldigen wollt, ich habe noch anderweitig zu tun.«

Cindy erhob sich und ging zur Tür hinaus, während Murray leise sagte: »Es ist nur zu unserem Besten, Dad. Für uns alle, für die ganze Familie. Es wird alles gut.«

»Wenn du meinst, Murray.« Lawrence klang bitter, fast so, als wollte er hinzufügen: »Du bist der Boss, mein Junge.« Aber Cindy war sich sicher, dass er noch nicht bereit war, die Zügel endgültig aus der Hand zu geben.

Früh am nächsten Morgen fuhr Cindy ihren Mann zu der kleinen Landepiste. Sie gab ihm einen Abschiedskuss und sah zu, wie das Flugzeug abhob und zu einem kleinen Punkt schrumpfte, der im Norden verschwand.

Später erschienen zwei Arbeiter mit schweren Maschinen, um den Bach von Unkraut und Gestrüpp zu befreien. Cindy saß am Schreibtisch und machte die Haushaltsbuchführung. Als das Telefon klingelte, fuhr sie zusammen.

»Hallo?«

»Mrs. Parnell? Hier ist Marcus Swift, der Mann, der Ihr Flugzeug kaufen möchte. So wie ich es verstanden habe, wollte Mr. Parnell es heute herbringen. Um diese Zeit wollte er eigentlich schon da sein. Ist irgendwas dazwischengekommen?«

Cindys Herz begann zu pochen. »Was? Er ist am frühen Morgen von hier losgeflogen. Wie ist denn das Wetter bei Ihnen? Könnte ihn das aufgehalten haben?« Mit bleichem Gesicht sah sie Russell an, der gerade die Küche betrat. Sie legte die Hand über die Sprechmuschel, um ihm zu sagen, dass das Flugzeug seines Vaters vermisst wurde.

Russell nahm ihr den Hörer ab und stellte rasch eine Reihe von Fragen.

»Dann geben Sie bei den Behörden in Queensland eine Vermisstenmeldung auf? Gut, wir machen hier das Gleiche.« Als Russell auflegte, war seine Miene düster.

»Ich kann es nicht glauben, Russell«, sagte Cindy und kämpfte mit den Tränen. »Wenn deinem Vater etwas zugestoßen ist, weiß ich nicht, wie ich das verkraften soll.«

»Es ist bestimmt alles okay, Mum«, versuchte Russell seine Mutter zu trösten. »Noch besteht kein Grund zur Panik. Mr. Swift hat gesagt, das Wetter ist nicht besonders. Hoffen wir einfach, dass Dad irgendwo zwischengelandet ist, bis es aufklart. Ich rufe die Zivilluftfahrtbehörde an; die wissen, was zu tun ist.«

Nachdem Russell seine Telefonate geführt hatte, versuchte Cindy mehrmals, Jo zu erreichen, weil sie sich Trost und Unterstützung von ihr erhoffte, aber es ging niemand dran. Als die Stunden verrannen, ohne dass es irgendwelche Neuigkeiten gab, entschied Cindy, ihre Kinder anzurufen. Das fiel ihr nicht leicht, aber sie versuchte, zuversichtlich zu klingen, als sie Gordon und Sally mitteilte, dass Murrays Flugzeug in Queensland vermisst wurde. Sie versprach, telefonisch erreichbar zu bleiben, bis sie mehr wusste.

Am späteren Nachmittag, als sich die Sonne dem Horizont zuneigte, raffte sich Cindy auf. »Ich fahre zu deinem Großvater ins große Haus hinüber. Ich möchte ihm nicht am Telefon sagen, dass Murray vermisst wird.«

»Soll ich mitkommen?«, bot Russell an.

»Nein, mein Schatz. Einer muss ans Telefon gehen, falls wir einen Anruf bekommen. Wenn du etwas Neues erfährst, kannst du mich ja im großen Haus anrufen.«

Kurz vor Einbruch der Dämmerung fuhr Cindy auf dem Weg, den sie so gut kannte, zum Herrenhaus. Als das stattliche alte Anwesen in Sicht kam, stellte sie fest, dass noch keine Lichter brannten und auch Lawrence' Wagen parkte nicht wie sonst davor.

Da die Tür nicht abgesperrt war, ging sie hinein und wanderte langsam durch das Gebäude. Hier hatte sich nichts verändert, seit sie Kingsley Downs zum allerersten Mal betreten hatte.

Seit Mrs. Flowers' Abschied roch es allerdings nicht mehr nach frisch Gekochtem, nach Möbelpolitur, winterlichem Kaminfeuer oder einem sommerlichen Rosenduft. Dieses Haus, dachte Cindy schaudernd, war nur mehr eine Schale, in der Lawrence vor sich hin vegetierte, zusammen mit seinen Gespenstern und Erinnerungen.

Schließlich setzte sich Cindy auf die vordere Veranda, wo sie sich einst unter Lawrence' gestrengen Blicken zu Drinks getroffen hatten.

War Lawrence immer schon so gewesen, oder diente seine herrische Art als Panzer, um seine Gefühle und Geheimnisse zu verbergen? Hatte er je Sanftmut, Schmerz oder Schuldgefühle empfunden oder zu erkennen gegeben? Unterschied sich das Bild, das er nach außen vermittelte, von seiner wahren Persönlichkeit? Nein, entschied Cindy. Lawrence war ihr einfach ein Rätsel. Sie dachte an all die Jahre, die ihr Mann mit so einem herzlosen Vater hatte auskommen müssen. Murray, mein armer Schatz, bitte komm heil zu mir nach Hause! Sie schloss die Augen und betete, während ihr Tränen unter den Lidern brannten.

Plötzlich legte sich eine Hand schwer auf ihre Schulter. Lawrence stand hinter ihr.

»Cynthia? Darf ich fragen, was du hier willst?« Sein Ton war schroff.

Cindy fuhr hoch, wischte sich mit der Hand über die Augen und wich einen Schritt vor ihm zurück. »Ich muss mit dir sprechen.«

»Und dazu musst du in mein Haus eindringen? Was ist denn so wichtig? Weswegen willst du mich nun schon wieder belästigen?«

»Lawrence, schalte bitte das Licht ein.«

Er ging zu der Lampe auf dem Beistelltisch und seine kerzengerade Silhouette zeichnete sich vor dem Fliegenschutzgitter ab, das sie vor der Nacht draußen abschirmte. Als der kleine gelbe Lichtkegel den Raum erhellte, atmete Cindy auf.

»Es ist wegen Murray. Das Flugzeug ist nicht angekommen, es ist längst überfällig. Allerdings hat es schlechtes Wetter gegeben, deshalb hoffen wir, dass er irgendwo einen Zwischenstopp gemacht hat oder notgelandet ist …«

Lawrence sog scharf Luft ein. »Ist eine Suchaktion eingeleitet worden?« Seine Stimme klang gepresst.

»Ja, sämtliche Behörden sind informiert. Wir beten alle, dass er heil und wohlbehalten zurückkommt.«

Anklagend wies Lawrence mit dem Finger auf Cindy. Sein Gesicht war hassverzerrt. »Daran bist du schuld, Cynthia! Hättest du es ihm nicht eingeredet, hätte er nie versucht, das Flugzeug zu verkaufen. Du hast ihn entgegen unserer besseren Einsicht zu unsinnigen Sachen gedrängt.«

»Das ist Quatsch, Lawrence. Wir wären gar nicht erst in diese Lage geraten, wenn du nicht so verdammt selbstherrlich wärst«, fauchte Cindy wütend. Statt Mitgefühl zu zeigen, versuchte Lawrence auch noch, ihr die Schuld in die Schuhe zu schieben.

»Wie kannst du es wagen, so mit mir zu reden? Ich bereue den Tag, an dem du meinem armen Sohn über den Weg gelaufen bist.« Er machte einen Schritt auf sie zu. »Warum bist du nicht nach Amerika zurückgegangen? Warum tust du es nicht jetzt! Du hast nie hierhergepasst. Immerzu hast du nur Ärger gemacht. Ich wollte dich nie hierhaben!«, schrie er sie an.

Von Zorn gepackt setzte Cindy zu einer Erwiderung an, als in einer Ecke des Zimmers das Telefon klingelte. Lawrence stapfte hin und nahm den Hörer ab.

»Was gibt's?«, brüllte er. Dann hielt er inne und schaute Cindy an, die Augen zu Schlitzen verengt. »Für dich.«

Cindy, die sehnlichst Nachricht von Murray erwartete, riss ihm den Hörer aus der Hand.

»Mrs. Parnell, ich rufe von Ihrem Haus aus an«, hörte sie die zittrige Stimme von einem der Männer, die das Gestrüpp am Bach beseitigen sollten. »Wir wollten gerade zusammenpacken, da haben wir … etwas gefunden. Eine Leiche … ähm, Überreste davon … muss schon eine Weile dagelegen haben.«

»Eine Leiche?«, wiederholte Cindy stirnrunzelnd. »Von einem Landstreicher oder einem Schwarzen?«

»Wir glauben, dass es eine Frau war. Wir haben eine goldene Uhr und einen Ehering gefunden.«

Cindys Herz begann zu hämmern, das Blut rauschte ihr in den Ohren.

»Rufen Sie die Polizei«, sagte sie, während sie Lawrence ins Auge fasste. »Und zwar sofort. Sagen Sie, dass die Polizisten zum großen Haus kommen sollen. Und dass sie mit Lawrence Parnell sprechen sollen. Dass eine Leiche gefunden wurde.«

Einen Moment lang kam es Cindy vor, als würde alles in Zeitlupe geschehen … wie sich Lawrence' Gesicht verzerrte, wie ihr der Telefonhörer aus der Hand glitt …

Doch dann stieß Lawrence einen unartikulierten Schrei aus und stürzte sich plötzlich auf sie. Cindy war schlagartig hellwach, wich ihm aus, schlitterte über den Boden und flüchtete. Als sie von der Veranda in den dunklen Garten rannte, hörte sie hinter sich ein Krachen.

Stolpernd gelangte sie zum Wagen und sprang hinein. In rasendem Tempo fuhr sie zu ihrem Haus, schluchzte und blickte immer wieder panisch in den Rückspiegel. Doch da war kein Auto, das ihr folgte.

Zu Hause wartete Russell bereits an der Tür auf sie.

Mit besorgter Miene rannte er ihr entgegen. »Mum! Alles in Ordnung mit dir?«

Cindy hielt sich an ihm fest und rang um Atem. Noch immer bei ihm untergehakt, ging sie mit ihm in die Küche, wo die Arbeiter Tee tranken. Die beiden sprangen auf.

»Wir haben einen ganz schönen Schreck gekriegt«, sagte der Ältere. »Dachten erst, es wäre ein alter Aborigine, bis mein Kollege das hier gefunden hat.« Er kramte in seiner Tasche und legte dann einen Ring und eine Armbanduhr auf den Küchentisch.

Mit zitternden Fingern nahm Cindy die Uhr. Sie war mit Dreck verkrustet, und als Cindy den Schmutz abzuwischen begann, schnappte sie nach Luft und reichte das Fundstück ihrem Sohn.

Er betrachtete es genau und las langsam vor, was auf der Rückseite der Uhr eingraviert war: »*Für Rose, jede Minute mit dir ist kostbar.*«

Russell atmete tief durch und legte den Arm um seine Mutter. »Jetzt wissen wir Bescheid …«

Cindy nickte langsam.

Während sie auf die Polizei warteten, saß Cindy stumm am Tisch und hörte zu, was Russell und die beiden Arbeiter besprachen. Sie versuchte nicht an Murray und Rose zu denken, sonst wäre sie womöglich von ihren Gefühlen überwältigt worden.

Schließlich blinkte von der Auffahrt her das rotblaue Licht des Einsatzwagens. Cindy und Russell gingen zur Haustür.

»Mrs. Parnell?« Der hochgewachsene Polizist nahm seinen Hut ab.

»Kommen Sie herein.« Cindy führte den Polizisten und seinen Kollegen zur Veranda und ließ sich auf einen Korbstuhl sinken, während Russell ihr eine Hand auf die Schulter legte. »Wissen Sie irgendetwas Neues von meinem Mann?«

»Von Ihrem Mann? Nein. Wir waren drüben im anderen Haus und haben nach Mr. Lawrence Parnell gesucht. Wir haben überall im Haus nachgesehen, konnten ihn aber nicht finden. Mein Kollege hat sich dann noch etwas gründlicher umgetan.« Er räusperte sich und fuhr in ernstem Ton fort: »Mrs. Parnell, ich muss Ihnen leider mitteilen, dass wir Lawrence Parnell tot aufgefunden haben, unter einem Baum auf einer Weide, nicht weit vom Haus entfernt. Er hat sich das Leben genommen.«

Cindy stöhnte auf und griff nach Russells Hand. Sie wusste selbst nicht, was sie empfand. Erleichterung? Wut? Schock?

»Er hat sich erschossen. Es war eindeutig Selbstmord«, berichtete der Polizist ruhig. »Er hat auch eine Art Abschiedsbrief hinterlassen«, ergänzte er, während er unbehaglich von einem Bein aufs andere trat.

»Was steht darin?«, wollte Cindy wissen.

»Es war ein Unfall«, antwortete der Polizist mit gerunzelter Stirn.

»Danke«, sagte Cindy gefasst.

Die Polizisten stellten noch weitere Fragen. Während Cindy antwortete, kreisten ihre Gedanken immerzu um Murray. War er am Leben? Wie sollte sie ihm die Sache mit Rose beibringen? Und mit Lawrence?

Schließlich baten sie die Arbeiter, ihnen die Stelle zu zeigen, wo sie Rose' Leiche gefunden hatten. Die weiteren Ermittlungen, erklärten sie, würden erst am Morgen fortgesetzt.

»Hoffentlich ist mit Ihrem Mann alles in Ordnung«, meinten sie, bevor sie gingen.

Cindy saß reglos da und hielt Russells Hand. Mit leiser Stimme erzählte sie ihm dann, was sie über Lawrence und Rose wusste.

Russell war erschüttert. »Letztlich ist also die Wahrheit ans Licht gekommen.«

»Und es war kein Unfall, Russell«, stellte Cindy bitter fest. »Lawrence hat Rose lange Zeit misshandelt und geschlagen. Mag er ihren Tod beabsichtigt haben oder nicht – in meinen Augen ist ein Mann, der seine Frau jahrelang misshandelt hat, auch schuld an ihrem Tod.«

Die Nachtstunden zogen sich quälend langsam hin. Cindy kuschelte sich in einen Sessel in der Nähe des Telefons, Russell schlief unruhig im Zimmer nebenan.

Bei Tagesanbruch kam der Anruf. Cindy stürzte zum Telefon. Russell war bei ihr, als sie den Hörer ans Ohr drückte und ihr Tränen übers Gesicht rannen.

»Danke. Ja. Ich verstehe …«

»Mum …?« Russell sah plötzlich aus wie ein verängstigter kleiner Junge.

Sie nahm seine Hand. »Dad lebt. Sie haben das Flugzeug gefunden. Er hatte eine Bruchlandung auf einer Weide in der Nähe von Charters Towers. Vermutlich hat er sich das Bein gebrochen, aber das wird wieder. Sie bringen ihn gerade ins Krankenhaus. Ich muss sofort Sally und Gordon anrufen.«

»Tu das, Mum. Ich koche uns einen Tee.« Russell umarmte sie kurz und ging in die Küche.

Cindy sank in den Sessel zurück und ließ ihren Tränen freien Lauf. All die Emotionen der letzten vierundzwanzig Stunden brachen nun aus ihr heraus. Murray lebte. Das war alles, was jetzt zählte.

Cindy saß im Sundowner-Zimmer und genoss die Aussicht, die sie so sehr liebte, auch wenn die grauen Flecken der Merinoschafe nun mehr und mehr durch die dunklen Umrisse von Rindern ersetzt wurden.

Aus dem hinteren Teil des Hauses hörte sie die gedämpften Stimmen ihrer Lieben. Cindy freute sich sehr, dass sie mit Maries Familie Kontakt gehalten hatten, wenngleich ihr letzter Besuch auf Kingsley Downs schon eine Weile zurücklag. Leider würden sie auch heute nicht dabei sein können.

Kurz nach Lawrence' Tod war für ihn ein Gottesdienst im kleinsten Kreis abgehalten und seine Asche auf dem Gelände von Kingsley Downs verstreut worden.

Da Murray jetzt allein über die Finanzen des Betriebs verfügen konnte, leiteten er und Cindy sogleich alles Notwendige in die Wege, um die Station so weit als möglich zu erhalten. Wie sich herausstellte, eignete sich Mirooball tatsächlich gut für die Lammzucht. Anstatt das Gut zu verpachten, beschloss man, dass

Gordon erst einmal dort bleiben und versuchen sollte, Mirooball gewinnbringend zu führen. Murray musste zugeben, dass diese Investition seines Vaters vielleicht doch nicht so schlecht gewesen war. Gordon wiederum teilte seinen Eltern mit, dass er in Bathurst einem netten Mädchen begegnet war und es nicht eilig hatte, nach Hause zurückzukehren.

Kingsley Downs musste allerdings aufgeteilt werden. Zu Murrays Überraschung bot man ihnen einen beachtlichen Betrag für den Teil, auf dem das große Haus stand, weil es sich um ein historisches Gebäude handelte. Cindy war sehr erleichtert darüber. Zum einen würde der Verkauf ihre Schulden erheblich verringern, zum anderen konnte sie sich ohnehin nicht vorstellen, wie sie und Murray in einem Haus mit so einer düsteren Vergangenheit leben sollten. Auf dem Grund, der ihnen verblieb, gediehen die Mastrinder gut, und ihre Haltung war weniger aufwendig als die der Schafe, die sie bisher gezüchtet hatten.

Cindy hörte Schritte hinter sich. Ohne sich umzudrehen, griff sie nach ihrer Handtasche und ihrem Paschminaschal. Sie trug ein figurbetontes schwarzes Kleid mit einer Goldbrosche an der Schulter, in die sie eine gelbe Rosenknospe aus Rose' Garten gesteckt hatte.

»Kann ich mich so sehen lassen?«

»Natürlich.«

Murray, auf einen Stock gestützt, um sein noch lädiertes Bein zu schonen, lächelte. »Du bist eine wunderbare Frau, von innerer wie von äußerer Schönheit. Ich liebe dich, Cin.«

Sie küsste ihn sachte. »Ich kann mich glücklich schätzen, einen Mann wie dich zu haben. Also, bist du bereit?«

»Bin ich.«

Sie nahm seinen Arm. »Stütz dich auf mich.«

Als Cindy erstmals Yamboola zu Gesicht bekommen hatte, war ihr die anglikanische Kirche als eines der ersten Gebäude dieser kleinen Stadt ins Auge gesprungen. Damals fand Cindy sie pittoresk und altertümlich, doch sie erfüllte die Bedürfnisse der ländlichen Gemeinde. In dem kleinen weißen Holzbau mit dem grünen Blechdach gingen ehrbare Menschen zur Andacht, sie beteten um Regen, durchlebten gemeinsam die Wechselfälle des Landlebens, teilten Freud und Leid, wie man es auf der ganzen Welt kannte, bei Taufen, Hochzeiten und Todesfällen.

Eigentlich hatten sie erwartet, dass die Trauerfeier für Rose nur auf mäßiges Interesse stoßen würde. Daher staunte Murray, als er sah, dass die Kirche bis auf den letzten Platz gefüllt war.

»All die Leute! Die meisten haben sie doch gar nicht gekannt«, sagte er leise zu Cindy.

»Sie sind deinetwegen gekommen, Schatz. Als Ausdruck des Respekts und der Anteilnahme.«

Es war eine Zusammenkunft von einfachen Leuten – von bodenständigen, tapferen, bescheidenen und praktisch denkenden Menschen, die mit Humor und Gleichmut den Stürmen des Lebens trotzten, die gern für sich blieben, aber jederzeit bereitwillig ihren Angehörigen, Freunden und Nachbarn halfen.

Als Murray durch die Kirche schritt, musste er immer wieder stehen bleiben, um sich von all den Menschen, die er fast sein Leben lang kannte, herzlich begrüßen zu lassen. Es waren Nachbarn wie die Jacksons, Freunde wie Jo und Donald, Geschäftspartner und Bekannte, die mit den Parnells beruflich zu tun gehabt hatten, alte Schulfreunde und Kameraden aus der Football-Mannschaft samt ihren Familien.

Mrs. Flowers umarmte Murray und drückte ihn fest an sich. Für sie und ihren Mann waren die Enthüllungen über ihren früheren Arbeitgeber ein schwerer Schock gewesen.

Einen Moment lang ließ Murray den Blick über die Menschen schweifen, die zusammengekommen waren, um seiner Mutter Rose Parnell die letzte Ehre zu erweisen. Dann nahm er neben seiner Frau Platz und der Gottesdienst begann.

Cindy lauschte den trostreichen Worten des Pastors, doch ihr ging immer wieder durch den Kopf, was Lawrence getan hatte.

Der Fundort von Rose' sterblichen Überresten war gründlich untersucht worden. Man hatte dort auch einen kleinen Koffer mit einigen ihrer Kleider sowie eine leere Handtasche ausgegraben. Rätselhaft war Cindy jedoch noch immer, wieso man Rose' Auto auf der Straße nach Deniliquin gefunden hatte.

»Der Wagen stand ja gerade mal zehn Kilometer vom Hause entfernt«, hatte Murray gemeint. »Wahrscheinlich hat Dad ihn im Dunkeln dort hingefahren und stehen gelassen.«

Nach dem Gottesdienst stellten sich Murray und Cindy zusammen mit Pastor Peters an die Kirchentür und bedankten sich bei allen Trauergästen, die nun zu einem Morgentee aufbrachen, der in der Aula der Kunstschule vorbereitet war.

»Schaffst du es auf der Straße so weit zu Fuß?«, fragte Cindy ihren Mann.

»Setzen wir uns einen Moment.« Murray wies auf die Holzbank unter dem Jacaranda-Baum neben der Kirche.

Unbeholfen ließ er sich nieder, lehnte seinen Stock an die Bank und legte den Arm um Cindys Schulter.

Einen Moment schwiegen sie.

»Was denkst du?«, fragte Cindy.

»Dass du noch so ein junges Mädchen warst, als ich dir in Palm Springs begegnet bin. Frisch und sprudelnd und lieblich wie Quellwasser.«

Dabei blickte er sie mit solcher Zärtlichkeit an, dass ihr der Atem stockte. »Hast du je etwas bereut?«, fragte er leise. »Hättest du etwas anders haben wollen?«

»Nein«, erwiderte Cindy entschieden. »Niemals.«

Plötzlich veränderte sich sein Gesicht und er schaute zu Boden. Eine Träne kullerte über seine Wange.

Cindy griff nach seiner Hand, und endlich sprach Murray die Worte aus, von denen Cindy wusste, dass sie irgendwann seine Seele heilen lassen würden.

»Sie ist nie fortgegangen. Sie hat mich nie verlassen, Cin. Sie ist geblieben. Meinetwegen. Ich weiß es.«

Als ihr Mann zu schluchzen begann, drückte Cindy ihn fest an sich. Er weinte um all die Jahre, die er ohne seine Mutter hatte aufwachsen müssen. Die schmerzlichen Jahre, in denen er glaubte, sie habe ihn verlassen, weil sie ihn nicht genug liebte. Und weil er jetzt wusste, dass sein Leben mit den Lügen vergiftet gewesen war, die ihm sein Vater erzählt hatte.

»Es ist vorbei, Liebling.«

Diese Wunde wird heilen, dachte Cindy. Dafür werde ich sorgen. Doch es wird immer eine Narbe zurückbleiben. Cindy seufzte innerlich. Sachte wischte sie Murrays Tränen fort und küsste ihn.

Cindy stützte ihren Mann, als sie langsam im Schatten der Bäume die Hauptstraße entlangschritten. Im Vorbeigehen lächelten ihnen freundliche Gesichter zu. Die offene Landschaft, die sich bis in endlose Weiten ausdehnte, erschien ihr nicht mehr seltsam oder fremd oder unansehnlich. Die Reise, die Cindy vor so langer Zeit an einem so fernen Ort begonnen hatte, endete jetzt dort, wo sie immer hatte ankommen wollen. Zu Hause.

Dank

Mein Dank gilt …

~ meinem getreuen Boris, der mir den Freiraum für das Schreiben und für unser glückliches gemeinsames Leben schafft;

~ meinen Kindern Nick und Gabrielle für ihre klugen und stets willkommenen Ideen und Vorschläge. Es ist mir eine Freude, mit euch beiden und meinen vier hübschen Enkelkindern Sonoma, Everton, Bodhi und Ulani zusammen zu sein;

~ Liz Adams: witzig, temperamentvoll, eine liebe Freundin und wie immer eine brillante Lektorin;

~ Samantha Sainsbury (und ihrem lieben kleinen Ayrton): eine gelassene, ruhige und fähige Programmleiterin;

~ Bri Collins für ihre freundlichen Worte und ihr scharfes Auge beim Redigieren;

~ Ian Robertson für seine langjährige Freundschaft und seinen klugen Rat.

~ Nach fünfundzwanzig Jahren geht auch ein großes Dankeschön an diejenigen, die von Anfang an bei Pan Macmillan dabei waren und immer noch die Stellung halten: Ross Gibb,

Tracey Cheetham, Siv Toigo, Sally Devenish, Roxarne Burns, die legendäre Joybelle Macintosh, Leanne Cramond, Jeff Reeves und Robin Clark.

Neben den Altgedienten möchte ich Katie Crawford, Cate Paterson, Kirsty Noffke, Danielle Walker und Rebecca Hamilton meinen Dank aussprechen. Außerdem dem gesamten Vertriebs- und Marketingteam, nicht zu vergessen Lisa Eady von der Post Pre-Press Group, verantwortlich für den Satz, und Debbie Davies von der McPherson's Printing Group.

Euch allen herzlichen Dank!

Leuchtend rot, azurblau und smaragdgrün – eine Geschichte so farbenprächtig wie Australien selbst

Di Morrissey

Im Licht der Korallenblüte

EIN AUSTRALIEN-ROMAN

Die erfolgreiche Anwältin Cassie steht privat vor einem Scherbenhaufen. Sie flüchtet in den malerischen australischen Küstenort Whitby Point und findet dort nicht nur neue Freunde, sondern in dem attraktiven Tierarzt Michael einen Mann, der ihr Herz schneller schlagen lässt. Als sie ein malerisches Bootshaus entdeckt, scheint sich sogar ihr Traum von einem exklusiven eigenen Restaurant zu erfüllen. Doch als ein reicher Geschäftsmann ihr unerwartet eine hohe Summe vermacht, zieht Cassie den Zorn seiner einflussreichen Familie auf sich. Dunkle Ereignisse der Vergangenheit treten jetzt ans Licht, die mehr mit ihr zu tun haben, als sie selbst ahnen kann …

KNAUR

Ein kostbares Dokument, ein geheimnisvolles Land, eine abenteuerliche Suche

Di Morrissey

Im Land der goldenen Tempel

ROMAN

Burma, 1885: Kunstvoll verziert ein junger buddhistischer Mönch ein Kammavaca, ein religiöses Schriftstück, das dem König als Geschenk überreicht werden soll. Kurz nach der Übergabe jedoch müssen der König und seine Familie fliehen – nach Indien ins Exil.

Australien, 2006: Als Natalie ihrer Mutter beim Umzug hilft, findet sie einen Stapel alter Briefe und ein kostbar aussehendes Schriftstück in sonderbarer Schrift. Angeblich, so liest sie, gehörte es einst einer burmesischen Prinzessin, und einer ihrer Vorfahren soll es gekauft haben. Doch seinen Namen, Andrew Hancock, hat sie noch nie zuvor gehört. Neugierig geworden, spürt sie ihrer Familiengeschichte nach – und erliegt bald dem Zauber Burmas, dem Land der goldenen Tempel.

KNAUR

Unter der glühenden Sonne Australiens

Patricia Shaw

Ruf des Regenvogels

EIN AUSTRALIEN-ROMAN

Zuversichtlich bricht der junge Engländer Corby Morgan auf in ein neues Leben – in Australien wollen er und seine Frau Jessie ihr Glück finden. In der Trinity Bay im Norden von Queensland haben sie eine Plantage erworben. Doch das unerbittliche Outback birgt zahllose Gefahren. Dem Dandy Corby und seiner verwöhnten Schwägerin Sylvia fällt das Leben in der Wildnis äußerst schwer. Jessie hingegen verfällt zunehmend der Faszination des Landes.